KB263776

이광수 후기 문장집

1

엮은이

최주한 崔珠瀚, Choi Ju-han

서강대 인문과학연구소 연구원. 숙명여자대학교 화학과를 졸업하고 서강대학교 국어국문학과에서 이광수 소설 연구로 박사학위를 받았다. 저서에『제국 권력에의 야망과 반감 사이에서 ─ 소설을 통해 본 식민지 지식인 이광수의 초상』(2005),『이광수와 식민지 문학의 윤리』(2014),『한국 근대 이중어 문학장과 이광수』(2019)가 있고, 역서에『근대 일본사상사』(공역, 2006),『『무정』을 읽는다』(2008),『일본 유학생 작가 연구』(2010),『이광수, 일본을 만나다』(2016),『일본어라는 이향』(2019),『이광수의 한글창작』(2021) 등이 있다. 그 밖에도『이광수 초기 문장집』Ⅰ·Ⅱ·Ⅲ(2015·2023)과『이광수 후기 문장집』Ⅰ·Ⅱ·Ⅲ(2017·2018·2019)을 간행했고,『허생전』(2019)과『사랑』(2019) 등을 감수했다.

하타노 세츠코 波田野節子, Hatano Setsuko

니가타 현립대학 명예교수. 아오야마학원대학 문학부 일본문학과를 졸업하고 니가타대학 국제지역학부 교수로 재직했다. 한국어 번역 저서에『『무정』을 읽는다』(2008),『일본 유학생 작가 연구』(2010),『이광수, 일본을 만나다』(2016),『일본어라는 이향 ─ 이광수의 이언어 창작』(2019),『이광수의 한글창작』(2021)이 있고, 일본어 역서에『無情』(2005),『夜のゲーム』(2010),『金東仁作品集』(2011),『樂器たちの圖書館』(2011),『血の淚』(2024) 등이 있다. 공편 자료집『이광수 초기 문장집』Ⅰ·Ⅱ·Ⅲ(2015·2023)과『이광수 후기 문장집』Ⅰ·Ⅱ·Ⅲ(2017·2018·2019),『이광수 친필 시첩 〈내 노래〉, 〈내 노래 上〉』(2017) 등을 간행했다.

1938∼1945 소설

이광수 후기 문장집 1

초판발행 2025년 11월 30일

지은이 이광수
엮은이 최주한·하타노 세츠코

펴낸이 박성모
펴낸곳 소명출판
출판등록 제1998─000017호
주소 서울시 서초구 사임당로14길 15 서광빌딩 2층
전화 02─585─7840
팩스 02─585─7848
이메일 somyungbooks@daum.net
홈페이지 www.somyong.co.kr

ISBN 979─11─7549─020─8 03810
정가 43,000원

ⓒ 최주한, 2025

동우회사건으로 수감되었을 당시의 이광수.
수인번호 왼쪽에 1937년(昭12) 8월 25일이라는 날짜가 적혀 있다.
▶

▼「동우회사건 관계자 가야마 미츠로의 동정에 관한 건」(1941.7)
『무정』 외 18책 발매 금지 목록이 첨부되어 있다.
민족주의사상을 선동하고 내선일체를 저해할 우려가 있음"(『무정』)

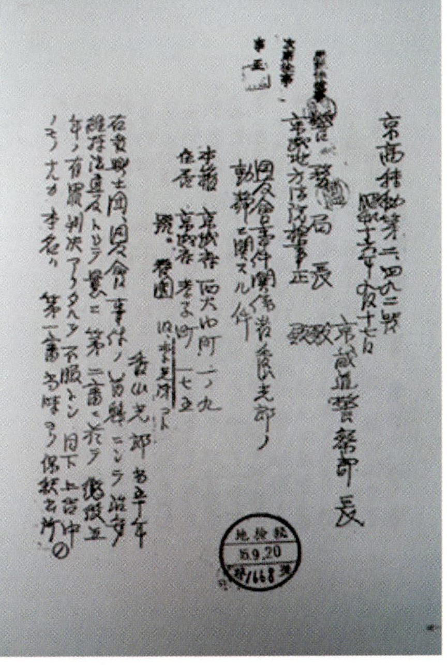

▲『무정』8판본, 박문서관, 1938
(화봉문고 소장)

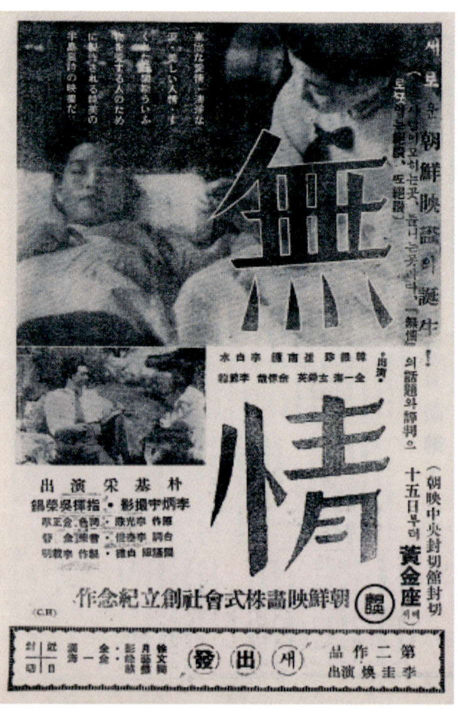

▼ 영화 〈무정〉(1939) 포스터
(서울역사박물관 소장)

▲ 영화 〈무정〉 시사회 (1939.6)
오른쪽부터 주연 한은진(영채), 이광수, 박기채

『사랑』 전편(1938) 9판, 박문서관, 1941
(현대문학관 소장) ▶

◀『사랑』 후편 초판, 박문서관, 1939
(근대서지학회 오영식 소장)

『춘원시가집』 초판, 박문서관, 1940. 표지와 케이스. 500부 한정판
(국립중앙도서관 소장)

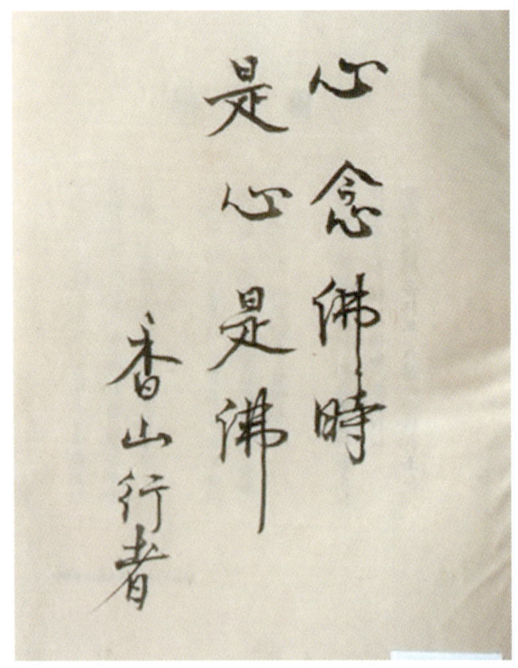

『춘원시가집』(1940) 소재 친필 휘호
'香山行者'라는 서명이 이채롭다.

『세조대왕』(1940), 재판, 박문서관, 1941
(화봉문고 소장)

『이광수 단편선』 초판, 박문서관, 1939
(화봉문고 소장)

『반도강산』 초판, 영창서관, 1939
(화봉문고 소장)

▲『사랑』전편 일역본, 모던니혼샤, 1940
　(도야마대학 도서관 소장)

『사랑』후편 일역본, 모던니혼샤, 1941
　(도야마대학 도서관 소장) ▶

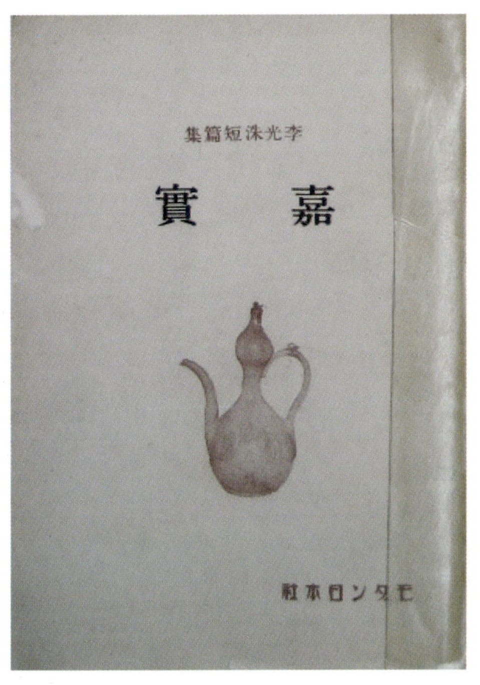

『유정』 일역본(모던니혼샤, 1940) 소재 사진
'조선예술상 제1회 수상 작가'라는 소개글이 붙어 있다.

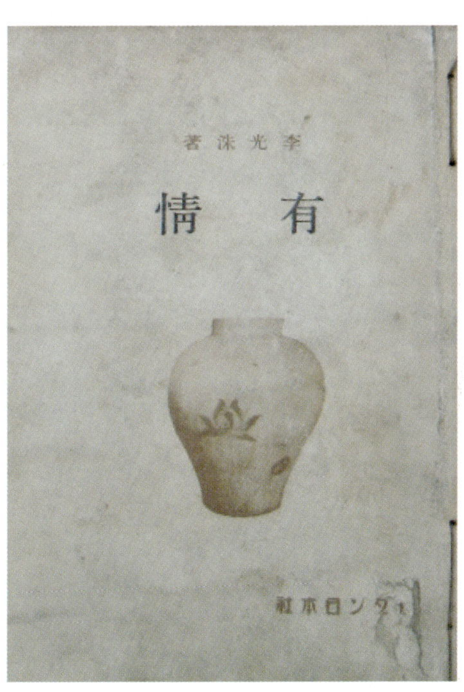

◀『가실』 일역본, 모던니혼샤, 1940
　(도야마대학 도서관 소장)

『유정』 일역본, 모던니혼샤, 1940
（교토부립도서관 소장)▶

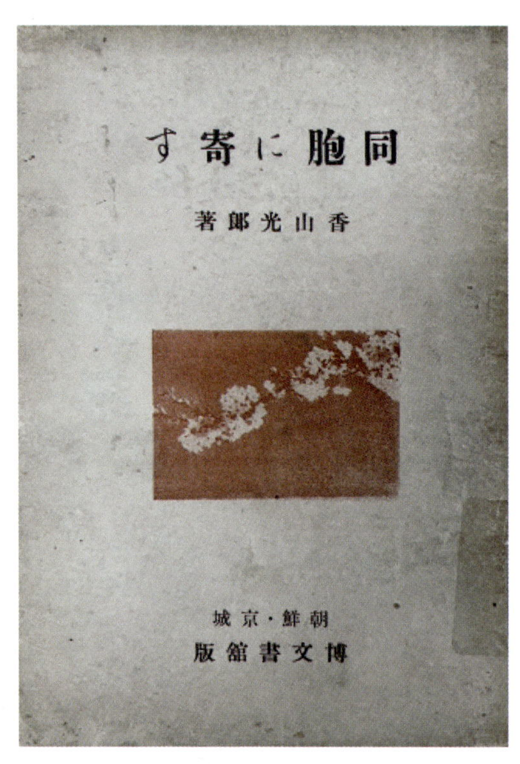

『동포에게 보냄(同胞に寄す)』, 박문서관, 1940

아래 속지에는 "日鮮本是同根族 忘小我殉大義 欣快曷勝(일본과 조선은 본시 같은 뿌리의 민족이니, 소아를 잊고 대의를 위해 죽는 것이 어찌 흔쾌하지 않으리오)"라고 쓴 도쿠토미 소호의 글이 인쇄되어 있다.

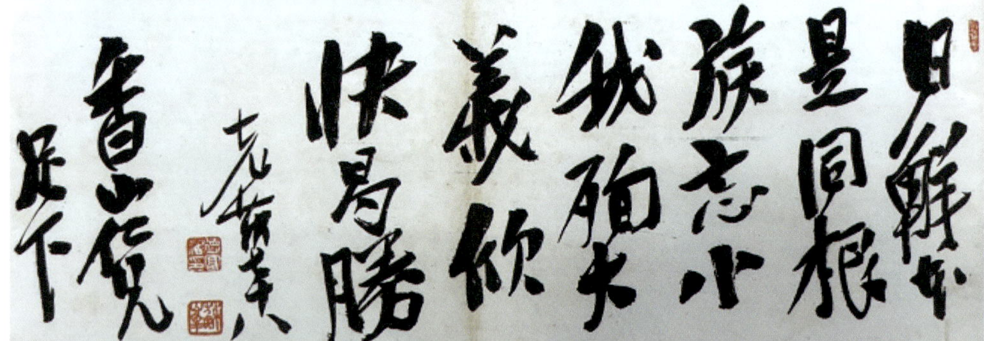

이광수 후기 문장집
1

1938~1945

소설

일러두기

1. 발표 당시의 표기를 따르지 않고 현재의 표기 방식으로 수정하였다. 단, 의미가 분명한 경우 당
   대의 분위기나 화자의 성격을 드러내는 방언이나 입말은 최대한 그대로 존중한다.
2. 한자 표기는 한글화하되 한글만으로 의미가 모호한 경우 한자를 병기하였다.
3. 외국어 표기는 현대어로 전환하고 초출시 외국어를 병기하였다. 단, 일본어 고유명사에서 한문
   음독이 관습적으로 쓰이는 지명이나 인명의 경우 그대로 준용한다.
4. 숫자의 한자 표기 중 아라비아 숫자로 교체하여 자연스러운 것은 교체하였다.
5. 판독이 어려운 글자는 □로 표시하고 추정이 가능한 글자는 괄호 안에 표기하였다.
6. 해당 글 제목의 각주에 필명과 출처를 밝혀두었다.
7. 단어, 인명 등 텍스트의 이해를 위해 제공된 편집자의 주는 각주로 처리하였다. 단, 본문의 내용
   이해를 돕기 위한 번역이 필요한 경우 괄호 안에 처리한다.
8. 자료는 집필순에 가깝게 수록하였다.

　무모하고 지난한 작업인 줄 뻔히 알면서 다시 손을 대고 말았다. 무엇보다 지난 작업에 그늘을 드리우고 있는 잘못을 바로잡고 싶은 마음이 컸고, 한자투성이 원문 자료 읽기를 부담스러워하던 후배들의 모습도 외면하기 어려웠다. 그렇다고는 해도 현대어판으로 새로 문장집을 내보자는 소명출판 박성모 대표의 제안이 아니었다면 오래도록 망설였을지도 모를 일이다.

　『이광수 초기 문장집』I·II를 시작으로 이광수 문장집이 간행되기 시작한 것이 2015년의 일이니, 벌써 십여 년의 세월이 훌쩍 지났다. 이번 현대어판 문장집을 준비하면서는 지난 작업 당시 꼼꼼하게 챙기지 못해서 빠뜨렸거나 추후에 발견된 몇몇 자료들을 보충하였고, 교정 단계에서 미처 바로잡지 못한 잘못들을 바로잡았으며, 각주를 수정·보완하는 작업을 진행하였다. 그동안 해상도가 낮은 마이크로필름뿐이던 1945년분 『매일신보』의 DB로 구축되어 관련 원고 곳곳의 공란을 채울 수 있었던 것도 고마운 일이다.

　식민지기의 문장들, 그것도 한글과 히라가나, 한자와 일본어 한자가 태연히 뒤섞여 공존하는 글을 현대어 표기로 바꾸는 일은 생각보다 간단한 일이 아니었다. 인명이나 지명 등은 가급적 현대어 표기의 원칙을 지키되 당대의 표기는 병기하는 방식으로 난관을 우회하고자 했으나, 현대어까지 얹힌 문장의 이물감을 덜어낼 방도는 막막했다. 내용에의 접근성을 위해 감수해야 할 몫이려니, 마음을 다독이면서 작업하지 않을 수 없었음을 밝혀둔다.

2025년 5월 17일

최주한·하타노 세츠코

차례

문장집을 새롭게 펴내며　3

1939년

하코네령箱根嶺의 소녀　9

무명無明　17

늙은 절도범　66

꿈　152

길놀이　162

육장기鬻庄記　169

옥수수玉蜀黍　202

선행장善行章　209

1940년

난제오亂啼烏　223

마음이 서로 닿아서야말로心相觸れてこそ　241

산사 사람들山寺の人人　331

김씨부인전　346

1941년

그들의 사랑　355

봄의 노래　405

면화棉花　541

파리蠅　550

가가와 교장加川校長　559

군인이 될 수 있다兵になれる　582

대동아大東亞　596

귀거래歸去來　619

사십 년四十年　629

원술의 출정元述の出征　679

반전反轉　691

두 사람　705

방공호防空壕　715

소녀의 고백少女の告白　724

구장님　741

연보(1937~1945)　750

해제 _ 이광수의 후기 문장에 대하여　753

1943년

1944년

1945년

1939년

내가 도쿄^{東京}서 중학교에 다닐 때, 아마 4년생 적에 수학여행 차로 하코네령^{箱根嶺}[2]을 넘던 어느 늦은 가을날 석양. 슈젠지^{修善寺}에서 유기^{湯木}로 80리 길을 걷자는 것이다. 하코네령 마루터기 아시노호^{蘆湖}라는 호수를 한 고개만 넘으면 바라본다는 곳까지 이르러서는 나는 발이 부릅고 다리가 아파서 동행들 대부분보다 뒤떨어져서 허덕거리고 있었다.

"지팡이만 하나 있어도."

하는 생각이 간절하지마는 생면부지인 타향의 산촌이라고 생념도 못하고 아픈 다리를 끌고 가다가 마침내 길가 어떤 집 앞에 서서 머뭇거렸다.

"학생, 무슨 할 말이 있소?"

하고 길에서 환히 들여다보이는 방에서 무슨 바느질을 하고 앉았던 오십 넘었을 듯한 부인이 바느질하던 손을 멈추고 내게다가 먼저 말을 붙였다.

나는 모자를 벗어 들고 한 걸음 문지방 안에 들어서면서,

"미안하지마는 지팡이감을 하나 팔아주셔요. 슈젠지에서부터 걸어오느라고 다리가 아파서요."

하였다.

내 말에 그 부인은 바느질감을 놓고 일어나면서,

"응, 지팡이감. 그런 게야 쌨지. 학생, 이리 들어와서 걸터 앉아서 잠깐만 쉬오. 원, 이 애가 어디를 갔나? 다롱다로야."

하고 부르는 소리에 뒷문으로서 열댓 살이나 되었을까. 소매 좁은, 검은 바탕의 무르팍까지밖에 아니 차는 기모노를 입고 볕에 걸은 정강이를 내어놓은 채 사내

---

1   춘원(春園), 『신세기(新世紀)』, 1939.1. 창간호.
2   가나가와현(神奈川県) 남서부 일대의 화산지대. 관광지·온천장으로 유명하다.

나막신이나 다름없는 나막신(게다)을 신은 소녀가 들어오면서,

"왜, 어머니?"

하고 낯선 사람인 나를 물끄러미 바라본다.

"네 오빠는 어디 갔니?"

"모르겠어, 어머니."

"이 학생이 다리가 아프다고 지팡이를 하나 달라는데 — 가만 있거라, 내가 뒷산에 가서 하나 찍어 오지."

하고 그 부인이 금방 소녀가 들어온 문으로 나갔다. 내가,

"아닙니다. 댁에 없거든 고만두셔요. 산에 가서 찍어까지 오실 것은 없습니다."

다시 인사를 하고 그 집에서 나오려고 할 때에 그 소녀가 큰일이나 난 듯이 뒷문을 열고,

"어머니이, 저 학생이 가요오."

하고 소리를 지른다.

어머니는 낫을 든 채로 뛰어 들어오면서,

"학생, 그런 법이 어디 있소? 내 집에 와서 지팡이 하나를 구하는 손님을 그냥 돌려보내면 하느님이 걱정허실걸. 어서 이리 들어와서 잠깐만 기다려요. 내 얼른 가서 단단하고 좋은 지팡이를 하나 찍어 올 터이니."

하고 내 팔을 잡아서 다다미 위에 가져다가 앉힌다. 나는 그 부인의 그 정성스러운 표정과 그 친절한 어조에 눈물이 쏟아지도록 감격하여서 그 부인이 하라는 대로 도로 걸터앉으며,

"이거 너무 미안합니다."

하였다.

"악아, 너 이 손님 못 가게 붙들어라. 내 달음박질 가서 단단하고 좋은 지팡이를 하나 찍어 올게. 내가 보아둔 게 있어."

하고 낫을 들고 도로 뒷문으로 나간다.

"어머니."

하고 소녀가 그 부인의 뒤를 따르면서,

"나 감 좀 따다드릴까, 저 학생?"

하는 소리와,

"옳아, 참 그렇고나. 네가 좋은 생각을 했고나. 그래 잘 익은 걸루 한 보구니 따다 드려라."

하는 소리가 들린다.

나는 또 한 번 첫 번보다도 더욱 놀라고 감격하였다.

얼마 후에 그 소녀가 감을 한 바구니 따가지고 들어와서 내 곁에 놓으면서,

"감 잡수셔요."

한다. 그 소녀는 이번에는 머리에 개천 물에 은어인가 무슨 물고기가 헤엄치는 그림을 박은 수건으로 머리를 동였다(네에사마 가부리[3]라는 것이다). 그 수건을 폭 내려쓴 밑으로 까만 두 눈과 오똑한 코가 보이는 것이 아까보다도 더 귀엽게 보였다. 도시 처녀와 달라서 비록 분 한 번 못 발라본 얼굴이라 하더라도 천연의 건강미와 순진한 친절이 있었다.

나는,

"고맙습니다."

하고 감을 먹었다.

내가 감을 한 개를 다 먹고 꼭지를 벌릴 만하면 소녀는 또 한 개 껍질을 벗겨주었다.

"칼을 인 주시오. 내가 벗겨먹지요."

하여도, 그 소녀는,

"시장하지요? 어서 잡수셔요."

하고 칼을 내어주지 아니하고 제가 곁에 서서 연패 벗겨주었다.

감을 네 개를 받아먹고 다섯 개째 벗기려는 것을, 내가,

---

3   여자들이 일할 때 머리에 쓰는 수건.

“아냐요. 인제는 더는 못 먹어요.”

하고 벗기지 말라는 손짓까지 하였으나 그 소녀는 나를 피하려는 듯이 한 걸음 뒤로 물러서면서 또 하나를 벗겨서,

“자, 하나 더 잡수셔요.”

하고 내 손에 쥐어주었다.

“이렇게 못 먹어요.”

“괜찮아요. 감을 스무 개나 앉은 자리에 잡숫는 이두 있는데. 잘 익은 감은 배탈 안 나요.”

하고 굳이 권하였다.

내가 다섯째 감을 먹을 때에 소녀는 또 한 개를 벗기기 시작하였다.

“정말 더는 못 먹어요.”

하는 내 말도 들은 둥 만 둥이었다.

내가 다섯째 감꼭지를 버릴 때에 소녀는 여섯째 감을 내 손에 쥐어주는 것을, 나는,

“아냐요. 이제는 정말 더 못 먹어요. 배가 이렇게 부른걸요.”

하고 사양하였다.

“우리 감이 맛이 없어요?”

하고 소녀는 머쓱하다기보다는 슬픈 표정이라고 할 만한 표정을 하였다.

“아니요, 천만에. 감은 참 맛나요. 나는 이렇게 맛난 감은 처음 먹어 보아요.”

하고 나는 황망하게 그 소녀의 슬픈 표정을 풀려고 하였다. 실상 그 감은 달았다. 그 소녀 은인(그렇다 은인이었다)의 슬픈 표정이 참으로 나를 슬프게 하였다.

“그럼 왜 안 잡수셔요?”

하고 그 소녀는 사뭇 나무람 조였다.

“맛은 있어도 배가 불러서요.”

하고 이번에는 내가 슬픈 표정을 아니 할 수가 없었다. 만일 내 배만 허락한다면 나는 그 소녀가 벗겨주는 대로 하루 종일이라도 먹고 싶었다. 그렇게도 정성스러

이 권하는 것이 아닌가? 그렇게도 먹이고 싶어 하는 그 소녀의 진정이 아닌가?

"손나라 한분다께네. 한분와 와다시 다베루와(그러면 절반만 잡수셔요, 네. 절반은 내가 먹을게요)."

하고 소녀는 그 감을 반에 잘라서 그중에 조금 큰 쪽을 내게 주었다. 나는 설사 이 감 반쪽을 더 먹어서 금시에 죽을 일이 있다 하더라도 그것을 아니 받아먹을 수는 없었다.

나는 그것을 전에 먹은 것보다도 맛나게 먹었다.

소녀는 내가 그 반쪽을 맛나게 다 먹는 것을 우두커니 보다가야 만족한 듯이 빙그레 웃고 제 손에 든 반쪽을 먹기 시작한다. 나는 그 소녀의 감 먹는 입술을 황홀하게 바라보고 있었다.

이때에 어머니가 한 손에는 새로 만든 지팡이를 들고 한 손에는 낫을 들고 황망하게 돌아왔다. 그가 대단히 빠른 걸음으로 달려온 것은 그의 숨소리와 아까보다 더 흐트러진 그의 이마에 나려온 머리카락이며, 찌그러진 머리 쪽으로 보아서 알 수가 있었다.

"어머니, 이 학생(가꾸세이상)이 감을 잘 안 잡수셔."

하고 소녀가 먼저 어머니에게 불평 비슷한 보고를 한다.

"아냐요, 여섯 개나 먹은걸요. 참 맛나게 먹었어요."

"무엇이 여섯 개야요? 다섯 개 반이지."

하고 소녀는 어디까지나 솔직하고 순진하다.

"더 벗겨드리지, 왜."

하고 어머니는 딸을 책망하는 모양으로 보았다.

내가 그 지팡이 — 그것은 아롱아롱한 무늬가 있는 참으로 단단하고 막줏한 참나무였다.

"고맙습니다, 아주머니. 참 고맙습니다."

하고 나는 수없이 치사하고 그 지팡이로 땅바닥을 서너 번 뚝뚝 짚어보고는 좀 말하기 어려움을 느끼면서도, 그래도 그 말을 아니 할 수는 없을 것 같아서,

"이 지팽이 하고 감 값을 얼말 드려요?"

하면서 주머니에서 돈지갑을 꺼내어 들었다.

"마아, 나니오 옷쌰루노(에그머니, 그게 다 무슨 말씀이요)? 돈이 무슨 돈이요? 우리 아들이 있더면 더 좋은 지팽이를 만들어드릴 텐데. 여편내가 되어서 이런 나쁜 것을 드리는 것만 해도 미안한데. 원 돈이라니."

하고 아무리 하여도 돈을 받으려 들지 아니하였다.

"이 감도 넣고 가요. 가다가 목이 갈하거든 자셔요."

하고 그 부인은 제 손으로 감을 내 양복저고리 주머니에다가 한 편에 셋씩이나 집어넣었다. 그러고도 감이 대여섯 개가 남는 것을,

"자, 이것마저 넣어요."

하고 권하였다.

나는 터지도록 불룩한 양복 주머니를 손으로 두덕두덕해 보이면서,

"이런 데 어디다 감을 더 넣습니까?"

하였다.

"그럼 무엇에 싸요, 손수건에라도."

"아니 글쎄, 이 감은 당신의 것이니깐 — 가만 있자 무엇에 싸드리나?"

하고 부인이 두리번두리번 무엇을 찾는 것을 곁에 말없이 서있던 소녀가 제 머리에 썼던 수건을 벗어서 들고 어머니를 향하야,

"오까아 상, 고래데와 도오? 기타나이(어머니 이걸로 싸면 어떨까? 더럽지)?"

"옳지 그게면 됐다. 더럽지만은 감은 껍질 벗겨서 먹는 것이니깐."

소녀는 그 수건으로 감을 싼다.

"아냐요. 그러면 그 수건을 언제 돌려보내어 드립니까? 난 내일이면 동경으로 가는걸요."

하고 나는 이 처지에 얼른 달아나는 것이 상책이라는 소년다운 꾀를 내어가지고,

"도오모 아리가또우 고자이마시다. 사요나라(참 고맙습니다. 안녕히 계시오)."

하고 그 집에서 뛰어나왔다.

나는 다리 아픈 줄도 다 잊어버리고 구보로 얼마를 달려왔다 — 그 지팡이를 끌고.

"가꾸세이 상, 가꾸세이 사앙."

하고 여러 마디 부르는 소리가 들렸다. 그것은 물론 그 소녀의 순진한 음성이었다.

나는 아니 돌아보려 하면서도 멈칫 서서 뒤를 돌아보았다. 그 소녀가 수건에 싼 감을 들고 나막신을 끌고 달음박질로 나를 따라오는 것이었다.

나는 몇 걸음 더 달아나다가 미안한 생각이 나서 멈칫 섰다. 그러고는 오십 전 짜리 은전 두 푼을 종이에 싸서 들고 있었다.

그 소녀는,

"나제 니게다스노? 오까시나 히도(왜 달아나우? 우습긴 허이)."

하고 그 수건에 싼 것을 내 손에 들려주었다.

나는 순순히 그것을 받고는 얼른 종이에 싼 은전을 그 소녀의 손에 쥐어 주고 는 정말 장달음으로 달아났다.

"가꾸세이 상, 가꾸세이 사앙."

하고 또 소녀를 나를 부르면서 뒤를 따라오는 소리가 들렸다. 고개 마루터기에 거의 다다라서 뒤를 돌아보니 그 소녀는 기운이 지친 모양인지 길가에 서서 팔목 으로 눈을 씻는 양이 우는가 싶었다.

나는 몸이 찌르르하였다.

나는 그 소녀에게로 돌아갔다.

그 소녀는 과연 울고 있었다.

"스미마센, 스미마센."

하고 나는 수없이 스미마센을 불렀다. 참으로 쥐구멍이라도 찾고 싶게 미안하였 던 것이다.

소녀는 대단히 성이 난 듯이 울기만 하고 말이 없었다.

얼마 뒤에야, 그 소녀는,

"이 돈을 가지고 가면 어머니헌테 야단 만나요."

하고 그 은전을 종이에 싼 대로 내게 도로 주었다.

"스미마셴. 스미마셴, 와다꾸시가 와루깟다(용서해요. 용서해요, 내가 잘못했으니)."
하고 열일곱 살인 내 눈에서도 눈물이 흘렀다.

내가 아시노호 고개에 올라서서 바라볼 때에는 그 소녀는 길가 바위 위에 우두커니 서서 이 편을 바라보고 있었다.

지금까지의 일생을 부랑생활로 지내어 온 나는 그 지팡이와 수건은 지금까지 지니지 못한 것이 유감이다. 그러나 하코네령의 모녀는 내 일생을 통하여 내 가슴에서 패내일 수 없는 고맙고도 아름다운 기억인 동시에 교훈이다. 그 부인은 벌써 팔십이 넘었을 것이오, 그 소녀도 이제는 오십을 바라볼 것이다. 그동안에 나와 같은 몇 천의 중생에게 이러한 고맙고도 아름다운 기억과 교훈을 주면서 살아왔는고? 나는 그 소녀를 생각할 때 관세음보살을 연상하는 것이 습관이 되었다. 그가 ─ 적더라도 그 순간의 그가 관세음보살이시었다.

입감한 지 사흘째 되던 날, 나는 병감으로 보냄이 되었다. 병감이라야 따로 떨어진 건물이 아니고, 감방 한 편 끝에 있는 방들이었다. 내가 들어간 곳은 일방이라는 방으로, 서쪽 맨 끝 방이었다. 나를 데리고 온 간수가 문을 잠그고 간 뒤에 얼굴 희고 눈 말긋말긋한 간병부가 날더러,

"앉으시거나 누시거나 자유예요. 가만가만히 말씀도 해도 괜찮아요. 말소리가 크면 간수헌테 걱정들어요."

하고 이르고는 내 번호를 따라서 자리를 정해주고 가버렸다. 나는 간병부에게 고개를 숙여 고맙다는 뜻을 표하고 나보다 먼저 들어와 있는 두 사람을 향하여 고개를 숙여서 인사를 하였다.

이때에 바로 내 곁에 있는 사람이 옛날 조선식으로 내 팔목을 잡으며,

"아이고 진 상이시오. 나 윤○○이에요."

하고 곁방에까지 들릴 만한 큰 소리로 외쳤다.

나도 그를 알아보았다. 그는 C경찰서 유치장에서 십여 일이나 나와 함께 있다가 나보다 먼저 송국[2]된 사람이다. 그는 빼빼 마르고 목소리만 크고 말끝마다 ○대가리라는 말을 쓰기 때문에 같은 방 사람들에게 ○대가리라는 별명을 듣고 놀림감이 되던 사람이다. 나는 이러한 기억이 날 때에 터지려는 웃음을 억제하기가 매우 어려웠다. 윤 씨는 옛날 조선 선비들이 가지든 자세와 태도로 대단히 점잖게, 내가 입감된 것을 걱정하고 또, 곁에 있는 '민'이라는 껍질과 뼈만 남은 노인에게 여러 가지 칭찬하는 말로 나를 소개하고 난 뒤에 퍼렁 미결수 옷 앞자락을 벌려서 배와 다리를 왼통 내어놓고 손가락으로 발등과 정강이도 찔러 보고 두 손

---

1   이광수(李光洙), 『문장(文章)』, 1939. 2. 창간호.
2   송국(送局) : 수사기관에서 피의자를 사건 서류와 함께 검찰에 넘겨 보내는 일.

으로 뱃가죽도 잡아당겨 보면서,

"이거 보세요. 이렇게 전신이 부었어요. 근일에 좀 나린 것이 이 꼴이오. 일동 팔방에 있을 때에는 이보다도 더 했는디."

전라도 사투리로 제 병 증세를 기다랗게 설명하였다. 그는 마치 자기가 의사보다 더 잘 자기의 병 증세를 아는 것 같이, 그리고 의사는 도저히 자기의 병을 모르므로 자기는 죽어 나갈 수밖에 없노라고, 자탄하였다. 윤 씨 자신의 진단과 처방에 의하건댄, 몸이 부은 것은 죽을 먹기 때문이오 열이 나고 기침이 나고 설사가 나는 것은 원통한 죄명을 쓰기 때문에 일어나는 화기라고 단언하고, 이 병을 고치자면 옥에서 나가서 고기와 술을 잘 먹는 수밖에 없다고 중언부언한 뒤에 자기를 죽이는 것은 그의 공범들과 의사 때문이라고 눈을 흘기며 소리를 질렀다.

윤 씨의 죄라는 것은 현모玄某 임모林某 하는 자들이 공모하고 김모金某의 토지를 김모 모르게 어떤 대금업자에게 저당하고 삼만여 원의 돈을 얻어 쓴 것이라는데, 윤은 이 공문서, 사문서 위조에 쓰는 도장을 파준 것이라고 한다. 그는,

"현가 놈은 내가 모르고 임가 놈으로 말하면 나와 절친한 친고닝게. 우리는 친고 위해서는 사생을 가리지 않는 성품이닝게. 정말 우리는 친고 위해서는 목숨을 아니 애끼는 사람이닝게, 도장을 파주었지라오. 그래야 진 상도 아시다시피 내가 돈을 한 푼이나 먹었능기오? 현가 놈, 임가 놈 저희들끼리 수만 원 돈을 다 처먹고, 윤○○이 무슨 죄란 말이야?"
하고 뽐내었다.

그러나 윤의 이 말은 내게 하는 말이 아니오, 여태까지 한 방에 있던 '민'더러 들으라는 말인 줄 나는 알았다. 왜 그런고 하면 경찰서 유치장에 있을 때에도 첫날은 지금 이 말과 같이 뽐내더니마는, 형사실에 들어가서 두어 시간 겪을 것을 겪고 두 어깨가 축 늘어져서 나오던 날 저녁에 그는 이 일이 성사되는 날에는 육천 원 보수를 받기로 언약이 있었던 것이며, 정작 성사된 뒤에는 현가와 임가는 윤이 새긴 도장은 잘 되지를 아니하여서 쓰질 못하고, 서울서 다시 도장을 새겨서 썼노라고 하며 돈 삼십 원을 주고 하룻밤 술을 먹이고 창기집에 재워주고 하

였다는 말을, 이를 갈면서 고백하였다. 생각건대는 병감에 같이 있는 민 씨에게는 자기가 무죄하다는 말밖에 아니하였던 것이 불의에 내가 들어오매 그 뒷수습을 하노라고 예방선으로 이런 소리를 하는 것이라고 나는 생각하고 또 한 번 웃음을 억제하였다.

껍질과 뼈와만 남은 민 씨는 밤낮 되풀이하는 소리라는 듯이 윤이 열심히 떠드는 말을 일부러 안 듣는 양을 보이며 해골과 같은 제 손가락을 들여다보고 앉았다가 끙 하고 일어나서 똥통으로 올라간다.

"또, 똥질이야."

하고 윤은 소리를 빽 지른다.

"저는 누구만 못한가?"

하고 민은 끙끙 안간힘을 쓴다.

똥통은 바로 민의 머리맡에 놓여 있는데 볼 때마다 칠 아니한 관을 연상케 하였다. 그 위에 해골이 다 된 민이 올라앉아서 끙끙대는 것이 퍽이나 비참하게 보였다. 윤은 그 가늘고 날카로운 눈으로 민의 앙상한 목덜미를 흘겨보며,

"진 상요? 글쎄 저것이 타작을 한 팔십 석이나 받는다는디. 또 장남 한 자식이 있다는디. 또 열아홉 살 된 예편네가 있다나요. 그런데두 저렇게 제 애비, 제 서방이 다 죽게 되어두, 어리친 강아지새끼 하나 면회도 아니 온단 말씀이지라오. 옷 한 가지, 벤또 한 그릇 차입하는 일도 없고. 나는 집이나 멀지. 인제 보아, 내가 편지를 했으닝게. 그래도 내 당숙이 돈 삼십 원 하나는 보내줄 게요. 내 당숙이 면장이요. 그런디 저것은 집이 시흥이라는디, 그래 계집년 자식새끼 얼씬도 안 해야 옳담? 흥, 그래도 성이 민가라고 양반 자랑은 허지. 민가문 다 양반이어? 서방도 모르고 애비도 모르는 것이 무슨 빌어먹다 죽을 양반이어?"

윤이 이런 악담을 하여도 민은 들은 체 못 들은 체, 인제는 끙끙 소리도 아니하고 멀거니 앉아있는 것이 마치 똥통에서 내려오기를 잊어버린 것 같았다.

민의 대답 없는 것이 더 화가 나는 듯이 윤은 벌떡 일어나더니 똥통 곁으로 가서 손가락으로 민의 옆구리를 꾹 지르며,

"글쎄 내가 무어랬어? 요대로 있다가는 죽고 만다닝게. 먹은 게 있어야 똥이 나오지. 그까진 쌀뜨물 같은 미음을 한 모금씩 얻어먹는 것이 오줌이나 될 것이 있어? 어서 내 말대로 집에다 기별을 해서 돈을 갖다가 우유도 사먹고 닭알도 사먹고 그래요. 돈은 다 두었다가 무엇 하자닝 게여? 애비가 죽어가도 면회도 아니 오는 자식 녀석에게 물려줄 양으로? 흥, 흥. 옳지, 열아홉 살 먹은 기집이 젊은 서방 얻어서 재미있게 살라고?"

하고 민의 비위를 박박 긁는다.

민도 더 참을 수 없던지,

"글쎄, 웬 걱정이야? 나는 자네 악담과 그 독살스러운 눈깔 딱지만 안 보게 되었으면 좀 살겠어. 말을 해도 헐 말이 다 있지. 남의 아내를 왜 거들어? 그러니까 시굴 상것이란 헐 수 없단 말이지."

이런 말을 하면서도 민은 그렇게 성낸 모양조차 보이지 아니한다. 그 옴팡눈이 독기를 띠면서도 또한 침착한 천품을 보이는 것이었다.

그 후에도 날마다 몇 차례씩 윤은 민에게 같은 소리로 그를 박박 긁었다. 민은 그 소리가 듣기 싫으면 눈을 감고 자는 체를 하거나 그렇지 아니하면 유리창으로 내다보이는 여름 하늘의 구름이 나는 것을 언제까지나 바라보고 있었다. 이렇게 민이 침착하면 침착할수록 윤은 더욱 기를 내어서 악담을 퍼부었다. 그리고 그 끝에는 반드시 열아홉 살 된 민의 아내를 거들었다. 이것이 윤이 민의 기를 올리려 하는 최후 수단이었으니, 민은 아내의 말만 나면 양미간을 찡기며 한두 마디 불쾌한 소리를 던졌다.

윤이 아무리 민을 긁어도 민이 못 들은 체하고 도무지 반항이 없으면 윤은 나를 향하여 민의 험구를 하는 것이 버릇이었다. 도무지 민이 의사가 이르는 말을 아니 듣는다는 말, 먹으라는 약도 아니 먹는다는 둥, 천하에 깍정이라는 둥, 민의 코끝이 빨간 것이 죽을 때가 가까워서 회가 동하는 것이라는 둥, 민의 아내에게는 벌써 어떤 젊은 놈팽이가 붙었으리라는 둥, 한량없이 이런 소리를 하였다. 그러다가 제가 졸리거나 밥이 들어오거나 해야 말을 끊었다. 마치 윤은 먹고, 민을 못 견디게 굴고, 똥질하고, 자고, 이 네 가지만을 위해서 살아가는 사람인 것 같았다. 또 한 가지 있다면 그것은 자기의 병 타령과 공범에 대한 원망이었다. 어찌했으나 윤의 입은 잠시도 다물고 있을 새는 없었고 쨍쨍하는 그 목소리는 가끔 간수의 꾸지람을 받으면서도 간수가 돌아선 뒤에는 곧, 그 쨍쨍거리는 목소리로 간수에게 또 욕설을 퍼부었다.

나는 윤 때문에 도무지 맘이 편안하기가 어려웠다. 윤의 말은 마디마디 이상하게 사람의 신경을 자극하였다. 민에게 하는 악담이라든지, 밥을 대할 때에 나오는 형무소에 대한 악담, 의사, 간병부, 간수, 자기 공범, 무릇 그의 입에 오르는 사람은 모조리 악담을 받는데, 말들이 칼끝같이 바늘끝같이 나의 약한 신경을 찔렀다. 내가 가장 원하는 것은 마음에 아무 생각도 없이 가만히 누워있는 것인데, 윤은 내게 이러한 기회를 허락지 아니하였다. 그가 재재거리는 말이 끝이 나서 '이제 살아났다' 하고 눈을 좀 감으면 윤은 코를 골기 시작하였다. 그는 두 다리를 벌리고 배를 내어놓고 베개를 목에다 걸고 눈을 반쯤 뜨고, 그러고는 코로 골고, 입으로 불고, 이따금 꺽꺽 숨이 막히는 소리를 하고, 그렇지 아니하면 백일해 기침과 같은 기침을 하고, 차라리 그 잔소리를 듣던 것이 나은 것 같았다. 그럴 때면 흔히 민이,

"어떻게 생긴 자식인지 깨어서도 사람을 못 견디게 굴고 잠이 들어서도 사람을 못 견디게 굴어."

하고 중얼거릴 때에는 나도 픽 웃지 아니할 수가 없었다.

"저 배 가리워. 십오호, 저 배 가리워. 사타구니 가리우고. 웬 낮잠을 저렇게 자? 낮잠을 저렇게 자니까 밤에는 똥통만 타고 앉아서 다른 사람을 못 견디게 굴지."

하고 순회하는 간수가 소리를 지르면 윤은,

"자기는 누가 자거디오?"

하고 배와 사타구니를 쓸며,

"이렇게 화기가 떠서, 열기가 떠서, 더워서 그래요!"

그러고는 옷자락을 잠간 여미었다가 간수가 가버리면 윤은 간수 섰던 자리를

그 독한 눈으로 흘겨보며,

"왜 나를 그렇게 못 먹어 해?"

하고는 다시 옷자락을 열어젖힌다.

민이 의분심에 못이기는 듯이,

"왜, 간수 말이 옳지. 배때기를 내놓고 자빠져 자니까 밤, 낮 똥질을 하지. 자네 비위에는 옳은 말도 다 악담으로 들기나 봐. 또 그게 무에야. 밤, 낮 사타구니를 내놓고 자빠졌으니?"

그래도 윤은 내게 대해서는 끔찍이 친절하였다. 내가 몸을 움직이지 못하는 병인 것을 안다고 하여서, 그는 내가 할 일을 많이 대신 해주었다.

"무슨 일이 있으면 내게 말씀하시란게요. 왜 일어나시능기오?"

하고, 내가 움직일 때에는 번번이 나를 아끼는 말을 하여 주었다. 내가 사식 차입이 들어오기 전 윤은 제가 먹는 죽과 내 밥과를 바꾸어 먹기를 주장하였다. 그는,

"글쎄, 이 좁쌀 절반 콩 절반, 이것을 진상이 잡수신다는 것이 말이 되능기오?"

하고 굳이 내 밥을 빼앗고, 제 죽을 내 앞에 밀어 놓았다. 나는 그 뜻이 고마웠으나 첫째로는 법을 어기는 것이 내 뜻에 맞지 아니하고, 둘째로는 의사가 죽을 먹으라고 명령한 환자에게 밥을 먹이는 것이 죄스러워서 끝내 사양하였다. 윤과 내가 이렇게 서루 다투는 것을 보고 민은 미음 양재기를 앞에 놓고, 입맛이 없어서 입에 대일 생각도 아니 하면서,

"글쎄 이 사람아, 그 쥐똥 냄새나는 멀건 죽 국물이 무엇이 그리 좋은 게라고 진 상에게 권하나? 진 상, 어서 그 진지를 잡수시오. 그래도 콩밥 한 덩이가 죽보다는 낫지요."

하면 윤은 민을 흘겨보며,

"어서, 저 먹을 거나 처먹어. 그래두 먹어야 사는 게여."

하고 억지로 내 조밥을 빼앗아 먹기를 시작한다.

나는 양심에 법을 어긴다는 가책을 받으면서도 윤의 정성을 물리치는 것이 미안해서 죽 국물을 한 모금만 마시고는 속이 불편하다는 핑계로 자리에 와 누워버

린다.

윤은 내 밥과 제 죽을 다 먹어버리는 모양이다. 민도 미음을 두어 모금 마시고는 자리에 돌아와 눕건마는 윤은 밥덩이를 들고 창 밑에 서서 연해 간수가 오는가 아니 오는가를 바라보면서 입소리 요란하게 밥과 국을 먹고 있다.

민은 입맛을 쩍쩍 다시며,

"그저 좋은 배갈에 육회를 한 그릇 먹었으면 살 것 같은데."

하고 잠간 쉬었다가, 또 한 번,

"좋은 배갈을 한 잔 먹었으면 요 속에 맺힌 것이 획 풀려 버릴 것 같은데."

하고 중얼거린다.

밥과 죽을 다 먹고 나서 물을 벌꺽벌꺽 들이키던 윤은,

"흥, 게다가 또, 육회여? 멀건 미음두 안 내리는 배때기에 육회를 먹어? 금방 뒤어지게. 그렇지 않아도 코끝이 빨간데. 벌써 회가 동했어. 그렇게 되구 안 죽는 법이 있나?"

하며 밥그릇을 부시고 있다. 콧물이 흐르면 윤은 손등으로 씻지 아니하고 세 손가락을 모아서 마치 버러지나 떼어버리는 것같이 콧물을 집어서 아모 데나 획 뿌리고는 그 손으로 밥그릇을 부신다. 그러다가 기침이 나기 시작하면 고개를 돌리려 하지도 아니하고 개수통에, 밥그릇에, 더 가까이 고개를 숙여가며 기침을 한다. 그래도 우리 세 사람 중에는 자기가 그 중 몸이 성하다고 해서 밥을 받아들이는 것이나 밥그릇을 부시는 것이나 밥 먹은 자리에 걸레질을 하는 것이나 다 제가 맡아서 하였고, 또 자기는 이러한 일에 대해서 썩 잘하는 줄로 믿고 있는 모양이었다. 더구나 아침이 끝나고 '벵끼[3] 준비' 하는 구령이 나서 똥통을 들어낼 때면 사실상 우리 셋 중에는 윤밖에 그 일을 할 사람이 없었다. 그는 끙끙거리고 똥통을 들어낼 때마다 민을 원망하였다. 민이 밤낮 똥질을 하기 때문에 이렇게 똥통이 무겁다는 불평이었다. 그러면 민은,

---

3 변기(便器).

"글쎄 이 사람아, 내가 하로에 미음 한 공기도 다 못 먹는 사람이 오줌 똥을 누기로 얼마나 누겠나? 자네야말로 죽두 두 그릇, 국두 두 그릇, 냉수두 두 주전자씩이나 처먹고는 밤새두룩 똥통을 타고 앉아서 남 잠두 못 자게 하지."

하는 민의 말은 내가 보기에도 옳았다. 더구나 내게 사식 차입이 들어온 뒤로부터는 윤은 번번이 내가 먹다가 남긴 밥과 반찬을 다 먹어버리기 때문에 그의 소화불량은 더욱 심하게 되었다. 과식을 하기 때문에 조갈증이 나서 수없이 물을 퍼먹고, 그러고는 하루에 많은 날은 수무 차례나 똥질을 하였다. 그러면서도 자기 말은,

"똥이 나왈 주어야지. 꼬창이루 파내기나 하면 나올까? 허기야 먹는 것이 있어야 똥이 나오지."

이렇게 하루에도 몇 차례씩 혹은 민을 보고 혹은 나를 보고 자탄하였다.

윤의 병은 점점 악화하였다. 그것은 확실히 과식하는 것이 한 원인이 되는 것이 분명하였다. 나는 내가 사식 차입을 먹기 때문에 윤의 병이 더해가는 것을 퍽 괴롭게 생각하여서 인제부터는 내가 먹고 남은 것을 윤에게 주지 아니하리라고 결심하고 나 먹을 것을 다 먹고 나서는 윤의 손이 오기 전에 벤또 그릇을 창틀 위에 갖다 놓았다. 그리고 나는 부드러운 말로 윤을 향하여,

"그렇게 잡수시다가는 큰일 나십니다. 내가 어저께는 세어 보니까 스물네 번이나 설사를 하십디다. 또 그 우에 열이 오르는 것도 너무 잡수시기 때문인가 하는데요."

하고 간절히 말하였으나 그는 듣지 아니하고 창틀에 놓은 벤또를 집어다가 먹었다.

나는 중대한 결심을 하지 아니할 수 없었다. 그것은 내가 사식을 끊어버리는 것이었다. 그래서 나는 저녁 한때만 사식을 먹고 아침과 점심은 관식을 먹기로 하였다. 나는 아무쪼록 영양분을 섭취하지 아니하면 아니 될 병자이기 때문에 이것은 적지 아니한 고통이었으나 나로 해서 곁엣사람이 법을 범하고 병이 더치게 하는 것은 차마 못할 일이었다. 민도 내가 사식을 끊은 까닭을 알고 두어 번 윤의 주책없음을 책망하였으나 윤은 도리어 내가 사식을 끊은 것이 저를 미워하여서

나 하는 것같이 나를 원망하였다. 더구나 윤의 아들에게서 현금 삼 원 차입이 와서 우유며 사식을 사먹게 되고 지리가미[4]도 사서 쓰게 된 뒤로부터는 내게 대한 태도가 심히 냉랭하게 되었다. 예전에는 내가 충고하는 말이면 "선생님 말씀이 옳아요." 하고 순순히 듣던 것이 이제는 나를 향해서도 눈을 흘기게 되었다.

윤은 아들이 보낸 삼 원 중에서 수건과 비누와 지리가미를 샀다.

"붓빙 고오뀨(물건 사라)."

하는 날은 한 주일에 한 번밖에 없었고, 물건을 주문한 후에 그 물건이 올 때까지는 한 주일 내지 십여 일이 걸렸다. 윤은 자기가 주문한 물건이 오는 것이 늦다고 하여 날마다 하루에도 몇 차례씩 형무소 당국의 태만함을 책망하였다. 그러다가 물건이 들어온 날 윤은 수건과 비누와 지리가미를 받아서 이리 뒤적 저리 뒤적 하면서,

"글쎄 이걸 수건이라고 가져와? 망할 자식들 같으니. 걸레감도 못되는 걸. 비누는 또 이게 다 무어여, 워디 향내 하나 나나?"

하고 큰 소리로 불평을 하였다.

민이, 아니꼬워 못 견디는 듯이 입맛을 몇 번 다시더니,

"글쎄 이 사람아, 자네네 집에서 언제 그런 수건과 비누를 써 보았단 말인가? 그 돈 삼 원 가지고 밥술이나 사먹을 게지, 비누 수건은 왜 사? 자네나 내나 그 상판대기에 비누는 발라서 무엇 하자는 게구, 또 여기서 주는 수건이면 고만이지 타월 수건은 해서 무어 하자는 게야? 자네가 고따위로 소견머리 없이 살림을 하니깐 평생에 가난 껍질을 못 벗어 놓지."

이렇게 책망하였다.

윤은 그날부터 세수할 때에만은 제 비누를 썼다. 그러나 수건을 빨 때라든지 발을 씻을 때에는 웬 일인지 여전히 내 비누를 쓰고 있었다.

윤은 수건 거는 줄에 제 타월 수건이 걸리고, 비누와 잇솔과 치마분이 있고, 이

---

4   휴지.

불 밑에 지리가미가 있고, 조석으로 차입 밥과 우유가 들어오는 동안 심히 호기가 있었다. 그는 부채도 하나 샀다. 그 부채가 내 부채 모양으로 합죽선이 아닌 것을 하루에도 몇 번식 원망하였으나, 그는 허리를 쭉 뻗고 고개를 젖히고 부채를 딱딱거리며 되사리고 앉아서 그가 좋아하는 양반 상놈 타령이며 공범 원망이며 형무소 공격이며 민에 대한 책망이며, 이런 것을 가장 점잖게 하였다.

윤은 이삼 원어치 차입 때문에 자기의 지위가 대단히 높아지는 것을 느끼는 모양이었다. 간수들 보고도 이제는 겁낼 필요가 없이, '나도 차입을 먹노라'고 호기를 부렸다.

윤이 차입을 먹게 되매 나도 십여 일 끊었던 사식 차입을 받게 되었다. 윤과 나와 두 사람만은 노긋노긋한 흰 밥에 생선이며 고기를 먹으면서 민 혼자만이 멀건 미음 국물을 마시고 앉았는 것이 차마 볼 수 없었다. 민은 미음 국물을 앞에 받아 놓고는 연해 나와 내 밥그릇을 바라보는 것 같고 또 춤을 껄떡껄떡 삼키는 모양이 보였다. 노긋노긋한 흰 밥, 이것이 이 세상에서 가장 귀하고 고마운 것인 줄은 감옥에 들어와 본 사람이라야 알 것이다. 밥의 하얀 빛 그 향기, 젓갈로 집고 입에 넣어 씹을 때에 그 촉각, 그 맛. 이것은 천지간에 있는 모든 물건 가운데 가장 귀한 것이라고 느끼지 아니할 수 없었다. 쌀밥, 이러한 말까지도 신기한 거룩한 음향을 가진 것같이 느껴졌다. 이렇게 밥의 고마움을 느낄 때에 합장하고 하늘을 우러러,

'모든 중생으로 하여금 밥의 즐거움을 골고루 받게 하소서.'

하고 빌지 아니할 사람이 있을까? 이 때에 나는 형무소의 법도 잊어버리고 민의 병도 잊어버리고 지리가미에 한 숟갈쯤 되는 밥 덩어리를 덜어서,

"꼭꼭 씹어 잡수세요."

하고 민에게 주었다. 민은 그것을 받아서 입에 넣었다. 그의 몸에는 경련이 일어나는 것 같고 그의 눈에는 눈물이 글썽글썽하는 것 같음은 내 마음 탓일까?

민은 종이에 붙은 밥 알갱이를 하나 안 남기고 다 뜯어서 먹고,

"참 꿀같이 달게 먹었습니다. 어쩌면 그렇게도 맛이 있을까? 지금 죽어도 한이

없을 것 같습니다.”

하고 더 먹고 싶어 하는 모양 같으나 나는 더 주지 아니하고 그릇에 밥을 좀 펴거서 내어놓았다. 윤은 제 것을 다 먹고 나서 내가 펴긴 것까지 마저 휘몰아 넣었다.

윤의 삼 원어치 차입은 일주일이 못해서 끊어지고 말았다. 윤의 당숙 되는 면장에게서 오리라고 윤이 장담하던 삼십 원은 오지 아니하였다. 윤이 노 말하기를, 자기가 옥에서 죽으면 자기 당숙이 아니 올 수 없고 오면은 자기의 장례를 아니 지낼 수 없으니 그러면 적어도 삼십 원은 들 것이라, 죽은 뒤에 삼십 원을 쓰는 것보다 살아서 삼십 원을 보내어 먹고 싶은 것을 먹으면 자기가 죽지 아니할 터이니 당숙이 면장의 신분으로 형무소까지 올 필요도 없고, 또 설사 자기가 옥에서 죽더라도 이왕 장례비 삼십 원을 받아먹었으니 친족에게 폐를 끼치지 아니하고 형무소에서 화장을 할 터인즉 지금 삼십 원을 청구하는 것이 부당한 일이 아니라고, 이렇게 면장 당숙에게 편지를 하였으므로 반드시 삼십 원은 오리라는 것이었다.

나도 윤의 당숙 되는 면장이 윤의 이론을 믿어서 돈 삼십 원을 보내어주기를 진실로 바랐다. 더구나 윤의 사식 차입이 끊어짐으로부터 내가 먹다가 남긴 밥을 윤과 민이 다투게 되매 그러하였다. 내가 민에게 밥 한 숟갈 준 것이 빌미가 됨인지 민은 끼니때마다 밥 한 숟가락을 내게 청하였고, 그럴 때마다 윤은 민에게 욕설을 퍼붓고 심하면 밥그릇을 둘러엎었다. 한번은 윤과 민과 사이에 큰 싸움이 일어나서 차마 입에 담지 못할 욕설을 서로 주고받고 하였다. 때마침 간수가 지나가다가 두 사람이 싸우는 소리를 듣고 윤을 나무랬다. 간수가 간 뒤에 윤은 자기가 간수에게 꾸지람들은 것이 민 때문이라고 하여 더욱 민을 못 견디게 굴었다. 그 방법은 여전히 며칠 안 있으면 민이 죽으리라는 둥, 열아홉 살 된 민의 아내가 벌써 어떤 젊은 놈 하고 붙었으리라는 둥, 민의 아들들은 개, 돼지만도 못한 놈들이라는 둥, 이런 악담이었다.

나는 다시 사식을 중지하여 달라고 간수에게 청하였다. 그러나 내가 사식을 중지하는 것으로 두 사람의 감정을 완화할 수는 없었다. 별로 말이 없던 민도 내가 사식을 중지한 뒤로부터는 윤에게 지지 않게 악담을 하였다.

"요놈, 요 좀도적 놈. 그래 백주에 남의 땅을 빼앗어 먹겠다고 재판소 도장을 위조를 해? 고 도장 파던 손목장이가 썩어 문드러지지 않을 줄 알구."

이렇게 민이 윤을 공격하면 윤은,

"남의 집에 불 논 놈은 어떻고? 그 사람이 밉거든 차라리 칼을 가지고 가서 그 사람만 찔러 죽일 게지. 그래 그 집 식구는 다 태워 죽이고 저는 죄를 면하잔 말이지? 너 같은 놈은 자식새끼까지 다 잡아먹어야 해! 네 자식 녀석들이 살아남으면 또 남의 집에 불을 놓겠거든."

이렇게 대꾸를 하였다.

하루는 간수가 우리 방문을 열어젖히고,

"구십구호!"

하고 불렀다.

구십구호를 십오호로 잘못 들었는지, 윤이 벌떡 일어나며,

"네. 내게 편지 왔능기오?"

하였다. 윤은 당숙 면장의 편지를 간절히 기다리는 마음에 구십구호를 십오호로 잘못 들은 모양이다.

"네가 구십구호냐?"

하고 간수는 소리를 질렀다.

정작 구십구호인 민은 나를 부를 자가 천지에 어디 있으랴 하는 듯이 그 옴팡눈으로 팔월 하늘의 흰 구름을 바라보고 누워 있었다.

"구십구호 귀 먹었니?"

하는 소리와,

"이건 눈 뜨고 꿈을 꾸고 있는 셈인가? 단또[5]상이 부르시는 소리도 못 들어?"

하고 윤이 옆구리를 지르는 바람에 민은 비로소 누운 대로 고개를 젖혀서 문을

---

5   담당(擔當): 여기서는 간수(看守)를 가리킨다.

열고 섰는 간수를 바라보았다.

"구십구호, 네 물건 다 가지고 이리 나와?"

그제야 민은 정신이 드는 듯이 일어나 앉으며,

"우리 집으로 내어보내 주세요?"

하고, 그 해골 같은 얼굴에 숨길 수 없는 기쁜 빛이 드러난다.

"어서 나오라면 나와. 나와 보면 알지."

"우리 집에서 면회하러 왔어요?"

하고 민의 얼굴에 나타났든 기쁨은 반 이상이나 스러져버린다.

간수 뒤에 있던 키 큰 간병부가,

"전방이에요, 전방. 어서 그 약병이랑 다 들고 나와요."

하는 말에 민은 약병과 수건과 제가 베고 있던 베개를 들고 지척거리고 문을 향하고 나간다. 민은 전방이라는 뜻을 알아들었는지 분명치 아니하였다. 간병부가,

"베개는 두고 나와요? 요 윗방으로 가는 게야요."

하는 말에 비로소 민은 자기가 어디로 끌려가는지 알아차린 모양이어서 힘없이 베개를 내어던지고 잠깐 기쁨으로 빛나던 얼굴이 다시 해골같이 되어서 나가버리고 말았다. 다음 방인 이방에 문 열리는 소리가 나고 또 문이 닫히고 짤깍하고 쇠 잠기는 소리가 들렸다. 나는 민이 처음 보는 사람들 틈에 어리둥절하여 누울 자리를 찾는 모양을 눈앞에 그려 보았다.

"에익, 고 자식 잘 나간다. 제인장 더러워서 견딜 수가 있나? 목욕이란 한 번도 안 했으닝게. 아침에 세수 하고 양추질하는 것 보셨능기오? 어떻게 생긴 자식인지 새 옷을 갈아입으래도 싫다는고만."

하고 일변 민이 내어버리고 간 베개를 자기 베개 밑에 넣으며 떠나간 민의 험구를 계속한다 —

"민가가 왜 불을 놓았는지 진 상 아시능기오? 성이 민가기 때문에 그랬든지 서울 민○○ 대감네 마름 노릇을 수십 년 했지라오. 진 상도 보시는 바와 같이 자식이 저렇게 독종으로, 각쟁이로 생겼으닝게 그 밑에 작인들이 배겨날 게요? 팔

십 석이나 타작을 한다는 것도 작인들의 등을 처먹은 게지 무엇잉게요? 그래 작인들이 원망이 생겨서 지주집에 등장[6]을 갔더라나요. 그래서 작년에 마름을 떼웠단 말이오. 그리고 김 무엇인가 한 사람이 마름이 났는데요, 민가 녀석은 제 마름을 뗀 것이 새로 마름이 된 김가 때문이라고 해서 금년 음력 설날에 어디서 만났드라나. 만나서 욕지거리를 하고 한바탕 싸우고, 그러고는 요 뱅충맞은 것이 분해서 그날 밤중에 김가 집에 불을 놨단 말야. 마침 설날 밤이라, 밤이 깊도록 동네 사람들이 놀러 댕기다가 불이야! 소리를 쳐서 얼른 잡았기에 망정이지 하마터면 김가네 집 식구가 죄다 타 죽을 번하지 않았능기오?"

하고 방화죄가 어떻게 흉악한 죄인 것을 한바탕 연설을 할 즈음에 간병부가 오는 것을 보고 말을 뚝 끊는다. 그것은 간병부도 방화범인 까닭이었다.

"모두 숭악한 놈들이지요. 남의 집에 불을 놓다니! 그런 놈들은 씨알머리도 없이 없애버려야 하는 기라오."

하고 심히 세상을 개탄하는 듯이 길게 한숨을 쉰다.

일방에 윤과 나와 단 둘이 있게 되어서부터는 큰 소리가 날 필요가 없었다. 밤이면 우리 방에 들어와 자는 간병부가 윤을 윤서방이라고 부른다고 해서 윤이 대단히 불평하였으나 간병부의 감정을 상하는 것이 이롭지 못한 줄을 아는 윤은 간병부와 정면충돌을 하는 일은 별로 없고 다만 낮에 나하고만 있을 때에,

"서울말로는 무슨 서방이라고 부르는 말이 높은 말잉기오? 우리 전라도서는 나 많은 사람보고 무슨 서방이라고 하면 머슴이나 하인이나 부르는 소리랑기오."

하고 곁눈으로 나를 바라본다. 나는 그가 묻는 뜻을 알았으므로 대답하기가 심히 거북상스러워서[7] 잠깐 주저하다가,

"글쎄, 서방님이라고 하는 것만 못하겠지요."

하고 웃었다. 윤은 그제야 자신을 얻은 듯이,

"그야 우리 전라도에서도 서방님이라고 하면사 대접하는 말이지오. 글쎄 진상

---

6 등장(等狀) : 여러 사람이 이름을 잇대어 써서 관청에 올려 하소연함.
7 '거북살스럽다'의 평안도 방언.

도 보시다시피 저 간병부 놈이 언필칭 날더러 윤서방 윤서방, 하니 그래 그놈의 자식은 제 애비나 아재비더러도 무슨 서방 무슨 서방 할 텐가? 나이로 따져도 내가 제 애비 벌은 되렷다. 어 고약한 놈 같으니."

하고 그 앞에 책망 받을 사람이 섰기나 한 것처럼 뽐낸다.

윤 씨는 윤서방이라는 말이 대단히 분한 모양이어서 어떤 날 저녁엔 간병부가 들어올 때에도 눈만 흘겨보고 잘 다녀왔느냐 하는, 늘 하던 인사도 아니 하는 적도 있었다. 그러다가 하루 저녁에는 또 '윤서방'이라고 간병부가 부른 것을 기회로 마침내 정면충돌이 일어나고 말았다. 윤이,

"댁은 나를 무어로 보고 윤서방이라고 부르오?"

하는 정식 항의에 간병부가 뜻밖인 듯이 눈을 크게 뜨고 한참이나 윤을 바라보고 앉았더니, 허허 하고 경멸하는 웃음을 웃으면서,

"그럼 댁더러 무어라고 부르라는 말이오? 댁의 직업이 도장장이니 도장장이라고 부르라는 말이오? 죄명이 사기니 사기장이라고 부르라는 말이오? 밤낮 똥질만 하니 윤똥질이라고 부르라는 말이오? 옳지, 윤선생이라고 불러줄까? 왜 되지 못하게 이 모양이야? 윤서방이라고 불러 주면 고마운 줄이나 알지. 낫살을 먹었으면 몇 살이나 더 먹었길래. 괜스리 그러다가는 윤가놈이라고 부를걸."

하고 주먹으로 삿대질을 한다.

윤은 처음에 있든 호기도 다 없어지고 그만 시그러지고[8] 말았다. 간병부는 민영감 모양으로 만만치 않은 것도 있거니와 간병부 하고 싸운댔자 결국은 약 한 봉지 얻어먹기도 어려운 줄을 깨달은 것이었다.

윤은 침묵하고 있건마는 간병부는 누워 잘 때에까지도 공격을 중지하지 아니하였다.

이튿날 아침, 진찰도 다 끝나고 난 뒤에 우리 방에 있는 키 큰 간병부는 다음 방에 있는 간병부를 데리고 와서,

---

8   시그러지다 : 애쓰거나 뻗친 힘 따위가 사라지거나 사그라지다.

"흥, 저 양반이, 내가 윤서방이라고 부른다고 아주 대노하셨다나!"

하며 턱으로 윤을 가리키는 것을 보고 키 작은 간병부가,

"여보! 윤 서방, 어디 고개 좀 이리 돌리오. 그럼 무어라고 부르리까? 윤동지라고 부를까? 윤선달이 어떨꼬? 막 싸구려 판이니 어디 그중에서 맘에 드는 것을 고르시우."

하고 놀려먹는다.

윤은 눈을 깜박깜박 하고 도무지 아무 대답이 없었다.

본래 간병부에게 호감을 못 주던 윤은 윤서방 사건이 있은 뒤부터 더욱 미움을 받았다. 심심하면 두 간병부가 와서 여러 가지 별명을 부르면서 윤을 놀려먹었고, 간병부들이 간 뒤에는 윤은 나를 향하여,

"두 놈이 옥 속에서 썩어져라."

고 악담을 퍼부었다.

이렇게 윤이 불쾌한 그날그날을 보낼 때에 더욱 불쾌한 일 하나가 생겼다. 그것은 정이라는, 역시 사기범으로 일동 팔방에서 윤하고 같이 있던 사람이, 설사병으로 우리 감방에 들어온 것이다. 나는 윤에게서 정 씨의 말을 여러 번 들었다. 설사를 하면서도 우유니 닭알이니 하고 막 처먹는다는 둥, 한다는 소리가 모두 거짓말뿐이라는 둥, 자기가 아무리 타일러도 말을 듣지 않는, 꼭 막힌 놈이라는 둥, 이러한 비평을 하는 것을 여러 번 들었다. 하루는 윤하고 나하고 운동을 나갔다가 들어와 보니 웬 키가 커다랗고 얼굴이 허연 사람이 똥통을 타고 앉아서 싱글싱글 웃고 있었다. 윤은 대단히 못마땅한 듯이 나를 돌아보고 입을 삐죽 하고 나서 자리에 앉아서 부채를 딱딱거리면서,

"데이 상, 입대까지 설사가 안 막혔능기오? 사람이란 친구가 충고하는 옳은 말은 들어야 하는 법이어. 일동 팔방에 있을 때에 내가 그만큼이나 음식을 삼가라고 말 안 했거디? 그런데 내가 병감에 온 지가 벌써 석 달이나 되는디 아직도 설사여?"

하고 똥통에 올라앉은 사람을 흘겨본다. 윤의 이 말에 나는 그가, 윤이 늘 말하든

정 씨인 줄을 알았다.

똥통에서 내려온 정 씨는 윤의 말을 탄하지 않는, 지어서 하는 듯한 태도로,

"인 상, 우리 이거 얼마 만이오? 그래 안즉도 예심 중이시오?"

하고 얼굴 전체가 다 웃음이 되는 듯이 싱글벙글하며 윤의 손을 잡는다. 그러고 나서는 내게 앉은절을 하며,

"제 성명은 정흥태올시다. 얼마나 고생이 되십니까?"

하고 대단히 구변이 좋았다. 나는 그의 말의 발음으로 보아 그가 평안도 사람으로서 서울말을 배운 사람인 줄을 알았다. 그러나 저녁에 인천 사는 간병부와 인사할 때에는 자기도 고향이 인천이라 하였고, 다음에 강원도 철원 사는 간병부와 인사를 할 때에는 자기 고향이 철원이라 하였고, 또 그다음에 평양 사람 죄수가 들어와서 인사하게 된 때에는 자기 고향은 평양이라고 하였다. 그때에 곁에 있던 윤이 정을 흘겨보며,

"왜, 또 해주도 고향이라고 아니 했소? 대체 고향이 몇이나 되능기오?"

이렇게 오금을 박은 일이 있었다. 정은 한두 달 살아본 데면, 그 지방 사람을 만날 때 다 고향이라고 하는 모양이었다.

정은 우리 방에 오는 길로,

"이거 방이 더러워 쓰겠느냐?"

고 벗어부치고 마룻바닥이며, 식기며를 걸레질을 하고 또 자리 밑을 떠들어 보고는,

"이거 대체 소제라고는 안 하고 사셨군? 이거 더러워 쓸 수가 있나?"

하고 방을 소제하기를 주장하였다.

"그 너머 혼자 깨끗한 체하지 마시오. 어디 그 수선에 정신 차리겠능기오?"

하고 윤은 돗자리 떨어내는 것을 반대하였다. 여기서부터 윤과 정의 의견 충돌이 시작되었다.

저녁밥 먹을 때가 되어 정이 일어나 물을 받는 것까지는 참았으나, 밥과 국을 받으려고 할 때에는 윤이 발딱 일어나 정을 떼밀치고 기어이 제가 받고야 말았다.

창 옆에서 음식을 받아들이는 것은 감방 안에서는 큰 권리로 여기는 것이었다.

정은 윤에게 떼밀치어 머쓱해 물러서면서,

"그렇게 사람을 떼밀 거야 무엇이오? 그러니깐으루 간 데마다 인심을 잃지. 나 같은 사람과는 아무렇게 해도 관계치 않소마는 다른 사람보고는 그리 마시오? 뺨 맞지요, 뺨 맞어요."

하고 나를 돌아보며 싱그레 웃었다. 그것은 마치 자기는 그만한 일에 성을 내는 사람이 아니라는 것을 보이려 함인 것 같았으나 그의 눈에는 속일 수 없이 분한 빛이 나타났다.

밥을 먹는 동안 폭풍우 전의 침묵이 계속 되었으나 밥이 끝나고 먹은 그릇을 설 거지 할 때에 또 충돌이 일어났다. 윤이 사타구니를 내어놓고 있다는 것과 제 그 릇을 먼저 씻고 나서 내 그릇과 정의 그릇을 씻는다는 것과 개수통에 입을 대고 기침을 한다는 이유로 정은 윤을 책망하고, 윤이 씻어 놓은 제 밥그릇을 주전자의 물로 다시 씻어서 윤의 밥그릇에 닿지 않도록 따로 포개놓았다. 윤은 정더러,

"여보, 당신은 당신 생각만 하고 다른 사람 생각은 못하오? 그 주전자 물을 다 써버리면 밤에는 무엇을 먹고 아침에 네 식구가 세수는 무엇으로 한단 말이오? 사람이란 다른 사람 생각을 해야 쓰는 거여."

하고 공격하였으나 정은 못 들은 체하고 주전자 물을 거진 다 써서 제 밥그릇과 국그릇과 젓가락을 한껏 정하게 씻고 있었던 것이다.

이 모양으로 윤과 정과의 충돌은 그칠 사이가 없었다. 그러나 정은 간병부와 내게 대해서는 아첨에 가까울 만치 공손하였다. 더구나 그가 농업이나 광업이나 한방의술이나 신의술이나 심지어 법률까지도 모르는 것이 없었고, 또 구변이 좋 아서 이야기를 썩 잘하기 때문에 간병부들은 그를 크게 환영하였다.

이렇게 잠깐 동안에 잔병부들의 환심을 샀기 때문에 처음에는 한 그릇씩 받아 야 할 죽이나 국을 두 그릇씩도 받고, 또 소화약이나 고약이나 이러한 약도 가외 로 더 얻을 수가 있었다. 정이 싱글싱글 웃으며 졸라대면, 간병부들은 여간한 것 은 거절하지 아니하였다. 그리고 이따금 밥을 한 덩이씩 가외로 얻어서 맛날 듯

한 것을 젓가락으로 휘저어서 골라먹고 그리고 남은 찌꺼기를 행주에다가 싸고 소금을 치고, 그리고는 그것을 떡 반죽하듯이 이겨서 떡을 만들어서는, 요리로 한 입 조리로 한 입, 맛남 직한 데는 다 뜯어먹고, 그리고 남저지를 싸두었다가 밤에 자러 들어온 간병부에게 주고는 크게 생색을 내었다. 한번은 정이 조밥으로 떡을 만들며 나를 돌아보고,

"간병부 녀석들은 이렇게 좀 먹여야 합니다. 이따금 닭알도 사주고 우유도 사주면 좋아하지요. 젊은 녀석들이 밤낮 굶주리고 있거든요. 이렇게 녹여놓아야 말을 잘 듣는단 말이야요. 간병부와 틀렸다가는 해가 많습니다. 그 녀석들이 제가 미워하는 사람의 일은 좋지 못하게 간수들한테 일러바치거든요."

하면서 이겨진 떡을 요모조모 떼어먹는다.

"여보, 그게 무에요? 데이 상은 간병부를 대할 때 십 년 만에 만나는 아자씨나 대한 듯이 살이라도 베어 먹일 듯이 아첨을 하다가, 간병부가 나가기만 하면 언필칭 이 녀석 저 녀석 하니, 사람이 그렇게 표리가 부동해서는 못쓰는 게여. 우리는 그런 사람은 아니여든. 대해 앉아서도 할 말은 하고 안할 말은 안 하지. 사내대장부가 그렇게 간사를 부려서는 못쓰는 게여? 또 여보, 당신이 떡을 해주겠거든 숫밥으로 해주는 게지. 당신 입에 들어왔다 나갔다 하던 젓가락으로 휘저어서 밥 알갱이마다 당신의 더러운 침을 발라가지고, 그리고 먹다가 먹기가 싫으닝게 남을 주고 생색을 낸다? 그런 일을 해선 못쓰는 게여. 남 주고도 죄받는 일이여든. 당신 하는 일이 모두 그렇단 말여. 정말 간병부를 주고 싶거든 당신 돈으로 닭알 한 개라도 사서 주어. 흥, 공으로 밥 얻어서 실컷 처먹고, 먹기가 싫으닝게 남을 주고 생색을 낸다 — 웃기는 왜 웃소, 싱글싱글? 그래, 내가 그른 말 해? 옳은 말은 들어두어요. 사람 되려거든. 나, 그, 당신 싱글싱글 웃는 거 보면 느글느글해서 배창수가 다 나오려 든다닝게. 웃긴 왜 웃어? 무엇이 좋다고 웃는 게여?"

이렇게 윤은 정을 몰아세웠다.

정은 어이없는 듯이 듣고만 앉았더니,

"내가 할 소리를 당신이 하는구려? 그 배때기나 가리고 앉어요."

그날 저녁이었다. 간병부가 하루 일이 끝이 나서 빨가벗고 뛰어 들어왔다. 정은,

"아이, 오늘 얼마나 고생스러우셨어요? 그래도 하루가 지나가면 그만큼 나가실 날이 가까운 것 아니오? 그걸로나 위로를 삼으셔야지. 그까진 한 삼사 년 잠깐 갑니다. 아 참, 백호 하고 무슨 말다툼을 하시든 모양이든데."

이 모양으로 아주 친절하게 위로하는 말을 하였다. 백호라는 것은 다음 방에 있는 키 작은 간병부의 번호이다. 나도 '이놈 저놈' 하며 둘이서 싸우는 소리를 아까 들었다.

간병부는 감빛 기결수 옷을 입고 제 자리에 앉으면서,

"고놈의 자식을 찢어 죽이랴다가 참았지요. 아니꼬운 자식 같으니. 제가 무어길래? 제나 내나 다 마찬가지 전중이[9]고 다 마찬가지 간병부지. 흥, 제 놈이 나보다 며칠이나 먼저 왔다고 나를 명령을 하려 들어? 쥐새끼 같은 놈 같으니. 나이로 말해도 내가 제 형벌은 되고 세상에 있을 때에 사회적 지위로 보드래도 나는 면서기까지 지낸 사람인데. 그래 제 따위 한 자요 두 자요 하든 놈과 같을 줄 알고. 요놈의 자식, 내가 오늘은 참았지마는 다시 한 번만 고 따위로 주둥아리를 놀려봐? 고놈이 아가리를 찢어놓고 다릿마댕이를 분질러놀걸. 우리는 목에 칼이 들어 오드라도 할 말은 하고 할 일은 하고야 마는 사람여든!"

하고 곁방에 있는 '백호'라는 간병부에게 들리라 하는 말로 남은 분풀이를 하고 있다. 정은 간병부에게 동정하는 듯이 혀를 여러 번 차고 나서,

"쩟, 쩟. 아, 참으셔요. 신상 체면을 보셔야지. 고까짓 어린애 녀석 하고 무얼 말다툼을 하세요. 아이, 나쁜 녀석! 고 녀석 눈깔딱지 하고 주둥아리 하고 독살스럽게도 생겨 먹었지. 방정은 고게 또 무슨 방정이야? 고 녀석 인제 또 옥에서 나가는 날로 또 뉘 집에 불 놓고 들어올걸. 원, 고 녀석. 글쎄 남의 집에 불을 놓다니?"

간병부는 정의 마지막 말에 눈이 뚱그래지며,

"그래, 나도 남의 집에 불 놓았어. 그랬으니 어떻단 말이어? 당신같이 남의 돈

을 속여먹는 것은 괜찮고 남의 집에 불 놓는 것만 나쁘단 말이오? 원 별 아니꼬운 소리를 다 듣겠네. 여보, 그래 내가 불을 놓았으니 어떡허란 말이오? 웃기는 싱글 싱글 왜 웃어? 그래 백호나 내가 남의 집에 불을 놓았으니 어떡허란 말이야?"
하고 정에게 향하여 상앗대질을 하였다.

정의 얼굴은 빨개졌다. 정은 모처럼 간병부의 비위를 맞추려고 하던 것이 그만 탈선이 되어서 이 봉변을 당하게 된 것이었다. 그러나 정의 얼굴에는 다시 웃음이 떠돌면서,

"아니, 내 말이 어디 그런 말이오? 신 상이 오해시지."
하고 변명하려는 것을 간병부는,

"오해? 육회가 어떠우?"

"아니, 그런 말이 아니라, 신 상도 불을 놓으셨지만은 신 상은 술이 취하셔서 술김에 놓으신 것이어든. 그 술김이 아니면 신 상이 어디 불 놓으실 양반이오? 신 상이 우락부락해서 홧김에 때려죽인다면 몰라도 천성이 대장부다우시니까 사기나 방화나 그런 죄는 안 지을 것이란 말이오! 그저 애매하게 방화죄를 지셨다는 말씀이지요. 내 말이 그 말이거든. 그런데 말이오. 저 백호, 그 녀석이야말로 정신이 말짱해서 불을 논 것이 아니오? 그게 정말 방화죄거든. 내 말이 그 말씀이야. 인제 알어들으셨어요?"
하고 정은 제 말에 심이라는 간병부의 분이 풀린 것을 보고,

"자, 이거나 잡수세요."
하며 밥그릇 통 속에 감추어 두었던 조밥떡을 내어 팔을 기다랗게 늘여서 간병부에게 준다.

"날마다 이거, 미안해서 어떻게 하오?"
하고 간병부는 그 떡을 받았다.

간병부가 잠깐 일어나서 간수가 오나 아니 오나를 엿보고 난 뒤에 그 떡을 한 입 베어 물었다. 아까부터 간병부와 정과의 언쟁을 흥미 있는 눈으로 힐끗힐끗 곁눈질하던 윤이,

“아뿔사 신 상, 그것 잡숫지 마시오.”

하고 말만으로도 부족하야 손까지 살래살래 내흔들었다.

간병부는 께름칙한 듯이 떡을 입에 문 채로,

“왜요?”

하며 제 자리에 와 앉는다. 간병부 다음에 내가 누워 있고 그 다음에 정, 그 다음에 윤, 우리들의 자리 순서는 이러하였다. 윤은 점잖게 되사리고 앉아서 부채를 딱딱하며,

“내가 말라면 마슈. 내가 언제 거짓말 했거디? 우리는 목에 칼이 오드라도 바른 말만 하는 사람이어든.”

그러는 동안에 간병부는 입에 베어 물었던 떡을 삼켜버린다. 그리고 그 남저지를 지리가미에 싸서 등 뒤에 놓으면서,

“아니, 어째 먹지 말란 말이오?”

“그건 그리 아실 건 무엇 있소? 자시면 좋지 못하겠으닝게 먹지 말랑 게지.”

“아이, 말해요. 우리는 속이 겁겁해서, 그렇게 변죽만 울리는 소리를 듣고는 가슴에 불이 일어나서 못 견디어.”

이때에 정이 매우 불쾌한 얼굴로,

“신 상, 그 미친 소리 듣지 마시오. 어서 잡수세요. 내가 신상께 설마 못 잡수실 것을 드릴라구?”

하였건마는 간병부는 정의 말만으론 안심이 안 되는 모양이어서,

“윤서방, 어서 말씀하시오.”

하고 약간 노기를 띤 어성으로 재쳐 묻는다.

“그렇게 아시고 싶을 건 무엇 있어서? 그저 부정한 것으로만 아시라닝게. 내가 신상께 해로운 말씀 할 사람은 아니닝게.”

“아따, 그 아가리 좀 못 닥쳐?”

하며 정이 참다못해 벌떡 일어나서 윤을 흘겨본다.

윤은 까딱 아니 하고 여전히 몸을 좌우로 흔들흔들 하면서,

"당신네 평안도서는 사람의 입을 아가리라고 하는지 모르겠소마는 우리네 전라도서는 점잖은 사람이 그런 소리는 아니 하오. 종교가 노릇을 이십 년이나 했다는 양반이 어, 그 무슨 말버릇이란 말이오? 종교가 노릇을 이십 년이나 했길래로 남 먹으라고 주는 음식에 침만 발러주었지. 십 년만 했드면 코 발러 줄 뻔했소그려? 내가 아까 그러지 않아도 이르지 않았거디? 사람에게 먹을 것을 주려거든 숫으로 덜어서 주는 법이어. 침 묻은 젓가락으로 휘저어가면서 맛날 듯한 노란 좁쌀은 죄다 골라 먹고, 콩도 이거 집었다가 놓고 저것 집었다가 놓고 입에 댔다가 놓고, 노르스름한 놈은 죄다 골라 먹고, 그러고는 퍼렇게 뜬 좁쌀, 썩은 콩만 남겨서 제 밥그릇, 죽그릇, 젓가락 다 씻은 개숫물에 행주를 축여가지고는 코 묻은 손으로 주물럭주물럭해서 떡이라고 만들어 가지고, 그런 뒤에도 요모조모 맛날 듯싶은 데는 다 떼어먹고 그것을 남겼다가 사람을 먹으라고 주니, 그러고 벼락이 무섭지 않아? 그런 것은 남을 주고도 벌을 받는 법이라고 내가 그만큼 일렀단 말이어. 우리는 남의 흠담은 도모지 싫어하는 사람이닝게 이런 말도 안 하려고 했거든. 신 상, 내 어디 처음에야 말했가디? 저 진 상도 증인이어. 내가 그만큼 옳은 말로 타일렀고 또 덮어주었으면 평안도 상것이 '고맙습니다' 하는 말은 못 할망정 잠자코나 있어야 할 게지. 사람이란 그렇게 뻔뻔해서는 못쓰는 게여."

윤의 말에 정은 어쩔 줄을 모르고, 얼굴만 푸르락누르락하더니 얼른 다시 기막히고 우습다는 표정을 하며,

"참 기가 막히오. 어쩌면 그렇게 빤빤스럽게도 거짓말을 꾸며대오? 내가 밥에 모래와 쥐똥, 썩은 콩, 티검불 이런 걸 고르느라고 젓가락으로 밥을 저었지. 그래 내가 어떻게 보면 저 먹다 남은 찌꺼기를 신 상더러 자시라고 할 사람 같어 보여? 앗으우, 앗으우. 고렇게 거짓말을 꾸며대면 혓바닥 잘린다고 했어. 신 상, 아예 그 미친 소리 듣지 마시고 잡수시우. 내 말이 거짓말이면 마른하늘에 벼락을 맞겠소!"

하고 할 말 다했다는 듯이 자리에 눕는다. 정이 맹서하는 것을 듣고 나는 머리가 쭈뼛함을 깨달았다. 어쩌면 그렇게 영절스럽게, 곁에다가 증인을 둘씩이나 두고

도 벼락 맞을 맹세까지 할 수가 있을까? 사람의 마음이란 헤아릴 수 없이 무서운 것이라고 깊이깊이 느껴졌다. 내가 설마 나서서 증거야 서랴? 정은 이렇게 내 성격을 판단하고서 맘 놓고 이렇게 꾸며대인 것이다. 나는 '윤 씨 말이 옳소, 정 씨 말은 거짓말이오.' 이렇게 말할 용기가 없었다. 내게 이러한 용기 없는 것을 정이 빠안히 들여다 본 것이다. 윤도 정의 엄청난 거짓말에 기가 막힌 듯이 아무 말도 없이 딴 데만 바라보고 앉아 있었다. 간병부는 사건의 진상을 내게서나 알려는 듯이 가만히 누워있는 내 얼굴을 들여다보고 있었다. 내게 직접 말로 묻기는 어려운 모양이다. 내게서 아무 말이 없음을 보고 간병부는 슬그머니 떡을 집어서 정의 머리맡에 밀어 놓으며,

"옜소, 데이 상이나 잡수시오. 나 두 분 더 쌈 시키고 싶지 않소."

하고는 쩍쩍 입맛을 다신다. 나는 속으로 '참 잘한다.' 하고 간병부의 지혜로운 판단에 탄복하였다.

그러나 이 사건은 정의 윤에게 대한 깊은 원한을 맺히게 한 원인이었다. 윤이 기침을 하면 저쪽으로 고개를 돌리라는 둥, 입을 막고 하라는 둥, 캥캥하는 소리를 좀 적게 하라는 둥, 소갈머리가 고약하게 생겨먹어서 기침도 고약하게 한다는 둥, 또 윤이 낮잠이 들어 코를 골면 팔구비로 윤의 옆구리를 찌르며 소갈머리가 고약하니깐 잘 때까지도 사람을 못 견디게 군다는 둥, 부채를 딱딱거리지 말라, 핼끔핼끔 곁눈질하는 것 보기 싫다, 이 모양으로 일일이 윤의 오금을 박았다. 윤도 지지 않고 정을 해댔으나 입심으론 도저히 정의 적수가 아닐뿐더러 성미가 급한 사람이라, 매양 윤이 곯아떨어지는 것 같았다. 코를 골기로 말하면 정도 윤에게 지지 아니하였다. 더구나 정은 이가 뻐드러지고 입술이 뒤둥그러져서 코를 골기에는 십상이었지마는 그래도 정은 자기는 코를 골지 않노라고 언명하였다. 워낙 잠이 많은 윤은 정이 코를 고는 줄을 모르는 모양이었다. 간병부도 목침에 머리만 붙이면 잠이 드는 사람이므로 정과 윤이 코를 고는 데에 희생이 되는 사람은 잠이 잘 들지 못하는 나뿐이었다. 윤은 소프라노로 정은 바리톤으로 코를 골아 대면 나는 언제까지든지 눈을 뜨고 창을 통하여 보이는 하늘에 별을 바라보고

있을 수밖에 없었다. 더구나 정은 윤의 입김이 싫다 하여 꼭 내 편으로 고개를 향하고 자고, 나는 반듯이밖에는 누울 수 없는 병자이기 때문에 정은 내 왼편 귀에다가 코를 골아 넣었다. 위확장병으로 위 속에서 음식이 썩는 정의 입김은 실로 참을 수 없으리만큼 냄새가 고약한데 이 입김을 후끈후끈 밤새도록 내 왼편 뺨에 불어붙였다. 나는 속으로 정이 반듯이 누워주었으면 하였으나 차마 그 말을 못하였다. 나는 이것을 향기로운 냄새로 생각해 보리라, 이렇게 힘도 써 보았다. 만일 그 입김이 아름다운 젊은 여자의 입김이라면 내가 불쾌하게 여기지 아니할 것이 아닌가? 아름다운 젊은 여자의 뱃속엔들 똥은 없으며 썩은 음식은 없으랴? 모두 평등이 아니냐? 이러한 생각으로 코 고는 소리와 냄새 나는 입김을 잊어버릴 공부를 해보았으나 공부가 그렇게 일조일석에 될 리가 만무하였다. 정더러 좀 돌아누워 달랄까, 이런 생각을 하고는 또 하였다. 뒷절에서 올려오는 목탁소리가 들릴 때까지 잠을 이루지 못하는 날이 많았다. 새벽 목탁소리가 나면 아침 세 시 반이다. 딱딱하는 새벽 목탁 소리는 퍽이나 사람의 맘을 맑게 하는 힘이 있다.

'원컨대는 이 종소리 법계에 고루 퍼져지이다.'

한다든지,

'일체중생이 바로 깨달음을 얻어지이다.'

하는 새벽 종소리 구절이 언제나 생각키었다. 인생이 괴로움의 바다요, 불 붙는 집이라면 감옥은 그중에도 가장 괴로운 데다. 게다가 옥중에서 병까지 들어서 병감에 한정 없이 뒹구는 것은 이 괴로움의 세 겹 괴로움이다. 이 괴로운 중생들이 서로 서로 괴로워함을 볼 때에, 중생의 업보는 '헤어 알기 어려워라' 한 말씀을 다시금 생각하지 아니할 수 없었다.

새벽 목탁소리를 듣고 나서 잠이 좀 들만 하면 윤과 정은 번갈아 똥통에 오르기를 시작하고, 더구나 제 생각만 하지 남의 생각이라고는 전혀 하지 아니하는 정은 제가 흐뭇이 자고 난 것만 생각하고 소리를 내어서 책을 읽거나 또는 남들이 일어나기 전에 먼저 마음대로 물을 쓸 작정으로 세수를 하고 전신에 냉수마찰을 하고, 그러고는 운동이 잘 된다 하여 걸레질을 치고, 이 모양으로 수선을 떨어서 도무지 잠이 들 수가 없었다. 정은 기침시간 전에 이런 짓을 하다가 간수에게 들켜서 여러 번 꾸지람을 받았지만은 그래도 막무가내 하였다.

떡 사건이 일어난 이튿날 키 작은 간병부가 우리 방 앞에 와서 누구를 향하여 하는 말인지 모르게 키 큰 간병부의 흉을 보기 시작했다. 그것은 어저께 싸움에 관한 이야기였다 —

"키다리가 어저께 무어라고 해요? 꽤 분해하지요? 그놈 미친놈이지, 내게 대들 어서 무슨 이를 보겠다고. 밥이라도 더 얻어먹고 상표래도 하나 타 보려거든 내 눈 밖에 나고는 어림도 없지? 간수나 부장이나 내 말을 믿지 제 말을 믿겠어요? 그런 줄도 모르고 걸핏하면 대든단 말야. 건방진 자식 같으니? 제가 아모리 지랄 을 하기로니 내가 눈이나 깜짝할 사람이요? 가만히 내 버려두지. 이따금 빡빡 긁 어서 약을 올려놓고는 가만히 두고 보지. 그러면 똥구멍 찔린 소 모양으로 저 혼 자 영각[10]을 하고 날치지. 목이 다 쉬도록 저 혼자 떠들다가 좀 츱츱하게 되면 내 가 또 듣기 싫은 소리를 한 마디 해서 빡 긁어놓지. 그러면 또 길길이 뛰면서 악 을 고래고래 쓰지. 그러고는 가만히 내버려두지. 그러면 제가 어쩔 테야? 제가 아 모러기로 손찌검은 못할 터이지? 그리다가 간수나 부장한테 들키면 경을 제가 치지."

하고 매우 고소한 듯이 웃는다. 아마 키 큰 간병부는 본감에 심부름을 가고 없는 모양이었다.

"참 구호(키 큰 간병부)는 미련퉁이야. 글쎄 햐꾸고오 상 하고 다투다니, 말이 되 나? 햐꾸고오 상은 주임이신데 주임의 명령에 복종을 해야지."

이것은 정의 말이다.

"사뭇 소라닝게. 경우를 타일러야 알어듣기나 하거디? 밤낮 면서기 당기든 게 나 내세우지. 햐꾸고오 상도 퍽으나 속이 상하실 게요?"

이것은 윤의 말이다.

---

10 소가 길게 우는 소리.

"무얼 할 줄이나 아나요? 아무 것도 모르지. 게다가 헐개가 늦고[11] 게을러빠지고, 눈치는 없고…….”

이것은 키 작은 간병부의 말.

"그렇고 말고요. 내가 다 아는걸. 일이야 햐꾸고오 상이 다 하시지. 규고오 상이야 무얼 하거디? 게다가 뽐내기는 경치게 뽐내지 ―”

이것은 윤의 말이다.

"그까짓 녀석 간수한테 말해서 쫓아 보내지? 나도 밑에 많은 사람을 부려봤지마는 손 안 맞는 사람을 어떻게 부리오? 나 같으면 사흘 안에 내쫓아버리겠소.”

이것은 정의 말이다.

"그렇기로 인정간에 그럴 수도 없고 나만 꾹꾹 참으면 고만이라고, 여태껏 참어 왔지요. 그렇지마는 또 한 번 그런 버르장머리를 해봐라. 이번엔 내가 가만두지 않을걸.”

이것은 키 작은 간병부의 말이다.

이때에 키 큰 간병부가 약병과 약봉지를 가지고 왔다.

키 작은 간병부는,

"아마 오늘 전방들 하시게 될까 보오.”

하고 우리 방으로 장질부사 환자가 하나 오기 때문에 우리들은 다음 방으로 옮아 가게 되었으니 준비를 해두라는 말을 하고, 무슨 바쁜 일이나 있는 듯이 가버리고 말았다.

키 큰 간병부는 ‘윤참봉’ ‘정주사’, 이 모양으로 농담 삼아 이름을 불러 가며 병에 든 물약과 종이 주머니에 든 가루약을 쇠창살 틈으로 들여보낸다.

윤은 약을 받을 때마다 늘 하는 소리로,

"이깐 놈의 약 암만 먹으면 낫거디? 좋은 한약을 서너 첩 먹었으면 금시에 열이 나리고 기침도 안 나고 부기도 빠지겠지만…….”

---

11 ‘흘개 늦다’는 조금 풀려 단단하지 못하다는 뜻.

하며 일어나서 약을 받아가지고 돌아와 앉는다. 다음에는 정이 일어나서 창살 틈으로 바싹 다가서서 물약과 가루약을 받아들고 물러서려 할 때에 키 큰 간병부가 약봉지 하나를 정에게 더 주며,

"이거 내가 먹는다고 비리발괄을 해서 얻어온 게오. 애껴 먹어요. 많이만 먹으면 되는 줄 알고, 다른 사람 사흘에 먹을 것을 하루에 다 먹어버리니 어떻게 해? 그 약을 누가 이루 댄단 말이오?"

"그러니깐 고맙단 말씀이지. 규고오 상, 나 그 알콜 좀 얻어 주슈? 이번에 좀 많이 줘요. 그냥 알콜은 좀 얻을 수 없나? 그냥 알콜 한 고뿌 얻어주시오그려. 사회에 나가면 내가 그 신세 잊어버릴 사람은 아니오."

"이건 누굴 경을 치울 양으로 그런 소리를 하오?"

"아따, 그 햐꾸고오는 살랑살랑 오는 것만 봐도 몸에 소름이 쪽쪽 끼쳐. 제가 무언데 제 형님벌이나 되는 규고 상을 그렇게 몰아세요? 나 같으면 가만두지 않을 테야."

"흥, 주먹을 대면 고 쥐새끼 같은 놈 어스러지긴 하겠구."

정이 이렇게 키 큰 간병부에게 아첨하는 것을 보고 있던 윤이,

"규고 상이 용하게 참으시거든. 그 악담을 내가 옆에서 들어도 이가 갈리건만— 용하게 참으셔— 성미가 그렇게 괄괄하신 이가 참 용하게 참으시거든—"
하고 깊이 감복하는 듯이 혀를 찬다.

얼마 뒤에 키 큰 간병부는 알콜솜을 한 웅큼 가져다가,

"세 분이 노나 쓰시오."
하고, 들여 민다. 정이 부리나케 일어나서,

"아리가도오 고자이마쓰."
하고는 그 솜을 받아서 우선 코에 대고 한참 맡아본 뒤에 알콜이 제일 많이 먹은 듯한 데로 삼분의 이쯤 떼어서 제가 가지고, 그리고 남저지 삼분의 일을 둘에 갈라서 윤과 나에게 줄 줄 알았더니 그것을 또 삼분에 갈라서 그중에 한분은 윤을 주고 한 분은 나를 주고, 남저지 한분을 또 둘에 갈라서 한분은 큰 솜뭉테기에 넣

어서 유지로 꽁꽁 싸놓고 남저지 한분으로 얼굴을 닦고 손을 닦고 머리를 닦고 발바닥까지 닦아서는 내어버린다. 그는 알콜솜을 이렇게 많이 얻어서 유지에 싸 두고는 하루에도 몇 번씩, 얼굴과 손과 모가지를 닦는데, 그것은 살결이 곱고 부드러워지게 하기 위함이라고 한다.

저녁을 먹고 나서 전방을 할 줄 알았더니 거진 다저녁때가 되어서 키 작고 통통한 간수가 와서 쩔걱하고 문을 열어젖히며,

"뎀보오 뎀보오!" 하고 소리를 친다. 그 뒤로 키 작은 간병부가 와서,

"전방이요 전방."

하고 통역을 한다. 정이 제 베개와 알루미늄 밥그릇을 싸가지고 가려는 것을,

"안 돼! 안 돼!"

하고 간수가 소리를 질러서 아까운 듯이 도로 내어놓고, 간신히 겨우 알콜솜 뭉텡이만은 간수 못 보는 데 집어넣고, 우리는 주렁주렁 용수를 쓰고 방에서 나와서, 다음 방으로 들어갔다. 철컥하고 문이 도로 잠겼다. 아랫목에는 민이 우리가 들어오는 것을 보고 어린애 모양으로 방글방글 웃고 앉아 있었다. 서로 떠난 지 이십여 일 동안에 민은 무섭게 수척하였다. 얼굴에는 두 눈만 있는 것 같고, 그 눈도 자유로 돌지를 못하는 것 같았다. 무릎 위에 늘인 팔과 손에는 혈관만이 불툭불툭 솟아 있고, 정강이는 무르팍 밑보다도 발목이 더 굵었다. 저러고 어떻게 목숨이 붙어 있나, 하고 나는 이 해골과 같은 민을 보면서,

"요새는 무얼 잡수세요?"

하고 큰 소리로 물었다. 그의 귀가 여간한 소리는 듣지 못할 것같이 생각했던 까닭이다.

민은 머리맡에 삼분의 이쯤 남은 우유병을 가리키면서,

"서울 있는 매부가 돈 오 원을 차입을 해서 날마다 우유 한 병씩 사먹지요. 그것도 한 모금 먹으면 더 넘어가지를 않아요. 맛은 고소하건만 목구멍에 넘어를 가야지. 내 매부가 부자이오. 한 칠백 석 하고 잘살어요. 나가기만 하면 매부네 집에 가있을 텐데. 사랑도 널찍하고 좋지요. 그래도 누이가 있으니깐, 매부도 사람이

좋구요. 육회도 해먹고 배갈도 한 잔씩 따뜻하게 디여 먹고 살아날 것도 같구먼!"

이런 소리를 하고 있었다. 그는 매부가 부자라는 것을 자랑하기 위해서 이런 말을 하는 모양이었다.

또 민의 바로 곁에 자리를 잡게 된 윤은 부채를 딱딱거리며,

"그래도 매부는 좀 사람인 모양이지? 집에선 아직도 아모 소식이 없단 말여? 이봐. 내 말대로 하라닝게. 간수장헌테 면회를 청하고 집에 있는 세간을 다 팔아서 먹구픈 것 사먹기도 하고 변호사를 대어서 보석청원도 해요. 저렇게 송장이 다 된 것을 보석을 안 시킬 리가 있나? 인제는 광대뼈꺼정 발갛다닝게. 저렇게 되면 한 달을 못 간단 말이어. 서방이 다 죽게 돼도 모르는 체하는 열아홉 살 먹은 계집년을 천량[12]을 넹겨주겠다고. 또 그까진 자식새끼, 나 같으면 모가지를 비틀어 빼어버릴 테야! 저 봐, 할딱할딱하는 게 숨이 목구멍에서만 나와. 다 죽었어, 다 죽었어."

하고 앙잘거린다.[13]

"글쎄, 이 자식이 오래간만에 만났거든 그래도 좀 어떠냐 말이나 묻는 게지. 그저 댓바람에 악담이야? 네 녀석의 악담을 며칠 안 들어서 맘이 좀 편안하드니, 또 요길 왔어? 너도 손발이 퉁퉁 분 게 며칠 살 것 같지 못하다. 아이고, 제발 그 악담 좀 말아라."

민은 이렇게 말하고 한숨을 쉬고는 자리에 눕는다.

이 방에는 민 외에 강이라고 하는 키 커다랗고 건장한 청년 하나가 아랫 배에 붕대를 감고 벽에 기대어 앉아 있었다. 나중에 들으니 그는 어떤 신문지국 기자로서 과부 며느리와 추한 관계가 있다는 부자 하나를 공갈을 해서 돈 일천육백 원을 빼앗아 먹은 죄로 붙들려 온 사람이라고 하며, 대단히 성미가 괄괄하고 비위에 거슬리는 일은 참지를 못하는 사람이 되어서 가끔 윤과 정을 몰아세웠다. 윤이 민을 못 견디게 굴면 반듯이 윤을 책망하였고, 정이 윤을 못 견디게 굴면 또

---

12   개인 살림살이의 재산.

13   앙잘거리다 : 작은 소리로 원망스럽게 종알종알 군소리를 자꾸 내다.

정을 몰아세웠다. 정과 윤은 강을 향하여 이를 갈았으나, 강은 두 사람을 각쟁이 같이 멸시하였다. 윤 다음에 정이 눕고 정의 곁에 강이 눕고 강 다음에 내가 눕게 된 관계로 강과 정과가 충돌할 기회가 자연 많아졌다. 강은 전문학교까지 졸업한 사람이기 때문에 지식이 상당하여서, 정이 아는 체하는 소리를 할 때마다 사정없이 오금을 박았다.

"어디서 한 마디 두 마디 주워들은 소리를 가지고 아는 체하고 지절대오? 시골 구석에서 무식한 농민들 속여먹던 버르장머리를 아무데서나 하려 들어? 싱글벙글하는 당신 상판대기에 나는 거짓말장이오 하고 뚜렷이 써 붙였어. 인젠 낫살도 마흔댓 살 먹었으니 죽기 전에 사람 구실을 좀 해보지. 댁이 의학은 무슨 의학을 아노라고 걸핏하면 남에게 약 처방을 하오? 다른 사기는 다 해먹드라도, 잘 알지도 못하는 의원 노릇을랑 아여 말어. 침도 아노라, 한방의도 아노라, 양의도 아노라. 그렇게 아는 사람이 어디 있어? 당신이 그따위로 사람을 많이 속여 먹었으니 배때기가 온전할 수가 있나? 욕심은 많아서 한 끼에 두 사람 세 사람 먹을 것을 처먹고는 약을 처먹어, 물을 처먹어, 그리고는 방귀질, 또 똥질, 트림질, 게다가 자꾸 토하기꺼지 하니 그놈의 냄새에 곁엣사람이 살 수가 있나? 그렇게 처먹고 밥주머니가 늘어가지 않어? 게다가 한다는 소리가 밤낮 거짓말 — 싱글방글 웃기는 왜 웃어? 누가 이쁘다는 게야? 알콜솜으로 문지르기만 하면 상판대기가 이뻐지는 줄 아슈? 그 알콜솜도 나랏돈이오. 당신네 집에서 언제 제 돈 가지고 알콜 한 병 사봤어? 벌써 꼬락서니가 생전 사람 구실 해보기는 틀렸소마는 제발 나 보는 데서마는 그 주둥아리 좀 닥치고 있어요."

강은 자기보다 근 이십 년이나 나이 많은 정을 이렇게 몰아세웠다.

한번은 점심때에 자반 며루치 한 그릇이 들어왔다. 이것은 온 방안에 있는 사람들이 골고루 나눠 먹으라는 것이다. 며루치라야 성한 것은 한 개도 없고 꼬랑지, 대가리 모도 부스러진 것뿐이오, 게다가 짚검불이며 막대기며 별의별 것이 다 섞여 있는 것들이나 그래도 감옥에서는 한 주일에 한 번이나 두 주일에 한 번밖에는 못 얻어먹는 별미여서, 이러한 반찬이 들어오는 날은 모두들 생일이나 명

절을 당한 것처럼 기뻐하였다. 정은 여전히 밥 받아들이는 일을 맡았기 때문에 이 며루치 그릇을 받아서 젓가락으로 뒤적거리며 살이 많은 것은 골라서 제 그릇에 먼저 덜어놓고 대가리와 꼬랑지만을 다른 네 사람을 위하여 내어놓았다. 내가 보기에도 정이 가진 것은 절반은 다 못 되어도 삼분의 일은 훨씬 넘었다. 그러나 정의 눈에는 그것이 며루치 전체의 오분지일로 보인 모양이었다.

나는 강의 입에서 반드시 벼락이 내릴 것을 예기하고 그것을 완화해 볼 양으로 정더러,

"여보시오? 며루치가 고르게 분배되지 않은 모양이니 다시 분배를 하시오."

하였으나 정은 자기 그릇에 담았던 며루치 속에서 그중 맛없을 만한 것 서너 개를 골라서 이쪽 그릇에 덜어놓을 뿐이었다. 그러고는 대단히 맛나는 듯이 제 그릇의 며루치를 집어먹는데, 그것도 그중 맛나 보이는 것은 골라서 먼저 먹었다.

민은 아무 욕심도 없는 듯이 쌀뜨물 같은 미음을 한 모금 마시고는 놓고 또 한 모금 마시고는 놓고 할 뿐이오, 며루치에 대해서는 아무 관심이 없는 모양이었으나 윤은 못마땅한 듯이 연해 정을 곁눈으로 흘겨보면서, 그래도 며루치를 골라먹고 있었다. 강만은 며루치에는 젓가락은 대어보지도 않고 조밥 한 덩이를 다 먹고 나더니마는 며루치 그릇을 들어서 정의 그릇에 쏟아 버렸다. 나도 웬 일인지 며루치에는 젓가락을 대지 아니하였다. 정은 고개를 번쩍 들어 강을 바라보며,

"왜, 며루치 좋아 안 하서요?"

"우린 좋아 아니 해요. 두었다 저녁에 자시오."

하고 강은 아무 말 없이 물을 먹고는 제 자리에 가서 드러누웠다. 나는 강의 속에 무슨 생각이 났는지 몰라 우습기도 하고 궁금하기도 하였다.

정은 역시 강의 속이 무서운 모양이었으나 다섯 사람이 먹을 며루치를, 게다가 소금 절반이라고 할 만한 며루치를, 거진 다 먹고 조금 남은 것은 저녁에 먹는다고 라디에터 밑에 감추어 두었다.

정은 대단히 만족한 듯이 싱글싱글 웃으며 제 자리에 와 드러누웠다. 그러더니 얼마 아니 해서 코를 골았다. 식곤증이 난 모양이라고 나는 생각하였다. 아무

리 위장이 튼튼한 장정 일꾼이라도 자반 며루치 한 사발을 다 먹고 무사히 내릴 리는 없을 것 같았다. 강도 그 눈치를 알았는지 배에 붕대를 끌러놓고 부채로 수술한 자리에 바람을 넣으면서 픽픽 웃고 앉았더니, 문득 일어나서 물주전자 있는 자리에 와서 그것을 들어 흔들어 보고 그러고는 뚜껑을 열어 보았다. 강은 나와 윤에게 물을 한 잔씩 따라서 권하고, 그러고는 자기가 두 보시기나 마시고는 그 남저지로는 수건을 빨아서 제 배를 훔치고, 그러고는 물 한 방울도 없는 주전자를 마룻바닥에 내어 던지듯이 덜컥 놓고는 제 자리에 돌아와 앉았다.

강이 하는 양을 보고 앉았던 윤은,

"강 선생, 그것 잘 하셨소. 흥, 이제 잠만 깨면 목구멍에 불이 일어날 것이닝게."

하고는 주전자 뚜껑을 열어 물이 한 방물도 아니 남은 것을 보고 제 자리에 돌아와 앉는다.

정은 숨이 막힐 듯이 코를 골더니 한 시간쯤 지나서 눈을 번쩍 뜨며 일어나는 길로 주전자 앞으로 달려갔다. 그러나 주전자에 물이 한 방울도 없는 것을 보고 와락 화를 내어 주전자를 내어 동댕이를 치고 윤을 흘겨보면서,

"그래, 물을 한 방울도 안 남기고 자신단 말이오? 내가 아까 물이 있는 걸 보고 잤는데 — 그렇게 남의 생각을 아니 하고 제 욕심만 채우니간두루 밤낮 똥질을 하지."

하고 트집을 잡는다.

"뉘가 할 소리야? 그게 춘치자명[14]이라는 것이어."

하고 윤은 점잔을 뺀다.

"물은 내가 다 먹었소."

하고 강이 나앉는다.

"며루치는 댁이 다 먹었으니 우리는 물로나 배를 채워야 아니 하오? 며루치도 혼자 다 먹고 물도 혼자 다 먹었으면 속이 시원하겠소?"

---

14 춘치자명(春雉自鳴) : 봄철에 꿩이 스스로 운다는 뜻으로, 남이 충동하지 않아도 스스로 제 허물을 드러냄을 이르는 말.

정은 아무 말도 아니 하였다. 그러나 목이 말라 죽을 지경인 모양이었다. 그는 누웠다 앉았다, 도무지 자리를 잡지 못하였다. 그가 가끔 일어나서 철창으로 복도를 바라보는 것은 간병부더러 물을 청하려는 것인 듯하였다. 그러나 간병부는 어디 갔는지 좀체로 보이지 아니하였고 그동안에 간수와 부장이 두어 번 지나갔으나 차마 물 달라는 말은 나오지 않는 모양이었다. 그동안이 퍽 오래 지난 것 같았다. 이때에 키 작은 간병부가 왔다. 정은 주전자를 들고 일어나서 창으로 마주가며,

"햐꾸고오 상, 여기 물 좀 주세요? 도모지 무엇을 먹지를 못하니깐두루 헛헛증이 나고 목이 말라서. 물이 한 방울도 없구먼요."

하고 얼굴 전체가 웃음이 되어 아첨하는 빛을 보인다.

"여기를 어딘 줄 아슈? 감옥살이를 일 년이나 해도 감옥소 규측도 몰라? 저녁 때 아니고 무슨 물이 있단 말이오?"

백호는 이렇게 웃어버린다. 정은 주전자를 높이 들어 흔들며,

"그러니까 청이지요. 목마른 사람에게 물 한 잔 주는 것도 급수공덕이라는 말을 못 들으셨어요? 한 잔만 주세요. 수통에서 얼른 길어오면 안 되오?"

"그렇게 배도 곯아 보고 목도 좀 말라 보아야 합니다. 남의 돈 공으로 먹으랴다가 붙들려 왔으면 그만한 고생도 안 해?"

하다가 간수 오는 것을 봄인지 간병부는 얼른 가버리고 만다. 정은 머쓱해서 주전자를 방바닥에 놓고 자리에 와 앉는다. 옆방 장질부사 환자의 간호를 하고 있는 키 큰 간병부가 통행금지 하는 줄 저편에서 고개를 기웃하여 우리들이 있는 방을 들여다보며,

"정 주사? 물 좀 줄까? 얼음냉수 좀 줄까?"

하고 환자 머리 식히는 얼음주머니에 넣던 얼음조각을 한줌 들어 보인다. 정은 벌떡 일어나서 창 밑으로 가며,

"규고 상? 그거 한 덩이만 던져 주슈."

하고 손을 내민다.

"이건 왜 이래? 장질부사 무섭지 않어? 내 손에 장질부사균이 득시글득시글한다나."

"아따, 그 소독물에 좀 씻어서 한 덩어리만 던져주세요. 아주 목이 타는 것 같구료. 그렇찮으면 이 주전자에다가 물 한 국이만 넣어주세요. 아주 가슴에 불이 인다니깐."

"아까 들으니까 며루치를 혼자 자시는 모양입디다그려. 그걸 그냥 삭여야지 물을 먹으면 다 오좀으로 나가지 않우? 그냥 삭여야 얼굴이 반드르해진단 말야?"

그러고는 키 큰 간병부는 새끼손가락만한 얼음 한 덩이를 정을 향하고 집어 던졌으나, 그것이 하필 쇠창살에 맞고 복도에 떨어져버리고 말았다. 그러고는 키 큰 간병부는 얼음주머니를 가지고 방으로 들어가버렸다.

정은 제 자리에 돌아와 고개를 숙이고 앉았다.

"소곰을 자슈. 체한 데는 소곰을 먹어야 하는 게야."

이것은 강의 처방이었다. 정은 원망스러운 듯이 강을 한 번 힐끗 돌아보고는 입맛을 다셨다.

"저 타구에 물이 좀 있지 않어? 양추물은 남의 삼 갑절 쓰지? 그게 저 타구에 있지 않어? 그거라도 마시지."

이것은 윤의 말이었다.

"아까 짠 것을 너무 자십디다. 속도 좋지 않은 이가 그렇게 자시고 무사할 리가 있소?"

하며 민이 자기 머리맡에 놓았던 반쯤 남은 우윳병을 정에게 주었다.

"이거라도 자셔 보슈."

"고맙습니다. 그저 병환이 하로 바삐 낳으시고 무죄가 되어서 나갑소사."

하고 정은 정말 합장하야 민에게 절을 하고 나서 그 우윳병을 단숨에 들이켰다.

"사람들이 그래서는 못쓰는 것이오. 남을 위할 줄을 알아야 쓰는 게지. 남을 괴롭게 하고 비웃고 하면 천벌을 받는 법이오. 하나님이 다 나려다 보시고 계시거든!"

정은 이렇게 한바탕 설교를 하고 다시는 물 얻어먹을 생각도 못하고 누워버리고 말았다.

"당신이 사람은 아니오. 너무 처먹어서 목이 갈한데다가 또 우유를 먹으면 어떡허자는 말이오? 흥, 뱃속에서 야단이 나겠수. 탐욕이 많으면 그런 법입니다. 저 먹을 만큼만 먹으면 배탈이 왜 난단 말이오? 그저 이건 들여라, 들여라니 당신 그러다가는 장위가 아주 결딴이 나서 나중엔 미음도 못 먹게 되어! 알긴 경치게 많이 알면서 왜 제 몸 돌아볼 줄만은 몰라? 그러고는 남더러 천벌을 받는다고. 인제 오늘 밤중쯤 되면 당신이야말로 천벌 받는 것을 내가 볼걸."

강은 이렇게 빈정대었다.

이러는 동안에 또 저녁 먹을 때가 되었다. 저녁 한때만은 사식을 먹는 정은 분명히 저녁을 굶어야 옳을 것이건만, 받아놓고 보니 하얀 밥과 섭산적과 자반고등어와 쇠꼬리국과를 그냥 내어놓을 수는 없는 모양이었다.

"저녁을랑 좀 적게 자시지오?"

하는 내 말에 정은,

"내가 점심에 무얼 먹었다고 그라십니까? 왜 다들 나를 철없는 어린애로 아슈?"

하고 화를 내었다.

정은 저녁 차입을 다 먹고 점심에 남겼던 머루치도 다 훑어먹고, 그렇게도 그립던 물을 세 보시기나 벌컥벌컥 마셨다.

"사우신(취침)". 하는 소리에 우리들은 다 자리에 누워서 잠을 기다리고 있었다. 정은 대단히 속이 거북한 모양이어서 두어 번이나 일어나서 소금을 먹고는 물을 마셨다. 그러고도 내 약봉지에 남은 소화약을 세 봉지나 달래서 다 먹었다.

옆방에 옮아 온 장질부사 환자는 연해 앓는 소리와 헛소리를 하고 있었다. 집으로 보내어 달라고 소리를 지르고 "아주머니, 아주머니." 하고 목을 놓아 울기도 하였다. 이 젊은 장질부사 환자의 앓는 소리에 자극이 되어서 좀체로 잠이 들지 아니하였다. 내 곁에 누운 간병부는 그 환자에 대하여 내 귀에 대고 이렇게 설명하였다.

"저 사람이 ○전 출신이라는데, 지금 스물일곱 살이래요. 황금정에 가게를 내고 장사를 하다가 그만 밑져서 화재보험을 타먹을 양으로 불을 놓았다나요. 그래 검사한테 십년 구형을 받았대요. 십년 구형을 받고는 법정에서 졸도를 했다고요. 의사의 말이 살기가 어렵다는 걸요. 집엔 부모도 없고 형수 손에 길리웠다고요. 그래서 저렇게 아주머니만 찾아요. 사람은 괜찮은데 어쩌다가 나 모양으로 불 놓을 생각이 났는지.”

장질부사 환자는 여전히 아주머니를 찾고 있었다.

정은 밤에 세 번이나 일어나서 토하였다. 방안에는 머루치 비린내 나는 시큼한 냄새가 가뜩 찼다. 윤과 강은 이거 어디 살겠느냐고, 정에게 핀잔을 주었으나 정은 대꾸할 기운도 없는 모양인지, 토하는 일이 끝나고는 뱃멀미하는 사람 모양으로 비틀비틀 제 자리에 돌아와 쓰러져버렸다. 이것이 빌미가 되어서 정은 이틀이나 사흘만에 한 번씩은 토하는 증세가 생겼는데, 그래도 정은 여전히 끼니때마다 두 사람 먹을 것은 먹었고, 그러면서도 토할 때에 간수한테 들키면 아무것도 먹은 것은 없는데 저절로 뱃속에 물이 생겨서, 이렇게 토하노라고 변명을 하였다. 그리고는 우리들을 향하여서도,

“글쎄 조화 아니야요? 아무것도 먹은 것이 없는데 이렇게 물이 한 타구씩 배에 고인단 말이야요. 나를 이 주일만 놓아주면 약을 먹어서 단박에 고칠 수가 있건마는.”

이렇게 아무도 믿지 아니하는 소리를 지껄이는 것이었다.

민의 모양이 시간 시간이 글러지는 양이 눈에 띄었다. 요새 며칠째는 윤이 아무리 긁적거려도 한 마디의 대꾸도 아니 하였고, 똥통에서 내려오다가도 두어 번이나 뒹굴었다. 그는 눈알도 굴리지 못하는 것 같고 입도 다물 기운이 없는 것 같았다. 우리는 밤에 자다가도 가끔 그가 숨이 남았나 하고 고개를 쳐들어 바라보게 되었다. 그래도 어떤 때에는 흰 밥이 먹고 싶다고 한 숟가락을 얻어서 입에 물고 어물어물하다가 도로 배앝으며,

“인제는 밥도 무슨 맛인지 모르겠소. 배갈이나 한 잔 먹으면 어떨지?”

하고 심히 비감한 빛을 보였다. 민은 하루에 미음 두어 숟갈, 물 두어 모금만으로

목숨을 부지하고 있었다. 하루는 의무과장이 와서 진찰을 하고 복막에서 고름을 빼어보고 나가더니, 이삼 일 지나서 취침시간이 지난 뒤에 보석이 되어 나갔다. 그래도 집으로 나간단 말이 기뻐서, 그는 벙글벙글 웃으면서 보퉁이를 들고 비틀비틀 걸어나갔다.

"흥, 저거 인제 나가는 길로 뒈에지네."

하고 윤이 코웃음을 하였다. 얼마 있다가 민을 부축하고 나갔던 간병부가 들어와서,

"곧잘 걸어요. 곧잘 걸어 나가요. 펄펄 날뛰던데!"

하고 웃었다.

"나도 보석이나 나갔으면 살아날 텐데 —."

하고 정이 퉁퉁 부은 얼굴에 싱글싱글 웃으면서 입맛을 다셨다.

"내가 무어라고 했어? 코끝이 고렇게 빨개지고는 못 산다닝게. 그리고 성미가 고따위로 생겨먹고 병이 낫거디? 의사가 하라는 건 죽어라 하고 안 하거든. 약을 먹으라니 약을 처먹나. 그건 무가내닝게."

윤은 이런 소리를 하였다.

"흥, 똥 묻은 개가 겨 묻은 개 숭본다. 맥이 누구 숭을 보아? 밤낮 똥질을 하면서도 자꾸 처먹고."

이것은 정이 윤을 나무라는 것이었다.

"허허. 허허, 참 입들이 보배요. 남이 제게 할 소리를 제가 남에게 하고 있다니까. 아아 참."

이것은 강이 정을 보고 하는 소리였다.

민이 보석으로 나가던 날 밤, 내가 한 잠을 자고 무슨 소리에 놀라 깨었을 때에, 나는 곁방 장질부사 환자가 방금 운명하는 중임을 깨달았다. 끙끙 소리와 함께 목에 가래 끓는 소리가 고요한 새벽 공기를 울려오는 것이었다. 그 방에 있는 간병부도 잠이 든 모양이어서 앓는 사람의 숨 모는 소리뿐이오, 도무지 인기척이 없었다. 나는 내 곁에서 자는 간병부를 깨워서 이 뜻을 알렸다. 간병부는 간수를

부르고, 간수는 비상경보 하는 벨을 눌러서 간수부장이며 간수장이 달려오고 얼마 있다가 의사가 달려왔다. 그러나 의사가 주사를 놓고 간 뒤, 반시간이 못하여 장질부사 환자는 마침내 죽어버렸다.

이튿날 아침에 죽은 청년의 시체가 그 방에서 나가는 것을 우리는 엿보았다. 붕대로 싸맨 얼굴은 아니 보이나 기다란 검은 머리카락이 비죽이 내어민 것이 처량하였다. 그는 머리를 무척 아낀 모양이어서 감옥에 들어온 지 여러 달이 되도록 머리를 남겨둔 것이었다. 아직 장가도 아니 든 청년이니, 머리에 향내 나는 포마드를 발라 산뜻하게 갈라붙이고 면도를 곱게 하고 얼굴에 파우더를 바르고 나섰을 법도 한 일이었다. 그는 인생 향락의 밑천을 얻을 양으로 장사를 시작하였다가 실패하자, 돈에 대한 탐욕은 마침내 제 집에 불을 놓아 화재보험금을 사기하리라는 생각까지 내게 하였고, 탐욕으로 원인을 하는 이 큰 죄악에서 오는 당연한 결과로 경찰서 유치장을 거쳐 감옥살이를 하다가 믿지 못할 인생을 끝막음한 것이다. 나는 그가 어느 날 밤에 집에 불을 놓을 결심을 하던 양을 상상하다가 이왕 죽어버린 불쌍한 젊은 혼에게 대하여 미안한 생각이 나서, 뒷문으로 나가는 그의 시체를 향하여 합장하고 고개를 숙였다. 그 시체의 뒤에는 그가 헛소리로까지 부르던 아주머니가 그 남편과 함께 눈물을 씻으며 소리 없이 따라가는 것이 보였다. 그를 간호하던 키 큰 간병부 말이, 그는 죽기 전 이삼 일 동안은 정신만 들면 예수교식으로 기도를 올렸다고 하며, 또 잠꼬대 모양으로도 "하나님, 하나님." 하고 부르고 예수의 십자가의 공로로 이 죄인을 용서하여 달라고 중얼거리더라고 한다. 그는 본래 예수교의 가정에서 자라서, 중학교나 전문학교를 다 교회학교에서 마쳤다고 한다. 생각건대는 재물이 풍성함으로 사는 것이 아니라는 예수의 말씀이 잘 믿어지지 아니하여 돈에서 세상 영화를 구하려는 데몬의 유혹에 걸렸다가 거진 다 죽게 된 때에야 본심에 돌아간 모양이었다.

이날은 날이 심히 덥고 볕이 잘 나서 죽은 사람의 방에 있던 돗자리와 매트리스와 이불과 베개와를 우리가 일광욕하는 마당에 내어 널었다. 그 베개가 촉촉이 젖은 것은 죽은 사람이 마지막으로 흘린 땀인 모양이었다. 입에다가 가제 마스크

를 대고 시체가 있는 방을 치우고 소독하던 키 큰 간병부는 크레졸 물에다가 손과 팔뚝을 빡빡 문지르며,

"이런 제에길, 보름 동안이나 잠 못 자고 애쓴 공로가 어디 있나? 팔자가 사나우니깐, 내 어머니 임종도 못한 녀석이 엉뚱한 다른 사람의 임종을 다 했지. 허허".

하고 웃었다.

그 청년이 죽어 나간 뒤로부터 며칠 동안 윤이나 정이나 내가 대단히 침울하였다.

윤의 기침은 점점 더하고 열도 오후면 삼십팔 도 칠 부 가량이나 올라갔다. 그는 기침을 하고는 지리가미에 담을 뱉어서 아무데나 내어버리고, 열이 올라갈 때면 혼몽해서 잠을 자다가는 깨기만 하면 냉수를 퍼먹었다. 담을 함부로 뱉지 말고 타구에 뱉으라고 정도 말하고 나도 말하였지마는, 그는 종시 듣지 아니하고 내 자리 밑에 넣은 지리가미를 제 마음대로 집어다가는 하루에도 사오십 장씩이나 담을 뱉어서 내어던지고, 그가 기침이 나서 누에 모양으로 고개를 내어두르며 캑캑 기침을 할 때에 곁에 누웠던 정이 윤더러 고개를 저쪽으로 돌리고 기침을 하라고 소리를 지르면 윤은 심사로 더욱 정의 얼굴을 향하고 캑캑거렸다.

"내가 폐병인 줄 아나, 왜? 내 기침은 폐병 기침은 아녀. 내 기침이야 깨끗하지. 당신 왝왝 돌리는 게나 좀 말어, 제발―"

하고 윤은 도리어 정에게 핀잔을 주었다.

정은 마침내 간병부를 보고 윤이 기침이 대단한 것과 함부로 담을 뱉으니, 그 담에 균이 있나 없나 검사해야 될 것을 주장하였다.

"검사해 보아, 검사해 보아. 내가 폐병일 줄 알고? 내가 이래 뵈어도 철골이어던. 이게 해소 기침이지 폐병 기침은 아녀."

하고 윤은 정을 흘겨보았다. 그 문제로 해서 그날은 온 종일 윤과 정은 으릉거리고 있다가 그 이튿날 아침, 진찰시간에 정은 의사와 간병부가 있는 자리에서, 윤이 기침이 심하고 담을 많이 배앝고 또 아무데나 함부로 뱉는 것을 말하여 의사의 주의를 끌고 윤에게 망신을 주었다. 방에 돌아오는 길로 윤은 정을 향하여,

"댁이 나와 무슨 원수야? 댁이 끄니 때마다 밥을 속여, 베개를 셋씩이나 베여, 밤마당 토해. 이런 소리를 내가 간수보고 하면 댁이 경칠 줄 몰라? 임자가 그따위 개도 안 먹을 소갈머리를 가졌으닝게 처먹는 게 살이 안 되는 게여. 속에서 푹푹 썩어서 똥구멍으로 나갈 게 아가리로 나오는 게야. 댁의 상판대기를 보아요. 누렇게 들뜬 것이, 저러고 안 죽는 법 있어? 누가 여기서 먼저 죽어 나가나, 내기 할까?"
하고 대들었다.

담 검사한 결과는 그로부터 사흘 후에 알려졌다. 키 작은 간병부의 말이, 플라스 플라스 플라스 열십자가 세 개나 적혔더라고 한다. 윤은 멀거니 간병부와 나를 번갈아 쳐다보며,

"플라스 플라스는 무어고 열십자 세 개는 무어여?"
하고 근심스럽게 물었다.

"폐병 버러지가 욱시글득시글한단 말여."
하고 정이 가로맡아 대답을 하였다.

"당신더러 묻는 말 아니여."
하고 정에게 핀잔을 주고 나서, 윤은,

"내 담에 아무 것도 없지라오? 열십자 세 개란 무어여?"
하고 간병부를 쳐다본다.

간병부는 빙그레 웃으며,

"괜찮아요. 담에 무엇이 있는지야 의사가 알지 내가 알아요?"
하고는 가버리고 말았다.

정이 제 자리를 윤의 자리에서 댓 치나 떨어지게 내 쪽으로 당기어 깔고,

"저 담벼락 쪽으로 바싹 다가서 누워요. 기침할 때에는 담벼락을 향하고 담을 랑 타구에 배앝고. 사람의 말 주릴하게도 안 듣네. 당신 담에 말이오, 폐결핵균이 말이야, 폐병 벌거지가 말이야, 대단히 많단 말이우. 열십자가 하나면 좀 있단 말이고, 열십자가 둘이면 많이 있단 말이고, 열십자가 셋이면 대단히 많이 있단 말이야, 인제 알어들었수? 그러니깐두루 말이야, 다른 사람 생각을 좀 해서 함부로

담을 뱉지 말란 말이오."

하는 말을 듣고 윤의 얼굴을 해쓱해지며, 내게,

"진 상, 그게 정말인게오?"

하고 묻는 소리도 떨렸다. 나는,

"내일 의사가 무어라고 말씀하겠지요."

할 뿐이오 그 이상 더 할 말이 없었다.

다저녁때가 되어서 키 작은 간병부가 와서,

"윤 서방? 전방이오 전방. 좋겠소, 널찍한 방에, 혼자 맡어 가지고. 정서방하고 쌈도 안 하고. 인제 잘 됐지. 어서 짐이나 채려요."

하는 말에 윤은 자리에 벌떡 일어나 앉으며 간병부를 눈 흘겨보면서,

"여보, 그래 댁은 나와 무슨 웬수란 말이오? 내 담을 갖다가 검사를 시키고, 그리고 나를 사람 죽은 방에 혼자 가 있게 해? 날더러 죽으란 말이지? 난 그 방 안 가오. 어디 어떤 놈이 와서 나를 그 방으로 끌어가나 볼라오? 내가 그놈과 사생결단을 할 터이닝게. 그래 이따위 입으로 똥 싸는 더러운 병자는 가만두고, 나 같은 말쨩한 사람을 그래 사람 죽은 방으로 혼자 가래? 햐꾸고 상, 나를 사람 죽은 방으로 보내고 그래 댁이 앙화를 안 받을 듯싶소?"

하고 악을 썼다.

"왜 날더러 그러오? 내가 당신을 어디로 보내고 말고 하오? 또 제가 전염병이 있으면 가란 말 없어도 다른 사람 없는 데로 가는 게지. 다른 사람들까지 병을 묻혀 놓으랴고? 심사가 그래서는 못써. 죽을 날이 가깝거든 맘을 좀 착하게 먹어. 이건 무슨 퉁명[15]이야?"

간병부는 이렇게 말하고 코웃음을 웃으며 가버린다.

간병부가 간 뒤에는 윤은 정에게 원망하는 말을 퍼부었다. 제 담 검사를 정이 주장하였다는 것이다. 그는 정이 죽어 나가는 것을, 맹세코 제 눈으로 보겠다고

---

15 불쑥 하는 말이나 태도가 못마땅하거나 시뜁지 아니함.

장담하고, 또 만일 불행이 제가 먼저 죽으면 죽은 귀신이라도 정에게 원수를 갚을 것을 선언하였다. 정은 아무 말도 아니하고 고소한 듯이 싱글벙글 웃기만 하고 있더니,

"흥, 그리 마오. 당신이 그런 악한 맘을 가졌으니깐두루 그런 악한 병을 앓게 되는 게유. 당신이야말로 민영감을 그렇게 못 견디게 굴었으니깐두루 민영감 죽은 귀신이 지금 와서 웬수를 갚는 게야. 흥, 내가 왜 죽어? 나는 말짱하게 살아 나갈걸. 나는 얼마 아니면 공판이야. 공판만 되면 무죄야. 이건 왜 이러오?"

하고 드러누워서 소리를 내어 불경책을 읽기 시작한다.

정은 교회사를 면회하고 무량수경을 얻어다가 읽기 시작한 지가 벌써 이 주일이나 되었다. 그는 순한문 경문의 뜻을 알아볼 만한 한문의 힘이 없는 모양이었으나 이렇게도 토를 달아 보고 저렇게도 토를 달아 보면서 그래도 부지런히 읽었고, 가끔 가다가 제가 깨달았다고 하는 구절을 장한 듯이 곁엣사람에게 설명조차 하였다. 그는 곁방에서도 다 들릴 만큼 큰 소리로 서당에서 아이들이 글 읽는 모양으로 낭독을 하였고, 취침시간 후이거나 기상시간 전이거나 곁엣사람이야 자거나 말거나 제 맘만 내키면 그것을 읽었다. 한번은 지나가던 간수가 소리를 내지 말라고 꾸중할 때에 그는 의기양양하게 '자기가 읽는 것은 불경이라'고 대답하였다. 그가 때때로 설명하는 것을 들으면 무량수경 속에 있는 뜻을 대충은 아는 모양이었으나 그는 그것을 실행에 옮길 생각은 아니 하는 것 같아서, 불경을 읽은 지 이 주일이 넘어도 남을 위한다는 생각은 조금도 나는 것 같지 아니하였다. 한 번은 윤이,

"흥, 그래도 죽어서 좋은 데는 가고 싶어서, 경을 읽기만 하면 되는 줄 알구. 행실을 고쳐야 하는 게여?"

하고 빈정대일 때에, 옆에서 강이,

"그러지 마시오. 그 양반 평생 첨으로 좋은 일 하는 게요. 입으로 읽기만 하여도 내생 내내생쯤은 부처님 힘으로 좀 나아지겠지."

이렇게 대꾸를 하였다.

"앗으우, 불경 읽는 사람을 곁에서 그렇게 비방들을 하면 지옥에들 간다고 했어."

이렇게 뽐내고 정은 왕왕 소리를 내어 읽었다. 사람 죽은 방으로 간다는 걱정으로 자못 맘이 편안치 못한 윤은 정의 글 읽는 소리에 더욱 화를 내는 모양이어서, 몇 번 입을 비쭉비쭉하더니,

"듣기 싫여 ─. 다른 사람 생각도 좀 해야지. 제발 소리 좀 내지 말아요."
하는 것을 정은 들은 체 만 체하고 소리를 더 높여서 몇 줄을 더 읽고는 책을 덮어놓는다.

윤은 누운 대로 고개를 돌려서 내 편을 바라보며,

"진 상요, 사람 죽은 방에 처음 들어가 자면 그 사람도 죽는 게 아닝게오?"
하고 내 의견을 묻는다.

"사람 안 죽은 아랫목이 어디 있어요? 병원에선 금시에 죽어나간 침대에 금시에 새 병자가 들어온답니다. 사람이 다 제 명이 있지요. 죽고 싶다고 죽어지는 것도 아니고 더 살고 싶다고 더 살아지는 것도 아니구요. 그렇게 겁을 집어자시지 말고 맘 편안히 염불이나 하고 누워계셔요."

나는 이것이 그에게 대하야 내가 말할 수 있는 마지막 기회인 상싶어서, 일부러 일어나 앉아서 이 말을 하였다. 내가 한 말이 윤의 생각에 어떠한 반향을 일으켰는지 알 수 있기 전에 감방 문이 덜컥 열리며,

"쥬고고 뎀보오(십오호 전방)."
하는 간수의 명령이 내렸다. 간수의 곁에는 키 작은 간병부가 빙글빙글 웃고 서서,

"어서 나와요. 짐 다 가지고 나와요."
하고 소리를 쳤다. 윤은 자리 위에 벌떡 일어나 앉으며,

단또 상(간수님), 제 병이 폐병이 아닝기오. 제가 기침을 하지마는 그 기침은 깨끗한 기침이닝게 ─."
하고 되지도 아니할 변명을 하려다가, 마침내 어서 나오라는 호령에 잔뜩 독이 올라서 발발 떨면서 일호실로 전방을 하고 말았다. 윤이 혼자서 간수와 간병부에

게 악담을 하는 소리와 자지러지게 하는 기침 소리가 들려 왔다. 정은,

"에잇, 고것, 잘 갔다. 무슨 사람이 고렇게 생겨먹었는지. 사뭇 독사야 독사. 게다가 다른 사람 생각이란 영 할 줄 모르지. 아무데나 대고 기침을 하고 아무데나 담을 뱉어 버리고. 이거 대소독을 해야지, 쓸 수가 있나?"

하고 중얼거리면서, 그래도 윤이 덮던 겹이불이 자기 것보다는 빛깔이 좀 새로운 것을 보고 얼른 제 것과 바꾸어 덮는다. 그리고 윤이 쓰던 알루미늄 밥그릇도 제 밥그릇과 포개놓아서 다른 사람이 먼저 가질 것을 겁내는 빛을 보인다. 강이 물끄러미 이 모양을 보고 앉았다가,

"여보, 방까지 소독을 해야 된다면서 앓는 사람의 이불과 식기를 쓰면 어쩔 작정이오? 당신은 남의 허물은 참 용하게 보는데, 윤 씨더러 하던 소리를 당신더러 좀 해보시오그려."

하고 핀잔을 준다.

정은 약간 부끄러운 빛을 보이며,

"이불은 내일 볕에 널고 식기는 알콜솜으로 잘 닦아서 소독을 하면 고만이지."

하고 또 고개를 흔들어가며 소리를 내어서 불경책을 읽기를 시작한다.

정은 아마 불경을 읽는 것으로, 사후에 극락세계로 가는 것보다도 재판에 무죄 되기를 바라는 모양이었다. 그러길래 그가 징역 일년 반의 선고를 받고 와서는 불경을 읽는 것이 훨씬 덜 부지런하였고, 그래도 아주 불경 읽기를 그만두지 아니하는 것은 공소 공판을 위함인 듯하였다. 그렇게 자기는 무죄라고 장담하였고, 검사와 공범들까지도 자기에게는 동정을 가진다고 몇 번인지 모르게 뇌이다가 유죄판결을 받고 와서는 재판장이 '야마시다' 재판장이 아니오 '나까무라'인가 하는 변변치 못한 사람인 까닭이라고 단언하였고, 공소에서는 반드시 자기의 무죄가 판명되리라고 공소의 불리함을 타이르는 간수에게 중언부언 설명하였다. 그는 수없이 억울하다는 소리를 하였고 일년 반 징역이라는 것을 두려워함이 아니나 자기의 일생의 명예를 위하여 끝까지 법정에서 다투지 아니하면 아니 된다고 비장한 어조로 말하였고, 자기 스스로도 제 말에 감격하는 모양이었다.

얼마 후에 강도 징역 이년의 판결을 받았다. 정이 강더러 아침 절반으로 공소하기를 권할 때에, 강은,

"난 공소 안 할라오. 고등교육까지 받은 녀석이 공갈취재를 해먹었으니 이 년 징역도 싸지요."

하였고, 그날 밤에 간수가 공소 여부를 물을 때에,

"후꾸자이시마스, 후꾸자이시마스(복죄합니다, 복죄합니다.)"

하고 상소권을 포기하였다. 그리고 이튿날 아침에 그는 칠십이 넘은 아버지 어머니 걱정을 하면서, 복역 중에 새 사람이 될 것을 맹세하노라고 말하고 본감으로 가고 말았다.

"자식이 싱겁기는."

하는 것이 정이 강을 보내고 나서 하는 비평이었다. 강이 정의 말에 여러 번 핀잔을 주던 것이 가슴에 맺힌 모양이었다.

강이 상소권을 포기하고 선선히 복죄해버린 것이 대조가 되어서 정이 사기취재를 한 사실이 확실하면서도 무죄를 주장하는 모양이 더욱 보기 흉하였다. 그래서 간수들이나 간병부들이나 정에게 대해서는, 분명히 멸시하는 태도를 가지고 있었다. 게다가 정이 보석청원을 쓴다고 편지 쓰는 방에 간 것을 보고 키 작은 간병부는 우리 방 창밖에 와 서서,

"남의 것 사기해 먹는 놈들은 모두 염치가 없단 말이야. 땅도 없는 것을 있다고 속여서 계약금을 오천 원이나 받아서 제가 천 원이나 떼어 먹고도 글쎄, 일년 반 징역이 억울하다는구면. 흥, 게다가 또 보석 청원을 한다고 —? 저런 것은 검사도 미워하고 형무소에서도 미워해서 다 죽게 되기 전에는 보석을 안 해주어요."

이런 소리를 하였다. 그 이야기 솜씨와 아첨 잘하는 것으로 간병부들의 환심을 샀던 것조차 잃어버리고, 건강은 갈수록 쇠하여지는 정의 모양은 심히 외롭고 가엾은 것 같았다.

윤이 전방한 지 아마 이십 일은 지나서 벌써 달리아 철도 거의 지나고 국화꽃이 피기 시작한 어떤 날, 나는 정과 함께 감옥 마당에 운동을 나갔다. 정은 사루마

다 바람으로 달음박질을 하고 있었으나, 몸을 움직일 수 없는 나는 모래 위에 엎드려서 거진 다 쇠잔한 채송화 꽃을 들여다보며 일광욕을 하고 있었다. 아침저녁은 선들선들하고, 더구나 오늘 아침에는 늦게 핀 코스모스조차 서리를 맞아 아주 후줄근하였건마는 오정을 지난 볕은 따가울 지경이었다. 이때에 "진 상!" 하고 부르는 소리가 들렸다. 고개를 들어 돌아보니 일방 창으로 윤의 머리가 쑥 나와 있었다. 그 얼굴은 누르스름하게 부어올라서 원래 가느다란 눈이 더욱 가늘어졌다. 나는 약간 고개를 끄덕여서 인사를 대신하였으나, 이것도 물론 법에 어그러지는 일이었다. 파수 보는 간수에게 들키면 걱정을 들을 것은 물론이다.

"진 상! 저는 꼭 죽게 됐는 게라. 이렇게 얼굴까지 퉁퉁 부었능기라우. 어젯밤 꿈을 꾸닝게 제가 누런 굵은 베로 지은 제복을 입고 굴건을 쓰고 종로로 돌아단기는 꿈을 꾸었지라오. 이게 죽을 꿈이 아닝기오?"
하는 그 목소리는 눈물겹도록 부드러웠다.

그 이튿날이라고 생각한다. 또 나와 정이 운동을 하러 나가 있을 때에 전날과 같이 윤은 창으로 내다보며,

"당숙한테서 돈이 왔는디 닭알을 먹을겡기오? 우유를 먹을겡기오? 아무 걸 먹어도 도모지 내리지를 않는디."
이런 말을 하였다.

또 며칠 후에는
"오늘 의사의 말이 절더러 집안에, 부어서 죽은 사람이 없느냐고 묻는데요? 선친이 꼭 나 모양으로 부어서 돌아가셨는데요."
이런 말을 하고 아주 절망하는 듯이 한숨을 쉬는 것이 보였다. 그러고 나서 정에게는 들리지 않기를 원하는 듯이 정이 저쪽 끝으로 가는 때를 타서,

"염불을 뫼시려면 나무아미타불이라고만 하면 되능기오?"
하고 물었다. 나는 벌떡 일어나 앉으며 합장하고 약간 고개를 숙이고 나무아미타불 하고 한번 불러 뵈었다.

윤은 내가 하는 모양으로 합장을 하다가, 정이 앞에 오는 것을 보고 얼른 두 팔

을 내려버리고 말았다. 그리고 다시 정이 먼 곳으로 간 때를 타서,

"진 상! 나무아미타불을 부르면 죽어서 분명히 지옥으로 안 가고 극락세계로 가능기오?"

하고 그 가는 눈을 할 수 있는 대로 크게 떠서 나를 바라보았다. 나는 생전에 이렇게 중대한, 이렇게 책임 무거운 질문을 받아본 일이 없었다. 기실 나 자신도 이 문제에 대하야 확실히 대답할 만한 자신이 없었건마는 이 경우에 나는 비록 거짓말이 되더라도, 나 자신이 지옥으로 들어갈 죄업이 되더라도 주저할 수는 없었다. 나는 힘 있게 고개를 서너 번 끄덕끄덕한 뒤에,

"정성으로 염불을 하세요. 부처님의 말씀이 거짓말 될 리가 있겠습니까?"

하고 내가 듣기에도 엄청나게 큰 목소리로, 엄청나게 결정적으로 대답을 하였다.

윤은 수없이 고개를 끄덕끄덕하고 나를 향하여, 크게 한 번 허리를 구부리고는 창에서 사라져버리고 말았다.

이 일이 있은 뒤에 윤이 우유와 닭알을 주문하는 소리와, 또 며칠 후에는 우유도 내리지 아니하니 그만두라는 소리가 들리고, 이 모양으로 어찌 가다 한 마디씩, 그가 점점 쇠약하야 가는 것을 표시하는 말소리가 들렸을 뿐이오, 우리가 운동을 나가더라도 그가 창으로 우리를 내다보는 일은 없었다. 간병부의 말을 듣건댄 그의 병 증세는 점점 악화하여 근일에는 열이 삼십구 도를 넘는다 하고, 의사도 인제는 절망이라고 해서, 아마 미구에 보석이 되리라고 하였다.

어느 날 밤, 취침시간이 지난 뒤에 퉁퉁하고 복도로 사람들 다니는 소리가 나는 것을 듣고 창을 바라보고 있노라니, 뚱뚱한 부장과 얼굴 검은 간수가 어떤 회색 두루마기 입은 사람과 같이 윤이 있는 일방 문밖에 서 있고 얼마 아니 해서 흰 겹바지 저고리를 갈아입은 윤이 키 큰 간병부의 부축을 받아 나가는 것이 보였다. 키 작은 간병부는 창에 붙어 섰다가 자리에 와 드러누우며,

"그예 보석으로 나가는군요. 나가더라도 한 달 넘기기가 어려우리라던데요."

하였다. 그 회색 두루마기를 입은 사람이 윤의 당숙 면장일 것은 말할 것도 없다.

"나도 보석이나 나갔으면!"

하고 정은 길게 한숨을 쉬었다.

　내가 출옥한 뒤에 석 달이나 지나서 가출옥으로 나온 키 작은 간병부를 만나
들은 바에 의하면, 민도 죽고 윤도 죽고 강은 목수 일을 하고 있고 정은 소화불량
이 더욱 심하여진 데다가 신장염도 생기고 늑막염도 생겨서 중병 환자로 본감 병
감에 가 있는데, 도저히 공판정에 나가 볼 가망이 없다고 한다.

늙은 절도범[1]

1

내가 누워있는 병감에 하루는 어떤 노인 하나가 마치 무도병^{춤추는 병}이 들린 사람 모양으로 사지를 덜덜 떨면서 들어왔다. 양력설이 가까운 추운 겨울인데도 미결수가 입는 기모노에 오비도 안 매고 배를 통 내어놓은 채로.

그 노인은 얼른 보기에도 부잣집 늙은이 같았다. 머리가 훌떡 벗겨지고 코와 귀가 크고 눈도 크고 어글어글한 편이었다. 배가 턱 나오고 젖가슴이 축 늘어지고. 그래서 우리들 병감에 먼저 있던 죄수들은 그가 필시 큰 부자로서 금 밀수출이나(그때는 이런 죄인이 많은 시대였기 때문에) 무슨 그러한 적어도 몇 십만, 혹은 몇 백만 소리 하는 큰돈 사건의 주인공으로 알았다.

그 노인은 바로 똥통 앞에 누워서 굉장히 엄살을 하였다. 그의 엄살을 하는 품으로 보면 오늘 밤을 넘기지 못할 것 같았다. 우리들은 이, 노인의 앓는 소리 때문에 거진 밤을 새웠다.

열은 삼십구도 오분! 간병부는 두 시간에 한 번씩이나 강심제 주사를 하였다.

우리들(세 사람이었다) 먼저 들어온 병자들은 원, 대체 그가 누군데 무슨 죄로 들어왔을까? 하는 것이 퍽 궁금하였다. 그처럼 그는 부자 격을 띠어서 이러한 감옥에서는 보기 어려울 만한 풍신 좋은 위인이었다.

바로 그 노인의 곁에 누운, 토지사기(없는 땅을 — 없는 땅이라기보다는 남의 땅을 제 땅이라고 팔아서 계약금 이천 원을 받아먹고는 저는 애매하노라고 검사를 원망하는)로 일심의 일년 반에 불복하고 무죄를 주장하여서 공소한 C라는 사람은 이 노인을 분명

1　춘원(春園),『신세기(新世紀)』, 1939.2-1940.4. 미완.

히 큰 부자로 보아서 여러 가지로, 아첨에 가까우리 만큼 그의 시중을 하였다.

나는 대체 이 사람이 무슨 사람일까 알아맞혀 보리라 하고 여러 가지로 상상도 하고 관상도 하고 그 행동을 관찰도 하였다.

첫째로 내게 의심을 준 것은 그가 차입한 옷을 입지 아니하고 퍼런 미결수의 옷을 입은 것이었다. 부자면 그럴 리가 있나? 이렇게 나는 첫 의심을 하였다.

그러나 송국된 지가 아직 며칠이 못 되어서 미처 차입을 못 받았는지도 모른다, 하고 나는 아직도 그의 정체를 판단할 수가 없었다.

그러나 둘째 의심이 내 속에 일어났다. 그것은 그가 이따금 눈을 뜰 때에 그의 목자[2]에 매우 불량한 빛과 또 궁한 빛이 있는 듯한 것이었다. 눈이 크나 흰자가 많이 보이는 눈이었다.

그렇지마는 그의 이마랄지 코랄지, 귀랄지가 하도 풍후하게 잘 생겨서 나는 이 둘째 의심으로는 그의 정체를 판정할 수가 없었다.

그러나 그날 밤이 다 가기 전에 나는 그에게 관하여서 대단히 큰 재료를 얻었다. 그것은 그가 똥통 앞에 서서 오줌을 누는 모양이었다. 그 모양이 대단히 익숙하여서 퍽 오래 감옥생활을 한 것 같았다. 한 다리를 쓱 통 위에 올려놓고…… 이런 등 자세가 아주 본격적이었다.

'오, 네가 감옥이 여러 번째로구나.'

하는 생각이 내 머리에 번쩍하였다. 그러나 그의 허우대가 하도 좋아서 나는 스스로 이 유력한 재료까지도 무력하게 쓰지 아니할 수 없었다. 부자라도 여러 번 감옥에 들어올 수가 있지 아니하냐고.

감옥에서 미결 죄수들이 부자 죄수를 환영하는 이유가 있다. 원래 부자란 가난한 사람들에게는 무조건으로 매력이 있어서 그들의 까닭 없는 존경을 받는 것이지마는 감옥에서 특별히 부자가 환영을 받는 또 한 까닭은 그의 풍부한 차입의 여택을 받자는 것이다. C나 또 모르히네[3] 죄로 들어온 A[4]나가 그 노인에게 큰 흥

---

2   목자(目子) : 눈.
3   모르핀(morphine) : 아편의 주성분이 되는 알칼로이드.

미를 가지는 것은 이 때문이었지마는 나는 그 노인의(설사 첫 인상과 같이 큰 부자라 하더라도) 차입의 여택을 받을 처지까지는 아니면서도 웬 일인지 부쩍 그에게 흥미가 끌렸다.

그가 병감에 들어온 지 이삼 일이 지나서 밤에 숨이 껄떡껄떡 넘어가려는 위기가 한 차례 있었으나 도리어 그 이튿날부터 열이 쑥 내려버렸다. "아이구, 어이구구, 흥흥, 허이구." 하는 엄살은 여전하지마는 그의 병이 나은 것은 사정없는 체온기와 그의 식욕이 증명하는 것이었다. 그는 죽 한 그릇을 다 들이마시고도 퍽 시장해 하는 모양이었다.

그는 병이 나으면 보통감방으로 도로 좇아버릴 것을 두려워하는 모양이어서 의사나 간수가 번쩍 보이기만 하면 "아이구, 흥흥, 허이구, 죽겠다."를 그의 웅장한 바리톤으로 외었다.

그는 처음에는 말하기를 원치 아니하고 다른 사람과 눈이 마주치기도 싫어하는 모양이었으나 늑막염이라는 진단이 내려서 병감에서 쫓겨나지 아니할 것이 확실함을 안 뒤에는 말문이 열렸다.

"영감께서 무슨 사건으로 이렇게 고생을 허시오? 보아 허니 점잖으신 어룬이."

토지사기범 C가 우리 일동의 궁금함을 대표나 한 듯 대단히 공손하게 그 노인에게 물었다. 아버지까지는 아니라 하더라도 적어도 부집[5]에게나 대한 존대와 태도로. 나도 귀를 기울였다.

"네, 광산사건이오."

하는 그 노인의 말법은 대단히 거만하였다.

"금액은 얼마나 되는데, 이렇게 감옥에꺼지……."

하고 C는 더욱 아뢰옵기 황송한 태도였다.

"돈두 몇 푼어치 안 되오. 사람 놈을 잘못 쓰다가 이 봉변이오."

그 노인은 '푸우' 하고 한숨을 쉬었다.

---

4   원문에는 '피'로 되어 있으나 맥락으로 보아 아편쟁이 A의 오식으로 보인다.

5   부집(父執) : 아버지의 친구로 아버지와 나이가 비슷한 어른.

"네 그러십니까? 참 사람을 잘못 쓰시면 ─. 네 그렇시오니까."

"불과 삼사십만 원 돈에 이 봉변이오."

하는 노인의 말이 끝나기도 전에 내 옆에 누웠던 간병부가 내 옆구리를 찌르며,

"절도야요, 절도여. 능청맞인 늙은이 같으니."

하고 킥킥 웃는다.

'절도야요, 절도' 하는 간병부의 소리는 나밖에는 못 들었겠지마는 아마 간병부가 웃고 따라서 나도 픽 웃는데 눈치를 채었는지, 그 노인의 흰자 많은 눈이 번쩍하더니마는,

"오, 내 죄명이 절도로 되었습디까? 그렇게만 되었으면 다행하오. 삼십만 원 사기라는 혐의는 벗겨졌나보오."

하고 정말 다행히 여기는 표정을 하였다.

나도 간병부의 말과 이 노인의 말에는 아니 놀랄 수가 없었다. 저렇게 풍신 좋은 노인이 절도라니!

"아니 절도라니, 얼마나 훔쳤단 말요?"

C는 지금까지 그 노인을 존경한 것이 분한 듯이 어성에 노기까지 띠어서 묻는다. 그렇게도 태도가 돌변이었다.

"불과 이, 삼만 원 돈이오."

하고 그 노인은 신통치 아니한 일인 것처럼 대답한다.

"이, 삼만 원? 절도루는 큰 절도로구려. 뉘 집 담을 뚫구 들어갔습디까?"

C의 말에는 점점 경멸과 독이 오른다.

"이 고이한 손이로군. 맥은 뉘 집 자물쇠를 비틀다가 들어왔소?"

하고 그 노인은 쉰다.

"듣기 싫소. 잡시다. 엿장수 돈 오 원 훔쳐내구 들어오구서는 무슨 뻔뻔헌 소리요? 이삼만 원? 흥, 이삼만 원이 얼만지 알기나 허우?"

하고 평소에 그리 말이 없던 간병부가 톡 쏜다.

그로부터 우리 방 동무가 그 노인에게 대한 태도가 일변한 것은 말할 것도 없

다. C는 건건사사에 그 노인을 몰아세웠고 그 노인도 이제는 본색이 탄로된 바에 더 점잔을 빼는 연극을 할 필요도 없어서,

"이 놈은 어디서 빌어먹다가 죽을 곳을 못 찾아서 가막소[6]로 끌려 들어온 놈인데."

하고 막 C를 몰아세웠다. 한 마디만 C가 더 하면 단박에 대들 것 같은 형세였다.

이 부자 노인의 여택을 받아보려고 타구 심부름까지 하던 아편쟁이 A는, 그 노인을 향하여서 이를 갈았다. 며칠 동안 우리 방에는 살풍경이 계속하였다.

그래도 내가 이 노인에게 대한 흥미는 그것으로 끝나지 아니하였다. 그것은 마의상서麻衣相書[7] 권이나 읽은 탓인지 모른다. 내가 보기에는 그 노인은 지난 일생에 한 번은 남부럽지 않게 살아본 일이 있을 것 같았고, 아마도 그 상판대기가 잘생기고 구변이 좋은 것이 화가 되어서 조업[8]을 다 팔아 없이 하고 여러 가지 기구한 인생의 길을 걸은 끝에 마침내 엿장수의 돈 오 원을 훔치고 저 꼴이 된 것이나 아닌가 하였다. 나는 그의 일생의 참회를 듣고 싶었다.

다행이 그는 나에게 호의를 가졌다. 그것은 다른 두 사람이 다 자기를 몰아세고 못 견디게 구는 중에서 나만이 침묵을 지킬 뿐이 아니라 처음이나 다름없는 경어를 써주기 때문이었다. 나는 애초에 그에게서 바란 것이 없었기 때문에 그가 백만 장자에서 오 원 절도로 전락하더라도 실망할 필요가 없었다. 나는 다만 그에게 나이대접을 하여주면 그만이었던 것이다. 나의 이 태도가 그 노인에게는 무척 고마웠던 모양이어서 하루는 그는 나를 향하여 마침내 그의 일생의 참회를 하였다.

묻지 않는 말로 그는,

"나는 이제 다시 세상에 나갈 뚱 말 뚱 하외다. 그럼 다시는 못 나가. 내가 이게 벌써 네 번째요. 전과 사범이오. 그렇지만, 허어. 생각하면 기가 막히오. 내 노형께 내 신세타령이나 허오리다. 웬 일인지 노형께 내 일생 소경력을 다 말을 허고

싶소그려. 허어, 참회를 헌댔자 다시 세상에 나가서 사람구실 헐 수도 없으니 무엇 허겠소마는 ―. 쩝, 참 그렇소이다. 허어, 다 제가 지은 값은 받는 것이오. 허어, 나는 본래,"
하고 참회를 시작한다. 아마 부처님이 그의 마음을 움직이심인가?(1939.2)

2
주막집

늙은 절도범의 말―

내가 젊어서 전라도에 좀 가 있었지요. 그때 일인데.

하로는 지금 모양으로 함박눈이 푹푹 내리는 날인데 ― 그해에 참 눈이 많이 왔습덴다 ―. 가만 있자, 그것이 임자, 계축(하고 손가락으로 꼽아보면서) 응, 갑인년이로군. 아주 즉시. 갑인년 겨울에 아랫녘에 눈이 많이 왔습덴다. 그핸데, 내가 무슨 일루 광주에 출장을 갔다가 돌아오는 길인데, 광주에서 송정리로 오노라면 고개가 하나 있습닌다. 그리 큰 고개는 아니지마는 초원[9]허지요.

혼자서 그 고개를 넘어오지 않았습니까? 그런데 눈은 무르팍까지나 빠져 천지가 모두 뽀얀데 지척을 분별헐 수가 있어야지. 허 이거 큰일 났군, 이러다가는 눈에 홀려서 죽는 일두 있다는데 ― 이런 생각을 하면서, 그러니 어디가 길인지 어디가 산인지 도무지 알 수가 없단 말이지요. 슬그머니 겁이 나던걸. 얼마나 왔는지 모르지요. 어디루 가는지도 모르고. 광주서 이 눈에 못 간다고, 가다가 길 잃어버리면 큰일 난다고 그처럼 만류하는 것을, 젊은 혈기라 어디 뉘 말 듣나요. 아 괜찮소, 하고 큰 소리하고 떠난 것이란 말요.

차차 어둑어둑해 가는 품이 날이 저물어가는 모양인데 시장은 해, 사지는 얼

---

9   초원(稍遠): 조금 멀다는 뜻.

어 올라와, 꼭 죽었두군요. 어디든지 인간만 있으면 들어갈 작정으로 두리번거리나 어디 있어야지. 인가가 있기로니 열 걸음 앞도 내다 볼 수가 없으니 찾을 길이 있나?

그래서 허 인제는 헐 일 없이 죽었군, 하고 그래두 얼마를 가노라니까 어디서 빽하는 소리가 한 마디 들리는데 어떻게나 반갑던지 — . 참, 사람의 소리 그렇게 반가운 것은 처음 보았소이다.

그래 가만히 서서 들어보니까 과연 몇 걸음 안 가서 집 같은 것이 하나 보인단 말요. 그래서 부랴부랴 가지를 않았겠소. 그때에는 벌써 눈이 허리까지나 올라온단 말요.

가보니 집야. 집인데 길가 주막야. 주막이라야 방 한 간 부엌 한 간, 한증막 같은 집이죠.

"주인 계시오?"

하고 문을 잡아당기니까 문은 열리는데 방안은 캄캄 절벽이고 냄새가 코를 푹 찌른단 말요. 그래도 이것도 사람 냄새여니 하니 반가와서 쓰윽 들어서지를 아니하였습니까? 그래도 방에서는 도무지 말이 없어.

"아무도 안 겨시오?"

하고 아랫목 쪽을 바라보니까 사람인 듯한 것이 차차 보인단 말요. 한 사람은 누웠고 두 사람은 앉은 모양이야.

"길 가던 사람인데 눈은 오고 날은 저물고. 더 갈 수가 없으니 하룻밤 드새고 갑시다."

하지를 않았겠소?

하니까 앉은 두 사람 중의 한 사람이,

"글쎄, 묵어가시란 말도 못 하겠고 또 이 눈에 가시란 말도 못하겠소. 시체와 한 방에서 주무셔도 괜찮으시거든 묵어가시지요."

하는 것은 여편네 음성인데, 그때에는 벌써 내 언 눈도 녹아서 사람들의 얼굴이 보인단 말요. 보니까 누운 사람은 얼굴까지 덮어놓았는데, 엄지손가락만한 상투

끝이 삐뚜룩 나온 것을 보니까 주인 사내 모양 아니오? 앉았는 것은 하나는 여편네, 하나는 딸인 모양인데, 여편네는 보기에는 서른 살이 될락 말락 한데 열댓 살 된 딸년이 있는 것을 보니 서른은 넘었을까. 모녀가 다 이런 시골에서는 보기 드물게 때가 쏙 빠졌던걸요.

"대관절 주인 양반이 운명한 지는 얼마나 되었소?"

하고 내가 물으니까 그 여편네 말이,

"벌써 사흘째 되나 보우."

그런단 말씀야요. 이야기를 들어보니깐 눈은 푹푹, 내려 지나가는 사람은 하나도 없어, 인가 있는 데를 가자면 어느 쪽으로 가도 오 리나 십 리는 된단 말요. 내가 눈에 걸려서 사흘을 길을 못 떠나고 광주서 묵었으니 다른 사람들도 그럴 것 아니오? 그런데 그 여편네 친정은 담양이랴.

"그럼 행인이 지나가기를 기다리고 있었구려."

내가 하도 어이가 없어서 이렇게 물었더니,

"그저 달리 도리가 없으니 모녀가 이렇게 마조보고 앉었소."

하고 나를 한번 힐끗 보는데 그 눈찌에 처음보다는 생기가 좀 돌았어. 헌데 은 먹고 금 먹던 계집일시 분명합데다.

그래 내 손으로 눈을 감기고 손발을 모으고 해서 윗목으로 올려 밀고 무엇을 좀 끓여달라고 해서 한 술 떠먹고 나니 살아나는 것 같단 말요.

그러구는 목침 하나 베고 드러누웠지요. 노독도 노독이거니와 몸이 얼었다가 녹으니까 졸리는데, 그래 세상모르고 잠이 들지를 아니하였겠소?

한잠을 쓱 자고 깨어보니까 바로 내 곁에는 그 여편네가 눕고 맨 아랫목에 그 딸년이 눕고 이불 한 떼기를 덮었는데 한 끝이 내 배나 가리웠단 말이오. 고개를 조곰만 돌리면 내 옆에 — 바로 내 옆에 그 상투 뾰족한 시체가 누웠을 것이 아닙니까? 거 안됐두군.

다시는 잠이 안 든단 말요. 그러니 닭이 있으니 닭의 소리를 들을 수가 있나, 시계가 있나 —. 그때에야 어디 여간해서 시계를 찼던가요? 당초에 밤이 어떻게나 되었는지 알 수가 있어야지. 방바닥은 본래부터 찼으니 방바닥 식은 것으로 밤을 짐작할 수도 없고 ─. 다시는 잠은 아니 들고, 옆에 누운 송장은 금시에 팔을 내밀어서 나를 덮치는 것만 같고. 손발을 꽁꽁 모아서 묶은 것이 어떻게나 다행한지. 내가 제게 지은 죄는 없으니까 하고 나는, 잠결에 내 가슴에 와 얹혀진 여편네의 팔을 살그머니 들어서 내려놓았지요. 내가 이렇게까지 마음을 단정히 가지는데 설마 송장인들 어쩌랴 하고.

밤이 길기도 하더니 꾸루룩꾸루룩 소리가 난단 말요. 가만히 귀를 기울이니까 송장의 배때기에서 나는 소리야 ─. 참 견딜 수 없두군.

그래도 긴 밤도 끝은 있어서 창이 훤해진단 말요.

아침을 한 술 얻어먹고 나는,

"대관절 장례는 어떻게 할 작정이오?"

하고 여편네를 보고 묻지 않았겠어요? 하니까 이 여편네 대답 좀 들어 보시우 ─

"어떡헐지 모르지요. 이애 아버지가 두 달이나 앓는 동안에 팔아먹을 건 다 팔아 먹고 인제는 오늘부터는 조 미음 끓여먹을 것도 남지 않았소. 여기서 우리 모녀가 이렇게 시체를 지키고 있다가 우리 모녀마저 죽어버리면 그 뒷일야 뉘가 알겠소? 관에서라도 내다 묻어야 주겠죠."

이런단 말요.

허, 이런 일 보았나? 이 정경을 보고 나만 훨훨 달아날 수도 없고.

"가만 계슈. 그럼, 내 이 길로 면소에 가서 상수[10]와 인부를 얻어 가지고 오리다."

하고 문을 열고 나서니 아직도 눈은 오나 어제 같지는 아니하단 말요.

그 여편네가 눈물 한 방울 안 흘리고 하도 냉정한 것이 도리어 겁이 난단 말요. 그러다가 죽지나 않을까. 그래서 도로 방안을 들여다보며,

"나는 거짓말 하는 사람은 아뇨. 한 번 한다면 하는 사람이니 내가 돌아오기를 기다리시오."

10　상수(喪需) : 초상 치르는 데 드는 물건.

하고 다져놓고 쑥쑥 허리까지 빠지는 눈길을 걸어서 면소에를 가지 아니하였습니까. 그 면장이 유라고 내가 안면이 있는 사람이죠. 예전 일진회 하다가 은행에 다니다가.

(나는 이 말에 깜짝 놀래었다. 왜 그런고 하면 이 유라는 사람은 나도 잘 아는 사람이기 때문이다. 나는 이 늙은이가 맨판 거짓말을 구변 좋게 꾸며대는 것으로만 여기고 듣고 있었는데, 내가 아는 실재적 인물이 등장하는 것을 보고는 한 편으로 놀라고 한 편으로는 더욱 흥미를 끌리지 아니할 수 없었던 것이다.)

옳지, 그 사람이요. 얽죽얽죽하고. 옳지, 그이를 아신다니 더욱 말에 신이 납니다.

그래 유면장한테 가서 그 말을 했지요 —

"어디 그럴 수가 있소? 이를테면 귀하의 관내에 이러한 일이 생겼는데 이것을 모른 체할 수가 있소? 돈 이십 원만 영감이 내시오."

그러니까, 어디 이십 원이 갑자기 있나. 유면장 들락날락하더니 돈 십이 원을 들고 와서,

"약소하지마는 이걸 가지고 아오님이 좋도록 배비를 해주시오."

그런단 말씀이지요.

그래 그 돈을 가지고 입널 한 집 사고 베 한 필, 백지 두 권, 그리고 술 좀 사고 돼지고기 좀 사고, 쌀 한 말 팔아서 인부 둘 얻어서 지워서 그 주막집으로 돌아오지를 않았겠어요?

"아이머니, 저 손님 정말 상수를 사가지고 오시네."

하고 그 여편네가 울고 내달아서 내가 제 오라비나 삼촌이나 되는 듯이 매어달린단 말요. 거 안됐두군.

그래 인부들을 데리고 — 그러니 시굴 것들이 어디 염습범절을 아오? 에라 비켜라, 하고 내가 팔을 부르걷고 들어앉아서 소렴, 대렴에 법대로 다 하여서 턱 입관을 다 시켜놓고는 돼지고기 한 접시 놓고 술 한 잔 따라놓고, 내가 입 고축告祝[11]

---

11 고축(告祝) : 천지신명께 고하여 빔.

하고 그러고도 인부 두 놈에게 지전 한 장씩 주어서,

"네 산에 지고 가서 깊이 차고 잘 묻으렷다. 허수이 하였다가는 단단히 경칠 테니 그리 알아라."

해 보냈지요.

했더니 이듬해 봄에 그 앞을 지나가 보니깐 글쎄 그 육시를 할 놈들이 길가에서 얼마 아니 올라가서 언덕바지에다가 눈에다가 묻어놓고 달아났던 모양이야. 그 관이 떼굴떼굴 굴러서 내려오다가 바윗돌에 턱 허리를 걸고 있단 말요. 어떻게나 눈에 불이 나는지. 그저 이 놈들을 단개에, 하고 뽐내어 보니 쓸 데 있소? 거 안됐드군. 그래서 내가 다시 인부들을 사서 양지 짝에다가 잘 묻어 주었지요.

(여기까지 말하고 늙은이는 매우 만족한 모양이었다. 내가 듣기에도 그가 주막집 사건에 대한 처사는 실로 정정당당하였고 또 그가 이 일을 서술하는 태도와 어조가 실로 정정당당하여서 그가 마치 큰 인격자인 것같이 보였다.)

이때에 사기범 C가,

"그래 그 식구들은 어떻게 하였소?"

하고 늙은이를 보고 물을 때에, 그 늙은이는 깜짝 놀라는 듯이,

"그 식구라니?"

하고 C를 노려보았다.

"아니, 그 과부허구 딸허구 말요?"

이 말에 늙은이의 이야기는 다시 시작이 된다. 나는 그 과부와 딸의 처치 여하로 이 늙은이의 정체가 판명될 것일뿐더러 이 과부와 딸이 필시 이 늙은이의 운명에 무슨 관계가 있을 것만 같이 생각되어서 흥미의 귀를 기울였다.

(늙은이의 말을 들어보자.)

응, 그 과부와 딸 말 이오? 허, 이야기를 하자면 기오 —

그렇게 장례를 치러 주고는 나는 나 갈 길을 가리라고 일어서지를 않았소? 장례만 치러주었으면 고만이지 더 있을 까닭은 없단 말요.

그래 나는 가오, 하고 일어나니까, 허 이런 일 보았나? 과부가 내게 매어달리는

구려. 우리 모녀는 어떻게 하라고 두고 가시오? 하고 사뭇 소매를 붙들고 늘어진 단 말요.

허, 이런 봉변이 있나, 원. 그래서 내가 준절히 책망을 하였지요. 그게 무슨 행사냐고, 아직 젊으신 아낙네가. 그나 그뿐인가. 초상 상제가 남의 사내의 소매를 잡고 힐난하는 법이 어디 있단 말요? 하고 준절히 타일렀지요.

그러니깐 이 아낙네 말 좀 보시오 ―

"인사, 체면 다 차릴 때가 어디 되오? 활인견생이라니 우리 모녀를 같이 죽을 것을 이왕 살려내셨으니 죽이시든지 살리시든지 손님께서 알아 하시오."

글쎄 이럽니다그려.

그러니 나도 사람이지, 이것을 뿌리치고야 갈 수가 있어요? 그래 데리고 갔지요. 나주羅州로.

그래 나주로 가서 집을 하나 장만을 하고 모녀를 살림을 시켰을 것 아녀요? 헌데 이 여자가 음식이나 침선이나 아주 솜씨가 용하단 말야요.

(그래도 같이 살았단 말은 이 늙은이는 영 아니 하였다.)

한 이태 그렇게 살다가 내가 나주를 떠나고 말았지요. 왜 떠났느냐고요? 목포로 전근이 되었지요(물론 무슨 벼슬인지는 이 늙은이가 자백을 아니 하였다). 그 두 모녀는 어찌하였느냐고요? 그 딸년도 그때에는 다 자라서 열여덟 살이나 되었으니까.

이때에 C가 옆에서

"옳지, 당신이 또 그 딸을 건드렸소그려. 그래서 모녀간에 싸움을 붙였소그려. 족히 그럴 위인이니까."

하고 빈정대었다.

허, 참. 용허게도 아시오. 하하하하. 노형이 아마 그런 일을 많이 해 보았나 보오(하고 노인은 웃어 버리고 만다. 나도 웃었으나 C가 말한 것이 아마 맞은 듯하다고 나도 생각하였고, 나중에 다른 말끝에, 이 과부가 간수를 먹고 자살을 하여서 큰 소동을 일으켰단 말을 이 늙은이가 나하고 단 둘이 있을 때에 말하였으나 그 원인이 무엇이라고는 자기도 말하지 아니하고 나도 묻지 아니하였다).

그래서 목포에를 아니 갔습니까? 목포에도 한 이태나 있었지요. 홍의관 아시지요. 홍의관이나 그 자제들과도 친허지요. 그 자제도 홍참의도 좋은 사람이지요. 복을 받는 사람들은 다 복을 받을 만한 까닭이 있드군요. 도무지 강박[12]하지를 않아. 홍의관 부자가 다 인후합넌다. 영암^{靈岩} 절반이 홍의관네 전장[13]이지마는 그 작인들이 모두 홍의관을 칭송합니다. 참 거룩하지요(하고 홍의관 칭찬을 한바탕 한 뒤에).

그런데 복이란 온전하기가 어려운 거야. 홍의관의 아우가 있습니다. 홍참봉이라고 이것이 망나니란 말요. 홍참의와는 숙질간이지마는 나이는 어슷비슷해서 아마 두 살 터울인가밖에는 안 됩디다.

이 홍참봉이란 작자가 주색잡기에 못하는 것이 없고, 홍의관도 많이 없이해 주었지요.

헌데 홍참의도 그렇게 점잖긴 하지마는 노름은 질겨했어 — 화투지요. 한 끝에 일 원, 이 원 내기만 하나요? 그네들이야 마조 앉는 꾼이 모두 만석꾼이니까 한 끝에 오 원 이하 내기는 아니 하지요. 새벽녘이나 되면 끝에 십 원, 이십 원으로도 올라가지요.

홍참봉이 노름하다가 헌병대에 붙들린 것을 내가 몇 번 빼어 놓았는지 모르지요. 그런데 한번은 홍참의가 ○○여관 삼층에서 큰 노름을 벌였단 소문을 헌병대에 밀고한 사람이 있어서 — 아마 홍참봉인가 봅디다 — 헌병대에서 이것을 습격할 작정인데, 거 안됐드군요. 홍의관의 낯을 보더라도 그냥 있을 수가 없단 말요. 그래 내가 슬쩍 ○○관으로 가서 다짜고짜로 삼층으로 올라갔지요. 삼층에는 방이 셋밖에 없는데, 이 양반들이 그 방 셋에 든 손님이 되어 가지고는 며칠을 두고 계속해서 노는 판이야.

그래 내가 문을 득 여니까, 홍참의, 방주사, 김위원, 위 무엇이더라 — 화순인가 사는 부잡니다, 넷이서 한창 화투를 하고 있다가 낯빛이 흙빛이 되고 만단 말요.

---

12 강박(剛薄) : 매우 딱딱하고 인정이 없음.
13 전장(田莊) : 개인이 소유한 논밭.

"강 주사, 이리 들어오시지."

하고 홍참의가 날더러 들어앉으라는 것을, 나는,

"고만 댁으로들 가시는 것이 좋으리다."

하는 한 마디를 던지고는 문을 닫고 내려와버렸지요.

내가 ○○여관에서 한 일 마장쯤 되는 ○○은행 지점 앞에 오니까 헌병대 형사들이 내려 오드군요. ○○여관 습격하러 가는 것이지요.

그날 저녁에 홍참의가 돈 이천 원을 싸서 나헌테 보냈드군. 세찬[14]이라고.

이 돈이 화단야. 이 돈만 안 생겼어도 내가 이렇게까지는 안 되었을는지 몰라요 (하고 늙은이는 휘우 한숨을 쉰다).(1939.3)

3
여난女難

그래 그 돈을 가지고 목포를 떠나서 낙안 밤개落安要浦를 안 갔습니까. 한번 거드럭거리고 살어보자는 것이요(이 글 쓰는 사람이 보기에는 도박범에게서 돈 이천 원 받은 죄로 헌병보조원을 떼이고 달아난 것 같았다). 그땟돈 이천 원이면 요샛돈으로는 이만 원 못지않지요.

밤개를 쓰윽 가서 여관을 조용하고 정갈한 것을 하나 찾자니까 어떤 과부의 집인데, 과부래야 아마 본래는 놀던 계집인지 자식 하나 없고 집은 무척 깨끗이 하고 살두군요. 그래 그 사랑채 하나를 도맡아 가지고 사는데 더운 밥 삼시 먹고 십오 원이니 싸기도 싸지요. 반상기[15]일지 반찬 범절일지 으리으리한데 은수저까지 놓고 ─. 헌데 그 은수저가 죽은 남편의 입에 들어가던 것 같아서 좀 안됐두군.

---

14 세찬(歲饌) : 세밑에 인사로 드리는 선물.
15 반상기(飯床器) : 격식을 갖추어 밥상을 차리도록 만든 한 벌의 그릇.

그리고 자리 평풍[16]에 초록 명주 누비이불에 — 수 났두군.

그렇게 얼마를 지나노라니 안주인 하고도 지면이 되어 설왕설래가 되어 차차 그 여편네 눈치가 이상해지는데, 거 안됐두군. 그러니 뿌리치고 갈 형편도 못되고 — 거 곤경이두군.

그러자 서울 부자가 큰돈 가지고 무슨 사업하러 내려와 있다, 봄만 되면 아마 무척 큰 그물배를 서너 척은 채려가지고 고기잡이를 시키리라, 그런데 이 양반이 혼처를 구한다, 하는 소문이 그 좁은 밤개 바닥이니까 짜아하니 났을 것 아니오? 내가 말을 내인 것도 아니지마는.

그러니까 이 주인 여편네가 더 바싹 덤빈단 말야요. 소유 증명을 낼 텐데 좀 보아 달라는 핑계로 문서 뭉텡이를 다 내어 보이고 — 날더러 재산이 이만큼 있단 말이지요. 한 이백 석 거리는 되던걸요. 지금 쓰고 있는 집도 터전 넓고 하니까 천 원어친 될 거야.

그런데 밤개에 와서 사괴인 사람 하나가 하로는 와서 말하기를 자기의 고종매가 열아홉 살 된 처녀가 있는데 혼인을 하면 어떠냐고 그런단 말이오. 벼 천이나 하는데 과부의 무남독녀라고. 당신 말을 했더니 그런 사람이면 작히나 좋으냐고. 그러고는 나허구 같이 가자는 거야. 자연 마음이 솔깃하드군요. 그런데 집이 거문도巨文島라니까 정이 좀 떨어지기는 하나 그래도 열아홉 살 된 처녀야, 돈이야. 돈 바랄 내야 아니지만 벼 천이나 한대. 그래서 그 사람과 같이 가지를 않았겠어요? 똑딱선을 타고 풍랑 고약하드군. 주인 여자가 어디를 가느냐고 그러길래 소풍 겸 거문도를 구경을 가노라고 했더니 여편네란 이상합니다. 금방 눈이 샐쭉해진단 말이지요. 냄새를 맡는 게야.

아 그래, 원 어떤 사람일까 대단히 궁금도 하고 마음도 장히 조급하게시리 거문도를 갔소그려. 배에서 내려서 바로 얼마 안 가 집 장하드군. 서울 갖다 놓아도 어지간한 큰집인데 사랑 차려놓은 거라든지 가구 범백이 도리어 목포만 못지않

---

16 '평풍'의 경상도 방언.

던 것. 떡 사랑엘 들어갔지요. 오월 단오 좀 전인데 모시 두루막 입을 때지요.

날 사랑에 앉히고는 그 친구가 안으로 들어가서 얼마를 있더니 웬 몸집이 부대하고 나이는 한 사십 남짓 하나 피불지 무엇일지 아직 싱싱하게 젊은 부인 하나를 다리고 나와 보니까 주인 ─ 이를테면 장모인 듯싶기로 소개받기 전에 너붓이 절을 한 번 아니 했겠어요. 했더니 이 부인네 대답 좀 들어 보시오.

"점잖으신 양반이 초면에 여편네를 보시고 왜 절을 하시오?"

하고 선절[17]쯤으로 쓱 받두군.

"어머니 같으신 어른을 뵈오고 앉어 인사를 드릴 수가 있습니까?"

내가 터억 이렇게 말을 아니 했겠어요.

대번에 내가 그 부인의 눈에 든 모양이야. 내가 지금은 이 꼴이 되었소마는 젊어서는 신수가 괜찮았습넨다. 게다가 그 돈 이천 원 생겨서부터는 의복 차림차림도 수수하고 또 돈이 생기니까 몸에 윤이 납니다그려. 궁기가 벗어지고.

"아가, 너 움물에 나가서 대야에 물 한 대야 떠다 이 손님 드려라. 세수도 하시고 발도 씻으시게."

하고 안을 향하여서 분부를 하는데, 옳지 이것이 선을 보이랴는 게로구나 했지요. 우물이 바로 사랑마루에서 보이는데, 어떤 분홍치마 입은 색시가 삼단 같은 머리꼬리를 꿈틀꿈틀하고 두레박줄을 자아올리는데 그 어머니 닮아서 몸이 실하드군.

어른어른하는 놋대야에 물을 떠가지고 와서 마루 끝에 놓고 고개를 숙이고 들어가는데 얼굴은 그렇게 잘 생기지는 못했어. 그래도 살은 희고 또 나이가 나이니까 어지간하드군. 아 그래서, 그 색시하고 혼인을 아니 했습니까.

(늙은이는 갑자기 얼굴이 흐리며 길게 한숨을 내어쉰다.)

그러고는 그 집 건넌방과 사랑을 독차지를 해가지고 석 달을 살지를 아니했겠어요? 그런데 의식 걱정은 없지마는 사람이 갑갑해서 살 수가 있어야지. 밤낮 내

---

17 서서 하는 절.

외가 마주 앉었거나 이따금 장모 서사 노릇이나 하니 어디 사람이 살겠더라고. 그리고 영 재산관계는 내게 맡기지만 아니할 뿐 아니라 금전출납 같은 것은 내게 알리지도 않는단 말야.

"장모님, 나는 밤개로 가겠소."

하고 말을 꺼냈지. 했더니 안 된다는 거야.

"내가 죽거든 자네 내외 어디든지 마음대로 가 살게. 자네네 고향인 서울을 가든지 어디를 가든지 나는 몰라. 하지마는 내 생전에는 안 돼!"

이런단 말요.

그래 여편네더러 좀 조르라고 그랬지요. 뭍으로 나가서 살자고. 어머니는 나가시기 싫거든 우리 내외만이라도 나가자고. 그렇지만 막무가내야. 안 된다는 게야.

그래 슬그머니 골이 나길래 나 혼자 온다 간단 말없이 뛰어나오지를 않았겠어요, 밤개로?

밤개에를 왔더니 주인 여편네가 사뭇 울고 매달려서 막 물어뜯는 거야. 나를 온통 꼬집고(여기 와서 늙은 절도범은 주인 여자와의 관계를 감추던 가면을 무심코 벗어버린다).

그래 에이 빌어먹을 거, 이 여편네가 그 섬것(점점 노인은 점잖은 탈을 벗는다)보다 재미있다, 하고는 거문도 일은 다 잊어버리고 있지를 않았겠소. 실상 우리같이 — 그 때에는 아직 삼십도 미만이지마는 — 경향간[18]으로 두루 다니면서 노는계집[19]하고만 무엇 하던 사람으로는 시골처녀로는 안됐어.

얼마를 그렇게 살고 있노라니까 거문도에서 기별이 왔는데 여편네가 아이를 뱄다는 거야. 그러니 거문도로 들어오라는 거야. 좀 안됐두군. 그래도 모른 척했지요. 그리고 또 얼마를 있노라니까 또 거문도서 기별이 왔는데 아들을 낳았다는 거야. 아들을 낳았으니 와보라는 거야.

아이를 낳았다는 말을 듣고는 가만있을 수 없던걸. 그래 부랴부랴 거문도를 들

---

18   경향간(京鄕間) : 서울과 시골 사이.

19   술과 함께 몸을 파는 일을 직업으로 하는 여자들을 통틀어 이르는 말.

어갔지요. 했더니 아이를 낳았겠지요. 귀엽지 않지도 않드군.

장모나 여편네가 나를 반가워할 게요? 잔소리도 않지마는 그저 모르는 체야. 돈도 안 주고. 돈 말이 났으니 말요마는 목포서 얻은 돈 이천 원은 벌써 몽탕 다 까불렀지요. 거 어떻게 나가는지 모르게 다 나가든데. 좀 흥청대기는 했지마는.

돈이 다 없어지니까 장모나 여편네나 반가워만 해주면 거문도라도 있을 생각이 납데다. 그렇지만 사뭇 푸대접이니 사내가 그 꼴을 보고 살 수가 있어야지.

"장모님, 난 가오."

하고 나서지를 않았겠소?

"가다니? 처자는 어떡허고 간단 말인가?"

하고 장모가 쇠드군.

"그러기로 사내대장부가 처가살이를 어떻게 한단 말요?"

하고 뽐내지를 않았겠소? 실상은 은근히 집이나 하나 사주고 먹을 것이나 주기를 바란 것이지(하고 늙은 절도는 씩 웃는다).

"글쎄 이 사람아, 내가 죽거든 이 재물을 다 가지고 가는가? 나만 죽으면야 이 집이나 재물이나 다 외손주게밖에 물려줄 데가 어딘가?"

하는 장모의 말을 듣고 보니, 장모가 나를 노상 미워하는 것도 아니고 또 사실인즉 그렇거든요. 그랬으면 고개 폭 수그리고 가만히 있었으면 지금 이 꼴도 안 되고 요새쯤은 아들 손주 증손주에 부가옹[20]으로 편안히 살았을 거 아니오?(하고 늙은이는 후회하는 듯이 또 탐나는 듯이 침을 꿀떡 삼킨다.)

그런 걸 글쎄, 팔자란 할 수 없는 것이오. 다 전생 업이지. 타고 난 복이 없는 놈은 금덩이를 갔다가 쥐어주어도 못 지닙닌다.

"아니, 지금 새파랗게 젊으신 장모님 돌아가시기를 기다리고 눈 껌벅껌벅하고 앉었을 시러베아들[21] 놈 어디 있소? 난 그까진 비린내 나는 재물도 다 싫소."

이렇게 뽐내지를 않았겠소?

---

20 부가옹(富家翁) : 부잣집의 늙은 주인.
21 시러베아들 : 실없는 사람을 낮잡아 이르는 말.

했더니 이 말에 장모가 아주 토라지고 맙디다그려.

"그럼, 자네 마음대로 하게."

하고는 픽 일어나 나간단 말야.

거 안됐드군.

괜히 말을 했다 하고 뉘우쳐지드군.

그러니 할 일 있어야지. 사내 녀석 한 번 냈던 말을 다시 주워담을 수도 없고. 그래서 홱 뿌리치고 밤개로 나와 버렸지요.

그런 지 두어 달이나 되었을까? 그래도 장모가 부모라 밤개에다가 집을 하나 사놓고 일변 사람을 시켜서 집을 수리를 하고 야단이란 말이 들려. 웬 일인가 했더니 장모가 여편네를 다리고 밤개로 나오셨습디다.

"자네가 그렇게 거문도가 싫다니 어떡허나? 나는 자네를 아들 겸 사위 겸으로 의탁을 하고 살 생각인데도 자네 생각이 그렇다니 어떡허나? 그럼, 여기서 내외 살게. 나는 거문도에 있는 재산을 다 정리하자면 암만해도 이삼 년은 걸릴 걸세. 빚 준 것도 받아야겠고 토지도 방매해야겠고. 그러니 나는 거문도에 혼자 살다가 모두 수쇄[22]가 되거든 나도 자네헌테 와서 얹힘세."

장모가 이렇게 하는 말을 들으니까 눈물이 나드군. 그래 내가 일어나서 장모께 절을 한 번 하지 않았겠소.

"장모님 황송합니다. 사위도 자식인데 부모의 뜻을 이렇게 어기어 참으로 황송합니다."

이렇게 항복을 했지요(한숨을 쉰다).

장모가 한 십여 일이나 우리 집에 계시다가,

"그럼 잘 살게."

하고 떠나는 날 내 여편네 안 듣는 데서 내 귀에 입을 대고,

"사내가 어떻게 노상 외입인들 없으며 작첩인들 안 하기야 바라겠나마는 저것

---

22 수쇄(收刷) : 흩어진 재산이나 물건을 거두어 정돈함.

이 내 외딸이야. 아들도 없고 혈육이라고는 저거 하나뿐 아닌가? 허니 나중에 애들이나 자라고 저 애도 낫살이나 먹은 뒤에는 어찌하든지 그 전엘랑 딴 계집 생각은 말아주게."

이렇게 부탁이란 말이지요.

"네, 그럴 리가 있습니까. 장모님 아모 염려 마시오."

나도 이렇게 단단히 맹서를 했소그려.

그러고 한 달쯤은 참 얌전한 새신랑 노릇을 안 했겠어요? 좋은 집에 남녀 하인 두고 ─. 실상 팔자가 늘어졌지요(그래도 이 늙은이가 그 좋은 팔자가 평생에 처음이라고는 아니 하였다. 그보다 나은 팔자도 많았던 것같이 보일 줄을 알았다).

그랬더니 아, 이 빌어먹을 그 주인 여편네 말이오.

"잠깐만 다녀갑소사구."

이런 전갈을 자꾸만 한단 말요.

그래도 난 결심한 것이 있으니까 안 갔지요.

"바뻐서 못 갑니다구."

이렇게 계집애를 돌려보내지요. 내가 이 결심만 지켰으면 작히나 좋았겠어요. 그런데 복이 없는 놈이니까 할 수가 없단 말야.

하로는 옥신각신 내외간에 말다툼을 하고서 볼이 부어서 앉었노라니 고 계집애년이 대문 밖에서 아른거린단 말요. 그래 나갔더니,

"아씨께서 잠깐만 댕겨 가시라고요. 대단히 몸이 편치 아니하셔서 돌아가시기 전에 꼭 한 번만 뵙고 싶다고요."

아, 이런단 말이지요.

두말 할 것 없이 고년을 따라가지 않았겠어요.

했더니 과연 길길이 쓰고 드러누웠단 말야요. 거 가엾드군.

이래서 그 여편네와의 관계가 다시 시작되지 않았겠어요.

그래 여편네 보고는 목포를 다녀옵네, 순천을 다녀옵네 하고 이런 핑계 저런 핑계 하고는 장흥집, 그 여관 주인 여편네 이름이 장흥집이지요 ─ 에 가서 하룻

밤도 자고 오고 이삼 일 묵어도 오고 그러지요.

그러니 이 놈의 일을 석 달이나 두고 하자니 사람 마를 노릇 아냐요?

몰래 하는 노릇이니 마음은 졸여, 집에 돌아오면 여편네는 별로 반가운 빛도 성내는 빛도 없단 말야요.

아마 내가 장흥집에 다니는 줄을 모르려니 하고 그것만 다행해서 있노라니까 하로는 장흥집에서 자고 느지막하게 돌아오지를 아니하였겠어요? 낙안을 다녀온다고 떠난 것이니까 일찍 돌아오면 말이 아니 서거든요.

"어, 다리 아퍼. 오늘 풍세[23]도 고약하군."

나는 아주 먼 길 온 것처럼 방안에 들어앉는 길로 이렇게 말을 했지요.

"다리도 아프시겠소, 흥."

이렇게 여편네가 코웃음을 한단 말야요.

"무엇이? 흥이라니? 그것이 먼 길 다녀온 남편 보고 하는 말버릇이야?"

이렇게 한번 호령을 하였지요. 제가 켕기는 데가 있으니까 뽐내어 보는 것이었다.

"무슨 말버릇이 안 되었오? 장흥집 댕기시기에 다리도 아프시겠단 말이지."

이건 사뭇 비수란 말요.

말이 뚝 막힐 수밖에.

"벌써 어디 다니시는지도 다 알았소. 그렇지만 오입 아니 하는 사내 어디 있나 하고 참고 있었지요. 그렇지만 요새에는 점점 더 하시지 않소. 한 번 가면 이틀사흘 묵어 오기가 일쑤니, 내가 무슨 낯을 들고 동네 사람을 대한단 말요. 그러실 바에야 무엇 하러 집에를 들어오시오! 아주 장흥집에 가서 사시구려. 당신이 장흥집을 보고 그까진 섬 계집년 내가 정이 들어서 데리고 사나, 그러시더란 말도 들었소. 애초에 당신 같은 뜨내기 건달헌테 속아서 우리 외삼촌이 나를 시집을 보낸 것이 잘못이지."

이러고 바가지를 긁는단 말요.

나는 얼굴에 모닥불을 퍼붓는 것같이 고개를 폭 수그리고 듣고 있었지요. 참 쥐구녕으로라도 들어가고 싶습디다.

그러나 '뜨내기 건달'이란 말에,

"이년! 무엇이? 뜨내기 건달?"

하고 뺨을 한 개 갈기지 않았겠어요. 부끄러운 것과 분한 것과 뒤범벅이 된 것이지요.

그러고는 문을 탁 닫히고 나오면서,

"이년, 그래 나는 간다. 오, 이것이 네 어미가 사준 집이라고? 왜 들어오느냐고? 그래 다시는 안 들어오마."

하고 대문 밖에 나서니, 어린 것이 놀라서 잠을 깨어서 까르륵까르륵 울더란 말요. 거 안됐드군. 그래 다시 들어갈까, 들어가서 어린 것이나 안아주고 여편네를 달랠까 그랬지요. 하지만 사내가 하는 꽨 듯싶은 교만이 나와서 계집년의 버릇을 가르쳐준답시고 큰 기침을 하면서 그 길로 또 장흥집에를 가지 아니하였겠어요.

사흘만에 우리 집에 있는 계집 하인이 장흥집에를 왔드군.

"나으리, 잠깐만 오십사고요."

이런 전갈야.

"어서 가 보시오. 괜히 나 칼 맞히지 말고."

장흥집이 이렇게 긁는 소리에 고만 비위가 돌아앉어서,

"요년, 안 간다고 그래라. 내가 다시 들어갈 줄 아느냐고."

이렇게 호령호령하여서 그 계집애를 돌려보냈지요. 그래도 속으로는 안되어서 이거 큰 죄를 짓는군 하는 생각이 난단 말요. 내 여편네라는 게 ― 거문도 여편네 말요(이 늙은 절도는 묻지 않는 말에 여러 여편네와 만나서 갈라지고 한 것을 비추어버린다). 그 사람이 도모지 말이 없는 사람야. 성이 나도 성난 모양도 안 보이고 기뻐도 기쁜 모양도 안 보이고 ― 그러길래 내 뒤를 밟혀서 내가 장흥집에 다닌 줄을 안 지가 두 달이나 넘도록 시치미 따고 있었지요.

또 한 번 계집애가 오거든 장흥집이 무에라고 하든지 집에를 가리라고 기다리고 있으니 세상 와야지. 그러니 내가 무슨 흥이 나겠소. 장흥집이 곁에 있는 것도 구찮을 지경이 아니겠어요? 그러니 자연 장흥집은 또 장흥집대로 샘이란 말요.

'에라, 요 여우년 때문에 자식까지 낳은 장가처 — 장가처로 말하면 삼남매나 자식을 낳은 민적에 든 여편네가 고향에 있지마는(우리는 아직 이 늙은 절도의 고향이 어딘지 모른다) — 장가처 큰일 나겠다.'

하고 두루마기 떼어 입고 울고불고 매달리는 장흥집을,

"엑, 이 여우 같은 년. 팔도 잡놈 다 주워먹은 년!"

하고 발길로 힘껏 걷어차서 뿌리치고는 집으로 달려오지를 아니하였겠어요? 그 후에는 다시 장흥집을 만나지 못하였지마는 아마 그때 내 발길에 골병이 들었을 게요. 단단히 복장을 찼으니까. 그때엔 웬 일인지 장가처가 깨끗하고 정절스럽고 한 것이 생각나고 장흥집이란 것이 더럽고 요망스럽게 보였단 말요. 잠시 바른 정신이 든 것이지(하고 늙은이는 한숨을 내쉰다).

그래 집에를 와 보니 계집애와 식모만 있고 여편네와 아이는 간 곳이 없단 말 요. 가슴 덜컥 내려앉드군.

"아씨 어디 가셨니?"

"거문도 친정에 가셨어요. 어저께 배로."

"친정에? 언제 오신다고?"

"암 말씀 없으셔요."

허, 달아났군.

그래 제 반짓고리랑 장이랑 모두 뒤져보았지요. 혹 유서나 써놓고 죽으러 간 것이나 아닌가 하고.

했더니 아니나 다를까. 장 서랍에서 편지 한 장이 나왔어.

(여기까지 말하고는 그 때에 격동되었던 감정이 다시 일어나는 듯이 하아 한숨을 지고는 고 개를 숙여버린다. 마치 차마 더 말할 수가 없는 것 같았다. 우리는 그의 다음 이야기를 기다리고 있었다.)(1939.4)

4

악인연

늙은 절도범은 이야기를 계속한다 ─

그래 여편네는 달아나고 화가 나서 견딜 수가 있나? 아 이년더러 술을 사오래서 혼자 벌컥벌컥 먹지 않았겠어요. 횟술이지.

그런데 또 이 술을 먹은 것이 병이란 말야. 사람이란 일 저지레[24]는 대개 술이 취해서 하는 겝닌다(하고 늙은이는 그때 일을 회상하는 모양으로 한숨을 진다).

저녁도 먹는 둥 마는 둥 술만 먹고 있노라니 밤이 깊었단 말이지. 젊은 혈기라 안됐드군. 게다가 고 계집애년이 눈앞에 알른알른하는 것이 더 안되었단 말야. 이거 원, 안할 말을 내가 다 하는군. 쩟, 그렇지만 이왕 난 말이니 마저 합시다.

계집애년이래야 인제 겨우 열다섯 살. 거문도 처가에서 비자[25] 모양으로 자라난 년이지. 그러니깐 얼굴도 보잘 것 없소. 허지만 때마츰 봄철이라, 게다가 술 취한 눈이라 괜찮아 보인단 말이오. 그게 마귀의 유혹입닌다.

그래,

"난아, 자겠다. 자리 내려 깔아라."

이러지 않았겠어요?

허니까 년이 자리를 깔아.

처음에는 다리를 좀 밟으라고 아니 했겠어요.

그러다가 손을 잡아끄니까 요년이 반항을 한단 말야.

"아이, 놓으셔요."

바로 제법 어른스럽게 뿌리치는구료.

"아가, 내 말을 들어라. 내 돈 많이 주께."

그랬지요. 웬 돈이나 있나?

---

24 일이나 물건에 문제가 생기게 만들어 그르치는 일.
25 비자(婢子) : 계집종.

"아이, 놓으셔요. 나리 마님을 아버지같이 상전같이 믿고 있는 저를 그럽시오?"

아 이러겠지요. 허 고년 맹랑하두군.

이년이 나중엔 소리를 지른단 말씀야요. 그래 내가 양말로 그년의 입을 틀어막 았지요.

그러니 내가 즘생이지 무엇이오? 그런 일을 다 생각하면 내가 벌써 가막소에 서 썩어 뒤어졌어야 옳아.

그랬는데 얼마 후에 건넌방에서 픽픽 하는 소리가 난단 말이지요.

그러니 아모리 즘생이 다 된 낸들 그러고 잠이 들 수가 있겠어요. 무엇이 어디서,

"이놈! 네 두고 보아라!"

하고 어르는 것만 같아서 잠을 못 이루고 있는데, 건넌방에서 픽픽 하는 소리가 들린단 말이지요.

건넌방이라야 그년밖에 있는 사람이 없는데.

그래도 어째 가보기가 무섭드군. 고년의 매서운 품이 칼이라도 들고 덤빌 것 같단 말이지요.

그런데도 픽픽 소리가 난단 말야. 머리가 쭈뼛하드군.

그래 옷을 주워 입고 건넌방 지게문 밖에를 가서,

"난아, 난아."

하고 부드러운 소리로 불러보지를 아니하였겠어요?

대답이 없단 말야. 그래 들어가 보았지. 캄캄은 한데 무슨 냄새가 나는 것 같기 에 도로 뛰어 나와서 안방에를 와서 남포등을 떼어들고 다시 가보니까 이 요년이 글쎄 칼끝을 물고 엎드려서 죽었군.

펄썩 그 자리에 주저앉았습니다.

그러니 어떡허오?

"에라, 달아나자."

하고 행랑사람들도 모르게 살짝 빠져나와서 걸음아 날 살려라 내빼는 거요. 그저 순천順天으로 가는 큰길로 달아나는 거야.

경찰이 오늘날 같으면야 달아날 만한 엄두도 못 낼 게지마는, 그때야 한 고을에 하나씩 경찰서나 헌병분대가 있었지 어디 지금 모양으로 파출소니 주재소니 있었나요.

그래 달아나는데, 이튿날 다저녁때가 되도록 걸어 오느라니까 웬 젊은 부인네가 젖먹이 하나를 업고 허덕허덕 길을 간단 말야요. 늦은 봄날이라 저녁 바람은 불지마는 볕이 옆으로 쪼여서 나도 땀이 나는데 연약한 아낙네가 아이를 업었으니 꽤 어려운 모양이드군.

그저 남이야 아이를 업고 가거나 말거나 그냥 나 갈 길이나 갔으면 고만일 것 아냐요? 그런데 이 고약한 소갈머리가 또 슬그머니 흑심이 난단 말야. 필시 내가 전생에 큰 죄를 짓고 이생에서 그 죄악을 관영[26] 시킬랴고 태어난 것이 분명해. 꼭 계집 때문에 계집 때문에. 다른 일에는 우리는 남 이야기는 별로 아니 하였소. 나중에는 도적 득명까지도 하고 콩밥을 먹게도 되었소마는.

'어, 이거 안될 일이다.'

하고 나는 난이 년 죽은 지난 밤일을 생각하고 그냥 그 부인네를 슬쩍 보기만 하고는 지나가랴는데, 일이 안될 때라 그 부인네가,

"여봅시오, 이 손님 말씀 좀 물어요."

하고 저편에서 나를 부른단 말씀야요.

저편이 부르는 것이야 못 들은 체하고 그냥 지나갈 수가 있어야지요.

"네 무슨 말씀이셔요?"

하고 우뚝 서지를 않았겠어요.

"여기서 능주가 몇 리야요?"

"능주요? 능주가 여기서 일백 한 사십 리 되지요."

그게 또 잘못이야. 이수[27]를 모르면 모른다고 하지 아니하고 되는 대로 대답을 하지 않았겠어요?

26　관영(貫盈) : 가득 참.
27　이수(里數) : 거리를 '리(里)' 단위로 나타낸 수.

"일백사십 리요?"

"네, 좀 더 될지도 모를걸요."

한술 더 뜨는 거짓말이지요.

일백사십 리도 더 된다는 말에 그 아낙네는 고만 탁 낙심이 되는 모양이드군.

"왜, 능주는 왜 가십니까?"

그저 갈 길이나 가지를 않고 또 이런 소리를 묻지 아니하였겠어요?

"이애 아버지가 장사한다고 능주를 간 지가 다섯 달이나 되는데, 능주서 온 사람 말이 거기서 첩을 얻어서 살림을 차렸대요. 그래서 아이 다리고 벌어먹을 수는 없고 그래서 찾아가는 길이야요."

이렇게 말하고는 그 아낙네가 눈물을 흘린단 말야요.

거 안됐드군.

"그거 안됐습니다그려. 허지만 길에서 우시면 어찌합니까? 나도 능주로 가는 길이니 나 하고 같이 가십시다."

이렇게 거짓말을 아니 하였겠어요?

"손님도 능주로 가서요?"

"네, 나도 능주로 갑니다."

"손님은 댁이 능주셔요?"

"아니요, 나는 여편네가 달아나서 능주서 어떤 놈하고 붙어 산다길래 그년을 붙들어서 발겨 죽이러 갑니다."

아, 이런 터무니도 없는 거짓말을 아니 하였겠어요? 죄지.

그런데 그 부인네는 이런 놈의 헌소리[28]를 곧이듣는단 말씀야요.

"아머니, 어쩌면."

하고 그 여인은 제 설움도 잊어버리고 나를 동정한단 말씀이야요. 사람이 순직하드군. 얼굴도 괜찮아. 겨르스름헌 게 빛은 좀 철색이지마는.

---

28 조리에 맞지 아니하는 말.

"자, 그만 가십시다. 해지기 전에 주막거리에를 가야 아니 하겠소."

이러고 나는 그 여편네를 데리고 가지 않았겠습니까?

'이거 수가 났다.'

하는 생각이 난단 말야요. 왜 그런고 하니 내가 아이 업은 여편네를 다리고 가면 도망꾼이 같지는 아니할 것 같거든요. 혹시 경관이 나를 잡으려고 따르더라도,

"난 그런 사람 보았소. 나도 내 처가속 다리고 처갓집 다니러 가는 길이오 ―"

이럴 게란 말요. 허지만 나중에 지내놓고 보면 수난 것도 아니지요.

그래 그날 주막에를 들었소그려. 혼잣걸음이면 순천부를 들이대일 것이지마는 아낙네 걸음이 어디 그럽니까. 또 조고마한 주막거리에 들어 자는 것이 안전도 하고.

그러니 길가 주막에 방이 여럿이 있을 리가 있나. 게다가 주막장이는 우리 두 사람을 내외로만 알고 의심 없이 한 방에 집어넣드군. 게다가 밥도 겸상이란 말요. 거 안됐드군.

"이거 안됐습니다. 이 집에서 우리 두 사람을 내외로 아는 모양인데 안 그렇다고 하면 더 우숩고 ―. 자, 어서 잡수셔요. 객지에 무슨 허물 있나요?"

내가 이렇게 말을 하였지요.

"어서 잡수셔요."

하고 영 술을 안 든단 말요. 그러고는 매우 마음이 아니 놓이는 듯이 외면하고 앉었단 말야요.

그러니 밥상을 놓고 마조앉아서 보고 있을 수만 없고 또 하로 종일 길을 걸었으니 시장은 하고, 그래서 내가 먹을 것을 먼저 먹었지요. 좀 맛날 듯한 반찬에는 하나도 손을 대지 않고요. 그러고 상을 쓱 그 부인네 앞으로 밀어놓고 나는 일어나서 밖으로 나왔지요. 나와서 혹 나를 따르는 사람이나 없는가 하고 슬슬 행길로 거닐다가 아마 한 시간이 지나서 방에를 들어가니까 그래도 미안했는가 보아.

"반찬을 도모지 안 잡수셨어요."

이러겠지요. 그러고는 아까와 같이 수줍은 태도 없이 어린애를 젖을 물리고 있단

말야요.

"어 곤허군."

하고 나는 목침을 당기어 베고 벽을 향하고 윗목에 누워보았지요. 잠도 아니 오는 것을 누워서 있노라니 장흥집 생각, 거문도로 달아난 마누라 생각, 칼끝을 물고 엎더진 난이 년 생각, 광주 그 여편네 생각, 모두 안 나는 생각이 없드군. 그런 중에도 난이 년이 참혹하게 죽은 양이 눈에 밟혀서 못 견디겠단 말요. 그래서 에라, 다시 일 저지를 일을 해서는 안 될 터이니 오늘 저녁에는 이를 악물고 얌전하게 지내자 — 이렇게 결심을 하지 않았겠어요. 바로 결심이야 했지.

그렇지만 어디 잠이 와야 자지. 도모지 잠이 안 와. 몸은 곤하면서도 잠이 안 오는구려.

얼마 있더니 주인이 덮고 자라고 처네[29]라고 하기에는 너무 적고 꼭 포대깁디다. 그런 포대기를 꼭 하나만 준단 말야. 나는 모르는 척하고 생코를 골지. 그리나 하면 잠이 올까 하고.

여편네도 잠이 아니 오는 모양야. 잠이 올 게요? 남의 사내와 단둘이 한 방에 자게 되었으니 잠이 안 오기도 할 게지. 어린애를 재워놓고 가만히 앉았는 모양이드군.

그래도 모른 체하고 나는 벽을 향하고 도루 누워 있지를 않겠소?

아마 자정은 되었겠드군. 나는 한잠 자고 깬 척하고 일어나 앉았지. 아직도 그 부인네 꼬빡 앉았드군.

"여보시오. 내일도 길을 걸어야 할 텐데 잠을 안 자고 어찌하시랴오? 어서 주무시오."

이렇게 점잖게 말을 건네지 않았겠어요?

그러니까 그 여편네가 슬쩍 나를 쳐다 보더니 하는 말이,

"점잖으신 손님이 어련하시겠어요마는 나는 남편 있는 여인이니 그리 아셔요."

---

29 이불 밑에 덧덮는 얇고 작은 이불.

이런단 말이지요.

거 부화가 나드군.

"대체 그건 무슨 말씀이란 말요? 누가 무에라길래 그런 소리를 하시오?"

하고 준절히 책망을 하였지요.

"무에라고 하셔서 그러는 게 아니라 그렇게 아시란 말씀야요."

"허 참, 사람이 공연한 동행을 하다가 창피를 다 당하는군. 그렇게 내가 마음이 안 놓이거든 혼자 주무시오. 나는 지금으로 길을 떠나겠소."

아 이러구는 내가 주섬주섬 의관을 차리지를 않았습니까. 그냥 떠나 버렸더면야 사무송[30]할 것 아니겠어요.

그런데 이년의 여편네가 아마 미안했던가 보아. 벌떡 일어나 문을 막아서면서,

"아, 이 밤중에 어디를 가신단 말씀입니까? 제가 말씀을 잘못하였으니 어서 주무셔요."

이러고 붙든단 말이지요.

사내대장부가 한 번 냈던 말을 걷어 들이기는 무엇하지마는 사실 이 아닌 밤중에 내가 가긴 어딜 가겠어요. 그래서,

"그러면 어서 누워서 주무시오. 당신이 앉아서 밤을 새우니 낸들 어디 잠이 오우."

하고 못 견디는 척하고 또 목침을 베고 드러눕지를 않았겠어요?

여편네도 드러눕는 모양이드군. 그 놈의 포대기는 방 한가운데 가로막고 있을 것 아니오? 나도 혼자 덮을 수가 없지마는 젠들 혼자 덮을 수가 있나?

아따, 그놈의 방이 어찌 찬지. 그럴 것 아니오? 주막이래야 이런 곳에 있는 것이 한 달에 두어 번 손님이 들까 말까 한 데란 말요. 불은 언제나 때어 보았는지 방바닥이 사뭇 고드름이야. 게다가 새벽녘이 되어 오니 어디 추워서 견디겠드라구.

이튿날 아침을 먹고 또 길을 떠나지 않았겠소.

30　사무송(使無訟) : 서로 잘 타협하여 시비가 없도록 함.

"이게 능주로 가는 길은 길이오?"

여편네가 이런 소리를 묻는단 말요.

"왜요? 그건 왜 묻소?"

나는 성이나 난 것처럼 이렇게 되사렸지.

"아니오. 손님이 겉으로는 점잖은 척하면서도 내숭스러운 품이 나를 다른 길로 끌고 가는 것 같아서 그러오."

하고 이 여편네가 픽 웃는단 말요. 거 장히 무안하드군.

"여보, 이제 이렇게 된 바에 당신이 무슨 남편을 찾아간단 말요? 나하고 어디 가서 같이 삽시다."

이렇게 내쏘았지요.

"헝, 그렇게도 되겠소."

하고 여편네가 나를 눈을 흘기더니마는,

"대관절 정말 마나님이 없으시오?"

이렇게 묻는단 말요.

"자 이런, 달아났단 밖에."

"당신이 하도 구변이 좋고 영절스럽게 거짓말을 하니까 그 말도 안 믿기는구려."

"오장이 졌다[31]는 것이 무어 그리 좋은 일이라고 없는 말을 하겠소?"

"그럼, 난 그 말을 믿고 당신을 따라 가리다. 나 같은 년의 팔자가 아모러기로 오죽하겠소?"

하고 얼마를 따라오더니,

"여보."

하고 부른단 말요.

"응."

나도 인제는 이렇게 대답을 했지.

31　오쟁이 지다 : 자기 계집이 다른 남자와 정을 통하다.

“내가 당신을 따라가 보아서 만일 당신이 여편네가 있고 나를 속인 거면 칼부림 날 테니 그리 아시우. 계집이 한번 먹은 한이 오뉴월 염천에 서리가 나린단 말 들었소?”

이렇게 족친단 말요. 몸서리가 쳐지드군.

‘에, 계집이란 무서운 것이다.’

하는 생각이 나드군. 이 여편네마자 죽으면 벌써 나 때문에 계집이 넷이 죽는 거란 말요.

“아따, 픽도 아니도 믿네. 여러 번 사내한테 속아보았구면.”

나는 이렇게 슬쩍 눙쳐버렸지요. 아닌 게 아니라 그 여편네가 처음 보기와는 다르단 말요. 그렇게 순직한 여염집 색시 같은 속에 어쩌면 이렇게 앙큼한 소리가 들어앉았소? 허, 거 맹랑하드군. 잘못 걸렸다 하는 생각이 나드군.

하지만 가보아야 여편네 있을 리는 만무하니까. 거문도로 달아난 여편네가 마산 와 있을 리가 있나?

순천, 광양, 하동을 지나서 마산으로 가는데, 거 경치 좋드군. 요샛말로 신혼여행이로구려. 괜찮드군.

그런데 한 가지 딱 질색이 있단 말야. 무엔고 하니 내 내력을 파묻는 거요. 고향이 어디냐, 서울 사람이면 전라도 와서 무얼 하고 살았느냐? 그런데 무엇하러 마산은 가느냐? 연방 파묻는단 말야. 나도 더러 죄인을 붙들어서는 신문도 해 보았지마는 못할 말 하라는 데는 딱 질색이드군.

한번은 어느 고개를 걸어가는데 — 마산 거진 다 와서지. 이 여편네가,

“여보, 정말 당신 여편네가 달아났소?”

하고 또 신문을 시작한단 말야. 벌써 열 번째는 될 거요. 하긴 그렇기도 할 거야. 내 꼬라구니나 언뜻 보기에는 돈푼이나 있는 깎은서방님 같기도 한데, 하는 행사를 보면 또 건달 잡놈 같고 도모지 무엔지를 모를 위인인데다가 내력이라고 어디, 하나, 바로 말할 만한 것이야 있나? 모두 제가 혼자 생각해도 부끄러운 일뿐이란 말요. 그러니까 능청스럽게 모두 거짓말로만 꾸며대니 거짓말이 어디 동이

꼭 닿나?[32] 또 같은 소리를 요모조모로 여러 번 거푸 물으면 이번에 한 소리와 전에 한 소리와 서로 이가 맞지를 아니할 것 아니오? 아, 요놈의 여편네가 그 눈치를 보았단 말야. 그래서 한 소리를 또 하고 물은 소리를 또 묻고, 그래 가지고는 내가 어떤 놈인지를 좀 알아보자는 거야. 그중에도 여편네 마음이라, 같이 사는 사내가 전에 어떤 여편네와 어떻게 살다가 헤어졌는지, 그것이 궁금할 것 아니오? 그래서 그 소리를 특별히 눈깔을 홉뜨고[33] 파는 거야 ―

"당신 정말 예전 여편네가 달아났소?"

"글쎄 그렇단 밖에. 어떡허란 말야, 한 소리를 또 하고 또 하고 하니."

"그 여편네가 왜 달아났소?"

"왜 달아난 걸 내가 어떻게 알아? 그래 임자는 전 서방이 왜 달아났는지 아나?"

이렇게 윽박지르면 꿈쩍을 못해.

"그래, 정말 그 여편네가 능주로 달아났소?"

"글쎄 그렇단 밖에 ― 대관절 그 소리가 몇 번째야?"

"아니, 글쎄 그렇단 말요."

"무엇이 그렇단 말야?"

"그 여편네도 어린애가 있소?"

"있다니까."

"언제는 없다더니?"

"내가 없다고 했던가."

"내가 없다고 했던가는 다 무어요?"

"그까진 달아난 년이 어린애가 있거나 없거나 무슨 상관야?"

"그야 그렇지만."

"그 여편네가 그 사내 하고 사는 게나 아닐까?"

"그 사내라니?"

슬쩍 샘이 나드군.

"이애 아범 ― 아니, 내 남편."

"내 남편이라니? 아니, 내 남편이라니"

하고 내가 눈을 부릅떴지.

"아니, 내 전 남편 말요."

"뉘 앞에서 그런 소리를 해? 다시 그 녀석의 말을 입에 빵끗만 했다 봐라. 그 아가리를 찢어놓을 테니."

하고 호령호령했지.

"노여셨수? 내 다시 안 그러께."

하고 그제야 수그러지두군.

노여긴 무어 노열 건 있나? 다 수단이지. 한 번 슬쩍 이래 놓으면 계집이란 오, 저 사람이 나를 그처럼 사랑하는구나, 헤부락합닌다(하고 늙은 절도범은 싱그레 웃는다).

"그래 그 여편네는 어찌 되었어요?"

하고 나는 늙은 절도범의 다음 이야기를 듣고 싶어 한다는 의사를 표시하였다.

"허, 이야기를 하자면 길지요."

할 때에 "쥬신^{취침}"하고 자라는 명령이 내렸다.(1939.5)

5
인과因果의 해후邂逅

(늙은 절도범은 자리에 누워서 이야기를 계속한다.)

그래 그 여편네를 다리고 마산에를 가서 구마산에서 신마산 건너오는 길목에다 집을 하나 얻고서 추탕집을 내지 아니하였겠나요? 했더니 생와[34]가 썩 잘된단

---

34 생화(生貨) : 먹고 살아가는 데 도움이 되는 벌이나 직업.

말씀야요. 아시다시피 구마산에다가 집을 두고서 관에 댕기며 일하는 사람이 많거든요. 그러니까 목이 좋단 말이지요. 게다가 그 여편네가 음식을 썩 잘 만든단 말야. 국을 끓이거나 나물을 무치거나 무엇을 하거나 맛이 나거든. 마산이라는 데가 원래 신개척지가 되어서 도무지 음식이 맛이 없습니다. 그러니까 우리집 안주가 맛이 좋다고 소문이 나, 또 우리 여편네가 얼굴이 괜찮거든. 게다가 전라도 여자니 좀 상냥하오? 막대기 꺾는 소리 같은 경상도 여자와는 다르거든.

생와가 썩 잘되드군. 개업한 지 일 년이 못 되어서 돈 천 원이나 앞섰지요. 그래서 식모와 머슴까지 두고 상밥집[35]을 겸해서 하지 않았소. 그 모양으로 좀 더 가면 어서 여관을 좀 해보자는 게야.

그렇지만 내 꼴은 말 아니드군. 제 계집 목로[36] 앞에 내어앉히고 뒷방 구석에서 낮잠이나 자고 있으니 창피하지 않소? 내 일이라고는 장이나 보아다 주고 장작이나 패어주고 아이나 보아주는 거야. 거 안됐드군.

그렇게 되니까 여편네가 차차 고분고분하지를 아니한단 말요.

"여보, 아인 왜 울리오? 아이도 못 보오?"

이렇게 책망이 내리는구려. 부화가 나는 깐해서는,

"에라, 이 오라질 년."

하고 메다치고 일어서고도 싶지마는 그리도 못하고. 그러니 무슨 도리가 있어야지. 아직 경찰에서 나를 찾을는지도 모르고. 그러니까 문패도 여편네 이름이란 말요. 사람들은 우리집을 능줏집이라지. 아마 그 여편네가 손님들이 물으면 능주서 왔다고 그랬나 보아. 제 서방을 찾아가던 길이 마산으로 왔으니까 능주가 입에 올랐답니다.

그렁저렁 이태가 지나 삼년이 잡혀. 그러니 집이라고 마음이 붙을 리가 있나? 차차 나와 다니기를 시작하지. 제 집 술 두고 남의 집 술 사먹으러 다니는 게야. 여편네 돈궤에서 돈을 한줌 훔쳐가지고는 슬쩍 나서는 게라. 그러니 꼴 말씀 아니지.

---

35 상에 반찬과 밥을 차려서 한 상씩 따로 파는 집.

36 목로(木壚): 선술집에서 술잔을 놓기 위하여 쓰는 널빤지로 좁고 기다랗게 만든 상.

오늘은 이 집, 내일은 저 집. 이 모양으로 술집을 찾아 돌아다니다가 해가 지면 어슬렁어슬렁 집이라고 기어 들어오는 거야. 처음에는 여편네가,

"어딜 하로 종일 돌아다니다가 오오? 난 온종일 눈, 코 뜰 새가 없이 바쁜데."

이 모양으로 종알댑디다.

난 못 들은 체를 하지. 할 말 없거든.

그러나 얼마 지나서부터는 여편네가 나를 치지도외해서 밤늦게 들어와도 왔느냐 말도 없드군. 어떤 때에는 문을 꼭 닫아걸고 혼자 자. 그러면 난 객청에 쓰러져서 자지. 그러니 집안사람 볼 낯인들 있을 게요. 하인들도 나를 저희들만도 못한 사람으로 보는 것 같드군. 이따금 불끈하고 핏덩어리가 치밀 때도 있지만 할 수 있나? 여편네는 살아보겠다고 악을 쓰고 버는데, 서방이란 것은 돈이나 훔쳐 내어 가지고 술집 도부나 댕기니 입이 열이기로 무슨 큰 소리를 하오?

그러니까 생각나는 건 거문도 집이야. 그 사람은 비록 목침 같기는 해도 나를 맘으로 공경은 했거든. 가만히 생각해 보니, 그 사람하고만 살았더면 이렇게 색주가네 더부살이야 되었을까 하는 후회가 난단 말요.

"에라, 염치 무릅쓰고 거문도로 나가 볼까?"

이런 생각이 나드군. 아무리 달아났던 서방이라도 그래도 귓머리 풀고 만난 남편이니 괄시는 아니 하리라 하는 생각이 난단 말요. 만일 주머니에 노자만 있었던들 단박에 거문도로 갔을 거요. 그러니 돈이 있나? 이년의 여편네가 인제는 돈을 나 모르는 곳에 감초아 놓고는 하로에 꼭꼭 오십 전씩만 집어준단 말야. 이 오십 전을 열흘만 모으면 오 원이 되어, 오 원이면 거문도 배표를 사고도 남아. 거문도만 가면 부잣집 서랑[37]으로 거드럭거린다 …… 이렇게 생각하니 못 견디겠드군. 그러니 그놈의 오십 전을 열흘 동안을 모을 수가 있어야지. 벌써 해가 반나절만 되면 목이 클클한걸. 그렇다고,

"여보, 나 술 한 잔 주오."

---

37 서랑(壻郎) : 남의 사위를 높여 이르는 말.

어디 이 말이야 천생 나오더라고.

또 가만히 생각해 보니 선불리 거문도를 기어들어 갔다가는 경찰에 붙들릴 것만 같단 말야. 잘못 가다가는 살인득명할 것 아뇨? 편지나 한 장 해볼까 하고 생각도 해보았지마는 그것도 위태하단 말야. 이래저래 밤낮 거문도 생각만 하면서도 가지도 못하고 편지도 못했소그려.

마산 온 지 삼 년째 되는 가을이야. 가을이라도 아직 석양이면 더울 때요. 나는 돈 오십 전을 손에 들고 창원집이라는 데를 안 갔소? 그 집이 저 산밑 구석박이라 종용도 하거니와 술도 많이 주고 안주도 많이 준단 말요. 이 집을 안 뒤에는 가끔 이 집에를 가지. 다저녁땐데,

"창원집 아주머니."

하고 쓱 대문을 들어서니까 여염집이니까 대문을 들어가서 안방에서 술을 팔아. 아무도 없고 파리만 왱왱하는데 어떤 아이 녀석이 툇마루에 자빠져 잔단 말야. 갈잎 풍채바지에 소주로 조끼적삼을 입었는데, 장난을 하노라고 다리는 흙투성이드군. 너댓 살 되었을까?

그런데 이상하거든. 그 아이 녀석을 보니까 웬 일인지 가슴이 설렌단 말요. 핏줄이 켕긴단 말이 옳습데다.

(늙은이는 길게 한숨을 쉰다.)

그래 가만히 그 아이 얼굴을 들여다보니까 어쩐지 내 아들 같단 말요. 얼굴이야 돌도 못 지나서 떠났으니 알 수가 없지마는 그래도 어딘지 모르게 나를 닮은 것 같단 말요. 닮고 안 닮은 것이 문제가 아냐. 마음이 뚝 짚인단 말야.

배가 내어놓은 것을 덮어주고 물끄러미 보고 앉았노라니까 창원집이 안줏거리를 씻어가지고 들어 오드군.

"안녕합시오?"

난 인사도 할 새 없이,

"이 애가 웬 애요?"

하고 물었지요.

"동넷집 아요."

"못 보던 앤데."

"가끔 놀러 오오."

"어째 어린 것이 혼자 남의 집에 와서 자오?"

"제 어머니가 아이를 낳아서 그런가 봅니다. 동생을 보면 붙일 데가 없어서 아 아들이 그러는 거요."

하고 창원집은 목로 앞에 올라앉으며,

"무얼 잡술라오? 오늘 좋은 막걸리가 왔다. 한 잔 잡수어 보실라는 겨요?"

하고 내 말도 듣기 전에 중사발에다가 막걸리를 한 사발 그득 부어서 내어밀며,

"냉수에 채왔더니 얼음같이 차오. 안주는 갈치조림하고 거이[38]가 있소."

하고 지절댄단 말요.

나는 그 아이에게 마음이 팔려서 다른 생각이 없지마는 내어미는 술잔을 받아서 마셔가며 그 아이 근지[39]를 물었소.

"이애 아버지는 없어?"

"아따 오 주사, 그 아이 일 픽도 알고 싶어 한다. 왜 아아를 하나 잃어버렸소?"

"아니, 그런 건 아니지만 아이가 귀엽길래 말요."

"아버지 없는 아이가 어디 있겠소. 닭은 홀알을 낳는답디다마는 사람도 홀아아를 낳소. 히히히히."

"그러나 이애 아버지는 무얼 하는 사람이오?"

"암껏도 안 하나 봅디다."

"암껏도 안 하고 무얼 먹고 사오?"

"오 주사도 암껏도 안 하고도 잘 살드구먼."

좀 창피하드군.

"그럼 부자요?"

---

38 '게'의 평안도 방언.
39 근지(根地) : 자라온 환경과 경력을 아울러 이르는 말.

"큰 부잔등 몰라도 아마 이 아아 어머니가 돈이 있답디다. 가끔 우리집에 술 자시러도 오오."

"이애 어머니가 돈이 있어?"

"아마 그런갑디다. 남의 집 일을 누가 아오. 근데 그 말은 와 그리 파 물을락하오. 어서 약주나 자시오."

나는 한 잔을 더 받아먹었지요. 그러나 무엇을 어떻게 먹었는지 모를 지경이드군.

"아니, 이애 아버지가 본래 이 고장 사람이오?"

"아니라오, 전라도 사람인갑디다. 작년에 왔소."

"전라도?"

"예, 순천 사람이라납디다."

"순천?"

"예, 이 아 어머니는 거문도 사람이랍디다."

"거문도?"

하고 나는 손에 들었던 술잔을 떨어트릴 뻔하도록 놀랐소. 설마설마하면서 이야기를 들어오다가 거문도란 말에 몸에 소름이 끼치고 숨이 꽉 막히드군.

"와, 오 주사가 이 아이 어머니를 아시오?"

하고 창원집도 무슨 눈치를 채고 물끄러미 내 얼굴을 들여다보지 않겠어요. 거 안됐드군.

"아아니오, 내가 남의 아낙네를 알기야 어떻게 알겠소마는 내가 연전에 거문도를 간 일이 있기에 말요."

나는 이렇게 대답해버리고 혼자 생각하였지요. 그러면 그 여편네가 딴 사내헌테 시집을 갔나? 그러나 그 여편네는 두 번 시집갈 여편네가 아닌 것만 같단 말요. 제 모도 소년과수로 일생수절을 하였고 그 외숙이란 사람도 점잖고, 또 그 여편네도 꽤 맵게 보았거든요. 그보다 내 아내가 나를 버리고 딴 서방을 할 리가 있나, 이렇게 생각이 된단 말요. 지금 생각하면 뱃심 좋은 생각이지, 허허.

"그래, 이애 어머니는 보셨소?"

내가 이렇게 장히 어려운 말을 묻지 않았겠어요. 혹시나 이애 어머니가 내 아내가 아니기를 바란 것이지요. 거문도라도 여편네가 내 아내 하나만이 아니다, 설마 내 아내야, 노마 어미야, 이렇게 속으로 믿고 물은 것이지요.

"그럼 앞뒷집에 살면서 어떻게 안 보고 살 수 있소?"

"얼굴이 어떻게 생겼소? 잘 생겼소?"

참 쑥스러운 소리지요.

"아따, 남의 아낙네는 그렇게 파 알아서 무어할라는 거요?"

창원집은 대단히 못마땅한 모양이드군. 여편네들의 샘이라는 것이 있지 않아요?

"혹시나 내가 거문도 갔을 적에 본 사람이나 아닌가 해서 그러오."

"몸이 좀 뚱뚱합디다. 눈이 크고 그만 하면 잘생긴 사람이오."

이 말에 나는 더 물어볼 필요가 없었지요. 하늘이 팽 돌드군.

그러자 우리들이 지껄이는 소리에 깨었는지, 아이 녀석이 부시시 일어나는데 그 눈이 큼직한 그 눈이 꼭 내 눈이로구려(하고 늙은 절도범은 고개를 들어 제 큰 눈을 한 번 굴려 보인다). 언제 안았는지 모르게 내가 그 아이를 꼭 껴안았단 말요.

아이 녀석도 웬 영문을 모르고 고개를 쳐들어서 내 눈을 물끄러미 바라보더니, 저도 핏줄이 켕겼는지 뿌리치라고도 아니 하고 가만 내 가슴에 머리를 기대고 앉았는 거야.

"아가, 네 성이 무엇?"

이 말에 아이 녀석은 또 한 번 나를 물끄러미 바라볼 뿐이오 말이 없단 말요.

"네 성이 최가 무어야?"

하고 창원집이 옆에 대신 대답을 하니까 그 아이 녀석이 고개를 쌀래쌀래 흔들면서,

"김가."

이러지를 않겠어요. 내 성이 김가여든. 오가라는 것은 변성이오 김가나 남만 못한 김간가. 쩡쩡 우는 광산 김가에 긴영 자 돌림이오. 허, 생각하면 기가 막히오.

우리 사당에도 정승판서는 없어도 승지, 참판 깨가 좋이 있소. 허, 인제 그런 소리 하면 무얼 하오?

(듣고 있는 우리들은 물론 이 늙은이의 말을 하나도 곧이듣는 사람은 없었다. 그러나 그의 코며 귀며 풍신이 좋은 것으로 보아서 근본 미천한 집 자손이 아닌 것만은 공통으로 승인하였다.)

"그래? 어떻게 되었어요?"

하고 누가 이야기를 재촉한다.

"김가?"

하고 내가 소리를 버럭 질렀지요.

"응."

하고 아이 녀석이 고개를 까댁까댁하는 거야 ─

"그래도 엄마가 김가라고 하믄 때린다고 최가라고 하라꼬."

하고 전라도 사투리 절반, 경상도 사투리 절반으로 말을 하는 거여.

"이름은?"

"노마."

"노마?"

"응, 완식이라꼬도 하고."

"완식이?"

"너희 아버지는?"

"울아버지는 달아났다꼬. 나쁜 자식이라꼬. 어디 가서 뒤어졌는 거라꼬."

"지금 아버지는 웬 아버지야?"

"그 사람은 아버지 아냐."

아주 똑 잘라서 말하는군.

이 말에 놀라는 것은 나보다도 창원집인가 보드군.

"저런."

"아, 저런."

하고 입을 딱 벌리고 듣더니,

“나도 그런 줄 알았다. 정말 아버지면야 그럴 리가 있나?”

하고 혼자 무엇을 알아낸 듯이 고개를 끄덕끄덕 하겠지요.

“아가, 그래 너 외할머니 살아계시냐?”

“울외할머니?”

“응, 거문도 외할머니.”

“죽었어.”

“언제.”

“오래였어.”

“그래, 어째 여길 왔니?”

“울아버지 찾으러 간다꼬 왔어.”

“아버지 찾으러.”

“으응.”

“그래 아버지 못 찾았어?”

“아버지 망할 녀석이래. 뒤어졌나 보다꼬 엄마가 울었어.”

“그래서?”

“길에 오는데 웬 사람이 날 업어주어. 그 사람이 그 사람야.”

하고 아이 녀석이 씩 웃는단 말요.

아이들이 아모것도 모른다고, 그리 안 될 말이지. 어른 알 건 다 아오.

“너희 집에 가자.”

하고 나는 인사체면 다 불고하고 그 아이 팔목을 끌고 나섰지요. 바로 창원집에
서 서너 집 지나가서야. 집 괜찮드군.

“이거 우리집야.”

“너 어머니 좀 나오시라고 그래라.”

하고 이십 전짜리 은전 한 푼을 주어서 들여보내지를 않았겠어요.(1939.8)

6
운명의 악희惡戲

그래 아이 녀석을 들여보내고는 대문 밖에 우두커니 섰지를 않았겠어요?

거, 심사 산란하드군. 그 아이 녀석이 정말 내 아들이고 그 아이의 어미가 정말 내 거문도 여편내라면 어떡허느냐 말요? 거 안됐드군. 허지만 어떡허나. 가만히 기다릴 수밖에.

"어머니!"

하는 아이 녀석의 소리가 들리드군. 가만히 귀를 기울였을 것 아니오?

"떠들지 마라, 이 녀석아. 어린애 재워!"

하는 소리는 분명히 거문도 여편네 소리드군.

간이 벌컥 뒤집히는 것 같아. 옳지, 이년이 새서방의 자식을 감아가지고, 하니까 분통이 치미는 데 거 걷잡을 수 없드군.

"어머니, 대문 밖에 누가 와서 찾아."

아이 녀석은 좀 분한 듯이 더 소리를 높이드군.

"대문 밖에 누가 왔어?"

이건 여편네 소리야.

"웬 사내가 와서 찾아. 어머니 좀 나오라고."

"사내가? 웬 사내가?"

이건 사내놈의 소리야. 어떤 사내가 제 계집을 찾는다니까 골딱지가 나는 모양이드군.

"모르는 사람이야. 나 이렇게 돈을 주고."

"아아니, 누가. 모르는 사람이 나를 찾는단 말이야, 이 녀석아."

사내 녀석의 언성이 장히 높아지드군.

"흥." 하고 나는 코웃음을 했지. 마치 사나운 개가 저 혼자 있을 때에는 순하다가도 다른 개를 만나면 기운이 나는 모양으로, 그 녀석의 볼 부은 소리를 들으니까 내 숨이 씨근거리고 팔이 들먹거리는데 걷잡을 수 없드군. 게다가 이삼 년 동안이나 여편네헌테 눌려서 꿀꺽꿀꺽 분을 참고 있던 판이라 한번 호기가 난단 말요. 그래서 속으로,

'오 이놈, 잘 걸렸다. 남의 유부녀 빼내다가 같이 살고, 응. 이놈, 오늘은 하늘 높은 줄을 좀 알게 되렷다.'

이렇게 중얼거리노라니까 더욱이나 기운이 부쩍부쩍 오른단 말요.

"으드득."

하고 이를 한번 갈아서 더욱 분을 돋우고 있는데, 찍찍 신발 끄는 소리가 나더니 웬 허여멀끔한 사내 녀석이 풀대님[40]으로 쓱 나온단 말요. 그 뒤로는 아이가 조르르 따라 나오고.

"누굴 찾으시오?"

흥, 이 녀석이 나를 아래위로 한번 훑어보더니마는 아주 버티는 거야. 하기야 내 꼴이야 보잘 것 없지. 색주가 년의 소박데기 서방이 오죽하겠소. 녀석은 아주 당항라[41]로 내려감고 조끼에 시곗줄을 넌즈시 늘였더란 말요. 이를테면 내가 입을 옷을 제가 입은 것이렷다.

다짜고짜로 한 개 갈기고 싶은 것을 억지로 참고,

"예, 나는 댁 안주인을 찾아왔소."

슬쩍 이러지를 않았겠소?

"아아니, 당신은 누구길래 남의 아낙네를 불러내인단 말요?"

하고 놈이 관자노리에 핏대가 불끈 일어서드군. 놈이 분통이 터지는 모양야, 재미 어지간하드군.

"댁허구는 좀 있다가 이야기합시다. 나는 안주인을 찾어보아야겠소."

하고 나는 놈팽이는 본 체도 아니 하고 뒤에 섰는 아이 — 이를테면 내 아들이지

---

40 바지나 고의를 입고 대님을 매지 않은 채 그대로 터놓음.
41 당항라(唐亢羅) : 중국에서 만든 항라. 올을 걸러서 구멍이 송송 뚫어지게 짜서 주로 여름 옷감으로 쓰인다.

—그 아이 녀석을 보고,

"어서 네 어머니 나오시래라."

하고 아주 점잖게 일렀지. 점잔을 빼자면야 내가 놈팽이만 못하겠어요?

허니까 놈팽이 눈동자가 거꾸로 서는 모양야. 쓱 내 앞으로 다가서면서,

"이놈아!"

하고 주먹으로 내 가슴을 떠다민단 말야. 허, 기가 막히지. 하릅강아지[42] 호랑이 무서운 줄을 모르는 거란 말요.

"이놈? 누구더러 이놈이래?"

하고 아따 그놈의 팔목을 으스러져라 하고 꼭 쥐어가지고는 대문 안으로 떠밀었지. 대문 밖에서는 이목이 번다할 것 같단 말야. 하니까 놈팽이가 비씰비씰 서너 걸음이나 뒤로 물러가드군.

그러고는 대문을 쓱 닫아걸었지. 그러구는 어리둥절하고 눈깔이 멀뚱멀뚱하고 섰는 놈팽이를 대문 뒤에다가 메다꽂고 컴컴한 속에서 닥치는 대로 두어 번 발길로 지르니까,

"아이구구."

한 마디 소리를 지르구는 아모 소리가 없드군. 이 광경을 보더니 아이 녀석이 울고 안마당으로 뛰어들어가.

이렇게쯤 되니까 물, 불 가릴 수 없드군. 눈에 악이 잔독 올라가지고 쓰윽 안마당에를 들어서지 않았겠소?

여편네가 아마 아까부터 엿을 보고 섰던 모양야. 내가 쓱 들어서니까 젖먹이를 안은 채로 안대청으로 달음박질 들어간단 말요. 설마 내랴, 설마 전 서방이랴, 했던 모양야.

난 아모 소리 아니 하고 여편네 뒤를 따라서 안대청에 떡 들어가서 되사리고 앉았지. 여편네는 안방에서 달달 떨고 앉았는 모양인데 나는 슬쩍 외면을 하였

---

42 '하릅'은 짐승의 나이 한 살을 가리키는 말. 하룻강아지.

지. 그러고는,

"어서 이리 나와. 아무리 내외간에라도 오래간만에 만나면 서로 절을 하는 법이오."

이러지를 않았겠소. 하인들이 부엌에서랑 아랫방에서랑 뻐끔 내다보드군.

"무엇하러 오셨소? 남 참땋게 사는 데 무엇하러 와? 무슨 낯을 들고 내 앞에 나타난단 말요?"

아, 요 여편네가 이러지를 않았겠소?

"응, 나도 잘못한 것도 많아. 면목이 없다는 것도 옳은 말요. 허나 인제는 잃었던 아내를 찾았으니 그만 다행한 일이 어디 있소? 임자도 잃었던 남편을 찾았으니 다행이고. 또 부자가 서로 만났으니, 그 역 다행한 일이고. 아모러나 모두 잘 되었소. 헌데 그 놈팽이가 저 대문 뒤에 쓰러진 모양이니 옷이나 한 벌 주고 노수[43]나 후이 주고 또 저 어린 것도 내맡겨서 내보내지. 그 놈의 소위로 말하면 내가 당장 관사에 말을 하여서 유부녀 유인죄로 징역을 살릴 것이지마는 특별히 용서하는 터이니, 네 이놈 그리 알아라."

하고 그 놈팽이가 들으라고 호령호령하지 아니하였겠소.

그러고는 부엌에서 뻐끔뻐끔 내다보는 어멈을 향하고,

"이리 오너라. 네 대문간에 나가서 그 대문 뒤에 쓰러져 있는 놈 이리 들라고 일러라."

이러지를 아니하였겠소?(1939.9)

---

43 노수(路需) : 먼 길을 떠나 오가는 데 드는 비용.

7

악업惡業

"글쎄 아마도 내 손에는 살이 있단 말요."

하고 늙은 절도범은 가래를 고스른 뒤에 말을 계속한다. 다음은 이 불행한 늙은 이의 말의 계속이다.

글쎄 이 녀석이 대문 뒤에 자빠져서 뻣뻣 뻗었단 말요. 거 안됐드군.

그래도 여편네가 옛정이 남아서,

"아이고, 이 일을 어쩌오? 자, 어서 달아나오. 여기 있다간 경칠 터이니. 이 다음에 만일 내가 살인죄로 죽거나 징역을 지더라도 이 아이들이나 거두어 주시오. 하나는 당신 아들이니 말할 것도 없지마는 이 어린 것도 잘 거두시오. 당신도 몹쓸 노릇을 많이 했으니 그런 공덕이라도 쌓아야 다음 세상에나 사람 구실을 아니 하오? 자, 저 장을 부시시오. 그 속에 들어 있으니 가지고 어서 달아나요. 내가 당신께 매달려서 악을 쓸 테니 나를 따리는 시늉을 하고 집을 들부시고 달아나요."

이런단 말요. 여편네가 죄를 뒤집어쓴단 말야. 거 눈물이 나드군.

그러니 아모리 이 못된 놈이기로 사람 죽인 죄를 애매한 여편네게 뒤집어 씌우고 달아날 수야 있소? 그래서 내가,

"아니, 그럴 수 없어. 내가 저지른 일이니깐두루 내가 당해야지. 애매한 당신께 넘겨 지우다니 말이 되우?"

하고 두어 번 뻗대어 보았지요. 사실상,

"에라, 이런 놈의 팔자에 얼른 죽거나 징역살이나 해보자."

하는 생각도 아니 나는 것은 아니드군.

했더니 이 여편네가 제 손으로 장문을 탕탕 치며,

"이놈아 나꺼지 죽여라. 옳다, 이놈아 세간도 다 부셔라. 이놈 사람 죽이고 강도 질하고."

이러고 발악을 하면서 한 손으로는 얼른 돈 뭉텡이를 집어서 내 조끼주머니에 틀

어막고 등을 떼민단 말요. 눈물이 쏟아지드군.

그러고는 정신없이 그 집 뒷담을 넘어서 달아났지요.

글쎄 이런 놈의 팔자가 어디 있어요? 그때에 내가 죽었거나 징역을 졌더라도 더는 죄를 안 지었을 거야. 그런데 곧잘 그 녀석 죽인 책임을 진다고 뻗대다가 왜 달아난단 말요? 아직 죄악이 관영하지를 못하여서 그런 거야. 아직도 세상에서 더 지을 죄를 면할 수가 없어서 그런 거란 말요. 참 기막힐 노릇이오.

(여기까지 말하고 또 늙은이는 길게 한 번 한숨을 지운다. 진정으로 뉘우쳐지는 모양이었다. 감옥에 들어온 사람은 지독한 악인이 아니고는 대개는 이렇게 깨끗한 양심에 돌아오는 순간이 있는 것이다. 죽어서 지옥에 가서도 필시 죄인들은 이러한 심경을 경험할 것이다. 그러므로 감옥도 없을 수 없고 지옥도 없을 수 없다고 나는 이러한 생각을 하면서 그의 뒷말을 기다렸다. 다른 사람들도 모두 침을 삼켜가면서 이 늙은 절도범이 마산에서 달아난 뒤에 일어난 일이 궁금하여서 이 늙은이를 바라보았다. 늙은이는 목이 갈한 듯이 냉수를 한 잔 들이켜고 나서 입맛을 쩝쩝 다시고는 다시 이야기를 시작한다.)

그래 마산서 뛰어나와서는 얼른 정거장으로 나와서 차를 잡아타고 대구를 오지 않았겠어요. 숨는 데는 대처가 좋다고 생각한 것도 있지마는 또 주머니가 불룩한 김에 화풀이 핑계하고 한바탕 놀아보자는 것이야. 그년의 주막장이 서방 노릇을 이태나 하노라고 사람이 기를 못 폈거든.

그래 대구를 와서는 우선 옷을 한 벌 잘해 입고는 기생집에를 찾아다니지 않겠어요? 신수는 멀끔하것다, 의관 범절은 말쑥하것다, 돈은 잘 쓰것다. 그만 하면 깎은오입장이지. 계집들이 착착 들러붙는데 재미 괜찮드군. 서울 어느 부자의 자식이 놀아났는 거야.

한 달쯤 그러고 질탕하게 놀다 나니 지갑이 터렁터렁이야. 한 팔백 원 깝슬렸드군. 주머니에 남은 돈이 불과 이삼백 원밖에 없는데 안됐드군. 날은 차차 선선해오고. 그래 오늘이나 내일이나 하고 대구를 떠나서 어디로 달아나라고 망설이고 있는데, 서옥향이라는 기생이 착 달라붙어서 안 떨어진단 말요. 나이는 삼십이 가까웠지마는 돈푼이나 있어. 서울로 가서 같이 살자는 게야 나하고. 저는 내가 큰 부잣집 부랑자인 줄 알고 그러는 게지마는 내가 옆구리가 켕기지 않소? 이럭저럭 남저지 돈도 거진 다 써버리고 말았으니 내 편에서 냅뜰[44] 수가 있나? 그래서 내가 주저주저하는 것을 보고 옥향이 년은 더구나 애가 타는 모양이라. 하로는 쥐 잡는 약을 사가지고 들어와서 내가 말을 안 들으면 죽는다는 게라. 허, 머리가 쭈뼛하드군.

그런데 사람의 마음이란 이상한 게라. 또 저와 나와의 인연이 그래서 그런지는 모르지마는 옥향이가 쥐 잡는 약을 내게 보인 뒤로는 고만 정이 떨어진단 말요. 곁에 오는 것이 싫고. 어째 옥향이가 쥐같이 보인단 말요. 거 이상하드군. 그 눈도 쥐눈 같고 옥니로 생긴 그 이빨이 더욱 쥐 이빨 같고. 게다가 이상한 것이 옥향의 어깨에 쥐 껍질 같은 것이 한 점 붙었단 말요. 왜 그런 사람 있지 않아요? 천연 쥐 껍질 같은 것이, 털이 보르르 난 것이 뺨에 나 턱주가리에나 넓적다리에나 붙은 사람이 있습닌다. 옥향의 어깨에 있는 것이 꼭 그것이란 말요. 옥향이가 마음에 들 때에는 그 쥐 털까지도 어여뻐서 혀로 핥아 주고 싶더니 옥향이가 미워지니깐 두룩 그 쥐 털이 생각만 해도 소름이 쪽쪽 끼친단 말요.

그래서 옥향을 버리고 달아나리라고 결심을 하지 않았겠어요? 그런데 옥향이가 잠시도 나를 내놓지 않는 게야. 제 방에다가 꼭 박아놓고는 꼼짝을 못하게 하는 게야. 그리고는 녹용대보탕을 다려 준다, 계삼고[45]를 하여 준다, 제 그 옥니로 잣을 까서는 잣죽을 쑤어준다, 도무지 그 대접이란 비길 데가 없단 말요.

그러니 이렇게 고량진미의 보약에 방침에, 자릿조반에 처먹고는 가만히 갇혀 앉았으니 배탈인들 안 날 리가 있나? 거 큰일났드군.

그래 하로는 내가,

"이봐, 자네가 나를 이처럼 지성으로 공대를 하니 무에라고 할 말이 없네. 내가 평생에 기생 작첩은 아니 하기로 맹세를 하였지마는 자네만은 내가 떠날 수가 없어. 우리 같이 사세. 우리 두 사람이 머리가 파뿌리가 되도록 같이 사세."

44　냅뜨다 : 일에 기운차게 앞질러 나서다.
45　계삼고(鷄蔘膏) : 닭과 인삼을 고아 만든 즙.

이러지를 아니하였겠어요? 했더니 이 계집 보았겠나.

"나으리 정말인 게요? 그게가 진 정말인 게요?"

하고 바람이 날듯이 기뻐하는구려. 그러고는 내 무릎에 엎드려서 쌕쌕 자는 거야. 거 이상하드군. 그렇게 잠이 안 들어서 애쓰던 계집이 어쩌면 그렇게 단박에 잠이 드오? 참 가련하드군.

그래 옥향이를 무릎에 누인 채로 혼자 가만히 생각을 하지. 어떻게 이 년을 속여서 돈이나 좀 빼앗아가지고 가리라 하고. 내가 옥향이집에 감금이 된 지가 또 한 달이나 되고 보니 옥향이집 재산도 대저 짐작이 되드군. 재산이라야 볏 백이나 할 땅이 있고, 남산정 열댓 간 되는 그 집 하고, 그리고는 금붙이 옥붙이가 돈 천 원어치나 되고, 농공은행 예금통장이 하나 있는데 그 예금은 얼마인지 알 수 없고, 재산이래야 그저 그게야. 내가 옥향이하고 같이 살기만 하면야 그 재산이 몽땅 내 것이 될 것이지마는 같이 살기는 싫을뿐더러 또 내 본색이 탄로만 되면 창피도 창피려니와 혹 불어셀 것은 정한 이치, 그러니까 속여먹을 생각이 났단 말요.

얼마 있다가 옥향이가 내 무릎에서 고개를 들더니 두 팔로 내 어깨에 매어달려서 물끄러미 내 얼굴을 들여다본단 말요. 마치 내 속을 꿰뚫어보랴는 것 같아서 장히 거북하드군.

"나으리."

"왜?"

"정말인겡?"

"무엇이?"

"나하고 일생을 같이 살아주신다는 것 말씀요."

아, 이러지를 않겠어요?

"그게 무슨 소리란 말이야? 사내대장부가 한 번 말한 것이면 천지가 변하기로니 변하겠느냐."

하고 아주 이도령 식으로 뽐내지를 않았겠어요?

"그래도 나으리 같으신 어른이야 양반이시것다, 부자시것다, 나 같은 것을 무얼 그리 소중히 여기시겠어요?"

아, 이러고는 우는군요.

참말로 등골에서 식은땀이 서 말 가웃은 흐르드군. 하느님이 내려다보시는 것 같고.

"아따, 그런 걱정을랑 말어."

하고 나는 힘껏 한번 옥향을 껴안어주었지요.

"나으리."

"왜?"

"그게 정말이시면 나는 금시에 죽어도 한이 없어요. 그래도 좀체로 안 믿겨. 사내 마음을 어떻게 믿나?"

이러겠지요. 참 사람이란 영물입디다. 내 속에 먹은 생각이 자연히 그 마음에 어렴풋이 비치나보아.

"아따, 그런 걱정은 말라니까 그래. 이봐 옥향이."

"예."

"내가 내일 새벽차로 서울로 갈라네."

"왜요?"

"가서 우리 둘이 살 집도 마련하고, 또 그러자면 어디 한 자리 땅도 팔아야 아니 하겠나? 그러기로 자네를 큰집 아랫방 살이야 시킬 수가 있나? 안 그런가? 그래도 한 삼천 원 주고 용슬[46]할 만한 집이나 하나 장만해 놓고 세간도 대강 채려 놓고 하인들도 얻어놓고, 그러고 자네를 데릴러 옴세."

이렇게 맨판 거짓말을 꾸며댔지요. 했더니 글쎄 이 계집의 하는 말 좀 들어 보아요. 글쎄 이러는군.

"아이, 땅을 파시다니. 그러면 부모님 걱정하시지요. 그럴 게 아니라 여기 내 예

---

46 용슬(容膝) : 비좁아 겨우 무릎이나 움직일 수 있음.

금통장에 돈이 한 이천 원 있으니 이걸로 집을 장만하셔요. 집이 커서는 무엇합니까. 이 다음에 아이나 낳으면 몰라도. 또 그때에야 부모님께선들 집 한 간이야 안 주시겠어요? 그러니 이 예금통장에 있는 돈만 가지고 가셔서 집을 장만하셔요. 이 집과 땅은 어머니 이름으로 있지마는 이 돈은 내 돈이야."

이러고는 장문을 열고 꽁꽁 싸두었던 통장을 내어주는군요. 참 하늘이 무섭두군.(1939.11)

8
귀책鬼責

늙은 절도범의 추억은 계속된다 ―

대구를 떠나서 기차가 달리는데 한끝 그 계집을 떼어버린 것이 시원도 하지마는 내 죄가 점점 깊어가고 무거워가는 것 같아서 거 안됐드군. 이러다가 덜컥 죽어, 지옥에를 가! 이렇게 생각하니깐두루 입맛이 쓰단 말요.

에라, 주머니에 돈은 있것다, 술이나 한 잔 먹으리라 하고 떡 식당차에를 가지 않았겠어요? 양요리를 몇 접시 먹고 정종을 닷곱짜리를 한 병 마시고 나니까 좀 마음이 펴이드군. 사람이란 죄를 지을 때에도 술을 먹어야 하지만 죄를 짓고 나서도 술을 먹어야 하는 것이야. 세상에 정신 말짱해 가지고 죄 짓는 사람 있나?

얼근히 취해서 눈을 붙이고 있노라니까 차가 정거를 해. 벌써 김천金泉이드군. 김천서 무턱대고 내렸지. 원체 서울까지 가자는 것은 아니니까.

김천 내려서 또 한바탕 부어라 마셔라 하고 한 오륙 일 놀다가 여관에를 돌아오니까 주인 말이 경찰에서 형사가 나를 찾아 왔더라고 그런단 말요.

가슴이 뜨끔 하드군. 옳다, 인제는 죄악이 관영하였나보다 하는 생각이 나드군. 물론 변명은 하고 댕겼지마는 그 변명한 이름을 찾는다는 것이 더 수상하단 말요.

"아 참, 내가 서장을 좀 찾어 보아야 할 것을 잊었군. 김천 서장이 내가 잘 아는 사람이오."

이런 소리를 능청스럽게 중얼거리고는 주인집에서 나오지를 않었겠어요? 짐도 다 두고. 짐이 다 무엇이야?

달아나지, 그저 달아나지. 으슥한 데를 찾어서 달아나는 것을 며칠을 달아나지를 않았소? 가을의 나뭇잎 떨어지는 소리만 바싹 해도 형사가 따러오는 것만 같단 말요.

의복도 명산대처 구경 다니는 사람으로 차리고, 떡 갓에 감투를 받혀 쓰고 지팽이를 질질 끌고가는 거야. 경상도에는 아직도 그렇지마는 그때에는 그런 과객이 많았습넨다. 이 사랑 저 사랑 밥 얻어먹고 잠 얻어 자고 정처 없이 돌아다니는 거야. 갓 쓴 거지라는 것이오.

나도 갓 쓴 거지로 차리고 가느라 가는 것이 태백산에를 안 들어갔소?

도망꾼이라 큰 절에 머물 수도 없어서 잠깐 구경만 하고는 적은 암자만 찾어 돌아다니는데 기도객이 많드군.

기도객이란 대개는 상투쟁인데 무슨 통령을 한다고 주문을 읽고 백일기도를 한다는 것이야.

가만히 생각을 해보니 몸을 숨기기에는 십상이드군. 그래서 나도 기도를 하러 왔노라고 해서 자칭 이진사라는 선생 밑에서 기도를 하기로 하고 암자도 말고 산 속으로 들어가서 움을 묻고 리진사, 박석사, 김무엇 하는 사람 사오 인과 함께 기도를 아니 하오?

통령을 하면 힘이 장사가 되고, 하로 천 리를 걷고 능히 풍운조화를 부리고 먼 데 일과 앞일을 내다보고 양기가 썩 좋아진다는 거야. 꼭 그대로 되리라고 믿기지는 아니하지마는 그렇게 되기만 하였으면 해롭지 않겠드군.

아, 그래 날마다 목욕재계하고 노 그매 정성으로 치성을 드리고 주문을 오이지 않소?

"태상태성, 웅변무령, 구사박마, 보명호신……."

인제는 하도 오래어서 그것도 다 잊어버렸지마는 주문이 꽤 여러 가집데다.

밤낮 미친 놈 모양으로 주문을 오이는구려. 반찬이라고 소곰물에 삶은 나물만 먹고 새벽부터 밤늦게까지 목이 터지도록 주문을 오이니, 거 장관이드군. 목은 꽉 쉬고 몸은 빼빼 마르는데, 그건 이상하단 말야. 정신은 말짱드군.

백일기도에 아흔아홉 날을 채우고도 음욕만 한 번 나면 공이 깨어진다는 것이야. 꿈에 계집을 보아도 안 된다는 것이야. 꿈에 호랑이를 보거나 수염이가 허연 산신령님을 보아야 한다는 것이야.

그런데 이런 빌어먹을 놈의 일 보았나. 자꾸만 계집 생각이 나는구려. 악을 악을 써서 주문을 오이고 있는데도 계집들의 얼굴이 얼른얼른하고 얼굴만 얼른거려도 좋을 터인데 대체 웃는 년, 우는 년, 발끈 성을 내여가지고 독살스러운 눈으로 나를 흘겨보는 년. 그것도 괜찮어. 옷을 훌훌 벗고 빨가벗은 몸으로 달겨드는 데는 꼭 질색이란 말야.

"선생님, 자꾸 계집의 모양이 보여서 못 견디겠소."

하고 한 번은 아마 한 보름 지나서지, 리진사 앞에 절을 하고서 하소연을 하지 않았겠소?

"오, 그것이 마다. 여귀들이다. 네가 전생다생에 원념[47]을 쌓은 여인들의 혼령들이다."

이런단 말요, 선생이란 작자가.

그 말을 들으니 머리가 쭈뼛하드군.

"그 여귀들이 왜 나를 따라다닙니까?"

이렇게 물을 때에는 등골에 땀이 흐르드군.

"원수를 갚으러 따라다니는 것이야. 네가 어디를 가거나 그 귀신들이 너를 따라다니면서 기를 엿보아서는 혹은 병이 되고 혹은 악한 생각이 되어서 점점 더 죄를 짓게 하는 것이다."

47　원념(怨念) : 원한을 품은 생각이나 마음.

거, 그럴 듯한 소리드군.

"선생님은 귀신을 다 보실 테니 대체 저를 따라다니는 여귀가 모두 몇이나 됩니까?"

"수 없지. 아, 골짜기에 그득하다."

아유! 몸서리가 쳐지드군.

"어떻게 하면 그 여귀를 면할 수가 있습니까?"

"면할 수가 없지. 모두 네게서 받을 빚을 받어 가지고야 물러갈 것이다. 지금은 여귀만 네 눈에 보이지마는 남귀도 수없이 너를 따라다니는 것이다. 너는 일생에 몸으로 마음으로 그들의 보복을 받을 것이다."

아, 이런단 말요. 다른 때 같으면 엑기, 미친 소리 말어라 해버릴 것이지마는 산간에 수십 일간 기도를 하고 나니깐두루 그런 말이 폭폭 가슴에 박힌단 말요.

그래서 내가 일어나서 다시 리진사께 절을 하고서,

"그럼 어찌하면 좋습니까."

하고 묻지를 않았겠어요? 그때 생각에는 그 수없는 남귀와 여귀를 면할 수만 있다면 무엇이나 할 것 같았단 말요. 정말, 침침한 참기름 등잔 밑에 나를 따라다니는 남귀와 여귀가 무수히 우글씨글하는 것 같거든.

선생은 허연 수염을 한 번 쓸며,

"오, 신령님의 도움을 받어야지."

이러겠지요.

"어떡허면 신령님의 도움을 받습니까?"

하니까, 선생은 슬쩍 나와 다른 기도꾼을 돌아보고,

"백일기도를 잘 들어서 통령을 하는 것이야."

"그러면 남귀와 여귀가 다 물러갑니까?"

"암, 물러갈 뿐 아니라 신령의 가지[48]를 얻은 다음에는 그 원혼들이 모두 네 덕

---

48 가지(加持) : 병, 재난, 부정 따위를 면하기 위해 부처의 힘을 빌림.

을 보랴고 너를 따르고 너를 도와서 네 제자가 되고 네 부하가 되는 것이다. 그때가 그 귀신들이 다 네 복이 되는 것이다."

이 말을 들으니까 정말 구문을 오일 정성이 생긴단 말요.

그래서 그놈의 '태상태성, 웅변무령'을 목이 찢어져라 하고 오이지를 아니하였겠어요?

이 모양으로 아마 두 달은 지났을 게야. 죽어도 백날을 채우리라고 잔뜩 결심을 하고 있는데 또 마가 들었단 말요.

하로는, 눈이 하얗게 온 날야. 웬 여편네 하나가 노파 하나를 다리고 짐꾼에게 쌀과 옷과 참기름을 지워가지고 우리 기도 처소에를 왔단 말요. 나이는 서른두어 살이나 되어 보이는데 동그스름한 얼굴에 살결이 옥 같고, 어지간하드군. 게다가 육칠십 일이나 여편네라고는 그림자도 못 보던 판이라 사뭇 몸이 녹는 것 같드군.

이 여편네는 왜 왔는고 하니, 제 남편이 봄부터 병이 들어서 낫지를 아니하므로 태백산에 기도를 왔다는 거야. 아마 절에서 불공도 한 모양인데 여기 큰 선생이 계시단 말을 듣고 기도를 해달라고 왔다는 거야.

그날 밤에 우리들이 그 여편네가 가지고 온 쌀을 빻어서 시루떡을 만들어서 신령께 제를 올리고 떡을 잘 먹었는데, 글쎄 이런 오라질 놈의 성미 보았나? 하룻밤을 못 참고 고만 여편네한테 반했단 말요. 글쎄, 나도 나지마는 계집도 계집야. 서방 위해서 기도 왔다는 년이 왜 글쎄 단박에 내 말에 넘어가오?

그러니 모다 깨어졌지. 에라 빌어먹을 것, 하고 그 여편네를 따라 나서지 않았소.

그 여편네는 삼척三陟 사는 여편넨데, 삼척에 그때에 금광이 하나 있습넨다. 내가 갔을 때에는 덕대[49]가 한 이십 명 되고 금점꾼이 한 오백 명 모였드군. 그 여편네의 서방이란 것이 거기서 주막도 하고 돈놀이도 하는 놈팽인데 나이 한 육십

---

49 광산 임자와 계약을 맺고 광산의 일부를 떼어 맡아 광부를 데리고 광물을 캐는 사람.

되었드군. 나중에 알고 보니 벼 백이나 하고 돈이 돈 만 원이나 있어서 그 지방에서는 갑부 소리를 듣드군.

나도 금점 하러 왔노라고 그 집에 주인을 들지 않았겠소? 그러구는 아직도 대구서 가지고 온 돈이 돈 백 원이나 남았으니까 한 구덩이 파기도 했는데 이게 솔솔 금이 곧잘 나온단 말야. 꽤 재미가 나드군.

그런데 애타는 노릇이 있단 말이오. 그것은 무엇인고 하니 이 계집이 집에 온 뒤로는 도무지 곁을 안 주는 게야. 송 주사, 송 주사 하고 대접은 잘 하지마는 영 말은 안 듣거든. 거 참 애타드군. 모처럼 닦던 도까지도 깨트리고 저를 따러왔는데 꼭 쿨룩거리는 서방의 방에만 있지 아모리 하여도 말을 안 듣드군.

하로는 으슥한 곳에서 이 여편네를 붙들고,

"어떡헐 테요? 사생결단을 할 테요."

이렇게 으르지를 아니했겠소?

했더니 이 계집의 말 좀 보우,

"아따, 저 늙은이가 살면 며칠 사우? 저 늙은이만 죽으면 우리 둘이 이 집과 천량 가지고 마음 놓고 거드럭거리고 살 텐데 왜 고새를 못 참으시우?"

아 이런단 말요.

딴은 그렇기도 해. 지금 만일 말이 났다가는 창피도 하고, 또 내가 보더라도 그 늙은이가 며칠 살 것 같지도 않단 말요.

그래 그 늙은이가 죽기만 기다리고 있지를 않소? 참 기가 막혀. 그러니 이놈의 늙은이가 죽어를 주어야지. 금방 가래가 끓고 숨이 넘어갈 듯하다가는 또 살아난단 말요. 그 참, 사람의 목숨이란 질기드군. 그놈의 영감쟁이 목숨이 사뭇 쇠힘줄 같드군.

나도 몹쓸 놈이지. 글쎄 이 늙은이의 목숨이 끊어지기를 오늘이나 내일이나 하고 기다리고 있소그려.

낮에는 금점에 가서 하로 종일 일을 시키다가 저녁때에 돌아오면 이놈의 늙은이가 여전히 쿨룩쿨룩 기침을 하고 있단 말요.

"영감 좀 어떠시오?"

아주, 크게 걱정이나 하는 듯이 이렇게 묻지를 않소?

"그저 그렇지요. 그놈의 담만 좀 떨어졌으면 살겠구면."

이런 소리를 하고 영 죽을 생각은 아니 한단 말요.

그러는 동안에 설도 지나 삼척 산골에도 봄이 오게 되었는데도 이 늙은이는 죽지 아니하고 되려 입맛이 나고 지팽이를 끌고 마당으로 거닐기까지 하게 되었단 말요. 거 참, 허무하드군.

그러자 내 금 구뎅이에서 도모지 금이 나오지를 아니한단 말요. 그 남귀, 여귀들이 훼방을 놓는 것 같드군. 그래 돈 천 원이나 잡았던 것을 오랫동안 강목을 치기[50]에 다 없애버리고 나니 슬그머니 화가 난단 말야.

또 세상 인정이란 것이 일이 잘 되어서 돈이 푼푼하면 다들 친하려고 들지마는 돈이 없어지면 친하던 사람도 데면데면한 법 아니오?

내가 주인 늙은이 돈을 한 사오백 원 지게 되니깐두루 이 늙은이 태도가 돌변이든군. 원체 병든 늙은 것이 밴주그레한 젊은 계집을 두었으니 젊은 사내놈을 달가워할 리가 없는 데다가 내가 지금 이 꼴이 되었소마는 젊어서는 풍신이 좋았거든요. 놈팽이가 잔뜩 나를 의심스럽게 보았던 모양야.

하로는 늙은이가 날더러,

"여보시오 이 주사, 그동안은 내가 병이 중해서 모든 문서를 이 주사께 부탁하였소마는 인제는 이렇게 기동은 하게 되었으니 이 주사께 더 수고를 시킬 필요도 없으니 문서를 모두 청장[51]을 하여서 도로 넘겨주시오."

이러는 게야.

"아따, 그러시오. 내가 당신 집에서 월급을 받고 하던 노릇도 아니고. 엇소."

하고 문서 뭉텡이를 영감쟁이 앞에 탁 내어던지지를 않았겠소?

그러고는 장히 불쾌한 듯이 내 방으로 뛰어 나왔지마는 나와서 생각해 보니 큰

---

50   날강목치다 : 광석을 캤으나 얻는 것이 없이 헛일만 하다는 뜻의 순우리말.
51   청장(淸帳) : 장부를 청산한다는 뜻.

일 났단 말요. 주인 늙은이 알게 쓴 돈이 사오백 원이란 말이지. 그동안 문서를 다 들쳐내었다가는 흠모가 적지 아니할 것이란 말요. 나는 어차피 며칠 안 가면 다 내 재산이 될 것이라고 생각하고 막 쓴 것이거든. 허, 큰일났드군.

가만히 생각해 보니까 계집도 돈도 다 못 가지게 되고 내게 있던 돈까지 죄다 처넣어버리고 빈털터리로 이집에서 쫓겨나거나 그렇지 아니하면, 사기취재[52]나 횡령으로 콩밥을 먹겠드군.

밤에 도모지 잠이 아니 와.

달아날까?

이런 생각도 해 보았지마는 도모지 그 계집이 잊히지를 아니한단 말요. 이럴 줄 알았더면 …… 하고 후회도 나드군.

쩟! 마지막으로 그 계집이나 한 번, 만나보고, 이렇게 생각을 하고서 슬슬 안방 뒷문 밖으로 돌아가지를 아니하였겠어요.

가만히 창틈으로 들여다보니까 계집은 없고, 영감장이가 혼자서 처네로 등을 둘러싸고 앉아서 돈을 세고 있단 말요. 지전 뭉텡이가 서너 개 되는데 십 원 따로, 오 원 따로, 일 원 따로, 이런 모양야. 얼핏 생각에도 이천 원은 될 것 같드군.

계집은 까치당이라는 당에 자정 정화수를 드리러 간 모양이야. 계집이 영감장이 병 나으라고 기도하러 다니는 줄은 알지마는 오늘따라 심정이 나드란 말요. 눈앞에 보이는 돈 뭉텡이와 젊은 계집 — 저놈의 늙은이만 죽으면 다 내 것이 되느니라 하면, 그 처네를 두르고 앉았는 늙은 것을 단박에 숨구멍을 막어버리고 싶단 말요. 저절로 숨결이 씨근씨근해지드군.

그래 쓱 앞문으로 돌아와서,

"에헴."

하고 기침을 한 번 하고 나서 문고리를 잡아댕기지를 않았겠어요. 안으로 걸렸드군.

52　사기취재(詐欺取財) : 법률 남을 속여서 재물을 빼앗는 일.

"누구야?"

매우 당황한 모양이드군.

"아직 안 주무시오? 내요. 나도 잠이 아니 오길래 이야기나 하러 왔소."

이랬것다.

"응, 이 주사요?"

하고 영감장이가 끙하고 문고리를 벗기드군.

쓱 들어섰지.

돈뭉텡이는 감초았드군. 아마 요 밑에 집어놓은 모양이어서 머리 두는 쪽 욧귀가 불룩하드군.

"안에선 어디 가셨나요?"

다 알면서도 모르는 체하고 이렇게 물었지.

"글쎄 까치당이에, 이 늙은 것을 위해서 백일선공을 다닌다고."

하다가 괜한 말을 했다는 듯이 말을 뚝 끊드군.

"응, 참 현부인이시오. 요새 세상에도 그런 부인이 있으니."

하고 칭찬을 했더니 늙은이가 장히 좋은 모양이드군. 빙그레 웃는단 말야. 볼은 쪼그러들고 눈은 푹 꺼지고 다 송장이 된 늙은이가 빙그레 웃는 양이란 차마 못 보겠드군.

"영감, 그 부인이 아까워서 어떻게 돌아가시겠소?"

"죽다니? 누가 죽는다오?"

"글쎄 내가 보기에는 며칠 못 사실 것 같아서 그러오. 딱해서 그러오."

"그, 원, 악담을 하시오그려."

영감장이 장히 못마땅한 모양이드군.

"글쎄 다들 죽기를 바라는 판에 무엇 하러 저 꼴을 하고 살아계시오? 그러시다가는 독약을 자시거나 목을 옭이거나 하실까 보아서 염려가 되어서 그러오."

"아니, 아니 여보, 그래, 댁이, 그게, 무슨 소리란 말요?"

하고 사뭇 대들드군.

"그렇게 어성 높이실 것은 없소. 남의 가간사[53]에 내가 이러고저러고 말할 것은 없소마는 나는 눈치 챈 일이 있기에 말요."

슬쩍 이렇게 비위를 긁지 않았겠소?

"아니, 그게 무슨 소리요?"

영감장이가 소리를 낮초아서 바싹 파묻드군.

"글쎄 생각을 해 보시오. 젊은 아낙네가 다 송장이 된 늙은이를 믿고 가만히 있단 말요? 백일기도! 흥, 딴은 좋은 기도요. 어디 가서 무슨 기도를 하고 오는지 아시기나 하오?"

이 말에 늙은이가 버르르 떨드군.

"아니, 여보 이 주사. 내 여편네가 어디서 누구 허구?"

"있다가 부인이 돌아오시거든 물어보시구려."

이러고는 나는 일어나 나왔지.

방에 나와서 가만히 누워서 생각해 보니 참 어이가 없드군. 무슨 생각으로 내가 그런 소리를 할 생각이 났는지 알 수 없단 말요. 그것이 필시 나를 따러다니는 원혼들이 내 귀속에다가 불어넣은 소린가 봐.

얼마 있노라니 계집이 돌아오는 모양야.

문 열리는 소리가 나.

"오 이년, 너 어디 갔다가 인제 오니?"

하는 영감장이의 떨리는 소리.

"이이가 미쳤소? 어딜 가? 까치당에 갔지."

"흥, 내가 모를 줄 알구. 이년 어느 놈팽이하고 밤마다 노닥거리는 거야?"

하고 무엇을 둘러치는 소리가 나드군.

"아이구구."

하는 여편네 소리가 나드군.

---

53 가간사(家間事) : 집안일.

툭탁툭탁 큰 쌈이 버러진 모양이야.

벌떡 일어나서 안방에를 가니 불은 꺼지고 남녀가 격투를 하는 모양이드군.

"이거 왜들 이러시오?"

하고 쓰윽 들어가 보니 캄캄절벽인데, 발로 더듬어 보니 늙은이가 계집을 타고 앉어서 무엇으로 따리는 모양야.

"영감 이게 무슨 일요?"

하고 한 손으로 늙은이의 멱살을 더듬어 쥐고 한 손으로는 코와 입을 꼭 막아 쥐지를 아니하였겠소. 거 허무하드군. 금시에 뻣뻣 뻗어버린다 말요.

늙은이를 끌어다가 자리에 누였지. 코에 손을 대어 보니 숨이 없어.

그러고는 울고 쓰러진 계집을 안아 일으켰지.

"울지 말어. 영감이 운명을 했어."

이렇게 말했더니 계집이,

"운명이라니?"

하고 펄쩍 뛰는구먼.

"가만있어."

하고 나는 성냥을 그어서 등잔에 불을 켰지.

늙은이는 눈을 뒤집고 가만히 누워있는 거라.

계집이 나를 떠밀치고 영감의 곁으로 가더니,

"여보, 여보!"

하고 두어 번 흔들어 보아. 흔들어 보니, 시체라. 계집이 한참 동안 암말 없이 나를 흘겨보더니만,

"어쩌자고 사람을 죽였소?"

이런단 말요.

"죽이기는? 나는 싸움 말리러 들어온 죄밖에는 없어. 왜 내게 밀어. 난 이 길로 주재소에나 가려오. 거 참, 까딱 잘못하다가는 살인죄 뒤집어쓰겠는걸."

하고 벌떡 일어났지.

“여보시오.”

하고 계집이 나를 붙들드군.

“왜 이러우?”

하고 한 번 계집을 뿌리쳤지.

“여보시오. 이 밤으로 나를 다리고 도망을 해 주시오. 원체 태백산에서 당신을 처음 만날 때 이상하드라니. 아니다, 아니다 하고 일부종사를 하랴고 죽을힘을 다 썼건만 — 에 여보.”

계집이 내 속을 꿰뚫어 보드군.

이렇게 또 한 죄를 저지르지를 아니하였겠소? 그저 그때에 내가 죽거나 징역을 졌거나 해야만 하는 거야. 그랬더면 더는 죄를 안 지었을 것 아니오?(이렇게 말하고 늙은 절도범은 길게 한숨을 내어 쉬었다.)(1939.12)

9

늙은 절도범의 미우[54]에는 분명히 회오하는 쓴 웃음이 있었다.

이때에 간수의 발자국 소리가 나기 때문에 한바탕,

“아이구, 아이구 죽겠다.”

하고 금방 숨이 끊어질 듯한 엄살을 한다. 그 우렁찬 소리가 형무소의 고요한 밤 공기를 울려서 일종 비창한 기운이 돋게 하였다. 그는 분명 일종의 천재였다. 그 엄살이 결코 지어서 하는 것 같지를 아니하고 진실로 간절한 애끓는 소리였다. 이러한 엄살에는 경험이 많은 형무소 간수들과 의사도 아니 속아 넘어갈 수가 없을 만큼 그렇게 핍진하였다. 한 방에 있어서 그 속이 멀쩡한 줄을 잘 아는 우리들까지도 이 사람이 금방 숨이 넘어가는 것이나 아닌가 하도록 그처럼 그의 엄살은

54　미우(眉宇) : 이마의 눈썹 근처.

핍진하였다.

　엄살만이 아니었다. 점잔을 뺄 때에는 정말 크게 점잖은 사람 같았고, 성이 나서 곁에 있는 사람을 보고 호령을 할 때 그 위엄이 과연 추상과 같고 그 호통이 벽력과 같았다. □□ 능히 큰 부자인 체도 하고, 큰 도덕군자인 체도, 또 날탕 잡놈인 체도 하고 또 어떤 때에는 흉악한 형상도 보였다. 그러한 분장이 모도 천연스러워서 추호도 꾸미는 빛이 없었다.

　그러다가 그가 가만히 눕거나 앉아있을 때에 비로소 궁상스럽고 욕심 많은 늙은이의 본색을 탄로시키는 것이었다.

　"그래, 그 밤으로 그 계집을 데리고 달아났겠구려?"

　싱글벙글하는 사기범이 빈정대는 어조로 물었다.

　늙은이는 간수의 발자국 소리가 안 들리게 된 뒤에도 더욱 소리를 높여서 엄살을 하고 나서는,

　"으흥, 으흥."

하고 정말 앓는 소리를 또 한 차례 하였다. 그 앓는 소리는 아아, 정말 아파서 하는 소리인 듯해서 우리들은 새삼스럽게 그의 얼굴을 들여다보았다.

　"정말 아픈 겨요?"

하고 말라깽이 해소꾼[55]이 물었다.

　"아이고 죽겠다."(1940.1)[56]

55　해소(咳嗽)꾼 : 기침꾼.

56　원문은 첫 페이지만 온전하고 나머지는 누락되어 있어 모두 옮기지 못했다. 삼중당 판본은 '원본 소재 미상(原本所在未詳)'이라 하여 해당 연재분이 아예 빠져 있다.

10

대장이 부르신단 말을 듣더니 찔끔찔끔 울고 있던 여편네가 벌떡 일어나서 들대에 걸었던 군복을 가지고 와서,

"자, 갈아입으셔요."

하고 들고 섰드군.

그것 보니까 계집이 가련한 생각이 나드군. 우리도 바탕이 몹쓸 놈은 아니거든. 갖은 못할 짓을 다 했지마는 속에는 남만 못지아니한 인자한 마음도 있단 말요.

"관군이 왔음 싸움이 있겠군요."

계집이 매우 염려가 되는 모양이드군.

"싸움이 있겠지."

나는 버티는 거야.

"그러면 어떡해요."

계집이 또 울먹울먹하드군.

"어떡허기는 싸우지. 싸우자고 군인인데 싸움을 무서워해?"

큰 소리를 하기는 하지마는 나도 속으로는 겁이 나드군.

"아이구 당신마자 —"

하다가 말을 끊고는 계집이 울고 쓰러지드군. 당신마자 죽으면 어떡허느냐 말야.

거 장히 듣기 거북하드군.

"에익, 사위스러운 년 같으니! 대장부가 전장에를 나아가는데 고게 다 무슨 주등아리 놀리는 법이란 말야."

하고 소리소리 질렀지.

"아냐요, 꿈자리가 하도."

"또 그놈의 꿈야?"

"삼척 영감이 당신의 상투를 잡아서 끌고 강으로 들어가는 꿈을 꾸었는데."

"아 고년, 그래도 아가리 못 닥쳐?"

“아니, 그러니깐 우리 달아나잔 말야요.”

“응, 요사스러운 년 같으니.”

하고는 나는 뛰어나지를 아니하였소?

영문에를 들어가니깐두루 다들 모였드군. 대장이랑, 누구누구 하는 장수들이랑.

“참모장, 이 일을 어떡허면 좋소?”

이것이 대장이 나를 보더니 묻는 첫 말야.

“관군이 지금 삼십 리 밖에 다다랐다니 필시 오늘 밤으로 양양을 엄습할 것이오. 정병 오백 명이라니, 오백 명은 다 안 되더라도 삼백 명쯤은 되는 모양이오. 그런데 저 편에는 좋은 총이 있단 말야. 이 일을 어떡허면 좋단 말요?”

이것이 대장의 걱정이야.

다들 맥맥하니 내 입만 바라보드군. 그것을 보니깐두루 내가 제갈공명이나 된 것 같아서 나종엔 어찌 갔든지 당장은 흐뭇하드군.

허기야 낸들 무슨 뾰족한 수 있소? 그렇지만 사내대장부가 한 번 뽐내어 볼 때란 말야. 그래 한참이나 가만히 생각을 하고 있자 모두들 잠잠하고 가끔 한숨 소리가 들리드군.

“대장.”

하고 당돌하게 불렀지.

“어서 말해보시오.”

대장이 고만 녹초가 됐드군. 벌써 눈자위가 틀렸어. 장수들이라고 돌아보아야 어디 우향우 돌아좄 하나 변변히 아는 놈 있나? 참모장이라는 내가 금방 내외싸움 하고 나온 이놈이니 말할 것 있소!

“싸와야지요, 막아야지요. 대장을 모시고 우리 삼백 명 군사가 양양성을 베개 삼아서 죽을 결심을 해야지요.”

이것이 내 첫 소리란 말요. 목청이야 좋것다 — 기껏 한번 내어 뽑았드니마는 동헌이 쩌르르 울드군. 다들 정신이 번쩍 드는 모양야.

"다들 어떻게 생각들 하시오? 내 말이 옳거든 다들 칼을 빼어 들어서 맹세하는 표를 합시다. 다들 우리 대장을 모시고 양양성을 베개 삼아서 죽기로 결심하고 관군을 막아서 싸우잔 말요."

하고 내가 번쩍 칼을 빼어 들었더니마는 모두들 칼을 빼어들드군. 대장만은 물론 가만히 있고.

모두 기고만장이드군.

"됐소! 그러면 다 된 거야."

하고 대장과 여러 사람을 둘러보니까 기운들은 났지마는 어찌하는 줄을 모르는 모양이드군.

"낮에는 군사를 모조리 남문으로 모아서 기치[57] 창검의 별 같은 위세를 보입시다. 그러면 관군이 남쪽으로 오더라도 거연히 덤비지를 못할 것이오."

"그렇지."

이것은 대장의 말이오, 다른 장수들은 모두 고개를 끄덕끄덕하드군.

"그랬다가 밤이 되거든 군사들을 모두 북문으로 돌려서 매복을 시킨단 말요."

이러지를 않겠어요.

"그건 왜? 강릉서 오는 군사면 남으로 올 터인데."

황부위[58]라는 사람이 이렇게 한 마디 걸드군.

"어서 참모장의 말씀을 들읍시다."

임부위라는 사람의 말이었다.

"그래, 밤에는 군사를 북문에 매복하고."

하고 대장이 재촉하드군. 나는 황부위, 임부위 따위가 주둥이를 놀리는 것을 아니꼽살스럽게 생각하는 듯이 말을 뚝 끊고 입을 다물었거든.

그렇지마는 대장이 재촉하는 데야 아니 말할 수가 있나?

"그럼 말씀하오리다. 밤이 들거든 군사를 돌려서 북문에다가 매복을 하고, 성

---

57   기치(旗幟) : 군대에서 쓰던 깃발.
58   부위(副尉) : 갑오개혁 뒤에 정한 무관(武官) 계급의 하나.

중 백성을 남문 쪽으로 모아서 징북을 치고 고함을 지르고 야단을 한단 말요. 그리고 대완구[59]를 남문통에 걸어놓고 이따금 쾅쾅 헛방을 터친단 말요."

"그래서?"

"그러면 관군이 필시 서쪽으로 돌아서 북쪽을 엄습하러 들 것이오. 이만 하면 알 것 아니겠소?"

떡 이렇게 말을 아니 하였겠어요?

했더니 대장 이하로 모두 고개를 끄덕끄덕하드군. 그럴듯하거든.

그러면 그러자고 하고 있는데 황부위가 쓰윽 나서면서 이런단 말야. 황부위가 본래 참모장이었지요. 허다가 내게 제 자리를 빼앗기고 보니 분하단 말요. 그래서 내 말이면 한 마디씩 말썽을 부려보는 것이야. 그렇지마는 나는 또 저를 이용하거든. 허허, 제 따위야 어디 나와 계교를 겨를 수가 있나?

황부위가 무에라고 말하는고 하니 이런단 말요 —

"참모장, 계교가 얼른 들으면 그럴 듯도 하오마는 까딱 잘못하면 큰일 내일 계교요."

이런단 말야.

하니깐 두루 사람들은 눈이 번쩍 뜨이는 모양으로 모두들 황부위헌테로 고개를 돌리드군. 대장도 황부위를 보고,

"어디 황 부위, 말씀해 보시오."

그런단 말요.

"만일 관군이 세를 믿고 곧장 남문으로 짓쳐들어오면 어떻게 하느냐 말요. 한번 싸와도 못보고 부중이 모두 도륙이 될 것이 아니겠소? 왜 관군이 하필 서쪽으로 돌아서 북으로 온단 말요?"

"거 참 그렇군."

하고 다른 사람들도 황부위의 의견에 찬성인 모양야.

59　대완구(大碗口) : 조선시대에 만든 대형 화포(火砲).

"참모장 생각에 어떻소? 황부위 말씀이 어떻소?"

대장이 이렇게 내게 묻드군.

"네, 과연 황부위 말씀이 지당하오."

이랬지.

그랬더니 황부위 장히 좋은 모양이드군. 쓰윽 한 번 나를 흘겨본단 말요.

"황부위 말씀이 옳다니? 그럼 아까 참모장이 한 말씀은 어찌 된단 말요?"

대장이 좀 엄하게 힐문을 하드군.

"소인의 말이 더 옳지요."

떡 이렇게 나갔다.

다들 어리둥절하드군.

"황부위 영감께 묻쪼오리다."

하고 내가 쓰윽 나섰지.

"그러면 어찌하면 좋단 말씀이오?"

되려 황부위의 계교를 듣자는 것이었다.

"군사를 갈라서 사문을 골고로 지켜야 하지요."

이런단 말야, 황부위가. 어림없드군.

"그건 도모지 병법을 모르는 말씀요."

하고 대번에 한 방망이 나려쳤지. 모두들 깜작 놀라는 모양이드군.

"적군은 오백 명이 한 길로 몰려드는데, 나는 사백 명 군사를 넷으로 갈라서 백 명을 가지고 막는다 — 그게 말이 되오? 이 편 사백 명을 다 가지고 저 편 오백 명을 막더라도 어려우려든 하물며 그것을 넷으로 가른다?"

이러지를 않았겠소? 모두들 맥맥하드군. 황부위는 푸르락누르락 아마 쥐구멍을 찾는 모양야.

이제는 대장 이하로 모두 나만 쳐다보더군. 황부위 따위는 보잘 것도 없단 말야.

"그러니 관군이 어디로 올른지 어떻게 그것을 안단 말요?"

얼마 후에야 황부위가 한 마디 하드군. 제간에는 죽을 기운을 다하여서 생각해

낸 거야.

"아무도 모르지요. 한강에 고기떼가 어디로 갈는지 어떻게 안단 말요?"

내가 이러지를 않았겠어요. 얼른 보면 항복 같지.

"그것 보시오."

황부위가 좋아하드군.

"한강 물고기로 미끼를 주면 끌 수가 있습닌다."

이 말에 사람들은 또 눈이 번쩍 뜨이는 모양야. 대장이,

"미끼?"

하고 눈을 크게 뜨드군.

"그렇지요. 북문에 그물을 걸고 고기를 그 그물로 몰아넣잔 말요."

이러지를 않았겠소?

"무슨 미끼요?"

대장이 잼처[60] 묻드군.

"그것은 군사의 기밀에 관한 것이니 대장 한 분께만 여쭙고 싶습니다."

쓱 이랬것다.

"참모장, 이리 들어오시우."

하고 대장이 나를 자기 침방으로 끌고 들어가드군. 꽤 잘해놓고 있던데. 양양 와서 얻었다는 류엽이라는 첩이 있드군. 상후례[61]를 했지. 어지간히 어여쁘든데.

"마마께서도 잠깐 자리를 피하시오."

하고 내가 준절하게 말을 했지. 일어나 협실로 들어가드군.

"자 어디, 말을 하시오."

하고 대장이 매우 바쁜 모양이드군.

"그럼 말씀하오리다."

하고 내 계교를 말을 하지 않았겠어요. 기가 막혀. 참 우스운 일이지.

---

60 어떤 일에 바로 뒤이어 거듭.
61 상후례(相厚禮) : 서로 후한 인사를 갖춤.

"대장께서는 저를 믿으십니까."

나는 이렇게 말을 붙였지요.

"그게 무슨 말씀이오? 지금 사생이 관두[62]한 마당에 내가 참모장을 안 믿으면 누구를 믿겠소. 참모장의 말이라면 무엇이나 믿겠소."

대장이 이렇게 대답하드군.

"그러면 말씀하겠어요. 누구 하나를 관군헌테 보낸단 말씀야요."

"관군헌테로?"

"네."

"그건 왜요?"

"우리 중에서 누구 하나를 관군헌테 보내서 거짓 항복을 한단 말야요."

"항복을?"

"네, 거짓 항복을."

"그래서는?"

"그러고는 관군헌테 가서 우리 형세를 거짓 전한단 말야요. 군사도 더 많다고, 군기도 더 좋다고. 그러고는 남문과 서문에는 대완구와 군사로 굳게 방비를 하고 있으니 서문을 돌아서 북문으로 들여치자고 그런단 말요."

"옳지, 참 그럴듯하오."

하고 대장은 대단히 솔깃하단 말요.

"그러고는 말씀야요. 소와 쌀과 술을 많이 가지고 가서 관군을 한 턱을 먹인단 말요."

"그것은 왜?"

"그래야 정성을 믿지요."

하고 가만히 대장의 귀에 입을 대고,

"그러다가 형편을 보아서 술에다가 독을 탄단 말야요. 우두머리를 몇 놈 해대

---

62 사생관두(死生關頭) : 죽고 사는 것이 달린 매우 위태로운 고비.

잔 말요.”

대장이 묘책이라고 그러두군.

“그럼 누가 간단 말요?”

한참 생각하다가 대장이 이렇게 걱정을 한단 말요. 그러니 내가 가겠소, 그럴 수야 있나.

“그야 누구든지 대장께서 군령을 내리시지요.”

“그게 까딱 잘못하면 잡혀 죽을 자리 아니오?”

“아니, 군인이 죽는 것을 어떻게 가린단 말요? 누구나 목숨 하나는 다 내어놓고 있지 않습니까?”

“참모장은 그래 누구를 보냈으면 좋을 것 같으시오?”

“부위도 좋고요.”

“얼떠서 안 돼.”

“그러면 윤부위는 어떨까요?”

나는 대장이 윤부위를 잘 믿지 아니하는 줄을 안단 말요.

“그러다가 정말 항복해 버리면 어떡허오. 정말 우리 비밀을 다 일러바치면 어떡허오?”

대장은 한참이나 더 생각하더니마는,

“그럴 것 없소이다. 이 일은 참모장이 몸소 해야겠소. 다른 사람 다 믿을 수 없으니 영감이 몸소 가시오.”

이런단 말요. 됐드군. 이 말 떨어지기를 기다린 것이란 말요. 그렇지마는 얼른 좋다구나 해서야 쓰나. 짐짓 놀라는 체를 했지.

“글쎄, 이번 가면 살아 돌아올지 모르는 길이 돼서.”

“참 그러시겠소, 단 내외만 계시니. 그렇지마는 대사를 어찌하오.”

내외래야 떼어버리랴는 계집 아니오?

기실은 그 계집을 떼어버리자는 것이 목적인데 속도 모르고 대장은 내 계집 걱정을 한단 말요. 참 기가 막혀.

이렇게 계교를 정한 뒤에 대장과 함께 협실에서 나오니, 황부위랑 모도 눈만 꺼벅꺼벅하고 앉어 있단 말요. 모두 개새끼들 같드군.

그래서 군사 두 명을 데리고 성중으로 돌아다니며 잡아먹다가 남은 소 열 마리 하고, 술 다섯 장군 하고, 쌀 열닷 섬 하고 이것을 모두 소에게 싣고서 떠나는 거야. 강릉서 오는 관군을 맞으러 가는 게지요. 장관이지.

헌데 하나 더 하고 싶은 것이 있드군. 그게 무엇인고 하면 엄호장의 딸년을 빼앗아가지고 가는 것인데, 고년을 꼭 빼앗아가지고 갔으면 좋겠는데, 하고 망설이다가 아서라, 그러다가 대장의 의심을 사면 안 되겠기에 고만두었지요. 오늘 밤에 계교대로 되기만 하면 고년이야 내 것이 되지 별 수 있소? 잘만 되면 고 이쁘장한 대장의 첩도 내 것이 될 것이란 말요.

흐뭇하두군.

가지[63] 소 열 바리를 몰고 나는 떡 말에 높이 올라앉어서 가는 게야.

우숩드군. 그래도 대장은 좀 안됐던걸. 사람이 좀 못났지마는 마음은 착하단 말야. 더구나 내게는 은인 아니오? 나를 이렇게 부위까지 올려주고 무엇이나 내 말이면 다 믿고 그러는 대장을 이렇게 속여 넘기니 내가 죽일 놈이지.

그렇지마는 강릉 관병이 오기만 하면 양양 성중은 함몰이 될 것 아니오? 일이 잘 되어서 관군이 내 말을 믿어만 주면 그때 판이라 양양부사 한 자리는 떼어놓은 당상일 것 같단 말요. 내가 배반한 줄만 알고 보면 삼척집은 당장에 물고를 낼 것이오, 그리고 보면 엄호장의 딸은 갈 데 없이 내 것이란 말요. 이런 땡이 세상에 어디 있나? 금시에 양양부사가 되는 것 같드군. 엄 씨는 숙부인이라.

"이 놈들아, 어서 소를 몰아라!"

하고 소리를 쳤지. 관군 진중에 가는 것이 시각이 바쁘더란 말요.

다저녁때가 되어서 한 고개에 올라서니 어디서 총소리가 한 방 땅, 하드군. 옳지 관군 척후가 어디 있나보다 하고 준비하였던 백기를 내어들고 말을 세웠지.

63　'처음으로'를 뜻하는 북방 방언.

우루루 한 십여 명 관군이 숲을 속에서 나서드군.

"누구야?"

하고 총부리를 내게 겨누드군.

"나는 양양성에 웅거한 홍대장 군사의 참모장이오. 군사[64]로 관군 대장을 만나러 오는 길이오."

이렇게 점잖게 말을 하였지.

"오 이 놈, 잘 걸렸다. 어서 말에서 내려."

하고 그중에 대장인 상싶은 자가 칼을 빼어들고 어르드군.

말에서 내렸지.

포승으로 나를 묶드군.

내가 데리고 오던 군사 두 놈도 묶고, 그리고는 끌고 가드군. 좀 무섭던데. 괜히 왔다 하는 후회도 나고.

얼마를 가니 대군이 보이군. 모두들 앞길 형편을 몰라서 거기 유진[65]을 하고 있는 모양야. 다들 정말 병정들이니깐두루 우리네 양양패들과는 달라서 깨끗하드군. 군복도 제법 군복이고 병정마다 총도 한 자루씩 가지고. 짚세기들은 신었지마는. 그래도 병정 같아. 장교들도 제법 장교 같고.

척후 사령이 나를 대장 앞으로 끌고 가드군. 육군 정위 복장이드군. 소매에 붉은 줄이 꿈틀거린 것이 셋이야. 나도 부위 복장을 입었지마는 내 복장 보다야 나을 것 아니오?

"이 놈이 양양에 웅거한 폭도의 참모장이라오. 노루목이 고개에서 붙들어 왔소."

하고 척후사령이 보고를 하드군.

"그래, 네가 양양 폭도의 참모장이냐?"

하고 수염 난 정위가 묻드군.

"그렇소."

---

64   군사(軍使) : 전쟁 중에 군의 명령으로 교섭의 임무를 띠고 적군에 파견되는 사람.
65   유진(留陣) : 군사들이 머물러 있음. 또는 군사들을 머물러 있게 함.

“네가 육군 부위 정복을 입었으니 그래 네가 부위냐?”

“그렇소.”

“누가 시킨 부위야?”

“우리 대장이 시킨 부위요”

했더니 모두들 깔깔 웃드군.

“이놈, 그래 어디를 무엇하러 가든 길이냐?”

“관군 만나러 오든 길이오.”

“이놈 무엇하러 관군을 만나러 와?”

“네, 아뢰옵기 황송하오나 잠간 종용히 여쭐 말씀이 있소.”

“종용히?”

“네, 군사의 기밀이오.”

“군사의 기밀?”

“네, 소인의 말을 들으시면 오늘 밤으로 양양을 점령할 수 있사옵고요, 그러지
아니하오면 큰 일이 날 줄로 아뢰오.”

“그래 너는 관군에 귀순을 한단 말이지?”

“그렇소.”

“무슨 까닭에 귀순을 하여?”

“소인도 본래 양민으로서 잠시 흉악한 놈을 따라서 폭도가 되었사오나 이제는
개과천선하여서 나라에 충성하는 사람이 되옵고저 적굴을 도망하와 관군에 달
려온 것이오. 적장의 목을 베여 가지고 오지 못한 것이 죄송하오나 약간 군량을
가지고 왔사옵고, 또 소인의 아뢰는 말씀을 종용히 들어주시오면 양양의 적을 잡
기는 독 속에 쥐를 잡기와 같을까 하오.”

아, 이러지를 아니하였겠어요.

했더니 정위는 내 결박을 끄르라 하고, 떼었던 칼을 도로 차라 하고, 내가 바치
는 소를 잡고 쌀로 군사들의 저녁을 지으라 하고, 그러고는 좌우를 물리드군.

그래서 나와 정위와 단둘이 마조 섰는데 처음에는 좀 망설여지드군. 관군을 속

일까 바로 말을 할까? 왜 그런고 하니, 그 정위라는 자가 도무지 거만하고 또 바보 같아서 비위에 맞지를 아니한단 말요. 그렇지마는 돌이켜 생각하니 암만해도 틀렸어. 암만해도 관군에 붙는 편이 유리하겠드군. 그래서 내 계교를 죄다 말을 했지. 양양 적병이 북문만 지키고 남문에는 오합지중을 모아서 허장성세를 할 것이니 다짜고짜로 오늘 밤으로 남문을 들여치라는 것이야.

정위는 여러 번 고개를 끄덕끄덕하더니 그래도 잘 믿지를 아니하는지 나를 훑어보드군.

"이 말이 거짓말이면 어떻게 될지 알지?"

이렇게 어르드군.

"네, 압니다. 소인의 말이 거짓말이면 소인의 목을 베이십시오."

대장이 가만히 있드군. 그래서 내가 웃으면서,

"그러하오나 소인의 말이 참말이어서 오늘 밤에 양양성을 점령하옵거든 소인을 양양부사를 시켜줍시오."

이러지를 않았겠어요.

그래서 군사들을 저녁을 멕여 데리고 양양을 향하고 나섰지요. 내가 참모장 겸 선봉장 격이야. 처음에는 잘 믿지 아니하던 정위도 밥을 먹고 술을 먹고 하는 동안에 아주 마음이 내게 쏠렸단 말요.

어떻게 되랴노, 하니 좀 걱정이 되드군.(1940.3)

11

"아 그래 관군을 끌고는."

하고 늙은 절도범은 말을 계속한다.

관군을 끌고는 양양성을 향하고 가지 않았겠소?

캄캄 절벽인데 바스락 소리도 아니 내고 살살 성 밑으로 기어드는 게야. 그래도 두어 목에서 파수 병정을 만났지마는 내 군호를 듣고는 가만히 있는 게라. 적군을 끌고 들어오는 줄도 모르고 아직도 제 편인 줄만 아는 게야. 거 우습기도 하고 기도 막히두군.

그래 아모 일 없이 남문까지 가서,

"문 열어라."

하고 당당하게 호통을 빼지 않었겠소.

"거 누구?"

성 우에서 누가 외치드군. 그러니까 나를 따라오던 군사가,

"참모장 영감이셔. 어서 급히 문 열어."

하고 대꾸를 하드군.

삐걱삐걱 그 육중한 성문이 열리드군.

볼일 다 보았지. 총도 몇 방 못 놓아보고 양양성을 관군이 점령한 것 아니오? 어깨가 으쓱으쓱하드군.

"이 괴수들은 다 어디 갔다오?"

부위가 날더러 묻드군.

지금 북문에서 눈 껌벅껌벅하고 관군 오기만 기다리고 있을 거요.

그래도 오부위는 정말 군인이라, 일대의 병마를 둘로 갈라서 한 패는 동문으로 또 한 패는 서문으로 하여서 북문을 들이 엄살하라고 이르고 본진은 성 안으로 북문을 지키고 있는 적군을 에워싸자는 거야. 독에 든 쥐라는 게 이것 아니오?

괴괴하드군. 불빛 하나 있을 리가 있나, 바짝바짝 죄어들어 가는 판이라.

아 이렇게 몽탕 다 잡아버리고 말었구려.

"한 놈도 넘기지 마라!"

하고 내가 고래고래 지르고 앞장을 서서 나갔구료.

이튿날 아침에 보니까 모두 맞아서 넘어졌는데 참혹하드군. 그럴 것 아니오. 꼭 둘러싸 놓고 일제 사격을 퍼부었으니 개아민들 어떻게 피해. 자빠져 죽은 놈 엎어져 죽은 놈, 그래도 살아보겠다고 성에서 뛰어내리다가 다리가 부러진 놈,

골통이 깨어진 놈. 온통 말 아니야.

오부위하고 나하고 죽은 놈의 대가리 적간[66]을 하는 게였다. 우두머리를 잡았다고 위에 보해야 하지를 않겠소?

그런데 북문 바로 옆에를 가니까 대장이 넘어졌드군. 가슴이 뜨끔해. 그렇게 나를 믿고 위해주던 대장 아니오?

"오, 이게 괴수요."

하고 억지로 기운을 내어서 대장의 옆구리를 구둣발로 툭 차지를 않았겠소.

"응, 이 놈이 괴수야?"

하고 오부위도 기가 나서 바싹 가까이 오두군.

그런데 이런 일 보았나? 지금 생각해도 몸에 오싹 소름이 끼친단 말요.

(이렇게 말하면서 늙은 절도범은 진저리를 치는 양을 보이고는 말을 뚝 끊고 한숨을 쉬인다. 그의 이야기를 듣고 있던 죄수들도 모두 늙은이를 쳐다보았다.)

번쩍 눈을 뜬단 말요, 대장이.

번쩍 눈을 뜨더니만 나를 이렇게 물끄러미 바라보는데, 그 눈! 그 눈. 그 눈이 점점 커져서 내 앞에 가뜩하더라니 나중에는 마치 내가 그 눈 속에 빨려들어가는 것 같단 말요.

아뜩해지드군. 왜 글쎄 다들 벌써 죽었는데 이 작자 하나만이 죽지를 않고 있다가 나를 노려보느냐 말요? 나는 천지신명이 꼭 있는 줄 믿었소.

"옜소, 물이나 한 모금 자시오."

하고 나는 내 수통에 남은 물을 대장의 빠짝 마른 입설[67]에 흘려 넣지를 아니하였겠소? 내 생각에는 이렇게 내 손으로 물 한 모금만 먹여서 죽여도 내 죄가 좀 가비여워질 것 같았단 말요.

처음에는 내가 물을 흘려 넣는 대로 가만히 있더니만 어디서 그런 기운이 나오는 게요? 입을 쭝긋하더니 푸하고 내어 뽑는단 말요.

---

66 적간(摘奸) : 죄상이 있는지의 여부를 밝히기 위하여 캐어 살핌.
67 '입술'의 경기, 전라, 충청 방언.

막 내 얼굴에다 내어 뿜는데 꼭 끓는 물입디다. 펄펄 끓는 물이란 말요. 눈이나 코나 모두 데어 벗어지고 녹아내리는 것 같드군.

그러고는 그 눈으로 나를 노려본 대로 죽어버리고 말드군.

그 눈! 그 눈! 지금도 생각만 해도 진저리가 나요.

그러니 내 공이야 굉장히 클 것 아니오? 부위도 여간 대접이 융숭하지 않아.

"이번 일은 모두 당신의 공이오. 이 일은 내가 다 상부에 보고하겠소. 필시 큰 상이 나릴 것이오."

이런단 말야. 양양부사 하나는 떼어놓은 당상인 상싶드군.

그런데 이 계집은 어찌 되었는가 하고 슬슬 가보지를 않았겠소?

허, 기가 막히지. 안방 보꾹[68]에 목을 달아 죽었단 말요.

왜 죽었을까? 집안 하인들헌테 물어보니까 모른다는 거야. 밤 동안에 죽었다는 거야.

그래도 내 마음에는 뭉클하는 것이 있드군. 죽기는 미상불 잘 죽어주었지마는 그렇게 독심을 품고 목을 달아 죽은 것을 보니 좀 무섭던데. 그것이 귀신이 되어서 두고두고 나를 볶으면 어떻거나 하는 생각도 나고.

그렇지만 가장 슬픈 체하고 장례를 지내지 않았겠소? 오부위랑 모두 다른 사람들은 내가 나랏일로 몸을 바치기 때문에 이런 슬픈 일도 생긴 것이라고 칭찬이 자자할 것 아니오. 마음 장히 간지럽던걸.

그래 그 계집을 잘 장례를 지내주고 나니 엄호장의 딸이 생각이 난단 말야. 두말할 것 없이 청혼을 했지. 두말할 것 없이 허혼을 하드군. 전시라 육례를 다 갖출 것도 없다 하여서 대번에 장가를 드는 거야. 계집 죽은 지 불과 닷새만에 장가를 들지 않았겠소? 첫대[69] 혼자 적적도 하거니와, 곁에 사람이 없으니까 눈만 감으면 계집과 대장의 그 무서운 눈이 보인단 말요. 사몽비몽간에 그 꼴이 보이는 거야. 눈을 뚝 부릅뜨고 혀를 내밀고 축 늘어진 계집, 펄펄 끓는 듯한 뜨거운 물을

홱 내 얼굴에다가 뿜던 대장의 그 눈. 사람 못 살겠드군.

그렇던 것이 엄 씨를 끼고 누우니까 마음이 든든하단 말요. 열여덟 살 먹은 푸근푸근한 처녀로구료. 무섭고 무에고 내가 무슨 정신이 있을 까닭이 있소.

"이봐, 불원에 내가 양양부사가 되는 거야. 내가 양양부사가 되면 자네는 부사 또 내행이 아닌가. 응, 거드럭거릴 날이 며칠 안 남았단 말이야."

이렇게 나는 엄 씨를 귀해서 그 비위를 맞추노라고 별소리를 다 하건마는 웬일인지 이 계집이 뾰루퉁해서 도무지 말대꾸가 없고 웃는 낯을 안 보인단 말요. 첫날밤에는 원 숫색시라 수집어서 그렇다손 치더라도 며칠이 지나고 꼭 마찬가지란 말야. 뾰루퉁하고 살살 뿌리치고 그 원 괘씸하드군.

하도 이 계집이 곁을 아니 주고, 쌀쌀하게 굴길래 하로 저녁에는 (물론 아직 처가살이였다) — 이년은 한 번 단단히 거조[70]를 내리라고 벼르고서 지근덕지근덕해 보았더니 사뭇 홱 뿌리치고 이불을 박차고 일어나는 거라.

"싫어요!"

하고 소리로 바락 지른단 말요.

분하고 창피하고 비길 나위가 없드군.

"여보시오 장인 장모, 이리 좀 오시오."

하고 영창이 부서져라 하고 득 열어젖혔던 것이었다.

계집이 좀 겁이 나는 모양인지 펄썩 주저앉드군.

"웬 일인가. 무슨 일인가 아닌 밤중에?"

하고 장모가 건너오드군.

"웬 일이야? 자다 말고? 악아, 불이나 좀 켜려무나. 악아, 웬 일이냐!"

하고 수선을 피드군.

"장모님, 이리 좀 들어오시오."

하고 내 손으로 성냥을 그어서 등잔에 불을 켜놓았지. 계집은 어느 새에 옷을 주

70　거조(擧措) : 어떤 일을 꾸미거나 처리하기 위한 조치.

서입고 한편 구석에 새촘하고 앉었드군.

"글쎄 무슨 일인가. 어느 새에 내우 싸움을 하는 것인가."

"아니오. 필시 따님이 무슨 곡절이 있는 모양이오."

"아따 곡절은 무슨 곡절이란 말인가."

"아니오. 아마 따님이 어디 정들인 사내가 있나 보오. 아마 잘못하다가는 내가 잠자리에서 칼을 맞나 보오."

"아이머니, 원 숭한 소리도 다 하네. 그게 다 무슨 소리란 말인가. 우리네 자식이 —"

"본대 아전의 집 딸자식이란 통인이나 군노 사령이 제격이지 우리네와 당하오."

"아니, 무엇이 어찌고 어찌어? 어디 또 한 번 그 말 해보소."

"열 번이라도 하지요. 아마 당신 집 딸이 이 고을 통인이나 사령놈과 배가 맞었나 보단 말요. 그렇지 아니하면 어찌해서 혼인한 지 오륙 일이 되도록 남편에게 몸을 아니 맡긴단 말요?"

막 내쏘았지. 위협도 하자는 것이오.

"아가, 그게 웬 소리냐? 어디 말 좀 해보아라! 아모리 어린 계집애기로서니 시집가면 남편이 무엇인지 짐작은 있을 텐데."

하고 장모 늙은이가 홱 계집의 팔을 끌어들여 앉히드군.

이 계집애 말 좀 보아요.

"어머니는 어서 가서 주무시오. 나는 아모 죄도 없는 사람이니 말을 하라 하면 내가 몸을 못 허하는 연유를 말씀하오리다. 그러나 이거는 어머니 앞에서도 못할 말씀이니 우리 단둘이 말하오리다. 어머니는 어서 염려 말고 건너가시오."

아 이런단 말요. 그 얼마나 당돌하냐 말이오. 슬그머니 고개가 숙여지드군.

"그러면 장모님은 건너가시오."

나도 이렇게 말할 밖에.

장모가 쓴 입맛을 다시더니 허리를 짚고 건너가드군.

"여보, 이리 오우."

장모가 안방으로 들어가고 문을 닫는 소리를 듣고 나서 나는 넌지시 엄 씨의 팔목을 잡아끌었지요. 참 살결이 보드랍기가 명주 고름 같드군.

"놓으셔요. 말씀부터 들으셔요."

엄 씨가 살며시 팔목을 내 손에서 빼어가드군.

"그래, 말을 하오. 내가 무엇이 부족해서 그러오?"

인제는 해라가 아니고 하오야. 원체 장가처더러 해라나 하게가 망발[71]이지마는 하도 나이가 틀리니까. 그리고는 내가 무르팍걸음으로 엄 씨 곁으로 가 앉았지.

"대관절."

하고 엄 씨가 말을 꺼내는데 아주 훈계조야. 거 맹랑하드군.

"그래서? 어디 말을 해보오."

"아내 죽은 지 닷새도 못하여서 새 계집헌테 장가드는 사내를 어떻게 남편이라고 믿고 사오."

이것이 첫 책망이오,

"응 그거? 그건 다 까닭이 있어."

까닭이 있다고 말은 해놓고도 거 안됐드군. 그만 고개가 푹 수그러지드군.

"까닭이오? 그게 무슨 까닭이오? 어디 말씀 좀 해보시오."

"적적해서 그랬소. 그보다도 임자가 그리워서 일각이 천추 같아서 그랬고."

이렇게밖에 더 할 말이 있어요?

"적적해서? 응, 그렇기도 하시겠소. 그런데 전 부인은 어떻게 돌아가셨소?"

"그런 소리는 물어서 무엇해?"

"아니오. 좀 물어볼 일이 있어서 그러오."

"목 매달어 죽었지."

"왜 목을 매셨소?"

---

71 망발(妄發) : 망령이나 실수로 그릇된 말이나 행동을 함. 또는 그 말이나 행동.

"그걸 내가 남의 속을 어찌 아나? 살기가 싫어서 죽었겠지."

"애초에 그 부인하고는 어떻게 만나셨소?"

아, 이거 큰일났드군.

"그런데 이건 나를 잡아다 놓고 공초[72]를 받는 거야 — 그런 말은 왜 다 물어?"

슬쩍 이럴 수밖에.

"아니오. 어디 그럴 수가 있소. 부부가 되어서 백년해로를 하자는데 알 것은 다 알아두어야지요."

딴은 옳은 말이더군.

"삼척서 만났어."

"삼척서 처녀장가 드셨소?"

"아니."

"그럼 과부장가 드셨소?"

"응, 이를테면 과부지."

"이를테면 과부는 다 무에요?"

"아니 본대는."

"남의 유부녀 빼어오셨구료."

"아니야, 아니야. 그 영감장이는 죽었는걸."

"그 영감이 언제 죽었소. 두 분이 같이 사시기 전에 죽었소?"

"암 그렇지, 그러니까 과부지."

"똑바로 말씀을 하셔요. 그렇게 얼렁뚱땅하지 마시고."

허, 이거 봉변이드군.

"대관절 그런 말은 왜 묻는 게요. 왜 묻는 게야?"

이게 사람들이 대답이 궁하면 하는 소리 아니오. 왜? 그러나 벌써 속으로는 다 항복을 해버린 것이렷다.

72　공초(供招) : 죄인이 범죄 사실을 진술하는 일.

그렇지마는 이 계집아이가 대관절 어떻게 이런 소리는 다 주워들었을까. 그게
궁금하지마는 이렇게 몰리게 되니까 그런 것을 따질 경황도 없드군.

"왜, 내가 알어서 걱정이오? 그런 죄가 있는 것이 걱정이 아니고?"

아, 이런 맹랑한 계집애 보아요. 사뭇 이렇게 대든단 말이야.

"죄가 내가 무슨 죄란 말요. 영감이 제가 죽었지."

이게 도적이 발이 저리다는 게야. 그렇지 않아요?

"흥, 그 영감이 제가 죽었어요? 내가 다 아오. 당신께서 사람을 몇을 죽이고 남
의 집 처녀와 유부녀를 몇을 버려준 것을 내가 다 아오. 그리고 이번에 관군이
양양에 들어온 것이 다 어떻게 들어온 것인지 내가 다 아오. 내가 다 알지마는
내가 당신허구 혼인을 아니 한다면 내 부모가 경을 치고 집안이 망하겠으니까
혼인을 하기는 하였소마는 내가 당신헌테서 한 마디 다짐을 받기 전에는 나는
죽어도 당신께 몸을 허할 수는 없소. 당신은 내가 다른 사내와 정이 들었는 둥
아전의 계집이니까 어떤 둥 하고 애모한[73] 부모님까지 거들으시오마는 나는 문
벌은 상놈이라도 당신 같은 사람은 아니오. 당신같이 하늘 무서운 줄을 모르는
사람은 아니오."

"돌아가신 당신 부인이 나를 보고 있는 말을 다 하십디다. 필시 화단이 네게 미
칠 터이니 잘 생각하여서 하라고."

"그래 부모님께서 당신이 청혼하신다는 말씀을 하시고 걱정하시기로 내가 선
뜻 좋다고 당신헌테 시집을 간다고 말씀을 여쭈었소. 그렇게 한 까닭은 첫째는
내 부모를 화를 면하시게 하고, 둘째는 당신이 다시는 그런 못된 짓을 아니 하는
사람이 되게 하든지 그렇지 아니하면 삼척집이랑 대구집이랑 거문도집이랑 또
무에라드라, 옳지 장흥집이란 그 모든 사람들의 원수를 내 손으로 갚아드릴 양으
로 내가 당신하고 혼인을 한 것이오. 이를테면 내 몸뚱이 하나로 미끼를 삼아서
당신을 극락세계로 끌고 가든지 지옥 불구덩이로 끌고 가든지 할 작정으로 내가

---

73 애모하다 : '애매하다'의 평북 방언.

당신 같은 몹쓸 무서운 양반헌테 시집을 가기로 한 것이오.”

“여보시오, 당신은 나를 철없는 어린 계집애라고 만만히 보시리다. 그러나 당신께서는 좀처럼 내 손에서는 못 벗어나시리다. 당신일래 죽은 여러 계집의 원혼이 다 내 몸에 붙어 있소. 그러니깐 당신이 함부로 내 몸에 손가락 하나를 댔다가는 큰일 나는 줄 아시오.”

이렇게 말하고 엄 씨가 힐끗 나를 쳐다보는데 그 눈에서는 분명히 파랑 불길이 나드라니. 정말요, 정말야.

아모리 뻔뻔한 내기로니 다시 무슨 말을 하오? 고개 푹 수그리고 처분만 기다릴 수밖에.

엄 씨가 한참이나 나를 바라보더니만 한번 길게 한숨을 쉬고 나서,

“어디 말씀을 해보시오? 개과천선을 하시겠소? 아니 하시겠소?”
이렇게 다진단 말요.

“잘못했소, 과연 잘못했소. 내 인제부터는 새 사람이 되어서 다시는 그런 짓을 아니 하리다.”

이렇게 복복 사죄를 할밖에.

“옳게 생각하셨소. 그러면 나하고 이 밤으로 여기를 떠납시다. 여기 머물러 있다가는 필시 큰 화를 당할 것이니 밝기 전에 이 곳을 떠나서 아모도 모르는 고장으로 갑시다. 당신은 세상을 많이 보았으니 어디서 땅이나 파먹고 살 만한 데를 아시겠구려. 아모데나 그러한 데로 갑시다. 거기 가서 적어도 십 년 동안을 삽시다. 그래서 당신이 새 사람이 된 뒤에는 또 자연 할일이 있을 것이오.”

“고맙소, 당신 말대로 하리다.”

나는 이렇게 대답할밖에 없지요.

진정이야. 진정으로 엄 씨의 말이 옳단 말요. 또 그렇게 회개하는 생각을 하고 나니까 마음이 가뿐하드군요. 날로 하여 원혼이 된 사람도 다 원통한 생각이 스러질 것 같드군요.

“허, 엄 씨 말대로만 했으면야 내가 사람이 되었지. 오늘 이 꼴이 되었겠어요?

이제 나이가 육십이 넘은 놈이 이게 무슨 꼴이란 말요. 엿장수 주머니에서 돈 삼 원을 훔쳐내고 가막소 귀신이 되게 되었으니."

여기까지 말하고는 늙은 절도범은 진실로 감개무량한 듯이 고개를 푹 수그려 버린다.

"그래 그 엄 씨는 또 어떡허셨소? 또 죽여버렸소?"

하고 사기범 최 씨가 싱글거리고 묻는다.

"이야기를 하자면 기가 막히오."

하고 늙은 절도범은 그만 맥이 풀리는 듯이 벽을 향하고 드러눕는다. (1940.4)[74]

74　말미에 '계속'이라고 표기되어 있지만, 미완으로 끝나고 있다.

꿈[1]

바닷가의 첫 여름밤.

어제는 분명히 유쾌한 날이었다. 처음 보는 고장에를 구경차로 간다는 것은 인생에서 가장 유쾌한 일 중의 하나이다. 하물며 앓던 아이들이 일어난 것을 보고 떠났음이랴?

서울서부터 인천까지 오는 동안의 연로의 풍경도 사년 동안이나 못 보던 내게는 무척 정다웠다. 누릇누릇 익으려는 보리 밀밭의 물결이라든지, 시원스럽게 달린 경인가도의 새 큰길이라든지, 소사의 복숭아밭들, 주안의 소금밭이며 때마침 만조인 인천 바다가 석양볕에 빛나는 것이라든지 다 내 마음에 맞았고, 상인천역에서 송도까지 오는 택시 운전수가 또 퍽 유쾌한 인물이어서 내 길의 흥을 돋움이 여간이 아니었다.

호텔이라고 이름하는 여관의 살풍경하고 불친절한 것에서 얻은 불쾌감은 내 방 난간에 기대어 앉아서 잔잔한 바다를 보는 기쁨으로 어이고도 기쁨이 남았다.

목욕도 좋았고 밥도 맛있었고 식은 맥주 한 잔도 해풍과 함께 서늘하였다. 열한 살 나는 어린 아들도 대단히 흥이 나서 좋아하였다.

"자, 우리 자자. 자고 내일 아침에 일찍 일어난다구. 일찍 일어나서 바닷가에 산보한다구."

"나 조개 잡을 테야."

"그래 게도 있다."

"물지 않어?"

---

1 이광수(李光洙), 『문장(文章)』, 1939.7. 「산거기(山居記)」(1939.7·8) 5월 11자 일기에 "「꿈」고(稿)를 계속"이라는 언급이 있다. 「꿈」은 '음력 열이레' 저녁의 꿈에 관한 단편인데, 양력으로는 5월 6일에 해당한다.

"무니가 재미있지. 무는 놈을 못 물게 잡아야 재미 아냐?"

부자간에 이런 대화가 있고 우리는 자리에 들었다.

하룻밤에 방세만 육 원! 우리 부자만 내일 점심까지 먹고 나면 십칠팔 원은 든다! 그것은 나 같은 가난한 서생에게는 큰돈이다. 그래도 유쾌하였다.

'이렇게 유쾌한 때가 일생엔들 그리 흔한가?'

나는 이렇게 스스로 돈 주머니를 위로하면서 잠이 들었다.

문득 잠이 깬 것은 새로 한 시. 내가 눈을 뜨는 것과 복도에서 시계가 치는 것과 공교히도 동시이었다.

느린 냇물 소리가 멀리서 울려왔다. 달빛이 훤하였다.

나는 일어나서 난간 앞에 놓은 등교의에 걸터앉았다. 하늘에는 솜을 뜯어 깔아놓은 듯한 구름이 있었다. 땅에는 바람이 없는 것은 물결이 싸울싸울하는 것으로 보아서 알겠지마는 하늘에는 상당히 바람이 부는가 싶어서 달이 연방 구름 속으로 들었다 났다 하였다. 음력 열이렛달은 한편 쪽이 약간 이지러졌으나 아직도 만월의 태를 잃지는 아니하였다. 그는 시끄러운 구름대를 벗어나려고 푸른 하늘 조각을 찾아서 헤매는 것 같았다. 그러나 아무리 맑은 하늘을 찾아서 달려도 구름은 어디까지나 달을 좇아가서 가리우고야 말려는 것 같았다.

그러나 땅은 고요하였다. 먼 바위에 철석거리는 물결 소리가 들릴락말락한 것이 더욱 땅의 고요함을 더하는 것 같았다. 지은 지 얼마 아니 되는 이 집 재목들이 수분을 잃고 졸아드느라고 바짝바짝하는 소리까지도 들리는 것 같았다. 멀리 바다 건너 남쪽으로 보이는 섬 그림자들이 희미하기 꿈 같았다.

이렇게 고요한 환경이 모두 무서웠다. 나는 무시무시한 죽음의 그늘 속에 몸을 둔 것과 같았다. 머리가 쭈뼛쭈뼛하였다.

꿈 때문이다.

꿈에도 그것은 달밤이었다. 나는 사랑하여서는 아니 될, 그러나 그리운 사람을 만났다. 그것은 괴로운 일이었다. 그 그리운 사람은 바짝바짝 내게로 가까이 왔다. 나는 마음으로는 그에게로 끌리면서 몸으로는 그에게로서 물러나왔다. 그것은 애끊는 일이었다.

"내 곁으로 오지 마시오. 당신의 그 아름다운 양자와 다정한 음성으로 내 마음을 흔들어 놓지 마시오. 그러다가 내 마음이 뒤집히리다."

나는 이런 소리를 입 속으로만 중얼거리면서 그에게로서부터 멀리로 멀리로 달아났다. 그것은 참으로 못 견디게 괴로운 일이었다.

"잠깐만 — 잠깐만 기다리셔요. 네, 잠깐만. 한 말씀만 — 한 말씀만 내 말을 들어주셔요."

아름다운 이는 이렇게 숨찬 소리로 부르면서 풀잎에 맺힌 이슬에 치맛자락을 후줄근하게 적시면서 따라왔다.

"아니, 나를 따라 오지 마시오. 그러다가 내 숨이 막혀버리고 말리다. 나도 당신을 사랑할 사람이 못 되고 당신도 나를 사랑하지 못할 처지에 있습니다. 당신의 입설로서 나오는 말씀은 내가 영영 아니 듣는 것이 좋습니다. 들었다가 내 결심의 가는 닻줄이 끊어질는지 모릅니다. 지금까지에 거진 거진 다 끊어지고 실올같이 남은 못 믿을 내 마음의 닻줄 — 그것이 끊어지는 날에는 다시는 내 마음을 비끄러맬 아무것도 없습니다. 그것이 한 번 끊어지는 날을 상상하여 봅시오. 당신과 나와의 두 몸과 두 혼은 지옥으로 지옥으로 굴러들어갈 밖에 없는 것입니다. 당신과 나를 이렇게 못 견디게 그립게 만드는 그것은 무서운 업력입니다. 운명의 음모입니다. 그렇고말고, 꼭 그렇습니다. 그러길래로 내가 모처럼 당신을 잊어버릴 만한 때에는 당신이 그 다정스럽고도 가련한 눈물을 머금고 내 앞에 나타나는 것입니다. 그 음모에 넘어갈 것입니까. 수십 년 공든 탑을 무너트릴 것입니까. 아예 나를 따라오지 마셔요. 기실은 마음으로는 내가 따르는 것입니다마는, 여보시오, 우리 이 인연의 줄을 끊읍시다. 야멸치게 끊어버립시다."

이렇게 중얼거리면서 나는 달려갔다.

그의 느껴 우는 소리가 들린다.

나는 어느덧 산속으로 들어왔다. 달밤이었다. 산이래야 나무도 없고 풀도 없었다. 거무스름한 무덤들이 골짜기 그늘에서 삐죽삐죽 머리들을 들고 있었다.

'나는 무서워하여서는 아니 된다. 무섭긴 무엇이 무서워. 어, 나는 무섭지 않다.'

하면서 나는 골짜기를 빠른 걸음으로 올라간다. 그것을 다 추어 올라가면 평평한 수풀이 있었다. 거기를 올라가야만 내가 무서움을 벗어날 것만 같았다. 그러나 내 걸음은 빨리 걸으려면 할수록 나아가지는 아니하고 골짜기 그늘의 무덤은 한량이 없는 것 같았다.

"무엇이 무서워. 무덤이 왜 무서워. 금시에 무덤이 갈라져서 그 속에서 썩은 송장과 해골들이 불쑥불쑥 일어나 나오기로니 무서울 것이 무엇이야?"

나는 이렇게 뽐내면서 걸었다.

그러나 자꾸만 무서웠다. 내 입은,

"안 무서워, 안 무서워!"

하고, 그와 반대로 내 마음은,

'아이 무서워, 아이 무서워!'

하고 떨었다.

나는 그 무덤들을 아니 볼 양으로 고개를 무덤 없는 편으로 돌렸다. 그러나 무덤은 내 눈을 따라오는 듯하였다.

"날 안 보고 어딜 가? 날 안 보고 어딜 가?"

수없는 무덤들은 이렇게 웅얼거리고 내 눈을 따르는 것 같았다. 반은 그늘에 가리우고 반은 어스름 달빛에 비추인 수없는 무덤들!

나는 그 무덤들을 아니 보려고 두 눈을 꽉 감았다. 그러나 그러면 모든 무덤들이 내가 안 보는 틈을 타서 내게로 모여드는 것 같았다. 더러는 내 옷자락을 붙들고, 더러는 내 손을, 더러는 내 발을, 더러는 내 허리를, 더러는 내 목을, 더러는 내 머리카락을 한 올씩 붙들고 십방으로 낚아채는 것 같았다.

온몸에는 소름이 끼치고 전신에는 부쩍부쩍 기름땀이 났다.

나는 눈을 떴다. 그러면 여전히 반은 그늘에 가리우고 반은 달빛에 몽롱한, 거무스름한 무덤들이 내 전후좌우를 쭉 둘러쌌다. 평평한 수풀은 여전한 거리에 빤히 보였다.

"너희들은 왜 이리 나를 못 견디게 구노? 내가 너희들과 무슨 관계가 있노?"

나는 무덤들을 바라보고 이렇게 소리를 질렀다. 그러나 무서움에 졸아든 내 목구멍에서는 소리가 나오지를 아니하였다.

나는 그중에 가장 내 앞에 가까이 있는 무덤을 향하여서,

"네 무덤을 열고 나서라. 아모리 무서운 모양을 하였더라도 상관없으니 어서 나서라. 나서서 내게 지운 빚을 말하여라. 내게 할 말을 똑바로 하여다고. 내가 네게 무엇을 잘못하였나? 내가 너를 때렸나? 네 재물을 빼앗았나? 네 사랑하는 사람을 범하였나? 내가 네게 무슨 원통한 일을 하였나? 아무리 무섭고 보기 숭한 꼴이라도 다 상관없으니 어서 나서서 말을 해! 내가 갚을 것이면 갚아 주마. 왜 나를 이렇게 무섭게 하고 못 견디게 구나?"

그러나 그 무덤은 말이 없었다. 다만 메마른 흙에 겨우 뿌리를 박은 풀이 간들간들할 뿐이었다.

나는 모든 무덤을 향하여서 같은 소리를 하였다. 네게 원통한 일을 한 일이 있거든 어서 말을 하라고. 내게서 받을 것이 있거든 어서 받아가라고. 그리고 나를 이렇게 무섭게 하고 못 견디게 하기를 그만두라고. 실상 나는 몸뚱이를 천만 조각을 내어서 모든 빚을 다 갚아 주고 머리카락 한 올만 남더라도 좋으니 이 무서움에서 벗어나고 싶었다.

그러나 무덤들은 말이 없었다. 다만 반은 그늘에 반은 달빛에 거무스름하게 앉아 있을 뿐이었다.

무덤들이 말이 없는 것이 더욱 무서웠다.

어디서 그 사람의 느껴 우는 소리가 들려온다. 나는 오싹 새로운 소름이 끼침을 깨닫는다.

"오, 너도 내게 받을 빚이 있어서 나를 따르는가? 저 무덤 속에 묻힌 사람들 모양으로 너도 내게서 무슨 원통한 일을 당하였던가? 그래서 마치 빚지고 도망한 사람을 찾아 떠나듯이 이 세상에 들어와서 나를 따라 다니는가? 그렇게 아름답고 다정한 모양을 하여 가지고 내 마음을 어질러 놓고 그러면서도 내가 손을 대

지 못할 자리에 있어서 내 애를 태우는 것인가?"

"여보시오, 꼭 한 마디만, — 한 마디만 내 말씀을 들으셔요. 우우우."

그의 울음 섞인 소리가 여전한 먼 거리에서 울려온다.

"안 돼, 안 돼."

하고 나는 무덤 사이로 달린다. 도저히 내 힘으로 이 무서움을 억제할 길이 없어서,

"나무아미타불, 나무관세음보살."

을 소리 높이 부르면서 있는 힘을 다하여서 그늘의 골짜기를 달려 올랐다.

이러하는 중에 내 꿈이 깬 것이다. 몸에 식은땀은 흘러있지 아니하였으나 꿈에 있던 음산한 기분은 그저 있었다.

달은 구름 사이로 달린다. 그 구름 조각들은 벗어나려고 애를 쓰는 모양이나 어디까지 가더라도 그 구름을 벗어날 것 같지 아니하였다.

나는 이 모든 광경 — 달과 구름과 하늘과 바다와 먼 섬 그림자와 그리고 내 몸과 — 을 아름답게 유쾌하게 보아 볼 양으로 힘을 썼다. 나는 일어나서 난간에 기대어 앉아서 담배를 피워 물었다. 담배 맛이 쓰기만 하다.

"내게 신열이 있나?"

나는 이렇게 중얼거리면서 내 머리를 만져 보았다. 머리는 좀 더웠으나 내 손이 찬 탓인지도 모른다고 생각하고,

'내가 피곤해서 이렇군.'

하고 혼자 변명하여 보았다. 피곤도 하였다. 어린 두 딸이 이억이억 홍역을 하였다. 유치원 다니는 아이가 먼저 홍역에 걸렸다. 바로 그 전 공일날 나를 따라서 청량리에 나가서 풀꽃을 뜯고 나비를 따라 다니고 그렇게 건강 그 물건인 듯하던 것이 삼사일 내에, 그 높은 열에 시달려서, 폐렴까지 병발하여서 거진 다 죽었다가 살아났다. 그러자 작은 딸이 또 홍역이다. 그도 제 언니가 밟은 길을 다 밟고야, 산소흡입까지 사흘 밤이나 하고야 살아났다. 그것들이 때가 까맣게 낀 발로 비칠비칠 걷게 된 것이 이삼 일째다. 나는 병장이라고 앓는 아이들 머리맡에서

밤을 새우는 일도 아니 하였지마는 그래도 아비라고 마음은 썼는 양하여서 얼굴이 쑥 빠지고 눈이 푹 꺼졌다. 그래서 그런가.

나는 내 곁에서 곤하게 자는 아들이 홍역 하던 것을 생각하여 본다. 헛소리를 하고 눈을 뒤집고 하던 양, 내 아내와 나와는 큰 애를 잃은 지 두어 달도 못 지나서 당하는 일이라 손길을 비틀고 가슴을 졸이던 양을 생각하여 본다. 모두 무서운 꿈 기억과 같았다.

홍역은 전생의 모든 죄를 탕감하는 병이라고 한다. 그러므로 누구나 아니 하는 사람이 없다고 한다. 죄 없는 사람이 없으며 홍역 아니 하는 사람이 없다는 것이다. 마마도 그러하다. 인공적으로라도 마마는 한 번 치르고야 만다.

이러한 연상들은 모두 불길한 데로만 내 생각을 끈다. 앓는 것, 죽는 것, 들, 들.

"철석, 철석."

바닷가 바위에 부딪치는 물결 소리가 들린다. 달은 구름조각 사이로 달린다. 달빛을 받는 바다의 빛이 밝았다 어두웠다 한다. 모두 음침한 것만 같다.

나는 젊어서부터 내가 사랑하던 사람들을 추억해 본다. 내 기분을 명랑하게 하자는 것이다. 모든 러브신들을 추억하여 본다. 그러나 그것들이 모두 음침한 꿈과 같았다. 그 애인들의 몸에는 때묻은 옷이 걸쳐 있고 눈에는 빛이 없고 살은 문둥병자 모양으로, 무덤 속에서 뛰어나온, 반쯤 썩은 송장 모양으로 검푸르고 악취를 발하였다. 나는 고개를 돌렸다.

"그렇지, 그것이 실상이지."

나는 이렇게 혼자 중얼거렸다. 정욕이라는 분홍 안경을 쓰기 전 이 모든 광경은 아름다워질 수가 없었다. 그러나 나는 그 안경을 잃어버렸다. 어느 날 어느 시에 어디다가 내어버린 것도 아닌데 언제 잃어버린 지 모르게 그 정욕의 안경을 잃어버리고 말았다.

문득 이러한 생각이 났다.

'아니다, 아니야! 우주와 인생이 모두 다 아름다운 것인데 내 눈이 죄로 어두워서 이렇게 흉하게 무섭게 보이는 것이다!'

그렇게 생각하면 거기도 진리는 있는 것 같았다. 내가 홍역을 하는 것이었다. 홍역을 할 때나 마마를 할 때에는(성홍열이나 염병이나 인플루엔자도 그렇다) 허깨비가 보인다. 벙치 쓴 놈, 몽둥이 든 놈, 눈깔 셋 박힌 놈, 여섯 박힌 놈, 거꾸로 서서 다니는 놈, 뱀, 고양이, 머리 헙수룩한 놈, 입으로 피 흘리는 계집, 아이들. 이러한 무서운 허깨비들이 보인다. 그것들은 다 나와 은원관계 있는 자들이 내게 찾을 것을 찾으려고 덤비는 것이다. 오관의 모든 감각과 정욕이 고열로 하여서 마비될 때에 내 본래의 혼이 어렴풋이 눈을 뜨는 것이다. 그 눈은 필시, 내 임종 시에 내가 갈 곳을 볼 눈이다.

나는 이러한 생각을 할 때에 몸에 오싹 소름이 끼쳤다. 허공과 바다와 먼 산 그림자로부터 무서운 혼령들이 악을 쓰고 내게,

"내라 내! 내게 줄 것을 내라 내!"

하고 달려드는 것 같았다.

"오냐. 받아라 받아! 찾을 것 있거든 받아! 옜다, 내 목숨까지라도 받아!"

나는 이렇게 악을 써 보았다.

그러나 그것은 태연한 용기가 아니라 발악이었다.

"선선허군."

하고 나는 이불 속으로 들어갔다. 선뜩하는 이불 속에도 구렁이, 지네, 노래기 이런 것들이,

"내라 내!"

하고 덤비는 것 같고 다다미 틈으로서도 그런 것들이 올라오는 것 같았다.

"쩍, 부쩍."

하고 집 재목들이 건조하여서 틈 트는 소리가 들렸다. 어디서 고약한 냄새가 내 코를 찌르는 것 같았다.

"새 집, 새 다리미, 새로 시친 옷깃, 이불 껍데기."

나는 이렇게 꼽아 보았으나 도무지 냄새 날 데가 없었다. 그래도 못 견디게 숭한 냄새가 코를 찔렀다. 나는 돌아누워 보았다. 도로 마찬가지였다.

“응, 쯧쯧.”

하고 나는 한숨을 쉬었다.

“홍역이다 홍역이야.”

나는 혼자 중얼거렸다.

그것은 다 자신의 냄새였다. 내 썩은 혼의 냄새였다.

“썩은 혼!”

나는 이러한 견지에 과거를 추억한다. 추억하려고 해서 추억하는 것이 아니라, 마치 누가 시키는 것같이 마치 염라대왕의 명경대 앞에 세워진 죄인이 거울에 낱낱이 비추인 제 일생의 추악한 모든 모양을 아니 보려 하여도 아니 볼 수 없는 것같이 나도 이 순간에 내 과거를 추억하지 아니치 못하게 된 것이었다.

“죄, 죄, 죄. 탐욕, 사기, 음란, 탐욕, 사기, 음란, 이간, 중상. 죄, 죄, 죄.”

다시 벌떡 일어났다.

“그래, 그래 무서울 거다. 무서울 거야. 냄새가 날 거다. 썩는 냄새가 날 거다.”

나는 이렇게 중얼거렸다.

나는 일어나 앉아서 관세음보살을 염불하였다.

‘종종제악취 지옥귀축생 생로병사고 이점실영멸種種諸惡趣 地獄鬼畜生 生老病死苦 以漸悉令滅’[2]

이라고 가르쳐 주신 석가여래의 말씀에나 매어달려 보자는 것이었다. 관세음보살은 ‘시무외자施無畏者’라고 부처님이 가르쳐 주셨다. 무섭지 않게 하여 주시는 어른이란 말씀이다.

‘만일 임종의 순간에 이렇게 무서운 광경이 앞에 보인다면.’

하는 생각이, 내가 반야바라밀다심경을 오이는 동안에도 몇 번이나 몸서리를 치게 하고 지나갔다.

“오도개공五道皆空이다. 모두 다 공인데 무어?”

---

2   『관세음보살 보문품(觀世音菩薩普門品)』에 나오는 게송의 한 구절. ‘갖가지 악업의 세계 / 지옥 아귀 축생의 중생도 / 생로병사의 고통을 / 점차 모두 소멸하네.’

이렇게 뽐내어 본다. 그러나 오온이 다 공이면서도 인과응보가 차착 없음이 이 세계라고 한다.

"아가, 오줌 누고 자거라. 응, 오줌 누고 자."

하고 나는 자는 아들을 흔들면서 불렀다.

그러고는 다시 잠이 들었다. 무서움에 지이쳐서 잠이 들었나보다.

이튿날 나는 아들을 다리고 바닷가로 돌아다니기도 하고 보드도 탔다. 지난 밤 꿈은 다 잊어버린 사람 모양으로. 그리고 점잔을 빼면서, 마치 지극히 깨끗한 성자나 되는 듯이 안정한 표정을 가지고 집으로 돌아왔다. 홍역 앓고 일어난 어린 딸들은 끔찍이 좋은 아버지인 줄 알고,

"아버지."

하고 와서 매어달렸다. 나는 빙그레 웃었다.

길놀이[1]

오월 어느 아침. 날이 맑다. 그러나 대기 중에는 뽀유스름한 수증기가 있다. 첫 여름의 빛이다. 벌써 신록의 상태를 지나서 검푸른 빛을 띠기 시작한 감나무, 능금나무 잎들이 부드러운 빛을 발하고 있다.

나는 뚱땅뚱땅하는 소고 소리와 날라리 소리를 들었다.

"오늘이 사월 파일이라고 조의[2] 일 하는 사람이 길놀이 떠나는 거야요."

이것이 작은룡이의 설명이다.

다섯 살 먹은 딸 정옥이가 작은룡이를 끌고 소리나는 데로 달려간다.

"조심해서 가!"

하고 나는 돌 비탈길을 생각하면서 소리를 지르고서는 여전히 원고를 쓰려 하였으나, 소고 소리와 날나리 소리가 점점 가까워 올수록 나는 마음을 가라앉힐 수가 없었다.

"허, 나도 마음이 들뜨는군."

하고 혼자 웃고 나는 대팻밥모자를 쓰고 지팡이를 끌고 나섰다.

개천가에는 아낙네들이며 계집애들이 모두 새 옷을 입고 나서서 길놀이패가 오기를 기다리고 있었다. 연분홍 치마에 노랑 저고리, 자주 당기, 흰 생주[3] 치마를 입고 하얗게 분을 바른 계집애들의 모양도 인제는 서울에서는 볼 수 없는 것이건마는, 자하문이라는 문 하나를 새에 둔 여기서는 아직도 옛날 조선 정조를 보전한 것이 기뻤다.

세검정 다릿목 술집 앞에, 흰 겹바지 저고리에 대팻밥모자를 쓴 패들이 사오십

---

1   춘원(春園), 『학우구락부(學友俱樂部)』, 1939. 7. 창간호.
2   '종이'의 방언.
3   생주(生紬) : 가는 무명 올로 짠 명주.

명이나 모여섰다. 모두들 벌써 얼굴이 벌건 것은 얼근히 술에 취한 것과 이날의
기쁨의 흥분에서인 듯. 사오십 되어 보이는 이도 있으나 대부분은 이십에서 삼십
내외의 한창 혈기 넘치는 패들이요, 십사오 세밖에 안 되어 보이는 소년도 오륙
명 있으나 그들도 어른들 모양으로 흰 바지저고리에 대팻밥모자를 썼다. 더러는
옥색 관사[4] 조끼로 모양을 낸 이도 있고 모시인가 싶은 양복 외투 모양으로 생긴
두루마기를 걸쳐서 점잔을 뺀 이도 있다.

"좋다."

"얼씨구."

소고를 든 사람, 장구를 메인 사람, 날나리를 부는 사람 한 패가 앞장을 서서 소
리를 하고 덩실덩실 춤을 춘다. 술집에서 일행이 다 나오기도 전에 춤추는 패는
벌써 행진을 시작한다. 옥색 조끼 입은 애송이 하나도 제법 멋들어지게 춤을 춘
다. 사월 파일과 오월 단오. 이것이 그들의 일 년의 큰 명절이다. 조의 일은 봄에
서 가을까지밖에 없기 때문에, 설 명절이나 대보름 같은 것은 조의 일꾼의 길놀
이 기회는 못된다.

"이번에는 새절로 간대요. 작년에는 백운대白雲臺까지 가서들 놀고 왔는데."

"오고 가는 길에 술주막은 그냥 지내지는 않는 거야요. 오고 가는 것이 놀이거
든요 — 그러니까 길놀이라는 거야요."

이것이 작은룡이의 설명이었다.

"날날 닐닐."

"뚱당 뚱땅."

소리에 맞추어 덩실덩실, 으쓱으쓱 춤들을 추는 양을 보니, 나도 어깨가 으쓱
으쓱하여졌다. 그들은 가난 고생, 날마다의 노동의 피곤, 기타 인생의 모든 시끄
러운 걱정, 근심도 다 잊고, 저 두루마기 입어야 하는 지식계급의 이른바 인사니
체면이니 다 집어치우고 목청껏 소리 지르고 마음껏 흥 내어서 익살부리는 것이

---

4   관사(官紗) : 중국에서 나는 비단의 하나.

기뻤다.

나는 어린 아이들의 손목을 잡고 그들의 틈에 끼어서 행렬이 진행하는 대로 따라섰다. 그러나 그들이 힐끗힐끗 색다른 나를 바라볼 때에, 나는 나의 존재가 그들에게 파흥이 됨을 느꼈다.

나는 한번 두 팔을 벌려서 우쭐우쭐 춤을 추어보고 싶었으나, 나의 용렬함이 그것을 허하지 아니하였다.

나는 파흥이 되었다. 나는 아이들을 사오 인(그들은 나를 따르는 무리들이오, 또 나와 같이 이 행렬에는 어울리지 아니하는 무리였다) 데리고 가게로 가서 미루꾸[5]를 사서 그들에게 하나씩을 주어 친선하자 하는 뜻을 표하고, 나도 그들과 같이 미루꾸를 먹으면서,

"우리들은 개천 저쪽으로 가서 놀아, 응?"

하고 앞섰다.

행렬은 개천 남쪽 큰 길로 갈 것이다. 우리 조무래기 일행은 개천 북쪽으로 가자는 내 의견이다.

"저쪽으로 가면 다 보일 꺼 아냐?"

하는 내 설명에 그들은 순순히 나를 따라왔다. 다섯 살, 일곱 살, 여덟 살, 열 살, 열네 살, 마흔여덟 살. 이것이 우리 일행의 나 차례였다.

내라는 것은 이 패들에게도 파흥이 되는지 모른다. 과자를 사주는 것, 이야기를 해주는 것, 저희들의 동무의 아버지라는 것밖에는 그네는 내게 아무 흥미를 가질 이유가 없을 것이다. 그러므로 나는 그들을 어려워한다. 그들의 비위를 거스를까 보아서, 그들의 흥을 깨트릴까 보아서, 겁을 내인다. 그들은 또 내가 어른이라고 하여서, 동무의 무서운 아버지라고 하여서 나를 어려워할 것이다.

"자, 우리, 여기 앉어서 놀자구. 미루꾸 먹구 놀자구."

나는 가장 모든 어른 티를 떼어버리고, 바위 밑 볕 잘 드는 석비레[6] 판에 먼저

---

5   우유(milk).

6   석비레(石비레) : 푸석푸석한 돌이 많이 섞인 흙.

달음박질 가서 두 다리 뻗고 펄썩 주저앉았다.

"여기 소꿉장난하기 좋다. 우리 접때에 여기서 소꿉장난하구 놀았어."

하고 점숙이라는 계집아이가 말을 내었으나, 다른 아이들은 나를 힐끗힐끗 바라보고는, 아무리 하여도 흥이 나지 아니하는 모양이었다. 그들은 미루꾸 통들을 떼어 호루라기랑, 광이랑, 토끼랑, 헤이다이상[7]이랑 이런 더음 장난감을 가지고 한참 동안 재깔대고 즐거하였으나, 내게 대하여서는 아무 흥미도 없는 모양이었다. 다만, 내 딸 정옥이가, 이따금,

"아버지."

하고는 풀꽃이랑 바둑돌이랑을 집어 들고는 달려올 뿐이었다.

길놀이꾼들의 행렬은 물문[8]으로 꾸역꾸역 나오기를 시작하였다. 문두는 다 무너지고 홍예만 남은 옛 성문도 이 자리에는 어울리는 것 같았고, 까치집 있는 늙은 아카시아에 싱겁게 생긴 허연 꽃들이 축축 늘어진 것도 제격인 것 같았다.

"물문 밖 술집에서도 오늘 안줄 많이 만들었대요. 조기랑 문어랑, 쑥갓이랑 미나리랑 많이 사왔어요."

작은룡이는, 길놀이꾼들이 물문 밖 술집으로 밀려들어가는 것을 보면서, 이렇게 설명하였다. 작은룡이도 앞으로 사오 년만 지나면 사월 파일에 하얀 새 옷 갈아입고 새 벙거지에 새 운동화에 육색 조끼까지도 떨뜨리고 소고 들고 춤추면서 마음대로 술집에 들어가게 될 것이다.

"뚱땅 뚱땅. 자 다들 가자, 길 늦어간다."

하는 소리가 개천 건너편으로부터서 울려온다. 텁텁한 막걸리를 쭉 들이키고 손등으로 입을 쓱 씻는 광경이 눈앞에 보이는 듯하여서, 나는 또 한 번 그들의 속에 뛰어들고 싶은 충동을 느꼈다.

"날날날날 날날이."

"두리둥둥둥 둥둥둥."

---

7   병정(兵隊) 인형.
8   물문(水門) : 물의 흐름을 막거나 유량을 조절하기 위해 설치한 문.

"얼씨구 얼씨."

길놀이꾼들은 다시 행렬을 시작한다. 두서너 잔 술이 더 뱃속에 들어간 놀이꾼들의 흥은 더욱 높은 것 같아서 팔과 다리가 더 기운차게 너풀거렸다. 소고와 장구가 터져라 하고 두들겨대고, 열댓 살 된 육색 조끼 입은 소년조차 소고 하나를 얻어 들고 덩실덩실 춤을 추었다. 그 소년은 자라면 훌륭한 놀이꾼이 될 것이었다.

우리 일행인 조무래기 패도 덩달아서 재깔대고 깨득거렸다. 그들은 개천 건너편 어른네가 노래하고 춤추고 가는 행렬과 평행으로 개천 이쪽으로 이동하기를 시작한다. 나는 잊어버리고.

두 패에게서 다 잊어버림을 받은 나는 말없이 조무래기 패의 뒤를 따랐다. 그러나 내게는 벌써 흥은 없었다. 다만 어린 것들을 혼자 내버려 두기가 어려워서 보호자의 직책으로 따라선 것이었다.

나는 아이들을 따라서 옥천암玉泉庵까지 갔다.

딸 정옥은 작은룡이가 꺾어준 아카시아 꽃을 해수관음 앞에 놓고 합장하였다. 나도 합장하고 열 번 관세음보살을 염하였다. 다른 아이들은 내가 하는 양을 보고, 납신 절들을 하였다. 해수관음은 개천가 큰 바위에 우키보리[9]로 새긴 관세음보살상이다. 작자 미상, 연대 미상. 그러나 그 기상으로 보거나 수법으로 보거나 신라 적 제작이라고 한다.

"선생님. 서양 사람이 말을 타고, 이 앞으로 지나가다가, 말 발이 붙어서 안 떨어졌대요."

"암만 비가 와도 부처님 몸에 물이 안 튄대요."

작은룡이는 이 관음상에 관하여서 이러한 설명을 하였다. 관세음보살이 사람의 마음속에 만병과 만죄의 근원이 되는 탐진치貪瞋癡의 뿌리를 빼어버리시는 대신통력은 믿을 줄 모르고, 앞으로 지나가는 말발굽이 붙는 그러한 영험을 믿으려

---

9   부조(浮彫) : 돋을새김.

하는 중생의 마음이 슬펐다.

　길놀이 패들은 건너편 산기슭을 돌아 해수관음 맞은편까지 와서 머물렀다. 여전히 소고를 치고 춤을 추고 하지마는, 누구의 눈이나 다 한 번씩은 관음상으로 향하는 것이 보였다. 한두 사람 모자를 벗어 분명히 관음상에 경의를 표하였으나, 다른 사람들은 슬쩍슬쩍 힐끗힐끗 관음상을 볼 뿐이오 특별히 경의를 표하는 행동은 없었다. 어떤 젊은, 얼굴 흰 사람은 얼른 관음상에 고개를 끄떡하고는, 남의 눈에 띌 것을 겁내는 듯이 얼핏 몸을 돌렸다.

　'관세음보살.'

하는 생각은 누구의 마음에나 난 듯하였다. 적어도 '혹시나 벌역[10]을 받더라도' 하는 생각이라도 있어서 속으로는 한 번 비는 모양이었다. 잠시 북소리와 날나리 소리가 작아졌다. 어떤 사람은 관세음보살이야 있거나 말거나 하는 태도로 여전히 팔다리를 놀려서 춤을 추었으나, 다른 사람들의 마음속에는 죽음이라든가, 전생이라든가, 내생이라든가, 인과응보라든가 하는 생각이 지나가는 것은 숨길 수 없는 듯하였다. 그만하면 고만이다. 그것이 관세음보살의 대원력이 발한 것이오, 이 관세음상을 조성한 이름 모를 옛 사람의 원이 이루어진 것이다.

　"절에 올라가 보아."

　딸은 내 손을 끌었다.

　"오늘은 파일이 돼서, 손님이 많이 왔어요. 떡도 많이 쪘어요. 모두 안손님들이야요."

　중의 집 코 흘리는 아이를 업은 열네 살이라는 퍽 약아 보이는 계집애가 나를 쳐다보며 설명을 하였다.

　절 주지가 돈이 많아서 도둑이 들기 때문에, 담을 높이 쌓고 방방이 쇠방맹이를 하여 두고, 설렁줄[11]을 매고, 내외가 번갈아서 잠을 잔다는 말은 작은룡의 설명으로 미리 알았었다. 법당은 나지막하나 건축도 얌전하고 단청도 새로웠다. 아

10　벌역(罰役) : 잘못에 대한 벌을 받는 일.
11　잡아당기면 소리가 나도록 방울을 매달아 처마끝 같은 곳에 매어놓은 줄.

담한 인상을 주었다.

　우리가 약사여래 앞에 만수향을 피우고 절하고 절에서 나올 때에는 길놀이패들은 채석장 저편 굽이를 돌고 있었다. 관세음보살로 하여서 파흥되었던 것이 회복된 모양이어서 춤추는 팔들이 어지럽게 들먹거리는 것이 보이고,

　"뚜드락 뚜드락."

하고 북, 장구 소리와 날나리 소리가 저 세상에서 오는 것 모양으로 들려왔다. 옥색 조끼들이 더욱 유난히 눈에 띄었다.

　"비조비 조리조비."

하는 꾀꼬리 소리가 아카시아 수풀에서 들렸다.

　"우리 뻐꾹대[12] 하러 가, 응."

하고 작은룡이가 앞을 서서 솔밭 속 바윗등으로 다람쥐같이 날쌔게 기어오른다. 아이들의 흥미는 인제 뻐꾹대 꺾으러 가는 용사에게로 쏠리고 말았다.

　뻐꾹대의 붉은 솔과 그 씁쓸한 맛이 생각킨다. 나도 뻐꾹대를 한 대 먹고 싶었다.

　길놀이패들은 홍제원으로 가는 고갯목을 넘어선 모양이어서, 내가 귀를 기울여도 그 소고 소리와 날나리 소리는 들리지 아니하였다. 마치 영원한 곳으로 지나가버린 것 같아서 천지가 갑자기 고요해진 것 같았다.

　내가 다시 아이들에게로 고개를 돌린 때에는 아이들은 갓 핀 아카시아 꽃들을 한 송이씩 꺾어 들고 맛나게 그 하얀 꽃을 먹고 있었다.

　"이거 하나 잡소아 보세요."

　약게 생긴 아이 업은 계집애가 내게도 아카시아 꽃 한 송이를 주었다. 나도 그 꽃을 따서 먹어 보았다. 달큼하고 날콩 씹는 모양으로 배틀하였다.[13]

　나는 몇 갠지 모르게 아카시아 꽃을 씹으면서 옥색 조끼 입고 소고 들고 춤추던 젊은 패를 생각하였다.

12　엉겅퀴의 꽃대를 이르는 전라도 방언. 찔레처럼 약간의 단맛이 나서 간식거리가 부족하던 시절 아이들의 먹을거리가 되었다.
13　배틀하다 : 약간 비릿하고 감칠맛이 있다.

○○군

나는 이 집을 팔았소. 북한산 밑에 6년 전에 지은 그 집 말이오. 오늘이 집값 끝전을 받는 날이오.

뻐꾹새가 잔지러지게 우오. 날은 좀 흐렸는데도 무성한 감 잎사귀들은 솔솔 부는 하지 바람에 번뜩이고 있소.

오늘이 음력으로 오월 삼일. 모레면 수리(단오)라고 이웃집 계집애들이 아카시아나무에 그네를 매고 자깔대고[2] 있소. 모레가 하지. 벌써 금년도 반이 되고 양기는 고개에 올랐소. 잠자리가 난 지는 벌써 오래지마는 수일 내로는 메뚜기들이 칠칠 날고 밤이면 풀 속에 벌레소리들이 들리오. 아이들이 여치를 잡으러 다니오.

이 편지를 쓰고 앉았을 때에 어디서 청개구리가 깨글깨글 소리를 지르오. 저것이 울면 비가 온다고 하니 한 소내기[3] 흠씬 쏟아졌으면 좋겠소. 모두들 모를 못 내어서 걱정이라는데 뜰에 화초 포기들도 수분이 부족하여서 축축 늘어진 꼴이 가엾소.

지금이 오전 아홉 시. 아마 이 집을 산 사람이 돈을 가지고 조금만 더 있으면 올 것이오. 내가 그 돈을 받고 나면 이 집은 아주 그 사람의 집이 되고 마는 것이오.

엿장수 가위 소리가 뻐꾸기 소리에 반주를 하는 모양으로 들려오오. 내가 이 집에 있으면서 엿을 잘 사먹기 때문에 엿장수들이 나 들으라고 저렇게 가위를 딱

---

1 이광수(李光洙), 『문장(文章)』, 1939. 9.

2 자깔대다 : 여럿이 모여서 조금 낮은 목소리로 저희들끼리 자꾸 떠들며 이야기하다는 뜻의 북방 방언.

3 '소나기'의 방언(강원, 경상, 함경, 평안, 황해).

딱거리는 것이오.

엿장수가 지금 우리 대문 밖에 와서 자꾸 가위 소리를 내이오. 아마 내가 낮잠이 들었다 하더라도 깨라는 뜻인가 보오. 그러나 나는 오늘 엿을 살 생각이 없소. 흥이 나지 아니하오. 엿장수는 최후로 서너 번 크게 가위 소리를 내이고는 가버리고 말았소. 어디서 닭이 우는 소리가 들리오. 앞 개천에 빨래방망이 소리도 들리오. 담 밖에 밤꽃 냄새가 풍기오.

내가 이 집을 지은 것이 금년까지 육 년째요. 육 년이 잠깐이지마는 내 지나간 사십팔 년의 팔분지일이라고 하면 결코 짧은 동안은 아니오. 게다가 마흔세 살부터 마흔여덟 살 되는 여름까지라면 내 일생의 상당히 중요한 시기를 이 집에서 보낸 심이오. 그동안 줄창 이 집에 산 것은 물론 아니오. 일 년 동안 문안에서 살았고 또 일 년 남짓은 ○○과 병원에서 살았으니 실상 이 집에 내 몸을 담아서 산 것은 사 년밖에 안 되는 것이오. 그러나 평생에 집이라고 가져본 뒤로부터 이 집이 가장 내가 사랑하는 집이었다 할 수 있는 곳에 이 집에 대한 특별한 인연이 있는 것이오.

내가 이 집을 짓던 해는 내 평생에 가장 암흑한 시기 중의 하나였소. 내 어린 것이 불행하게 세상을 떠난 것이나, 내가 평생을 바쳐보려던 사업이 모두 실패에 돌아간 것이 이 해였소. 그뿐 아니라 나는 정신적으로 모든 희망을 잃어버려서 이제는 내가 인생에 아무것도 바라는 것도 없고 할 것도 없으니, 이것이 내가 죽을 때가 된 것이 아닌가 하도록 나는 막막한 심경에 빠져 있었소. 내가 사랑하고 믿던 이들까지도 다 나를 뿌리치고 가버린 듯하여서 나는 음침한 죽음의 그늘에 혼자 버림이 된 혼령과 같이 붙일 곳이 없었소.

이런 심경에서 나는 아주 세상을 떠나버릴 생각을 하였던 것은 그대도 잘 아는 일이 아니오? 나는 아무도 모르게 산에 들어 일생을 마칠 결심으로 금강산으로 달아났던 것 아니오? 나는 거기서 며칠 지나서는 오대산으로 가려 하였었소. 오대산에를 간다고 방한암[4] 같은 이를 찾아서 도를 배우자는 것이 아니라 그저 깊이깊이, 산으로 들어가서 세상을 잊고 또 세상에서 잊어버림이 되자는 것이오.

그때에 한 가지 희망이 있었다 하면 그것은 제 죄를 뉘우치는 생활을 하여서 내가 평생에 해를 끼친 여러 중생, 은혜를 진 여러 중생을 위하여서 복을 빌자 하는 것뿐이었소.

그러나 내 인연은 아내와 어린 것들의 손을 빌려서 나를 도로 이 세상으로 끌어오게 하였소.

이 모양으로 끌려와서 시작을 한 것이 이 집을 짓는 일이었소.

이 집 역사를 할 때에 내 생각은 여기서 평생을 보내리라 하는 것이었소. 변변치 못하나마 문필로 먹을 것을 벌어서 이 집에서 죽는 날까지 살자 하는 것이었소. 그래서 나는 애초에 초가집을 짓고 감 밭을 장만하려 하였소. 내 원고가 밥이 안 되는 경우면 감농사로 살아가자는 것이오. 그리고 내 아내는 닭을 치기로 하여 양계하는 책을 두, 서너 권이나 사들여서 열심으로 양계 공부를 하였습디다. 이 모양으로 세상에 나가 다닐 생각을 끊고 숨어서 살자 하는 것이 이 집을 지으려는 동기였었소.

그랬던 것이 어떤 협잡꾼 청부업자를 만나 싸게 지어준다는 바람에 초가집 계획을 버리고 개와집[5]을 짓게 된 것인데 이것이 잘못이야. 예산이 엄청나게 많이 들어서 감 밭을 사고 양계장을 마련할 돈이 없어졌을뿐더러, 이 집이 개와집이기 때문에 탐내는 이가 많아서 마침내 이 집을 팔게 되었단 말요. 만일 이 집이 조고만 초가집이더면 이번에 이 집을 산 이도 살 생각을 아니 내었을 것이니, 작자 없는 동안 이 집은 내 집으로 남았을 것이 아니오? 우스운 말 같으나 이것은 농담이 아니라 진정이고, 사실이오. 어찌하였으나 나는 이제 기껏 버티어야 앞으로 이 주일밖에는 이 집에서 살 수는 없이 되었소.

육 년간 추억 많은 이 집을 떠나게 되매 지나간 동안이 새로워져서 그대에게

---

4   방중원(方重遠, 1876~1951). 근세 불교계를 대표하는 승려의 한 사람. 한암(漢巖)은 법호(法
     號). 22세게 금강산 장안사에서 수도생활을 시작했고, 50세 때 오대산 상원사에 들어간 후 입적
     할 때까지 27년간 한 번도 동구 밖을 나오지 않았다고 한다.
5   개와집(蓋瓦집) : 기와로 지붕을 인 집. 기와집.

이 편지를 쓰게 된 것이오.

이 집 역사가 아직 다 끝나기 전에 올연선사^{兀然禪師}[6]가 나를 찾아왔소. 그는 일주일 간이나 소림사^{少林寺}에 유숙하면서 나를 위하여서 날마다 법을 설하셨소.

이보다 전에 아직 이 집 터를 만들 때에 운허법사^{耘虛法師}[7]가 법화경^{法華經} 한 질을 몸소 져다 주셨는데 이 법화경을 날마다 읽기를 두어 달이나 한 뒤에 올연선사가 오신 것이오. 운허, 올연 두 분은 물론 서로 아는 이지마는 내게 온 것은 서로 의논이 있어서 오신 것은 아니오. 그야말로 다생의 인연으로, 부처님의 위신력, 자비력으로 내게 오신 것이라고 나는 믿소.

또 이보다 수개월 전에 나는 금강산에서 백성욱사^{白性郁師}[8]를 만나서 삼사 일간 설법을 들을 기회를 얻었소.

또 이보다 십이삼 년 전에 나는 영허당^{映虛堂} 석감노사^{石嵌老師}와 금강산 구경을 갔다가 신계사^{神溪寺} 보광암^{普光菴}에서 비를 만나 오륙 일 유련하는 동안에 불탁에 놓인 법화경을 한 벌 읽은 일이 있는데, 이것이 법화경에 대한 이생에서의 나의 첫 인연이었고, 또 그 전 해에 내가 아내와 춘해^{春海} 부처와 함께 석왕사^{釋王寺}에서 여름을 날 때에 화엄경^{華嚴經}을 읽은 일이 있었소. 또 우연하게 금강경^{金剛經}, 원각경^{圓覺經} 한 질씩을 사둔 일이 있었는데 이 집을 짓던 해 봄에 그것을 통독하였소.

이 모양으로 나는 이 집에 와서부터 법화경을 주로 하여서 불경을 읽게 되었

---

6 이찬호(李讚浩, 1902~1971). 법호는 청담(靑潭). 올연(兀然)은 만공선사 문하에서 수행하고 견성한 후 인가받는 불명(佛名). 일제강점기 왜색불교의 확산에 맞서 선학원(禪學院)을 중심으로 불교 정화를 내걸고 청정한 수행 가풍을 세우는 데 주도적인 역할을 했다.

7 이학수(李學洙, 1892~1980). 평안북도 정주 출생. 평양 대성중학교를 수료하고 만주에서 교편 생활을 하다가 1919년 독립기관지『신한족(新韓族)』을 발행하여 일본경찰에 쫓기는 몸이 된다. 이후 강원도의 봉일사에 숨어지내다가 1922년 금강산 유점사에서 견성했다. 법명은 용하(龍夏), 운허(耘虛)는 법호. 이광수의 삼종제이기도 하다. 해방 후 봉선사 주지, 동국역경원 초대 원장 등을 역임하며 국내 최초로『불교사전』을 편찬했다.

8 백성욱(白性郁, 1897~1987). 1919년 만해 한용운과 함께 불교계 만세운동을 주도했다. 1920년 프랑스로 유학하여 불교철학을 주제로 박사학위를 취득하고 1925년 귀국한 이듬해부터 중앙불교전문학교에서 학인들을 지도했으나, 1928년 돌연 금강산에 입산한 후 10여 년 금강산에 머물며 제자들을 가르치는 데 힘썼다.

소. 여덟 살 먹은 어린 아들의 참혹한 죽음이 더욱 나로 하여금 사람이 무엇인가? 어찌하여서 날까? 죽음이란 무엇이며 죽어서는 어찌되는가 하는 문제를 아니 생각할 수 없이 하였소. 그러므로 나는 내 죽은 아들 봉근鳳根도 나를 불도에 끌어들이기 위하여서 다녀간 것이라고 믿소. 관세음보살이 혹은 비가 되시와 나로 하여금 보광암에 오륙 일 유련케 하시고 혹은 아들이 되어, 혹 이 운허법사, 올연선사가 되시와 길 잃은 나를 인도하심이라고 믿소. 또 예수께서도 그러하시다고 믿소. 내가 신약전서를 처음 보기는 열일곱 살 적 도쿄東京 메이지학원明治學院 중학부 삼년생으로 있을 때인데, 그 후 삼십여 년간 날마다 읽었다고는 못 하여도 내 책상머리나 행리에 성경이 떠난 적은 없었거니와, 이것이 나를 불도로 끌어넣으시려는 방편이었었다고 믿소.

   아무려나 나는 이 집을 지은 지 육년 동안에 법화행자가 되려고 애를 썼소. 나는 민족주의운동이란 것이 어떻게 피상적인 것을 알았고, 십수 년 계속하여 왔다는 도덕적 인격개조운동이란 것이 어떻게 무력한 것임을 깨달았소. 조선 사람을 살릴 길이 정치운동에 있지 아니하고 도덕적 인격 개조운동에 있다고 인식하게 된 것이 일단의 진보가 아닐 수는 없지마는, 나는 나 스스로의 경험에 비추어서 신앙을 떠난 도덕적 수양이란 것이 헛것임을 깨달은 것이오. 내 혼이 죄에서 벗어나기 전에 겉으로 아무리 고친다 하더라도 그것은 의식에 불과하다고 나는 깨달았소. 스물여덟 살 되는 겨울에 나는 도덕적으로 내 인격을 개조하리라는 결심을 하고 마흔세 살 되는 봄, 내 어린 아들이 죽을 때까지 십오 년간 나는 이 개조생활을 계속하느라 하여 거짓말을 삼가고 약속을 지키고, 내 책임을 중히 여기고, 나 개인을 전체를 위하여서 희생하고, 남을 사랑하고, 존경하고, 몸가짐을 똑바로 하고 이러한 공부들을 계속 하노라고는 하였으나, 스스로 돌아보건대 제 마음속은 여전히 탐욕의 소굴이어서 십오 년 전의 내가 그 더러움에 있어서, 그 번뇌에 있어서 조금도 다름이 없음을 발견하였고, 앞으로 살아 나아갈 인생에 대하여서 아무 자신도 광명도 없음을 스스로 의식할 때에 나는 자신에 대하여 역정이 나고 말았소.

문학을 하노라 하여서 소설 권이나 썼소. 사상가 자처하고는 논문 편도 썼고 지도자 자처하고 나보다 젊은 남녀들에게 훈계 같은 말까지도 수천만어를 하였소. 그러나 호올로 저를 볼 때에,

'이놈아 네 발뿌리를 좀 보아!'

하는 탄식이 아니 날 수가 없었소.

이러다가 나는 법화경을 읽는 자가 된 것이오. 이 집에 온 후로 육 년간 날마다 법화경을 읽은 자가 된 것이오. 법화행자가 되려고 애쓰는 자가 된 것이오.

그러면 지나간 육년 동안에 얼마나 마음에 깨끗하여졌느냐. 그대는 그렇게 물으시겠지요. 지금 너는 전보다 얼마나 나은 네가 되었느냐. 이렇게 물으실 때에 그대는 아마 내게 대하야 일종의 경멸과 비웃음을 느끼시리다.

글쎄, 별것 없지요. 별로 달라진 것 없지요. 나는 육년 전이나 지금이나 마찬가지 더러운 중생이겠지요. 예와 같은 탐욕과 예와 같은 질투와.

그러나 사랑하는 그대이어! 하나 달라진 것은 있소. 나는 지금 부처를 향하고 걸어가느니라 하는 그 믿음 말이오. 못나고 추악한 범부이기는 육년 전이나 지금이나 마찬가지지마는 전에는 나는 언제까지나 이런 사람이고 마나니라 하던 것이 지금에는, 나는 장차 완전한 성인이 되느니라 하고 스스로 꽉 믿게 된 것이오. "네가 어떻게 성인이 되느냐? 너 같은 것이 어떻게 부처님이 되느냐?" 하고 그대가 물으시면 나는 이렇게 대답하겠소 ―

"부처님 말씀이 나도 성인이 된다고 하셨다. 법화경을 읽노라면 언제 한 번은 성인이 된다, 하셨다. 나는 이 말씀을 믿고 그저 법화경을 읽을란다."

그러나 그대가,

"나 보기에는 네가 육년 전보다 성인에 가까워진 것 같지 않다."

그러시겠지.

내가 보아도 그렇긴 그렇소. 그러나 나는 믿소. 나는 이렇게 평생에 법화경을 읽는 동안에 얼굴과 음성도 아름다워지고 몸에 빛이 나서 '중생낙견 여모현성^衆

生樂見 如慕賢聖[9] 하게 되고 몸에 병도 없어지고 마침내는 낳고 살고 죽고 하는 것을 마음대로 하여서 삼십이응신, 백천만억하신을 나투어 중생을 건지는, 대보살이 되고, 마침내는 십호구족한 부처님이 되어서 삼계사생의 모든 중생의 자부가 되느니라고.

그날이 언제냐고? 오늘부터지요. 또는 무량겁 뒤겠지요.

집값을 다 받았소. 닷새 뒤면 내가 이 집을 아주 떠나기로 되었소.

동네사람들이 왜 이 집을 팔았느냐고, 아깝지 아니하냐고 그러오. 저렇게 애를 써서 지은 집을 왜 팔았느냐고. 그렇게도 사랑하던 집을 왜 팔았느냐고. 게다가 너무 값을 적게 받았다고. 또 서로 정이 들었는데 떠나게 되니 섭섭하다고 그러오. 다들 고마운 사람들이오.

"집보다 더한 몸뚱이도 때가 되면 버리고 가는걸요."

나는 웃고 이렇게 대답하였소.

실상 한 집에서 한평생 사는 사람은 심히 팔자가 좋은 사람이요. 한 번 이사하는 것이 한 번 화재 당하는 것과 같다고 하는데, 그것은 다만 경제적 손해만을 가리킨 것이 아니라고 생각하오. 마음이 설떵하게[10] 들뜨는 것이 큰 타격인가 하오.

더구나 떠나갈 데를 미리 장만해 놓지 아니하고 있던 집을 먼저 팔아버린 때에 마음의 괴로움은 여간이 아니오. 게다가 제집 한 간 없이 셋집 셋방으로 돌아다녀서 여기서 쫓겨나고 저기서 쫓겨나고 하는 심사는 실로 비길 데 없이 괴로울 것이오. 한층 더 떨어져서 셋방을 얻을 힘도 없어서 남의 집 행랑, 곁방으로 식구들과 누더기 보퉁이를 끌고 다니지 아니하면 아니 될 신세야 말해서 무엇하겠소? 그것은 차라리 천지로 집을 삼고 홀몸으로 돌아다니는 거지 신세보다도 애 터질 노릇일 것이오.

한 곳에 떡 자리를 잡고 일평생 사는 것이 어떻게나 상팔자이겠소? 게다 그 자

---

9 『법화경(法華經)』 '안락행품(安樂行品)'에서 따온 구절. 중생들이 좋아하기를 성현을 사모하듯 한다는 뜻.

10 설뚱하다 : 마음이나 분위기가 들뜨고 어수선하다.

리가 대단히 좋은 자리일 때에 그것은 인생의 최고 행복일 것이오. 대대로 한 집에 사는 집을 명당이라고 하는 것이 이 때문이겠지요.

나는 지금까지에 한 집에서 십 년을 살아본 일이 없는 사람이오. 한 집은커녕 한 고장에서 십 년을 살아본 일도 없소. 내가 처음 나서부터 우리 아버지가 나를 끌고 내가 열한 살 되기까지에 네 번이나 이사를 하였고, 열한 살에 부모를 여윈 뒤로는 나는 금일동 명일서로 표랑생활을 한 것이오. 서울에 엉덩이를 붙이고 사는 지 우금 십구 년에도 집을 옮기기 무려 열 번이나 되오. 그동안에 여기서 일평생을 살자 하고 집을 짓기가 세 번인데, 이제 그 둘째 집을 파는 것이오.

발등에 핏줄이 호형으로 돌아가면 한 자리에 오래 붙어살지 못한다는 말이 있지 않소? 내 발등이 그래. 그리고 사주를 보이거나 손금을 보이거나 고향에 붙어 있지는 못할 팔자래. 그러고 보니 이것이 모두 전생의 업보요.

사람은 집을 옮기는 것이 대개는 두 가지 이유가 있는가 하오. 빚을 지거나 기타 밖에서 오는 이유로 부득이 떠나게 되는 것이 첫째, 그리고 더 좋은 데를 찾아서 떠나는 것이 둘째요. 부득이한 이유로 떠나는 것은 말할 것 없지마는 더 좋은 데를 찾아서 떠난다는 것도 벌써 그 사람의 팔자가 상팔자는 못 되는 표요. 나는 이 두 가지 이유를 다 가지고 집을 떠나기를 하여온 것이오.

한번은 내가 병이 중하여서 피접 나는 모양으로 집을 떠났고, 한번은 일평생 살아갈 집이라고 지어놓고 옮아갔으니 이것이 이를테면 내게는 가장 행복된 이사였고, 또 한번은 아들을 좋은 소학교에 넣기 위하여서 그 일평생 산다던 집을 팔고 떠났으니 이것은 좋은 편이고, 한번은 그 아들이 좋은 학교에 입학하려다가 죽어서 차마 그 집에 살 수 없다고 하여서 집을 떠났고, 한번은 이제는 세상에서 숨어서 일평생을 산다 하여 새로 집을 지었으니 그것이 바로 어저께 집값 끝전을 받은 이 집이오.

그러고는 아내가 의학공부를 더 한다고 하여서 동경으로 집을 옮겼으니 이것도 상당히 칭찬할 만한 일이었고, 그러고는 아내의 병원을 짓고 큰 사업을 하자고 새집을 지었으니 이것은 제법 사회봉사의 의미를 가진 매우 중요성 있는 이

사였소. 나는 이 이사가 크게 축복을 받아서 아내의 사업에 크게 흥왕하기를 바라오.

그런데 지금 팔려 넘어간 북한산 밑에 있는 집은 내가 홀로 숨어 있어서 일생을 보내리라는 생각을 바로 한 달 전까지도 가지고 있었으나 행인지 불행인지 사자는 사람이 나서서 이것을 팔아버리게 된 것이오.

"그저 작자 없는 동안이 내 것이야."

하던 어떤 친구의 말이 참 명담[11]이오.

나는 이제 와서는 이런 핑계를 하오. 이 집이 내 별장(?)으로는 과해. 육천 원짜리 별장이 내게 당한가. 어디 한 오륙백 원으로 초가집을 꼭 삼간만 짓고 살리라 — 이렇게. 아직도 나는 더 나은 데, 더 좋은 데, 하고 찾는 마음을 버리지 못하니 딱한 사람이오.

'길인주처 시명당吉人住處 是明堂'

좋은 사람 사는 곳은 다 명당이오. 그것이 산골짜기거나 벌판이거나 대도시의 빈민굴이거나 움막이거나 저만 도를 얻어 덕이 있는 사람이면 그 사람 사는 곳은 다 명당이란 말요. 이것은 내가 이 집을 팔고 어디로 가나, 하고 생각하다가 문득 얻은 글귀요.

'천지개유아 무사불태평天地皆由我 無事不太平'

이것은 일전 꿈에 얻은 글인데, 천지도 다 나로 말미암아 있으니 무엇은 태평이 아니랴, 그런 소린가 보오. 이 두 글귀가 다 내게는 큰 교훈이 되오. 하필 경치 좋은 곳을 찾을 것은 있느냐? 하필 새로 집을 지을 것은 있느냐? 어디든지 내 분에 오는 대로 이 몸을 담아 두면 그만이 아니냐 — 이 뜻이겠으나 진실로 이런 심경을 가지고 살게 된다면야 제법이지요. 닥치는 대로 먹고 닥치는 대로 입고 닥치는 대로 자고 그러고는 마음이 늘 화평하여서 아무 근심이 없다면야 벌써 성인지경 아니오? 그러나 그것은 내 따위로는 엄두도 못 낼 일이오. 어떤 중의 글에,

---

11 명담(名談) : 사리에 꼭 맞게 뜻이 깊고 멋있는 말.

'오랜 옛날부터 육도 두루 돌았으나

좋은 것 하나 없고 걱정소리뿐일러라.'

하는 말이 있소. 이것은 내 생명이 낳고 죽고 낳고 죽고 하는 동안에 천상, 인간, 아수라, 지옥, 아귀, 축생 여섯 가지 세계에 아니 가본 데가 없지마는 어디를 가보아도 모두 근심걱정뿐이오 살기 좋은 데는 없더라 하여 중생에게 염불을 권하는 글이오. 네 이 세상에서 아무리 좋은 데를 찾기로니 좋은 데라는 것이 어디 있느냐, 아미타불의 극락세계에나 가야 비로소 좋은 데를 보리라는 뜻이오.

그대여, 이 세상 한세상 살아가기가 그렇게 어렵구려. 아침에 낳다가 저녁에 죽는다는 하루살이도 그 하루 생명을 부지하여 가기가 매우 어려운 모양이오. 요사이 이 집에도 모기가 많이 나왔는데 내가 모기장을 치고 자니 여러 십 마리가 모기장 가으로 앵앵거리고 돌다가 돌다가 벽에 붙어서 자니 필시 굶어서 자는 것 아니오? 이것을 사람의 말로 번역하면 생활난이야. 그들의 대부분은 그 조그마한 배도 채울 수가 없어서 굶주리다가 굶주리다가 죽는 모양이야. 그들이 앵앵거리는 것은 과연 비명이 아닐 수가 없소. 내 집 창 앞에 와서 우는 참새들도 산새들도 까치들도, 또 아마 창경원에 집을 잡고 있는가 싶은 따오기, 왁새들이 내 집 위로 아침저녁 날아다니는데 그들도 무척 생활난이 아닌가 하오. 아마 요새에 어린 자식들을 두고 먹이를 찾느라고 수색, 일산 등지의 논으로 돌아다니는 모양이오. 그들이 인왕 뒤를 넘어서 북악을 넘으려 할 때에는, 더구나 다저녁때에 너풀너풀 날아 돌아올 때에는 무척 지이친 모양이오. 그러다가 황혼이 다 된 때에 또다시 서쪽으로 서쪽으로 날아가는 것은 아마 밤사냥을 나가는 모양이오. 카페 색시들이 밤에 벌이를 나가는 모양이겠지요.

또 뻐꾹새가 우오. 응, 그 꾀꼬리도 우오.

"뻐꾹 뻐꾹."

"비조비, 비조오비, 지오리 지오리 비."

이 모양으로 울고 있소.

밤이면 또 쑥덕새가 우오.

"쑥덕쑥덕쑥덕쑥덕 딱딱딱딱딱."

그들은 암컷을 부르는 것이라오. 하루 종일 부르고 날마다 불러도 좀체로 짝을 만나지 못하는 모양이오.

요새에는 밤이면 청개구리가,

"개울 개울 개울, 개울 개울 개울."

하고 세검정 개천 버드나무 밑에서 밤늦도록 우오. 아마 밤새도록 울겠지. 그들도 암컷을 찾는 것이라오.

수일 전부터 반딧불들이 셋, 넷 감나무 밭 위로 오르락나리락, 조그마한 번뇌의 푸른 등을 깜박깜박하면서 헤매오. 그들은 짝을 찾는 것이라 하오. 그래도 쉽사리 못 만나는 모양이오.

우리집 이웃에는 스물다섯 살이나 난 늙은 총각이 얼굴에 여드름이 잔뜩 나가지고 날마다 지개를 지고는 벌이 하러 문안으로 들어가더니, 해 지게 돌아와서는 밥을 먹고는 새 고의적삼을 입고 옥색 조끼를 입고는 세검정 네거리 쪽으로 내려가오.

"어디 가나?"

"마을 가요."

하고 그는 웃소. 세검정 쪽으로 내려가면 술집 갈보가 있소. 그는 일찍 갈보 하나를 데려다가 한 사오일 내의 놀이를 한 일이 있었는데, 그때 통에 장가 들 밑천이라고 모아두었던 돈 일백팔십 원을 몽탕 써버렸다고 하오. 그 돈을 다 빨아먹고는 그 갈보는 마치 피 빨아먹은 모기 모양으로 다른 데로 가버리고 말았소. 요새에는 그 총각은 하루에 기껏 일 원 남짓 버는 터이니 갈보 팔목 한 번 잡아볼 재력도 없을 것이오. 그가 밤에 세검정 네거리로 내려가더라도 유리창을 통하여서 그 뚱뚱한 갈보를 우두커니 바라보다가 오거나 기껏해야 막걸리 한 잔 사먹고 농담 한 마디나 붙여보고 올까?

이 동네 처녀들은 모두 공장으로 갔소. 열댓 살 먹어서 동네 총각들의 눈에 들 만큼 되면 공장으로 달아나버리고 동네에 남아있는 계집이라고는 코 흘리는 어린 것들 뿐이오.

모두들 생활난이오. 버러지나 새들이나 사람들이나. 먹을 것 없어 생활난, 시집 장가 못 가서 생활난. 그런데 대관절 무엇하러 이렇게 살기 어려운 세상에 살고 싶어 하는 것이오? 그나 그뿐인가. 저도 살기 어려운 세상에 애써서 새끼를 치자는 것이오? 그것이 생명의 신비지요? 아마 생물 자신들은 의식 못 하면서도 그 속에 우주의 목적이 — 어떤 방향을 가게 하려는 목적이 있나 보지요.

'도처무여락 유문수탄성到處無餘樂 唯聞愁嘆聲'12

그래서 옛날 중이 이러한 한탄을 한 것이오.

그렇다 하면 이 사바세계에서 어디를 가기로 편안한 고장이 있겠소? 사바세계란 말이 본디 '참는 세계'라는 뜻이랍디다. 참고 견디고 살아갈 만한 세계란 말야. 그러니까 괴로운 세계란 말인데, 그렇다 하면 잘 참는 사람이 오직 행복된 사람이 될 것이오. 행복은 촉구함으로 얻을 것이 아니라 제 번뇌 — 모든 욕심 말이지요 — 를 뿌리째 뽑아버린 때에 비로소 사바세계의 행복이 있단 말이지요.

'원입열반성願入涅槃城'

그 중은 이 말로 끝을 막았소. 원컨대 열반성에 들어지이다 — 삼계육도를 두루 돌아도,

'도처무여락. 유문수탄성'

이니까 다른 데 좋은 데를 찾을 것 없이 내 번뇌를 다 불살라버리자는 말이오. 열반이란 욕심을 완전히 떠난 경계라니까.

그런데 그대도 전번 편지에,

"여보시오. 나는 도저히 이 생활을 더 견딜 수 없소. 나는 이 자리에서 뛰어날 수밖에 없소. 나는 더 나를 속이기를 원치 아니하오. 이런 생활을 계속할 바에는 차라리 죽어버리고 싶소. 여보시오, 내가 어떻게 하면 좋소."

이러한 말씀을 하셨거니와, 나는 또 그 편지에 여태껏 답장을 아니 하고 있었

12　정토종 제2조 선도대사(善導大師, 613~681)의 게송 「귀거래게(歸去來偈)」에서 따온 구절. 가는 곳마다 즐거움 하나 없고, 오직 들리느니 근심과 탄식소리뿐이라는 뜻.

거니와(무슨 말로 답장을 하겠소? 할 말이 없지 않소?) 그것은 그대가 지금 어디에 있는지를 잊어버린 까닭이오. 그대 있는 곳이 어딘고 하니 사바세계요. 그대의 생활이 뜻대로 아니 되고 괴로움이 많을 것은 사바세계 중생으로 태어날 때에 벌써 그럴 줄 알고 온 것 아니오? 그대가 그 중의 말과 같이 열반성에 들거나 그까지는 못한다 하더라도 아미타불님께 매달려서 극락세계에라도 가기 전에는 그대는 괴로움을 벗어날 수 없는 것이 아니오? 그대가 '이 자리에서 벗어나다'니 어디로 벗어난단 말요? 손오공이 모양으로 힘껏 재주껏 달아난대야 다 가고 보면 또 거기가 거기란 말요. 죽어? 죽으면 어디로 가오. 죽어도 또 거기가 거기요. 만일 사람이 죽어서 모든 괴로움을 벗어날 확신만 있다고 하면 금시에 자살할 사람이 무척 많을 것이오. 그렇지마는 죽으리라 하고 보면 죽음의 저편이 도모지 마음이 아니 놓여. 죽어서 지금보다 더 괴로운 데로 간다면 차라리 이 자리에 참고 있는 것만도 못하거든. 그게 걱정이란 말요.

또 까치가 깍깍거리오. 여러 놈이 함께 깍깍거리는 품이 아마 어디 뱀이 나왔나 보오. 뱀들이 요새에 새 새끼들을 노리고 돌아다니는데 아마 어떤 뱀이 까치집을 노리는 모양이오. 그 뱀이 까치집 있는 나무를 찾아서 기어올라 가서 아직 날지도 못하는 까치 새끼를 잡아먹는 것이오. 그러나 뱀 편을 보면 까치집 하나 얻어 만나기가 아마 극히 어려우리다. 그럴 것이 이 동네에도 까치집이 모두 열이 될락말락하는데 뱀은 아마 수만 마리가 있을 모양이오. 또 땅에 붙어서 기어다니는 놈이 멀리서 까치집 있는 데를 바라보고 달려갈 수도 없는 노릇 아니오?

아무려나 까치들은 선천적으로 뱀을 무서워하는 모양이오. 반드시 한 번 혼난 경험이 있어서만 까치들이 뱀을 무서워하는 것은 아닌 성싶소. 그러나 까치는 될 수 있는 대로 뱀이 없을 듯한 데다가 집을 지어놓고,

"제발 뱀이 오지 말게 합소사."

하고 비는 수밖에 없을 것이오.

내 이 집을 사가지고 오실 부인이 나를 보고,

"여기 뱀 없어요? 지네 같은 것?"

이렇게 묻습디다.

그래 나는 빙그레 웃었소. 왜 웃었는고 하니 바로 일전에도, 아마 지붕 개와장 밑에 친 참새 새끼를 먹으로 왔던 게지요. 젊은 뱀 내외가 대낮에 담을 넘어 들어오는 것을 우영이랑 환이랑 나랑 셋이서 잡아서 우리 면이 댕기는 소학교에 표본으로 보냈거든요. 그 아내 뱀이 태중이더라오. 남편이 먼저 들어와서 잡혔는데, 아마 아내가 혼자서 기다리다가 걱정이 되었던지 무거운 배를 안고 따라와서 같은 유리병에 들어간 거요. 근래에는 사람에도 드문 열녀야.

또 우리 사랑 아궁이 옆에도 분명히 살무사 한 쌍이 산대. 환이 보았노라니 정말이겠지요. 둘이 가지런히 대가리를 내어 밀고 혀를 날름날름하고 있는 것을 환이가 보았다오.

이런 것을 생각하니 그 부인이 묻는 말이 우습지 않소? 그래서 내가,

"세상에 뱀 없는 데가 어디 있어요? 지네, 그리마,[13] 노래기, 이런 것도 바위 있는 산에는 없는 데가 없습니다."

그랬더니 이 부인이 대단히 입맛이 쓴 모양입니다.

"난 뱀, 지네 그런 거 싫어하는데."

그러고 양미간을 찡깁디다.

뱀, 지네, 그리마, 노래기, 쥐며느리, 거미, 송충이 이런 것 좋아하는 사람이 어디 있겠소? 빈대, 바구미, 벼룩, 모기, 파리 이런 것 다 싫은 것 아니오? 길 가다가 하루살이, 그런 것 다 싫지요. 또 우리 몸을 파먹는 모든 벌러지와 미생물들, 회충, 촌백충, 이, 십이지장충, 요충, 결핵균, 임질균, 매독균, 기타 파상풍 일으키는 균, 패혈증 일으키는 균, 트라홈,[14] 옴, 무좀, 이런 것 다 좋아하는 사람이 어디 있어요?

내 밥을 지어주는 집에서 닭을 서너 마리 쳤소. 수놈 한 놈, 암놈 세 마리. 그놈

---

13 지네와 가까운 종류로 다리가 여러 쌍이며 머리에 긴 더듬이가 있다. 어둡고 습한 곳에서 작은 벌레를 잡아먹는다.

14 트라홈(Trachom) : 눈병을 일으키는 전염성 세균의 하나.

들이 풀숲을 돌아다니고 울고 하는 것도 재미있으려니와 하루에 두세 알 씩 알을 낳는 거요. 이게 재미야. 그런데 이놈들이 부엌이나 마루에 똥질을 하고 화초와 채마를 녹이고 한다고 그 집에서 성화를 하더니, 그놈들이 이가 끓어서, 그것이 방에까지 들어와서, 견디다 못 하여서 다 잡아 없애고 말았는데, 그 닭들이 깔고 있던 섬거적에도 이가 있다고, 이 이는 삼년이 가도 아니 없어진다고 하여서 솥 에다가 물 한 솥을 끓여서 그 섬거적에 붓고도 그래도 끓는 물에도 아니 죽는 놈 이 있을까 보아서 마치 염병 앓다가 죽은 사람의 이부자리 모양으로 그 섬거적들 을 길가 풀숲에 내어버렸는데, 올 적 갈 적 그 섬거적을 보면 번번이 마음에 섬뜨 레한 것이 생긴단 말요. 한 중생세계가 그 모든 욕심과 기쁨과 괴로움 속에서 살 다가 망해나간 폐허를 보는 것 같아서.

　닭 주인은 다시는 닭은 아니 친다는 거요. 차차 닭 백 마리나 쳐서 양계를 해보 리라고 희망이 가득하더니 아주 닭의 이 통에 진절머리가 난 모양이오.

　　풍파에 놀란 사공 배 팔아 말을 사니
　　구절양장이 물두곤 어려워라
　　이후란 배도 말도 말고 밭 갈기나 하리라.

하는 옛 노래가 있지 않소? 그러나 밭 갈기는 쉬운가? 그 사람이 만일 말을 팔아 서 밭을 샀다면,

　　밭 갈아 기심 매기, 풀 뽑기와 벌레 잡기
　　가물면 가물어서 비 오면은 물이 날까
　　가을밤 우레 번개에 잠 못 이뤄.

할 것이오.
　꽃 한 송이를 보자면 벌레 백 마리를 죽여야 하오.

이 글을 쓰고 있노라니 삼철이라는 영등포 방직공장에 다니는 이웃집 계집애가 찾아왔소.

"너 어째 왔니? 공일도 아닌데."

"몸이 고단해서 하로 말미를 얻었어요."

"어디가 아프냐?"

"그저 몸이 나른해요. 팔다리가 쑤시고."

하며 그는 눈을 뜨기도 힘이 드는 듯이 나를 쳐다보오.

이 애는 열여섯 살에 공장에를 들어가서 금년이 열아홉 살이오. 지금은 감독이 되었노라고, 그래서 일은 좀 헐하지마는 그 대신 다른 아이들한테 미움을 받노라고.

"여섯 시부터 여섯 시까지 줄창 섰는 걸요. 피가 모두 다리로만 내려가서 발등이 소복소복 부어요."

"노는 시간이면 모두들 잔디판에 모여 앉아서 눈물을 떨구기가 일이죠."

"그래두 소박데기나 과부나 그런 이들은 우리 같은 계집애를 부러워를 해요 —우리도 처녀 같으면 한 번 다시 시집가서 재미있게 살아보련만— 이러구요."

삼철이는 뽀얗게 화장을 하고 하얀 모시 적삼에 누르스름한 교직 치마를 입고 앞치마를 두르고 머리에 핀들을 여기저기 꽂았소.

"그럼 무얼 해요? 암만 있으니 어디 월급이 몇 푼 돼요? 옷 해 입고 화장품 사고. 먹고푼 것 잘 사먹지도 못하지요."

"모두들 화장들 하니?"

"그럼요. 자고 나면 모두들 화장을 하지요. 화장하는 데나 재미지 또 무슨 재미 있어요?"

나는 한숨을 지었소. 보아줄 남자들도 없는 여자만의 나라에서들 화장들을 하는 과년한 계집애들의 모양이 눈에 뜨이오. 그들은 화장하고 작업복 입고 공장으로 들어가는 것이오.

"잘 때에는 모두들 곯아떨어져서 이를 갈아요. 잠꼬대도 하고. 이를 가는 것이 참 못 견디겠어요. 그리고 다리들을 남의 배 우에 척척 올려놓지요. 열두 시간이나 내려서니깐 다리가 저리거든요. 좀 올려놓으면 참 편하내요. 그래도 남의 다리가 내 우에 와서 얹히면 참 싫어요. 그래서들 싸우지요.”

“회사에서는 돈이 막 남는대요. 그래도 월급은 영 안 올라요. 먹을 거나 좀 낫게 해주어도 좋으련만.”

“아버지도 인제는 늙으셨어요. 오늘도 허리가 아프시다고 누워 계세요. 어머니도 늙으시고요. 통 눈이 안 보인대요.”

“오라버니는 마음은 착하건만 술 때문에 걱정야요. 언니는 병으로 그저 그 모양이고요.”

삼철이는 이런 이야기를 하다가 갔소. 소학교에도 못 다녀본 그였마는 공장에 가 있는 동안에 지식이랑 말이랑 많이 늘었소. 그의 말은 모두 한 번 들으면 아니 잊히는 말이오. 그것은 인생의 시가 아니오? 슬픈 시가 아니오?

삼철이도 제 장래를 그리고 있겠지요. 그대나 내나가 수십 년 전에 그리하였던 것같이. 그는 지금의 가난한 신세를 한탄하면서도 좋은 남편과 깨끗한 집과 이러한 모든 좋은 것을 상상할 것이오. 그러길래 그가,

“집이나 하나 깨끗하게 짓고 살았으면 좋겠어요 — 초가집을요.”

한 것이오. 이제는 시집도 가고 싶을 때 아니오? 아이도 낳고 싶을 때 아니오? 그러나 그렇게 알맞게 술 안 먹고 노름 안 하고 일 잘 하고, 또 될 수 있으면 돈도 좀 있고, 또 될 수 있으면 얼굴도 잘 나고, 또 될 수 있으면 마음도 착해서 처가속을 소중이 여기고 첩을 얻는다든지 소박을 한다든지 그러지 아니하고, 그러한 안성맞춤 신랑이 나서줄는지. 그리고 그가 그렇게도 소원하는 깨끗한 초가집 한 채가 그의 몫이 되어 줄는지. 이것은 물론 이 아이의 몫에 오는 제비를 펴보아야 알겠지요. 그러나 한 가지만은 확실하지 아니하오. 괴로움 없는 생활은 없다는 것은. 그러니까 이 아이도 사바세계의 뜻을 알아서 참는 공부를 하여야 할 것이겠지요.

“어려서 좀 고생을 해보아야 해요.”

삼철이는 어른스럽게 이러한 말을 하였소. 그것은 대단히 기특한 말이지마는,

“사람이란 일생에 고생할 것을 깨달아야 해요.”

하는 말은 아직 이애 입에서는 나올 때가 아니겠지요. 왜 그런고 하면 열아홉 살 난 처녀의 생각으로는 필시,

'내가 고생할 날도 며칠 안 남았다. 며칠만 더 지나면 나는 고생을 떠나서 재미만 쏟아지는 살림을 하게 될 것이다.'

이렇게 생각할 것이오.

그러나 그대는 이미,

'인생이란 고생이다.'

하는 진리를 깨달을 날도 되지 아니하였소? 이 세상에서 아무데를 가더라도, 무엇을 하더라도 거기가 거기요 그것이 그것이라고 깨달을 때가 되지 아니하였소?

'내가 태어난 곳은 사바세계다. 참고 견디는 세계다. 내가 받는 것은 모두 다 내가 받을 것을 받는 것이다. 이것을 안 받으려고 앙탈하는 것은 마치 나이를 아니 먹으려고 뻗대는 것과 같다. 그것은 어리석음이오 그뿐 아니라 앞날의 악업을 더 저지르는 것이다.'

그대는 이렇게 생각하지 못 하오?

이런 소리를 하는 나도 실상은 이 집보다 더 나은 집을 가지고 싶어 하오. 이보다 더 경치 좋은 곳에, 그러면서도 이보다 더 교통이 편한 곳에, 산색뿐 아니라 야색까지도 볼 수 있는 곳에. 이 집보다도 더 내 취미에 맞는 집을 지어볼까 하는 어리석은 욕심이 있어서 벌써 거간한테 터 하나를 골라 달라고 말까지 하여놓았소.

그렇지마는 이것은 물론 헛된 공상이오. 첫째로 이 집을 팔아서 빚을 갚아 버리면은 새 터를 사고 새 집을 지을 돈이 남을 것이 없는 것이오. 그러면서도 새 집을 하나 지을 필요가 있다, 꼭 하나 지어보자 하는 어리석은 생각을 버리지 못하고 있으니 진실로 내가 가련하고 우준한[15] 중생이 아니오?

또 설사 내 것 돈이 넉넉히 있기로니, 뱀도 지네도 없는 집터는 어디 있으며 꼭 마음에 들어서 언제까지나 마음에 드는 집은 어디 있소? 있을 수 없는 것 아니

---

15 우준(愚蠢) : 생각이나 행동 따위가 어리석고 굼뜨다.

오? 죽자 살자 하고 서로 사랑하여서 만난 내외도 몇 해 함께 살아보면 시들해지는데 천하에 어디 암만 오래 살아도 마음에 드는 집터나 집이 있겠소? 그러니까,

'길인주처 시명당吉人住處 是明堂'

이라는 생각을 하게 되는 것이오.

하필 집만이랴. 만사가 다 그렇겠지요. 내외간도 그럴 것이오. 사람의 욕심이란 제풀로 내버려두면 대추나무 뿌리 같아서 한없이 뻗어가는 것이오. 이 여자를 아내를 삼으면 저 여자가 더 좋은 것 같고, 이 남자를 남편으로 삼으면 저 남자가 더 잘난 것 같단 말요. 그러고 보면 결국 제게 태인 남편을 가장 좋은 남편으로 알고 제 아내가 된 여자를 가장 으뜸가는 여자로 알아서 그로써 만족하는 것이 상책일 수밖에 없는 것인데, 욕심이라는 심술궂은 마귀가 사람의 눈을 가리워서 이 분명한 진리를 못 보게 하고 서로 자꾸만 더 나은 것을 더 나은 것을 찾아서 헤매게 하는 것이오. 이래서 저로는 번뇌가 끝이 없고 세상으로는 죄악이 그칠 줄을 모른단 말요.

'불구대세불 급여단고법 심입제사견 이고욕사고 위시중생고 이기대비심不求大勢佛 及與斷苦法 深入諸邪見 以苦欲捨苦 爲是衆生故 而起大悲心'16

석가여래께서 수도하신 동기가 여기 있노라고 하였소. 인생의 괴로움을 벗어나는 길이 힘이 많으신 부처님의 가르침을 따르는 길밖에 없는데 — 다시 말하면 제 욕심을 따르는 이기욕을 버리고 자비의 생활을 하는 길밖에 없는데 — 이 길이야말로 진리의 길인데, 이 길을 찾지 아니하고 사특한(잘못된, 그릇된, 진리 아닌) 길을 걸어서 괴로움을 버리려고 하니, 그것은 도리어 점점 더 괴로움을 걸머지는 것이란 말요.

세상을 둘러보면 모두 괴로운 사람들 아니오? 얼른 보기에 행복된 듯한 부자들이나 권세 있는 자들도 그 속을 들어보면 모두 걱정, 근심이야. 그런데 나이가

16　『법화경(法華經)』 '방편품(方便品)'에서 따온 구절. 큰 위세를 지닌 부처님을 구하지 아니하고 / 모든 고통을 끊는 법을 구하지 아니하며 / 여러 가지 삿된 소견에 깊이 빠져들어 / 고통으로써 고통을 버리고자 할 때 / 이러한 중생을 위하는 까닭에 / 큰 자비의 마음을 일으켰느니라.

많은 사람일수록 더욱 고생이 심하고 걱정, 근심이 많은 모양이오. 그 사람들은 일부러 걱정 근심을 찾아서 걱정, 근심을 하는 것은 아니겠지요. 다들 평생에 자고 나면 걱정, 근심을 면하고 행복을 찾으려고 애써온 사람들이건마는 한 살 두 살 나이가 먹을수록 찾는 행복은 점점 멀어가고 면하려는 고생만 지긋지긋이도 따라오는 것야. 이것이 인생의 진상이 아니오?

하룻밤 자고나서 이 편지를 계속하오.

날이 맑고 바람도 없소.

"찌배, 찌배, 찌배, 찌배, 찌배."

솔새 소리가 나오. 두 뺨이 하얀 새요. 솔밭에 산다고 솔새라 하고 두 볼이 희다고 호오지로[17]라고 하는 놈이오. 아침저녁 솔새가 내 창 앞에 와서 우오.

어제는 비가 올 것 같더니, 제법 오기 시작까지 하더니 무슨 생각이 났는지 씻은 듯 부신 듯이오. 뜰에 심은 화초 포기도 촉촉 늘어졌소. 며칠 지나면 나는 이 집을 떠난다 하면 화초에 물을 주자는 정성도 떨어지오. 부끄러운 일이지요. 그래서 억지로 제 마음에 채쪽질[18]을 하여서 물을 주지마는 워낙 가무니까 이루 당할 나위가 없소. 감들도 모처럼 많이 열린 것이 수분이 부족해서 떨어지기를 시작하오. 삼남지방에서는 기우제를 드린다는데, 어제가 단오, 오늘이 하지건마는 모들을 못 내었으니 큰일 나지 않았소? 만주서 온 편지에도 가물어서 금년 농사가 걱정이란 말이 있소. 어떤 수리조합에는 저수지까지 말랐다니 큰 걱정 아니요?

"공전은 안 오르는데 쌀값만 껑충껑충 뛰니, 이런 제길."

하고 돌산에서 일하는 사람들이 게두덜거리오. 그렇지만 하느님이 다 알아서 작히나 잘 하시겠소?

하지만 내가 지은 이 집에 결점이 많아서 늘 불만하던 모양으로, 또 내 몸이 늘 병이 있고 아름답지를 못하고 또 내 마음이 지저분하고 의지력이 약하고 도무지

17　멧새(頰白).

18　채쪽 : '채찍'의 방언(경기, 경상, 전라, 중국 길림성, 중국 흑룡강성).

맞닿지 아니한 모양으로 이 사바세계란 것이 결코 최선최상^{Best Possible}은 아닌 모양이오. 그래서 예로부터 이 세상은 완전한 이데아의 세계의 그림자라고 한 이(플라톤)도 있고, 이 세상은 본대는 완전무결하였지마는 사람이 죄를 짓기 때문에 이렇게 껄렁껄렁이 되었다는 이(예수)도 있고, 애초부터 하늘나라보다 못하게 만들어진 것이라(희랍신화)고 한 데도 있고, 또 이 세상이란 아무렇게나 되는 대로 되어먹은 것이라고 한 이(쇼펜하우어)도 있고, 또 이 세상은 점점 완전을 향하고 걸어가는 생성^{Becoming}의 도중에 있다는 이(진화론적 우주관을 가진 이들)도 있고, 또 이 우주 간에는 우리 세상같이 껄렁이도 있지마는 이보다 좀 나은 세상, 더 나은 세상, 좀 더 나은 세상, 더더 나은 세상, 더더더 나은 세상 그러다가 마침내는 고작 나은 세상이 있고, 또 그와 반대로 우리가 사는 세상보다 더 껄렁이, 더더 껄렁이, 이 모양으로 수없는 계단을 나려가서 말할 수 없이 흉악한 껄렁이 세상이 있으니, 그것은 다 그 속에 사는 중생의 인연업보와, 원력과, 불보살의 원력으로 일우어진 것이니라, 이렇게 가르치는 이(불교)도 있지 아니하오?

그렇기도 할게요. 지금 이 편지를 쓰고 앉았는 이 동네로 보더라도 불과 오륙십 호 되지마는 집마다 다르거든. 이 중에서는 고작 나은 집, 좀 못한 집, 움집. 나라들로 보아도 그렇고. 그런데 이러한 집들이 다 그 집에 사는 사람들의 업보인 것이야 틀림없지 아니하오? 다시 말하면 다 제가 들어있을 만한 집에 들어 사는 거야. 그러다가 나 모양으로 그만한 집도 지닐 형편이 못되면 남의 손에 넘기고, 또 지금보다 형편이 피이면 지금보다 나은 집으로 옮아갈 수 있고.

아무려나 이 세상이 그렇게 가장 좋은 세상이 못된다고 보셨기 때문에 법장비구(아미타불 전신)가 괴로움 없는 가장 좋은 세계를 건설할 원을 세우시고 조재영겁에 수행을 하신 결과로 우리 사바세계에서 십만억 세계를 지난 서쪽에 서방정토 극락세계를 이룩하신 것이 아니겠소. 거기는 악이란 하나도 없고,

　　'제상선인 구회일처^{諸上善人 具會一處}'

하여서 오직 즐거움만을 누리게 되었다 하오. 우리 사바 중생들도 아미타불 부처님의 이름을 부르고 그 세계에 나기만 원하면 반드시 다음 생에 거기 태어나는

수가 있다고 하오. 거기는 꽃도 좋은 꽃이 많이 피고, 앓는 것도 없고 죽는 것도 없고, 얼굴들은 다 잘나고 마음들은 다 착하여서 오직 사랑만이 있을 뿐이라 하오. 거기는 내 집을 살 분이 걱정하시는 뱀이나 지네도 없고 내가 파리나 모기나 송충이도 없고, 또 집을 팔 것도 없고 집이 없어서 걱정도 없고, 물론 남편을 불만히 여겨서 다른 남자들 탐내는 여자도 없고 아내가 싫어져서 다른 여자를 가지고 싶어 하는 남자도 없고, 아무려나 현재에 이 우주 간에 있는 세계 중에는 가장 잘된 세계라고 하오.

인도에 용수龍樹[19]라고 대단히 큰 학자로서 또 대단히 큰 불교의 중흥자가 되어서 보살이라는 칭호까지 받은 어른이 일생에 생각다 생각다 못 하여서 마침내,

'세존아일심 귀명진시방 무애광여래 원생안락국世尊我 一心 歸命盡十方 無碍光如來 願生安樂國'[20].

이라고 부르짖었소. 무애광여래란 아미타불이시오 안락국이란 극락세계란 말요.

그러므로 적어도 법장구비의 사십팔분원 속에 안겨서 극락세계에나 가기 전에는 괴로움 없는 인생이란 없는 것이오.

그러면 어찌 할까? 제게 태운 집에 만족하는 것이야. 쓰러져가는 초가집 한 간이라도 내 집이라고 있는 것만 고맙게 생각하는 거야. 비인 땅이 있거든 꽃포기나 심읍시다그려. 아침저녁 물 뿌리고 깨끗이 소제나 합시다그려. 종잇장도 바르고 그림장도 걸고, 내 힘에 미치는 데까지 깨끗하게 아름답게 꾸밉시다그려.

"아이고 이런 집에 어떻게 살아."

하고 낯을 찡기고 앙탈하는 것은 손복할 일야. 내가 과거에 한 일이나 현재에 먹는 생각을 살펴보면 이런 집도 황송해, 이렇게 생각하여야 옳지 않소? 그러다가 내 값이 높아지면 저절로 나은 집에 가게 되는 거 아니겠소?

---

19 나가르주나(龍樹, 150~250). 인도의 승려. 중관(中觀)을 주창했고 수행 중심의 불교를 비판하며 대승불교의 논리를 창시하여 대승불교의 아버지라 불린다.
20 「무량수경우바제사원생게(無量壽經優波提舍願生偈)」에서 따온 구절. '세존이시여, 저는 일심으로 시방에 다하는 무애광여래께 귀의하여 안락국에 태어나기를 원하옵니다.' 원생게는 유식(唯識)을 주창하여 대승불교사상을 개척한 바수반두(世親, 316-396)의 게송이다.

집만 그런가? 남편이나 아내에 대하여서도 마찬가지 아니오? 어리석은 사람들은 제 낯바닥이 잘 생겼거니 합니다. 제 낯바닥이 남만 못하거니 하는 사람은 대단히 지혜로운 사람이오. 또 성인에 가까운 사람이오. 그러길래 사진사는 사진을 수정할 때에 본 얼굴보다 낫게 해주어도 속인들은 불평을 하오.

"이게 무엇이야? 아이고 숭해라."

사진관에 사진을 찾으러 오는 사람들은 다 이렇게 불평하는 것이오. 이때에 사진사는 그 본 얼굴을 바라보고 웃지 않겠소. 본 얼굴은 사진 얼굴보다 훨씬 못하거든.

사람들은 석경에 제 얼굴을 비추어 보고 스스로 수정을 하고 변호를 하오. 코가 적은 사람은 코가 자그마한 것이 어여쁘다고 보고 얼굴 긴 사람은 얼굴 기름한 것이 의젓하다고 보오. 그러나 제 삼자의 냉정한 눈을 보면 코는 돋다가 말고 상판대기는 궁상스럽게도 길다, 그럴 것이 아니오?

그렇지만 어떡허오? 전생 업보로 그렇게 생겨먹은 낯바닥을 이생에서는 고칠 도리가 없지 않소? 그나 그뿐인가. 제가 이렇게 못생긴 것으로 누구를 원망하오? 부모인들 못난 자식 낳고 싶어서 낳았겠소? 천하에 제일 잘난 자식을 낳고 싶은 것이 부모의 마음 아니겠소. 결국 제 업보로 그만큼밖에 못 타고난 것을 누구를 원망하오? 또 사실 제 소갈머리를 들여다보면 그 낯바닥도 과해.

그러니 타고난 이 낯바닥은 죽는 날까지 세상 사람들 눈앞에 들고 다닐 수밖에 없소그려. 나는 이렇게 못난이요, 이렇게 전생에 악업이 많아 덕은 엷고 복은 적은 이요, 하는 것을 모가지 위에 높이 들고 다니지 아니하면 아니 되니, 참 냉혹한 벌이라고 아니 할 수 없지요. 만일 사람이 이런 줄을 깨닫는다면 어디 사람 없는 곳에 꼭 숨어서 나오지를 못할 것이오. 그렇지마는 어떡허오. 아무리 숭한 얼굴이라도 들고 나와 다니지 아니할 수는 없으니. 그러니까 언제나 소곳하고 조심성스럽고 겸손하지 아니할 수 없지요. 아무쪼록 남의 눈에 아니 뜨이도록, 아무쪼록 더 숭업게나 보이지 아니하도록 조심조심할 것 아니오? '이것 보시오들!' 하는 듯이 그 못생긴 낯바닥을 내두르는 것은 참말 못 볼 일 아니오?

하니까, 여자면 분도 좀 바르고 사내면 이발이나 자주하고, 게다가 냄새나 아니 나게시리 목욕과 빨래나 자주하고 또 '얌전'이나 좀 바르고, 이렇게 될 수 있는 대로는 남에게 불쾌감이나 아니 주도록 닦을 수밖에 없지 아니하오?

쓰러져가는 초가집에도 꽃나무 하나가 있으면 운치가 있어서 그림쟁이들이 그림이라도 그리고 싶어합니다. 하물며 그 집에 덕이 높은 사람이 살면 여러 사람이 그 집을 찾아오고 신문사 사진반도 그 집을 사진 박습니다. 그 모양으로 얼굴이 숭해도 덕이 높거나, 무슨 좋은 재주가 있거나, 돈이 많거나, 벼슬이 높거나 하면 사람들이 그를 우러러봅니다. 같은 애꾸라도 도적질이나 하면 '그놈 애꾸놈이', 그러지마는 나라를 위하여서 큰 전공이라도 세우면 '독안룡'이라고 하여서 눈 둘 가진 사람보다도 더 존경하지 않아요? 이것이 정말 화장술이 아니오? 이것이 우리가 이 세상 한 세상 살아가는 길 아니겠어요.

저 못난 줄을 진정으로 깨달은 사람일 것 같으면 사람에게 대하여서나 물건에 관하여서나 제 팔자에 대하여서나 불평불만은 없을 것 아니오? 나는 이것만은 믿게 되었소. 이것이 내가 이 집에 온 지 육년 동안의 소득이지요.

"그 아까운 집을, 그렇게 애써 지은 집을 왜 파우?"
하고 이웃 사람이나 친구들이 다 말하지마는 이제는 팔 때가 되니까 파는 것이다, 나는 이렇게 믿소. 그러고 이 집에 그렇게 애착도 가지지 아니하오. 만나는 자는 떠날 자가 아니오? 떠날 때에 애착을 가지면 무엇하오? 가는 구름같이 흐르는 물과 같이, 구름 가듯이 물 흐르듯이 걸리는 데 없이 슬슬 살아가는 것이 인생의 바른 길이라고 나는 믿소.

이 집을 팔고 나서 앞으로 어떠한 집을 몇 번 가지게 되는지 내가 아오? 누구는 아오? 몰라! 내일 일도, 다음 순간 일도 나는 몰라! 다만 이것만은 확실하오 — 내가 게으르거나 허랑방탕만 아니 하면 죽을 때까지 방 한 간 차지는 되리라, 내가 내 양심에 어그러지는 일만 아니 하면 죽어서 다시 태어나더라도 이 신세 이하로는 아니 되리라, 내가 만나는 사람마다에게 정성껏 대접하면 나도 남의 괄시는 받지 아니하리라 — 이것만은 확실하지마는 그 이상은 도저히 내가 알 바가 아니오.

앞 개천에서 빨래질 소리가 들리오. 세검정 빨래란 자고로 유명하다고 하오. 날이나 맑은 아침이면 밥솥과 장작과 빨래 보퉁이와 빨래 삶을 양철통과를 사내가 걸머지고 여편네는 잔뜩 한 임 이고 코 흘리는 아이들 데리고 자하문으로 주렁주렁 넘어오는 것이 봄부터 가을에 걸쳐서 이 고장의 한 풍경이오. 그들은 개천가 빨래하기 좋은 목에다가 진을 치고 점심을 지어먹어 가며 빨래질을 하는 것이오. 저 보시오. 개천가에는 홑이불, 욧잇, 치마, 모두 널어 말리우고 있소. 남편은 아내를 도와서 방맹이질을 하다가 버드나무 그늘에서 젖먹이를 안아 재우고 있소.

그들은 다 문안 잘사는 집들의 행랑사람들이오. 그들이 빠는 것은 물론 제 것은 별로 없고 주인 나리, 아씨, 도련님, 아가씨네의 의복들이오. 좋지 않소? 그들이 남이 입어서 더럽힌 옷을 빨아줌으로 내생의 공덕을 쌓고 있는 것이오. 아마 다음 생에는 더러는 지위가 바뀌어서 지금 빨래하고 있는 '행랑것'이 주인아씨나 서방님이 되고, 지금 빨래시키고 놀고 앉았는 서방님이나 아씨가 무거운 빨래를 지고 자하문턱을 넘게 되겠지요. 한편은 전에 하여놓은 저금을 찾아먹는데, 한편은 새로 저금을 하는 패가 아니겠소? 요새에 저 자고난 자리도, 저 밥 먹은 상도 아니 치우려는 신여성들은 필시 다음 세상에는 행랑어멈이나 애보개로 태어날 것이오. 그래서 왼 집안 식구가 먹은 밥상을 혼자 서룻고[21] 남이 낳은 아이를 잔등이 물도록 업고 다니는 것이오. 그래야 공평한 것 아니오?

나는 이 세상이 지극히 공평하다고 믿소. 천지의 법칙이 어디 사람의 법률에만 대일 거요? 추호불차라고 믿소. 빈부귀천이 없는 것이 공평이 아니라 있는 것이 공평이란 말요. 공덕 있는 사람과 없는 사람이 똑같이 잘나고 똑같이 잘산대서야 그야말로 불공평이 아니오? 이런 말을 다른 사람들은 아니 믿더라도 그대야 믿어줄 것 아니오.

저 빨래하는 행랑사람들이 아마 금생에는 도저히 안댁 서방님, 아씨와 지위를

---

21 서룻다 : 좋지 아니한 것을 쓸어 치우다.

바꾸기는 어려우리다. 아마 안댁 서방님 아씨가 남의 빨래 짐을 지고 자하문턱을 넘을 날은 있기도 하지마는 저 아범과 어멈이 서방님, 아씨가 되기는 졸연치 아니하리다. 굴러 떨어지기는 쉬워도 기어오르기는 어려운 이치 아니오?

그대나 내나 다 행복된 사람은 아니지요. 첫째 건강이 없고, 둘째 돈이 없고, 셋째 얼굴이 잘 나지를 못하고, 넷째 마음에 번뇌가 많고, 늘 불평불만을 가지고 있고. 게다가, 그런 주제에 눈은 높고 뜻은 하늘 위에 있단 말요. 그러나 그대여, 그것이 다 공평입니다. 아니 공평보다 한층 더 나아가서 우리는 우리 값 이상의 삯을 받고 있습니다.

그대여, 내가 이 집을 판다고 아깝다고 그러지 마시오. 그것은 대단히 황송한 생각이오. 어떻게 생각해야 옳은고 하니 이만한 풍경 이만 한 집에 육 년이나 살게 된 것이 고마워라, 또 그것을 육천 원이나 되는 큰돈을 받고 팔게 된 것이 고마워라, 그 돈으로 오래 못 갚던 빚을 갚게 된 것이 고마워라, 이 집을 팔고도 내가 몸담아 살 집이 있으니 고마워라, 크신 은혜 고마우셔라 — 이렇게 생각하는 것이 옳겠지요.

나는 아까 마당에 풀을 뽑고 화초에 물을 주었소. 모레글피면 떠날 집인지라 그리 하였소. 나는 새 주인의 손에 이 집을 내어 맡길 때까지 이 집을 사랑하고 잘 거두지 아니하면 아니 될 것이오. 아니 어디 그런 법이 있단 말이 아니라 내 마음이 허하지를 아니한단 말요.

조선 풍속에(지나 풍속도 그렇다) 떠나는 집은 반자와 창과 도배를 모두 찢어놓고 어질러 놓은 대로 치우지도 아니하고 간다는데, 이것은 복이 따라오지 않고 그 집에 떨어져 있을까 보아서 그러는 것이라오. 그러나 그 복이란 어떻게 생긴 것인지 모르나 만일 내가 복일 양이면 그렇게 뒤에 올 사람의 생각을 할 줄 모르는 위인은 따라 가려다가도 그만두겠소.

이 집 뜰에 심은 화초를 파갈 생각을 하였으나 새로 오는 주인이 적막할 것을 생각하매 차마 못하여서 여러 포기 있는 것만 한 포기씩 몇 가지를 뽑아서 분에 담아 놓았는데, 그것도 탐욕 같고 내 뒤에 오는 이에게 대한 무정 같아서 부끄러웠소.

어저께는 손님들이 찾아오셔서 더 못 썼소. 화성이 벌겋게 북악 가슴팍이로서 올라오는 것을 보고 잤소. 직녀성이 파란 빛을 발하고 있는 것도 보았소. 스콜피온의 염통별이 덜 붉다 하는 생각도 하였소.

아침에 일어나니 날은 흐리고 바람이 부오. 양자강의 저기압이 오나 보오. 천기예보에 말하기를 일간 한 장마 오리라고. 와야 아니 하겠소?

마루에 전등을 켜놓고 잤더니 나는 버러지들이 많이 들어와서 더러는 벽에 붙어서 자고 더러는 마루에 떨어져서 죽었소. 조그만 놈, 큰 놈, 동그란 놈, 길쭉한 놈, 옥색, 비취빛, 노랑이, 알룩이. 참말 가지각색이어서 두 놈도 같은 것은 없는 것 같소. 그중에도 비취빛 나는 나비가 참 가련하오. 손을 대면 깜짝 놀라서 그 보드라운 날개를 팔락거리고 서너 걸음 날아가오. 그러나 밤새 번뇌에, 애욕의 기쁨과 설움에 지이쳐서 기운들이 없는 모양요. 마루에 죽어 떨어진 시체들은 비로 쓸어도 가만히 있는데, 그중에 어떤 나비는 아직도 생명이 조금 남아서 파딱파딱하다가 도로 쓰러지고 어떤 놈은 기운을 내어서 날아가오. 그러나 그들은 다 제가 할 일을 하고 이 몸을 벗어버리고 간 것이오.

나는 전장을 생각하였소. 그저께 수와터우汕頭가 점령이 되었는데 적군이 내어버린 시체가 육백, 우리 군사 죽은 이가 스물둘, 상한 이가 사십 명이라고. 내 눈앞에는 피 흐르는 시체가 보이고 붕대 동인 군사가 보이오. 나는 머리를 숙이고 눈을 감고 그네를 위하여서 빌었소.

백합이 오늘 아침에 한 송이 피었소. 호박빛 백합이야. 꽃에 코를 대어 보았더니 벌써 향기는 다 나갔어. 아마 해 뜨기 전에 피어서 벌써 그 향기를 바치는 아침 공양이 끝났나 보오. 나는 이 한 송이 꽃을 멀리 전장에서 죽은 병사들의 혼령께 바치노라 하였소.

백합의 또 한 송이는 아마 내일 아침에는 필 것 같소. 내일은 내가 이 집을 써 나는 날야. 백합 ― 내가 여름내 물 주어 가꾼 백합이 내가 이 집을 떠나기 전에 피어준 것이 고맙소. 장미는 거진 다 졌어.

금전화가 아마 내일 아침에는 서너 송이 필 것 같소. 그것이 알맞게 내일 아침에 피거든 백합과 아울러서 아침 공양을 하고 이 집을 떠나게 되겠소. 부처님께와 여러 신님께와 전장에서 죽은 여러 용사님네께와, 이 집에 나와 함께 살았으리라고 생각키는 여러 중생들께와.

분에 심은 봉송아[22] 두 나무, 빨강이 하나, 흰 이 하나가 웬 일인지 어제 오후로부터 시들기 시작하여서 오늘 아침에도 깨어나지 못하고 아주 죽어버렸소. 대단히 싱싱하였는데 웬 일일까. 잎사귀 겨드랑이마다 꽃봉울을 달고 날마다 모락모락 자라더니 그만 그 꽃을 못 피우고 말았소.

내가 아침마다 지팽이를 짚고 세검정 가가[23]에 우유를 가지러 가는 것이 가여웠던지, 어제부터 그 동네 아이가 우유를 갖다 주오. 고마운 일이오. 오늘 아침에 내가 세수하는 동안에 갖다가 놓고는 말도 없이 가버렸는데, 아마 그 아이겠지요. 말도 없이 가버린 것이 더욱 고맙소.

그저께는 개천가 집 영감님이 앵두 한 모판을 손수 들어다가 주셨소. 나는 여태껏 그 어른께 아무것도 드린 것이 없는데.

또 그 전날은 앞집 환이 아버지가 빈대떡을 부치고 되비지(두부 빼지 아니한 비지)를 만들고 술 한 병을 사가지고 와서 말없이 나를 대접하였소. 아마 송별의 뜻이겠지요. 또 어저께는 삼철이 아버지가 일부러 오셔서,

"떠나시는 날 짐 한 짐 져다드리겠어요."

하고 가셨소. 허리가 아파서 요새에는 일도 잘 못 간다는 노인이. 나는 거절도 못하고 받지도 못 하고 황혼에 어리둥절하였소.

또 지난 공일날 밤에는 뒷집 숙희 아버지가 맥주 두 병을 사가지고 와서 나를 대접하였소. 그는 날마다 아침 여섯 시에 나가서 저녁 일곱 시에야 돌아오는 이인데 앞뒷집에 살면서도 한 달에 한 번 면대하기 어려운 이오. 섭섭하다고, 내가

22　'봉숭아'의 방언(경남).

23　가가(假家) : '가게'의 원말.

떠나는 것이 섭섭하다고 수없이 섭섭하다는 말을 하였소.

나는 아무리 하여서라도 뜰에 섰는 나무 세 포기는 파가지고 가야 하겠소. 오늘 비가 오면 파내려오. 한 포기는 자형화紫荊花라는 것인데 이것은 봉선사 운허대사가 지난 청명 날 철쭉, 진달래, 정향, 무궁화와 함께 위해 보내어 주신 것이오. 또 하나는 사철나무인데 이것은 앞집 영감님(그는 벌써 사년 전에 돌아가셨소)이 갖다가 심어주신 것이오. 또 하나는 월계와 해당인데 이것은 뒷집 숙희 할아버지가 갖다가 심어주신 것이오. 든 값으로 말하면 등 네 포기, 목련 두 포기가 많겠지만 이것은 새로 오는 이에게 선물로 드리고 가려오. 그렇지마는 남이 정성으로 내게 준 기념물만은 아니 가지고 가는 것이 죄송한 듯하오.

또 가지고 가야만 할 것이 돌옷 입은 돌멩이 몇 갠데 이것은 환이네 삼형제가 그 더운 날 땀을 뻘뻘 흘리며 져다준 것이오. 열여덟, 열다섯, 열세 살 먹는 삼형제가. 그 돌을 파가지고 가자면 세 마차는 될 것인데 다는 못하여도 여닐곱 개는 가지고 가지 아니하면 그 세 소년께 대하여서 미안할 것만 같소.

끝으로 크게 감사하지 아니하면 아니 될 집이 하나 있소. 그 집은 점숙이네 집인데, 점숙이란 그 집 여덟 살 먹은 계집애 이름이오. 지난 팔월에 내가 병원에서 이 집으로 나와서 지금까지 있는 동안에 두어 달을 빼고는 그 집에서 내 식절을 맡아 하여주셨소. 양식값 반찬값은 드렸지마는 하루 삼시 지성으로 나를 공궤供饋하여 주신 후의는 참으로 뼈에 새겨서 잊을 수가 없는 일이오. 무엇 한 가지라도 맛나게 먹어지라 하고 정성을 들인 것이 분명히 보이지 아니하오? 이것저것 모두 생각하니, 모두 고마운 이들이오.

응, 또 하나 춘네 집이라고 있소. 내 집에서는 한참 떨어져 있는 집인데, 내가 이 동네에 와서부터 춘이 아버지, 춘이 언니, 춘이 누나, 모두들 나를 일가같이 대접하여 주셨소. 어린애 돌날이라고 떡도 가져오고, 과일 철이면 과일도 가져오고, 내가 병원에서 나왔다고 모두들 와서 위문하고.

나는 이 동네에서 많은 신세를 지고 떠나오. 내가 지팡이를 끌고 어디 나가는 것을 보면,

"면이 아버지, 어디 가셔요?"

하고 불러주고 싱그레 웃어주고 따라와 주던 경희, 정희, 대복이, 명순이, 이러한 모든 어린 아이들.

"진지 잡수셔겝시오?"

이 모양으로 만나면 읍하고 인사하여 주던 이름도 잘 모르는 동네 젊은이들.

그네들은 모두 나를 위해 주고 기쁘게 하여주었소. 나는 그이들께 아무것도 하여드린 것이 없는데.

허기야 모두 형제들이 아니오? 자매들이 아니오? 한 등불 밑에 한 집에 한 젖 먹는 식구들이 아니오. 한 등불이란 해 말요. 한 집이란 이 지구 말요. 한 젖이란 땅에서 나오는 물과 모든 곡식 말요. 내 코에서 나온 공기가 그대 코로 들어가고 그대의 살 냄새가 내 코에 들어오지 않소?

지구라야 조그마한 티끌 하나 아니오? 이를테면 이 무궁한 우주라는 큰 집의 조그마한 방 한 간 아니오? 우리 지구상에 사는 인류란 이 단칸방에 모여 사는 한 식구야. 그러니 얼마나 정답겠소? 얼마나 서로 불쌍히 여기고 서로 도와야 하겠소?

즘생도 그렇지요. 새도 벌레도 나무, 풀도 그렇소. 다 마찬가지야. 나와 한집 식구야. 나와 같은 마음을 가지고 있소. 기뻐하고 슬퍼하고, 나고 죽고. 그의 살이던 것이 내 살 되고 내 살이던 것이 그의 살 되고. 이것은 범망경梵網經까지 아니 보더라도 얼른 알아지는 것 아니오?

ほろほろと鳴く山鳥の聲聞けば

父かとぞ思ふ母かとぞ思ふ

내 창밖에 와서 울고 간 새가 어느 생에 내 아버지였는가 내 어머니였는가?

밥상에 파리가 덤비면 나는 날리오. 날리다가 화가 나서 파리채로 때려죽이오. 얻어맞은 파리는 바르르 떨다가 죽어버리고 마오. 나는 파리하고 같은 음식을 다

툰 것이오. 내가 먹으려는 것은 파리도 먹으려는 것이오. 같은 것을 먹고 사는구려. 한 어머니 젖을 먹고 사는구려 — 파리와 나와.

내 밥상에 놓인 푸성귀는 벌레들 좋아하는 음식이 아니오? 오이 호박은 두더지가 좋아하는 것이오. 하필 송아지 젖을 얻어먹는 것만 가리켜 말할 것 없지요. 내가 먹는 물, 내가 받는 햇빛을 받아서 저 한련[24]과 백합이 피지 아니하였소? 그런데도 한련은 한련이오 백합은 백합이오 나는 나란 말요. 같은 살로 되고 같은 것을 먹고 살지마는 네요 내요 다른 것이 있단 말야. 이것이 하나 속에 여럿이 있고 여럿 속에 하나가 있다는 것이오. 무차별 속에 차별이 있고 차별 속에 무차별이 있단 말요. 색즉시공 공즉시색色卽是空 空卽是色 색불이공 공불이색色不異空 空不異色이라는 것이겠지요.

우리가 이렇게 차별세계에서 생각하면 파리나 모기는 아니 죽일 수 없단 말요. 내 나라를 침범하는 적국과는 아니 싸울 수가 없단 말요. 신문에서 보는 바와 같이 우리 군사가 적군의 시체를 향하여서 합장하고 나무아미타불을 부른다는 것이 차별세계에서 무차별세계에 올라간 경지야. 차별세계에서 적이오 내 편이어서 서로 싸우고 서로 죽이지마는, 한번 마음을 무차별세계에 달릴 때에 우리는 오직 동포감으로 연민을 느끼는 것이오. 싸울 때에는 죽여야지. 그러나 죽이고 난 뒤에는 불쌍히 여기는 거야. 이것이 모순이지. 모순이지마는 오늘날 사바세계의 생활로는 면할 수 없는 일이란 말요. 전쟁이 없기를 바라지마는 동시에 전쟁을 아니 할 수 없단 말요. 만물이 다 내 살이지마는 인류를 더 사랑하게 되고 인류가 다 내 형제요 자매이지마는 내 국민을 더 사랑하게 되니, 더 사랑하는 이를 위하여서 인연이 먼 이를 희생할 경우도 없지 아니하단 말요. 그것이 불완전 사바세계의 슬픔이겠지마는 실로 숙명적이오. 다만 무차별세계를 잊지 아니하고, 가끔 그것을 생각하고 그리워하고 그 속에 들어가면서 이 차별의 아픔을 줄이려고 힘쓰는 것이 우리가 하여야 할 일이겠지요.

---

24 한련(旱蓮) : 한련과의 덩굴성 한해살이풀. 잎은 어긋나고 연꽃잎 모양이다.

이런 생각들을 하면 무척 마음이 괴롭소. 이 세계가 왜 극락세계가 못될까 하고 한탄이 나오. 그러나 검은 흙만인 듯한 땅도 자세히 찾아보면 금가루 없는 데가 없는 모양으로 얼른 보기에 생존경쟁만 하고 있는 듯한 중생세계에도 자세히 살펴보면 샅샅이 따뜻한 사랑의 불똥이 숨어 있어. 이 지구가 온통 금덩이가 될 수가 없는 줄 아시오? 금이나 흙이나 다 같은 피요 같은 살야. 이 중생세계가 온통 사랑의 세계가 못 될 줄 아시오? 일순간에 변화할 수 있는 것이오.

나는 이것을 믿소. 이 중생세계가 사랑의 세계가 될 날을 믿소. 내가 법화경을 날마다 읽는 동안 이 날이 올 것을 믿소. 이 지구가 온통 금으로 변하고 지구상의 모든 중생들이 온통 사랑으로 변할 날이 올 것을 믿소. 그러니 기쁘지 않소? 내가 이 집을 팔고 떠나는 따위, 그대가 여러 가지 괴로움이 있다는 따위, 그까짓 것이 다 무엇이오? 이 몸과 이 나라와 이 사바세계와 이 왼 우주를(왼 우주는 사바세계 따위를 수억억만 헤아릴 수 없이 가지고 있었고 있고 있을 것이오) 사랑의 것으로 만드는 일이야말로 그대나 내나가 할 일이 아니오? 저 뱀과 모기와 파리와 송충이, 지네, 그리마, 거미, 참새, 새매, 물, 나무, 결핵균, 이런 것들이 모두 상극이 되지 말고 총친화總親和가 될 날을 위하여서 준비하는 것이 우리 일이 아니오? 이 성전聖戰에 참례하는 용사가 되지 못하면 생명을 가지고 났던 보람이 없지 아니하오?

오정이 지났는데 아직도 비가 오지 않소. 흐리기는 흐렸는데 바람만 부오. 그러나 올 때가 되면 비가 오겠지요. 성화하지 마시오. 이 천지는 사랑의 천지요, 공평한 법칙의 천지가 아니오?

우물 앞 그 화단에 봉송아가 두 송이가 피었소. 불그스레한 것이 갓난이 모양으로 잎사귀 겨드랑에 안겨서 피었소. 봉송아는 조선가정 꽃의 대표가 아닐까요? 뒤꼍 장독대에 핀 봉송아는 계집아이들이 가장 사랑하는 꽃이오. 그 순박하고도 어리석은 모양이 좋은 게지요. 그 꽃이 처음 필 때에는 너무도 반갑고 소중하여서 감히 손도 대지 아니하지마는 가지마다 축축 피어서 늘어진 때에는 계집애들은 그중 빨간 것을 골라서 고양이밥이라는 신 풀잎사귀와 섞어서 으깨어서 새끼손가락과 무명지의 손톱에 싸매고, 하얀 헝겊을 감고 밤을 자고 나서 아침에 끌러 보면 손톱이 빨갛게 물이 들지 않겠소? 그것이 금강석이나 홍옥보다도 아름다운 것이 아니겠소? 그렇게 빨갛게 물든 손톱을 보며 보며,

구름 간다, 구름 간다
구름 속에 선녀 간다.
선녀 적삼 안 고름에
울금대정 향을 찼다.
꽃밭에서 말을 타니
말발굽에 향내 난다.

하는 노래를 부르지 않았소? 속고름에 향을 찬 것은 처녀 자신이겠지요. 꽃밭에서 말을 타는 이는 그의 짝이 될 남자겠지요.

　시편 백 편을 적어서 이 편지를 끝냅시다 —
"모든 나라들아, 기쁜 소리로 임을 찬송하라. 기쁨으로 임을 섬기고 노래하며 임의 앞에 나올지어다. 임은 하나님이시니 임 아니시면 뉘 우리를 지으셨으리? 우리는 임의 백성이오 그의 목장에 길리는 양이로다. 감사하면서 임의 문에 들고 찬양하면서 임의 뜰에 들어갈지어다. 임을 고맙게 생각하고 그 이름을 칭송할지어다. 대개 임은 자비하시고 임의 은혜는 영원하며 임의 진리는 만대에 변함이 없으실새라."
　그대여 인생을 이렇게 볼 때에 기쁨과 노래밖에 또 무엇이 있겠소? 무슨 근심, 걱정이 있겠소?
　나는 기쁨으로 이삿짐을 싸려 하오.

옥수수玉蜀黍[1]

　원산元山 시가와 송도원松濤園 해수욕장 사이 소나무가 무성한 산이 쑥 내민 끝에 안安이라는 한 기인奇人이 살고 있다. 안 씨와 나는 수십 년 이래 아는 사이지만 빈번한 교제가 있는 정도의 사이는 아니었다. 올여름 나는 송도원의 해변에서 우연히 안 씨와 만나게 되어 나의 아이들과 함께 안 씨 댁의 만찬에 초대받게 되었다.

　"옥수수밖엔 없습니다만."

하는 것이 안 씨의 초대사였던 것이다.

　약속한 오후 다섯 시 안 씨는 우리를 맞으러 왔다. 초대된 손님은 만주국이라는 별명을 가진 나 씨羅氏 부부와 그의 아이들, 그리고 우리들이었다. 나 씨와 나는 옛 친구이자 또 가족끼리 친한 사이이기도 하다.

　안 씨의 집은 실로 경치가 뛰어나게 아름다워 동쪽 창으로는 원산 바다가 한눈에 잡힐 듯이 보인다. 게다가 마당에 느티나무와 떡갈나무, 늙은 벚나무, 소나무 등이 울창하게 그늘을 드리우고 있다.

　"이건 조선 제일이로군요."

하고 나는 엉겁결에 내뱉었으나 결코 과찬의 말은 아니라고 생각한다.

　"역시 서양인 쪽이 제 고장의 조선인보다 풍수에도 밝아."

하는 것은 나 씨의 평이었다. 풍수란 집터나 묫자리를 보는 기술이라는 뜻이니, 이 집은 지금부터 사십 년 전 구한국의 해관海關 관리로 원산에 온 오이센이라는 덴마크 귀족이 지은 것으로, 지금 집주인인 안 씨는 그 오이센 씨에게서 이 집을 양도받았는데 햇볕 잘 들고 경치 좋고 게다가 서북쪽은 산으로 둘러싸인 절호의

1　원문 일본어. 이광수(李光洙), 『총동원(總動員)』, 1939.11. '식량문제특집'호에 실렸다.

'명당'인 것이다.

안 씨가 나와 처음 알게 된 때 그는 아직 가난한 서생이었다. 그가 시베리아로 혹은 만주로 다니면서 나 씨와 친해진 것은 블라디보스토크 방랑 시절이었다고 한다. 나 씨도 젊어서는 사상적으로나 공간적으로, 또 사업적으로도 방랑자여서 수십만의 재산을 모으게 된 것은 최근의 일인데, 안 씨도 지금은 재산이 족히 백만을 넘는다고 한다. 안 씨도 나 씨도 나이 이제 오십, 성공한 부류에 속할 것이다. 다만 그때나 지금이나 변함없이 가난한 서생으로 버티고 있는 것은 이 나뿐이다.

싱거운 젊은 시절의 추억담 등으로 시간을 보내고 식사 시간이 되었다. 마호가니 목재인지는 모르겠지만 훌륭한 식탁에 새하얀 식탁보가 덮여 있고, 의자와 세간 등도 모두 고풍스러운 품위가 있다. 요리는 현부인賢夫人으로 이름이 있는 안 씨 부인이 손수 조리한 것이라고 하며, 안 씨가 직접 급사 노릇을 하였다.

처음에 나온 것이 서양 접시에 담은 황금색 죽이다.

"옥수수입니다. 옥수수 죽이지요. 자, 어서 드세요."

하고 안 씨가 먼저 스푼을 들어 한 입 떠먹었다. 나도 먹어보았는데 정말 맛있었다. 이것은 호텔 같은 데서도 식탁에 오르는 것이지만, 옥수수가 신선해서인지 호텔 것과는 비교도 되지 않을 정도로 맛이 좋았다.

"이거 정말 맛있군."

하고 나 씨도 입맛을 다신다.

"대체 이것은 어떻게 만든 겁니까?"

나는 안 씨에게 물었다.

"뭐 어렵지 않아요. 옥수수 알갱이를 떼어내서 갈아 으깹니다. 그리고 적당히 끓여 크림과 소금을 조금 넣습니다. 하긴 여기엔 닭 육수가 약간 들어간 듯합니다만."

"설탕은 넣지 않나요?"

하고 묻는 것은 나 씨 부인이었다.

"아니요, 설탕은 넣지 않아요."

하는 안 씨 부인의 대답을 이어 안 씨는,

"저희 집에서는 가능한 한 설탕은 쓰지 않는 방침입니다. 조선에서는 설탕이 나지 않고, 또 직접 만들 수 없으니까요. 더욱이 어떤 곡물에든 꼭 적당한 양의 당분이 들어 있으니까요. 조리 방법만 적절하면 특별히 설탕을 넣지 않아도 좋다고 생각합니다."

"조물주의 처방대로 하는 셈이로군요."

나 씨는 유쾌한 듯이 웃었다.

"그렇습니다, 조물주의 처방에 실수는 없지요."

안 씨는 정색을 하며 진지하게 말했다.

두 번째 코스는 닭을 로스트한 것으로 빵과 쿠키가 함께 나왔는데, 안 씨는 쿠키를 손에 들고 가리키며,

"이것도 옥수수입니다. 빵도 옥수수나 메밀로도 만들 수 있는데, 맥류麥類는 조선에서도 나니까 문제가 없습니다. 그리고 옥수수는 어떤 산속에서도 나니까요. 호밀 등도 그렇습니다만, 옥수수를 주식으로 하는 것이 조선의 식량 문제 해결에 중요한 의미가 있다고 생각해서 나는 이십 년 동안 옥수수를 맛있게 먹을 궁리를 하고 있는 것이지요. 이 쿠키도 옥수수로 만든 것인데 하나 잡숴보세요."

라고 말하는 것이었다.

"과연 맛있군요."

"음, 이것 참 맛있군."

"나도 하나 더."

어른도 아이도 대환영이었다.

다음에 나온 것은 전병 같은 것인데, 안 씨는 또,

"이것도 옥수수입니다."

하고 말하며 빙그레 웃어 보였다.

그것도 맛있었다.

다음에 나온 것은 옥수수를 그대로 찐 것이었는데, 안 씨는,

"지금껏 드신 옥수수가 이것입니다. 이것은 골든벤덤이라는 아메리카 종인데, 조선의 기후 풍토에도 잘 맞는 모양입니다. 자, 이번에는 원료 그대로인 옥수수를 잡숴보세요."

하고 권했다.

정말 맛있었다. 말랑말랑하고 단맛이 있는데다 뭐라 말할 수 없는 풍미風味가 있었다.

아이들은 재잘대는 것도 잊고 먹었다. 식욕이 없는 나의 아들 녀석도 골든벤덤에 착 달라붙었다.

"이렇게 옥수수를 먹어도 배탈이 나지 않습니까?"

하고 내가 걱정스레 물었더니 안 씨는 침착하게,

"아니요, 그런 걱정은 없습니다. 과식만 하지 않으면 괜찮습니다. 식탁에서 좀 뭣한 이야기입니다만, 옥수수를 먹으면 배변에 좋습니다. 설사를 한다는 얘기가 있지만 그런 일은 없습니다. 병이 되는 것은 과식한 탓이지요."

그리고 토마토가 나오고 신선한 버터와 치즈, 야채도 여러 가지 나왔는데, 모두 뜰 앞 밭과 목장에서 손수 만든 것으로 돈을 내고 사온 것은 소금과 설탕뿐이라고 한다.

다음으로 검은빛 나는 음료가 나왔는데, 나는 틀림없이 포도즙이라고 생각하고 마셔버렸다.

"이 선생, 어떻습니까. 지금 마신 음료는?"

하고 안 씨는 나를 향해 웃어 보였다.

"좋습니다, 포도가 아닙니까?"

나는 의아한 얼굴로 안 씨를 쳐다보았다.

"나도 그레이프 주스라고 생각했는데."

나 씨도 나와 마찬가지로 말했다.

"모두 그렇게 생각하시는 모양이군요. 그런데 이것은 포도가 아닙니다. 어떤

풀의 열매입니다.”

“야생입니까?”

“뭐 야생과 마찬가지인데, 서양에서 온 것입니다. 그저 씨만 뿌려두면 되지요.”

안 씨는 그 풀이름을 말해주었는데 그 이름을 잊어버린 것이 유감이다. 언제고 물어보려 생각하고 있다.

마지막으로 나온 것은 과일과 시커먼 음료, 그리고 케이크 같은 것이었다.

“이건 또 뭘까. 커피나 코코아는 아닐 테고.”

하고 나 씨는 웃으며 컵을 입에 대어보고,

“아, 포스텀인가. 그 대단한 안상도 이것만큼은 수입이로군요.”

하고 큰 소리로 말했다. 마치 승리의 부르짖음이기라도 하듯이.

“틀렸습니다, 나 선생.”

하고 안 씨는 유쾌한 듯이 웃었다.

“그럼 무엇입니까?”

나 씨는 유감스러운 듯이 웃었다.

“이것도 옥수수입니까?”

하고 나는 농담 삼아 물었다.

“그렇습니다, 이것도 옥수수입니다. 옥수수를 볶아서 가루를 낸 것입니다. 거기에 어떤 풀이 약간 들어 있습니다. 이 향기입니다.”

안 씨는 다소곳이 말했으나 역시 뽐내는 기쁨의 기색을 감추지 못했다.

“그렇습니까. 이것도 역시 옥수수라.”

나 씨는 이번에도 분하다는 듯이 항복했던 것이다.

“아, 그렇지 그래.”

하고 안 씨는 부인을 돌아보며,

“밥을 조금 드릴까. 아무래도 동양 사람은 밥을 먹지 않으면 식사를 했다는 느낌이 들지 않는 법인데.”

하고 의미 있게 우리를 돌아보았다.

"아뇨, 아닙니다. 이미 충분합니다. 이제 아무 것도 못 먹습니다."

하고 내가 거절했더니 안 씨는,

"그래도 조금만."

하고 부인에게 밥을 가져오라고 이르고는 이렇게 말했다.

"나는 이렇게 생각합니다. 쌀밥은 평지 주민의 주식으로 삼을 만한 것이지 조선과 같이 산악이 많은 곳에서는 밭이나 산에서 나는 것을 주식으로 하지 않으면 안 된다고 말입니다. 평지의 면적은 늘지 않는데 인구는 점점 늡니다. 그런데도 하루 세 끼 흰쌀밥만 먹으려는 것은 무리입니다. 그래서 나는 어떻게든 산에서 생산할 수 있는 식량과 그것을 맛있게 먹는 방법을 연구하고자, 그리고 나 자신의 가정에서 실행하고자 결심한 것입니다. 내가 나상과 블라디보스토크에서 작별하고 지린성吉林省과 함경남북도로 돌아다니며 느낀 것입니다만, 실로 광대한 산과 들이 이용되지 않고 있습니다.

만약 산에서 나는 식량과 그것을 맛있게 먹는 조리법이 발견된다면 조선은 지금 인구의 몇 배나 거둘 수 있을 것이라는 생각이 들었습니다. 그래서 눈을 돌린 것이 감자와 옥수수와 밀, 조 같은 작물이었습니다. 그런데 아시다시피 나 같은 가난한 서생으로는 무엇이나 생각하는 대로 되지는 않았고, 이제 겨우 옥수수 재배법과 조리법만 그런대로 구색을 갖췄으니 이제부터는 감자에 착수하려는 참입니다. 자, 어서 드세요. 실례했습니다. 너무 장황하게 지껄여서. 그런데 옥수수 포스텀이오? 나상이 포스텀이라고 말씀하셨으니 그렇게 불러도 좋지요. 그리고 이것이, 이 케이크가 감자로 만든 것입니다."

하고 자기가 먼저 감자 케이크를 한 입 먹고는 옥수수 포스텀을 마셨다.

우리도 안 씨를 따라 먹었다. 포스텀도 케이크도 맛있었다.

식후 우리는 바다가 보이는, 베란다는 아닌데 넓은 마루처럼 되어 있는 장소로 자리를 옮겨 밤바다를 바라보며 여러 가지 이야기를 나눴다. 그 주제는 산의 개척에 관한 것이었다. 옥수수와 감자, 맥류의 재배와 소, 양, 돼지 등의 목축은 이제부터 조선 농업의 신천지가 되지 않으면 안 되고 동시에 또 주요한 사업이 되지 않으면 안 된다는 이야기였다.

"논밭을 개량하는 것도 급무이지만 산을 개척하는 것은 창조이니까 말입니다. 자손만대 먹을 수 있는 식량의 새로운 원천을 만드는 것이지요."

이렇게 말하는 안 씨의 눈은 빛났다.

아이들이 있으니 아홉 시쯤 안 씨 댁을 나왔는데, 작별할 때 안 씨는,

"언제 또 감자 만찬을 대접해드리겠습니다."

하고 손을 내밀었다.

치따깨

　추석날 저녁때 나는 면이가 왜 이렇게 늦도록 아니 돌아오는가 하고 시계가 여섯 시 가까이 들어가는 것을 바라보고 있었다. 오늘은 사생화를 그리러 갈 듯하니 좀 늦겠다고 아침에 미리 말은 하고 갔건마는 아비 마음에는 걱정이 없지 아니하였다.

　“오빠 왜 안 와?”

　“오빠 왔어?”

하고 난이와 연이가 벌써 몇 차례나 내 방에 들락날락하였다. 오빠가 와야만 송편과 포도와 배를 준다고 저희 엄마가 말한 까닭이다.

　그럴 때에 면이가 란도셀[2]과 전투모를 벗어들고,

　“아버지!”

하고 뛰어들어 왔다.

　“왜 이렇게 늦었니?”

하고 나는 반갑고 대견히 여기면서도 옛날 조선 아버지 식으로 위엄을 갖추어서 책망하는 어조로 물었다.

　“사생화 그린다고 늦는다고 안 그랬어?”

　“어디서 사생을 했니?”

　“추성문에서 — 이거야.”

하고 면은 크레파스로 그린 그림 한 장을 내어서 내 앞에 던진다.

　“어서 손 소독하고 세수하고 안약 넣어!”

1　이광수(李光洙), 『가정지우(家庭の友)』, 1939.12.
2　등에 메는 초등학생용 가방.

하고 반쯤 성난 듯이 소리를 질렀다. 면은 란도셀과 전투모를 내어동댕이를 치고 목욕실로 갔다.

나는 면이가 던진 그림을 집어 보았다. 새로 낙성된 총독관저의 정문과 그 배경인 북악을 그린 것이다. 제법 되었다. 그림은 면이가 가장 즐겨하고 또 가장 나은 과목이다.

면은 건강한 아이는 아니다. 일전 운동회에서도 달음박질에 팔 등밖에 못 하였고 체조도 을밖에는 못 받는다.

운동회에서도 일등을 하였으면 하는 것이 아비의 욕심이지마는 그것은 달치 못하는 욕심이다. 중학교에 들어갈 만한 건강만 되었으면 하는 것이 기껏 아비인 내가 면에게 바라는 것이다. 신장이나 체중이나 척추나 다 상당하지마는 흉위가 한 센티 가량 부족한 것이 마음에 걸렸다. 아직 사학년이니 앞으로 이 년간에 서상천³ 선생의 중앙체육연구소에 보내면 흉위나 드는 힘이나 끄는 힘이나 뛰는 힘이나 다 늘리라 하는 것을 아내와도 노 말하고, 면이 저 보고도 가끔 이야기하였다.

다른 과정에는 그리 남만 못지는 아니하였으나 — 국어, 산술, 이과, 그림도 다 우등 끝수지마는 습자, 체조, 창가, 직업의 성적이 좋지 못하여서 아직도 첫째를 못 하여본 것이 유감이었다. 그중에도 글씨가 제일 나빠서 지난 번에도 일곱 점을 받았으므로 평균 여덟 점 코마구로 우등을 못 하였다.

"이 애야, 여덟 점이 다 무엇이냐."

하고 아내는 때릴 듯이 주먹을 들었다. 면은 평소의 호기도 다 없어지고 시무룩이 고개를 숙여버리고 말았다. 아내는 내가 면을 사학년이 되도록 사립학교에 두었던 것과 자기는 일찍 아홉 점 이하는 받아본 일이 없다는 것을 말하였다. 사실상 삼년 간 사립학교에 있다가 금년 봄에 새로 공립학교로 옮겨온 것이 당자인

---

3   서상천(徐相天, 1902~?). 1919년 휘문의숙을 거쳐 1923년 일본 체조학교를 졸업하고 1926년 조선체력증진법연구소를 조직하여 역도를 보급시켰다. 1930년 중앙체육연구소를 세워 조직을 확대 개편하고 1938년 자신이 창설한 역도연맹회 회장을 맡았다.

면에게는 여러 가지로 불편도 있었던 모양이었다.

그렇지마는 어미 아비 되는 우리 생각에는 제 자식인 면은 어느 학교에를 가든지 우등수석을 하여야 옳을 것만 같고 또 면은 그만 재질이 있는 것만 같이 믿었다. 그래서 나는 내가 하는 일을 희생하면서도 면의 공부를 감독하였다. 여름방학 동안에는 날마다 가끼가다[4]를 네댓 장씩이나 쓰였고 방학 책도 꼭 감독을 하여서 시켰고, 선생이 방학 동안에 그려오라는 그림도 못에 핀 부용꽃을 사흘이나 품을 들여서 사생을 시켰다. 그랬지마는 그 방학 책도 글씨가 지저분하다고 하여서 을밖에 못 받고, 그렇게 애써서 그린 부용꽃은 너무도 잘 그려진 것이 아마 남의 그림을 모방한 것이리라고 하여서 학예회에 걸어주지도 아니하였다.

그러나 구월 학기부터 전력을 다하면 오학년에 올라가는 때에는 수석은 못 하여도 우등으로 둘째나 셋째는 되려나, 이렇게 바라고 아내나 내나 그날의 영광을 기다리고 있는 중이다.

내가 면의 그림을 보고 이러한 생각을 하고 있을 때에 면은 내가 시킨 대로 손을 소독하고 세수하고 발 씻고 눈에 안약을 넣고 내 방으로 들어왔다. 내 방이자 또 면의 방이다.

면은 들어오는 길로 내가 앉은 데서 두어 미터쯤 저쪽에 꿇어앉아서 두 손을 집고,

"아버지."

하고 느껴 울기를 시작한다.

"웬 일이야?"

하여도 대답이 없고,

"왜 울어?"

하여도 대답이 없었다. 나이는 아직 열한 살밖에 아니 되었지마는 몸이 숙성하여서 그 꿇어앉아서 우는 양이 무슨 중대한 사건을 의미하는 것 같아서 원고를 쓰

---

4   습자(習字) : 당시 소학교 교과목의 하나.

고 앉았던 나는 손에 들었던 만년필을 던지고,

"왜 울어? 말을 하지. 사내가 울긴 왜?"

하고 책망조로 소리를 질렀으나 아비인 내 마음도 무엇에 어디 맞은 것처럼 아팠다.

그래도 대답이 없이(저도 울음으로 말문이 막힌 것이었다) 얼마를 더 울다가야 면은 고개를 번쩍 들어 눈물 흐르는 눈으로 나를 바라보며,

"아버지 젠꼬오시오善行章를 빼앗겼어. 가끼도리[5] 잘못했다고. 스물에 여섯밖에 안 맞혔다고. 선생님이 젠꼬오시오 도루 내라구. 이 다음에 공부 잘하면 또 주신다구."

하고는 또 고개를 숙이고 울었다(젠꼬오시오라는 것은 동그란 은바탕에 남빛 사쿠라를 놓은 것으로서 특히 국어공부를 잘하는 아이에게 주어 옷깃에 붙이게 하는 것이다).

이에 대한 내 첫마디 대답은,

"당연하,. 그럼 그렇게 잘못하구 젠꼬오시오를 안 빼앗겨? 그게 선생님이 고마우신 게다. 넌 어떻게 생각하니?"

"선생님이 고마우셔. 나 잘하라고 그리 하시는 게니깐."

하고 면은 고개를 들었다.

"응, 울지 말어. 잘하면 선생님이 또 젠꼬오시오를 주실 것 아니야? 세상 살아가는 것이 다 그런 것이야. 잘하는 자에게는 주고 잘못하는 자에게서는 가졌던 것도 빼앗는 것이야. 알아들었니?"

"응."

"그래 인제 울지 말고 — 어따 여기 송편 있으니 이거나 먹어."

하고 뚜껑 덮어 꼭 봉하여 두었던 송편 그릇을 면의 앞에 내어놓았다.

저녁을 먹고 나서 면은 놀러도 안 나가고 책상에 붙어 있었다. 열녁 자 잘못 쓴 글자를 한자를 넉 자씩 모두 일천사백 자를 모레글피 아침까지에 써가야 하는 것

---

5   받아쓰기.

이다. 면은 연필을 꼭 쥐이고 집 관館자 — 이러한 글자들을 같은 자를 백 자씩, 쓰고 앉아 있었다.

나는 이 광경을 보고 안으로 들어갔다.

"면이가 젠꼬오시오를 떼였군."

하고 난이와 연이를 데리고 앉았는 아내를 보고 말하였다. 벌써 말하였을 것이지마는 오늘 마음이 좀 불편하였던 아내에게 아무쪼록 타격을 적게 하려고 기회를 기다린 것이었다.

"네에? 젠꼬오시오를 떼였어요?"

하고 두 아이의 재롱을 보고 잠시 마음이 명랑하여졌던 아내는 눈을 크게 뜨고 놀랐다.

"응, 가끼도리를 스무 마디에 열네 마디나 잘못 써서 선생이 면의 젠꼬오시오를 도루 거두셨다구. 아까 면이가 학교에서 돌아오는 길로 내 앞에 꿇어앉아서 우는군. '아버지 젠꼬오시오를 빼앗겼어. 잘하면 또 주신다고.' 이러고 우는군."

"그럼 안 뺏겨요? 그것을 무엇에 써요? 공부가 그따위고야 중학교에를 어떻게 들어가요? 원 스무 마디에 열네 마디를 잘못 쓰다니? 아다마가 와루이네(머리가 나쁘네). 그런데 왜 인제야 내게 그 말씀을 하서요. 내 호차리[6]질을 좀 할 것을."

하고 아내는 눈에 불이 나게 분한 모양이어서 당장 사랑으로 뛰어나갈 뜻을 보이더니,

"그게 여러 애들 앞에서 젠꼬오시오를 떼이고 얼마나 부끄럽고 설었을까?"

하고 눈물을 흘렸다.

이것을 본 내 눈도 쓰려짐을 금할 수가 없었다.

난이와 연이도 이 불행한 사건을 짐작하는지 장난들을 그치고 어미와 아비의 모양을 번갈아 보고 있었다.

"앉으시우."

---

6   '회초리'의 방언(충청, 함북).

아내는 눈물에 젖은 눈으로 나를 쳐다보면서 말하였다.

나는 앉았다. 연이가 조심조심하는 모양으로 내 무릎에 올라와 앉는다.

"글쎄, 저 자식을 무얼 하우? 저러구 어떻게 중학교엘 들어가우?"

하고 아내는 맥이 풀이는 듯이 한숨을 쉬었다.

"내 자식이 무엇이나 다 잘하기를 어떻게 바라오? 중이나 되면 다행하지."

이렇게 말하는 나도 내 자식이 어디를 가나 첫째이기를 바라는 마음은 아내에게 지지 아니하였다.

"제 형두 저 따위로 공부를 못 마쳤으니, 면이나 대학까지 공부를 시키자고 그것을 낙으로 알고 있는데 글쎄 그게 다 무엇이야? 원 스무 마디에 열넷을 못 쓰다니? 우리는 소학교에서 논어맹자를 배와서도 글자 하나 잘못 쓰지 않았는데 그까짓 것을 무얼 해요?"

"제 능력이 그밖에 안 된다면 할 수 있소? 또 학교성적과 큰 사람 되는 것과는 반드시 일치하는 것도 아니니까. 사람은 마음이 제일입니다."

"그애는 마음도 그다지 좋지도 못해 동생들 못 견디게 굴고, 말 안 듣고 또 남의 약점을 들추어내기 좋아하고 — 그래도 당신 모양으로 저 잘못한 것을 반성하는 힘은 있습디다. 그거 하나만은 면이헌테서 취할 점이지."

나는 아내가 어미로서 제 자식의 결점을 바로 보는 눈에 탄복하였다. 그런 동시에 면이가 내 성질을 닮은 것을 새삼스럽게 인식하였다. 밤낮 일을 저지르고는 뉘우치고 저지르고는 뉘우치고 이 점이 면이와 나와 꼭 같다. 아니 저지를 힘은 없고 뉘우칠 양심만은 가진 것이다.

이만한 것도 고마운 일이라고 나는 스스로 생각하였다. 잘못하고는 뉘우치고 잘못하고는 뉘우치고 이것이 내 일생이었다. 그러나 내 자식들은 뉘우칠 필요가 없는 생활을 하게 하고 싶었다.

"우리 면이를 농업학교에나 보냅시다."

얼마 후에 아내는 이런 말을 하였다.

"좋지."

이렇게 대답하는 나는 농업학교 입학시험은 쉬운가 하는 생각을 하였다. 더구나 장차는 입학시험이 없어지고 소학교에서의 성적과 인물과 체격으로 뽑는다는데, 면이는 인물은 어떨는지 몰라도 체격도 염려가 되었으나 나는 이 자리에서 아내에게 이런 사실까지 말하는 것은 너무나 잔인한 것 같아서,

"농업학교 마치고 고등농립학교에 가도 좋고 또 고등농림학교를 통하여서 대학에도 가랴면 갈 수도 있고 시골 가서 농장이나 하면 더욱 좋고."

이러한 말로 아내도 위로할 겸 나 스스로도 위로한 것이었다.

"의학을 시킬까 했더니."

하고 아내는 면의 대학공부를 단념하기가 어려운 모양이었다.

"의사는 건강한 사람이나 할 일이야."

나도 이렇게 둥그렇게 말하였다.

"하긴 그래요. 의사는 무척 건강에 해로운 직업이야. 밤낮 병만 만지고 인생의 고통면만 늘 보게 되고 밤잠 못 자고. 농업이 건강에는 좋지. 시굴 가서 농사나 지으라지."

아내는 면이가 대학에 입학을 하거나 시골로 농사지으러 가거나 하는 것이 바로 내일모레나 되는 듯이 생각하는 모양이었다.

"섬이는 족히 우등수석을 했을 거야."

하고 나는 육년 전에 죽은 면의 형을 생각하였다. 안 할 말을 하였다 하고 나는 후회하였다.

"그럼요, 섬이야 우등수석이 되고말고. 이 애들도 다 첫째 해요. 인제 두구만 보세요."

하고 아내는 난이와 연이를 돌아보았다. 난이와 연이는 저희들을 칭찬하는 말인 줄 알아듣고 흡족히 여기는 듯이 한 번 눈을 치떠서 아내와 나를 보고는 수줍은 듯이 고개를 숙였다.

나는 아내의 마음이 면의 젠꼬오시오 떼인 슬픔에서 다른 방향으로 옮겨가는 것이 다행하여서,

"난이는 음악이나 시킬까?"

하고 난이의 머리를 쓸었다. 유치원 다니는 일곱살 장이 계집애다.

"그럼요, 목소리가 좋고 성량도 풍부하니 성악을 시켜요. 기악은 건강에 해로워. 또 닝키[7]도 성악만 못하고."

하고 아내의 낯에는 밝은 빛이 돌기 시작하였다.

"응, 난이는 춤도 잘 출거야. 몸 가지는 게 아주 리드미컬하고 또 야와라카이[8] 하단 말야."

나는 난이가 유치원에서 배워 온 유희를 하는 양을 눈에 그려보았다.

"센세이 오하요, 미나산 오하요(선생님 안녕하세요, 여러분 안녕)."

하는 유희를 생각하였다.

"당신은 난이 피아노 사줄 것을 걱정하시지마는 성악은 고등여학교에 가서부터 공부해두 돼요. 기악은 칠팔 세부터 배와야 하지마는."

하고 아내는 난이가 이브닝 드레스를 입고 무대에 나서서 만장의 갈채를 받는 양을 꿈꾸는 모양이더니,

"연이는 고등사범에 보낼 테야. 우리집 애들 중에 제일 재주가 있고 약은 것 같아. 요곤 공부를 잘할 거야."

하고 내 무릎 위에 앉은 연이의 인중까지 흘러내린 코를 씻겨 준다. 연이는 다섯 살 먹은 계집애다.

연이가 코 씻기가 싫다고 고개를 돌려서 그 코 묻은 얼굴을 내 가슴에 파묻는다.

아내는 면의 젠꼬오시오 떼인 사건에서 받은 타격을 잠깐 잊은 듯이,

"연아, 코 씻어. 아버지 저고리에 코 묻는다."

하고 내 품에서 연이를 떼어다가 말짱하게 코를 씻겨놓고 그 얼굴을 빤히 들여다보면서,

"우리 연이는 인제 고등사범학교를 졸업하고 여학교 선생이 된단 말야. 그래서

---

7   인기(人気).

8   유연한.

오이치 니, 오이치 니(하낫 둘, 하낫 둘) 하고 체조를 가르친단 말야."
하고 웃었다.

곁에서 보던 난이도 연이가 선생이 되어서 오이치 니, 오이치 니 한다는 것을
상상하고 우스움인지 그 소프라노 청으로 깔깔대고 대글대글 굴면서 웃는다. 연
이도 눈을 크게 뜨고 웃고 나도 웃었다.

내가 안방에서 내 서재로 나왔을 때에도 면은 여전히 일심으로 벌 받은 글자들
을 쓰고 있었다.

"몇 자나 썼니?"
하는 내 말에 면은 시각이 아까운 듯이 잠깐 고개를 들며,

"인제 겨우 이백 자밖에 못 썼는데."
하고 학습장을 가리켰다. 한 페이지에는 수없는 볼뫼 질자가 마치 병정들이 분열
식[9]이나 하는 모양으로 수없이 열을 지어 있었다. 글자들은 모두 삐뚤삐뚤하였
다.

"많이 쓰라신 것은 잘 쓰란 말씀이다. 한 자를 써도 책에 있는 대로 잘 쓸 생각
을 해."
하고 한 마디 일러주었다. 시계를 보니 벌써 아홉 시다. 아홉 시면 면이는 자야 할
시간이다. 그런데 내일과 모레와 이틀 동안에 남저지 일천이백 자를 써야 한다.
그렇지마는 지금 안 자면 내일 여섯 시에 일어나기가 어렵다. 자잘까 더 쓰랄까,
하고 나는 자저하였다.[10] 내가 그렇게 자저하고 섰는 동안에 면이는 이번에는 밭
갈 경耕자를 다섯 자나 더 썼다. 여섯 자, 일곱 자, 여덟 자, 공책 위에는 뒤를 이어
서 밭갈 경자가 나왔다.

면이는 분명 피곤한 모양이었다. 학교에서 선생님께 옷깃에 달았던 '선행장'
을 떼일 때에 바든 정신적 타격이 필시 컸을 것이다. 오륙십 명 아이들 중에서 당
한 망신이 부끄러움이 감정적인 면에게는 정녕 견디기 어려웠을 것이다. 나중에

---

9   분열식(分列式) : 부대(部隊)가 사열단(査閱團) 앞을 행진하면서 예를 표시하는 의식.
10   자저하다(趑趄하다) : 머뭇거리며 망설이다.

들은 말이지만 '선행장'을 떼일 때에 면은 어떻게나 슬피 울었는지 선생님도 고개를 돌리셨다고 한다. 그리고 아비에게 그런 사연을 보고할 때에 심경도 어지간히 어려운 일이었을 것이다. 게다가 해가 질 때까지 사생을 하고 돌아왔으니 퍽은 피곤하였을 것이다. ― 아비 되는 나는 이런 생각을 하면서 면이가 밭갈 경자 육십 자까지 쓸 때까지 뒤에서 보고 있었다. '그만 자거라.' 하는 말이 목구멍까지 나오는 것을 꾹꾹 참았다.

"하루이틀 두어 시간 잠을 덜 자기로 어떨라고. 그만한 고생에도 저항을 못해서 무엇 해."

이러한 생각을 하고 밭갈 경자 백 자를 다 쓸 때까지 기다리기로 하였다.

'그렇지만 면이는 약한 아인데 또 감기 기운이 있는데.'

이러한 생각을 하면 금시에,

"인제 고만 자거라."

하고 싶었다.

면이가 밭갈 경자 백 자를 쓰고 자리에 누운 것은 시계가 열시를 친 뒤에였다. 면이는 이날따라 자기 전 기도를 길게 하였다. 나도 그가 무슨 기도를 하는지 모른다. 나는 그것을 묻지 아니한다. 나는 기도의 내용은 아무에게도 알릴 수 없는 것으로 믿기 때문에 면의 기도의 내용을 결코 묻지 아니한다. 그러나 아마 이 다음에도 가끼도리를 잘하여서 잃었던 선행장을 다시 받게 하소서 하는 뜻이 품겨 있을 것은 상상하기 어렵지 아니할 것이다.

이튿날 아침에 면은 내가 깨워주기 전에 벌떡 일어났다. 남저지 일천사백 자가 마음에 걸린 것이다.

아침밥을 먹을 때에 아내가 면이더러,

"너 젠꼬오시오 떼일 때에 울었니?"

하고 물었다. 나는 차마 면이가 '선행장'을 떼이던 광경을 묻지 못하고 있었던 것이다.

어머니가 묻는 말에 면은 입까지 가져갔던 밥숟갈을 힘없이 내리면서 고개를 끄덕끄덕하였다. 그러고는 그 커다란 눈에서 눈물이 쑥 쏟아졌다. 그러고는 목이 메어서 밥이 아니 넘어가는 모양이었다.

"반에서 다른 애들 보는 데서 젠꼬오시오를 떼였니?"

아내는 한 마디 더 물었다.

"응."

하고 면은 또 고개를 끄덕끄덕하였다. 굵은 눈물이 꿇어앉은 무릎 위에 뚝뚝 떨어졌다.

"어린 것이 얼마나 부끄러웠을까?"

아내는 이 말을 하면서 눈물을 참지 못하고 고개를 돌렸다. 나도 아내의 이 말에 면이가 교실에서 여러 아이들 보는 앞에서 선생님께 걱정을 듣고 저고리 깃에 달렸던 은바탕에 남빛 사쿠라 놓은 선행장을 떼이고 울던 광경을 눈앞에 보는 듯하여서 눈이 쓰렸다. 그것을 떼이고 나서는 운동장에 나와서도 다른 아이들을 대할 때에 퍽이나 면목 없었을 것을 생각하였다.

"너 선생님을 원망하니?"

아내는 눈물을 씻고 이렇게 면을 보고 물었다.

"아니, ありがたいと思つて居るよ(고맙게 생각해)."

면은 서슴지 않고 이렇게 대답하였다.

"先生は眞劍だよ. とても眞劍だよ(선생님은 진지해. 정말 진지해)."

면은 이런 소리를 하였다. 신껭眞劍[11] 이란 말은 바로 일전에 요미가다[12]에서 배운 말인 줄을 나는 안다. 그러나 면은 무슨 뜻으로 선생님을 신껭이라고 하였는지는 알 수 없다.

"能く云つて與れた. 先生はありがたいんだよ(잘 말해줬다. 선생님은 고마우신 게다)."

---

11 「진지한 태세(眞劍り態勢)」(『국민신보(國民新報)』, 1939.7.2)에서 그 유래와 의미를 자세히 설명하고 있다.
12 읽는 법. 읽기 과목.

나도 이렇게 말하지 아니할 수 없었다.

"선생님도 그 젠꼬오시오를 빼앗을 적에 얼마나 마음이 아프셨겠니?"

아내도 이렇게 말하였다. 이것은 나중에 다른 사람 편에 들어서 사실인 줄을 알았지만 선생도 집에 돌아가서 울었다고 한다.

"젠꼬오시오는 그냥 두었다가 내가 가끼도리를 잘하게 되면 또 주신다고."

면은 이렇게 말하고 또 목이 메어 울었다.

"울지 말어, 어서 밥이나 먹어. 공부 잘해 응."

아내는 면의 등을 두드려 주었다.

"お母さん, 濟みませぬ(엄마, 죄송해요)."

하고 면은 아내를 향하여 어저께 내게 하던 모양으로 두 손을 땅에 짚고 절을 하였다. 그 모양이 퍽이나 가여웠다.

명년이면 소학교에 들어갈 난이는 그것이 남의 일 같지 아니한지 밥도 아니 먹고 말도 아니 하고 제 오라비를 바라보고 있었다.

면은 다른 날보다 밥을 적게 먹었다. 아내는 그 대신 억지로 우유를 좀 많이 먹이고 바나나를 그중 큰 것으로 하나를 주었다. 면은 그것들을 다 받아먹기는 하였으나 평소에 덜렁거리던 것도 다 없어지고 풀이 없이 란도셀을 지고 학교로 갔다.

저고리 깃에 달렸던 은바탕에 남빛 사쿠라를 놓은 '선행장'이 없이 면이가 터덜거리고 학교를 향하고 걸어갈 것을 생각할 때에 나는 그의 마음이 얼마나 적막할까 하고 한끝 가엾고도 한끝 빙그레 웃어짐을 금할 수가 없었다.

1940년

금년 겨울은 도무지 춥지 않다 하던 어떤 날, 이 날에는 갑작 추위가 왔다. 소한 추위다. 어저께는 하얗게 눈이 덮인 위에 그렇게도 날이 따뜻하더니, 봄날과도 같더니, 인왕산에 아지랑이도 보일 만하더니, 하늘에는 구름 한 점 없고 다만 젖빛으로 뽀얀 것이 있을 뿐이더니, 초저녁에도 별들이 약간 물이 먹었길래로 철 그른 비나 오지 아니할까 하였더니, 자다가 밤중에 갑자기 몸이 춥길래 잠이 깨어서 기온이 갑자기 내려간 것을 보고 놀래었더니, 이튿날 신문에 보니 영하 십칠 도라는 금년 들어서는 첫 추위였다.

아침에 일어나니 유리창가에 국화 잎사귀 같은, 잎 떨린 고목 같은 성에로 매작질을 하였다.[2]

"어 추위!"

길가로 지나가는 사람들의 소리가 들창으로 들렸다.

기압이나 기온이 변하면 아픔이 더하는 아내의 관절염이 밤새에 더하지나 아니한가 하고 걱정이 되고, 감기 뒤끝에 아직 개완[3]치를 못하여서 기침을 쿨룩쿨룩하는 어린 것들의 일이 근심이 되어서 아직도 이불속에 파묻혀 있는 세 아이의 머리와 손을 만져 보았다. 한 아이는 암만 해도 삼십칠 도는 넘을 것 같아서 한 번 한숨을 쉬었다.

"아침 불 좀 많이 때시오."

나는 안을 향하고 소리를 쳤다. 아내는 입원하고 안주인 없는 가정에 늙은 식모 둘이 있을 뿐이다.

---

1   춘원(春園), 『문장(文章)』, 1940. 2.

2   매작질하다 : '꿈지럭거리다'의 함북 방언.

3   개완하다 : '개운하다'의 전남, 평북 방언.

"예, 몇 덩이나 더 넣어유?"

충남 사투리 쓰는 어리석한 식모는 지금 아궁이에 불을 지피고 있는 모양이었다. 그는 한 아궁이에 장작 몇 개비, 이공탄 몇 덩이 넣으라 하면 날이 춥거나 덥거나 꼭 그대로만 넣는 사람이다.

"이거 너무 때었구려. 방이 눋겠는데. 아이들 땀 나겠소."

하면 그는,

"늘 때는 대로만 때는데유."

하고, 더운 날에 추운 날과 같은 분량을 때이면 어찌 되는지 모르는 사람이다.

아침상이 들어왔으나 모두들 식욕이 없었다. 소학교에 다니는 사내아이는 혓바늘이 돋았노라고 안 먹으려 들고 아직 신열이 남아 있는 큰 계집아이는 입맛이 쓰다고 안 먹으려 들고, 새해 잡아 여섯 살 되는 계집아이와 나와만 밥을 한 공기씩 먹었다. 나도 감기 끝에 기침이 쇠어서[4] 몸이 찌뿟하고 식욕이 없었다.

식욕이 왕성한데도 먹을 것이 없어서 못 먹는 것이 물론 비극이겠지마는 먹을 것은 있어도 몸이 성치 못하여서 식욕이 없는 것도 비극이다. 웬 일인지 우리 집 아이들은 도무지 식욕이 없고 게다가 편식이어서 모두들 꼬치꼬치 말랐다. 아내가 아이들을 맡아서 기를 때에는 모르고 지냈으나 지난 두어 달 동안 내가 세 아이를 맡아서 길러보니 실로 마음 졸일 노릇이다. 밤에 잘 때와 아침에 일어날 때에 옷을 벗기고 보면 팔다리가 젓가락 같고 갈빗대가 불끈불끈 비추이는 것이 애가 타고 그러면서도 덥적덥적 먹지 아니하는 것이 애졸을 할[5] 노릇이었다.

"좀 더 먹어라. 왜 안 먹느냐?"

하는 내 아내의 노래같이 하던 소리를 나도 흉내내지 아니할 수 없었다.

"몸이 저 따위니 병에 대한 저항력이 있을 수가 있나?"

아내나 내나 늘 이렇게 어린 것들을 보고는 자탄하였다. 실상 우리집 아이들은 병이 잦았다. 한 겨울이면 두세 차례나 감기가 들었다. 한 번 감기를 들면 십여 일

---

4   쇠다 : 한도를 지나쳐 좋지 않은 쪽으로 점점 더 심해지다.
5   애졸하다 : 애절하다. 견디기 어렵도록 애가 타다.

이나 방에 가두어 놓아야 추었다.

"너희들은 광동이나 가서 살아라."

나는 어떤 날, 기침만 쿨룩거리고 밥을 안 먹으려 드는 세 아이를 보고 이런 소리를 하였다.

"광동이 무에야?"

하고 아이들이 물었다.

"더운 데다. 겨울에도 춥지 아니한 데야."

"그럼 여름만이야?"

하고 한 아이가 물었다.

"그래. 이를테면 여름만이다."

"그럼 더워서 어떻게 살어?"

참 그렇기도 하다. 광동廣東이나 남양南洋을 가면 추위는 없겠지마는 더위가 있다. 나는 어이없어서 웃었다. 어디를 가면 이 천지간에 근심걱정 없이 편안히 살 데가 있으랴? 더구나 몸도 약하고 가난한 몸이, 이렇게 생각하고 나는 아이들을 보며 또 한 번 한숨을 쉬었다.

그래도 어린 것들은 흐르는 콧물을 주먹으로 씻어가며, 열과 쇠약으로 잘 아니 떠지는 눈을 억지로 떠가면서 장난감을 가지고 흥에 겹게 놀고 있었다.

아침을 먹고 나서 나는 아내가 입원한 병원에를 갔다. 병원 문을 들어설 때에 벌써 그 쇠약한 얼굴과, 고통하는 표정을 상상하고 다리에 맥이 풀려 버렸다.

병실은 써늘하였다. 석탄의 배급이 원활치 못하다고 하여서 스팀은 늘 미지근한 정도를 벗어나지 못하였다.

내가 병실에 들어가자 아내는 또 울었다. 그의 병든 팔은 부목剮木과 솜으로 통통하게 동여매어서 침대 한 편 옆에 삐뚜름하게 놓여 있었다.

"또 일기가 갑자기 변해서 더 아픈가 보구려."

하고 나는 선 채로 눈물에 젖은 아내의 얼굴을 들여다보았다.

벌써 두 달이 넘는 병, 이 세상에서 제일 아픈 병이라는 관절염이다. 꼭 누운 채로 꼼짝도 못한 지가 벌써 두 달. 그 몸의 살은 다 말라버리고 앓는 팔만이 통통하게 부었다. 그의 얼굴에서는 웃음이 스러진 지가 벌써 오래다.

"날 어떻게 해주셔요. 나중에는 어찌 되든지, 두 시간에 한 번씩만 마약 주사를 해주셔요. 죽는 것은 조금도 무섭지 않아도 이 아픔은 참 못 참겠어요."

하고 아내는 엉엉 소리를 내어서 울었다.

"조금만 더 참으시오."

나는 이 말밖에 할 말이 없었다.

"참기는 언제까지나 참아요. 자고 나면 또 마찬가지요, 자고 나면 또 마찬가진걸. 내일이나 내일이나 하고 내일이면 좀 나을까 해도 또 마찬가진걸."

나는 더 할 말이 없었다.

아내의 말이 무슨 신비한 종교적인 암시같이 내 가슴을 울렸다.

'참기는 언제까지나 참아요?'

하는 것이 무척 비통한, 인생의 운명의 노래인 것 같았다.

'내일이나 내일이나 하고 내일이면 좀 나을까 해도 또 마찬가진걸!'

이것이 인생의 노래의 후렴이 아닐 수 없는 것 같았다.

'그럼 어떡허오? 또 참아야지.'

하는 내 말도 그 인생시의 한 구절인 것 같아서 내 스스로 내 말에 놀라지 아니할 수가 없었다.

오랜 고통에 아내는 마음이 약해지고 또 어리석어졌다. 그는 걸핏하면 비감해서 울고 또 걸핏하면 원망하였다. 요새에는 살고 싶은 욕망이 하나도 없어졌노라고 자탄하였다.

또 며칠 전에는, 아내는 신앙이 없이는 살아갈 수 없는 세상인 줄을 깨달았노라고 하였다. 그러나, 그러면서도 하나님이나 부처님이 꼭 믿어지지를 아니한다고 자탄하였고, 또 이러한 고통을 받는 것이 다 제 죄값인 줄을 깨달았노라고도 하였다. 그렇지마는 그 다음날에는 그러한 종교적인 생각이 스러진 것도 같았고, 또 그 다음날에는 나더러 신앙을 가지는 길을 가르쳐 달라고도 하였다. 그렇지마는 나 자신이 원체 변변한 신앙을 가진 사람이 못될뿐더러, 설사 내게는 확고불발할 신앙이 있어서 안심입명의 기초가 꽉 잡혔기로서니 이러한 마음자리는 제가 제 마음 속에서 찾은 경계요 아들이나 아내에게도 전해줄 수는 없는 것이 아닌가.

나는 또 돈 변통을 하러 가지 아니하면 아니 된다. 얼른 돈 변통을 하여가지고 앓는 아이들이 기다리고 있는 집으로 돌아가지 아니하면 아니 된다.

아내가 병원을 개업하여서 일년 반에 겨우 기초가 잡혀서, 매삭 순이익이 몇백 원씩 남아서 이만하면 금후 일년 이내에는 빚도 다 갚아버리고 아이들 데리고 살아갈 걱정은 없어진다고 내외가 기뻐하던 통에, 뜻밖에 아내의 병이 튕겨진 것이다.

아내가 발병하기 전 서너 달 동안에는 병원의 성적이 대단히 좋았다. 산부인과에 있어서는 경성 시내 어느 개인병원보다도 성적이 좋은 편이어서 남의 칭찬도 있었거니와 아내 자신도 자못 양양자득하는 빛이 있었다. 그래서 나는,

"그저 고맙습니다, 하고 생각하시오."

이러한 소리를 하였다. 내 속으로는 언제 어떠한 불행의 벼락이 떨어질는지 모른다고 두려워하였기 때문이었다. 이것은, 인생의 화복이라는 것은 풍우와 같이 미리 알 수 없다는 원리로서만 그러한 것이 아니라, 나 자신의 복력을 생각하건댄 근래에 너무도 내 분에 넘게 팔자가 좋은 것이 두려운 까닭이었다. 나같이 박덕소복한 것에게 줄기찬 복이 있을 리가 없다고 생각하였던 까닭이었다.

그러나 아내는 나와 달라서 자기의 운명에 대하여서 상당히 자신이 있는 모양이었다. 병원이 잘 되는 것으로 말하면 자기가 공부도 많고 기술도 용하기 때문이니, 이 공부와 이 기술을 가지고 한 자기의 병원이 아니 될 리가 없다고 자신하는 모양이었다. 이러한 자신이 때때로 말에 스미어 나오는 일이 있을 때에 나는 송구한 마음을 금할 수가 없었다. 신의 힘을 모르는 아내의 자부심이 어떻게나 위태하고 어리석은 것임을 나는 느낀 때문이었다.

그러나 나는 아내가 오랜 고생 끝에 얻은 이 기쁨을 깨트려줄 용기가 없어서,

"그저 겸손하시오."

이러한 말을 할 뿐이었었다.

그러면 아내는 내 진의(신의 뜻과 힘이 우리네 사람의 뜻과 힘보다 크고 난폭하다는 인식)를 모르고 자기의 실력을 짐짓 인정치 아니하는 것처럼 오해하여서 도리어 불쾌한 빛을 보였다.

아무도 저 이외의 남의 운명에 간섭할 수는 없는 것이다!

이러하던 끝에 아내가 병이 났다. 그래서 병원은 쉬이게 되고 쥐꼬리만 한 저축은 다 소모하게 되었다. 수입은 없어지고 지출은 배가 된 것이다. 빚의 이자와, 생활비와, 입원비와. 게다가 아이들까지 풀무패로 앓아서 생기는 의약비.

나는 아내의 병원에서 나와서 몇 책사를 찾았다. 내 원고를 팔아서 아내와 아이들의 치료비와 금리를 물 돈을 얻자는 것이다. 발행자들은 다 나를 우대하는 태도를 보였으나 결국에는 거절하였다. 그 이유는 비상시의 종이 흉년 때문에 새로 책을 발행하기가 어렵다는 것이다.

그것도 물론 이유가 되겠지마는 또 하나 이유가 있다. 그것은 내가 몇 군데 원고료로 선금을 받아먹고도 제 기한에 원고를 써주지 못하여서 신용을 잃은 것이다. 아마 또 하나 이유가 있을 것이다. 그것은 시세가 변하여서 내 작가적 명성이 떨어진 것인지도 모른다.

내 작가적 명성이란 당연히 떨어져야 옳을 것이다. 왜 그런고 하면 내게는 과분한 명성이었기 때문이다. 그렇지마는 그 때문에 급히 마련하여야 할 돈이 변통되지 아니하는 것은 기막힌 일이었다.

나는 종로의 찻집에서 뜨거운 커피를 두어 잔 사먹었다. 그리고 아는 사람들을 만나서 유쾌하게 잡담도 하였다.

찻집에서 암빵을 사서 배를 불리고 종로거리에 나섰다. 이 추운 날에도 길에 사람과 차마가 뿌듯하게 붐빈다. 화신 앞 전차 정류장에는 안전지대가 넘치게 사람들이 전차를 기다리고 섰다. 다들 무엇을 하는 사람들인고? 무엇 하러 어디를 가는 사람들인고?

'마음들. 욕심들!'

나는 사람들을 보고 문득 이러한 생각을 하였다. 그리고 나 자신을 보았다. 나와 비슷한 기쁨, 슬픔, 근심, 욕심들을 품고 움직이는 무리들! 이렇게 생각하면 길거리에 가고 오는 사람들이 다 남 같지를 아니하고 나 자신이 여럿으로 갈려서 이렇게도 움직이고 저렇게도 움직이는 것을 나 자신이 보고 섰는 것 같았다. 모두 정다웁기도 하고 모두 가엾기도 하였다.

"C선생."

하고 누가 내 옆에 와서 불렀다. 나는 이때에 화신 모퉁이에 멀거니 서 있던 것이다.

나를 부른 사람은 K였다. 그는 호리호리한 몸에 검은 외투와 검은 소프트를 쓴 것이 영국 다녀온 신사라는 인상을 주었다. 그는 ○○잡지를 경영하는 사람이다.

"추운데요."

나는 이런 싱거운 대답을 하였다.

"추운데요. 어디를 가도 석탄 절약으로 훈훈한 데라고는 없군요."

K는 이렇게 말하면서 외투깃을 일으켜 세웠다. 전동 골목으로 내려쏘는 북한의 하늬바람이 살을 어이는 듯함을 깨달은 것이다.

"잡지 나왔어요?"

나는 이렇게 물었다.

"종이를 구할 수가 없습니다그려. 한 연에 공정가격 오 원 오십 전짜리 종이를 팔 원 오십 전을 내라는군요."

"경제 경찰에 안 걸리나?"

"영수증에는 공정가격만 쓰거든요."

"응, 야미도리히끼[6]라는 게로군."

"오레이[7]라는 게야요."

"그래 오레이 하러 가시오?"

하고 나는 픽 웃었다.

---

6   암거래(闇取引).
7   사례(御礼).

“아뇨, 누가 좀 노나준다는 사람이 있어서요.”

하고 K도 픽 웃는다.

“새해부터는 출판사업은 어렵겠는걸요. 일간신문들도 감페이지만으로는 안 되고, 민간신문 통제문제까지 생기는 모양인데요.”

“통제라니?”

“세 신문을 뭉쳐서 하나를 맨든단 말이죠.”

“허긴 셋씩 있을 필요는 무엇 있나? 내용은 꼭 같고, 종이는 없고.”

“그래도 잡지는 다르거든요.”

K는 이런 소리를 던지고는 가버렸다.

나도 집에서 앓는 아이들을 생각하고 H로 가는 전차를 탈까 하고 두어 걸음 옮겨 놓을 때에 또 누가 뒤로서,

“C선생.”

하고 불렀다.

그는 R이었다. R은 시도 짓고 소설도 쓰고 또 한참 동안 승려 생활도 하였으나 우선 돈을 벌어야 한다고 수년 간 광산을 따라다니다가 수만 원 잡은 친구였다. 외투에는 정짜 수달피 가죽을 대었고 구두도 캉가루였다. 아직 자가용차를 가질 정도는 아니었다.

“야아.”

하고 R은 내 손을 잡았다. 그 손은 무척 부드럽고 따뜻하였다.

“어때, 또 무슨 좋은 일이 생겼소?”

하는 내 인사말에는 야유하는 빛이 있음을 나 스스로 느꼈다.

“좋은 일이 그렇게 날마다 생겨요?”

하고 R은 그 얼굴이 왼통 웃음으로 변하였다. 그러나 그 표정에는 분명 스스로 만족하는 자신의 빛이 있었다.

“한번 놀러 오셔요.”

하고 R은 전화번호와 주소 박힌 명함 한 장을 내게 주고는 동일은행 쪽으로 가버

렸다.

나는 R의 뒷모양을 보면서 문득 S를 생각하였다. 그도 육칠 년 전까지는 일개 건달이었으나 처음에는 가부[8]로, 다음에는 토지 경영으로 지금은 총재산이 사백만 원이라고 평가되는 큰 부자가 되었다. 그의 저택은 서울에서도 굽히는 호화로운 집이요 그의 금자 박은 자가용차도 서울에서 몇 개 안 되는 고급차였다. 그의 자동차는 가끔 종로서 전동으로 들어가는 모퉁이에 세워 있는 것을 보았다. 그는 술도 담배도 아니 먹고 유일한 소일이 첩을 얻는 것이어서 서울 안에만 하여도 알려진 것만이 다섯 곳이라고 한다. 내가 R을 보고 S를 연상한 것이 무슨 때문인지 모르나 그렇게 생각이 되었다.

동시에 나는 갑자기 큰 부자가 된 S가 나를 대할 때마다 매양 인생에 대하여서 회의적이요 비관적인 말을 하던 것도 생각하였다.

"돈은 생겼으나 안심과 행복은 아니 생기오."

하고 그는 한숨을 섞어서 자탄하였다.

공교롭게도 바로 이때에 S의 자동차가 달려오다가 붉은 신호를 만나서 내 앞에 정거하였다. S는 여전히 철학자적인 침울한 빛을 띠고 있었다.

나는 고개를 끄덕하였다.

그는 자동차 문을 열려 하였으나 푸른 신호를 본 운전수는 그대로 자동차를 몰았다.

S는 한 번 허리를 굽혀 보이고 가고 말았다.

뜨거운 커피 한 잔 먹은 기운이 종로 찬바람에 다 스러지고 찬 기운이 뼛속까지 스며드는 것 같았다.

내가 기다리는 전차는 좀체로 오지 아니하였다. 나와 같은 방향으로 가는 손님들은 발을 들었다 놓았다 하기도 하고 상체를 움직이기도 하면서 추위와 기다리는 화증을 이기려 하였다.

---

8   주식(株式).

"C선생."

하고 또 부르는 소리가 들렸다.

그 소리는 내 귀에 익은 H의 소리였다. 그는 때묻은 흰 무명 두루마기에 흰 소프트를 쓰고 커다란 목도리로 코끝까지 감고 그러면서도 손에는 장갑도 없이 빨갛게 언 채로 빼빼 마른 열 손가락을 자랑이나 하는 듯이 쫙 펴들고 나를 향하고 왔다. 반갑다는 뜻이다.

H는 본래 시인으로서 시로는 밥을 먹을 수가 없어서 라디오 소설도 쓰고 극장에도 따라 다니는 궁한 문사다.

내 앞에 다 와서 그 뼈만 남은 열 손가락을 발발 떨면서 합장을 하였다. 그는 불교도다. 매월당梅月堂을 즐겨도 하거니와 그를 연상시킬 만한 성격을 가진 사람이다. 나는 언제나 H를 대하면 매월당을 생각한다.

"매월당이나 하나 쓰라고."

내가 H를 보고 이렇게 권하는 것도 그 때문이다.

H는 가끔 만나는 사람이라 그리 놀라울 것도 없지마는 그 뒤에 따르는 사람이 나를 놀라게 하였다. 그는 W다. 잠깐 어느 자리에서 한 번 슬쩍 본 것을 제하고는 이십 년만에 상봉한다고 할 만한 친구다.

W[9]는 이십 년 전에는 허무주의자였다. 그는 다만 시나 논문으로만 허무주의자가 아니라 생활 그 물건이 허무주의자였다. 그러다가 문득 종적을 감추어버렸다. 영남 어느 절에 숨어서 경을 읽는다는 소문도 있었고 참선을 한다는 소문도 있었으나 아모도 그의 행색을 바로 전하는 사람은 없었다.

"아, 이거 얼마만요?"

W에게 대하여서는 내 편에서 허겁지겁으로 반갑게 손을 잡았다.

W는 H와 달라서 양복에 외투에 괜찮게 차렸다. 그의 얼굴과 눈에는 아모 걸림 없는 웃음이 있었다.

---

9   원문에는 'H'로 되어 있으나 문맥으로 보아 W의 오식인 듯하다.

"그래. 지금 어디서 무얼 하오?"

하는 것은 내 물음이었다.

"그저 아직 천지간에 살아 있지."

W의 대답은 천연스러웠다.

"술은 그저 좋아하나?"

"누가 사주면 먹고."

"그런데 H는 W를 어떻게 만났소?"

나는 H를 보고 물었다. 그 순간에 H와 W는 맞는 한 바리 짐이라고 생각하였다.

"길에서 만났어, 종로서 오다가다."

H의 대답이다.

"오늘?"

"아니, 벌써 서너 번째 만났어."

"오늘은? 어디 가는 길야?"

"가기는 어딜 가. 오늘도 오다가다 만났지."

나는 이 두 세외인世外人을 끌고 찻집으로 들어갔다. 은혜를 차 한 잔으로 갚자는 것이다. 은혜란 무엇인고 하면, 이 두 친구들 보매 내 마음에 서렸던 모든 근심 걱정이 일시에 훽 풀린 까닭이다.

"위스키 한 잔 먹을라나?"

나는 돈지갑을 생각하면서 물었다. 그러나 진정으로 이 두 친구에게 무엇을 사 먹이고 싶었다.

"돈 있어?"

W의 말이다.

"배갈이 싸지."

H의 말이다.

위스키와 커피를 한 잔씩 마셨다. 두 사람은 장히 기뻐하는 모양이었으나 위스키를 더 대접할 뜻이 없었다.

"인제 어디로 가는 거야?"

찻집에서 나오는 길에 나는 이렇게 두 사람에게 물었다.

"아모 데나 가지. 추우면 들어가고."

W는 이렇게 대답하였다.

"길로 돌아다니노라면 또 누구 만나겠지."

이것은 H의 대답이었다.

그러고는 헤어졌다.

두 사람과 작별하고 나니 나는 두 사람의 경계가 무척 부러웠다. 내가 속진을 벗어나지 못하는 것이 부끄럽기도 하였다. 오십 평생에 날마다 무엇을 하노라고는 하였고 또 잘 하노라고는 하였지마는 그것이 다 무엇인가?

나는 집에 돌아가는 길에 소아과병원에 들러서 아이들 약을 얻어가지고 가야 할 것을 생각하고 안동 네거리를 향하고 바람을 안고 걸어 올라갔다. 기관지염이 만성이 되고 몸에는 미열이 떠나지 않는 나는 찬바람을 쏘이매 기침이 더 나고 몸이 아팠다. 위스키 한 잔 먹은 것이 얼굴에만 올라서 낯만 화끈거리고 손끝이 저리도록 시렸다.

나는 내가 지금 걷는 걸음이 침착하지 못함을 느꼈다. 용행호보龍行虎步로 왜 나는 무게 있게 위엄 있게 걸음을 걷지 못하는고 하고 제 천품이 고귀하지 못한 것이 슬펐다. 박덕소복薄德小福! 이것은 내게 꼭 맞는 말씀이다. 나는 내 몸에 걸친 비단옷이 황송하였다. 내 분에 넘는 의식주를 하는 것이 손복이 될 것을 믿으므로, 나는 내 아내가 없는 동안에 몇 번 회색 무명옷을 만들었다. 그러나 아내는 남부끄럽다고 집어치워버렸다.

사실 나 자신도 비단옷이 좋았다. 음식이나 거처나 다 화려한 것이 마음에 좋았다. 이 마음을 떼어버리지 못하고 회색 무명옷이나 입는다면 그것은 아내 말마따나 위선일 것이다.

'돈이 좀 많았으면.'

나는 이런 생각을 할 때가 가끔 있다. 스스로 부끄럽기도 하고 또 원체 복이 없

는 자가 부귀를 구한다고 올 것이 아닌 줄을 잘 알기 때문에 돈에 허욕은 내어본
일이 없지마는,

'돈이 좀 있었으면.'

하는 가여운 생각은 가끔 일어나는 내다. 더구나 오늘 모양으로 꼭 돈이 좀 있어
야 할 처지를 당한 때에는 돈 생각이 자못 간절하다.

나는 간혹 길가 거지에게 돈을 준다. 내생에나 이런 공덕으로 좀 넉넉히 살아
보자 하는 천한 동기에서다. 나같이 박덕한 사람이 이러한 동기가 아니면 어떻게
착한 일을 해보랴? 오늘 H와 W 두 친구에게 위스키 커피 한 잔을 사준 것도 공
덕이 되어서 오는 생에는 복으로 돌아오기를 바라고 있는 내다.

나는 병원에 가기 전에 우선 안동 절로 가서 부처님께 세배를 드릴 것을 생각
하였다. 부처님 화상 앞에서 고개만 한 번 끄떡해도 큰 공덕이 된다는 것을 나는
믿는다. 내가 부처님께 정성으로 절을 하면 내 죄가 소멸되어서 어린 것들과 아
내의 병이 낫기를 바란다. 장난삼아 부처님 화상 앞에서 합장을 하더라도 반드시
성불할 인연을 짓는다고 석가여래께서 가르쳐주셨다.

그래서 나는 부리나케 안동 네거리로 올라갔다. 북악산 끝에 하늘은 흐렸다.
바람은 대단히 찼다. 오싹 오싹 불편하였다.

나는 법당에 모신 석가여래 불상을 생각하였다. 그 앞에 절하는 나를 상상하였다.

나는 문득 발을 멈추고 우뚝 섰다.

'내 몸이 부처님 앞에 갈 만하게 깨끗한가?'

내 옷이 깨끗지 못한 것은 가난한 탓이었다. 구두는 길가에서 오 전을 주고 닦
았다. 그러나 모든 것이 다 불결하였다. 손에 끼인 때묻은 가죽장갑이 내 손 그 물
건의 불결함을 상징하는 것 같았다. 이 손으로 한 모든 깨끗지 못한 일들이 생각
났다.

그러나 그보다도 내 입! 또 그보다도 내 마음!

나는 길가에 지나가는 사람을 대하기가 부끄러웠다.

'그러나 금방 사람을 죽이는 큰 죄를 짓고 피 묻은 칼을 들고도 부처님 앞에 가

서 엎드린다.'

하는 것을 생각하고 나는 안동 별궁 모퉁이를 돌아서 선학원으로 갔다.

내가 아는 K선사를 찾았다. 그는 나를 상당히 존경하는 모양으로 맞았다. 불자는 어떠한 사람에게나 이만 한 존경은 할 것이다.

K선사는 회색 누비 두루막을 입었다.

나는 절을 하였다.

그도 답례를 하였다.

나는 우두커니 앉아 있었다.

'저이는 정말 청정한 중인가.'

이러한 생각을 해 보다가 나는,

'나무관세음보살, 나무관세음보살'

하고 속으로 염불을 모셨다. 관세음보살이 내 처지에 계셨으면 어찌하셨을까. 이렇게 생각해 보았다. 저이가 청정한 중이거나 말거나 내가 그런 것 아랑곳할 새가 있는 사람이 아니다. 나는 내 발부리를 잊어서는 아니 될 것을 생각하였다.

나는 반야심경을 읽고 '시삼마'[10]하는 화두도 잡았다.

그동안 K선사는 가만히 앉아 있었다.

몇 마디 말이 오고 갔으나 그것은 무슨 말인지 기억할 가치도 없는 말이었다. 이를테면 아무 말도 없는 것이다.

"갑니다."

하고 나는 일어났다.

"바쁘시지 아니 하시거든 SS스님을 만나고 가시지요. 금강산에서 일전 오셨습니다."

K선사는 구두를 신는 나를 보고 이렇게 말하였다. 초초한 내 행색에 그래도 도를 구하는 한 줄기 반짝하는 마음이 있음을 보심인지, 또는 헛되게 마음 바쁘게

---

10   시삼마(是甚麼) : 참선에서 깨달음을 얻기 위한 화두의 하나. '이 뭐꼬'라는 뜻.

헤매는 내 꼴을 가엾이 여기심인지.

나는 SS선사의 이름은 들었으나 만난 일은 없었다. 그리고 건방진 생각에 그저 그렇고 그런 중이려니 하였다.

나는 요새 선승이라는 이들에게 별로 경의를 가지지 못하였다. 정말 살불살조殺佛殺祖하는 무리인 것 같은 선입견을 가지고 있었다. 계도 안 지키고 저도 모르는 소리를 지껄이고, 가장 높은 체하는 무리들로 생각하고 있었다. 그러므로 SS선사에게 대하여서도 그다지 꼭 만나고 싶은 생각은 없었으나 이왕 기회가 좋으니 한 번 만나리라 하는 쯤의 생각으로 K선사를 따라서 서편 모퉁이 방으로 갔다.

가는 길에 법당 앞을 지나게 되기로 잠깐 합장하였다. 석가여래상은 분명히 보이지 아니하였다. 나는 들어가서 절을 하려다가 말았다.

SS노사는 회색 불뚝한 바지저고리를 입고 검은 승모를 쓰고 수정 단주[11]를 오른 손으로 세이고 앉아 있었다.

나는 SS노사 앞에 절하였다. 그것은 정성의 절이었다. 공덕을 얻고 싶은 절이었다.

K선사는 나를 소개하였다. 내가 불교에 연구가 깊은 사람이라고 칭찬하는 소개를 하였다.

"네, 그러십니까. 말씀은 들었지요."

노사는 이런 말을 하였다.

잠시 말이 없었다. 나는 SS사의 얼굴과 눈과 염주를 세이는 손을 번갈아 바라보았다. 그 얼굴은 화평하였다. 눈은 빛나고 부드러웠다. 염주를 끊임없이 엄지손가락으로 넘겼다.

다른 중 하나가 때묻은 옷을 입고 옆에 앉아 있었다. C라는 지방의 포교사라고 K선사가 소개하였다. 이 포교사의 옷과 몸에는 때가 묻어도 SS사의 옷과 몸에는 때가 묻을 수 없는 것같이 문득 생각되었다.

11　단주(短珠) : 54개 이하의 구슬을 꿰어 만든 짧은 염주.

"불교를 많이 연구하셨다지요?"

SS사는 이렇게 네게 물었다.

"법화경을 읽은 지가 육칠 년 됩니다."

이것이 내 대답이다.

"불교란 깊고 깊어서 들어갈사록 더 깊지요."

SS선사는 이렇게 말하였다.

나는 대답이 없이 그의 부드럽게 빛나는 눈을 바라보았다. 고요하고 파란 깊은 소와 같은 눈이라고 생각하였다. 코와 귀도 후하다고 생각하였다.

"선지식善知識과 교제가 많으신가요?"

SS사의 셋째 물음이다.

"Y, R, O 같은 이와 서로 알지요."

"다 강사들이시군."

나는 말이 없었다.

"부처님의 교외별전敎外別傳으로 선이란 것이 있지요."

SS사는 나를 인도할 뜻을 발한 것이었다.

"선에는 반드시 화두話頭를 잡아야 합니까?"

이것은 내 대답 겸 물음이었다.

"본래 화두란 것이 없지요. 옛날 영산회상에서 세존이 말없이 염화拈花하시니 가섭迦葉이 말없이 미소하였지요. 이 모양으로 이심전심을 하였지마는 차차 인심이 순일하지를 못하니까 화두가 아니면 할 수가 없이 되었지요."

"염불 경계와 참선 경계가 어떠합니까?"

"같지요, 염불삼매에 들어가면 같지요. 그렇지만 극락정토가 저 서방 십만억토 밖에 있으니 거기 태어나겠다 하는 생각을 가지고 염불을 하면 틀리지요. 길을 멀리 돌아간단 말요. 즉심시불 — 이 마음이 곧 부처라 하는 바른 길로 들어가야 하지요."

이렇게 말하는 선사의 눈은 한 번 빛을 발하였다.

나는 곧 이렇게 물었다—

"선가도 불상에 절을 합니까?"

"타불타조하는 중에 무시로 시방제불께 절을 하는 것이지요."

"선가도 타력을 믿습니까?"

"선정에 들어간 때에 무슨 불이니 보살이니가 있겠어요. 내가 곧 부처여든!"

선사의 눈은 또 한 번 빛났다.

"참선하는 법이 어떠합니까?"

"밖에서 들어오는 것을 막아버리고 제가 알던 것까지 내어던지는 것이오. 그러고 가만히 제 마음을 지켜보노라면 갑자기 환히 깨달아지는 것이지요. 그러니까 세상에 선처럼 쉬운 것이 없지요. 선이란 밖에서 구하는 것이 하나도 없으니까. 그렇지마는 또 선처럼 어려운 것이 다시없지요. 다겁 이래로 끌고 오는 중생의 습기習氣를 벗어놓기가 참 어렵단 말요. 난중난사요. 일체분별을 다 방하放下하는 날이 깨닫는 날이오. 다른 길은 없으니까. 이러한 경계에 달하면 가위 대장부 능사필의大丈夫 能事畢矣지요."

나는 사의 이 가르침을 들으면서 속으로 관세음보살을 염하였다.

"남화경 읽으셨소?"

하고 새 화두를 내었다.

"네, 애독하지요."

"서산대사 독남화경시가 있습니다. 오언절구지요.

가석남화자 상린작얼호 요료천지활 사일난제오可惜南華子 祥麟作孽虎 廖廖天地闊 斜日亂啼烏[12]

라고 하셨지요."

하고 사는 빙그레 웃었다.

나도 소리를 내어서 웃었다.

---

12 애석하다, 남화자여 / 상서로운 기린이 재앙어린 범이 되었구나 / 고요한 천지 광활한데 / 석양에 까마귀가 어지럽게 지저귀는구나

“장자가 괜히 말이 많단 말씀이지요.”

“고맙습니다.”

하고 나는 일어나서 절하고 물러나왔다.

집에 오는 길에 나는 ‘사일난제오’를 수없이 뇌고는 혼자 웃었다. SS사는 이 말을 내게 준 것이다.

‘내야말로 석양에 지저귀는 까마귀다.’

하고 자꾸만 웃음이 나와서 견딜 수가 없었다.

겨울 해는 금화산에 걸려 있었다.

마음이 서로 닿아서야말로 心相觸れてこそ[1]

작자의 말

'천하를 다스리시는 신, 그리고 그대와 나란히 야마토도 고려도 하나가 되어지이다.'

나는 이렇게 기원하는 마음으로 이 이야기를 씁니다. 야마토와 고려는 하나가 되지 않으면 안 됩니다. 그러나 그것은 힘으로 한다든가 억지로 되어서는 안 되는 것입니다. 마음과 마음이 서로 닿아 서로 사모하며 융합된 하나가 아니면 안 되는 것입니다. 그러한 하나의 사례를 그리고자 하는 것이 이 이야기의 의도입니다.

같은 신神의 자손입니다. 같은 대군大君의 적자赤子입니다. 야마토와 고려가 융합하지 않고 어찌하겠습니까. 그러나 실제로 그것은 결코 보통의 노력으로는 불가능한 일이라고 생각합니다. 나를 비운다는 것은 애처로운 범부凡夫에게는 결코 간단한 일이 아닙니다. 그러나 야마토도 고려도 소아小我를 잊고 대아大我에 목숨을 바치자는 결심만 있다면, 서로 하나로 융합되지 않으면 안 되는 인과因果에 눈뜨기만 한다면, 또 그다지 어려운 일은 아니라는 것이 나의 신념입니다. 지환즉리知幻卽離[2]라고나 할까요. 눈뜨는 일이 긴요합니다. 이 작은, 변변치 않은 이야기가 내선일체內鮮一體의 대업에 티끌만 한 공헌이라도 될 수 있다면 나의 바람은 이루어진 것입니다.

---

1 원문 일본어. 이광수(李光洙), 『록기(綠旗)』, 1940.3-7. 미완.
2 『원각경(圓覺經)』의 '보현보살장(普賢菩薩章)'에 나오는 "知幻卽離 不作方便 離幻卽覺 亦無漸次(환인 줄 알아 여의었을진댄 따로 방편을 지을 필요가 없고 환을 여의면 곧 깨달음이니 또한 수행도 없을 것이다)"에서 따온 구절로, 환인 줄 알거든 곧 여의라는 뜻.

1

기이한 인연

결국 비는 억수같이 쏟아지고 말았다. 바람마저 암벽을 때리고 골짜기에서 울부짖고 있다. 아침부터 내리쌓인 눈은 질척질척 반은 녹아내리고 황혼 빛에 물들어 회색의 천지에 희미한 빛을 던지고 있다.

김충식金忠植은 암벽을 따라 인수봉 서쪽으로 내려갔다. 배낭과 잠바는 흠뻑 젖었고, 돌팔매 같은 비가 얼굴을 때려 눈을 뜰 수가 없다. 충식은 처음에는 장쾌함마저 느꼈으나 점차 일종의 공포감에 젖지 않을 수 없었다.

문득 충식의 귀에,

"오라버니, 오라버니."

하고 부르는 소리가 들린 것 같았다. 게다가 그것은 여자의 목소리인 듯했다.

'글쎄, 이상하군.'

충식은 멈춰 서서 귀를 기울였다.

"오라버니, 오라버니."

분명히 사람의 목소리였다.

조난자遭難者다, 라고 충식은 생각했다. 인수봉 뒷길은 하이커들에게 어려운 코스의 하나였다. 이 강풍에 로프가 벗겨졌을지도 모른다고 생각하면서 충식은 소리 나는 쪽으로 서둘렀다. 지금까지의 어지러운 생각과 공포를 날려버린 듯 발걸음이 가벼웠다.

충식은 목소리가 나는 방향을 확인하기 위해 몇 걸음 내려가 멈춰 서고, 또 몇 걸음 올라가 멈춰 섰다. 빗줄기와 황혼 탓에 두세 간間[3] 앞도 잘 보이지 않았다.

"앗, 저기다."

충식은 암벽 아래서 두 사람의 모습을 발견하고 험준한 것도 잊은 듯 단숨에

---

3   1간(間)은 여섯 자. 약 1.8m.

벼랑 하나를 뛰어 내려갔다.

"어떻게 된 겁니까?"

충식은 나자빠져 있는 젊은 남자와 그 곁에서 실신한 듯이 '오라버니'라고 부르고 있는 등산복 차림을 한 여자의 모습을 번갈아 보며 말을 걸었다. 그들은 히가시 다케오東武雄와 그의 누이 후미에文江이다.

후미에는 충식의 목소리에 얼굴을 들어 돌아보았다. 하지만 아무 말도 하지 않았다.

충식은 뱀처럼 똬리를 틀고 있는 로프와 내팽개쳐진 배낭 등의 주변 정황으로 보아 대강 상상이 되었다. 남자는 로프에서 흔들려 떨어져 인사불성이 된 것이라고 생각했다.

충식은 후미에를 밀쳐내기라도 하듯 누워 있는 다케오의 윗옷 단추를 풀고 그의 가슴에 귀를 대었다. 심장이 뛰는 소리는 들렸다. 그리고 머리와 척추 등을 대강 살펴보고 큰 상처가 없는 것을 확인했다.

충식은,

"이래서는 좋지 않아요. 어쨌든 인가人家까지 가야 하는데. 당신은 걸을 수 있습니까?"

라고 말하면서 한 손을 다케오의 머리 아래로, 또 한 손을 두 무릎 아래로 넣어 간호부가 환자를 옮기는 듯한 자세로 앞장섰다.

후미에는 다케오의 배낭과 피켈과 로프 등을 주워 모아 충식의 뒤를 따라 걷기 시작했다.

충식은 열 몇 걸음 말없이 걷다가 뒤를 돌아보고,

"아가씨, 그런 것을 가지고는 걸을 수 없어요. 벌써 이렇게 어두워졌고 게다가 무척 미끄러우니까요. 그 짐은 저 바위 밑에라도 넣어두세요. 내일 비가 그치면 가지러 옵시다."

하고 명령적인 어조로 후미에에게 말했다.

후미에는,

"네."

하고 순순히 충식이 말한 대로 양손에 들려 있던 짐을 두세 걸음 곁에 있는 커다란 바위 밑에 처박아버렸다.

"음, 좋아요."

충식은 다케오를 안은 채 또 걷기 시작했다. 골짜기 아래에는 물이 흐르고 있지만, 그 물 밑은 온통 얼음이고 게다가 곳곳에 숨겨진 바위 모서리가 돌출해 있어서 실로 위험하다. 발끝으로 더듬어 겨우 한 걸음 한 걸음 발 디딜 곳을 찾지 않으면 안 된다.

점점 어둠은 짙어져왔다. 몸은 추위로 거의 감각을 잃었다.

"이제 십 정町[4] 쯤 가면 길이 나오련만."

하고 충식이 중얼거리는 것을 듣자 후미에는 더욱 마음이 졸아들 뿐이었다.

드디어 두 번째 불행이 닥쳤다. 그것은 후미에가 넘어져 바위 모서리에 세게 무릎을 다쳐 걸을 수 없게 된 것이었다.

"모쪼록 저는 신경 쓰지 마시고 오라버니만은 살려주세요."

후미에는 충식에게 이렇게 호소하는 것이었다.

"그런 당치 않은 일이 어디 있습니까?"

충식은 한 사람을 몇십 걸음 옮기고는 뒤로 돌아가고, 또 한 사람을 몇십 걸음 옮기고는 뒤로 돌아갔다.

충식도 몹시 피곤했다. 발밑의 힘이 줄어서 가끔 비틀거리곤 했다. 후미에는 그것이 가엾기도 하고 미안하기도 했지만 어찌할 수도 없었다. 세 사람 모두 죽는 게 아닐까 생각되었다. 비는 그치지 않는다.

처음에 후미에는 충식의 조선 사투리 발음에 약간 불안을 느꼈지만 한 시간도 못 되어 그 불안은 완전히 사라져버렸고, 친오빠나 같은 믿음직함과 고마움으로 가슴이 가득 차는 듯했다. 특히 충식이 후미에를 안아 옮기다가 한쪽 다리를 헛

---

4   1정(町)은 60간(間). 약109m.

디뎌 두 사람이 함께 뒹굴 뻔했을 때, 후미에만은 안전하게 땅에 내려놓고 자기만 바지가 찢겨 피가 스며나올 정도의 상처를 입었을 때는 충식에게 매달려 울고 싶을 정도였다.

그날 밤 늦은 시간이다. 비는 변함없이 계속 내리고 있었다. 충식의 집 안방에 눕혀 있던 히가시 다케오는 의식이 돌아와 눈을 떴다.

가장 먼저 다케오의 눈에 비친 것은 조선식의 천장과 낚시 램프였다. 다음으로 다케오의 눈에 들어온 것은 충식의 누이 석란石欄이다. 석란은 감색 치마에 흰 옥양목 저고리チョゴリ를 입고 있었고, 양쪽 소매를 걷어 올려 하얀 팔뚝이 반 이상 드러나 있었으며, 조선식 놋쇠 대야에 담긴 물에 타월을 적시고는 그것을 짜서 다케오의 이마를 식히고 있는 것을 다케오도 한눈에 알 수 있었다. 석란은 자신이 눈 뜬 것을 알아채지 못한 듯해서 다케오는 다시 눈을 감아버렸다.

석란은 다케오로서는 처음 가까이에서 보는 조선인 여자였다. 그런데 그보다도 자기는 도대체 어떻게 이런 곳에 와 있는 것일까. 다케오는 그 시각이 어느 무렵인지 깨달았다. 즉 밤인 것이다. 다음 순간 다케오는 밖에는 비가 내리고 있다는 것, 또 바람이 상당히 세게 불고 있다는 것도 깨달았다.

비와 바람 소리에 다케오는 인수봉에서 바람에 로프가 날려 바위를 디뎠던 발이 휩쓸려 몸이 두둥실 공중에 떴던 일, 뭔가 세게 뒤통수를 부딪쳤던 일 등이 생각났지만, 그때부터 지금까지의 기억은 공백이었다.

다케오는 머리가 아픈 것을 느꼈고, 또 어깨와 허리 쪽도 아프고 몸이 무거워 병상에 들러붙은 듯이 움직일 수 없다는 것도 느꼈다. 그러나 어떻게 이런 조선인의 집에 와 누워있게 된 것일까. 저 조선인 아가씨는 도대체 누구일까. 그것은 아무래도 알 수 없었다.

이어서 다케오는 누이 후미에를 떠올렸다. 그 애는 어떻게 되었을까, 하고 생각하니 왠지 불길한 느낌이 들어 다시 눈을 뜨고 방안을 둘러보았다. 다케오는 램프 맞은편에 감나무 재목인 흑단黑檀으로 만든 조선 장롱 바로 앞에 후미에가 가슴까지 붉은 깃을 두른 조선 이불을 덮고 얼굴만 이쪽을 향하고 자고 있는 것을 발견하고 비로소 안심했지만, 후미에가 입고 있는 조선인 여자용 저고리가 눈에 띄자 묘한 기분이 들었다. 후미에가 조선옷을 입다니, 그런 일은 있을 수 없는 일처럼 생각되는 것을 어쩔 수 없었다.

그러나 또 다음 순간 놀란 것은 자기 몸에 감겨 있는 것도 하얀 조선옷이라는 사실이었다. 다케오는 순간 불쾌함마저 느꼈지만, 자기들이 어느 조선인에게 구조되어 지금 이곳에 와 있는 것일까 생각하니 왠지 눈물겨워지는 것을 금할 수 없었다.

다케오가 이런 생각을 하고 있는 동안 석란은 다케오의 이마 위에 놓인 타월을 갈았다. 석란은 상체를 앞으로 내밀고 자기 옷이 다케오의 몸에 닿지 않도록 주의하면서 양손으로 가만히 다케오의 이마 위에 놓인 뜨뜻해진 타월을 가져다가 그것을 대야 물에 적셨다. 그리고 이미 적셔진 타월을 되도록 물소리가 나지 않게 짜서 또 상체를 앞으로 굽혀 양손으로 다케오의 이마 위에 그 타월을 얹고는, 잠시 여기저기 눌러 타월이 알맞게 놓일 곳에 놓인 것을 확인하고 원래대로 단정히 앉은 자세로 돌아가는 것이었다. 다케오는 하나부터 열까지 이 모르는 조선 처녀가 하는 것을 보고 느끼고 있는 것이었다.

시계가 한 시를 알렸다. 그래도 석란은 같은 일을 반복하고는 같은 자세로 돌아가는 것이었다.

다케오는 이제 더 이상 침묵하고 있을 수 없다는 느낌이 들었다. 뭔가 한마디 하고 싶었다. 첫째로 '고맙다'고 진심으로 말해보고 싶었다.

마침내 다케오는 눈을 크게 떴다.

다케오가 눈을 뜬 게 이번에는 석란의 눈에 멈췄다. 두 사람의 시선이 딱 마주쳤다.

'얼마나 순진하고 다정한 눈인가.'

이것이 석란에 대해 다케오가 느낀 첫인상이었다. 나쁜 생각이라고는 한 번도 품은 적이 없는 그 마음이 느껴지는 것처럼 다케오에게는 생각되었다. 게다가 다음 순간, 복받쳐오는 놀라움과 기쁨에 견딜 수 없어하는 듯한 석란의 표정에서는 거룩함마저 느낀 것이었다.

"아가씨, 고맙습니다."

이것이 다케오가 한 첫 마디였다.

"어머나."

하고 내뱉었을 뿐 석란은 가슴이 메어 말을 할 수 없었다. 그 커다랗게 뜬 눈에는 기쁨의 눈물이 빛났고, 격렬한 숨결에 저고리 고름ㄱㅁㅿ이 흔들리고 있었다.

"누이는 어떻습니까?"

하고 다케오는 한 번 더 말을 걸어 보았다. 그녀에게는 자기가 말하는 일본어가 이해되지 않는 것은 아닐까 걱정되어 석란의 입가를 주시했다. 붉은빛을 띤 영리해 보이는 입술이었다.

"어머, 정신이 드셔서."

하고 석란은 뒷말을 잇지 못했다.

"누이가 다치지나 않았습니까?"

하는 말을 듣고서야 석란은 가까스로 가슴이 두근거리는 것을 진정시켰다.

"누이동생께서는 바위 모서리에 무릎을 부딪혀서 좀 부었지만 대단치는 않습니다. 바로 조금 전까지 오라버니의 용태容態를 걱정하고 계셨습니다만."

"아, 그렇습니까."

다케오는 누이의 자는 얼굴을 한 번 더 바라보고 휴우하고 한숨을 쉬었다.

"아픈 데는 어떠세요?"

석란은 이제 평정을 되찾을 수 있었다. 다케오는 석란의 일본어가 훌륭해서 이 여자가 정말 조선인 아가씨일까 의심스러울 정도였다. 도대체 어디가 다른 것일까, 어디가 조선인적인 것일까, 하고 다케오는 석란을 쳐다보면서 생각했다. 유일한 차이는 그녀가 입고 있는 옷뿐인 듯했다. 그 말이든 예의든 얼굴 모습이든 무엇 하나 다른 점이 없지 않은가. 게다가 모르는 사람에 대한 그 아름다운 마음! 도대체 어디에 다른 점이 있는 것일까, 하고 다케오는 조선인은 열등하다고 입버릇처럼 말하던 부친 대좌大佐와 모친의 마음을 알 수 없다고까지 생각했다.

"아니요, 이제 괜찮습니다. 다만 머리가 약간 아프지만 이렇게 멀쩡합니다."

다케오는 두 손을 높이 들어보였다. 그리고 일어나려는 듯이 베개에서 머리를 들려고 했다.

"어머, 안 돼요. 몸을 움직이시면."

석란은 급히 손을 뻗어 다케오의 가슴을 이불 위에서 내리눌렀다.

"움직이시면 안 된다고 제 오라버니께서 말씀하셨어요. 열이 나면 큰일이니까, 푹 쉬시지 않으면 좋지 않으니까요."

"오라버니?"

다케오는 이 아가씨의 오빠라는 자가 어떤 사람일까 생각하면서, 하지만 뭐라고 말해야 좋을지 몰랐다.

"네, 조금 전까지 오라버니가 주사를 놓아드리고 간호해주셨습니다만, 오라버니도 약간 열이 나서 —"

여기까지 말하고, 석란은 그런 건 말하지 말걸 하고 후회하는 듯 입을 다물고 눈을 내리깔았다.

"그러면 오라버니께서는 의사입니까?"

"네, 재작년에 대학을 갓 졸업하고."

"재작년에 대학을?"

"네, 지금은 대학병원 외과에서 근무하고 있어요."

"대학이라면 경성제대입니까?"

"네."

"그럼 예과에서부터."

"네."

"그렇습니까. 그러면 몇 년 동안 저와 같은 학교를 다닌 셈이로군요."

다케오는 잠시 감개를 견딜 수 없는 듯 눈을 감았다. 재작년 졸업이라면, 의학부는 법학부보다 수업 기간이 1년 더 되니까 충식은 다케오보다 2년이나 선배였을 것이다. 다케오의 반에도 조선인 학생이 열 몇 명 있기는 있었다. 하지만 다른 내지인 학생들이 그랬듯이, 다케오도 조선인 학생과는 거의 교제가 없었다. 조선인 학생들이 교실 같은 곳에서 자기들끼리 조선어로 재잘재잘 지껄이고 있는 것을 볼 때마다 다케오는 패주고 싶을 만큼 불쾌한 느낌을 받았던 것을 떠올렸다. 왠지 하등한 노예처럼, 보는 것만으로도 가슴이 메슥메슥한 것이었고, 내지인끼리 모인 곳에서는 종종 조선인 학생의 예의범절 없음이라든가 건방진 것, 편벽된 근성 등을 깎아내렸던 것이다. 그래서 조선인은 아무래도 흉금을 터놓고 친구가 될 수 없는 사람으로 다케오는 생각하고 있었고, 다케오의 친구는 대개 같은 부류에 속했다. 내지인 학생으로 가끔 조선인 학생과 친하게 지내는 이가 있으면, 그 녀석마저도 야비하고 밉살스럽게 보였다. 다케오는 지금 눈을 감고 그런 일을 생각하는 것이었다.

'이 아가씨의 오빠라는 이는 어떤 조선인일까.'

다케오는 중대한 관심을 갖고 이 문제를 생각하지 않을 수 없었다.

석란은 한 번 더 다케오의 이마에 놓인 타월을 바꾸면서,

"잠깐 오라버니를 뵙고 오겠습니다."

라고 인사하고 방에서 나갔다.

오래된 미닫이문은 석란이 여닫을 때 어지간히 주의했음에도 불구하고 묘한 소리를 내며 삐걱거렸다. 그 소리에 눈을 뜬 것일까.

"오라버니."

하고 후미에는 상반신을 일으켰다.

"후미에!"

다케오는 감격적인 목소리로 부르며 후미에를 보았다.

"어머, 오라버니. 언제 정신이 드셨어요?"

"조금 전부터."

후미에는 일어나려고 했지만 다리의 통증으로 어떻게도 할 수 없었다.

"일어나지 마라, 후미에. 무릎이 부어 있다지 않니."

"일어날 수 없네요. 그래도 오라버니, 다행이에요."

후미에는 기뻐서 견딜 수 없는 듯했다.

"죽기라도 했다고 생각했던 거냐?"

"하지만 그곳에서 오라버니가 쿵 하고 떨어진 뒤 제가 아무리 오라버니, 오라버니 하고 불러도 모르시던걸요. 저는 어떻게 하나 생각했어요. 저 김 상 오라버니가 오시지 않았다면, 오라버니도 후미에도 지금쯤 어떻게 되었을지 몰라요."

후미에는 인수봉 뒷길에서의 일을 떠올리며 몸을 떠는 것이었다.

"그럼, 방금 그 아가씨는 김 상이라고 하니?"

"네, 김 상이에요. 김석란 상이라고 해요. 바위 난초예요. 아름다운 이름이죠. 오라버니, 석란 상 봤어요?"

"봤다뿐이겠니. 지금까지 여기서 오라비의 머리를 식혀주었는걸."

"좋은 분이지요?"

후미에는 생긋 웃어 보였다.

"응, 친절한 사람이더구나."

다케오는 석란의 친절함이 쑥쑥 가슴 깊이 밀려드는 것을 느꼈다.

"오라버니도 그래요. 김 상의 오라버니는 용사勇士예요."

"용사?"

"네, 용사요. 혼자서 오라버니하고 후미에를 인수봉 뒷길에서 이곳까지 안고 오셨는걸요. 후미에도 이렇게 무릎을 다쳐서 걸을 수 없게 되었겠죠. 그런 걸 교대로 옮겨주셨고, 네 시간이나 걸렸어요. 게다가 자기도 결국 넘어져 다쳤지요. 후미에를 이렇게 안은 채로요. 그래도 후미에에겐 조금도 상처를 입히지 않았어요. 자신은 바지가 찢기고 피가 흘렀는데도. 또 어둡지요, 게다가 미끄럽지 않겠어요. 정말 고마웠어요, 미안할 정도로."

후미에의 눈에는 눈물이 빛났다.

"그래? 그렇게 우리를 이곳에 데려와 주었단 말이지?"

다케오도 눈두덩이 뜨거워지는 것을 느꼈다.

"그뿐만 아니에요. 이 방은 안방이지요. 김 상 어머님의 방이에요. 그런데 우리가 추울 거라고 해서 아버님께서 이 방을 우리에게 내주도록 분부하셨고, 그래서 어머님께서 불기 없던 맞은편 방에 불을 피우고 옮기셨어요. 이불도 여분이 없었던 듯해요."

"그래? 죄송하구나."

"정말 친절한 분들이에요. 오라버니 것도 후미에 것도, 자, 이 옷은요, 이걸 갈아입혀 주셨어요. 우리들 옷은 흠뻑 젖었지요."

다케오는,

'이게 무엇을 의미하는 것일까'

하고 깊이 생각하지 않을 수 없었다.

다케오와 후미에는 잠시 침묵 속에서 제각기 생각에 빠졌다. 왠지 인생의 새로운 일면을 발견한 듯한 느낌이 드는 것을 어쩔 수 없었다. 적어도 조선인에 대한 인식을 다시 할 필요가 있다고 생각되었고, 동시에 인생이라는 것에 대한 인식도 강요받은 듯한 느낌이 든 것이었다.

사오 일 지나 다케오와 후미에는 자동차를 타고 충식의 집에서 한강통漢江通 부친의 집으로 돌아갈 수 있을 만큼 좋아졌다. 만약 굳이 돌아가고자 하면 좀 더 빨리 돌아가지 못할 것도 없었지만, 다케오도 후미에도 왠지 김金의 집에서 떠나고 싶지 않았다. 김의 집에 있는 편이 빨리 나을 것 같기도 했고, 또 김 일가 사람들의 정성을 함부로 거절하고 돌아가는 것이 무척 미안한 듯이 생각되기도 했다. 또 하나는 다케오와 후미에의 은인인 충식이 열이 내리는 것을 확인하지 않고는 뒷머리가 당기는 듯하여 김의 집을 차마 나올 수 없기도 했다.

사오 일 김의 집에 있는 동안 김 일가의 사람들과는 이제 서먹서먹한 것 없이 가족처럼 익숙해졌다. 허물없는 농담조차 서로 나누게끔 되었다.

충식의 부친은 옛날 한학자를 떠올리게 하는 엄격함이 있었지만, 동시에 한학자적인 그윽함도 있었다.

충식은 다분히 부친의 성질을 물려받아 말이 없었지만, 그 무언중에 믿음직한 기질이 담겨 있었다.

석란은 다케오의 눈에는 이상적인 타입의 여성 같았다. 부드럽고 시원시원하며 다소곳했다. 만약 굳이 어딘가 부족한 곳을 찾으라면 감정의 움직임을 전혀 드러내지 않는다는 점이리라. 그 점에서는 구식 일본 여성보다도 한층 완고하다고 다케오에게는 생각되었다. 그러나 그 눈과 목소리에서 충분히 석란의 따뜻한 마음을 느낄 수 있는 듯했다. 있는 그대로 말하면, 다케오의 마음은 석란의 정신적 아름다움에 사로잡혀 있는 것이었다.

"오라버니, 석란 상에게 마음이 끌리고 계시는군요."

하고 후미에가 말했을 때, 다케오는 얼굴이 달아오르는 것을 느끼면서도 그것을 부정하려고도 하지 않았다.

'환경 탓일지도 몰라. 냉정하게 다시 생각하자.'

다케오는 몇 번이고 이런 식으로 자신에게 다짐하는 것이었다.

다케오들이 충식의 집에서 돌아가는 날은 날씨가 활짝 개었다. 예의 큰비로 아직 젖어 있는 논과 산에는 이제 곧 민들레쯤은 싹을 틔울 듯하고 성큼 봄이 다가와 있었다. 불광리佛光里에 있는 김의 집 앞을 흐르는 개천은 졸졸 소리를 내고 있었다.

다케오는 혼자 걸어서 3정쯤 떨어져 있는 자동차가 다니는 의주가도義州街道까지 나갔지만, 후미에는 아직 무릎의 통증이 가시지 않아 충식의 어깨에 매달려 절뚝거리며 겨우 걸을 수 있을 정도였다.

"안녕히 가세요."

"안녕히 가세요."

하고 사오 일 동안 친구가 되었던 마을 아이들이 다케오와 후미에의 앞뒤를 둘러싸고 작별을 아쉬워해주었고, 노인과 젊은이들도 열 몇 명이나 논 맞은편까지 배웅해주었다.

"신세 많이 졌습니다. 감사했습니다."

하고 다케오와 후미에가 작별의 인사를 했을 때, 충식의 부친과 모친은 바깥마당까지 배웅하여 부모와 같은 애정을 보여주었다.

"김 군, 고맙네. 가까운 시일 내에 후미에와 둘이 맞으러 올 테니 석란 상도 함께 꼭 우리 집에 놀러 와주게."

다케오는 자동차에 오르기 전에 충식의 어깨에 한 번 더 손을 얹었다.

"김 상, 꼭 오세요. 석란 상도 오시는 거예요. 맞으러 올게요."

후미에도 같은 말을 했다.

자동차는 움직이기 시작했다.

"안녕히 가세요."

"안녕히 계세요."

충식과 석란은 다케오들이 탄 자동차가 녹번리^{碌磻里} 언덕을 넘어 보이지 않게 될 때까지 손을 들고 흔들며 배웅했다.

"자, 돌아가자."

충식은 다케오들이 탄 자동차가 사라진 쪽을 언제까지고 응시하고 있는 석란을 재촉했다.

"좋은 사람들이에요."

석란은 숙연한 표정으로 충식을 보았다.

"정말 좋은 사람들이야. 순수해."

"정말로요."

충식도 석란도 내지인과 친해지게 된 것은 이것이 처음이었다. 이들도 내지인에 대한 인식을 다시 하지 않을 수 없었다.

충식과 석란은 아무 말 없이 가도^{街道}를 걸었다. 두 사람 다 마음이 텅 빈 듯이 허전했다. 집으로 돌아오자 다케오와 후미에의 냄새가 느껴지는 듯해서 충식도 석란도 참을 수 없는 그리움을 느꼈다.

마음이 통하다

육군의 별을 단 자동차 한 대가 의주가도를 질주하여 녹번리 주재소 앞에 멈춰 섰다. 자동차에서 내린 사람은 히가시東 육군 대좌로, 다케오와 후미에의 부친인 것은 말할 것도 없다.

대좌는 작은 체구였지만 날래고 사나운 얼굴이었다. 대좌가 성큼성큼 주재소 안으로 들어가자 안에 있던 부장과 순사들이 황급히 위의를 갖추어 거수경례로 대좌를 맞았다.

대좌는 명함을 꺼내어 정중히 부장 앞에 놓았다.

"불광리에 갑니다만."

하고 대좌는 묵중하게 입을 열었다.

"네, 불광리는 바로 저기입니다. 14, 5정 거리밖에 안 됩니다만, 자동차 길은 없습니다. 무슨 용무로?"

이것은 부장의 대답이었다.

"네, 김영준金永準 씨 댁에 갑니다만."

"김영준 말씀입니까?"

부장은 의아한 얼굴을 했다.

"김영준이란 어떤 사람입니까?"

"김영준은 유명한 불령선인不逞鮮人입니다."ㄴ

"불령선인?"

"네, 병합 이래 오랫동안 해외에서 방랑하다가 만주사변 직후 지린吉林에서 붙잡혀 십 년 징역을 살았고, 작년에 겨우 가출옥된 사람으로."

"아, 그 김입니까?"

대좌도 생각난 듯이 고개를 끄덕였다.

"네."

"아들 녀석하고 딸이 북한산에서 조난당했었지요. 저 큰 비바람 치던 날이었는데, 김영준 상의 아들인 의학사醫學士라든가 하는 분에게 구조되어 사오일이나 신세를 져서 인사하러 가는 길입니다만."

"아아, 그렇습니까. 괜찮으시면 안내해드리겠습니다만."

"그렇게 해주시면 다행입니다만, 누구 사환이라도 한 사람 데려갈 수 없을까요?"

"네."

부장은 곁에 있는 순사를 돌아보며,

"어이, 이 군. 안내해드리게."

"네. 알겠습니다."

이순사는 서둘러 칼을 차고 외투를 입고는 먼저 실내에서 나갔다.

자동차는 달리기 시작해 몇 분 만에 멈춰 섰다. 자동차가 멈춘 곳은 다케오와 후미가 충식과 석란과 이삼 일 전 작별을 아쉬워했던 곳이다.

대좌는 이순사의 뒤를 따라 걷기 시작했다. 곧 불광리 마을이 보였다. 기와지붕도 두세 채 있지만, 다른 것은 모두 농민들의 초가집으로 무척 가난해 보였다.

어른들은 모두 일하러 나간 것인지, 학교에도 갈 수 없는 듯한 아이들이 더러운 옷을 입고 자못 신기한 듯이, 또 무서운 듯이 멀리서 대좌와 이순사를 따라오는 것이었다. 대좌는 내지의 농촌과 비교하여 조선 농민의 생활수준이 낮음을 새삼스레 느끼지 않을 수 없었다. 이 사람들이 일본국민으로서 나라를 짊어질 역량을 발휘할 수 있을까. 군에서 조선인 징병 문제라든가 지원병제도 문제 등이 거론될 때마다 히가시 대좌는 언제나 반대하는 태도를 취했다. 열등한 조선인을 국군 내에 포용하는 것은 군을 증강하는 것이 아니며, 오히려 악영향을 미칠 우려가 있다는 것이다.

'조선인에게 전쟁 같은 게 가능한가. 첫째 애국심이 결여되어 있지 않은가. 게다가 도의관념道義觀念이 부족하지 않은가'

하는 것이 히가시 대좌의 지론이며, 만약 아무래도 조선인을 병사로 취한다면 그것은 치중輜重5에 국한해야 한다는 것이었다.

다케오와 후미에가 김 일가 사람들의 인격을 칭찬하는 것을 들어도 대좌에게는 그것이 그대로 받아들여지지는 않았다. 아직 젊은 다케오와 후미에가 은혜를 입었다는 순정에서 김 일가 사람들을 과대평가하고 있는 것이라고 생각했다.

그러나 신세를 진 이상은 감사의 뜻을 표하는 것이 예의다. 대좌는 백 원짜리 지폐 한 장을 봉투에 넣어 군복 안주머니에 챙겨가지고 온 것이다. 이 정도면 김 일가 사람들은 크게 기뻐할 것이라고 생각했던 것이다.

대좌는 김영준의 집 앞에 섰다. 무척 낡아서 퇴색한 초가집이지만 앞마당 청소는 꽤 빈틈이 없다고 생각되었다.

이순사는 문 앞에 서서,

"이리오너라イリオナラ."

하고 조선어로 사람을 불렀다. 개가 짖어대고, 아이들은 점차 익숙해져 무서움도 사라진 듯 대좌의 칼이며 얼굴까지도 유심히 엿보고 있었다.

'충忠'과 '효孝'라는 글자가 붙어 있는 고풍스런 판자문이 열리며 모습을 드러낸 것은 석란이었다. 예의 하얀 저고리 소매를 걷어 올리고 빨갛게 된 손을 앞치마에 닦으며 나온 것으로 보아 한참 빨래를 하고 있었던 듯하다.

석란은 이순사에게 목례를 했으나, 히가시 대좌의 모습을 발견하고는 깜짝 놀라는 듯했다.

이순사는 히가시 대좌의 명함을 석란에게 건네며,

"이분이 아버님을 만나시려고 일부러 오셨다고 말씀드려라."

하고 말을 건넸다.

석란은 이순사에게, 또 히가시 대좌에게도 인사를 했다. 대좌도 가볍게 손을 들어 답례했다.

잠시 후 사랑サラン으로 통하는 작은 문이 열리고 다시 석란이 모습을 드러냈는데, 석란은 어느새 앞치마를 벗고 새 치마チマ와 저고리를 갈아입었고 머리도 단정히 빗겨져 있었다.

---

5   군대 물품을 실어 나르는 일.

"어서 드시지요."

석란은 히가시 대좌를 향해 공손히 인사하며 문 옆에 섰다.

히가시 대좌는 정중히 답례하고 작은 문으로 들어갔다. 대좌에게는 이런 문을 지나는 게 평생 처음 있는 일이었다.

문을 들어서자 네 평가량 되는 마당이 있어 잡석을 쌓아 올린 담으로 구분되어 있고, 담을 따라 화단이 만들어져 있는 것이 대좌의 눈에 들어왔다. 국화라도 가꾸는가 보다고 대좌는 문득 생각했다.

대좌가 댓돌에 발을 디디려는 찰나 미닫이문이 열리며 검은 바탕에 흰 동정ㅏㄴ ㅊㅣㅖㄴ을 단 두루마기ツルマキ를 입은, 무성하다 싶을 정도로 덥수룩하게 귀까지 백발을 늘어뜨린 노인이 툇마루에 모습을 드러냈다. 눈과 볼은 홀쭉하게 패었지만 눈빛은 형형했고, 지나치게 두껍게 생각되는 입술은 일자로 꽉 다물어져 있어 검도로 단련된 듯한 기품을 갖추고 있었다.

대좌는 우선 그 노인에게 거수경례를 하고 툇마루에 걸터앉아 구두를 벗고는 마루에 올랐다. 석란이 대좌의 군모와 외투와 칼을 받아 옆방으로 들이자 노인은 조선어로,

"어서 드시지요."

하고 대좌에게 먼저 방에 들기를 권했다.

대좌는 노인보다 먼저 방에 들었고, 뒤이어 김노인도 들어가 미닫이를 닫고 첫 대면의 인사를 나누었다.

"참으로 잘 와주셨습니다."

김노인의 목소리는 부드럽지만 힘이 있었다.

석란이 손을 모으고 대좌에게 일본식 인사를 하고 부친의 통역을 맡았다.

"아들 녀석과 딸이 몹시 신세를 졌고 덕분에 생명을 구했으니 빨리 인사를 올렸어야 했는데, 아무래도 사변事變 관계로 군무軍務가 급해서 정말 실례했습니다. 깊이 감사드립니다. 게다가 딸년이 그날 밤 편지에는 조금 다쳐서 이삼일 친구 집에서 놀다 오겠다고 써보낸 바람에."

하고 대좌는 온돌オンドル 방바닥에 이마가 닿도록 머리를 숙였다. 석란은 대좌가 한 말을 부친에게 통역해주었다.

"아니오. 보시다시피 가난한 살림이고 충분히 간호도 못 해드려 도리어 송구합니다. 아드님도 따님도 뜻하지 않은 재난으로 오죽이나 걱정하셨겠습니까. 두 분 다 실로 훌륭한 분으로, 집안사람 모두 감탄했습니다. 그 후의 용태는 어떻습니까?"

대좌는 김노인이 하는 말을 직접 알아들을 수는 없지만, 그 음량으로 보나 묵중하고 성실한 태도로 보나 역시 지도자의 관록이 있다고 생각했다.

대좌는 석란이 노인의 말을 다 통역하기를 기다려 이번에는 석란 쪽으로 돌아서며,

"당신이 따님이셨습니까. 자식들이 신세를 많이 졌다고 하니 감사합니다."
하고 머리를 숙였다.

"아니에요. 별로 해드린 것도 없는데 송구합니다."

석란은 공손히 인사를 했다.

"오라버니께서는 지금 안 계십니까?"

"네, 병원에 갔습니다."

"응, 그렇지. 대학이라구요?"

"네."

"뵙지 못해서 유감입니다. 안부 전해주십시오."

"네, 잘 알겠습니다."

석란은 대좌와의 대화를 부친에게 통역해주었다. 그것을 다 들은 김노인은 한 번 크게 고개를 끄덕이고는,

"공무다망公務多忙하신데 일부러 찾아와주셔서 송구합니다. 차 한잔 드리지 못하고, 담배조차 대접할 만한 것이 없어 정말 미안합니다."
하고 조용히 고개를 숙였다.

"아니요, 천만의 말씀입니다. 괜찮습니다."

대좌는 노인과 석란에게 머리를 숙였다.

대좌는 상의 단추를 풀고 선물 포장용 끈을 두른 봉투를 꺼낸 다음 단추를 다시 잠그고는 그것을 앞으로 내밀며,

"얼마 안 되는 돈입니다만, 그저 예의의 표시로 드리는 것이니 모쪼록 자제분 학용품값으로나 쓰셨으면 합니다."

석란의 통역을 듣고 노인은 웃는 얼굴을 하고 두 손으로 돈이 든 봉투를 받고는,

"고맙습니다. 뜻은 기쁘게 받겠습니다. 그러나 돈만큼은 돌려드리니 부디 언짢아하지 마십시오."

하고 봉투를 대좌 앞으로 되돌렸다.

대좌는 잠시 눈을 감고 생각에 잠겼으나, 이윽고 얼굴을 들고,

"그럼, 그대로 받겠습니다."

하며 상의 안주머니에 넣었다.

이것으로 대좌와 노인의 회견은 끝났다.

대좌가 작별을 고하고 일어서자 노인은 문 앞까지, 석란은 앞마당까지 대좌를 배웅했다.

줄곧 바깥마당에서 기다리고 있던 마을 아이들이 또 졸졸 대좌의 뒤를 따랐다. 대좌에게는 이 아이들이 아까 전과는 달라진 듯이 느껴졌다. 대좌의 고향 아이들과 크게 다르지 않은 듯한 생각이 들었다.

대좌는 논둑길을 걸으며 이순사와 이야기를 나눴다.

"김영준 상은 그렇게 평판이 나쁜가?"

이순사는 어떻게 대답해야 좋을지 몰라 쩔쩔맸다.

"김 상은 훌륭한 사람 아닌가?"

대좌는 이순사를 돌아보았다.

"네, 다만 불령선인이라서."

이순사는 겨우 대답했다.

"마을 사람들과의 관계는 어떤가?"

"김영준과 말씀입니까?"

"그래, 마을 사람들은 김 상을 존경하고 있겠지."

"네, 곤란한 자들이라. 전부 우민愚民이니까요."

"그런가. 자네는 김영준이 어디가 나쁘다고 생각하는가?"

"네, 사람은 나무랄 데 없는 훌륭한 사람입니다만."

"단지 불령선인이니 안 된다는 겐가?"

"그렇습니다."

대좌는 자동차를 타고 귀로에 올랐다. 차 안에서 대좌는 깊은 생각에 잠겼다. 조선인을 참으로 천황의 신민臣民으로 삼기 위해서는 김영준 같은 사람의 마음을 얻지 않으면 안 된다. 김영준에게 충성을 맹세케 할 수 없을 만큼 제국의 조선 통치의 도의적道義的 정신이 약한 것은 아닐 것이다, 라고 대좌는 생각하면서 김노인의 저 고생의 흔적이 역력한, 하지만 신념에 살아온 것을 말해주는 용모와 심경을 생각했다.(1940.3)

2
꽃 필 무렵

사월도 끝나가는 어느 날이었다. 다케오는 후미에와 함께 불광리 김영준의 집을 찾았다. 두 사람이 김의 집에 신세를 진 지 두 달이 되었고, 그 후 세 번째 방문이다.

경성의 사월이라고 하면 실로 꽃의 계절, 이른바 유록화홍柳綠花紅의 시기다. 창경원의 밤 벚꽃놀이가 열리는 것도 대개 이 사월 하순이다

가난한 불광리라고는 하지만, 초가집 틈틈이에는 황금색 조선 개나리쯤은 보이고, 마을 뒷산의 바위 그늘에는 산진달래도 피어 있다. 조금 오래된 커다란 농가라면 뒷마당에 살구나무나 복숭아나무, 배나무 한두 그루는 있다.

불광리에도 봄은 왔다. 마을의 밭은 갈아엎어서 개나 닭, 아이들이 들어가지 못하도록 기장 단을 엮어 세 척尺[6] 가량 높이의 울타리를 둘렀고, 특히 눈에 띄는 것은 지붕을 짚으로 멋지게 새로 이은 것이었다. 한여름도 지나 저 초가지붕의 황금색이 그슬린 은빛으로 변할 무렵에는 그곳에 호박이나 바가지パカチ 덩굴이 운치 있는 선을 그리며 휘감길 것이며, 그리고 시월 서리 내릴 무렵이면 이들 지붕 위에 널린 새빨간 고추가 마르느라 생생한 정취를 더할 것이다.

"오라버니, 저는 불광리에 와서 조선의 지붕이 무척 좋아졌어요."

후미에는 붉은 기운을 띤 백양나무 어린잎을 하나 따서 입에 물었다.

"조선 지붕의 어디가 좋다는 게냐?"

다케오는 마을을 바라보면서 말했다.

"글쎄, 한마디로 말하기 어려워요. 오라버니는 어때요?"

"응, 익숙해지면 역시 좋은 점이 있지. 조선의 기와지붕은 선이 소박해. 단, 위에서 보는 게 가장 좋지만."

"기와지붕도 좋지만, 저는 저 초가지붕이 정말 좋아요. 봐요, 오라버니."

후미에는 다케오의 소매를 끈다.

다케오는 멈춰 서서 돌아본다.

후미에는 마을을 가리키며,

"저 초가지붕이오."

"그래."

"저 지붕의 윤곽 말이에요, 이렇게."

후미에는 두 손으로 허공에 활을 몇 번 그려 보이고,

"저 윤곽이요, 오라버니. 수평도 아니고 또 수평이 아닌 것도 아니고, 타원형 같기도 하고 포물선 같기도 하고. 그런데도 빈틈없이 하나의 통일과 안정을 지니지 않았어요? 그게 정말 좋아."

---

6   1척(尺)은 약 30cm.

"아, 그래? 후미에, 상당히 어려운 말을 하는구나. 대단한걸."

다케오는 킥킥 웃었다.

"오라버니, 놀리시는 거예요? 나는 진지한데."

후미에는 분한 듯이 다케오를 흘겨본다.

"놀리는 게 아니야, 감탄하고 있다구. 이야기를 들어보면 정말 그렇거든. 뭔가 빠진 듯하고, 그런데도 요령은 갖추고 있다는 말이지?"

"그래요, 오라버니는 역시 잘 알아듣는군요."

"잘 알아듣는다니 황송한데."

"미안해요."

"아니, 그렇게 사과하지 않아도 좋은데. 나도 좀 얻어들은 지식에 불과해."

"얻어듣다뇨?"

"아사카와 노리타카淺川伯敎[7]라는 조선 미술의 권위자가 있지."

"그 선생님이, 그 아사카와 선생님이 제가 말한 것과 비슷한 이야기를 하셨어요?"

두 사람은 걷기 시작했다.

"응, 바로 후미에가 말한 것과 비슷한 이야기를 했어. 하긴 도자기에 관해서였지만."

"뭐라고 말씀하셨는데요?"

"여하튼 그런 비슷한 말이었어. 조선 도자기의 형태를 말하면서 그 안정되지 않은 듯하면서 안정되어 있고, 뭔가 빠진 듯하면서도 정리가 되어 있다던가 뭐라던가, 뭐 그런 얘기였어."

"그뿐이에요?"

"아아, 그래그래. 균형을 무시한 듯하면서도 일종의 복잡한 균형을 머금고 있

---

7 아사카와 노리타카(淺川伯敎, 1884-1964). 1913년 조선으로 건너와 보통학교 교사로 근무하면서 조선의 도자기에 매혹되어 정식으로 조각을 전공하고 조선 도자기 연구에 몰두하여 관련 분야에 많은 업적을 남겼다. 1924년에는 동생 아사카와 다쿠미(淺川巧), 야나기 무네요시(柳宗悅)와 함께 경복궁 내에 '조선민족미술관'을 설립하기도 했다.

다던가 그렇게 말했지."

"그리고?"

"그리고, 에―, 그걸 토대로 해서는 말이지, 조선의 민족성이 어쩌고저쩌고했지."

"조선 사람의 민족성도 그렇대요?"

"응, 잘은 기억나지 않지만. 여하튼 그런 말을 했어. 미술은 역시 민족성을 나타내다던가."

"당연하지요. 이제야 공감하세요? 법률가는 둔하네요."

"조선인의 성격도 일견 정리되지 않은 듯하면서도 역시 나름 정리되어 있다고. 우리 일본인은 수평이면 수평, 원이면 원, 이렇게 정확한 것을 좋아하고 요령부득이라는 것을 아주 싫어한다고 하더군. 그런데 조선의 도자기로 판단하면 말이지, 그 요령부득이 특색이라는 거야."

"그래서 양쪽의 성격이 어울리지 않기라도 하다는 거예요?"

"아니, 그런 얘기 같은 건 하지 않았어. 요컨대 뭐냐, 아사카와 상이 그렇게 말한 것은 말이지, 조선인의 성격에는 우리 일본인의 성격보다 좀 더 느리고 흐리멍덩한 점이 있다는 얘기인 듯해. 단, 비교적 그렇다는 것이지만."

이런 이야기를 하는 동안 두 사람은 김의 집 앞까지 온 것이었다.

이제 안내도 구하지 않고 후미에는 마당으로 들어가게끔 되었다.

"어머!"

하고 석란은 툇마루에서 마당으로 달려 내려와 후미에의 손을 잡고 흰 이가 드러날 정도로 기쁨과 놀라움을 한꺼번에 터뜨렸다. 석란이 놀란 것은, 후미에가 조선옷을 입고 있었던 것이다.

"나 조선옷 입은 모습, 어울려요?"

후미에는 손으로 소매와 치맛자락 등을 들어올려 보였다.

"무척 잘 어울려요. 양복 입은 모습보다도 훨씬 돋보이는 것 같네. 하긴 자기는 뭘 입어도."

"어머 석란 상, 아첨이 능숙해졌는걸. 어머님은?"

"잠시 외출."

"아버님은?"

"계세요."

"외출은 전혀 안 하시네, 아버님은."

"네, 전혀. 자, 올라오세요. 어머니도 오빠도 곧 돌아올 거예요. 이웃 결혼식에 가셨어요. 오늘은 혼자?"

"오빠하고."

"어머, 오라버니를 바깥에 기다리시게 두고?"

"어차피 오빠는 안방アンバン에 들어올 수 없잖아."

후미에는 약간 비꼬듯이 웃는다.

"하긴 그렇지요."

석란은 오른손 손가락 끝을 깨문다.

후미에는 석란의 얼굴에서 그 마음을 읽어내기라도 하려는 듯이 웃음을 머금은 눈으로 빤히 보고 있다. 그것은 석란의 다케오에 대한 마음을 살피고 싶었기 때문이다.

"자, 모두 아버님의 사랑으로 우르르 몰려가요. 안 될까?"

"안 될 건 없어요. 자, 어서 가시죠."

석란은 앞서서 가운데 마당에서 사랑으로 통하는 문 쪽으로 걷기 시작했다.

"나도? 나도 이쪽에서 사랑으로 들어가도 돼요?"

"괜찮아, 왜요?"

"그래도 실례가 되지 않을지."

"원래 여자들은 앞문에서 사랑으로 들어가지 않는 법인걸."

"그래요?"

석란과 후미에가 사랑으로 들어갔을 때 영준은 고풍스러운, 렌즈가 커다란 안경을 걸치고 책을 보고 있었다.

석란은 한 걸음 앞서 들어가,

"아버지, 히가시 상이 오셨습니다."

하고 알렸다.

"선생님, 오랜만에 뵙습니다."

후미에는 공손히 영준에게 인사했다.

영준은 급히 안경을 벗고 자리에서 일어나 답례했다. 여인에 대한 예절인 것이다.

"아, 조선옷을 입고 계셨군요."

하고 영준은 눈을 크게 뜨고 석란과 나란히 서 있는 후미에를 상냥하게 바라보았다. 후미에는 조선식 예의에 맞게끔 영준에게 절을 하고는 곧 일어나 몇 걸음 옆 방구석 쪽으로 가서 두 손을 치마 앞에 모으로 석란의 곁에 섰다.

석란은 후미에의 인사가 끝나기를 기다려 급히 바깥마당에서 사랑으로 통하는 문을 열러 나갔다. 석란은 가슴이 두근거리는 것을 느꼈다.

어찌된 일일까. 다케오를 생각하면 가슴이 두근거리고, 다케오 앞에 서면 얼굴이 달아올라, 하고 석란은 스스로 자신을 나무라면서도 어떻게도 할 수 없었다. 여하튼 있을 수 없는 일이라고 석란이 단념하려고 하면 할수록 뜻대로 되지 않았다.

석란은 설레는 가슴과 달아오르는 얼굴을 스스로 억누르면서 빗장을 열었다. 석란 앞에는 흑백이 섞인 듯한 자못 차분한 모직 신사복에 같은 무늬 외투를 입고 다갈색 소프트 중절모를 손에 든 다케오가 모습을 드러냈다. 다케오는 부친인 대좌를 닮아 체구가 작았지만, 부친의 날래고 사나움 대신 아무래도 이상가理想家 타입의 이지적이고 정신적인 면이 있었다.

"어서 오세요."

석란은 겨우 목소리를 짜내 인사는 했으나 '들어오세요'라는 말조차 잇지 못했다. 석란은 스스로도 오늘 왜 이럴까 싶을 정도로 흥분해 있었다.

"아, 안녕하세요. 모두들 건강하십니까?"

"네, 고맙습니다."

"충식 군은 집에 없습니까?"

"네. 아니, 잠시 이웃집에 갔습니다."

다케오가 툇마루에 벗어둔 외투를 석란은 어떻게 할까 잠시 망설였지만 눈 딱 감고 오른팔에 걸고 옆방으로 들어갔다.

"선생님, 오랜만에 뵙습니다."

다케오는 영준에게 인사했다.

"예, 잘 오셨습니다. 부친께서는 건강하십니까."

영준은 허물없이 묻는 것이었다.

"네, 여전하십니다."

"이런 궁벽한 곳에 번번이 찾아와주서서 정말 고맙습니다. 자, 편히 앉으세요."

하고 영준은 다케오에게 편히 앉기를 권하고, 그러고 나서 후미에를 향해 말했다.

"아가씨도 앉아요. 왜 서 계십니까?"

"아, 저 아이 말입니까, 선생님?"

하고 다케오는 후미에를 돌아보며,

"누이는 오늘 조선옷을 입고 있어서 조선식 예절을 지키고 있는 겁니다."

라고 말하며 웃었다.

"아 그렇습니까, 하하하하."

하고 영준은 허물없는 웃음을 터뜨렸다.

"그래요. 그래, 로마에 가면 로마에 따른다는 뜻인가. 훌륭한 마음가짐이오. 자, 앉아요. 조선에서도 윗사람이 앉으라고 하면 앉는 법이지. 하하하하."

다케오는 오늘 이 노인이 무척 기분이 좋은 모양이라고 생각했다. 이 정도면 충식과 석란을 초대하는 것을 허락할 듯하다고 생각했다. 두 번 만나고 세 번 만나는 동안 이 노인의 마음을 닫았던 얼음도 녹기 시작하고 봄날의 개울물이 소리를 내며 흐르기 시작했으리라고 생각하니 다케오는 기뻤다. 그만큼이라도 자신들의 성의가 통한 것이라고 생각되었다.

후미에는 조금 수줍어하면서 앉았다. 석란도 후미에 곁에 앉았다.

“어떻습니까, 선생님. 누이가 저렇게 조선옷을 입었는데.”

다케오는 더더욱 영준의 마음속 깊이 들어가보고 싶었다.

“음, 잘 어울립니다.”

영준도 감탄한 듯 옷맵시를 살피는 듯한 눈매로 후미에를 바라보았다. 그리고
만족한 모습이었다.

그 모습을 보자 다케오도 후미에도 기뻤다. 석란도 기뻤다.

“선생님, 저렇게 같은 옷을 입고 따님과 나란히 있으니 전혀 다른 게 없지요?”

다케오는 영준에게 확인했다.

“음, 다만 누이동생 쪽이 훨씬 품위 있는걸, 하하하하.”

영준은 이런 아첨 섞인 말조차 하는 것이었다.

“어머, 선생님.”

후미에는 머리를 숙였다.

“아니, 품위가 어떻다 하는 문제가 아닙니다. 조선인도 일본인도 결국 다를 바
없는 게 아닐까 하는 것입니다.”

다케오는 드디어 급소를 건드린 것이다.

다케오의 말을 석란의 통역을 통해 들으면서 영준의 얼굴 표정은 순식간에 변
하여 다케오가 처음 영준과 대면했던 때와 같은 엄숙함으로 돌아갔다.

석란의 통역을 다 듣더니 영준은 지그시 눈을 감고 깊은 생각에 잠기는 듯했다.

다케오를 비롯해 후미에도 석란도 엄숙한 얼굴이 되어버렸다. 정숙한 가운데
심상치 않은 공기가 떠돌았다.

영준의 입장에서 말하면, 다케오의 질문은 범상한 질문이 아니다. 그것은 영준
이 평생 지켜온 근본사상에 대한 도전이다. 결코 단순한 분위기 맞추기나 또는 일
시적인 교제 차원에서 무책임한 답변을 할 수는 없다. 영준은 성실한 사람이다.

영준이 지금까지 히가시 일가 사람들과 교제한 것은 단순한 인도적 입장에서
였다. 사람과 사람 사이의 정의情義를 다한 것이었고, 민족문제라든가 그런 것은
일절 고려에 넣지 않았다. 세간에서는 김영준이라고 하면 곧잘 배일가排日家의 우

두머리라고 말하고 있지만, 김영준은 일본이라면 무조건 헐뜯고 일본인이라면 누구든 미워하는 그런 배일가는 아니다. 그는 일본의 역사에도 밝았다. 특히 메이지유신사明治維新史에 대해서는 일가견을 세우고 있을 정도로 연구가 깊었고, 따라서 일본의 장점도 단점도 잘 알고 있다. 조선인 가운데『신황정통기新皇正統記』[8]나『산요외사山陽外史』,[9]『고사기古事記』,『일본서기日本書紀』를 독파한 것은 그 말고는 그렇게 많지 않을 것이다.

지나사변支那事變이 발발하자 그의 옛 동지 대다수는 어느 쪽인가 하면 오히려 장제스蔣介石[10] 편이었지만, 김영준은 과감히 정의正義는 일본에 있다고 공언했다. 그의 논거는 이런 것이다. 하늘은 가장 옳은 자에게 권한을 부여하신다. 아시아 여러 민족 중에서 적어도 현재는 일본이 가장 도道에 걸맞은 생활을 하고 있는 국민이다. 따라서 아시아 여러 민족 중에서 영도권을 갖게 할 만한 자를 고르라면, 공평하게 보아 일본 민족을 제외하고는 달리 없다. 또 그렇게 하는 것이 영도되는 여러 민족의 이익이기도 하다는 것이었다.

김영준의 이런 주장이 일부 사람들 사이에 물의를 빚은 것은 물론이다. 어떤 사람은 김영준이 출옥한 뒤 변절한 것이라고까지 조소했을 정도다.

그러나 김영준은 사람들이 뭐라고 하든 그것에 구애되어 말을 바꾸는 그런 인물은 아니다. 그는 일단 옳다고 정하면 그것을 신념으로 삼아버려 천하가 달려들어 호리려 해도 도무지 한 걸음도 양보하지 않는 것이다.

따라서 그는 일본의 옳음도 강함도 속속들이 잘 알고 있다. 또한 조선도 결국 일본의 영토로서, 조선인은 일본 신민으로 살아갈 운명에 있다는 것도 꿰뚫고 있

8　일본 남북조시대에 고다이고 천황이 세운 남조(南朝) 요시노 조정의 정통성을 서술한 역사서.『구칸쇼(愚管抄)』,『독사여론(讀史餘論)』과 더불어 일본의 대표적인 사론서로 꼽힌다.

9　에도 후기의 문필가 라이 산요(賴山陽, 1780-1832)의『일본외사(日本外史)』를 가리킨다. 이 사서는 막부 말기의 존왕양이운동과 존황사상에 막대한 영향을 끼쳤다.

10　장제스(蔣介石, 1887~1975). 중국의 군인이자 정치 지도자. 1911년 신해혁명에 참가했고 1923년 제1차 국공합작에 관여했다. 1926년 국민혁명군 총사령관에 취임하여 북벌을 시작한 이래 1928년 베이징 점령과 더불어 북벌을 완수한 뒤 난징에 수도를 정하고 국민정부를 선포했고, 1937년 중일전쟁이 발발하자 제2차 국공합작을 통해 항일전쟁에 나섰다.

다. 그러면 그는 왜 배일가로 불리고 불령선인이라고 주시되고 있는 것일까. 그것은 다른 게 아니다. 첫째는 민족의 독립에 대한 의리이고, 둘째는 조선인이 영구히 식민지의 토착민으로서 천대받지 않으면 안 된다는 데 대한 비분이다. 이 두 가지 점이 석연치 않았기 때문에 김영준은 일본의 조선 통치에 절대 반대라는 입장을 사수해왔던 것이고 경찰에서도, 또 검사정, 예심정, 공판정에서도 그는 당당히 자기 주장을 펴며 한 걸음도 물러서지 않았다. 이것이 일본에 대한 김영준의 태도였다.

그의 이런 태도는 지금도 변하지 않았다. 미나미南 총독의 내선일체론內鮮一體論도 김영준의 마음을 움직이지 못했다. 그것은 정치가의 한낱 형식적인 겉치레 말에 지나지 않는다고 생각했던 것이리라.

"우선 평등하게 하는 일이다. 우선 양 민족을 평등한 지위에 놓고 나서 부족한 점을 채우는 것이다. 우선 부족한 한쪽을 족하게 한 뒤 평등하게 하려면 그런 날은 영원히 오지 않는다. 왜냐하면 부족한 쪽이 국민적 감격을 갖지 않기 때문이다."

그는 언젠가 이런 말을 한 적이 있다.

"평등하게만 해주면 자네는 만족할 작정인가. 독립주의를 버릴 셈인가."

하고 김영준의 옛 동료는 꾸짖었다.

"음, 자네와 나는 어떨지 모르지만 조선 민중은 만족하겠지."

김영준은 이렇게 단언하고 그 사람과 헤어진 것이었다.

다케오는 2월의 부상을 겪은 이래 몇 번 충식과 만나 흉금을 탁 터놓고 민족문제 등을 논했고, 충식을 통해 그의 부친인 김영준의 사상도 대략 알게 되었다. 충식은 부친의 의견에 찬성한다고는 말하고 있지만, 젊은 만큼 다소 동요의 기미가 있는 듯이 다케오에게는 보였다.

이런 터이므로 석란과 후미에가 하나도 다를 게 없지 않느냐고 추궁 받고는 김영준이 깊은 생각에 빠진 것도 당연하다고, 다케오는 생각했다.

김영준은 지그시 명상에 잠겼다가 이윽고 눈을 번쩍 떴다.

"고맙소."

하고 김영준은 매우 정중하게 다케오를 향해 머리를 숙였다.

다케오는 이것이 무슨 의미일까, 하고 약간 당황한 모습이었다.

"고맙소, 당신의 마음은 잘 이해합니다. 누이께서 오늘 조선옷을 입으신 마음도 나는 잘 이해합니다. 그 마음에 대해서는 거듭 감사하지 않을 수 없습니다. 사실대로 말하면, 나도 그런 마음이 되고 싶은 것입니다. 그러나 불행히도 나는 아직 거기까지 이르지는 못했습니다. 단, 개인적으로는 별개입니다. 예컨대 당신네 두 분에 대해서는 나는 매우 친근한 감정을 가집니다. 실로 두 분은 모두 훌륭한 인격과 인정을 갖고 계시고, 게다가 내게 분에 넘칠 정도의 호의를 갖고 계십니다. 나는 그것을 가슴 깊이 느낍니다. 그리고 감사하고 있습니다. 실례지만 나는 당신네 남매에 대해서는 남 같은 느낌이 들지 않습니다. 그렇습니다. 저렇게 누이께서 내 딸과 나란히 계시는 것을 보면 내 자식처럼 귀여운 것입니다. 실례되는 말씀이었다면 용서해주세요."

다케오는, 김영준이 위엄 있고 성심을 담은 어조로 그때그때 자신에게 머리를 숙이며 이야기하는 것을 줄곧 보고 있자니 말을 알아듣지는 못하지만 그 의미는 알 것 같은 느낌이 들었다.

석란도 부친이 하는 말의 중대함을 생각해 말 한마디, 한 구절도 빠트려서는 안 된다는 마음가짐으로 두 사람에게 정확하게 통역하여 들려주었다. 다케오와 후미에는 석란의 통역을 들으면서 그 말들을 조금 전 김영준의 표정과 몸짓 등을 결부지어 생각하며 구절구절마다 김영준에게 머리를 숙여 감사의 뜻을 표했다.

마지막으로, 다케오와 후미에가 내 자식처럼 귀엽다고 생각하고 있지만 실례가 된다면 용서해 달라는 대목에 이르자, 다케오와 후미에는 입이라도 맞춘 듯이 거의 동시에,

"아니오, 천만의 말씀입니다. 정말 고맙습니다."

하고 대답했다.

마침내 지금까지의 긴장된 공기는 봄날에 어울리는 온화함으로 바뀌었다. 그러나 다케오는 아직 다 녹지 않은 산그늘의 얼음을 생각하고 가슴이 짓눌리는 듯

한 무거운 고통을 느꼈다.

충식과 그의 아우 의식義植이 돌아왔다.

"야아, 히가시 군. 여어, 아가씨."

이런 인사가 오갔다.

다케오는 충식에게,

"지금 자네 아버님과 중요한 이야기를 했네. 우리들, 자네도 나도 말이지, 그리고 누이동생도 후미에도 모두 실로 중대한 책임을 지고 있다는 것을 느끼네. 우리는 더욱 하나가 되지 않으면 안 돼. 그건 일본제국을 위해서도 그렇지만, 조선을 위해서도, 또 동양 전체를 위해서도 그렇지. 우리가 나빴어. 우리 일본인은 조선 동포에 대한 사랑과 존경이 부족했던 것이네. 폐하의 대어심大御心을 이해하지 못했던 것이지. 나는 자백하네. 하지만 일본인은 본성이 나쁜 것은 아니야. 마음은 지극히 단순하고 쉽게 감격하는 국민이지. 다만 지금까지 조선에 대한 이해가 부족했던 것이라네. 우리 아버지의 조선관朝鮮觀 같은 건 아예 잘못되어 있어. 오늘 자네 아버님의 말씀을 듣고 한층 분명히 알았네. 하지만 걱정할 건 없어. 병의 근원을 안 이상 치료하면 되는 것이지."

다케오는 일단 말을 끊고 잠시 생각하는 듯한 모양이었으나,

"어이, 김 군!"

하고 충식의 얼굴을 정면으로 응시했다.

이제 막 돌아온 충식에게는 다케오가 하는 말의 의미가 분명하지 않았지만, 그 정신과 호의는 느낄 수 있었다.

"어이 김 군, 우리는 정말 하나가 되자. 칠천만과 이천만이 정말 하나가 되자. 지금까지의 잘못은 모두 우리들이 바로잡자는 게 아닌가. 그리고 더더욱 살기 좋은 새롭고 높은 문화를 산출할 수 있는 일본을 만들자는 게 아닌가. 미나미 총독이 말하는 내선일체라는 것도 그런 게 아닐까 생각하네. 하지만 말이지, 중요한 건 우리 젊은이들에게 있는 것이 아닐까. 자네는 어떻게 생각하나?"

"그렇게 되면 정말 다행이지. 그런데 조선 청년은 — 적어도 일부 세력은 말이

지, 아직 그것을 믿지 않는다네. 즉 내선일체를 문자 그대로 받아들이지 않는 것이지."

충식은 이렇게 대답했다.

"그런가? 아직 그것을 믿지 않는 사람이 있어?"

"첫째, 나부터도 아직 그것이 확실히 다가오지 않는다네. 히가시 군, 일본인이 모두 자네나 자네 누이 같은 사람이라면 좋겠네만. 실은 나는 자네를 만나고부터 국가에 대한 생각이 변한 것 같은 생각이 드는 걸 어쩔 수 없어. 우스운 질문인 듯하지만 말이야, 자네나 자네 누이 같은 사람이 일본에는 많이 있나?"

충식의 얼굴은 비통할 정도로, 또 우스울 정도로 진지했다.

"많다고 생각하네. 조선을 이해하고 있는 사람이겠지, 자네가 알고 싶어 하는 것은."

"이해보다도 사랑이야. 참으로 동포라고 생각하는 것이지. 악마도 이해할 수는 있으니까."

"그래 사랑이지, 정이지. 나는 일본인의 순정을 믿네. 역성을 드는 것일지도 모르지만. 하지만 일본인은 순정적이기는 하다고 생각하네. 일본인에게도 여러 가지 단점이 많지만, 그러나 순정적이고 감격적인 점만큼은 사주어도 좋다고 생각하네. 자네는 어떻게 생각하나?"

"내가 아는 사람은, 학교 선생님은 빼곤 자네 정도인걸."

"그렇겠군. 실은 이렇게 말하는 나도 조선인 선생에게 배운 적이 없으니, 알고 있는 조선인이라고는 자네 집안사람뿐이지. 하지만 나는 그것으로 충분하다고 생각한다네. 대해大海의 물도 한 방울 맛보면 맛을 알 수 있지. 수천만 민중 가운데는 퍽 나쁜 사람도 있겠지만, 그것은 피차 마찬가지야. 나는 자네 한 사람을 알게 되어 이미 조선을 알게 된 셈이네. 자네도 나를 통해 일본을 알아주게. 하긴 이렇게 말하면 우쭐해하는 듯해서 미안하네만."

"아니, 자네는 전혀 우쭐해하는 게 아니야. 나는 진심으로 자네를 믿고 또 존경하고 있네."

"고맙네. 나를 믿어주겠나?"

다케오는 충식의 두 손을 잡았다.

"응, 나 자신을 믿는 것보다도 더 믿고 있네."

"고맙네. 아가씨께서는 어떻습니까?"

다케오는 충식의 손을 놓고 바로 앉으며 석란을 보았다.

"무얼 말씀이에요?"

석란은 수줍어했다. 그러나 지금까지 두 사람의 문답은 전부 주의 깊게 듣고 마음에 담아두었다.

"아뇨, 우리를, 저와 후미에를 정말 믿어주시겠는지 말이에요."

"굳게 믿습니다."

석란은 내향적인 평소의 성격답지 않게 분명하게 단언했다.

"고마워요. 그것으로 됐습니다. 후미에, 너도 동감이지?"

"네, 후미에도 굳게 믿어요."

후미에는 석란의 말을 그대로 인용함으로써 좀 입 밖으로 꺼내기 어려운 3인 칭 목적격을 생략할 수 있었던 것이다.

김영준은 젊은이들끼리의 대화를 들으면서 뭔가 생각하고 있는 모양이었는 데, 그들의 이야기가 끊어지자 눈을 떴다.

충식은 부친에게 지금까지의 대화 내용을 대강 보고했다. 김영준은 일일이 고 개를 끄덕이면서 충식의 보고를 들었다. 충식의 보고가 끝나자 김영준은 두세 번 잇달아 고개를 끄덕이고는 석란을 향해,

"점심 준비하지 않으련?"

하고 지시했다.

석란은 충식과 다케오를 보았다.

"아버지께서 자네들에게 점심 대접을 하라고 하시네. 먹고 가지 않겠나?"

충식은 다케오에게 이렇게 말하고 나서, 이번에는 후미에에게,

"아가씨, 괜찮지요? 또 예의 조선 된장찌개チゲ가 나오겠지만."

하고 웃었다.

"아니, 실은 말이야."

하고 다케오는 정색하고 나섰다.

"오늘은 자네와 누이동생을 초대하러 왔네. 어머니께서 꼭 오라고 하신다네. 오늘은 우리 집에서 놀다가 창경원 밤 벚꽃 구경도 하고, 그리고 우리 집에서 하룻밤 묵는 일정이지. 그래서 자네 아버님의 기분도 살피려고 했던 건데, 야단났는걸. 하긴 축하할 일에는 틀림없으니까. 하나 더, 우리가 형제의 의리를 맺은 축하를 겸해서 우리 집에 가지."

다케오가 이렇게 말하자 후미에는,

"아버지도 어머니도 오늘은 꼭 와주기를 바란다고 하셨어요. 어머, 벌써 열한시예요. 그래도 한 시간이면 갈 수 있으니까 오늘은 꼭, 어서요. 석란 상도요. 지난번에 약속했었죠, 다음번에 오시겠다고."

하고 성심을 다해 권했다.

다케오와 후미에는 훨씬 전부터 충식과 석란을 집에 부를 작정이었다. 그러나 김영준의 허락도 허락이지만, 첫째 모친이 그다지 좋아하는 기색이 아니었다. 모친은 충식 남매의 은의恩誼를 모를 리 없지만, 그것은 뭔가 다른 방법으로 갚아야 하지, 충식인가 하는 이들 남매를 집에 불러들이는 것은 왠지 좀, 이라는 식으로 생각하는 것이었다.

"서로 교제를 시작하는 데는 말이지, 여러 가지 고려하지 않으면 안 되는 것도 있는 법이에요."

하고 모친 기쿠코菊子는 말했다.

게다가 하나 더, 다케오의 모친에게는 걱정거리가 있었다. 그것은 다케오나 후미에가 충식인가 하는 이들 남매를 지나치다고 생각될 정도로 칭찬하는 것이었다. 번번이 드나드는 가운데 젊은이들끼리이니 혹시 사려 깊지 못한 결과라도 낳는다면 가문의 수치가 된다는 것이다. 사려 깊지 못한 결과란 다케오와 석란 사이에 연애 같은 관계라도 생기면 어쩌나 하는 것이었다.

다케오의 모친 기쿠코에게 더욱 이 의심의 근거를 제공한 것은 이제 막 혼담이 결정되려던 가와시마 미치코川島美智子에 대한 다케오의 태도가 변한 것이었다.

"미치코 상이 어떻다는 게 아니에요. 어차피 가까운 시일 안에 저는 군대에 가지 않으면 안 되니까 결혼은 하고 싶지 않다는 것뿐입니다."

하고 다케오가 미치코와의 결혼을 단호히 거절했을 때 기쿠코는 깜짝 놀라지 않을 수 없었다. 하긴 지금까지 다케오가 미치코와 연인 사이라고 할 정도는 아니었지만, 그래도 함께 하이킹을 간다든지 하며 서로 좋아했던 것은 틀림없다. 뿐만 아니라 가와시마 집안에서는 결혼을 전제로 미치코에게 다케오와의 교제를 계속 허락한 것을 다케오는 잘 알고 있는 터이다. 그런데 다케오는 미치코에 대해 단호히 거절하는 의사를 밝힌 것이다. 모친 기쿠코가 놀라는 것도 무리는 아니다.

"너는 히가시 집안의 외아들이다. 대를 이어야지."

하고 기쿠코는 엄격한 표정으로 다케오를 흘겨본 것이었다.

"출정할지 모르기 때문에라도 결혼을 서두르지 않으면 안 되는 게다. 게다가 네 결혼이 늦어지면 후미에의 결혼도 늦어진다. 이와타니岩谷 상 쪽에서도 후미에와 가츠키克己 상의 결혼을 서두르고 계셔. 아버지도 이와타니 상도 언제 출정할지 모르는 군인이다. 그러니 양쪽 모두 아버지의 출정 전에 식을 올리자는 게지. 그런데 네가 고집부리는 탓에 모두에게 걱정을 끼치고 있잖니. 다케오, 도대체 무슨 생각으로 결혼하지 않겠다는 따위, 그런 쓸데없는 말을 하는 게냐?"

기쿠코는 매우 엄중한 어조로 다케오와 후미에 앞에서 거침없이 의견을 말하는 것이었다.

"어머니, 제가 결혼하지 않으면 후미에가 결혼할 수 없다는 법은 없어요. 그런 건 모두 구식이에요. 후미에만 좋다면 이와타니 군과는 언제든 식을 올려도 좋지 않습니까?"

"다케오, 그런 쓸데없는 말은 하는 게 아니야. 게다가 네게 뭔가 잘못이라도 생겨보렴. 그건 히가시 집안에 먹칠을 하는 거야."

기쿠코는 최후에 이렇게 선고한 것이었다. 이것은 물론 석란과의 관계를 가리킨 것이었고, 다케오도 그것을 잘 알았다.

이런 까닭에 충식과 석란을 집에 부른다는 말을 모친에게 꺼낼 수 없었던 것이다.

그런데 어느 날 우연히 후미에가 다케오의 일기장을 보게 되었다. 슬며시 페이지를 차례로 넘기자니 석란에 대한 것이 꽤 적혀 있었다. 불광리에서 석란에게 간호 받았던 일, 그 후 불광리에 찾아갈 때마다 석란과 만나 이야기했던 일 등이 자세히 적혀 있었다. 원래 다케오는 전공도 법률이지만 문학 따위는 그다지 좋아하는 편이 아니며, 정치와 수양에만 머리를 쓰는 성질임을 잘 알고 있는 후미에에게는 그것이 결코 예삿일처럼 받아들여지지는 않았다. 하긴 다케오가 부모에게 물려받은 성격상 석란이 그립다든가 잊히지 않는다든가 그런 연애문학적 문구는 한마디도 일기에 보이지 않았지만, 그만큼 오히려 다케오의 마음이 후미에에게는 헤아려지는 것이었다.

그런데 어느 날,

"오라버니, 죄송해요."

하고 다케오의 서재에 들어서자마자 후미에가 말했다.

"뭐냐, 죄송하다니. 용돈?"

"어머, 아니에요. 후미에, 오라버니의 일기를 봤어요."

다케오도 과연 흠칫 낭패하는 빛을 보였다.

"나빴다고 생각해요. 그래도 후미에는 오라버니를 생각해서였어요. 뭐든 힘이 되어드리자고 생각했어요. 그러니 나쁘게 생각하지 마세요, 오라버니."

후미에는 생긋 웃어 보였다.

"나쁘게는 생각지 않지만."

"후미에가 행동거지가 나쁘다고 말씀하시는 거죠?"

후미에는 소리를 내어 웃었다.

"네 일기도 보여줘."

"플러스, 마이너스 하자는 거죠? 그 수에는 넘어가지 않아요."

"보지 않아도 오빠는 잘 알고 있지."

다케오는 겸연쩍은 듯한 웃음을 흘렸다.

"어머, 후미에에겐 비밀 따윈 아무것도 없어요."

"그럼 왜 네 일기장은 언제나 어딘가에 숨겨 두는 거지?"

"어머, 오라버니. 찾아본 적이 있어요? 후미에의 일기?"

"응."

"왜요?"

"왠지 후미짱의 일기가 읽어보고 싶어져서 말이야. 어떤 생각을 하고 있을까. 오누이라고는 해도 다 컸으니 네 마음속까지는 오빠도 엿볼 수가 없구나."

후미에도 장난기가 사라지고 숙연해지고 말았다. 그리고 오빠의 마음속을 투시하기라도 하려는 듯이 언제까지고 다케오의 얼굴을 뚫어지게 쳐다보았다. 후미에에게는 오빠가 지금까지 본 적이 없는 사람처럼 생각되었다. 같은 집에서 어린 시절부터 함께 자라면서도 어느 사이에 서로 이렇게 마음과 마음이 통하지 않는 타인이 되어버렸을까, 불가사의하게 생각되었다.

"오라버니!"

"왜?"

다케오는 뭔가 생각하다가 마음을 돌리는 듯한 자세를 취했다.

"후미에는 언제까지고 언제까지고 오라버니에게 비밀 같은 건 갖지 않을 작정이에요. 오라버니에게만큼은 후미에가 평생 떼쓰는 아이 시절의 누이이고 싶어요."

후미에의 눈에는 이슬이 빛났다.

"고맙다, 후미에. 그렇게 있어주렴. 오빠도 말이지, 요즘 왠지 상당히 마음이 달라진 것 같단다."

"어떻게? 말해봐요."

"글쎄, 뭐라고 할까. 가치의 전환이라고나 할까."

“어렵네요.”

“아니 뭐, 그런 건 아니야. 나는 원래 정情이라는 것을 얕보고 있었단다. 이성주의였지. 여하튼 세상은 이론대로 굴러가는 것이라고만 생각했어. 그런데 아무래도 그렇지 않은 듯해. 역시 정말 인간을 움직이는 것은 정이라고 생각하게 되었지. 심리학에서 말하는 그런 감정이 아니라, 말하자면 보통의 인정이라는 것 말이야. 이 인정이라는 것이야말로 인생의 지배자처럼 생각된단다. 예컨대 애국심도 말이지. 그건 결국 정이야. 우리가 일본을 사랑한다, 폐하를 위해 생명을 버린다, 이것은 모두 이성이 아니야. 정이지. 부모 자식이든 형제든 정으로 맺어져 있는 게 아니겠니? 그렇다고 이성을 부인하는 건 아니지. 이성 — 곧 이론이 정으로 바뀌어야 비로소 행行이 된다고 생각해. 아직 정으로 바뀌지 않은 이론은, 요컨대 공허한 이론이지. 과학적 이론은 별개로 하고. 내선일체도 그렇다고 생각해. 내지인과 조선인이 정으로 맺어지지 않으면 진짜가 아니지. 오빠는 법률도 인정을 기조로 해석해보고 싶어. 인간만사가 인정을 떠나서는 실재하지 않는 것이라고 생각해. 시간만 나면 논문을 써보려고 해.”

“어머, 그런 생각이라면 저도 오라버니의 주장에 대찬성.”

“후미짱도 공감해?”

“공감하다마다요. 오라버니야말로 후미에에게 공감하게 된 건 아닐까요?”

“그렇겠지. 너는 문학가니까.”

“문학가라니, 놀리지 마세요. 인정주의자라구요.”

“인정주의자, 인정주의자. 음, 좋은 말이네. 역시 후미짱은 머리가 좋아.”

다케오가 유쾌하게 웃자 후미에는 단도직입적으로,

“오라버니, 석란 상 지금도 좋아하죠?”

하고 추궁하는 것이었다.

“응, 좋아해.”

하고 다케오는 순순히 말했다.

“단지 좋아하는 것뿐? 그 이상은 아니에요?”

"응, 그 이상인 듯도 해."

"듯도 하다, 라니 그렇게 말씀하지 마시고 확실히 말씀하세요."

"그 이상의 말은 좀 어렵지 않겠니?"

후미에는 오빠가 한 말을 음미하는 듯이 잠시 침묵했으나,

"알겠어요. 오라버니의 마음 존경해요. 보통사람이라면 사랑한다는 거죠?"

후미에는 재차 확인했다.

다케오는 엄한 눈매가 되었지만 아무 말도 하지 않았다.

그 후 후미에는 모친을 설득했고, 그리하여 마침내 충식과 석란을 초대하게 되어 오늘 두 사람을 초대하러 온 것이다.

일동이 김영준의 대답을 기다리고 있자니, 그는 의외에도,

"음, 가도 좋다."

하고 허락해주었다.

"그럼 호의를 받아들여 신세를 지겠습니다."

충식은 부친의 말을 통역하는 대신 다케오에게 이렇게 말했다.

"고맙습니다."

다케오와 후미에는 동시에 김영준에게 감사의 인사를 했다.

"그럼, 서두르지."

네 젊은이들은 김영준의 서재에서 나왔다.

봄 햇살은 밝고 따스했다. 수탉이 황금색 지붕에 올라 목청 높이 한낮을 알렸다.

다케오와 충식, 후미에와 석란 넷이서 도로 폭대로 한 줄로, 혹은 두 줄로 가면서 즐거운 듯이 의주가도^{義州街道}를 향해 논둑길을 걸어가는 뒷모습을, 김영준은 툇마루에 서서 하염없이 전송하고 있었다.(1940.4)

3
하나의 길

네 사람은 좁은 길에서 의주가도로 들어가는 곳 가까이까지 왔다. 시내를 따라 소림사와 세검정이 들어선 골짜기를 지나 창의문彰義門으로 통하는 길이 갈리는 곳이다. 길이라고 해봤자 그저 명색뿐인, 있을까 말까 한 좁은 길로, 정상에 오르기까지는 14, 5정이나 계곡을 거슬러 오르지 않으면 안 된다. 유명하지는 않지만 경성 부근에서는 다소 경치 좋은 계곡의 하나다.

"이리로 갈까?"

다케오는 냇가에 멈춰 서서 세 사람을 돌아보았다. 만약 이 길로 가지 않는다면 녹번리에서 버스를 타지 않으면 안 된다.

"좋아요. 그런데 석란 상은 어때요, 지치지 않아요?"

후미에는 석란의 얼굴을 살폈다.

"아뇨, 저는 어느 쪽이든 좋아요."

석란은 후미에에게 미소를 지어 보였다. 그녀도 내심 산속을 걸어보고 싶었다.

"그럼 걸어요. 아무래도 버스를 타면 내가 짐짝이 된 듯해서 말이죠. 왠지 비참해져요."

다케오는 시냇물을 따라 걷기 시작했다. 세 사람도 뒤를 따랐다.

도로 폭이 좁아지는 곳을 빠져나가자 한층 깊은 산의 모습이 눈앞에 펼쳐졌다. 관음봉觀音峰 바위가 왼쪽에 보이고 반석盤石 위로 물이 졸졸 흘렀다.

진달래가 불붙은 듯이 피어 있다.

"어머, 진달래."

하고 후미에가 아이처럼 즐거워했다.

"정말 조선의 산진달래는 좋군."

다케오도 검은 바위 표면에 작은 소나무의 푸른빛과 진달래의 붉은빛이 점점이 이어져 있는 것을 지그시 바라보았다. 하이커인 다케오에게는 그다지 신기한 것도 아니지만, 올해 산진달래를 보는 것은 이것이 처음이었다. 게다가 오늘은 특히 기분이 들떠 있어 모든 것이 새롭고 즐거웠다.

네 사람은 계속 나아간다. 시냇물은 과연 인적이 닿지 않아 맑게 흐르고 있다. 그다지 사람이 오지 않는 한적한 곳이기 때문이리라.

봄날이다. 개었다고는 해도 아지랑이가 끼어 있는 듯한, 졸린 듯한 갠 날씨다. 초록빛, 남빛을 띤 작은 나비들이 쫓고 쫓기며 일행 앞을 가로질러 날곤 했다. 조금도 사람을 두려워하는 모습이 없었다.

길은 점차 구부러져 좁은 협곡으로 들어간다. 자못 치졸한 빛깔과 모양새를 하고 진달래는 어디에나 피어 있었다. 양지바른 곳에는 이미 색이 바래서 흩어지기 시작하는 것도 있지만, 바위 그늘 같은 곳에는 아직 새빨간 봉오리를 달고 있는 것조차 있었다.

석란은 묘하게 가슴이 설레는 것을 깨달았다. 다케오의 뒷모습이 불가사의한 힘으로 마음에 붙박이는 듯하여 어떻게도 할 수 없었다. 얼굴이 달아오르고 땀이 배어나오는 것 같아서 몇 번이고 몇 번이고 후미에의 눈에 띄지 않게 손수건으로 이마와 콧등을 가만히 훔쳤다.

'그럴 리 없어. 내가 히가시 상을 좋아하다니. 그럴 리 없어.'

석란은 스스로 변명해 보았다. 그러나 그것은 아무런 효과도 없었다. 그런 식으로 자기 마음을 억누르면 억누를수록 한층 부끄러움에 가까운, 안타까움에 가까운 일종의 고통을 느낄 뿐이었다.

'모두 당신의 친절한 간호 덕분이라고 생각하며, 깊이깊이 감사드립니다.' 하고 다케오가 적어 보낸 사례 편지의 문구를 석란은 다시 떠올려보았다.

그것은 언제 생각해 보아도 똑같은 문구로 흔한 인사말일 뿐이지만, 그래도 이 말이 주문처럼 혼을 파고들어 떠나지 않는다. 그뿐만 아니라, 이 말이 시간이 지남에 따라 더욱더 빛을 발하고 소리조차 내는 것처럼 생각되는 것이었다.

'이런 마음이 된 것은 뭔가 인연일지도 몰라. 아니, 하지만 말도 안 돼. 히가시 상과 내가 무슨 인연이 있을 리 없는걸.'

석란은 이렇게 스스로 긍정하기도 하고 부정하기도 해온 것이었다.

그런데 오늘처럼 다케오와 함께 산길을 걷고 있자니 한층 그런 느낌이 강렬해져 지팡이를 흔들어 대며 오빠와 나란히 걷고 있는 다케오의 모습이 쑥쑥 마음속 깊이 스며드는 것이었다.

석란은 안타까운 자신의 감정을 얼버무리기라도 하려는 것인지 손을 뻗어 진달래꽃을 하나 따서 꽃술을 떼어버리고는 입속에 넣고 씹었다. 희미한 단맛이 느껴졌다.

"그 꽃 먹을 수 있어?"

후미에도 진달래꽃을 하나 땄다.

"응, 아이들은 진달래꽃을 잘 먹어. 나도 어렸을 때 잘 먹었어."

석란은 겸연쩍은 듯이 미소지었다.

"독은 없어?"

하고 후미에도 석란을 흉내 내 꽃술을 땄다.

"독이 있는 건 바위철쭉이야. 이것보다 훨씬 붉고 끈적끈적해. 그건 아직 피지 않았어."

"맛있겠지?"

후미에도 꽃을 입에 넣었다.

"맛있다고는 할 수 없지만 꽃을 먹으면 아이가 된 것 같아서 즐거워."

"내지에서도 벚꽃을 소금에 절여 차에 띄워 먹거나 해."

"조선에서는, 꽃을 먹는다고 하면 봄엔 진달래, 가을엔 국화야."

"국화꽃도 먹어?"

후미에는 눈을 동그랗게 떴다.

"응, 국화꽃은 아주 맛있어. 단, 그건 향기를 먹는 셈이지만."

"어머, 향기를 먹는다니, 그럼 진달래는 빛깔을 먹는 셈이네."

후미에는 재미있는 듯이 웃었다.

"어이, 빨리 와."

다케오와 충식은 뭔가 이야기를 나누면서 1정町쯤 앞서가고 있었으나, 돌아서서 두 사람을 불렀다.

후미에와 석란은 서둘러 오빠들을 따라잡았다.

두 사람이 하아하아, 하고 숨을 헐떡거리며 가파른 비탈길을 올라오는 것을 보고 다케오는,

"힘들지 않습니까?"

하고 석란에게 말을 걸었다.

"아뇨."

석란은 눈이 부신 듯했다.

"등산 좋아하지 않으세요?"

다케오는 또다시 석란에게 말을 걸었다.

"지나支那에 있을 때는 자주 루산廬山 같은 곳에 올랐습니다만."

석란은 주강九江의 여학교에 다닐 무렵 서양인 선생들을 따라 루산에 오르거나 뤄양호洛陽湖에서 뱃놀이하던 일 등이 떠올라 그때가 그리워졌다.

"어, 루산에?"

다케오는 있을 수 없는 일이라는 듯이 놀라 눈을 크게 떴다.

"석란은 아버지와 함께 지나에 가 있었어."

하고 충식이 설명했다.

"그럼 조선에는 언제 돌아왔습니까?"

다케오는 신기한 듯이 석란을 쳐다보았다.

"조선에서 소학교를 마치고 곧 베이징北京의 아버지 계신 곳으로 갔어. 그 후 아버지께서 광둥廣東으로 가시게 되어서 말이지, 석란은 주장의 미션스쿨에 맡겨졌지. 거기서 여학교를 나왔고. 그 후 아버지가 체포되어 조선으로 호송되었고, 그래서 주장의 여학교에서 재직했던 여선교사가 도쿄東京로 전근하면서 석란을 데리고 갔지."

"그럼 학교는?"

하고 말을 걸며 다케오는 지나치다고 생각했는지 말꼬리를 흐렸다.

"조시가쿠인女子學院[11] 영문과예요."

석란은 부끄러운 듯이 대답했다.

"어머, 그래?"

후미에는 석란의 어깨에 손을 올려놓으며,

"어쩐지 말이 —"

하고 말을 머뭇거리는 것을 다케오가,

"정말 우리들보다도 유창한 진짜 도쿄 말이라서요."

하고 말을 맺었다.

석란은 말 같은 걸 칭찬받는 것이 낯간지럽게 느껴졌지만, 그래도 자기가 조금씩 다케오에게 알려지는 것이 기뻤다. 일시에 자기가 지내온 일과 마음 등을 몽땅 다케오에게 털어놓고 싶다고 생각하지만, 그것이 결코 쉬운 일은 아닌 것이다. 그것은 석란과 다케오가 성별이 다르기 때문만은 아니다. 두 사람이 서로의 마음을 알게 되는 것은 일생에 그렇게 흔히 있는 일은 아니다. 그것이야말로 전생부터의 인연이라도 아니면 불가능한 것일지도 모른다. 석란은 평생 자기가 지내온 일과 마음을 다케오에게 끝내 알리지 못할지도 모른다고 생각하면 슬펐다. 현재로서는 그것은 거의 불가능한 일에 속하는 듯했기에.

석란이 지내온 일이라고 해봤자 물론 대단한 것은 아니다. 계집애 혼자 지나支那에 갔다든가 도쿄에 갔다든가 그런 것에 지나지 않았지만, 그래도 호감이 가는 사람에게 이야기한다면 한 제국의 역사에 못지않은 의의와 흥미를 가질 대목도 있을 것이다. 어린 마음의 대수롭지 않은 슬픔이나 기쁨조차 사랑하는 사람들에게는 중대 사건이다. 석란은 아직 그런 이야기를 아무에게도 말한 적이 없는 것이다. 옆에서 보면 시시하다고 웃어 버릴지도 모르지만, 젊은 혼의 동경과 번민을 눈물과 공감으로써 들어주는 상대와 아직 만난 일이 없는 것이다. 석란은 그

---

11 메이지시대에 창립된 장로계 미션스쿨. 도쿄여자대학의 전신(前身)이다.

상대를 다케오에게서 발견한 듯이 생각되어 견딜 수 없다. 그러나 그것이 가능한 일일까. 석란은 고개를 숙이고 아직 푸른빛조차 띠지 않은 불그스름한 어린 풀을 응시하며 아랫입술을 깨물었다.

조금 더 가자 정상이다. 맑은 물이 솟고 있고, 그 앞에는 조그만 잔디밭이 있었다. 거기서 네 사람은 쉬었다. 이곳은 무거운 짐을 진 사람들이 잠깐 쉬는 곳이리라. 마른 잔디는 산산이 짓밟혀 있고, 푸른 싹이 마른 잎 아래서 귀엽고 뾰족한 머리를 내밀고 있었다.

"이제 다친 곳은 아프지 않아?"

석란은 선 채로 후미에에게 물었다. 후미에도 그것이 다케오의 상태를 알고 싶어서 던진 질문이라는 것을 알았으므로,

"나는 아무렇지도 않아. 하지만 오빠는 아직 가끔씩 허리가 아프다고."

하고 말하면서 오빠를 돌아보며,

"오라버니, 오늘은 아프지 않아요?"

하고 물었다.

"뭐, 아무렇지도 않아. 나는 지금 루산을 걷고 있던 참이야."

하며 혼자 웃었다.

"어머."

후미에는 어처구니없는 모습이었다.

"루산 전투는 격렬했다고 하길래."

다케오는 이렇게 자기가 한 말을 얼버무려버렸다.

다른 세 사람의 상상도 지나 중부의 전장으로 날아갔다. 석란의 눈에는 양쯔강과 뤄양호의 흐린 물이며, 반대로 루산 계곡의 맑은 물과 오래된 절 등이 떠올랐다. 루산이라는 말이 나오자 모두의 귀에는 대포 소리와 소총 소리가 울려오는 듯도 했다. 신문과 뉴스영화에서 본 전쟁의 실황이 각자의 눈에 떠올랐다.

세 사람은 약속이나 한 듯이 이상하게 맥이 빠지고 말았다. 멧새가 울었다.

그날 히가시 집안의 초대는 충식과 석란에게는 감격 그 자체였다. 대좌도 기쿠

코 부인도 정말 애정을 가득 담아 두 사람을 환대해주었다. 처음 일본의 가정이란 것을 맛본 두 사람에게는 평생 잊지 못할 정도로 깊은 인상을 받았다. 그 친절함과 예의바름이 두 사람에게는 가슴에 사무치게 기뻤을 뿐만 아니라, 이날 하루의 회식 덕분에 네 사람의 우정은 한층 깊어졌다. 서로 부쩍 더 이해하게 되었고, 또 지금까지 몰랐던 장점도 알게 되었다.

"음, 과연 좋은 사람들이군."

하는 대좌 부부의 칭찬을 듣고 다케오와 후미에는 자기 일처럼 기뻤다. 자기 일 이상으로 기뻤다고 말하는 것이 좀 더 사실에 가까운 것일지도 모른다.

이 일이 있고 나서 곧 다케오가 입영해버린 탓에 두 집안 사이의 왕래는 끊겼다. 다케오는 ○○기관총부대에서 가끔씩 충식에게 만화를 그린 엽서 따위를 보냈는데, 다케오는 석란 상에게 안부 전해달라는 말을 쓰는 것을 잊지 않았다. 석란은 오빠가 보여준 그 엽서들 속에 담긴, 석란 상에게 안부 전해달라는 말을 깊이깊이 가슴에 새겼다. 언제나 똑같은 말인데도 석란은 그때마다 새로운 의미를 깊이 느꼈던 것이다.

7월의 어느 일요일 오후, 다케오는 일등병 군복 차림으로 후미에와 함께 불광리를 찾았지만 귀가 시간 때문에 머무를 겨를도 없이 총총히 돌아가고 말았다. 그러나 그날 다케오는 코닥 사진기를 가지고 와서 충식의 집과 가족사진 등을 찍고 마지막으로,

"석란 상, 독사진 한 장 찍게 해주세요. 석란 상이라고 이름을 불러 실례입니다만, 이게 무례한 군인다우니까 그렇게 부르게 해주세요."
하며 과연 소박한 군인답게 웃었다.

"아아뇨."

석란은 뭐라 대답해야 좋을지 몰라 그저 얼굴을 붉힐 뿐이었다. 그리고 순순히 다케오의 카메라 앞에 섰다. 그리고 자신의 털어놓을 수 없는 마음까지도 찍히기를 바라면서 다케오가 셔터 누르는 것을 바라보았다.

그 후 한 달쯤 지나 8월도 끝나가는 어느 날, 우편배달부가 한 통의 두꺼운 편

지를 석란에게 건넸다. 그것은 충식 앞으로 다케오가 보낸 편지였다. 석란은 바로 열어보고 싶은 것을 꾹 참고 오빠가 돌아오기를 기다렸다.

충식이 병원에서 돌아온 것은 벌써 어두워지고 나서였다.

"오라버니, 히가시 상에게서 편지가 왔어요."

석란은 바로 다케오의 편지를 건넸다.

충식은 저녁상을 앞에 둔 채로 다케오의 편지봉투를 뜯었다.

"김 군, 나는 30일 오전 8시 ○○역 출발 임시열차로 출정하게 되었네. 물론 출정은 남아의 숙원이지만, 아마도 다시는 살아서 자네를 만나지 못할 것이라고 생각하네. 자네도 아무쪼록 국가를 위해 최선을 다해주게. 조선 동포의 참생명과 영광이 그로부터만 발견될 수 있다는 것을 자네는 확실히 인식하고 있다고 믿네. 그리고 자네는 부친을 도와 조선 민중의 마음을 미혹과 망설임으로부터 올바른 길로 이끌어주게. 또 칠천만과 이천만이 단단히 일체가 되어 인류를 이끌어갈 만한 고귀하고 힘 있는 일본을 만들기 위해 자네의 귀중한 일생을 바쳐줄 것을 믿네.

김 군, 나는 지금 이 몸을 나라를 위해 바치라는 명령하에 있다네. 이 생명을 조국을 빛내기 위한 한 토막의 땔나무로서 대륙의 제단에 던질 때가 온 것이네. 자네도 나를 위해 기뻐해줄 것이라고 생각하네.

하지만 김 군, 내가 마음속에 품었던 조국을 위한 모든 이상과 계획은, 실례의 말이지만, 전부 자네에게 맡기고 전장으로 가네. 부디 김 군, 이제부터는 내 몫까지 합쳐서 두 사람 몫의 일을 해주게.

마지막으로 이것은 개인적인 일이고 이제 과거가 되어 의미 없게 된 일이네만, 나는 자네 누이께 청혼할 작정이었네. 부모님이 만약 허락하셨다면 이미 청혼했을지도 모르지. 그러나 아버지 어머니로 대표되는 세대에게는 우리 젊은이들의 마음이 아직 이해되지 않을지도 몰라. 하긴 지금 와서 보면, 그런 말씀을 드리지 않은 게 다행이라고 생각하네.

한 가지 더, 이것도 개인적인 일인데, 후미에는 자네를 존경하고 있어. 만약 내가 전시戰死하기라도 하면 후미에는 히가시 집안의 대를 잇게 되고, 자네도 장남이고 보면, 자네와 후미에가 결혼하게 되는 일은 없을 것이라고 생각하네. 그것이 후미에를 위해서나 나를 위해서도 유감이네만, 그러나 자네에게는 대수롭지 않은 일이겠지. 자네는 부친이 그런 길을 걸어오셨듯이 집안일에 몰두하지 않는 그런 일생을 보내리라 믿네. 따라서 연애라든가 결혼이라든가 그런 건 자네에게는 전혀 문제가 되지 않을지도 모르지. 나도 자네에게는 그것을 바라마지 않네. 그렇기는 해도 일본의 한 여성이 진심으로 자네를 믿고 또 사랑하고 있다는 사실만으로도 내선일체를 위해 깊고 깊은 의의가 있는 것은 아닐까. 나는 그것을 기쁘게 생각하네. 내가 자네 누이를 존경하고 사랑하고 있는 것도 이 점에서 이미 충분히 목적이 달성되었다고 믿어.

자네 부친에 대해서는 나는 깊은 경의를 표하고 있네. 일본이라는 국가가 지금 요구하고 있는 것은 성誠과 기개氣槪가 있는 인물이지. 시세에 아첨하는 자에게는 이미 식상하지 않았는가. 부친 같은 분은 반드시 새로운 일본을 위해 큰 힘이 되어주실 것을 믿네.

한 번 더 불광리에 가서 모든 분들께 작별 인사를 드릴 수 없는 것을 유감으로 생각하네. 부디 자네가 안부 인사를 전해주게. 건강과 분투를 기원하네.

히가시 다케오"

충식은 편지를 다 읽고 침통한 얼굴이 되어 잠시 눈을 감았으나, 이윽고,

"히가시 군이 내일 출정한단다."

라며 다케오의 편지를 석란에게 내밀었다.

석란은 다케오의 편지를 읽기 시작했다. 오빠가 밥상 앞에 있음에도 불구하고 미처 다 읽지 못한 편지를 손에 쥔 채 안방을 나와 옆방으로 들어가 어린애처럼 흐느껴 울었다. 주강九江의 기숙사에서 아버지가 체포되었다는 소식을 듣고 기도실에 들어가 울었던 이래 이토록 운 적은 없었다.

석란은 왜 슬픈 것인지 알 수 없었지만, 그저 슬프고 울음이 나는 것이었다.

"석란아."

하고 오빠가 부르는 것을 듣고,

“네.”

하고 대답하는 데도 코가 메었다.

석란은 눈물을 닦고 콤팩트로 얼굴을 고치며 오빠가 있는 방까지 가는 데 상당히 뜸을 들였다.

들어오는 석란의 얼굴을 흘끗 보며 충식은,

“내일 아침 역에 전송하러 가자.”

하고 아무렇지도 않게 말하기는 했으나 그의 얼굴에는 아까보다도 한층 흥분하는 빛이 보였다.

“제가 전송해도 좋을까요?”

석란은 또 눈물이 복받쳤다.

“히가시 군이 기뻐할 거야.”

“그래도 아버지께서.”

“아버지께는 내가 부탁드리마.”

“그럼 가겠어요.”

“울지 마라.”

“네.”

하고 석란은 고개를 숙였다.

이튿날 아침 충식과 석란은 마음만의 전별餞別을 가지고 역으로 갔다. 출정 병사의 가족과 전송하는 사람들로 역 구내는 몹시 붐볐으나, 그래도 사람들의 얼굴에는 차분한 엄숙함이 있어 거의 말소리를 내는 사람조차 없는 듯했다.

군중 속에서 석란의 조선옷 차림이 눈에 띄었다. 가까스로 플랫폼에는 들어갔지만 다케오의 모습을 찾는 것은 쉽지 않았다. 두 사람이 플랫폼으로 들어갔을 때는 이미 병사들이 열차에 올라서 차창으로 얼굴을 내밀고는 줄곧 전송 나온 사람들에게 인사를 하고 있었다.

“석란 상.”

하고 소매를 끈 것은 후미에였다. 후미에도 석란의 모습을 찾고 있었던 것이다.

후미에는 다짜고짜 석란의 손을 질질 끌며 다케오의 모친과 친척들이 있는 곳으로 갔다. 충식도 뒤를 따라갔다. 사람들은 이 색다른 전송인을 의아한 얼굴로 쳐다보았다.

"아아, 석란 상, 김 군!"

다케오는 차창으로 얼굴을 내밀고 싱글벙글 웃으며 몇 번이고 머리를 숙여 보였다.

"김 상이 오라버니께 드리는 거예요."

하고 후미에는 충식이 가지고 온 꾸러미를 다케오에게 건넸다. 다케오는 그것을 받아들고는,

"고맙네. 고마워. 아버님과 어머님께 안부 전해주게."

하고 몇 번이나 거듭 고마움을 표했다.

"무운장구武運長久를 비네."

충식은 큰 소리로 외쳤다. 충식은 가슴이 메는 것을 느꼈다.

"고맙네. 부탁한다 김 군, 부탁해."

이것이 편지에 씌어 있는 부탁이라는 것은 말할 것도 없다.

"그래, 그러지!"

하고 대답하는 충식의 말끝은 떨렸다. 만약 그 이상 말한다면 목소리에 울음이 섞였을지도 모른다.

"무운장구를 빕니다."

석란은 숙인 머리를 거듭 들 수 없었다.

"고맙습니다, 고맙습니다. 부탁합니다."

다케오의 '부탁합니다'라는 말에는 눈물이 섞였다. 충식에게도 석란에게도 주위가 조용해진 듯이 느껴졌다.

만세 소리 속에 기차는 움직이기 시작했다.

'보내는 사람, 떠나는 사람, 꼭 성誠 그 자체가 아닌가.'

충식은 역 앞 광장에 나오자 손수건으로 눈을 닦았다. 조선인으로서는, 옛날은

어떻지 모르지만 오늘날을 살고 있는 이는 이런 감격을 경험한 일이 많지 않을 것이다. 어젯밤 충식이 부친에게 다케오의 출정을 알렸을 때 부친이,

"조국을 위해 싸우러 가는 것만큼 남아로서 감격 깊은 일은 없다."

라고 말하며 허탈해한 심경을 충식은 비로소 알 것 같은 느낌이 들었다.

'위해서 싸울 수 있는 조국을 가진 자는 행복할까.'

충식은 이런 생각을 했다.

"석란아."

충식은 말없이 걷고 있는 석란을 불러 세웠다.

"네."

"다케오 군을 위해 조선신궁^{朝鮮神宮}[12]에 참배하자꾸나."

"네."

조선신궁의 대전^{大前}에 충식과 석란이 절하는 모습이 보였다. 이것은 그들에게 는 최초의 자발적 참배였다. 충식도 석란도 오랫동안 마음으로부터 다케오의 무운장구를 빌었다.

두 사람이 참배를 마치고 깊은 감개에 젖어 계단을 내려오고 있는데 후미에가,

"어머, 김 상."

하고 불러서 두 사람은 깜짝 놀라 멈춰 섰다. 히가시 대좌 부부와 후미에는 출정한 아들, 오빠를 위해 참배하러 온 것이었다. 두 사람은 대좌 부부에게 다가가 머리를 숙였다.

"고맙습니다. 오오, 아가씨도. 고맙습니다. 다케오를 위해 참배하러 오신 겁니까. 고맙습니다."

대좌 부부는 마음으로부터 인사를 건넸다.

대좌 부부가 충식과 석란에게 집에 들러 식사를 하고 가라고 했지만, 충식은 출

12　한일병합 후 조선에 동화정책을 추진하기 위한 목적에서 세운 관립신사의 하나. 1912년부터 예산을 편성하여 경성부 남산에 자리를 정하고 1920년 기공식을 가졌고, 1925년 조선신사에서 조선신궁으로 명칭이 바뀌었다.

근 시간을 구실로 사양했다. 후미에 곁에 있는 고통을 피하고 싶었기 때문이었다.

충식은 불광리의 집으로 돌아와서 부친에게 갔다.

부친은 언제나처럼 책을 보고 있었다.

"전송했느냐?"

"네."

"어떤 모습이던?"

"울었습니다."

"그렇겠지. 조국을 위해 싸우러 가는 것만큼 남아로서 감격 깊은 일은 없다. 이 애비도 평생 몹시 그 기회를 바랐지만 결국 오지 않았지."

영준은 항상 입버릇처럼 입에 올리던 말을 꺼내고는 언제나처럼 깊은 한숨을 내쉬었다.

"아버지, 우리들에게도 조국을 주세요. 위해서 싸울 수 있는 조국을 주세요."

충식은 부친 앞에 무릎을 꿇고 느닷없이 이렇게 말했다.

노인은 깜짝 놀란 듯이 몸을 똑바로 하고 아들의 심상치 않은 얼굴을 응시했다.

잠시 침묵이 흐른 뒤 영준은,

"어쩌자는 게냐?"

하고 내뱉으며 안경을 벗어 책상 위에 던지듯이 내려놓았다.

"저도 군의관을 지원하여 출정하고 싶습니다. 일본을 제 조국으로 삼고 첫 충의忠義를 다하고 싶은 겁니다."

또 잠시 기분 나쁜 침묵이 계속되었다.

영준은 눈을 감고 두 주먹을 꽉 쥐고는 무릎을 두세 번 힘주어 눌렀다. 그것은 비상한 고통을 견디거나 아니면 비상한 결의를 하는 듯한 모습이었다.

대략 오 분쯤 지났으리라고 생각되었을 때, 영준은 평소의 모습으로 돌아왔다.

"그래, 가거라."

영준의 입에서 나온 말은 단지 그것뿐이었다.

"제가 출정하면 아버지께서는 어떻게 하시려고요?"

충식은 부친의 의중을 떠보았다. 만약 자살할 결심인 것은 아닐까, 하고 문득 걱정되었기 때문이었다.

"나는 아무것도 안 한다."

어떤 의미인지 확실하지 않지만, 부친은 내뱉듯이 이렇게만 말하고 입을 다물어버렸다.

9월도 반이 지난 어느 날, 충식은 동창인 다른 군의관 두 사람과 함께 중부 지나 전선을 향해 출발했다.

석란은 오빠를 전송하고 나서 후미에를 찾아갔다. 무엇보다도 먼저 후미에에게 충식의 출정을 알릴 의무가 있는 듯이 생각된 것이었다.

후미에의 방에는 군복 차림의 다케오 사진이 도코노마[13]에 놓여 있고, 그 곁에는 다케오의 배낭이라든지 피켈을 놓아두었으며, 화병에는 북한산 계곡 등에서 가을 무렵이면 흔히 볼 수 있는 들국화가 꽂혀 있었다.

석란은 이런 경우의 예절에 대해 잘 몰랐지만 우선 다케오의 사진을 향해 한 번 가볍게 인사했다. 그리고 오빠를 생각하는 후미에의 마음이 아름다움을 절절히 느꼈다.

"잘 와주었어요."

후미에는 울먹이는 듯한 목소리로 그렇게 말하고는 덥석 석란의 손을 잡았다. 손가락 끝이 얼음처럼 차가웠다.

"오라버니에게서 소식이 있어요?"

석란은 한 번 더 군복 차림의 다케오의 사진을 흘끗 보았다.

"아직 없어. 차분히 편지나 쓰고 있을 겨를 따윈 없겠지. 소식이 있으면 석란 상에게 연락하지 않을 리가 있나."

"우리 오빠도 오늘 출정했어요."

하고 석란은 딱 잘라 말했다. 후미에는 숨이 막힐 정도로 놀랐다.

13　일본식 방의 위쪽에 바닥을 한층 높게 만들어 족자를 걸거나 장식물을 두는 곳.

"뭐, 오라버니께서?"

"응, 군의관에 지원해서 말예요. 지금 전송하고 오는 길."

"정말 너무해. 왜 알려주지 않았지?"

후미에는 금방이라도 울음을 터뜨릴 듯했다.

"하지만 후미에 오라버니도 안 계시고, 굳이 알리는 것도 오히려."

"어머, 어째서. 그렇지 않아."

후미에는 잠시 비통한 표정으로 석란을 바라보았다. 그러나 가까스로 생각을 바꾼 듯이,

"하지만 잘됐네. 오라버니께서 나라를 위해 출정하신 건. 어머, 석란 상에게 축하한다고 말하는 것도 잊고 있었네. 미안해, 축하해요."

후미에는 자세를 바로잡고 정중하게 인사했다.

"고마워요."

석란도 격식을 차려 답례했다.

"몇 시에 출발하셨어?"

"세 시 반 급행으로."

"혼자서?"

"아니, 동창 분과 셋이서."

"어느 쪽으로 가셨는데?"

"톈진天津에 가봐야 안다고 했어요."

"그럼 산시山西로 가실지도 몰라. 우리 오빠도 산시에 계신 듯해."

문답이 끝나자 후미에는 아주 넋이 나가 생각에 잠겼다. 그러더니 느닷없이,

"어머니께 가요."

하고 석란의 손을 잡고 일어났다.

후미에는 모친의 방에 들어가 모친 기쿠코에게,

"어머니, 석란 상의 오라버니께서 오늘 출정하셨대요."

하고 깜짝 놀란 듯한 목소리로 말했다. 후미에를 따라 방으로 들어온 석란은 기

쿠고에게 인사했다.

"오라버니께서 출정하셨다고?"

"네, 군의관에 지원하셨어요."

"정말 축하해요."

하고 기쿠코는 위로하는 듯한 눈으로 석란을 보면서 정중히 손을 잡고 축하 인사를 건넸다.

"전선에서 오라버니들이 만날 수 있을까."

그렇게 말하는 후미에의 눈에는 눈물이 빛났다.

"아무튼 전선이라고 해도 북쪽에서 남쪽까지 꽤 넓으니까 말이지."

기쿠코는 이런 말을 하며 감개 깊은 듯한 표정을 지었다.

"어머니. 석란 상의 오라버니 사진을 오빠 사진과 함께 두어도 괜찮지요?"

"아아, 좋고말고. 나라를 위해 출정하신 용사이신데."

기쿠코는 숙연한 어조였다.

"가케젠[14]도 함께 차릴래요. 오라버니는 김 상과 퍽 사이가 좋아요. 생각이 통한다고 하셨죠. 머지않아 꼭 훌륭한 분이 될 거라고요."

후미에는 과감히 이런 말까지 모친에게 하는 것이었다.

두 사람은 모친의 허락을 얻어 충식을 위해 조선신궁에 참배했다. 참배가 끝나자 경성신사京城神社[15]에도 가자고 해서 남산공원 쪽으로 걸음을 옮겼다.

"— 하지만 너무했어."

후미에가 먼저 입을 열었다.

"왜?"

석란은 멈춰섰다.

---

14 객지에 나간 사람의 무사함을 비는 뜻으로 지에서 조석으로 차리는 밥상.

15 1898년 경성의 일본 거류민단이 남산 왜성대(倭城臺)에 세운 신사. 남산대신궁(南山大神宮)이라는 이름으로 세워졌으나 1916년 경성신사로 개칭하였고, 1929년 재건되어 1936년 총독부가 관리하는 국폐소사(國幣小社)로 격상되었다.

"오라버니께서 출정하시는데 우리들에게 알리지 말라는 법은 없죠."

후미에는 정말 원망스러웠다.

"나도 어지간히 생각했어요. 하지만 오빠가 알리지 말라고 했는걸."

"그건 무슨 이유로?"

"전송받는 게 미안하다고도 생각하셨겠죠. 그게 오빠 성격이야."

"오라버니가 그렇게 편벽된 분이에요?"

"대물림이죠."

석란은 부친이 어딘가에 갈 때도, 또 여행지에서 돌아올 때도 미리 알리는 법이 없는 일 등을 결부시켜 떠올리자 우스워졌다.

"하지만 나는 한번 뵙고 싶었는데."

후미에는 알리지 않아도 좋다고 말린 충식의 마음이 슬펐다.

"석란 상."

하고 조용히 부르며 후미에는 석란과 어깨를 나란히 했다.

"응?"

"오라버니께서 나에 대해 뭔가 말씀하시지 않았어요?"

"언제? 역에서?"

"언제든."

"오빠는 무척 무뚝뚝한 사람이에요. 자기가 생각하고 있는 걸 전혀 입 밖에 내지 않아. 하지만 오빠는 무척 당신을 생각하고 있죠."

"어떻게 알아?"

"뭐, 봄부터 줄곧 우울했으니까."

"아무리."

"아무리라니 ― 그건 아무리 숨겨도 알 수 있지 않아요?"

석란은 자기가 한 말이 부끄러워져 고개를 갸웃하며 킥 웃었다.

"누군가 따로 생각하고 있는 분이라도 계시겠지. 그게 아니라면 오라버니는 여자 문제 따위로 번민하실 분이 아니라고 생각하는데."

“달리 생각하고 있는 사람 따윈 없어요. 여자와는 전혀 교제가 없는걸. 게다가—”

“응?”

“게다가 오빠도 역시 인간이죠. 벌써 스물일곱. 당신 같은 사람과 가까이하게 되면 번민하지 않을 수 없겠지. 오빠는 후미에 상이 정말 훌륭한 사람이라고 늘 말했으니까.”

“정말 그렇게 말씀하셨어?”

“어머, 내가 거짓말한다고 생각해요?”

“그런 건 아니지만.”

“이런 것까지 말해도 좋을까. 후미에 오라버니에게서 긴 편지를 받았어요. 출정 바로 전날에.”

이렇게 말하면서 석란은 마음이 아파졌다.

“당신한테?”

“아니, 우리 오빠한테.”

“분명히 석란 상 당신에 대해 씌어 있었겠죠. 오빠는 정말 당신을 사랑하고 있어요. 부모님께 당신과 결혼하겠다고 말을 꺼내서—. 석란 상 미안해요, 이런 말은 하는 게 아니었는데. 나도 모르게 해서는 안 될 말을 해서. 미안해요.”

후미에는 석란의 안색을 살폈다. 석란은 이상하게 쭈뼛쭈뼛하고 있는 듯이 보였다.

“아니. 말해줘서 고마워요. 오라버니의 편지에도 잠깐 그런 말이 씌어 있었어. 과분하다고 생각했지.”

“오빠가 청혼하면 당신은 받아들이실 거예요?”

석란은 한숨만 쉴 뿐 말이 없었다.

“석란 상도 오빠를 사랑하고 계시죠?”

“나는 그런 일은 있을 수 없다고 생각하고 단념하고 있어요.”

“그런 일이라니?”

석란은 얼굴을 돌리고 눈물을 삼켰다. 다케오의 편지를 읽던 밤 오빠에게서,

“울지 마라.” 하고 꾸지람 들었던 일을 떠올린 것이었다. 석란의 걸음걸이가 흐트러진 것을 보고 후미에는 석란의 뒤에서 팔을 감아 석란을 껴안았다. 그녀의 가슴이 격하게 뛰고 있는 것이 후미에의 손에 느껴졌다. 후미에는 석란이 나이에 비해 어린애답다는 것을 느꼈다.

“석란 상, 울면 안 돼요. 뒤따라가요.”

하고 후미에는 열정적으로 석란의 몸을 끌어안고 흔들었다.

“어디로 말이죠?”

석란은 눈물에 젖은 얼굴을 들어 후미에를 보았다.

“어디든.”

“당신도?”

후미에는 고개를 끄덕이면서 긍정했다.

두 사람은 노송老松 그늘에 멈춰 서서 잠시 경성의 시가와 우뚝한 북한산 봉우리들이 저녁 해를 받아 가을 하늘에 선명하게 솟아 있는 것을 말없이 바라보았다.

“석란 상, 나는 간호부가 되어볼까.”

후미에는 불쑥 이렇게 말했다.

“그러면 전선으로 갈 수 있을까?”

석란은 후미에의 마음을 알 듯했다.

“갈 수 있지. 특별지원간호부로. 어디로 갈 수 있을지는 모르지만.”

“그럼, 나도 같이.”

석란은 안심한 듯이 생글생글 웃었다.

“정말?”

“응, 갈 거야. 정말 가고 싶어.”

“아버지께서 허락하실까?”

“허락하시겠지. 오빠도 허락하셨으니까. 오빠는 말이지, 아버지께 우리에게도 조국을 달라고 말했다는데.”

"조국을 달라고?"

후미에는 무심결에 깜짝 놀랐다. 후미에에게는 정말 의외의 말이었다.

"응, 일본을 조국으로 삼고 조국을 위해 싸울 것을 허락해달라고."

"그래서?"

"그랬더니 아버지께서는 오랫동안 아무 말씀도 없으셨고. 그러고 나서 그래, 가거라 하고 말씀하셨대. 그래서 오빠는 전선으로 갔지."

후미에는 난생 처음인 듯한 감동을 받았다. 말도 나오지 않았다. 그리고 후미에의 눈에는 눈물이 빛났다.

'우리에게도 조국을 달라.'고 한 충식의 마음을 후미에는 잘 알았다. 그것은 조선인 전체의 마음이 아닐 수 없다. 그리고 소집되지 않았는데도 새로운 조국에 대하여 첫 충의를 다하겠다고 용감히 전선으로 뛰어든 충식의 마음이 대단히 격이 높다고 생각했다.

"석란 상."

후미에는 한 걸음 앞으로 나아가 석란의 앞을 가로막고 석란의 두 어깨에 손을 얹었다.

석란은 손을 들어 자기 어깨 위에 놓인 후미에의 손을 힘껏 쥐었다.

"우리 정말 자매가 되어요."

후미에는 이렇게 말하며 석란의 어깨를 흔들었다.

"고마워, 후미에 상."

석란은 어깨 위에 놓인 후미에의 손을 꼭 잡았다.

"오라버니들이 남자로서 할 수 있는 일을 하고 있는 것처럼, 우리는 여자로서 할 수 있는 일을 해서 훌륭한 일본을 만들고 —"

후미에는 이렇게 말을 꺼내다 말고 언제까지고 석란의 눈물 머금은 눈을 바라보았다.(1940.5)

4
출발

"전황이 몹시 교착 상태예요."

어쩜 '교착'이란 말을 젊은 간호부들이 기억할 정도로 다볘산^{大別山}의 전황은 진척이 없었다. 김 군의관도 정말이지 안타까워 견딜 수 없었다.

김충식 군의관은 애초에는 산시^{山西} 전선에 배속될 예정으로 톈진^{天津}으로 보내진 것이었으나, 산시에서 옮겨다니며 싸우던 ○○부대가 한커우^{漢口} 공략전을 위해 중부 지나 전선으로 가게 되는 바람에 베이징 땅을 밟아보지도 못하고 쉬저우^{徐州}를 거쳐 몇백 리를 행군하여 다볘산 후방의 ○○까지 온 것이었다. 거기서 부대가 전선에 배치되어 충식은 이곳 야전병원에서 근무하게 된 지 벌써 한 달 가까이 된다.

"자네들 정말 딱하군. 요새 일주일간 거의 잠도 못 자지 않았나?"

하고 충식은 일어서면서 크게 기지개를 켰다.

"선생님께서야말로."

세오^{妹尾} 간호부도 수술 기구 등을 가제로 닦아 정리하면서 말했다.

"하지만 괜찮아요. 병사들이 모두 건강해졌으니까요."

고이소^{小磯} 간호부가 세탁한 붕대를 감고 있다.

오늘 스무 명가량의 부상병이 상태가 많이 회복되어 병원선^{病院船}으로 후송된 것이었다. 예의 ○○격전^{激戰} 후 지난 이 주일 동안 이 야전병원도 북적북적했으나 오늘 제3차 후송으로 아직 움직이지 못하는 환자가 십수 명 남았을 뿐이어서 직원들은 왠지 맥이 풀린 듯한 기분이 되고 말았다. 그러니 하품도 나온다. 기지개도 켜보게 된다. 그리고 또 지금까지 잊고 있던 피로가 갑자기 한꺼번에 몰려오는 듯했다.

"쿵, 쾅."

하고 먼 곳의 전선으로부터 포성이 들려오는 것이었지만, 그것이 이제는 익숙해져 오히려 포성이 들리는 것이 당연하고 그것이 들리지 않는 것이 이상할 정도였다.

"선생님, 쉬셔야 하지 않겠어요?"

세오 간호부는 손을 씻으며 말했다.

"자네들이야말로 낮잠이라도 자두게. 저렇게 대포가 쾅쾅거리고 있으니 오늘 밤쯤 또 부상병이 많이 후송되어 올걸. 지금 쉬어두지 않으면 언제 또 쉴 수 있을지 모르니까 말이지."

충식은 진지한 얼굴로 이렇게 말했다.

"선생님, 왜 아직 간호부가 오지 않을까요. 우리들만으로는 아무래도 손이 모자라요."

"정말이지 여러분이 일하는 모습에는 감탄했어요. 한때는 환자가 일흔 명이나 있었으니."

충식이 위로하듯 말했을 때 멀리서 트럭 엔진 소리가 들려왔다.

"어머, 트럭이에요."

두 사람은 창 쪽으로 달려갔다. 트럭이라면 전선으로부터의 부상병이거나 그렇지 않으면 후방에서 온 수송차輸送車로, 그리운 고향으로부터의 편지나 위문 자루 등도 이런 트럭 편에 오는 것이었다.

"선생님, 후방에서 온 거예요. 고이소 상, 가보죠."

이런 경우 언제나 주도권을 쥐곤 하는 명랑한 세오는 무슨 일에나 주저하는 경향이 있는 고이소를 끌고 진찰실을 나갔다. 충식은 오도카니 혼자 남겨졌다.

실내가 조용해지자 충식은 녹초가 된 듯한 피로를 느꼈다. 눈을 감더니 의자에 기댄 채 충식은 곧 꾸벅꾸벅 졸았다.

충식의 꿈은 두서없는 단편의 연속이었다. 늙은 아버지와 어머니, 석란, 그리고 후미에 등의 얼굴도 있었던 듯하고, 아닌 듯도 했다. 죽은 병사들과 생생한 핏빛 같은 것도 보였다.

충식은 나카무라中村 군의관이 전선으로 간 뒤 혼자서 일하고 있는 것이었다.

아침부터 밤늦게까지 반복되는 수술로 몸이 물먹은 솜처럼 피곤했다. 그러나 겨우 열일여덟 살 된 간호부들이 부지런히 일하고 있는 것을 보면 새로운 기운이 솟는 듯했다.

"선생님, 간호부가 두 사람 도착했어요."

세오는 하아하아, 숨을 헐떡이면서 뛰어 들어왔다.

"그래? 그거 잘됐군."

충식은 오랫동안 애타게 기다렸던 친애하는 사람이라도 온 것처럼 정말 기뻤다. 두 사람이 늘면 환자를 돌보는 손길도 조금 더 구석구석까지 미칠 것 같았다. 다친 병사들에게는 의료의 목적 이외에도 젊은 여성의 부드러운 손길이 필요했다. 젊은 간호부가 맥을 짚고 돌아다니거나 용태를 묻고 돌아다니는 것만으로도 환자에게는 비할 수 없는 기쁨을 주는 듯했다. 사투死鬪에 사투를 계속한 병사들의 거친 기질도 젊은 여성의 상냥한 간호의 손길 앞에서는 양처럼 온순해지는 듯했다.

이윽고 새로 도착한 두 사람의 간호부는 물빛 원피스 차림으로 고이소 간호부에게 인도되어 군조軍曹[16] 한 사람과 함께 충식 앞에 모습을 드러냈다.

"어머."

하고 먼저 소리를 지른 것은 후미에였다.

석란은 마치 심장의 고동이 멈춘 듯이 멍하니 충식을 바라보았다. 이 사람이 과연 진짜 오빠 충식일까. 이런 우연이 도대체 이 세상에 있을까, 하고 의심해 보는 것이었다.

충식은 충식대로 한동안 입도 열지 못했다. 보고하기 위해 차렷 자세로 있던 군조도 놀란 듯 다만 서류를 충식에게 내밀 뿐이었다.

"잘 와주었다."

충식은 누구에게라고 할 것도 없이 이렇게 말했다.

16　일본군 하사관 계급의 하나로 '중사(中士)'에 해당한다.

"패잔병의 공격을 받지는 않았습니까?"

이것은 충식이 군조의 노고를 치하하는 말이었다.

"넷, 두 번이나 공격받았습니다. 단호히 해치우고 싶었습니다만 임무가 임무인 지라 전속력으로 달려왔습니다. 정말 유감입니다."

군조는 자못 유감인 듯이 턱을 치켜올렸다.

"수고했습니다."

하는 말을 듣고는 군조는 물러났다.

충식도 후미에도 석란도 너무나 뜻밖의 해후에 그저 가슴이 메는 듯했다. 그것 은 단지 기쁘다는 단순한 감정은 아니었다. 말로 표현하기보다도 서로 마주 보고 있는 편이 한결 더 마음이 통하는 듯했다.

충식은 몹시 여러 가지로 고국의 일을 묻고 싶기도 했지만, 이런 전쟁터에서 그런 개인적인 일을 화제에 올리고 싶은 마음은 없었다. 다만 부친의 모습에 대 해서만큼은 빨리 소식을 듣고 싶었다.

"세오 상, 이쪽은 히가시 후미에 상. 이쪽은 김석란, 내 누이예요. 후미에 상은 출정한 내 친구의 누이. 오빠인 다케오 군도 산시 전선에서 이 근처로 왔다고 하 는데, 지금은 어디에 있는지 모르고. 이 두 사람은 아직 간호에 익숙하지 않을 테 니, 여러분이 잘 가르쳐줘요."

이어서 후미에와 석란에게

"세오 기미코 상이고, 고이소 긴코 상."

하고 두 선배 간호부를 소개했다.

석란과 후미에가 온 지 일주일쯤 지나서였다. 다볘산 전선에서 격렬한 포성과 폭격음이 들리는가 싶더니, 이튿날 아침 일찍 다수의 부상병이 이 병원으로 이송 되어 왔다.

마청麻城으로 통하는 한 요충지가 황군皇軍의 손에 들어왔다는 것이다.

병원에서는 눈코 뜰 새 없이 바쁘게 차례로 부상병을 응급처치하는 것이었지 만, 그런데도 한 차례 수습이 끝난 것은 저녁때였다.

일동이 잠시 한숨을 돌리고 아침도 점심도 아닌 어중간한 식사를 하고 있자니 다시 트럭이 한 대 왔다. 거기에는 한층 더 심한 중상을 입은 환자가 전선에서 응급처치만 받은 채 옮겨져 왔다.

충식은 하던 식사를 멈추고 또 환자에게 달려갔다.

주로 총상이었지만, 가장 참혹한 것은 수류탄에 맞은 상처로, 특히 보루堡壘에 기어 올라갈 때 위에서부터 맞아 얼굴과 상체가 엉망이 된 상처 등은 실로 눈 뜨고 볼 수 없을 만큼 참혹한 것이었다. 그토록 참혹한 상처를 군의관에게 맡긴 채 아군이 이겨 적의 토치카를 빼앗은 모습이나 적군을 닥치는 대로 베고 쫓아 버린 공훈담 등을 이야기하고 있는 것을 듣자면 눈물을 흘리지 않고는 배겨낼 수 없었다.

"군의관님, 며칠 정도 누워 있으면 다시 싸우러 갈 수 있습니까?"

이런 질문을 해올 때는 충식도 곁에 있는 간호부도 가슴이 메는 것을 느끼는 것이었다.

그러나 몹시 상처가 심해서 의식이 불명료한 병사도 있는데, 그 가운데는 붕대를 감은 채 돌연 손을 높이 들어 "반자이萬歲" 하고 외치는 사람도 있었다.

얼굴 전체를 붕대로 감은 병사 한 사람이 실려 들어왔다. 그는 의식을 잃은 것인지, 수술대에 눕혀진 채 꼼짝 않고 있었다.

얼굴의 붕대가 풀렸다. 그것은 완전히 피투성이로 얼굴 윤곽조차 분명하지 않을 정도로 참혹한 수류탄 상처였다. 충식은 붕산수를 적셔 말린 솜으로 끈적끈적한 피를 닦으면서 상처를 찾았다. 뺨에도 턱에도 콧등에도 상처가 있었지만, 두 눈이 붓고 찌부러져 있는 것을 보자,

"안구를 다친 건 아닌지."

하고 중얼거렸다.

그 순간 옆에 있던 석란이,

"앗!"

하고 부주의하게도 소리를 내질렀다.

"히가시 군이 아닌가."

의사로서의 직업의식에 열중해 있던 충식은 석란의 비명을 듣고서야 비로소 그것이 다케오인 것을 알았다. 그리고 충식은 한 걸음 뒤로 물러섰다.

얼굴이 붓고 찌그러져 있어 얼핏 보아서는 분간하지 못할 정도였지만, 잘 보면 확실히 다케오였다.

"후미에 상을 부를까요?"

석란의 목소리는 떨렸다.

충식은 다케오가 자기들이 하는 말을 들을까 보아 꺼리는 듯 석란을 구석으로 불러,

"아직, 너와 후미에 상이 와 있는 것을 알리지 않는 게 좋을 듯하다."

하고 위엄 있게 말했다.

"네."

석란은 병실 쪽으로 달려가 후미에를 불러왔다.

후미에는 말없이 오빠의 다친 얼굴을 바라보고 섰다.

수술을 마치고 다케오는 병실로 옮겨졌다.

다케오가 의식을 되찾은 것은 이튿날 정오를 지나서였다.

충식이 붕대를 갈고 있자니, 간호부에게 말을 건네고 있는 충식의 말소리를 들은 것인지 다케오가 입을 움직거렸는데,

"군의관님, 제 눈은 괜찮습니까?"

하고 묻는 것이었다.

"다케오 군, 괜찮네. 내 목소리 알아듣겠나?"

하고 충식은 핀셋을 손에 든 채로 다케오의 얼굴에 자기 얼굴을 가까이 가져갔다.

다케오의 얼굴 근육이 움직였다.

"김 군인가? 충식 군?"

"그래, 날세. 자네가 출정하고 나서 한 달쯤 지나서 나도 군의관에 지원해 왔네. 그런데, 잘해주었더군. 자네의 활약에 대해서는 들었지."

"그런가, 역시 자네였나? 고맙네."

다케오는 더듬더듬 충식의 손을 잡았다.

"편안히 있게나. 삼 주일만 지나면 일어날 수 있어."

힘주어 이렇게 말하며 충식은 치료를 끝냈다.

다케오의 용태는 불가사의할 정도로 쑥쑥 좋아졌다. 그러나 시력을 회복할 가망은 전혀 절망적이었다. 한때는 안구를 적출하는 것도 고려되었지만 그런 일은 하지 않아도 좋게 되었다.

후미에와 석란은 다케오가 형제라고 해서, 또는 사랑하는 사람이라고 해서 특별히 대하지도 않았고 또 그럴 수도 없었다. 똑같은 황군 병사의 한 사람으로서 모두와 똑같이 간호하는 것이었다. 그러나 후미에도 석란도 휴식 차례가 와서 둘이 모이면 손을 맞잡고 강해지자고 서로 다짐하는 것이었다.

일어나 앉을 수 없는 환자에게는 간호부가 식사를 떠먹여준다. 다케오도 물론 이런 환자의 한 사람으로, 때로 후미에나 석란이 다케오의 식사를 도와주는 당번을 맡는 일도 있었지만 충식의 당부를 지켜 한 마디도 입을 열지 않았다.

어느 날이었다. 석란이 다케오의 옆에서 밥을 먹여주고 있는데 갑자기,

"당신은 누구십니까?"

하고 다케오가 물었다. 너무 돌연한 일이어서 석란은 쩔쩔매며 얼굴을 외면했다. 다케오는 석란이 입 앞까지 가져다 권하는 음식을 아이처럼 얼굴을 틀어 거부하며 한 번 더,

"당신은 누구십니까?"

하고 물었다.

"새로 온 간호부입니다."

라고 말하고는 석란은 병실을 뛰어나가 후미에에게 매달렸다.

후미에가 충식에게 그 이야기를 하자 충식은,

"이제 괜찮아요. 너무 긴 이야기만 아니면."

하고 허락을 했다. 그래서 석란에게,

"당신도 함께 가서 오빠와 한마디 해요."

하고 권했지만, 석란은 고개를 저었다.

후미에는 석란의 마음을 안다는 듯이 수긍하며 혼자 병실에 들어갔다.

"오라버니, 후미에예요."

후미에는 오누이가 상봉한 지 십수 일 만에 비로소 이름을 밝힌 것이었다.

"후미에, 네가 와 있었구나. 잘 와주었다. 아버지께서는 출정하셨니?"

"후미에가 출발할 때는 아직이었지만 가까운 시일 안에 출정한다고 말씀하셨어요."

후미에는 나머지 식사를 권했지만 다케오는 먹으려고 하지 않았다.

"후미에."

"네."

"아까 여기서 내게 밥을 먹여주었던 사람은 누구니?"

"오라버니, 그이는 석란 상이에요. 둘이서 왔어요. 오라버니에게 우리가 온 사실을 알리면 안 된다고 선생님께서 말씀하셔서서 지금까지 숨겼던 거예요."

다케오는 그것을 끝으로 입을 다물고 말았다. 약간 옆으로 먹기 좋은 자세로 누워 있던 몸을 똑바로 눕히자 다케오는 석상처럼 굳어버렸다. 코 위쪽은 붕대로 감겨 있는 탓에 다케오의 표정을 읽을 수 없었지만, 후미에는 오빠의 몸 전체에서 그 마음을 읽어낼 수 있었다.

후미에는 뭐라고 오빠를 위로해야 좋을지 알 수 없었다.

"오라버니, 자 식사를 조금 더 하세요."

하고 반숙한 계란을 찻숟가락으로 떠서 다케오의 입술에 갖다 댔다.

"이제 그만 먹는다."

"왜요. 우리가 곁에 있으니까, 드세요."

"오늘은 그만. 후미에, 이제 됐으니까 저리 가거라."

"오라버니!"

후미에는 간신히 눈물을 참았다.

“오라버니 —, 좀 더 드시지 않으면 안 돼요. 빨리 건강해져서 다시 전선에 나가셔야죠.”

“이제 전선 같은 덴 나갈 수 없어.”

“그렇지 않아요. 이제 두 주일만 있으면 일어날 수 있다고 말씀하셨어요.”

“일어나기야 할 수 있겠지. 하지만 내 눈은 이미 틀렸어. 눈 없는 병사가 전쟁에 나갈 수 있을까? 하지만 후미에, 나는 눈 먼 병사가 되어 싸워 보일 작정이야.”

다케오는 울고 있는 듯했다.

‘오래 이야기해서는 안 된다’는 충식의 말을 떠올린 후미에는,

“그럼, 식사는 물릴까요?”

하고 순순히 손에 들고 있던 계란 담긴 숟가락을 내리고, 고개를 갸웃하며 보이지 않는 오빠에게 동의를 구했다.

“응, 저녁밥은 많이 먹지. 후미에, 걱정하지 마라 — 이제 괜찮다. 잠깐 흥분했단다. — 꿈만 같구나.”

다케오는 후미에에게 부드럽게 말했다.

어느 날 충식이 회진을 왔다.

“김 군, 분명히 말해주게. 내 눈은 이제 틀렸지?”

다케오는 이제 침대 위에 일어나 앉을 수 있을 정도가 되었다.

“이제 잠깐이야. 자네는 고향으로 보내질 것 같네. 경성에 가면 치료도 충분히 할 수 있으니, 자 느긋하게 마음먹게. 역시 안과 전문의가 아니면 곤란해.”

충식은 이렇게 말하며 다케오를 위로하려 했지만, 다케오는 그런 말로 어물어물 넘어가려 하지 않았다.

“아니, 여보게. 그런 거짓말은 하지 말아주게. 나는 말이지, 만약 눈이 아무래도 틀렸다면 생각해둔 게 있다네. 고향으로 돌아간다고? 나는 돌아가지 않을 작정이야. 그러니까 분명히 말해주게.”

“생각해둔 것이라니, 그게 뭔가?”

충식은 약간 놀란 어조로 반문했다.

"아니, 자네에게 걱정을 끼칠 만한 일은 아니야. 나는 시력을 잃은 눈으로 할 수 있는 싸움을 해보려 하네. 어떤가. 내 눈은 틀렸겠지? 이미 시력을 회복해서 총을 조준하는 일 같은 건 할 수 없겠지? 하지만 나는 눈이 멀게 되었다고 해서 결코 낙담 따윈 하지 않아. 다만 이런 눈으로 할 수 있는 일을 계획하는 것뿐이니 확실히 말해주게, 부탁하네."

다케오가 하는 말의 내용은 비장의 극치였지만, 그 태도는 오히려 냉정할 만큼 침착했다. 충식은 그 속에서 다케오의 의연한 인격의 빛을 볼 수 있었다. 이런 인격자를 보통 사람과 나란히 취급하여 용태를 숨기고, 또 후미에와 석란이 와 있는 것을 알리지 않았던 자기의 태도가 한심하게 느껴졌다.

"그럼 말하지, 자네 눈은 이제 다시 시력을 회복할 수 없다네."

하고 충식은 말해주었다.

"역시 그런가?"

다케오는 과연 잠시 입을 다물고 고개를 떨구었다. 그러나 곧 기운을 차려,

"정말 기이한 인연일세. 내가 장님이 되어 다베산 기슭에서 자네와 석란 상의 신세를 지다니, 정말 꿈만 같아."

하고 농담처럼 가볍게 말하며 소리 내어 웃었다.

다베산 전선은 한때 진척을 보였으나, 적도 만만치 않은 상대여서 매우 완강하게 저항과 반격을 계속하여 재차 안타까운 교착 상태에 빠지고 말았다. 북부로 나아간 전선이 징한선京漢線 신양信陽을 함락시켜도 마청麻城으로 통하는 전선은 좀처럼 순조롭지 않았다. 그 때문에 부상병의 수는 줄었지만, 초조함은 날이 갈수록 더해가는 것이었다.

벌써 9월도 반이 지나서 과연 더위는 사라졌으나, 그 대신 야간에는 온도가 뚝 떨어져 영 도 가까이 내려가는 일조차 있어서 장병들에게는 새로운 고생이 더해졌다.

어떻게 해서든 국면을 타개하지 않으면 안 되었다.

다케오는 시력의 회복이 절망적이라는 것이 분명해지자 시력을 잃은 눈을 이용하여 전황을 유리하게 이끌 방법이 없을까 하고 밤낮 고심했다. 다케오의 마음속을 오가는 생각은 선무공작宣撫工作[17]을 하는 것과 또 적진에 잠입하여 적장敵將을 설복해서 귀순시키는 것이었다. 일본의 진의眞意와 아시아의 대세를 설명하면 생각 있는 적장 중에는 이해할 사람이 없다고는 할 수 없다. 그리고 만약 적의 한 소부대를 귀순시킬 수 있다면 꽤 대단한 일이고, 설령 이 공작이 실패로 돌아간다 하더라도 자기 한 몸의 희생에 그칠 따름이라고 생각하는 것이었다.

같은 병실의 부상병들이 전선으로, 전선으로, 하고 안달하며 군의관을 애먹이는 것을 들을 때마다 다케오는 자신의 불구가 된 몸을 바쳐 나라에 쓸모 있는 일을 완수하지 않으면 안 된다는 결의를 새롭게 다지는 것이었다.

어느 날 다케오는 석란의 부축을 받아 비로소 마당에 나갔다. 최근 사오일 동안 실내에서 걷는 연습을 해서 다리를 비틀거리는 것은 얼마간 줄었지만, 넓은 공간으로 나왔다고 생각하니 자기에게 시력이 없는 것이 한층 절실히 느껴졌다. 어디를 보든 캄캄하여 빛도 형체도 없는 세계다. 발을 어디로 내디뎌야 좋을지, 얼굴을 어디로 향해야 좋을지 전혀 알 수 없다. 오직 근육의 감각으로 발을 들었다가는 놓고, 또 들었다가는 놓는 것이다. 자기의 얼굴이 정면을 향하고 있는지 어떤지를 시험하려고 뽕잎을 찾는 누에처럼 머리를 움직여 보지만, 근육의 감각만으로는 어디가 어딘지 확실하지 않아서 다케오는 무심결에 고개를 숙이고 말았다. 이제 머리를 똑바로 가누어야 할 필요도 없는 듯했다. 그래서 석란의 어깨에 한쪽 팔꿈치를 걸고 석란이 이끄는 대로 자신 없는 걸음으로 걸어가는 것이었다.

"하늘은 맑게 개었습니까?"

다케오는 아무리 혼자서 날씨를 판단해 보려 애써도 소용없는 탓에 결국 석란에게 물었던 것이다.

"네, 무척 활짝 개었어요. 구름 한 점도 없고 경성처럼 새파래요."

17　전쟁 등으로 군대가 출병하여 적국의 영토를 점령했을 때 점령지 주민의 민심을 안정시키고 자국의 정책을 이해시키기 위한 선전이나 원조 활동.

석란은 이렇게 말하면서도 가슴이 먹먹했다.

"그렇습니까."

다케오는 햇빛의 감촉을 더듬어 찾으려는 듯이 얼굴을 이리저리 움직였다.

석란은 천천히 방향을 바꾸게 하여 다케오가 정면으로 태양을 향하는 위치에
세워주었다.

"음, 여기에 해님이 있군요. ― 신기하게 햇빛의 감촉이 있네."
하고 다케오는 기쁜 듯이 말했다.

"음, 역시 약간은 빛이 보이는 듯해요."

"당신은 눈에 붕대를 하고 계시는걸요."

"하하하하, 붕대를 하고 있든 아니든 내 눈은 똑같아요."

다케오는 쓸쓸히 웃었다.

"이제 피곤하시죠. 돌아갈까요?"

석란은 다케오에게 빛에 대한 슬픔을 더 이상 맛보게 하는 게 견디기 어려웠다.

"아니요, 아닙니다. 아직 피곤하지 않습니다. 좀 더 걷게 해주세요. 빛 속에 있
다고 생각하는 것만으로도 기쁜걸요. 산도 보입니까?"

다케오는 산을 찾는 듯이 머리를 돌렸다.

"네, 서쪽과 북쪽은 어디고 산이에요. 하지만 들쭉날쭉한 봉우리가 있는 산은
아니에요. 아, 저쪽에는 단풍이 들기 시작한 나무도 보여요."

"그렇습니까. 북한산의 단풍은 아직일까요?"

"네, 십일 월이 되어야지요."

"그랬었나. 이제 다시 인수봉仁壽峰에는 올라갈 수 없겠지요. 한 번 더 그곳에 올
라 비를 맞고 바람에 날려 석란 상에게 간호 받고 싶군요. 하하하하. 불가능하니
까 한층 더 말이에요."

"왜 그런 식으로 말씀하세요? 전쟁에 이겨 조선으로 돌아가면 제가 언제라도
손을 끌고 북한산이든 인수봉이든 어디든 오르도록 도와드릴게요."

"정말입니까?"

"······."

"정말 제 지팡이가 되어주시겠습니까?"

"되어드리지요."

"고맙습니다. 하지만."

하고 다케오[18]는 멈춰 섰다.

"그건 이 자리에서나 하는 이야기이지요. 아니, 그런 일은 있을 수 없어요. 그런 일이 있어서는 안 됩니다."

다케오는 뭔가 강하게 부정하는 듯이 고개를 세게 흔들었다.

"무슨 말씀이죠? 무슨 일이 있으면 안 된다는 거죠?"

석란은 흥분했다.

"아니, 당신이 내 지팡이 따위가 되어서는 안 된다는 말입니다."

"왜, 안 되는데요?"

"첫째, 나는 장님입니다. 게다가 지나支那를 떠나지 않을 결심입니다. 두 번 다시 고향에 돌아갈 생각은 없어요."

"그럼, 어떻게 하시겠다는 말씀이세요?"

"나는 선무관宣撫官이 되려고 합니다. 눈 먼 선무관은 안 된다면, 저는 제 생각대로 선무해나갈 작정입니다. 지나인을 한 사람이라도 더 일본 편으로 만들려는 것입니다. 만약 일이 잘되어서 적장을 한 사람이라도 설복시킬 수 있다면 싸워서 이기는 것과 마찬가지인 셈이지요."

다케오의 입 언저리에는 만족하는 듯한 미소가 떠올라 있는 것이었다.

"정말 멋진 일이에요."

"석란 상도 찬성해주시겠지요?"

석란은 대답하지 않고 한껏 상냥하게 다케오를 올려다보았지만 곧 시선을 떨구고 발걸음을 늦췄다.

18　원문에는 '忠植'으로 되어 있으나 맥락상 '武雄'의 오식이다.

다케오도 석란을 따라 걸었다. 아무 말도 하지 않았다.

이윽고 석란은 멈춰 섰다. 다케오도 멈췄다.

"찬성이에요."

"고맙습니다. 저는 아직 이 계획을 아무에게도 이야기한 일이 없습니다. 석란 상에게 처음 털어놓은 거예요."

"고맙습니다. 만약 제가 도움이 된다면 어디까지든 수행해드리겠어요."

"그게 정말입니까?"

"정말이에요. 게다가 저는 지나어支那語도 할 수 있는걸요."

"사지死地에 들어가는 겁니다."

"잘 알고 있어요. 곁에서 죽겠습니다. 그것이 제가 — 제가 진정으로 바라는 것이에요. 여기까지 온 것도 그 때문인걸요."

이때의 석란은 내향적이지도 소극적이지도 않았다.

"석란 상."

다케오는 약간 마음의 평정을 잃었다.

"네."

"정말 저와 함께 지나인 속으로 — 아니, 지나군支那軍 속으로 들어가시겠습니까? 저는 당신의 말씀을 진심으로 여기겠습니다."

"좋아요. 저는 이미 전부터 결심하고 있었어요."

석란은 눈이 보이지 않는 다케오의 곁에 바싹 붙은 채로 하늘과 땅이 사라져도 좋다고 생각했다.

"어이, 히가시 군. 이런 곳까지 와도 괜찮나? 피곤하지 않아?"

충식이 예방의豫防衣 차림으로 나타났다.

"응, 괜찮네. 아시아 대륙 곳곳을 돌아다닐 수 있을 것 같아."

다케오는 힘차게 척척 두세 걸음을 걸어 보였다.

"이제 돌아가시죠."

석란은 다케오의 허리를 안듯이 해서 방향을 바꿨다.

“언제까지고 이렇게 석란 상에게 기대어 걷고 싶군. 눈이 보이지 않게 된 덕분에 이런 행복을 얻게 되었는걸.”

다케오의 목소리는 어린애처럼 응석부리고 있었다.

“언제까지고, 어디까지고 도와드리겠어요. 제 눈은 당신 것이에요.”

“— 미안해요.”

“미안하다는 말씀 같은 건 싫어요. 저도 행복한걸요.”

“고맙습니다.”

다케오의 뺨에는 눈물이 보였다.

다케오의 희망이 받아들여져 부대장인 오야마大山 소장은 다케오의 상처가 낫는 대로 알아서 적군 회유공작에 나설 것을 허락했고, 석란은 군속軍屬에 배치되었다. 그리고 소장이 중매하는 형식으로 다케오와 석란은 형식뿐인 임시 결혼식을 올렸다.

“엄친 히가시 대좌께는 내가 책임지고 좋도록 말씀드리지. 두 사람도 잘해주게.”
하고 두 사람을 격려하는 것이었다.

다케오와 석란 두 사람이 지나인 피란민으로 변장하고 다베산 남쪽 입구를 목표로 ○○야전병원을 출발한 것은 구월 말이었다.

충식과 후미에는 아직 동트기 전의 어두운 길을 십 정町이나 걸어 다케오와 석란을 전송했다. 가능한 한 다른 사람의 눈에 띄지 않도록 경계해서였다.

“자, 여기서 작별하지.”
하고 다케오는 멈춰 섰다.

새벽 공기는 서리처럼 차가웠다.

“오라버니, 안녕히 가세요. 후미에 상, 안녕히.”

석란은 일일이 작별 인사를 했다.

“다케오 군, 잘 부탁하네.”

충식은 다케오의 두 손을 잡고 흔들었다.

"석란이라는 마스코트가 있으니 괜찮아. 한커우漢口에서 만나세."

다케오는 유쾌하게 웃었다.

"오라버니, 언니. 안녕히 가세요."

하고 후미에가 인사하자, 다케오는 두 사람 쪽으로 얼굴을 돌렸다.

"후미에, 아버지 어머니를 부탁해."

충식과 후미에는 말을 삼키고 고개를 끄덕였다.

참으로 후미에의 석란에 대한 인식은 여러 번 바뀌었다. 처음에는 조선 처녀라는 호기심이 주된 것이었지만 점점 깊이 사귐에 따라 석란의 마음이 한없이 아름답다는 것을 차츰 발견하게 되었다. 말이 없고 내향적이며 때로는 둔감해 보이기조차 하지만 그 안에는 늠름한 기절氣節과 열정熱情을 품고 있다는 것을 알게 된 것이었다. 충식에 대해서도 똑같이 말할 수 있었다. 후미에는 충식과 석란이 그토록 고상한 마음을 갖고 있으면서도 후미에에게 대해서조차 항상 삼가는 태도를 안타깝게 생각했다.

석란은 이번에 다케오를 따라 사지에 들어가는 것에 대해서도 실로 아무것도 아닌 예삿일로 여기는 듯 대수롭지 않게, 또 태연하게 행동하는 것처럼 후미에에게는 보였다.

"아버님과 어머님께서는 필시 걱정하시겠죠?"

하고 후미에가 충식에게 말하자 충식은 가볍게 웃었다.

"아버지께서는 기뻐하시겠죠. 그런 일을 좋아하신답니다. 마음을 허락한 사람을 위해 따라 죽는 것이 여자의 도리라고 항상 생각하세요. 춘향사상이지요."

두 사람이 장도壯途에 오른 뒤 후미에는 대담하게 충식을 위로하며 부지런히 신변을 챙겨주었다. 오래전부터 있어 온 간호부들도 이제는 충식에 대한 인식을 바꾸었다. 이제 예의 '조선인이'라는 미묘한 마음을 청산해버린 것이었다. 그들은 석란을 영웅처럼 존경하고, 석란을 통해 조선인 전체를 재인식하게 된 것이었다.

충식은 간호부들의 이런 마음을 헤아릴 수 있어서 더할 나위 없이 기뻤다. 그것만으로도 석란은 산 보람이 있는 것이고, 또 불행히 살아 돌아오지 못해도 죽은 보람이 있다고 생각했다.

다케오, 석란 두 사람이 황군이 지키는 권역을 통과하여 적진에 들어갔다는 보고가 온 것은 출발 후 사흘째 되는 날이었다. 그러나 그 후로는 묘연히 소식이 없었다. 만약 두 사람이 죽었다 해도, 이제 그 소식이 아군에게 알려지는 일은 없을 것이다.(1940.6)

5
적을 찾아서

다케오와 석란은 가을 산길을 계속 걸었다. 높이 오를수록 가을은 깊었다. 숲이라고 할 정도까지는 아니지만 여기저기 활엽수가 무성하여 그 잎들이 서리에 붉고 노랗게 물들어 있다.

"어머, 단풍이 있어요."

석란은 뭔가 신기한 것이 있으면 반드시 다케오에게 알렸다.

"그래요?"

다케오는 자기에게도 보이는 것처럼 기쁘게 미소지었다.

골짜기에는 작은 밭도 있고 가난한 초가집도 있지만 사람은 없다. 어디론가 피란한 것이리라.

두 사람은 두세 번 지나支那 보초병에게 검문당했지만 무난히 통과할 수 있었다. 불쌍한 피란민으로 보였을 것이다. 눈 먼 남자와 젊은 여자가 지나의 나그네 식으로 보자기 꾸러미를 어깨에 비껴 맨 모습은 그다지 주목을 끌지 못한 듯했다.

그러나 쑤쟈지蘇家集 시가에 들어선 순간 두 사람은 결국 보초선에 걸려들고 말았다. 다케오는 이곳이 사단장 주재지라는 것을 알았다. 이 사단장이야말로 다케오에게는 첫 번째 맞붙을 상대가 될 적수이다. 만약 한 달 전의 정보가 틀림

없다면 이곳 사단장은 원래 장쉐량張學良[19]의 부하로서 펑톈奉天의 북쪽 군영에서 지낸 적도 있는 추시楚璽라는 마적 출신의 사내일 것이다. 일대일 대결로는 어림없을지도 모르지만, 녹림綠林의 호걸[20]로서는 의외로 이야기가 통하는 남아일지도 모른다.

다케오는 이미 목적지에 이른 이상 새삼스레 신분을 숨길 필요도 없다고 생각했다.

"누구냐?"

하고 양쪽에서 총검을 내밀며 길을 막고 묻는 것을 다케오는,

"나는 대일본제국의 국민으로 히가시 다케오라는 사람입니다."

하고 단호히 말했다.

석란의 통역이 끝나자 보초병들의 얼굴은 돌연 살기를 띠었다.

"일본인?"

조장曹長[21]으로 보이는 사람이 뛰어나왔다. 그는 칼을 차고 있었다.

"그렇습니다. 일본인입니다."

다케오는 한 번 더 힘주어 대답했다.

"일본인이래, 일본인."

하고 대여섯 명의 병사들이 제각기 신기한 듯이 두 사람을 에워쌌다.

"웬 놈이냐? 일본의 첩자인가?"

조장은 위엄만큼은 높았다.

"나는 첩자가 아닙니다. 당신들의 장군을 만나 이야기하지 않으면 안 될 중대한 일로 온 겁니다."

---

19 장쉐량(張學良, 1898~2001). 펑톈(奉天) 군벌의 수장이던 장쭤린(張作霖)의 장남. 1928년 장쭤린이 관동군의 폭발물에 의해 사망한 후 중국 국민당에 입당했고, 1936년 12월 시안(西安)에서 장제스(蔣介石)를 구금하고 제2차 국공합작을 요구한 시안사건을 주도하기도 했다.
20 화적이나 도둑의 소굴을 이르는 말. 중국 후한 말기 왕광(王匡), 왕봉(王鳳) 등의 망명자가 녹림산에 숨어 있다가 도둑이 되었다는 일화에서 유래한다.
21 일본군 하사관 계급의 하나로 '상사(上士)'에 해당한다.

"장군께?"

"그렇습니다. 장군 이외의 분들에게는 이야기할 수 없는 일입니다. 부디 저희 두 사람을 장군 계신 곳으로 데려가 주십시오."

그들은 일단 다케오들의 짐과 몸을 수색했지만, 그다지 난폭한 태도는 아니었다.

"너도 일본인인가?"

하고 석란에게 물어서 석란이 그렇다고 대답하자 조장은,

"지나어가 능숙한데. 꼭 지나인 같군."

하고 칭찬하며 웃을 정도의 여유까지도 보였다. 다른 병사들도 석란을 뚫어지게 바라보고는 히죽히죽 웃었다. 석란은 한순간 수치심과 괘씸함을 느꼈지만, 지금은 그런 일에 신경 쓸 때가 아니라는 데 주의가 미쳐 생긋 웃어 보였다.

지나병支那兵들은 기분이 매우 좋은 듯했다. 그래서 다케오들을 결박 지우지도 않고 끌고 갔다.

어디로 끌려가는지는 모른다. 두 사람은 굳게 마음먹은 중에도 일말의 불안이 없지 않았다.

길을 가자니 호기심 많은 지나인들이 멀리서 포위하며 다케오들 일행을 줄줄 따라왔다. 병사들은 군중을 쫓아버리려고도 하지 않고 오히려 군중의 질문에 대답이라도 하듯이,

"대담한 놈들이다. 둘이서 적진 안에 어슬렁어슬렁 들어오다니."

하고 태평하게 설명했다.

석란은 최전선인 이 땅에서 이토록 태연히 있을 수 있는 지나인들의 마음을 알 수 없었다. 태평한 것일까, 어리석은 것일까. 아니면 일본군은 이곳까지는 절대로 들어올 수 없다는 이야기를 들어서 안심하고 있는 것일까. 석란은 이 정경을 꼭 다케오에게 설명해주고 싶었지만 병사들과 군중에게 자극을 주게 될 것을 염려해 묵묵히 다케오의 손을 끌고 병사들이 끌고 가는 대로 발걸음을 옮기는 것이었다.

다케오들이 끌려간 곳은 기와색 벽돌 건물의 더러운 병영이었는데, 사단 사령

부는 아닌 듯하고 기껏해야 중대장의 영문營門 정도로 보였다.

이곳에도 묘한 옷차림을 한 비실비실한 군인들이 모여들어 두 사람을 유심히 쳐다보며 호송해 온 병사들에게 어리석은 질문을 하고는 재미있어 했다.

두 사람은 텅 빈 방 하나를 지나 판자로 된 의자에 앉아도 좋다는 지시를 받았다. 구경하는 군인들이 네다섯 명이나 두 사람을 둘러싸고 지껄이기 시작했는데, 도대체 무엇 때문에 그런 어리석은 이야기를 지껄이고 있는지 알 수 없었다. 이 시가에 여기저기 붙어 있는 '타도打倒' 따위의 말도 그들에게는 아무 관계가 없는 것이리라. 무엇보다도 그들은 그 글자조차 읽지 못할지도 모른다고, 석란은 나중에 둘만 남았을 때 다케오에게 설명해줄 만한 재료를 기억에 담고 또 정리하면서 태평한 지나병들의 구경거리가 되어주고 있었다.

이윽고 초록색 군복에 칼을 찬 청년 장교가 들어오자 구경하던 병사들은 온순하게도 직립 자세로 거수경례를 하고는 미련이 남은 듯 뒤를 돌아보며 나가버렸고, 그래서 두 사람을 끌고 온 병사 두 사람만 남았다.

"너희들은 누구냐?"

청년 장교는 위엄을 가다듬어 신문조로 물었다.

다케오는 조금 전 보초병들에게 이야기한 대로 말했다.

"흥, 타마나가비(오라질)!"22

청년 장교는 우선 내뱉듯이 말했다.

"죽여버릴 테다, 흥."

하고 적의를 품은 눈으로 두 사람을 노려보았다. 과연 장교답게 적개심을 가지고 있군, 하고 석란은 오싹하면서 다케오에게 통역해 들려주었다. 다케오는 무슨 생각을 했는지 미소 지으며,

"죽여도 좋지만, 당신네 사단장과 만나게 해주시오."

하고 말했다.

---

22 『삼봉이네 집』 연재 64회분에도 중국인 파수 순경이 같은 욕설을 내뱉는 대목이 나온다. "서마, 타마나가비(무엇이? 오라질)."

"사단장은 만나서 무얼 하게?"

"만나서 이야기하지 않으면 안 될 중대한 일이 있습니다. 그것은 나라를 위해서이기도 하고, 동양 전체를 위한 것이기도 합니다. 당신을 위해서이기도 하지요. 아무쪼록 한시라도 빨리 사단장과 만나게 해주십시오."

"이 두 사람을 영창에 처넣어. 놓쳐서는 안 돼! 손발을 묶어둬. 이 놈들이 무슨 일을 저지를지 알 수 없어."

장교는 두 사람의 병사에게 이렇게 명령하고 툇, 하고 침을 뱉고는 총총히 나가버렸다.

장교가 가버리자 어디에 숨어 있었는지 조금 전의 구경꾼 병사들이 우르르 들어왔다.

"이 두 사람을 결박 지워 영창에 처넣으랍니다."

"이 미인은 내가 끌고 가지."

"뭐야, 이런 장님 따위 결박하지 않아도 도망치지 못하잖아."

"쓸데없는 소리 작작해. 빨리 결박하지 못해?"

이렇게 서로 비난하며 왁자지껄 한바탕 떠들고 나서 비실꾼 오장伍長[23]이 석란의 두 손을 꼭 쥐고,

"따라와. 이년아."

하고 고함쳤다.

다케오도 결박당했다.

두 사람은 손발을 묶여 창고 같은 토방에 던져졌다.

병사들은 잠시 어리석은 말이나 석란에 대한 음란한 말 따위를 지껄였으나 곧 조용해졌다. 그러나 당번병만은 이따금 침을 뱉는 소리를 냈고, 폐가 나쁜지 콜록콜록하고 기침하는 소리가 들렸다.

"따로따로 집어넣지 않은 것만은 고맙네요."

---

23 일본군 하사관 계급의 하나로 '하사(下士)'에 해당한다.

석란은 다케오 쪽으로 몸을 끌면서 말했다. 다케오는 말이 없었다.

석란은 가까스로 다케오의 곁으로 바짝 다가가 다케오의 어깨에 기댔다.

"그래도 조용히 둘만 있을 수 있군요."

석란은 소리 내어 웃었다. 소리를 내지 않으면 다케오가 석란의 표정을 알 수 없을 것이라고 생각한 것이었다.

두 사람은 이 시가에 도착하기까지 도중에 이틀 밤을 묵었는데, 첫날은 빈 집에서, 이튿날은 노인 부부만 사는 집에서 신세를 졌다. 노인은 아직 변발辮髮을 늘어뜨렸고 자식은 군대에 가 있다고 했다. 무척 친절하게 대해주어서 다케오가 일원짜리 지폐를 석 장 주었더니, 노인도 노파도 무척 기뻐하며 주먹을 감싸 쥐고 (합장이 아니다) 인사를 하는 것이었다.

"누추한 곳이지만 돌아가는 길에 또 들러요. 그렇게 눈이 보이지 않으니 오죽 불편하시겠수."

라든가,

"병사들 중에 나쁜 사람이 있으니 주의해요. 젊은 여자 몸으로 여행은 위험하다우."

하고 여러 가지로 말해주었다. 그리고 더러운 목면 헝겊때기에 거위 알을 두 개 싸서 석란의 손에 쥐어주었다.

"무슨 생각을 하고 계세요?"

석란은 안타까운 듯이 자기 머리를 다케오의 머리에 탁 갖다 댔다.

"그 노파는 친절했었지."

다케오는 차분하게 말했다.

"그 노파 생각을 하고 계셨어요?"

"응, 다른 아무것도 생각할 게 없잖아. 왠지 졸리는군."

다케오는 흐흐, 하고 웃었다.

"그럼 주무세요. 제가 무릎베개 해드릴게요."

"당신도 피곤할 텐데. 그 영감네 집 빈대에게는 꼼짝 못 했었지."

다케오는 크게 기지개를 켰다.

"잠이 안 오세요?"

석란은 부자유한 손으로 다케오를 눕히고 머리를 자기 허벅다리 위에 얹어주었다. 그리고 자기도 다케오의 가슴에 얼굴을 갖다 댔다. 다케오의 심장이 뛰는 소리를 들으며 가만히 있자니 석란은 자기가 지금 어디에 있는지 잊은 듯했다. 꽤 피곤했던 것이리라. 다케오는 곧 잠들어버린 모양이었다.

석란은 가만히 얼굴을 들어 다케오의 잠든 얼굴을 들여다보았다. 탄흔 자국이 복잡한 주름과 요철을 만들어 옛 모습은 없다. 그 쭉 뻗었던 콧등마저도 찌그러져 있다. 석란은 새삼스럽게 눈물을 삼키며 얼굴을 돌렸다.

거의 한 시간이나 지났을까. 어쩌면 그보다도 짧은 시간이었을지도 모른다. 덜컥 하고 자물쇠 여는 소리가 나자 낯선 병사가 불쑥 얼굴만 방 안으로 내밀었다.

"흥, 그림 좋구면."

하고 내뱉으며 뛰어 들어와 누워있는 다케오의 옆구리를 찼다.

"일어나라, 일어나."

석란은 지나 병사가 들어오기 전에 다케오를 일으켜주려고 생각했지만 손발이 묶여 있어서 어떻게도 할 수 없었다.

"이 자식, 일어나. 넉살 좋은 놈이로군. 자빠져 자고 있다니."

지나 병사는 잔뜩 뿌루퉁해 있었다.

"너희들은 이제 죽는다. 탕, 하고 한 발에 끽, 하고 나무아미타불이다."

두 사람은 병영에서 끌려나와 발을 묶은 끈만 풀린 채 총검을 멘 네 사람의 병사와 한 사람의 군조軍曹인 듯한 자에게 삼엄하게 호위되었다. 먼지가 이는 울퉁불퉁한 길을 십수 정이나 끌려가자, 시가 변두리에 벽돌담을 두른 병영식 건물이 있고 당번병이 서 있는 문이 보였다.

"커다란 병영 같아요. 정문에 당번병이 서 있어요."

하고 석란이 하는 말을 들으며 다케오는 마음을 다잡았다. 사단장 앞에 끌려갈 것이라고 생각하며, 다케오는 추시인가 하는 지나인의 얼굴을 상상해보았다. 아마 수염은 없으리라. 어쩌면 옌시산閻錫山[24] 식의 콧수염을 기르고 있는지도 모른 다고 생각하니 왠지 우스워졌다.

과연 이곳은 병영다운 엄숙함이 있어 구경꾼 병사들이 줄줄 따라오는 일도 없 고 복도를 걷고 있는 비무장 사관士官들도 군인다운 얼굴을 하고 있었다. 다만 가 슴이 움푹 꺼지고 얼굴은 창백하여 입매가 야무지지 못한 것은 어디고 마찬가지 였지만, 가끔은 한눈에도 일본인과 다름없어 보이는 다부진 용모를 지닌 자도 있 었다.

다케오들은 계단을 올라가 어느 방에 들어갔다. 그곳은 꽤 훌륭한 방으로, 커 다란 테이블과 낡아서 퇴색했으나 비로드를 두른 의자도 있어 이것이 사단장인 가 하는 자의 응접실일 것이라고 석란은 생각했다. 실내에 들어와서도 네 사람의 병사는 총검을 멘 채로 서 있다.

한 시간이나 기다린 뒤 키가 6척이나 되어 보이는 커다란 남자가 모습을 드러 냈다. 날랜 기운이 미간에 떠올라 있어 자못 대륙적인 풍모였다. 은몰[25] 견장肩章 위에 커다란 별이 두 개 붙어 있는 것으로 보아, 또 호위병들이 용수철 장치처럼 총을 받들고 있는 것으로 보아, 이자가 추시가 틀림없다고 석란은 생각했다. 추 시란 자가 어떤 사람인지 궁금해하던 다케오에게 그의 풍모부터 설명해주고 싶 었지만 소곤거리는 것이 좋지 않다고 생각해서 그만두었다.

추시가 털썩 하고 중앙의 의자에 앉자, 따라온 참모 혹은 부관으로 보이는 두 사람의 장교가 배석판사나 되듯 푸시의 양편에 앉았다.

"사단장 같아요."

석란이 다케오의 귀에 속삭이자 다케오는 쓱 일어나 인사를 했다. 그러나 추시 는 고개를 약간 끄덕일 뿐이었다.

---

24   옌시산(閻錫山, 1883~1960). 산시(山西)의 실질적인 군주로 군림했던 중국의 군벌 정치가. 국 민당의 장제스(蔣介石)가 추진한 북벌이 성공한 뒤 군벌의 기득권이 침해당하자 1930년 펑위샹 (馮玉祥), 리쭝런(李宗仁) 등과 함께 중원대전(中原大戰)을 일으킨 주역의 한 사람이기도 하다.
25   은실을 씨로 하고 견사를 날로 하여 짠 직물.

“사단장 각하이십니까?”

다케오가 먼저 입을 열었다.

석란이 통역을 하자 사단장은,

“그렇다.”

하고 자못 건방진 어조로 짧게 내뱉었다.

“저는 대일본제국의 히가시 다케오입니다.”

“일본 군인인가?”

추시는 놀란 듯이 눈을 동그랗게 떴다.

“그렇습니다. 다볘산 전선에서 부상당해 눈이 멀게 되었습니다.”

“무슨 용무로 왔지? 군사軍使[26]로서 온 건가? 일본군은 중국군 때문에 호되게 경을 치고 패퇴했다던데, 항복을 신청하러 온 건가?”

터무니없는 말에 석란은 웃음이 터지려는 것을 참고 그 내용을 다케오에게 들려주었다.

다케오는 석란의 통역을 들으며 한마디 한마디 고개를 끄덕였다.

“중국군은 난징도 탈환했다. 알고 있나? 상하이도 이미 포위되었고, 우리 공군이 도쿄, 오사카를 폭격해서 일본은 지금 대혼란에 빠져 있지. 알고 있나?”

추시가 진지한 얼굴로 이런 말을 하는 것을 듣자, 그 대단한 석란도 깜짝 놀랐다.

다케오는 석란의 입을 통해 추시가 한 말을 다 듣고 나서, 전혀 무표정한 얼굴로 크게 두 번 고개를 끄덕여 보였다.

“그럴 테지. 너도 알고 있다 이거지? 우리 군은 머지않아 일본 본토까지도 공략할 작정이다.”

추시는 마지막으로 짐짓 큰소리쳤다.

그가 하는 말은 농담이라고 여기기에는 그 태도가 몹시 진지했고, 또 신념에 불타고 있는 듯도 했다.

---

26 전쟁 중에 군의 명령으로 교섭의 임무를 띠고 적군에 파견되는 사람.

다케오는 어안이 벙벙했다. 터무니없는 말에 어찌해야 할지 갈피를 못 잡았던 것이다.

"지금 각하의 말씀을 듣자니 정말이지 제가 이곳에 오길 잘했다고 통감합니다. 만약 제가 오지 않았다면 각하께서는 큰 불행을 만나셨을 것이 틀림없기 때문입니다. 난징은 지나군에게 탈환되기는커녕 일본군 사령부의 소재지입니다. 상하이가 지나군에게 포위되는 일 따위는 상상할 수도 없는 일이고, 한커우도 이달 안으로 일본군의 수중에 들어갈 테지요. 어쩌면 앞으로 사오일이면 한커우가 함락될지도 모릅니다. 이미 징한선京漢線은 신양信陽에서 일본군에 의해 차단되어 있습니다. 일본군이 이 쑤쟈지를 통과하는 것도 금방이지요. 유력한 일본군 대부대가 벌써 이곳으로 들이닥치고 있습니다. 일본군은 지나 국민을 적으로 삼을 생각은 털끝만큼도 없습니다. 그러기는커녕 일본은 지나를 형제로 생각하고 있습니다. 양 국민은 순치보거脣齒輔車[27]의 관계로 사이좋게 지내지 않으면 안 될 운명에 있다고 믿고 있는 것입니다. 다만 장제스 정부가 공산당과 영불英佛의 괴뢰가 되어 우선 지나 국민을 해치고, 나아가서는 동양 전체의 안녕과 평화를 문란케 하므로 일본군이 이를 응징하려는 것뿐입니다. 제가 목숨을 걸고 이곳까지 온 것은 우리 형제끼리 무익한 유혈의 참사를 되풀이하는 것을 멈추고 올바른 인식과 이해 아래 서로 손을 맞잡기 위해서입니다. 양약良藥은 입에 쓰고 충언忠言은 귀에 거슬린다고 합니다. 저의 진실한 말이 각하의 귀에 거슬릴지도 모릅니다. 그러나 일본 무사는 결코 거짓말을 하지 않습니다. 만약 제가 드린 말씀이 의심스러운 점이 있다면 얼마든지 사실로써 증명하겠습니다."

추시들은 다케오가 열심히 말하고 있는 것을 꼼짝 않고 들었다. 그들의 표정도 뭔가 중대성을 느끼고 있는 듯했다. 다케오의 힘 있고 침착한 진술에 권위와 비통함이 담겨 있었기 때문일 것이다.

석란은 일생일대의 큰 역할이라고 생각했다. 태어난 이래 이만큼 중대한 역할

27　입술과 이 중에서 또는 수레의 덧방나무와 바퀴 중에서 어느 한 쪽만 없어도 안 된다는 뜻으로, 서로 없어서는 안 될 깊은 관계를 비유적으로 이르는 말.

을 맡은 적은 없다. 석란은 어떻게 해서든 다케오의 마음을 적장에게 철저히 전달하지 않으면 안 된다고 결심했다. 그리고 일어났다.

석란이 다케오가 한 말을 차례로 통역해가는 가운데 추시들의 눈초리와 안색이 몇 번이나 바뀌었다. 때로는 놀라는 듯도 했고, 또 때로는 곧 덤벼들 듯한 험악한 표정도 보였다. 한 부관은 주먹을 꽉 쥐고 탁자를 내리쳤다. 석란의 여성적인 목소리와 우아한 몸짓이 그들의 분격을 누그러뜨리지 않았다면 어쩌면 칼을 뽑았을지도 모른다.

'장제스 정부가 공산당과 영불의 괴뢰가 되어'라는 대목에 이르자 추시의 왼편에 있던 비쩍 마른 장교는,

"닥첫!"

하고 소리를 지르며 일어났다.

석란은 잠시 말을 끊었다.

"좋아 좋아, 모두 말해."

과연 추시는 장교를 제지하고 석란을 재촉했다.

'형제끼리 무익한 유혈의 참사를 되풀이하는 것을 멈추고 올바른 인식과 이해 아래 서로 손을 맞잡기 위해서입니다.'라는 대목에 이르자 신경질적인 장교도 고개를 숙였다.

의심스러운 점이 있다면 얼마든지 사실로써 증명하겠습니다, 라는 의미의 통역이 끝나자 추시는 홱 하고 자리에서 일어나면서,

"이 두 사람을 감금해둬. 내일 한 번 더 조사한다."

하고 내뱉고는 나가버렸다.

비쩍 마른 장교는 추시를 따라 나갔으나, 키가 작은 광둥인廣東人 같은 얼굴을 한 또 한 사람의 장교는 뒤에 남았다.

"정말 일본은 우리 지나支那를 형제로 생각하고 있소?"

"정말 비非병합, 비非배상으로 가는 것이오?"

"정말 일본군 대부대가 쑤쟈지에도 들이닥치고 있소?"

등등 걱정스러운 듯이 다케오에게 묻는 것이었다. 그의 마음에도 장蔣 정권의 선전에 대해서는 일말의 불안이 있는 듯했다.

"이웃끼리 원수가 되어 서로 행복할 리가 없지 않소? 일본으로서도 사억의 인민에게 미움 받아 좋을 것은 없을 게 아니오? 영국, 불란서, 소련의 이간질과 중상에서 벗어나 지나는 자기 자신의 판단으로 돌아가지 않으면 안 되오. 그리고 일본과 지나 두 나라가 협력하여 아시아를 아시아인의 아시아로 만들지 않으면 안 되오. 아시아를 평화와 번영으로 이끌고 문화의 이상향으로 만들자는 게 아니오? 영국, 불란서, 소련 이들 나라는 아시아가 강해지는 것을 싫어하는 것이오. 그렇게 하지 않으면 아시아를 자기들의 먹잇감으로 삼을 수 없기 때문이오."

다케오는 잘 알아듣도록 되풀이해서 이 젊은 장교에게 설명했다. 이 키 작은 장교는 찬성의 뜻을 나타내거나 하지는 않았지만, 지극히 냉정하고 지극히 진지하게 다케오의 말을 한 구절도 빼먹지 않고 듣고 있는 듯했다.

다케오와 석란도 이 장교야말로, 하고 기대했다. 사태가 어떻게 전개될지 알 수 없지만 이날의 전투는 전혀 실패는 아니라는 것만은 확실했다.

"이 두 사람을 감금하도록. 결박하지 않아도 좋다."

키 작은 장교는 이렇게 명령하고 방을 나갔다.

두 사람은 감금실로 끌려갔다. 작은 방이었지만 토방은 아니었다. 마루는 무척 더럽고 먼지도 쌓여 있었다. 석란은 청소하고 싶었지만 빗자루도 걸레도 없었다. 석란은 손수건으로 겨우 두 사람이 누울 수 있는 반경半徑만큼 바닥을 닦고 거기에 다케오를 앉혔다. 그리고 자기는 손수건이 새카맣도록 거미줄을 털고 작은 유리창문을 닦았다. 그러나 너무 더러워 바깥이 또렷이 보이지는 않았다.

"겨우 자유로운 몸이 되었군. 석란, 궁성宮城이 있는 쪽은 어디지?"

하고 다케오는 일어났다.

석란은 부랴부랴 머리를 매만지고 옷매무새를 고치며 다케오의 왼편에 바싹 달라붙었다.

"어느 쪽이 밝지?"

“도무지 전혀 모르겠어요.”

“하는 수 없지. 이쪽을 동쪽이라고 생각하고 요배遙拜하지.”

두 사람은 정중히 경례했다.

석란은 언제까지고 머리를 숙이고 있고 싶었다. 쏟아지는 눈물을 닦으려고도 하지 않았다. 두 사람은 나란히 차가운 마루에 앉았다.

“여기 온 지 한 달이나 지난 듯하군.”

다케오는 쓸쓸하게 웃었다.

“정말 그래요.”

석란은 갑자기 오빠 충식과 후미에를 떠올렸다. 피투성이 부상병들의 모습도 눈에 어른거렸다.

“물 한 잔 마셨으면.”

다케오는 전에 없이 느긋하게 상처투성이 얼굴을 여기저기 어루만지며 응석받이 같은 어조로 말했다.

“부탁할까요?”

다케오는 석란이 일어나려는 것을 말리며,

“됐어, 꼴사나워. 식사 때는 주겠지.”

“하지만 목이 마르면.”

“뭐, 열심히 지껄인 탓이겠지. 곧 침이 나올 거야.”

“정말 조금 전의 이야기는 훌륭했어요.”

“그래? 나는 당신이야말로 멋지다고 생각했어. 무슨 말을 하는 건지 알 수 없었지만 말이지. 어조가 무척 좋았어. 듣고 있던 놈의 표정을 보지 못해 유감이야. 정말 눈이 먼 건 한심하다고 생각했어. 게다가 나는 아직 애송이 장님이겠지. 육감六感이라는 놈이 발달해 있지 않으니 완전히 형편없어. 하지만 성誠은 반드시 통한다고 믿고 있어.”

“그래요. 저는 문제없다고 생각해요. 저 사람들 정말 열심히 듣고 있었어요. 역시 사단장은 급수가 다른 듯했어요. 아, 참. 그 입 닥치라고 소리 질렀던 사람 말이에요. 무척 신경질적인 사람이에요. 비쩍 마른데다 언제나 눈이 반짝반짝하고 있던 사람. 정말 무서웠어요."

"그래? 나도 저 남자가 분명히 말랐을 거라고 생각했어."

"그래요? 그리고 저 끝까지 남았던 사람 말이에요. 그 사람은 어때요?"

"그 사람은 키가 작지 않아?"

"잘 아시네요."

석란은 웃었다.

"얼굴은 검겠지. 눈은 작고."

"그대로예요. 그리고 말이에요. 정말 정신 차려 듣고 있었어요."

"역시 석가님의 말씀은 틀리지 않아."

"무슨 말씀이에요?

"아니, 눈이 있어서 보이는 게 아니라, 마음에 보는 힘이 있어서 볼 수 있다고 하셨지. 오관五官은 상통한다고 말이지. 목소리를 들으면 모습을 알 수 있다는 말이겠지. 나도 눈이 멀게 되어 깨달음이 열린 것일까."

다케오는 명랑하게 웃었다.

"저도 기뻐요."

석란은 잠시 있다가 갑자기 말했다.

"왜 기쁘지?"

"왠지 모르겠지만."

"즐거운 신혼여행이라고나 생각하는 겐가?"

다케오는 더듬더듬 석란의 손을 잡았다.

"그 이상이에요."

"내일은 또 모르지. 이곳이 이 세상에서 마지막 숙소일지도 몰라. 내일은 총살일까?"

하고 다케오는 나직이 말했다.

"그것으로 괜찮아요. 멋지지 않아요?"

두 사람 모두 잠시 말이 없었다. 까마귀가 까악까악 우는 소리가 들렸다.

돌연 다케오는 석란의 손을 꽉 쥐며,

"석란."

하고 불렀다.

"네."

석란은 다케오를 올려다보았다. 다케오의 보이지 않는 눈에서는 눈물이 흐르고 있었다. 석란은 다케오의 말을 기다렸지만, 말을 기다릴 필요가 없음을 깨달았다.

두 사람은 언제까지고 조각상처럼 꼼짝 않고 있었다.(1940.7)[28]

28　말미에 '계속'이라고 표기되어 있찌만 미완으로 끝나고 있다.

1

   내가 병을 앓고 난 아이와 함께 원고지를 가지고 동소문東小門 밖 흥천사興天寺에 정양하러 간 것은 삼월 오일. 봄은 아직 이름뿐으로 산그늘에는 녹다 만 얼음도 남아 있고, 흥천사에 오고 나서도 두 번 남짓의 꽤 큰 눈이 내렸다. 예의 엄청난 눈이라던 눈도 그중의 하나였다.

   우리 부자가 묵은 곳은 어떤 스님의 주택으로, 이첩二疊[2] 남짓 되는 작은 방이었다. 스님의 주택이란 왠지 익숙하지 않은 말이다. 출가한 스님에게 가정이나 주택이 있을 리 없다. 옛날에는 초막草幕이라고 해서 나이를 먹었다든가 병이 난 경우 절에서의 고행苦行 생활을 감당할 수 없는 승려들에게 허락되었던 별채였는데, 오늘날에는 나이 들었든 젊었든 처자를 거느리고 금슬 좋은 가정을 이룬 것이다. 가정인 이상 탐욕의 고기도, 질투의 떡도 굽지 않을 수 없으리라. 오직 세속의 조선 가정과 다른 점은 마룻방에 불단佛壇을 설치하고(그것조차 없는 현대적인 곳도 있다), 법의法衣와 가사袈裟가 걸려 있는 것이다(이것만큼은 영업 도구로서 모두 갖춰놓은 모양이다).

   우리 주인은 아직 젊고 매우 위세 있는 스님이었는데, 아침 일찍 일어나면 법의를 입고 절의 사무실에 나가서는 한 시간 정도 뭔가 사무를 보는 모양이었다. 그러나 그의 아내는 물론 그 자신도 특별히 단가檀家[3]에서 법요法要라도 의뢰받지

---

1   원문 일본어. 이광수(李光洙), 『경성일보(京城日報)』, 1940.5.16~24. 나중에 조선문인협회편, 『조선국민문학전집(朝鮮國民文學全集)』(東都書籍株式會社, 1943)에 수록되었다.

2   다다미(疊) 두 장. 다다미 한 장은 석 자 너비에 여섯 자 정도의 길이의 직사각형 넓이.

3   절에 시주하는 사람의 집.

않는 한 예불 드리는 것을 보지 못했다. 이 절에도 50명 남짓의 승려가 있지만 아침저녁으로 시간을 정하여 예불을 드리는 근행勤行[4]을 하는 것은 네 사람뿐이고, 나머지 45명의 스님은 우리와 다름없는 가정생활을 영위하고 있다. 아침저녁으로 근행하는 네 사람이란 월급을 받고 있는 노전승爐殿僧[5]들로, 각각 금당金堂의 아미타불, 본당本堂의 관음불, 명부전冥府殿,[6] 나한전羅漢殿[7]을 한 사람씩 맡고 있다.

아침 네 시경이 되면 딱딱 하는 목탁 소리에 따라 게송이나 진언을 외는 소리가 들려오는 것인데, 이는 금당의 노전승이 역시 부인의 이불 속에서 기어 나와 금당으로 출근했다는 뜻이다. 목탁 소리가 사라지면 종이 울리고, 그다음에는 본당과 명부전 등에서 방울과 큰북 소리, 그리고 진언과 염불 소리가 들려와 한동안 경내는 떠들썩해진다. 대조종大釣鐘을 치는 이는 은돌銀乭이라는 어린 중인데, 그는 꽤 익살스럽고 재주가 있어 범패梵唄[8]건 승무僧舞건 무엇이든 할 수 있는 매우 요긴한 인물이다.

그것이 한 차례 끝나면, 본당에서 건암建庵이라는 노화상老和尙의 염불 소리와 큰북 울리는 소리가 들려오는 것이었다. 나는 때로는 혼자서, 또 때로는 아이를 데리고 이곳저곳 아침저녁의 근행을 둘러보았는데, 이 건암 스님이 가장 열심이고 속기俗氣를 벗은 듯했다. 그는 벌써 일흔이 넘은 노승인데다 눈이 멀었지만, 그 용모랄지 위의威儀랄지 목청껏,

"나무아미타불."

이라고 부르는 그 음색이랄지, 또 한 시간가량의 염불을 끝낼 때쯤두 손을 머리 위로 높이 올려 허공에 원을 그리며 오체투지五體投地의 절을 하면서,

"나무 대자대비 서방교주 무량호여래불南無 大慈大悲 西方敎主 無量護如來佛"

---

4   시간을 정하여 부처 앞에서 독경하거나 예배하는 일.
5   법당에서 아침저녁으로 향불을 피우는 일을 맡아보는 승려.
6   지장보살을 본존으로 하여 염라대왕과 시왕(十王)을 모신 법당.
7   십육 나한이나 오백 나한을 봉안한 전각. '나한(羅漢)'이란 수행이 높은 경지에 올라 세인의 존경을 받을 만한 공덕을 갖춘 성자를 이른다.
8   석가여래의 공덕을 찬미하는 노래. 절에서 재(齋)를 올릴 때 부른다.

하고 부르는 진동하는 목소리랄지, 옆에서 보고 있어도 절로 마음이 움직이지 않을 수 없었다. 이 스님은 저녁때도 한두 시간가량 염불을 외는 것이었는데, 으슥한 경내에서 그의 큰북 소리와 염불 소리를 듣고 있자면 이상하게 마음이 맑아지는 것을 느꼈다.

애석하게도 이 스님도 십수 년 전부터 아내를 두었다고 하는데, 그가 살고 있는 초암草庵을 들여다보니 마당도 마루방도 그렇게 깨끗하다고는 할 수 없었다.(1940.5.17)

2

노승이라면 명부전의 경하景河 스님도 일흔이 넘은 분인데, 언뜻 보기에도 꽤 원기 있는 노인으로 어린 중들과 잘 놀고 농담도 곧잘 했다.

내가 이 절에 오고 얼마 되지 않은 어느 날 십수 명의 어린 중들이 절 마당에서 돈치기トンチキ라는 놀이에 열중하여 저놈, 저놈 하고 떠들고 있는 것을 본 나는 그만두면 좋으련만 싶어서,

"너희들은 염불은 뒷전이고 돈치기만 하고 있느냐?"

하고 말했던 것이다.

그러자 긴 지팡이에 턱을 괴고 서서 보고 있던 심술궂어 보이는 한 노승이,

"돈치기도 선禪이지요. 계집질도 삼매경에 들면 선이고."

라고 하는 것이었다. 나는 쿵 하고 정수리에 통봉痛棒9을 받은 꼴이었는데, 나중에 그가 경하 스님임을 알았다. 이 스님은 입버릇처럼 도무지 업장業障을 떨치지 못해 곤란하다, 금생에서 깨달음을 얻는 것 따윈 이미 단념했다고 말하곤 한다. 벌써 일흔셋이나 되었으니 그렇게 말하는 것인지도 모르지만, 언제나 얼굴이 붉은

9　좌선할 때 스승이 마음의 안정을 잡지 못하는 사람을 징벌하는 데 쓰는 방망이.

것으로 미루어 보건대, 어쩌면 술을 끊지 못하기 때문일지도 모른다. "어쩐지 아랫배가 아프군." 하고 푸념을 늘어놓는 일도 있지만, 그러나 결코 걱정스러운 얼굴을 하는 일은 없다. 항상 명랑하고 원기가 있다. '명부시왕전 일일무수배冥府十王前 日日無數拜'로 명부전의 노전爐殿을 맡고 있으니 염라대왕 계신 곳이 전혀 무섭지 않겠다고 말했더니, 무척 유쾌하게 웃었다.

실제로 스님들은 젊은 시절에 염불을 해두면 그 공덕의 저축으로 후반생에 다소 몸가짐이 헤퍼도 반드시 극락왕생한다고 믿고 있는 모양이었다. 그 때문인지는 모르지만 경성 부근의 스님들은 만년에 대개 마누라를 얻거나 술과 고기를 먹었다. 스스로 그럴 뿐 아니라, 태연하게 술과 음식을 파는 사람도 있다. '음주식육 무방반야飮酒食肉 無妨般若'라는 한 구절만은 모두 기억하고 있는 것이다.

이것은 그다지 명예로운 일은 아닐 터이므로 이름은 비밀로 해두는데, 어떤 노승은 오십이 넘어서까지 계행청정戒行淸淨으로 이름을 날렸으나 돈 많은 어떤 단가檀家의 과부를 얻어 지금은 일개 자산가가 되어 있다. '껄떡중'이라고 다른 스님들에게 욕을 먹어도 태연하고, 색사色事에 관한 이야기가 나오면 이가 빠진 입을 우물거리며 어지간히 곧잘 지껄여대는 매우 원기 왕성한 노인이다.

그런데 내가 어느 날 아침 일찍 산보를 나가자, 독성각獨聖閣 앞에서 열심히 합장 예배하는 사람이 있었다. 글쎄 요즘 세상에 기특하군, 하고 가까이 가보았더니, 이것은 또 어찌된 일인가. 예의 껄떡중이 단정히 법의를 입고 위의를 갖춰 예배하고 있는 것이 아닌가. 그렇다면 이 노화상은 뜻밖에도 나후라 존자羅睺羅 尊者[10]와 같은 밀행가密行家였던가. 하근下根[11]의 중생을 위해 일부러 탐욕상을 보여주고 있는, 이른바 '내비보살행 외현시성문內秘菩薩行 外現是聲聞'은 아닐까 하고 그 얼굴을 들여다보지 않을 수 없었다.

그러나 뭐라 해도 적조암寂照庵의 염불행자야말로 흥천사에서 첫째가는 선지식

10　석가의 맏아들로 석가가 도를 깨달은 날 밤에 태어났다고 한다. 15세 때 출가하여 석가의 십대 제자 중의 한 사람이 되었다.
11　불도의 수행을 능히 감당할 만한 근기가 부족한 사람.

善知識[12]이 아닐 수 없다고 나는 감탄하고 있다. 나는 이 스님의 성도 이름도 모른다. 염불을 외고 있는 것을 직접 본 것이 두 번, 담장 밖에서 들은 것이 몇 번, 얼굴을 마주하고 이야기를 나눈 것은 단 한 번에 불과하지만, 어딘지 모르게 번뇌에서 벗어난 행자 같은 느낌을 주는 것이었다. 나이는 예순셋, 집도 처자도 없고 출가한 지 사십오 년 염불로 일관했다는 사람이다. 검게 물들인 옷에 주홍색 가사를 걸치고 큰북을 두드리면서 염불을 외고 있는 모습은 실로 정적靜寂 그 자체인 듯, 한 점의 티끌도 없이 숭엄했다. 건암 스님의 염불에는 열성이 담겨 있지만 이 스님의 염불은 그 경계를 넘어선 고담枯淡한 데가 있었다. 그러나 애석하게도 이 스님이 평상시 다른 사람과 만날 때의 위의威儀는 건안 스님보다 훨씬 떨어지는 듯이 생각되었다.(1940. 5. 18)

3

홍천사의 스님들에 대해서 쓰면서 이 서방과 박 서방을 빠트릴 수는 없다. 이 서방이란 이는 스님은 아니다. 그는 경내를 청소하거나 가정을 가진 스님들의 심부름을 하기도 하는 마흔 안팎의 사내로, 인간적인 지위로 말하자면 이 절에서 가장 꼴찌다. 그런데 이 사람은 도무지 평범한 인간으로는 생각되지 않는다. 아침부터 밤까지 실로 부지런히 일했다. 나는 이 절에서 오십 일이나 묵었는데, 지금껏 일찍이 이 이서방이 어딘가에서 일하고 있지 않은 모습을 본 적이 없다. 이른바 묵묵히 일하는 편으로, 누가 시켜서가 아니고 자기가 한 일을 누군가에게 보고하는 것도 아니다. 언제까지고 언제까지고 청소를 하거나 흙을 파거나 했다.

"이 서방, 수고하십니다."

내가 지나가면서 붙임성 있게 말을 건네면 그는 수줍은 듯이 약간 웃으며 합장

---

12   지혜와 덕망이 있고 사람들을 교화할 만한 능력이 있는 승려.

을 한다.

"당신은 염불을 욉니까?"

하고 물어보았더니 그는,

"헤헤, 염불 같은 건 모릅니더."

하고 대답한다.

"일하면서 묵묵히 항상 무엇을 생각하는 모양이던데?"

"헤헤, 아무것도 생각 따윈 하지 않습니더."

그래도 그는 언제 봐도 즐거운 듯 싱글거리고 있다. 태어나서부터 지금껏 불평불만이란 것을 해본 일이 없는 듯한 표정이다.

"스님, 이 절에서 가장 먼저 성불成佛할 사람은 이 서방이겠지요."

하고 나는 주지 스님에게 이야기를 해보았는데, 그는 약간 동의하기 어려운 듯했다. 만약 저 경하 스님에게 그런 말을 했다면,

"그럼 그렇지, 당연하고말고."

하고 껄껄 웃으며 긍정했을 것이다. 그러나 이 절에서 이서방을 나쁘게 생각하는 사람은 하나도 없다. 그렇다고 해서 물론 존경하는 사람도 없을 것이다. 그저 정말 부려먹기 좋은 얼간이 정도로 생각하고 있을지도 모른다.

이서방은 좌선坐禪도 하지 않고 염불도 외지 않는다. 또 스스로 말하듯이 생각 같은 것도 갖고 있지 않다. 그저 묵묵히 아침부터 밤까지 무슨 일인가 하고 있다. 스님 마누라들의 세탁물까지 부탁만 받으면 갖다 준다. 그렇다고 해서 그는 일해 준 보수를 바라는 일도 없다.

"이 서방, 밥 먹어요."

하는 얘기라도 들으면,

"헤헤, 고맙심더."

하며 토방이건 부엌이건 아무렇게나 앉아서 먹어치운다. 다 먹고 나면 또 가서 일한다.

그야말로 모든 꾸밈을 잊고 임제臨濟[13]의 이른바 '무사시귀인無事是貴人'[14]의 경지에 있을지도 모른다. '수연소구업 왕운착의상隨緣消舊業 往運着衣裳'[15]의 경지에 있을지도 모른다. 적어도 모든 욕망을 떠난 사람은 이 서방처럼 될 것 같은 생각이 든다.(1940.5.19)

4

박서방이라는 사람은 이서방과는 약간 유형을 달리 하는 사내다. 그는 오십 고개를 넘었으리라. 누덕누덕 기운 조선옷 바지パヂ에 낡은 양복 윗도리를 입었고, 꽤 스마트한 로이드 안경을 쓰고 터키 모자 같은 것을 머리에 썼다. 그것은 낡은 학생모의 차양이 떨어진 것으로 밝혀졌다. 그는 아침부터 저녁까지 마른 나뭇가지를 주웠다.

"그걸 주워서 어쩌려고요?"

"판두방[16]에 불을 땝죠. 그러면 구들장이 아주 따뜻해집니다."

"그렇게 많이 땝니까?"

"때고 남으면 팔지요."

"그 돈은 어쩌려고요?"

"문종이를 산다든지 ― 돈이 있으면 뭐든 쓸 길이 있습죠."

---

13   임제의현(臨濟義玄, ?~867). 당나라 말기 선종(禪宗)의 일파일 임제종(臨濟宗)의 시조.

14   『임제록(臨濟錄)』에 나오는 무사시귀인 단막조작 지시평상 "(無事是貴人 但莫造作 祇是平常)"에서 따온 구절. 일에 구애되지 않는 사람이 귀인이다. 단지 꾸밈에 힘쓰지 말고 다만 평소대로 하라.

15   『임제록(臨濟錄)에 나오는 수연소구업 왕운착의상 요행즉행 요좌즉좌 무일념심 희구불과 "(隨緣消舊業 往運着衣裳 要行卽行 要坐卽坐 無一念心 希求佛果)"에서 따온 구절. 인연 따라 묵은 업을 녹이고 형편 따라 옷을 입는다. 걷게 되면 걷고 앉게 되면 앉는다. 한 생각도 부처의 지위를 구하지 않는다.

16   판도방(判道房) : 절에서 고승들이 거처하는 큰 방 둘레의 작은 방.

박 서방은 돈을 마련하는 것까지는 알고 있지만, 쓰는 방법까지는 생각해본 일이 없는 듯했다. 그도 그럴 것이 판도방에 있으면 먹을 것은 걱정 없고, 스님들의 낡은 옷이나 누더기를 잇대어 옷을 삼으면 의복을 살 필요도 없다.

"박 서방은 마누라가 없어요?"

"그런 건 없어요."

"마누라 얻는 게 싫어요?"

"한 번 얻어서 아이도 생겼지만, 임술년에 죽어버렸습죠."

"또 얻을 생각은 없고요?"

"몹시 성가셔서 그만둬버렸지요."

제법 머리가 좋은 답변 방식이다.

"박 씨는 스님은 아니지요?"

"한때는 중이 되어 십 년 남짓 염불도 했습죠. 하지만 그것도 몹시 성가셔서 그만둬버렸지요."

이것은 대사건이라고 생각했다.

그렇다고 해서 박 씨는 결코 게으른 사람은 아니다. 그도 근면함에서는 이 서방과 좋은 한 쌍이다. 실로 부지런히 돌아다니며 마른 나뭇가지를 곧잘 주워 온다. 물론 한 가지도 결코 나무에서 꺾지 않는다. 그저 떨어져 있는 것을 주울 뿐이다.

박서방 하니까 생각났는데, 나는 아이를 데리고 곧잘 정릉貞陵의 솔숲을 배회했다. 대도시 근처라고는 생각되지 않을 만큼 깊고 그윽한 곳이다. 소나무의 나이는 아직 어리지만 계곡도 숲의 모습도 상당하다. 게다가 진달래의 명소로, 실로 가는 곳마다 진달래가 있다. 시냇물이 졸졸 흐르는 소리도 작은 새가 우는 소리도 들린다.

그런데 이 정릉의 솔숲에서 꼭 만나는 노인이 한 사람 있다. 그는 아무래도 여든을 넘은 것이 틀림없다. 이 노인은 매일 낫을 가지고 정릉의 솔숲에 몰래 들어와서는 마른 나뭇가지를 줍는 척하며 여러 가지 관목灌木을 베는 것이다. 아직 잎이 나지 않았으니 생나무이지만 마른 나뭇가지로 보이게 할 속셈인 것이다. 세 가지 중 한 가지를 베는 식인데, 매일같이 오기 때문에 결국 한 가지도 남김없이 모두 베어버리는 셈이다.

그런데 어느 날 나는 이 노인이 실로 잔인한 짓을 하고 있는 모습과 마주쳤다. 드문드문 땅 위로 모습을 드러낸 소나무 뿌리를 낫 끝으로 베는 것이었다.

"영감님, 그러면 소나무가 말라죽지 않습니까."

나는 뜻하지 않게 분개했다.

"흙 위에 나와 있는 것만 잘라내는 거니까 소나무가 말라죽을 일은 없소."

하고 이 노인은 나를 흘겨보며 고압적으로 내뱉고는 더욱 거침없이 소나무 뿌리를 잘라나가는 것이었다.

"여보세요. 흙 위에 나와 있는 뿌리를 잘라버리면 흙 밑에 남은 뿌리도 소용없지 않습니까."

나도 끈질기게 늘어졌던 것이다.(1940.5.21)

5

이 잔인한 노인은 내 얼굴에서 불온한 빛을 알아챘던 것이리라. 이미 잘라낸 소나무 뿌리만을 마른 나뭇가지로 싸서 한 묶음으로 만들어 그것을 손에 들고는 비척비척 거기서 물러나버리는 것이었다. 두 번 남짓 내가 서 있는 쪽을 돌아보고는 뭐라 투덜댔으나 알아들을 수는 없었다. 아마도 독설毒舌이었으리라.

아이는 노인이 잘라낸 소나무 뿌리의 절단면을 들여다보면서,

"아버지, 잘려진 곳에서 이슬 같은 것이 나와요."

하고 외쳤다.

"피란다, 아파서 피를 흘리고 있는 거야."

나는 50년생은 되어 보이는 정정한 소나무를 올려다보았다. 소나무는 묵묵히

아무 말도 없었지만 올해 안에 그 가지의 반은 말라죽고 말 것이라고 생각했다. 그러나 그것도 내일부터 그 노인이 다시 그 뿌리를 자르는 일을 그만둔다는 조건에서.

"얘야, 너는 저 노인이 왜 저렇게 가난하다고 생각하니? 팔십 년이나 세상에 살면서 왜 살아 있는 소나무의 뿌리를 자르지 않으면 생활이 곤란할 정도로 가난한지 알겠니?"

나는 돌아오는 길에 열두 살 된 내 아이에게 물었다.

"그런 나쁜 마음을 가지고 있으니까?"

아이는 내 얼굴을 올려다보았다.

"응, 요컨대 자기의 원願이 성취된 게지."

"원이 성취됐다고요?"

"그래. 저 사람은 팔십 년 동안 가난해지는 수행을 해왔고, 그것이 결국 열매를 맺은 것이지."

가난의 수행에 대해 말하자면, 이 절 근처의 마을사람들은 실로 가난의 수행에 여념이 없다. 바꿔 말하면 일절 복 받을 인因을 짓는 일은 과감히 전폐한 것처럼 보인다.

정릉 뒤쪽의 산길을 걸어보니 손 닿을 만한 나뭇가지, 한 사람의 힘으로 꺾일 만한 나뭇가지 중에 꺾이지 않은 것은 하나도 없다고 해도 좋을 지경이다. 그것은 땔감이 궁해서 벌인 짓이라고도 할 수 있으리라. 실제로 이 주변 빈민굴의 주민은 상당히 생활에 곤란을 겪고 있는 것이 틀림없다. 여자도 아이도 어두워지고 나서 산에 가서는 나뭇가지를 주워 머리에 이거나 등에 지고 오는 것을 매일 수십 명씩 본다. 그들은 땔감을 구하는 데 열중하여 손 닿는 대로 나무를 꺾는 것이 습관이 되어버린 것이다. 생나무는 꺾었댔자 곧바로 집에 가져갈 수는 없지만, 꺾어두면 언젠가는 그것이 마른 나뭇가지가 되는 것이다. 그것이 과연 자기 손에 들어올지 어떨지 확실하지 않지만 만일의 요행을 바라고 우선 생나뭇가지를 꺾어두는 것이다. 때로 어른 남자의 힘이 아니고는 도저히 움직일 수 없을 듯한 소나무를 뿌리째 뽑아버린 것도 볼 수 있다. 이것은 밤중에 몰래 가서 적당히 잘라 옮길 속셈이었으리라. 그러나 사흘이고 나흘이고 그대로 있는 것을 보니, 그것을 뽑은 사내가 병이라도 난 것일까, 아니면 너무 엄청난 죄에 어쩐지 두려움을 느낀 것일까. 원컨대 그 사내가 번뜩 뉘우치고 가난의 길을 버리고 수복修福[17]의 정도正道에 눈뜨면 좋겠다고 기도하지 않을 수 없다.

그 사람들은 먹을 물도 궁해서 해 뜨기 전부터 석유통을 들고 웅덩이를 찾거나 혹은 남의 집 우물물을 훔치다가 주인에게 들켜 호통을 당하기도 하는데, 그런 장면을 대할 때마다 연민의 정과 함께 그들이 평생 심은 가난의 씨앗을 수확하고 있는 것이라는 인과因果를 느끼지 않을 수 없다.(1940.5.22)

6

소중한 것은 나뿐이다, 내 물건뿐이다. 다른 사람 것은 들키지만 않으면 가질 수 있는 만큼 가져도 좋다. 이런 잘못된 생각을 빈핍도貧乏道라 하는 것이다. 이는 과연 이 절 근처 사람들에게 국한된 모습일까. 이들을 참으로 돕는 길은 의식衣食과 동시에 수복도修福道를 주는 것이라고 생각한다. 수복도란 악을 멈추고 선을 이루는 것이다. 인과의 이치를 분별하는 일이다.

오늘날의 조선 민중만큼 일반적으로 종교적 관념이나 정감이 결핍된 경우는 드물다고 할 수 있다. 신불神佛이나 인과因果의 관념이 도무지 없고, 오직 바라는 것은 명리名利이며, 두려워하는 것은 법률과 자연의 힘뿐이다. 신을 잊고 혼을 잊게 되어서는 참된 도덕과 예의는 바랄 수 없는 게 아닐까.

뜻밖에 이야기가 설교 투가 되고 말았다. 홍천사의 첫째가는 명물인 관음굴의 노인에 대해 적는 것으로 이 글을 끝마치기로 하자.

---

17 원문에는 '裕福'으로 되어 있다.

흥천사 입구의 천하대장군을 기준으로 동북쪽 언덕 중턱에 암벽에 의지하여 낡은 거적을 두른 물건이 있다. 물건이라 한 까닭은 그것이 집이라는 말로는 표현되기 어려울 듯해서다. 이것이 관음굴觀音窟인데, 관음굴이란 그곳에 살고 있는 올해 여든세 살 된 노승이 스스로 붙인 이름이고, 다른 사람은 아무도 그것을 관음굴과 같은 우아한 이름으로 불러주지 않는다. 보통은 거지 영감이라든가 허리 굽은 영감의 오두막이라 부른다.

이 노승이 중인 것을 알고 있는 사람도 얼마 없는 모양이었다. 그는 놀리러 온 젊은이들을 붙잡고는 열심히 불법佛法을 설했다. 요즘 세상에 노승의 설법을 끝까지 듣고 기뻐할 기특한 사람도 없어서 대개 반半장난으로 듣는 척하다가 도중에 한마디 인사도 없이 가버리는 것이지만, 그는 나중에 온 사람에게 또 앞사람에게 했던 것을 계속 설하는 것이다.

"너희들은 지금 활활 불타고 있는 화택火宅 속에 있는 거라구. 오욕五慾에 열중하는 사이에 무상살귀無常殺鬼[18]는 너희들을 불꽃의 혀로 태워버리는 것이지. 나무아미타불 하고 여섯 자 염불을 외우는 게 좋아."

하는 등 입이 시도록 설하는 것이다.

이 노인은 60년 전에는 군인이었고 가회동嘉會洞의 훌륭한 저택에서 살았다고 한다. 생각한 바가 있어 서른다섯 살에 출가하여 법랍法臘[19]이 꼭 사십팔 년을 헤아리는 터이나, 이규완李圭完[20] 씨가 함경남도 지사知事였을 때 함주咸州의 귀주사歸州寺 주지였던 경력도 있다고 한다. 지금부터 8년 전 경성전기회사의 전차(노인은 꼭 이렇게 말한다) 뒤에서 허리를 치어 허리가 굽어버린 것이라 한다.

18　매순간 노소귀천을 가리지 않고 목숨을 거두어가는 죽음의 손길.

19　승려가 된 뒤로부터 치는 나이. 한여름 동안의 수행을 마치면 한 살로 친다.

20　이규완(李圭完, 1862~1946). 조선 후기의 왕족 출신 군인이자 일제 강점기의 관료. 박영효의 집사를 지냈고 1883년 관비유학생 자격으로 일본에 유학하여 게이오의숙(慶應義塾) 및 도야마 육군하사관학교(戶山陸軍下士官學校)에서 군사훈련을 받고 귀국한 후 갑신정변에 행동대장 격으로 참여했다. 1910년 강원도 도장관, 1918년 함경도 도장관, 1924년 동양척식회사 고문을 지냈고, 1927년 신간회와 물산장려회에도 참여했다.

한때 이 노인이 모습을 감춘 까닭에 글쎄 어찌된 일인가, 하고 근처 사람들에게 물어보았으나 누구 하나 그의 행방을 아는 이가 없었다. 그리고 예의 관음굴의 거적은 누군가에 의해 벗겨지고 서까래 격인 통나무도 없어졌다. 정말이지 눈물 나게 하는 폐허의 광경이었다.

그런데 어느 날 내가 아이를 데리고 그 앞을 지나자니, 관음굴이 새로 지붕을 다시 얹은 게 아닌가. 그리고 예의 노승이 보청장普請場[21]에서 주워온 것인지 대팻밥과 나무토막 등을 두 줌 정도 되는 새끼줄로 묶어 한 손에 늘어뜨리고 지팡이에 의지해 거의 땅에 닿을 정도로 허리를 굽히고 다가오는 것이 아닌가.

"스님, 오랫동안 어디 계셨습니까."

나는 정말 기뻤다.

"아이쿠, 양로원에 끌려갔소그려."

노승은 작은 눈을 반짝이며 싱글거렸다.

"양로원이요? 그것 잘되었네요. 양로원에 계시면 좋을 텐데 왜 또 이런 곳에 돌아오셨어요?"

"아니오. 거기 있으면 먹는 건 문제없겠지 ― 모두 잘해줬어. 하지만 아무 짝에도 쓸모없는 사람이 다른 분들의 신세를 지며 편히 있는 것은 매우 편치 않은 일이지요. 역시 관음굴에서 걸식하는 쪽이 내겐 편하다는 생각이 들었지. 그래서 도망쳐왔소."

그는 매우 만족하는 듯한 얼굴이었다.(1940.5.23)

21　건축현장. 보청(普請)은 원래 절에서 시주를 청하는 일을 가리켰으나 일본어로는 건축을 가리키는 용어로 쓰인다.

7

어느 날 관음굴로 그를 찾아간 내게 그는,

"여기는 좋은 곳이오. 겨울에는 해가 무척 잘 들어서 따뜻해. 게다가 여름엔 시원하지. 밤엔 달이 잘 비추고. 관음님의 도량道場이라오."

하고 관음굴 예찬을 한바탕 늘어놓는 것이었다. 방이라고 해봤자 반 평이나 될지, 노인이 허리를 구부리고 겨우 기댈 수 있을 만한 넓이밖에 안 되는 곳이다. 말하자면 관棺이라고 생각하면 틀림없다.

"식사는 어떻게 하세요?"

"항상 배고프니까 항상 맛있어. 배고플 때 먹는 것이라 모두 피로 가겠지. 병 같은 건 걸리지 않아. 똥이 될 것도 없구먼, 하하."

나도 덩달아 웃었던 것이다.

그로부터 며칠 후이다. 봉선사奉先寺의 운허당耘虛堂 대사가 학인學人 두 사람을 데리고 흥천사로 나를 찾아온 터라 나는 대사를 관음굴로 안내했다.

마침 해질 무렵이었는데, 노승은 거지들이 잘 들고 다니는, 철사 끈을 단 세 홉들이 정도의 양철 깡통에 물을 길어오는 참이었다.

"이분입니다."

하고 내가 노인을 가리켰더니, 운허 대사는 합장하고 이마가 땅에 닿도록 정중히 인사하면서,

"봉선사의 용하龍夏입니다."

하고 이름을 댔다.

"아아, 그렇소. 이거 참 훌륭한 선지식 분께서."

노인은 답례할 심산인 듯했으나 그 이상 구부릴 허리가 없었으므로 머리를 몇 번이고 흔드는 시늉을 하는 것이었다.

"물통은 졸승拙僧이 나르게 해주십시오."

하고 운허가 노인의 손에서 양철 깡통을 취하려 하자,

"아뇨, 아닙니다. 이건 내 힘으로 옮길 만한 무게입죠."

라고 말하며 노인은 이를 허락하지 않았다.

"스님, 봉선사에 와 계시면 어떻겠습니까. 꼭 오시기 바랍니다."

"아뇨, 아닙니다. 나는 보시는 바와 같은 몸으로 승려로서의 근행도 할 수 없고 또 스스로 내 몸을 깨끗이 할 수도 없으니, 도량 내에 있는 것은 과분합니다. 그저 절의 종소리 들리는 곳에 있으니 그것만으로 고맙게 생각하고 있습죠."

운허가 아무리 정중히 권해도 노승은 도무지 듣지 않았다.

"스님, 한 번 더 사바세계에 돌아오시길 바랍니다."

하고 운허가 아뢰었다. 노인은 잠시 생각하는 모양이었으나,

"어찌 될지 아직 모르겠소."

라고 대답하고 관음굴 쪽으로 비척비척 걸어가는 것이었다.

정릉의 바위진달래는 지금이 한창이다. 가만히 귀를 기울이면 꾀꼬리나 무당새(오색종다리라고도 부른다고 한다)의 쾌청한 울음소리도 들려온다.(1940.5.24)

김씨부인전[1]

　그는 무엇이라고 아명도 있었으나 그것은 그의 친정 친족이나 아는 이름이요, 또 호적상 이름도 있으나 그것은 아마 자기나 마음에 기억하고 있었는지 몰라도 그 자녀들도 들어보지 못하였을 것이다. 그는 삼남이녀를 남기고 늙은 남편보다 먼저 세상을 떠났다. 그의 임종이 심히 아름다웠다 하여서 칭송이 있기 때문에 이 전기를 쓰게 된 것이다.

　김씨 부인은 어떤 상인의 셋째 딸로 태어났다. 아들을 기다리던 집이었기 때문에 그의 탄생은 그 집에 환영되지 아니하였다. 벌써 나이 오십이 넘은 그의 아버지는 또 딸이 났다는 말을 듣고 담뱃대를 물고,

　"에잉."

하고 돌아앉았고 그의 어머니는 울었다. 그 형들까지도 그가 나기 때문에 더욱 빛을 잃었다.

　"이년들, 보기 싫다. 저리 가거라."

　그들의 아버지는 밥상을 받았다가도 말 같은 딸들이 눈에 보이면 소리소리 질렀다. 그러면 딸들은 건넌방 구석에 들어가 숨었다.

　갓 난 그만이 이런 줄도 모르고 보채다가는 볼기짝을 손자국이 나도록 얻어맞았다.

　김씨 부인의 형들은 하나씩 하나씩 시집을 갔다. 하나는 벼슬하는 집에 가고 둘째는 아무것도 아니하는 부잣집에 갔다. 시집을 간 뒤에는 집에 오더라도 아버지를 무서워하지 아니하였다.

　두 형이 시집을 가고 김씨 부인이 혼자 남게 된 때에는 부모의 귀염도 받을 상

1　춘원(春園),『문장(文章)』, 1940. 7.

싶건마는 아들 하나도 없는 집에 계집애 하나만 있는 것이 청승맞게도 보여서 그 아버지는 가끔 양 미간을 찌푸렸다.

김씨 부인의 어머니도 벌써 나이가 오십이 가까워서 다시 성태할 것 같지 아니하게 될 때에 그의 아버지는 딴 계집을 보아 댕기는 모양이었다.

"그게 무슨 행세요?"

"그럼 대를 끊으란 말야?"

김씨 부인은 안방에서 그 부모가 이런 말다툼을 하는 것을 가끔 들었고, 또 어머니가 계집애를 내세워서 아버지의 뒤를 밟게 하는 것도 보았다.

그러나 남편의 외도를 아내로는 막을 길이 없는 것 같았다. 남편의 염탐꾼으로 내세웠던 계집애가 남편과 하나가 된 줄을 안 그의 어머니는 죽는다고 야단을 하였다.

이러는 동안에 큰 형은 무슨 일을 저질렀는지 시집에서 쫓겨 왔다. 이것이 더욱 그 아버지를 괴롭게 하여서 더욱 주색의 길에 나서게 하였다.

젊어서부터 근검하여서 자수성가한 그 아버지가 늦바람이 난 것이었다. 김씨 부인은 그것이 무엇인지를 알 만한 나이가 되었다.

의외에도 그 어머니 오십이 다 되어서 성태를 하였다.

'어머니가 아들이나 낳았으면.'

김씨 부인은 어린 마음에 이렇게 빌고 있었다.

그 어머니가 성태한 것을 보고는 아버지의 태도가 돌연히 변하여서 밤에 밖에 나가는 일을 중지하였다. 집안은 다시 화락하게 되었다.

어머니는 절에를 댕기고 무당집에를 댕겼다. 아버지는 산소를 돌아보기 시작하여서 그 무후[2]한 삼촌의 산수에까지 석물[3]을 하였다. 딸들도 귀염을 받았다.

그러나 어머니는 또 딸을 낳았다! 환영받지 아니하는 생명이 무엇 하러 또 이집에 들어왔는고. 김씨 부인은 울었다. 그 어머니는 미역국밥을 아니 먹는다고

---

2   무후(無後) : 대를 이어갈 자손이 없음.
3   석물(石物) : 무덤 앞에 세우는 돌로 만들어 놓은 석수, 석주, 석등, 상석 따위의 물건.

버티었다.

그러나 이제는 마지막이었다. 더 낳을 수는 없는 것이었다.

김씨 부인도 시집갈 나이가 되었다. 그는 여러 형제들 중에 가장 얼굴도 어여쁘고 얌전하였다. 학교에 보낼 리도 없지마는 재주가 좋아서 언문을 혼자 깨치고 아버지 몰래 책도 읽었다. 침선도 잘하고, 모든 것이 알뜰하였다. 청혼하는 데도 있었다.

그러나 손금장이와 무당의 말이 그는 초취에 시집을 가면 과부가 될 것이라는 것과 북쪽 수성 가진 사람한테 시집을 보내어야 한다는 말을 하였기 때문에 좋은 혼처를 다 물리치고 북방, 수성 가진 홀아비를 구한 것이었다.

그러한 결과로 그는 홍이라는 어떤 장목전[4] 하는 사람에게로 시집을 갔다. 나이는 십오 년인가 달랐다.

열여덟 살인 처녀 삼십이 훌쩍 넘은 홀아비에게 시집을 간다는 것은 결코 기쁜 일은 아니었다. 그러나 김씨 부인은 혼자 울었을 뿐이오 한 마디 항의도 한 일이 없었다.

시집을 가 보니 꾸지레한 헌 문짝과 석가래와 널쪽과 개왓장과 이런 것들이 앞을 콱 막고 집이란 것도 친정집에는 비길 수도 없이 적고 더러웠다. 오래 홀아비 살림을 했기 때문에 더욱 그런지 몰랐다.

전실의 세간은 새색시의 눈에 아니 띄도록 치워버렸으나 전실 아이 사남매는 치워버릴 도리가 없는 것이었다. 큰 애는 아들인데 열다섯 살이나 되어서 벌써 중학생이니 김씨 부인에게는 동생이나 마찬가지요, 다음으로는 딸인데 열두 살, 그 다음은 또 딸인데 여덟 살, 그 다음을 세 살 먹은 아들이었다.

김씨 부인은 시집가는 날부터 을씨년 같았다.[5] 첫날밤은 그렇지 아니하였으나 이튿날부터 젖먹이를 옆에 누이고 잤다. 친정에는 천덕구니 동생을 보아주던 경험이 있기 때문에 젖먹이 돌보기는 그다지 힘들지 아니하였으나 큰 아이들이 말

---

4   장목전(長木廛) : 목종이 건축물이나 기구 따위를 만드는 데 쓰는 나무를 파는 가게.
5   을씨년하다 : 날씨나 분위기 따위가 몹시 스산하고 쓸쓸한 데가 있다.

썽이었다. 첫째로 큰 아이들이 어머니라고 부르지를 아니하였고 셋이 한데로 몰려서 이 젊은 계모를 적으로 삼는 것만 같았다.

그래도 김씨 부인은 곧잘 네 아이를 거두었다. 이래 삼십 년에 김씨 부인은 전실 소생 네 아이를 다 길러서 성취를 시켰다. 그리고 손주 새끼도 다섯이나 업어서 길렀고 제 소생도 넷이나 낳아서 길렀다.

"무던해."

라는 칭찬을 받아온 김씨 부인은 빼짝 말라버렸다. 이 가난한 사람 많이 사는 우대[6]에서는 드물게 보는 미인으로, 얼굴 잘나고 몸매 나고 재주 있고 하다던 그도 사십이 얼마 넘지 아니하여서 아주 노파처럼 바스러지고 말았다.

전실 아이들을 다 시집, 장가를 보내고 나서 그의 남편은 그를 편안히 하려고 전실 아들을 따로 내고 제 소생 네 남매만 데리고 장목전집에서 새집을 하나 장만하고 떠났다.

"인제 좀 편히 살아봅시다."

남편은 이런 말로 빼짝 마른 아내를 위로하였다.

김씨 부인은 머리에 기름도 발라보고 비단옷도 입어 보았다. 분도 발라보았다. 그러나 늙고 마른 뒤라, 아무런 짓을 하여도 쓸데없었다.

게다가 김씨 부인은 큰 타격을 받았다. 그것은 김씨 부인이 자기는 일생을 고생으로 지냈으니 딸이나 한번 실컷 잘 살게 해본다고 전문학교 공부까지 시키던 딸이 졸업과 혼인을 앞두고 죽어버린 것이다.

이 딸이 죽은 뒤로부터 김씨 부인은 아주 귀신같이 되어 버렸다. 몸은 더욱 마르고 마음은 더욱 어두워졌다.

"별로 적악을 한 것도 없는데."

하고 그는 애통하였다. 옆에서 보기에 그는 딸의 뒤를 따라서 죽을 것만 같았다.

그러나 사람에게는 잊는 재주가 있다. 딸이 죽은 지 오륙 년을 지나니 김씨 부

6　서울 도성 안의 서북쪽 지역을 이르던 말. 인왕산 부근의 동네.

인의 얼굴에는 다시 웃음이 떠도는 때도 있게 되고 또 살도 약간 붙는 것 같았다. 늦게 낳은 두 아들, 한 딸도 다들 자라서 소학교에를 다니게 되었다. 이 집에는 또 한 번 봄이 오는 것 같았다.

"앞으로 십오 년만 더 살고 죽으면 저것들이 다 성취하는 것을 보겠지."

김씨 부인은 이런 소리를 하고는 웃었다.

형제들과 아는 사람들도 다 진정으로 다행하게 여겼다.

그러던 것이 지난겨울에 김씨 부인이 감기 모양으로 앓기를 시작하였다. 봄이 되어도 낫지 아니하였다. 그러나 필경은 그것이, 오늘날 의학으로는 나을 수 없는 폐육종이라는 것이 판명되었다.

김씨 부인이 죽기 사흘 전에 그 남편이 비로소,

"당신은 살아나지 못하오. 폐육종이래."

이렇게 선언하였다.

이 말을 듣고 김씨 부인은 울었으나 곧 마음을 잡았다.

"당신이 끝까지 내게 끔직이 해주셨으니 나는 아모것도 부족한 것이 없어요. 아이들이 성취하는 것을 못 보고 죽는 것이 유한이지마는 당신 앞에서 죽어서 당신 손에 묻히는 것이 오죽 좋은 일이오?"

김씨 부인은 이런 말을 하였다.

죽는 날 아침에 김씨 부인은,

"나는 오늘 아침 한나절 나무아무타불, 관세음보살을 불렀어요. 그렇지만 저승이 있는지 없는지 누가 가보았나요."

이런 말도 하였다.

그날 밤이었다. 오월 단오를 며칠 아니 남긴 비 오는 날 밤이었다. 그 비는 온 천하가 오래 기다리던 비었다. 김씨 부인은 늙은 남편의 손을 잡은 채로 세상을 떠났다.

병으로 누운 반 년 동안에 김씨 부인의 마음은 거울같이 맑아진 듯하였다. 양 같이 순하고 어린애같이 착하게 되었다. 더구나 임종 전 사오 일간은 성인이라고 할 만하게 깨끗하였다. 그의 입에서 나오는 말은 오직 감사와 만족뿐이었다.

"도무지 시체가 무섭지를 않아."

김씨 부인 죽어서 오일장을 지내는 동안에 조상 온 사람들은 다 이렇게 말하였다.

김씨 부인이 길러낸 전실 아들과 며느리와 딸들과 손녀들이 모두 거상을 입고 울었다. 김씨 소생인 자녀들은 아직도 상제 노릇할 나이가 아니었다.

"그이가 언제 도를 닦았을까."

장례날 이런 말이 났다.

"전실 자식 사남매를 길러내는 동안이 수도생활이거든."

어떤 사람이 이렇게 대답하였다.

다들 진심으로 그 말에 고개를 *끄덕끄덕*하였다.

1941년

1
박사의 서재

니시모토 박사는 아침 서재 남창 밑 등교의에 기대어서 석간신문을 읽고 있었다. 인제는 검은 올이라고는 하나도 없는 머리였으나 하나도 빠지지는 아니하였고 그가 학생시대부터 칠십을 바라보는 오늘까지 꼭 한 모양으로 왼편을 갈라서 빗자국이 분명하게 잠을 재워 있었다. 눈이 좀 무서웠다. 박사는 집에 있어서도 반드시 단단한 칼라를 대고 검은 보타이를 졸라매고 있는 버릇이었지마는 근래에는 누르스름한 국민복을 입고 있었다.

내일이 추계 황령제[2]라, 오후 여섯 시면 벌써 인왕산에서 자줏빛 어두움이 풀려나와서 자하골 일대는 황혼길이 되었다. 남산 꼭대기만이 아직도 남은 빛을 받아서 분명하게 떠오르는 듯하였다.

박사는 전등도 켤 생각을 아니 하고 또 안경도 쓸 생각을 아니 하고 두 팔을 쭉 뻗어서 신문장[3]을 멀찍이 들고는 고개를 자치면서 대정익찬회大政翼贊會니, 장역藏逆의 서강천도西康遷都니 독일의 런던 폭격이니 하는 시국적인 기사를 읽고 있었다. 박사는 독일군이 영국에 상륙하여서 어서 영제국을 부셔버리지 않는 것을 갑갑하게 생각하였다.

박사는 지나사변 전부터도 영국을 미워하였다. 영국은 모든 국제적 죄악의 장

1 　이광수(李光洙),『신시대(新時代)』, 1941.1~3. 미완. 서두에 "명작『사랑』이후 3년만에 발표하는 대망의 본격장편. 시대를 응시하는 거장의 구도, 제일회부터 문제의 중심으로……"라는 편집자의 언급이 붙어 있다.
2 　황령제(皇靈際) : 역대 천황과 황후의 제사.
3 　신문장(新聞張) : '신문지'의 북한어.

본인이오, 건방지고 음험하다 하여서 영국을 미워하였다. 박사가 전문이 의학이기 때문에 독일에 유학한 것만이 원인이라고는 박사 자신 생각하지 아니하나 박사는 영국을 미워하는 대신에 독일을 좋아하였다. 일영동맹이 생긴 때에도 박사는 영국을 미워하기를 그치지 아니하였고, 세계대전 때에 일본이 독일에 대하여서 선전한 때에도 박사는 독일을 변호하는 태도를 변치 아니하였다.

그렇다고 박사는 독일을 숭배하는 자는 아니었다. 그는 국학자요 다음에는 한학자였다. 그러기 때문에 그의 서재에는 의학서 외에는 화한적[4]이 대부분이었다. 그는 독일 철학자 중에는 피히테를 존경하나 그것도 그의 사상의 일본적 국수적인 경향에서일 것이다.

박사는 런던이 하루바삐 쑥밭이 아니 되는 것이 안타까워하면서 신문 페이지를 넘겨서 사회면의 굵은 활자 제목을 더듬었다. 그러나 물론 고고孤高로 자처하는 박사의 비위에 맞는 기사가 있을 리가 없었다. 박사의 소견에는 당국자의 하는 일이나 세상이 되어가는 것이나 모두 잘못된 길로만 가는 것 같았고 더구나 청년학생의 기상과 풍기가 말 못 되게 부패 타락하는 것만 같았다. 박사의 양 미간에 새겨진 세 줄 주름살은 세상에 대한 불평으로부터 온 것이었다.

박사의 눈이 사회면 머릿단으로부터 중턱을 지나서 아랫단으로 시들스럽게 미끄러져 내려오다가 한 제목에 걸려서 멈칫하였다.

"가솔린 대용代用될

액체연료 발명

반도 출신 마츠하라 박사牧原博士의 공적"

이라는 기사였다.

박사는 이 제목을 보자 신문장을 번쩍 쳐들었다. 그리고 눈을 크게 떠서 그 기사를 읽기 시작하였다. 그 기사의 요령은 이러하였다 ―

"가솔린 한 방울이 피 한 방울이라는 오늘날, 맘보가 뒤집힌 미국이 일본에, 비

---

4   화한적(和漢籍) : 일문과 한문 서적.

행기용 가솔린 수출금지를 한다는 오늘날, 일본은 마침내 가솔린 문제 해결에 대하여서 큰 광명을 얻었다. 마키하라 가츠지牧原勝治 구명 리원구李元求라는 당년 삼십오 세 되는 젊은 이학박사는 K대학 가츠하라 교수의 지도 밑에 액체연료의 연구를 하기 십 년만에 마침내 가솔린에 대용될 인조 연료의 제조법을 완성하였다.”
하는 것이 기사의 주문主文이었다. 물론 그 구성식構成式이라던가 제조법의 비밀은 발표할 성질의 것이 아니었다.

그리고 이 기사에는 발명자 리원구 박사의 사진이 게재되고 그의 약력이 소개되었다. 거기 의하면,

“박사는 경기도 출생으로 향리에서 보통학교를 마치고 경성제일고보를 거쳐서, 경성제국대학 의학부 이년까지 올라갔다가 사정 있어서 중도에 퇴학하고 K대학 이학부에 입학하여 소화 육년에 졸업하고 계속하여 그 대학 연구실에 들어가 일심으로 액체연료를 연구하던 중 이번 그 연구가 완성되어 이학박사의 학위를 받고.”

여기까지 읽어 오다가 박사는 신문을 떨어트렸다.

“리원구, 리원구.”

하고 박사는 옛 기억을 더듬었다. 삼년 동안에 집에 두었던 리원구를 박사가 잊었을 리가 없었다. 하물며 박사의 딸 미치코를 유혹한다는 이유로 큰 모욕을 주어서 내쫓은 리원구를 박사가 잊을 리가 있으랴. 그러면서도 박사가 리원구라는 이름을 수없이 뇌이면서 사진을 들여다보는 것은 이 리원구가 설마 그 리원구랴 함이었다.

사진은 오사카신문大阪新聞에서 전재한 것인 듯하여서 분명치 아니하였고, 그뿐더러 십수 년 동안 떠났던 젊은 사람의 얼굴을 용이히 알아보기가 어려웠다.

박사는 일어나서 오사카신문 들축을 내렸다. 그리고 그것을 뒤지기 시작하였다.

박사는 마침내 그 기사를 찾았다. 그리고 분명하게 박힌 리원구의 사진을 보았다. 역시 그 리원구였다. 비록 점잖아지고 살이 좀 내렸으나 박사의 집에 서생 겸 가정교사 겸으로 있던 리원구에 틀림이 없었다.

"うむ、やっぱりあいつか(음, 분명 그 녀석이로군)."

박사는 이렇게 혼자 중얼거렸다.

"もともと、あいつ頭は好かった(워낙 그 녀석이 재주는 있었어)."

박사는 또 한 번 중얼거렸다. 그러나 아직도 원구가 딸 미치코에게 사랑을 청한 것이 괘씸하다는 생각은 뗄 수가 없었다. 박사는 그때에 불쾌하던 것을 회상하고,

"으음."

하고 두 주먹을 한 번 불끈 쥐었다.

이때에 층층대에 발자국 소리가 나더니 미치코가 들어왔다.

"아버지 진지 잡수세요."

하고 테이블 위에 놓인 신문들을 치었다.

"너 리원구 기억하니?"

박사는 딸을 보고 이렇게 물었다.

"리원구?"

미치코는 치우던 손을 멈추고 우뚝 섰다. 그의 호흡까지도 그친 듯하였다.

"아직도 그 녀석을 생각하니?"

박사는 불쾌한 듯이 물었다.

"리원구가 무슨 잘못한 것이 있어요? 리원구가 제게 사랑을 청했기로니 그것이 무슨 나쁜 일일까요?"

미치코는 십여 년에 못한 말을 지금 하여버렸다. 미치코가 열여덟 살 제일고녀를 졸업하던 해 봄, 리원구가 아버지한테서 큰 책망과 모욕을 당하고 쫓겨나는 것을 보고도 미치코는 아무 말도 못하고 제 방에서 울기만 하였던 것이다.

박사는 입맛이 쓴 듯이 잠잠하였다.

"아버지 왜 그러세요? 리원구 소식을 들으셨어요? 리원구가 어떻게 되었대요?"

미치코는 늙은 아버지의 얼굴을 쳐다보았다.

"있다가 지금 네가 치운 신문을 읽어보려무나."

하고 박사는 아래층으로 내려갔다.

미치코는 지금 치어놓은 신문을 꺼내어서 급히 페이지를 넘겼다.

"あら, まあ(에그머니)!"

미치코는 원구의 사진을 대번에 알아보았다.

"李さんだわ(리원구 씨야)."

하고 미치코는 허겁지겁 그 기사를 읽었다.

"マキハラカツヂ, 好い名前だわ(마키하라 가츠지, 좋은 이름이네)."

"이학박사 마키하라 가츠지."

이 모양으로 미치코는 리원구의 새 이름을 여러 번 불러보았다.

미치코는 기쁜지 슬픈지 알 수 없었다.

미치코는 다시 남저지 기사를 읽었다 —

"마키하라 박사는 겸손하게 이렇게 말하였다."

하고 박사의 담을 적었다 —

"이번 연구는 전혀 은사 가츠하라 교수의 힘입니다. 나는 다만 교수의 지도대로 한 것에 지내지 못합니다. 그뿐더러 가츠하라 선생은 내가 대학에 입학하여부터 오늘날까지 길러주신 은인이십니다. 나는 일찍 아버지를 여의었으나 두 분 아버지를 얻었으니 한 분은 경성제대의 니시모토 박사요, 한 분은 은사 가츠하라 박사이십니다. 내게 오늘이 있게 한 것은 이 두 분 아버님의 은덕입니다."

이것을 읽고 미치코는 비로소 눈물이 쏟아짐을 금치 못하였다.

미치코는 그 신문을 들고 아래로 나려왔다. 박사는 며느리 지요코의 손에 밥을 받아먹고 있었다.

"아버지, 이거 보셨어요?"

미치코는 마키하라 박사의 담이 있는 대목을 접어서 아버지의 앞에 내밀었다.

"무어 말이냐."

박사는 미치코가 내어미는 신문으로 눈을 돌렸다.

"이거 말씀이야요. 내 읽어드리께 들어 보셔요."

하고 미치코는 그 대목을 읽었다.

"— 나는 일찍 아버지를 여의었으나 두 분 아버지를 얻었으니 한 분은 경성제대의 니시모토 박사요, 한 분은 은사 가츠하라 박사십니다. 내게 오늘이 있게 한 것은 이 두 분 아버님의 은덕입니다."

이것을 듣고 박사는, 밥그릇과 젓가락을 놓고 고래를 푹 떨어트렸다.

"누님, 마키하라 박사가 누구야요?"

어리둥절한 지요코는 미치코에게 이렇게 물었다.

"마키하라 상이라구 우리 집에 있던 학생이야. 조선 사람이야. 리원구라구. 한 삼년 우리 집에 있었어요."

미치코는 이렇게 올케에게 설명하였다.

"네에, 그 학생이 그렇게 크게 됐어요?"

지요코는 무슨 뜻을 찾으려는 듯이 미치코를 바라본다. 아마 미치코가 좋아하던 사람인가 보다 하면서.

"오빠 친구야요. 대학 예과 적부터 동창이구. 그리구 내게 수학이랑 영어랑 가르쳐주었어요."

미치코는 이렇게 설명을 보태었다.

"차 따라라."

하여 박사는 공기에 반쯤 남은 꺼먼 보리밥에 차를 부어서 훌훌 집어넣고는 일어났다.

"아버님 한 공기만 잡수셨습니다."

하고 며느리 지요코가 권하는 것을,

"아니, 고만 먹을란다."

하고 이층으로 올라가버렸다.

동포

이야기는 쇼와 삼년에서부터 시작되었다.

새 이름으로 마키하라 가츠지牧原勝治라고 하는 리원구李元求는 경성제대 예과 일 년을 마치고 이년에 진급된 때에 그 아버지가 죽었다. 소학교 훈도로 아들의 학 비를 대고 있던 아버지가 죽으매 원구는 학비를 얻을 곳이 없었다. 그래서 원구 는 아버지의 이름으로 나온 퇴직금과 은급[5](그것은 물론 얼마 아니 되는 돈이었다)을 어머니와 두 동생의 생활비 학비로 주고 저는 제 힘으로 학비를 구하거나 다른 직업을 구하거나 할 수밖에 없게 되었다.

이때에 이 사정을 말하게 된 것이 원구의 동급동창인 니시모토 다다시西本忠一 였다. 다다시는 니시모토 교수의 아들이다.

"그래, 어떡헐 작정인가."

원구의 사정을 들은 다다시는 원구에게 이렇게 물었다. 원구는 다다시가 이런 말을 물어주는 것만 하여도 고마웠다.

"어디 가정교사 자리라도 얻었으면 좋겠지마는, 나는 시골사람이라. 서울에는 아는 사람도 없고, 어디 그것이 그렇게 수월한가. 중학 동창 몇 사람보고 부탁도 해보았지만 아직 없는 모양야."

원구는 이렇게 대답하였다.

"그럼 어떡헐 텐가."

"헐 수 없지 어떡허나? 어머니와 동생들은 시골로 보내고, 나는 보통학교 훈도 자격이 있으니까 어디 취직이라도 해볼 수밖에."

원구의 이 말을 들은 다다시는 그 당장에는 아무 말도 없었다. 그러나 마음으 로는 이 친구를 도우리라는 결심을 한 것이었다.

그날 집에 돌아오는 길에 다다시는 어떻게 하면 완고한 아버지의 마음을 움직

---

5   은급(恩給) : 일제시대 정부 기관에서 일정한 연한을 일하고 퇴직한 사람에게 주던 연금.

일까 하고 여러 가지로 생각을 해보았다. 그 때에 다다시에게 여학교 삼년에 댕기는 누이 미치코와, 중학 이년에 댕기는 아우 다카시孝가 있었다. 다카시를 가르치는 가정교사라는 명의로 원구를 집에 두자고 아버지를 졸라보리라고 결심하였다.

그날 밤 다다시는 아버지의 서재에 올라갔다. 바로 그 이층 방이다.

"아버지."

하고 다다시는 말하기 어려운 듯이 입을 열었다.

"왜?"

박사는 무슨 책을 보던 눈을 아들에게로 돌렸다.

"아버지, 제 반에 학생이 하나 있는데요. 조선애야요."

"그래서?"

"그런데 그애가 소학교 교원으로 있던 아버지가 돌아가서 학비가 떨어졌다고 그럽니다."

"그런데?"

"그애가 성적도 좋고 사람도 좋아요. 다카시 글이나 가르쳐 달라고 하고 집에 가정교사 겸 서생 겸 두어주실 수 없어요? 어떻게 해서라도 그애를 도와주고 싶습니다."

"可かぬ(안 돼!)"

하고 박사는 대번에 거절하였다.

"왜 그러셔요, 아버지."

다다시는 아버지의 벼락 같은 성미를 알면서도 단 마디에 물러나지는 아니하였다.

"안 된다면 안 되는 줄 알어."

박사의 어성은 더욱 높았다.

다다시는 고개를 숙이고 물러나왔다.

그렇지마는 다다시는 아무리 하여서라도 원구를 도와주고 싶었다.

이삼 일 후에 다다시는 또 한 번 아버지의 서재에 들어갔다.

"아버지, 리원구를 집에 두어 주세요. 지금 광주학생사건[6]으로 조선인 학생들의 사상이 대단히 불온하지 않습니까. 그러니 하나라도 조선 청년의 마음을 거두는 것이 나라를 위해서 좋지 않습니까. 지금 저 불온한 생각을 가진 학생들이 나라의 참뜻을 못 깨달은 채로 어른이 되어버리면 어찌합니까. 그것은 적을 기르는 것과 같지 아니합니까."

다다시는 정성껏 말하였다. 사실상 다다시는 순결한 제국 청년의 마음으로 조선 청년의 마음을 수락할 것을 생각하였다.

예과 학생 중에는 다다시와 같은 근심을 가진 사람도 이삼 인은 있었다. 그러나 대부분은 제 한 몸의 영달과 당장의 쾌락을 생각하는 사람이 많았다. 이것은 그 시대의 풍조였다. 요새 말로 하면 자유주의, 개인주의였다. 예과 화학교수로 있는 젊은 이학사 이시모토 마사오石本正雄 한 사람을 제하고는 교수들도 대개 그러한 생각을 가진 모양이어서 학생들을 도덕적으로 사상적으로 지도하려는 노력은 별로 없었다. 그러나 교수 간에 아직 애숭이인 이시모토 교수로는 교수회에서나 학생 간에서나 큰 세력이 있기를 바랄 수가 없을뿐더러 그의 담임이 화학이기 때문에 문과학생과 접촉할 기회가 없는 것도 한 핸디캡이었다.

그래도 한 사람 두 사람 이시모토 교수의 인격과 사상과 열정에 감복하는 사람도 생겼다. 다다시도 그러한 학생 중의 하나요, 리원구는 다다시가 이시모토 교수의 관사에 몇 번 끌고 간 일이 있어서 이 그룹 속에서는 유일한 조선인 학생이었다.

이시모토 교수는 종파로 보면 니치렌종日蓮宗[7]이었다. 니치렌상인日蓮上人의 입정

---

6 1929년 11월 3일부터 광주시내에서 빚어진 한일 중학생 간 충돌과 11월 12일 광주지역 학생 시위운동을 거쳐 전국으로 확산된 항일운동. 메이지 천황의 탄생을 축하하는 메이지절(明治節)에 '기미가요'를 불러 축하해야 하는 상황에서 광주의 조선인 학생들이 침묵으로 일관했고, 여기에 광주고등보통학교의 조선인 학생이 하굣길에 광주중학교의 일본인 학생들에게 테러당하는 일이 벌어지면서 폭력사태까지 빚어진 것이 계기가 되었다.
7 가마쿠라시대 중기 승려 니치렌(日蓮, 1222-1282)이 창시한 불교 종파의 하나. 대승경전의 하

안국론立正安國論을 학생들의 모임에서 말하여, 일본은 바야흐로 국난시대에 있으니 니치렌상인이 부르짖은 바와 같이 일본국민 된 자 반드시 크게 반성하여서 저마다 제 방종한 사상과 생활을 청산하고, 그 자리에 나라를 위하여서 저를 멸하는 새 생활을 건설하지 아니하고는 나라의 전도가 심히 위태하리란 말을 하였다. 이 말이 학생 중 몇 사람의 주목을 끈 것이었다.

또 이시모토 교수는 조선민족 문제에 대하여서 자기 집에 찾아오는 학생들에게 이렇게 말하였다.

"그대들은 조선 동포를 누구라고 생각하는가."

이 물음은 다다시에게 큰 감명을 주었다. 그것은 다다시도 아직 조선 동포에 대하여서 아무 신념이 없었기 때문이다.

"조선 동포가 누구라니요?"

하고 다다시와 같은 자리에 있던 모리타 다케시森田武司가 물었을 때에 이시모토 교수는 감개무량한 듯이 한참 눈을 감고 있다가, 길게 한숨을 쉬고 나서,

"그대들이 어찌하여서 조선에 왔는지 아는가."

하고 연설구조로 일장 설명을 하였다. 그 요지는 이러하였다 —

"그대들은 그대들의 부모가 돈벌이를 하기 위하여서, 또는 무슨 벼슬길로 어찌어찌 조선에 오게 된 것이라고 생각하여서는 아니 된다. 이것은 가미神와 천황을 잊은 자들이 하는 생각법이다. 그대들은 가미의 지시로 천황의 뜻을 받아서 조선에 파견된 것인 줄을 인식하여야 한다. 그러고 그 파견 받은 사명이 무엇인가. 그것은 조선 동포를 이끌어서 천황의 백성을 만드는 것이다. 명치천황이 이 뜻으로 한국을 합병하신 것이 아닌가. 결코 그대들이 조선에 와서 돈을 잘 벌고 건방지고 방종한 생활을 하게 하기 위하여서 일한합병이 된 것이 아니란 말이다."

"그런데 조선 동포를 이끌어서 천황의 충성된 신민이 되게 하는 일을 할 자가

나인 법화경을 절대적으로 받아들여 다른 가르침을 배격하는 특성을 가졌고, 메이지 시기 이래 쇼와시기에 걸쳐서는 국가주의에 호응하여 니치렌 불교와 국가의 일체화를 주장하는 니치렌주의로 담론화되어 일본의 종교적 내셔널리즘의 일익을 담당했다.

누구냐, 하면 그것은 곧 그대들이란 말이다. 조선에 와 있는 내지인들이란 말이다. 관리나 교사만이 그런 것이 아니라, 무릇 일본 사람이면 누구나 이 사명을 졌단 말이다. 그런데 우리는 이 사명을 다하였는가. 못 하였다. 그대들은 조선 동포가 누구인지도 모르고 있지 아니한가."

"조선인 학생들이 불온한 생각을 버리지 못하는 이유가 여러 가지 있겠지마는, 그중에 가장 중요한 것은 우리들 — 조선에 와있는 내지인의 책임인 것을 우리는 면할 수 없는 것이다."

"그러므로 그대네는 — 나도 물론 함께, 제 사명을 깨달아서 조선 동포를 위하여서 어떠한 일을 할까를 저마다 생각하여야 할 것이다. 그래서 우리들이 저마다 하나이 하나씩이라도 조선 동포를 끌어들이는 것이다. 사랑과 정성과 끈기 있는 노력으로."

이 말을 들은 다다시는 가슴 속에서 열정이 끓어오름을 느꼈다.

이시모토 교수의 이 말을 들은 후로부터 다다시는 다케시 기타 소수의 동지와 함께 조선인 동창과 접근하기를 힘쓴 것이었다.

물론 그것은 쉬운 일은 아니었다. 조선인 동창들은 마음 문을 굳게 닫아서 다다시 편에서 아무리 접근하려고 하여도 잘 곁을 주지 아니하였다.

"*僻みだ. 心が僻んゐる*(비뚤어졌다. 마음이 비뚤어져 있다)."

다다시는 여러 번 자탄하였다.

"한 사람의 마음을 돌리는 것이 어떻게 어려운 일인지 아나. 한 사람의 마음을 획득하는 것은 한 나라를 획득하는 것과 같이 어렵다. 그대들이여, 조선 동포 한 사람의 마음을 획득하면 조선 동포 전체의 마음을 획득하는 것이다."

이시모토 교수는 다다시 등에게 이러한 말을 하였다.

다다시는 이시모토 교수의 말에 전폭적으로 공명한 것이었다. 그래서 자기의 일생을 조선 동포의 마음을 돌려서 일본의 참뜻을 알리기에 바치리라고 결심하였다. 이 사업의 첫 걸음으로 다다시는 리원구를 택한 것이었다.

다다시는 이러한 생각을 하면서 그 아버지 니시하라 박사에게 리원구를 집에 두어 달라고 청한 것이었다.

"네가 리원구라는 학생을 집에 두면 어떻게 할 생각이란 말이냐."

박사는 양 미간을 찌푸리면서 이렇게 물었다.

"한 조선 사람 리원구의 마음을 돌려서 참된 천황의 신민을 만드는 것입니다."

다다시의 눈을 빛났다.

"안 된다, 안 돼. 조선 사람은 아모리 하여도 마음을 돌리지 아니한다. 다나카 박사田中博士가 안 그러시더냐. 조선 사람은 아모리 두고 가르쳐도 마음을 허하지 않는다고. 다나카 박사는 고등보통학교 교장을 십여 년 동안이나 한 사람 아니냐. 십여 년을 두고 수천 명 조선 청년을 가르쳐 보아야 신통치 않다는 거야. 그런데 네가 조선 사람의 마음을 돌릴 상싶으냐. 안 될 말이다."

"그러면, 아버지께서는 조선 동포 문제를 어떻게 하신단 말씀입니까. 조선 동포가 일본 국민이 될 수 없다면 그것을 어떻게 하신단 말씀입니까."

"걱정이지, 걱정야."

박사는 입맛을 다셨다.

"아버지는 몸소 어떤 조선 사람 하나를 사귀셔서 그 마음을 돌려보라고 애쓰신 일이 있으십니까."

"나는 없다. 내가 그런 일 할 새가 있니?"

"그러면 아버지, 리원구 군을 집에 두고 한 번 실험을 해 보세요. 어찌 되나. 실험해 보셔서 만일 리 군을 일본 사람을 만드시기에 성공하신다면 그런 큰 수확이 없지 않습니까. 그러다가 만일 실패하신다면 고만이고요."

"애초에 희망 없는 일을 왜 하느냐 말이다. 게다가 조선 사람을 가정에 들인다는 것이 —"

박사는 말을 끊었다. 박사는 식모로도 조선 사람을 쓰기를 원치 아니하였고 또 박사의 부인인 기미코도 그러하였다. 그러나 조선 사람을 가정에 들이는 것을 꺼린다는 말을, 비록 아들에게라도 하는 것이 양심에 걸리는 것이었다.

이날도 박사의 승낙을 얻지 못하였다. 그러나 다다시는 박사의 고집이 흔들리기 시작한 것을 알았다.

다다시는, 다음에는, 어머니를 조르기로 하였다. 어머니 기미코는 선종禪宗을 종교로 하는 군인의 집 딸이 되어서 엄격하기로 말하면 박사 이상이었다. 언제나 똑바로 꿇어앉아 있었고 소리를 내어서 웃는 일이 없었다. 그래서 다다시나 다카시나 또 미치코나 어머니를 아버지에 못지않게 어려워하였다.

"그런 일은 아버지께 여쭈어라."

하는 대답을 다다시는 어머니에게서 받았다. 어머니는 크게 반대하는 눈치는 없었다.

이 모양으로 다다시는 여러 날을 두고 고심참담하여서 마침내,

"그러면 네 마음대로 해 보아라."

하는, 박사의 허락을 얻은 것이다.

"부모의 마음을 돌리기도 이렇게 힘들거든."

하고 다다시는 이시모토 교수의 말을 한 번 더 생각하였다.

다다시는 이튿날 아침 일찍이 책가방을 들고 리원구의 집을 찾았다. 다다시는 아직도 리원구를 그 집으로 찾은 일은 없었다.

진정

동대문 밖 신설리新設里라면 그 이름이 표시하는 모양으로 새로 된 주택지로서 대부분이 빈민굴이었다. 집 없는 사람들이 공지에다가 막대기 양철조각으로 움막처럼 집을 짓기 시작한 것이 모이고 모여서 이 동네가 된 것이다. 조선에서 생장한 다다시도 이러한 빈민굴에 들어와 보기는 처음이었다.

때는 마침 이른 여름이어서 아직 무엇이 썩을 때는 아니었으나 그래도 골목에 들어서면서부터 벌써 시궁창 냄새가 코를 찔렀다. 하절에 어떻게 심할 것을 생각하면서 다다시는 꼬불꼬불한 좁은 골목길을 걸어서 리원구 집을 찾아내었다. 원

구의 집은 그대로 그 중에서는 깨끗한 편이어서 지붕도 개와로 이었다.

"리 군, 리 군."

하고 다다시가 부르는 소리에 원구가 뛰어 나왔다.

"니시모토 군, 웬 일이야."

원구는 정말 놀랐다.

"자네도 이 집을 떠난다는 말을 들었기에 떠나기 전 한번 와 보려고 왔네."

"응, 내일이 공일이니까, 가족을 시골로 보내랴네."

원구는 다다시를 들어오랄까 말까 하고 바재었다.[8] 실상은 들어앉힐 자리가 없었다. 누더기속이랄 것까지는 없지마는 지금 동생들이 밥을 먹노라고 벌여놓고 있었다.

다다시는 원구가 민망하여 하는 양을 알아차리고,

"자, 학교로 가세. 가면서 이야기하세."

하여 원구를 끌고 나왔다.

원구는 다다시가 친절하게 하여주는 양이 고마웠으나,

'저 사람이 왜 저렇게 내게 친절히 할꼬.'

하고 마음이 놓이지 아니하였다. 이시모토 교수도 좋은 사람이라고는 생각하나 조선 사람에게 대하여서 어떠한 생각을 가졌는지도 모를뿐더러 아무러한 생각을 가졌기로 그것이 우리에게 무슨 상관이냐 하는 생각을 가지고 있었다. 다른 조선 학생들은 도리어 이시모토 교수와 그를 따르는 몇 학생들을 정치적 의도를 가진 사람들이라고 하여서 경계하였다. 정치적 의도란 다른 것이 아니라 겉으로 친절을 보여서 조선 학생의 마음을 사가지고, 그 민족의식을 깨트리려 하는 것이라고 의심하는 것이었다. 그래서 아무쪼록 이시모토 교수에게 끌리지 아니하려고 힘을 썼다.

그러기 때문에 다다시가 원구에게 이렇게 친절히 하는 것도 예사 우정이라고

---

8   바재다 : 마음이 내키는 대로 선뜻 행동하지 못하고 이것저것 자꾸 재다.

는 원구는 생각할 수가 없었다.

"우정이 무슨 우정이야. 그애들이 무엇하러 우리에게 가져."

조선 학생들은 내지인 동창들의 친절을 이렇게 해석하여버리고 말았다.

"가족을 시골로 보내고는 자네는 어찌할 작정인가."

첫 여름 가뭄에 먼지가 폭폭 일어나는 길을 걸으면서 다다시는 원구를 돌아보고 물었다.

"어머니가 걱정을 하시니까, 우선 어머니를 시골로 가시게 하고서 밥벌이를 나설라네. 어머니헌테는 학비 나올 데가 있다고 거짓말을 했네. 자식이 되어서 부모를 속이는 것이 죄송하지마는 걱정하시는 양을 볼 수가 없단 말일세."

원구는 도리어 쾌활하였다.

"그럼, 어디 일자리를 구했나?"

다다시는 걷던 걸음을 멈추었다.

"아아니, 어떻게 될 테지. 자네헌테 쓸데없는 내 일신상의 사정을 말하여서 염려를 하게 하여서 미안하이. 그러기로 사내 하나 어디 가서 무엇을 한들 밥 없겠나?"

원구는 희한하게 쾌활하였다. 아마 단념에서 나온 쾌활인가 보다 하고 다다시는 더욱 마음이 괴로웠다.

한참 동안 두 사람은 말없이 걸었다. 첫 여름 해가 따가울 만큼 쪼이기 시작하였다. 논에서는 일들을 하였다.

"리 군."

하고 다다시는 또 걸음을 멈추었다.

"응?"

원구는 무슨 생각에서 깨어나는 모양이었다.

"리 군, 자네 우리 집에 와서 나허고 같이 있지 못 하겠나?"

이 말에는 원구도 아니 놀랄 수 없었다. 그것은 진실로 의외의 일이기 때문이다. 그래서 원구는 무엇이라고 대답할 바를 몰랐다.

"자네게는 도리어 폐가 될는지 모르겠네마는 내 청을 들어주게. 그저 식객으로 와 있으라는 것은 아니야. 내 동생 하나가 지금 중학에 댕기는 애가 있는데, 그것을 좀 가르쳐 달란 말일세. 이를테면 가정교사로 와달란 말야. 부모도 좋다고 허락을 했으니 와 주려나?"

"고마우이."

하는 원구의 눈에는 눈물이 고였다. 원구는 마음속에 남았던 어름덩어리가 녹아버리는 듯함을 느꼈다. 그래서 원구는 숙였던 고개를 들어서 다다시의 얼굴을 한참 동안이나 물끄러미 바라보았다.

원구는 그날 학교에서 돌아오는 길로 어머니를 보고,

"어머니, 인제는 정말 걱정마세요. 마음 턱 놓고 공부할 자리가 생겼습니다."

하고 다다시가 한 말을 전하였다.

"그러기로 남의 신세를 그렇게 지면 어떻게 갚느냐."

하고 걱정을 하였으나, 달리 도리도 없음을 생각하고 승낙을 주었다. 어머니는 속으로 친정집을 원망하였다. 친정 오라비는 원구에게 학비를 당해줄 만한 가세였으나 본 체 아니 하였다. 원구의 아버지는 그 아내가 친정 말을 비출 때마다, 왜 남의 도움 받을 생각을 하느냐, 남의 도움을 바라는 마음은 거지의 심장이라고 책망하였고 임종에도 아내와 아들을 앞에 놓고,

"공부를 할 수가 없거든 일을 하여서 밥을 벌어먹어라. 에어 남의 도움은 바라지 말어라."

하고 유언까지 하였다. 원구의 아버지도 젊었을 때에 전문학교에 입학까지 하였다가 집이 치패[9]하매 곧 훈도가 된 것이었다. 그는 자주독립을 생활의 신조로 삼은 것이었다.

원구도 다다시의 도움을 받게 된 것을 꺼리지 아니함이 아니었다. 그래서 아침에 다다시를 대하여서도,

---

9   치패(致敗) : 살림이 아주 결딴남.

"내가 자네 집에 가 있어서 밥값을 할 만한 일이 있겠나."

하고 꺼린 것이었다.

아무리 가정교사라는 직분을 다한다 하더라도 그것으로 다 갚아질 것은 아니었다. 왜 그런고 하면 니시하라 박사의 둘째 아들이 가정교사를 필요로 할 까닭이 없었다. 아버지가 있고 형이 있지 아니하냐. 원구를 가정교사로 데려가야 할 필요가 있을 리가 없었다. 하물며 조선 사람인 원구를, 가정에 들인다는 것은, 니시하라 집에서 여간한 어려운 일이 아닐 것을 원구는 잘 안다. 그러면서도 원구는 다다시의 호의를 거절할 수가 없었던 것이다. 다다시의 호의는 원구가 거절하기에는 너무나 벅차게 강한 것 같았다.

"자네 친구들이 무엇이라고 비난은 안 하겠나."

하고, 다다시가 걱정스러운 듯이 물을 때에 원구는,

"아니, 누가 무에라더라도 나는 자네의 호의를 받고야 말겠네."

하고 단언하였다. 원구의 이 말에 다다시는 제 뜻이 원구에게 통한 것을 기뻐하였다.

원구는 가족을 시골집에 데려다두고 서울로 올라와서 그 날로 짐을 가지고 니시하라 박사의 집으로 왔다.

니시하라 박사의 집은 겉으로는 벽돌 양옥이지마는 속으로는 박사의 응접실과 이층 서재를 제하고는 일본 방으로 꾸며 있었다. 서남쪽으로 박사 부처의 침실이 있고, 그 동쪽 다음 방이 딸 미치코의 방이었다. 그리고 북향으로는 현관, 서쪽이 부엌과 욕실 등이오, 동쪽에 응접실이 있고 응접실과 복도로 연접하여서 동향으로 방이 둘이 있으니, 하나는 다다시와 다카시 형제가 있는 방이오, 그 방과 응접실과의 사이에 있는 적은 방이 이를테면 서생의 방으로서 원구가 거처하게 된 방이었다. 그 방은 대문 쪽 마당을 바라보도록 북향으로 쌍창이 있어서 파랗게 이끼가 앉고, 향나무, 잣나무, 신나무,[10] 몇 포기 등 응접실에 바라보게 된 식목

---

10 단풍나뭇과에 속한 낙엽 소교목.

들을 원구의 책상에서 바라볼 수가 있게 되었다. 종용하기로 말하면 그 중 종용한 방이었다.

"북향이 되어서 안됐네."

하고 다다시는 원구의 짐을 날라주면서 미안해하였다.

기다릴 테야요

방을 다 차려놓고 원구는, 다다시의 안내로 박사 부처의 방으로 갔다. 거기는 박사 부처와 미치코와 다카시가 식탁에 대하여 있었다. 식탁에는 다다시와 나란히 원구의 자리가 있고, 그 다음이 기미코 부인이요 그 다음이 미치코요 그 다음이 다카시, 그 다음이 박사, 그 다음이 다다시, 이 모양으로 되어 있었다.

다다시는 우선 박사 내외에게 절을 하고 다음에는 다카시, 미치코와도 인사를 하였다.

그러고는 미치코가 밥을 떠서 돌렸다. 원구가 손님이라 하여서 박사 다음에 밥을 받았다.

원구는 일본 가정에서 밥을 먹는 것이 처음이었다. 어떻게 할지를 몰랐다. 다들 눈을 제게로만 향하는 것 같았다.

식후에 원구가 제 방에 들어왔을 때에 다다시가 따라왔다.

"리 군, 너무 어렵게 생각하지 말게. 내 가친이나 어머니나 그렇게 뚝뚝해 보이지만 속은 괜찮어."

이런 말을 하였다. 식사 중과 식후 이야기 시간에 원구의 행동이 퍽 어색해 보이는 것을 위로한 것이다.

원구는 식전에 일어나는 길로 제 방을 치우고 대문 안과 제 방에서 바라보이는 뜰도 소제를 하였다. 그리고 세수 같은 것은 주인집 사람들이 언제 하는지 알지 못하는 사이에 하여버렸다. 이것은 원구가 그 아버지한테서 받은 훈련이어서 조금도 힘들지 아니하였다.

"그런 건 안 해도 좋은데."

하고 다다시는 소제하는 원구를 보고 말렸다.

"무어. 집에서도 날마다 하던 일인 걸."

원구는 이렇게 말하였다.

다른 것은 다 괜찮으나 빨래가 걱정이었다. 원구는 양말이나 내복 같은 것을 학교에 갈 때에 싸가지고 갔다가 청량리 솔밭 속 개천에서 빨았다.

"李さん, 洗濯物ありませぬ(리 서방님, 빨래 없어요)?"

하고 하녀가 물을 때에는,

"고맙소. 없소."

하고 원구는 대답하였다.

하루는 박사 부인이 다다시를 보고,

"리 서방이 빨래는 어떻게 하는 거냐. 벌써 집에 온 지 몇 달이 되어도 언제나 빨래는 없다고 하니."

하고 물은 일이 있었다.

설마 몇 달이 되도록 빨래를 아니 하고 옷을 입을 리는 없을 텐데, 한 것이었다.

하복을 입게 되고 몸에 땀이 흐르게 되었다. 그래도 원구는 여전히 비밀한 빨래를 하고 있었다. 마침내 그 비밀이 탄로되었다. 그럴 수밖에 없는 것이, 빨래는 없다면서도 원구는 항상 깨끗한 옷을 입었다. 속옷이나 양말은 눈에 아니 띄는 것이니 모른다 하여도 양복만은 숨길 수가 없었다.

하루는 저녁을 먹은 후에, 박사 부인이 원구를 향하여,

"자네는 빨래는 어디 다른 데 주어서 하나?"

하고 물었다.

박사도 미치코도 모두 이상한 눈으로 원구를 보았다.

"아닙니다."

원구는 무엇이라고 대답할 바를 몰랐다.

“언제 물어 보아도 빨래할 것은 없다면서 늘 깨끗하게 옷을 입으니 말일세. 혹 서울에 친척 되는 이라도 있어서 그 집에 부탁하는 것인가 해서 말야.”

“아냐요. 그동안 노는 날 제가 손수 빨아 입었습니다. 잠깐 빨면 되는 걸요.”

원구는 있는 대로 말하였으나 주인집에 대하여서 미안한 것도 같았다.

“아, 그래서 ―”

하고 미치코가 입을 싸고 웃었다.

“무엇이 그래서냐.”

부인이 미치코를 나무랬다.

“아냐요, 이 서방 양복이 언제나 빨기는 빨았는데 풀기와 다림밥이 없더란 말야요.”

하고 미치코는 낯을 붉히고 아버지와 어머니의 시선이 제게로 쏠리는 것을 느꼈다. 열여섯 살이나 된 계집애가 남의 사내의 옷은 눈여겨 본다는 것이 듣는 사람에게 어떤 감촉을 준 까닭이었다.

“앞으로는 빨래가 있거든 내어놓게. 우리 빨래할 때에 같이 하는 걸, 딴 품 드는 것도 아닌데.”

부인은 이렇게 말하였다.

“네, 그리하겠습니다.”

원구는 이렇게 대답하였다.

그러나 원구는 제 때문은 옷을 주인집에 내어놓기가 어려웠다. 그래도 아주 안 내어놓기도 어려워서 양복과 적삼만 내어놓고 양말 같은 것은 여전히 제 손으로 빨았다.

“기특한 청년인데.”

박사는 어느 날 부인을 보고 원구를 칭찬하였다. 다른 것도 있겠지마는 소제와 빨래 문제가 박사로 하여금 원구를 칭찬하게 한 가장 큰 이유인 것은 말할 것도 없다.

원구 편에서는 아무리 하여서라도 저 한 사람 때문에 조선 사람의 명예를 손함이 없으리라고 애를 썼다.

니시하라 박사의 가정에서 살아보니, 원구는 조선 사람의 가정생활이 어떻게 방만하고 무질서한 것을 깨달았다. 원구의 아버지는 실천궁행하는 사람으로서 상당히 엄격하고 근면하고 규모 있는 사람이었다. 그러한 아버지 밑에서 자라난 원구건마는 니시하라 박사의 집 규모에 비기면 어림도 없는 것 같았다. 원구가 가장 느낀 것은 니시하라 집에서 취침시간과 기상시간이 일정한 것이었다. 종을 치는 것도 아니건마는 왼 집안 식구가 각기 마음속에 깨어라, 자거라 하는 종소리를 듣는 것 같았다. 이칭 박사의 서재에 매어달린 낡은 시계 치는 소리가 이 가정생활을 차곡차곡 진행시키는 모양이었다. 오전 여섯 시에 일어나고 오후 열 시에 자고. 아침 일곱 시에 밥 먹고 오정에 점심 먹고 오후 여섯 시에 밥 먹고.

다음에 원구가 느낀 것은 집안이 종용하여 아무 소리도 아니 들리는 것이었다. 마치 말 아니하는 사람들만 모여 사는 집과 같았다.

다음에 느낀 것은 온 가족이 언제나 위의를 갖추는 것이었다. 옷매무시나 앉음앉이나 문 여닫는 것이나 모두 예절을 잃는 일이 없었다. 박사 부인 미치코나 다카시를 책망할 때에 쓰는 말은 꼭 두 마디였다—

“それは何んですか(그게 무슨 짓이냐)?”

“それでいいと思いますか(그게 옳은 줄 아느냐)?”

그리고 책망 받는 자녀들의 대답은 꼭 한가지였다. 아들일 때에는,

“お母さん, すみませぬ(어머니, 잘못했어요).”

요, 딸일 때에는,

“お母さん, ごめんなさい(어머니, 잘못했어요).”

였다. 도모지 변명이 없었다. 중학생인 다카시가 그 누이 미치코와 혹시 말다툼하는 일이 일을 때에, 만일 어머니가 보면, 딸이 잘못한 듯할 때에는,

“미치코.”

하고 딸의 이름을 부르고, 그와 반대로 다카시가 잘못인 때에는,

“다카시.”

하고 아들의 이름을 부를 뿐이었다. 그러면, 둘이 다 말다툼을 그치고, 다카시면,

"お母さん, すみませぬ."

하거나, 또 미치코면,

"お母さん, ごめんなさい."

하고는 가만히 어머니의 처분을 기다렸다.

원구는 제가 아는 여러 조선 가정과 비교하여 보았으나 이 가정에 비길 만한 가정이 없었다.

기미코 부인은 식전이면 불단을 열어놓고 딸랑딸랑, 무엇을 치면서 경을 외웠다. 가미다나[11]에도 아침마다 불을 켜고 꽃을 꽂고 물을 떠놓았다. 미치코는 어머니와 함께 경을 외는 모양이었으나 다다시네 형제는 아무것도 아니하는 모양이었다.

한 달 두 달 지나는 동안에 원구는 이 집 생활에 익었다. 아침저녁 인사도 자리가 잡히고 회화도 훨씬 익숙하게 되었다. 조선식 내외를 하던 미치코와도 스스럽지 않게 말을 주고받게 되었다.

다카시를 가르치는 것도 그리 힘들지 아니하였다. 저를 가르친다고 해서 다카시는 원구더러, 선생님이라고 불렀다. 다카시는 장난꾼인 대신 성미가 쾌활하였다.

"僕は, 李さん好きだよ(난 이 선생, 좋아)."

이런 소리도 하였다. 그러나 공부는 웬 일인지 그리 즐겨하지 아니하고 운동과 칼 장난만 좋아하였다.

원구도 이 집에 정이 들고, 박사부부도 인제는 원구에게 대한 모든 불안을 일소하고, 집에 두어서 잘 되었다 하는 생각을 가지게 되었다.

하기휴가가 되어서 박사의 가족이 원산 별장으로 피서를 가게 된 때에 원구도 가치 가기를 청함 받았으나 원구는,

"어머니 계신 시골에 가 보아야겠습니다."

---

11 가미다나(神棚) : 집안에 신을 모셔둔 감실.

하여서 박사네 가족 일행이 경성역을 떠나는 것을 보고 원구는 당진^{唐津}으로 내려갔다.

"시골 가 있다가 원산으로 오게."

하고 역두에서 다다시도 말하고,

"기다릴 테야요."

하고 미치코까지도 청하여 주었다.

"고맙습니다."

하고 원구는 입으로는 말하면서도 청대로 할 수 없다고 속으로 생각하였다.(1941.1)[12]

2[13]

고향

여름 동안에 원구는 당진에 있어서 조상의 유업으로 남은 논밭 얼마 아니 되는 것을 농사를 지었다. 풀을 베고 김을 매고 하루 종일 논밭에 나가 있었다. 그때에 지금과 달라서 방학이 두 달 가까이 되기 때문에 농사일을 거진 다 할 수가 있었다.

"그만해라. 공부하노라고 기름이 빠졌는데, 방학 동안 좀 쉬지 않고."

하고 어머니는 걱정하였으며,

"무어요, 해수욕하는 거나 마찬가진걸요."

---

12 1회 연재분 말미에 "신념과 희구로써 시작한 이 이야기는 차호(次號)부터 과연 당면한 시국적 장면을 전개한다. 기대하시라."는 편집자의 언급이 붙어 있다.

13 2회 연재분 서두에 "청년 이학박사 이원구, 아니 니시하라 가츠지(牧原勝治)의 걸어온 길은, 오늘 우리가 당면한 문제 바로 그것이다. 춘원의 역편(力篇). 신념과 이념으로 써내는 신시대 소설. 우리 마음속에 개재한 옛 관념을 깨뜨려 주는 호작품(好作品)"이라는 편집자의 언급이 붙어 있다.

하고 동네 정말 농군보다도 더 부지런히 하였다.

뜨거운 볕에 온종일 땀을 흘리고 개천 물에 몸을 씻고 나서 집에 들어오면 호박잎 된장찌개에 밥이 꿀 같았다. 온 동네 사람이 다 모기와 빈대에게 뜯기는 중에 제 집 식구만이 그래도 모기장을 치고 자는 것만 하여도 황송하다고 원구는 생각하였다.

대학 예과에 다니는 학생이 논김을 매고 풀을 벤다는 것을 동네사람들은 칭찬하는 이도 있었으나 비웃는 사람이 더 많았다. 그래도 원구는 말없이 일하였다. 곡식이 모락모락 자라는 것이라든지, 거름을 주면 준 만큼, 김을 매면 맨 만큼 곧 곡식에 효과가 나타나는 것이 새삼스럽게 신통하여서 원구는 그 속에서 신의 섭리라 할까 인과의 묘리라 할까, 신비한 큰 법칙과 큰 사랑을 느낄 수 있는 것이 기뻤다. 논에 나가면 늘 만나는 메뚜기나 개구리도 다 낯이 익어서 한 줄기 정이 통하는 것 같고, 스스로 기어가다가 고개를 들어서 원구를 돌아보는 뱀들도 악의로 대할 마음이 없었다. 논바닥의 흙과 발의 모래도 다 제 손발이 닿은 데요 제 땀이 밴 것이라 하면 정이 들었다.

그러나 원구가 보기에 농민들은 대부분이 흙에 대한 애착을 잃어버린 것 같았다. 더구나 젊은 사람들이 그러하였다. 그들은 원구를 보면,

"자네야 대학생이 왜 이런 노릇을 하나. 한번 어떤가 보노라고 하는 게겠지마는 농사라는 게야 헐수할수없는 못난이나 할 게지. 이것을 무에라고 하겠나. 넨정, 금광에를 가도 하루에 일 원, 이 원을 번다는데."

이러한 자탄들을 하고 스스로 자기네를 저주하였다. 계집애들까지도 좀 약고 낯바닥이 반반하면 농촌을 벗어날 궁리를 하는 것 같았다. 좀 행세한다던 집안에서는 아직도, 옛날 체면이 남아서 딸자식을 도시에 내어놓는 일이 없지마는 그렇지 아니한 사람들은 딸자식으로 한밑천을 잡으려고 하는 것이 저마다인 것 같았다.

"원구 씨, 서울 갈 적에 나도 서울로 데려다 주우."

이렇게 말하는 담대한 계집애도 있었다. 인조견 치맛자락을 펄렁거리고 낯바

닥에 분을 바른 계집아이들이 벌써, 처녀성을 잃은 듯한 몸을 가지고 도회에서 제 집에 다니러 오면 제 동무들은 그 계집애를 용이나 된 것같이 부러워하고 그 인조견도 도회지의 전기등이며 활동사진이며, 사이다며 이러한 이야기를 하여서 굵은 베치마를 들뜨게 하였다.

원구가 집에 와있는 동안은 농가에서는 가장 궁한 때였다. 보릿고개라 하면 농민이 굶어죽는 고개다. 채 익지도 아니한 보리이삭을 훑어다가 범벅을 하여서 연명하는 때다. 이때에 빚쟁이와 갈보장사는 구두를 신고 권련을 물고 수첩을 들고 농촌으로 들어온다. 그들은 대개 입에서 욕심 냄새와 함께 술 냄새를 피운다. 그리고 쥐를 노리는 고양이 모양으로 가난한 농민의 반반한 딸들을 노리는 것이었다. 그러한 구두 신은 고양이들이 들락날락한 뒤에는 반드시 한두 계집에는 울고 불고 동네를 떠나고 그 아버지는 딸 판 돈으로 술을 먹고 화풀이를 하노라고 모기쑥 연기 속에서 눈이 퉁퉁 부은 그 아내를 두들기는 것이었다.

"이놈아, 글쎄 차라리 자식을 삶아 먹지. 그래 갈보로 팔아먹어."

하고 얻어맞는 아내가 발악을 할 때에는 그들의 어린 딸은 아마 어느 주막이나 여관에서 술 냄새 나는 고양의 밥이 되는 시각일 것이다.

원구는 오랫동안 시골을 떠나 있기 때문에 이러한 것이 모두 처음 보는 일이었다. 서울 길거리나, 당시에 유행하던 우동집에 있는 계집애들이 다 이 모양으로 팔려온 계집애들인가 하면서도 봉천이나 대련이나 천진에까지 갈보로 팔려가는 줄은 몰랐다.

과년한 계집애 하나가 부락에서 없어지면 갑자기 쓸쓸해지는 것 같았다. 얼굴이 볕에 까맣게 타가지고 물동이를 이고 맨발로 걸어가는 꼴도 농촌에서는 꽃이었던 것이 분명하였다.

"순이는 지금 어디나 갔을까."

"아까운 게 팔려갔어."

젊은 총각 축들은 저이 짝이 될 뻔하였던 계집애 하나가 스러진 뒤에는 만나면 이런 소리를 하였다. 그들의 용모와 음성에는 분명히 일말의 적막이 있었다.

이런 것들을 볼 때에 원구는 슬펐다. 원구에게도 지금 열네 살 되는 누이가 있었다. 금년에 고등여학교에 입학까지 한 것을 일 년 동안 휴학한다고 하고 시골로 데리고 온 것이었다. 이 누이는 팔려갈 처지는 아니지마는 그도 이 동네 다른 계집애들과 같은 운명에 있는 것만 같아서 그지없이 불쌍하였다. 차라리 내가 공부를 그만두고 누이를 학교에 보낼까, 이런 생각도 하였다. 그러나 예과만 졸업하면 중등교원 면허장이 생긴다. 그러면 누이 하나 아우 하나를 공부시킬 수도 있을 것 같았다.

"은숙아, 이태만 참어라. 내 예과만 마치고는 너를 공부를 시켜주께."

은숙을 휴학을 시킬 때에 원구는 누이 은숙을 보고 몇 번인지 모르게 이런 소리를 하였다.

은숙은 울었으나, 또 제 운명을 단념한 모양이었다.

아우 형구는 아직 소학생이니 시골에 와있어도 미안한 생각이 없었다. 형구가 메뚜기 잠자리를 따라 다니노라고 즐거운 모양을 보면 기뻤다. 그래도 은숙이만은 대할 때마다 마음이 괴로웠다.

"내년 후년에는 입학시켜주께."

원구는 방학 동안에도 몇 번이나 이런 소리를 하였다.

"괜찮아 오빠. 책이나 사 보내주우."

은숙이가 이런 소리를 하는 것이 학교에 보내어달라고 조르는 것보다 도리어 더 측은하였다.

원구가 논에서 일을 하노라면 은숙이가 점심을 가지고 나왔다. 밥과 국과 물과. 그리고 원구가 밥을 먹는 동안에, 은숙은 논에 들어가서 김을 매었다. 형구는 게구녁[14]을 찾아 다녔다. 형구는 어느 새에 시골아이가 다 되어버렸지마는 은숙은 서울 여학생의 태를 벗지 아니하였다. 그것은 아마 서울 여학생이라는 데 일종의 자존심을 가져서 그러한 모양이었다. 그것을 보기도 원구에게는 슬픔이었다.

---

14 '구멍'의 방언(경기, 전라, 충청).

원구는 어느 날 은숙을 데리고 읍내까지 가서 단발머리를 서울 본으로 깎아주었다. 원구가 이발사를 일일이 지휘하여서 뒷모양과 앞모양을 다 서울식으로 깎고 앞을 삼칠로 갈라서 헤어핀으로 붙이게 하였다. 그렇게 하였더니 은숙은 어여쁜 서울 여학생이 되었다. 은숙은 무척 기뻐하였다. 촌에는 이발소가 없기 때문에 머리를 다듬지 못하고 자라는 대로 내버려두었던 것이다. 그러고는 은숙과 형구에게 새 운동화 한 켤레씩을 사 신기고 과자 한 봉지씩을 사 들리고, 석양에 집으로 돌아올 때에는 원구는 비록 일시라도 마음이 흡족하였고 은숙과 형구도 좋아라고 연해 창가를 하면서 걸었다. 산밭에는 메밀꽃이 하얗게 일었었다.

젊은 마음

집에 들어오니 어머니가 기뻐하였다.

"옜다, 편지 왔다."

하고 어머니는 편지 한 장과 네모난 소포 하나를 방에서 들고 나왔다. 둘 다 원산 있는 다다시로부터 온 것이었다.

은숙이와 형구가 들러붙어서 소포를 뜯는다. 무슨 맛나는 것이나 있는 하는 것이었다.

그동안에 원구는 편지를 읽었다. 편지 사연은 이러하였다 ―

"주신 편지 고맙게 받았네. 자네가 꺼멓게 볕에 걸어서 논밭 일을 하는 것을 생각하면 우리가 여기서 한가하게 헤엄치고 있는 것이 죄송하이. 가친이나 어머니나 다 자네를 칭찬하네. 미치코는 자네 편지를 보고 울데. 감격하였다고 하데.

변변치 못한 물건은 어머니가 자네 동생들께 주라는 것이요, 또 원피스는 미치코가 자네 누이게 보내는 것이요, 연필과 그림엽서는 내가 자네 동생께 보내는 것일세. 그리고 돈 오십 원은 내가 친히 자네게 보내는 것인데 일부분으로 선대인[15] 제물과 자당 잡수실 것 사드리고 남저지로 자네 원산 오는 차비 삼게. 가

권[16]과 어머니는 모레쯤 서울로 가시고 우리 남매는 한 일 주일 더 있겠네. 자네를 기다리는 것일세.

　해안에서 박은 가족사진 한 장 보내네. 자당께 보여드리게.

　일간 자네가 올 것을 기다리고 이만 그치네."

라고 하였고 다다시라고 서명한 뒤에 추신追伸이라 하고,

　"미치코가 꼭 오시라고, 기다린다고 전언하여 달라고 하네. 자네 누이도 함께 오시라고 하네.

　또 다카시도 자네 꼭 오시라고 부탁하라네. 부디 오게. 예과 축도 몇 사람 날마다 만나네. 일간 이시모토 선생도 함흥에 강연 갔다 오시는 길에 원산에 들르신다고 편지가 왔네. 꼭 오게."

이런 말들이 씌어 있었다.

　돈은 원구가 집으로 내려올 때에도 받으라고 주는 것을 사퇴하였던 것이다.

　"지금은 여비는 있습니다. 이 다음에 필요하면 받겠습니다."

하였던 것이다.

　이 편지를 보고 어머니는 눈물을 흘려서 감사하였다.

　원구는 곧 원산으로 달려가고 싶었다. 그러나 자기는 해수욕이니 피서니 다닐 처지가 아님을 느꼈다.

　"그처럼 말씀하시는 것을 아니 가서 쓰겠니. 가보려무나 어서."

하고 어머니도 재촉하시고 은숙과 형구도 원산이라는 데를 가보고 싶어서 마음이 달떠하는 것을 원구는,

　"이 다음에 가지요."

하고 동생들에게도,

　"이 다음에 가자. 어머니도 모시고 다 가게 될 때에 가자."

하고 일렀다. 은숙이나 형구는 다 시무룩하면서도 잘 알아들었다. 그러고는 사진

15　선대인(先大人) : 돌아가신 남의 아버지를 높여 이르는 말.
16　가권(家眷) : 호주나 가구주에게 딸린 식구.

을 보고 니시하라 박사네 가족 이야기를 하였다.

사진을 보매 원구는 지극히 반가웠다. 그 가족들이 새삼스럽게 그립고 정다웠다.

원구는 곧 답장을 썼다.

"편지와 보내어주신 물건 감사히 받았네. 어머니와 동생들이 다 감사하고 기뻐하였네. 어머니는 한참 동안이나 눈물을 거두지 못하였네. 이 깊고 깊은 은혜를 무엇으로 갚을지 모르겠네.

불러주신 뜻 감사하나 아직 논밭에 할 일도 많고 또 겨울방학 전에는 만날 수 없는 어머니와 동생들과 하루라도 더 같이 있으려 하네. 보내신 돈은 선생께서 명하신 대로 선친 제물 장만하고 남저지로는 조그마한 산 하나를 사서 선생님의 뜻을 기념하려 하네.

일주일 후면 반갑게 만나겠기로 이만하네.

어머님께 문안 여쭙고 매씨께도 문안하여 주게."

이렇게 편지를 쓰고 은숙과 형구도 연필 글씨로,

"りぱなものいただいてありがたうございます.あつくお禮申上げます(훌륭한 물건을 보내주셔서 고맙습니다. 깊이 감사합니다)."

라고 편지를 써서 동봉하여 부쳤다.

그러나 그날 밤에 원구는 잠을 이루지 못하였다. 그것은 해수욕복을 입은 미치코의 모양이 눈에서 떠나지 아니하기 때문이었다. 미치코는 해수모를 약간 왼편으로 기울여 쓰고 약간 웃음을 띠고 있었다. 집에서 늘 위의를 갖추고 있던 미치코와는 달라서 마음을 풀어놓은 듯한 것이 더욱 마음을 끌었다.

집에서도 차차 낯이 익어짐을 따라서,

"李さん(이 상)."

하고 미치코가 직접 원구를 부르는 일도 있었고 원구도,

"道子さん(미치코 상)."

하고 미치코를 부를 필요가 있는 일도 있었다. 그러나 물론 친밀하지는 아니하였고 원구도 아무쪼록 미치코 앞에서는 어려워하는 빛을 보였다.

이렇게 어렵게 대하던 미치코가 해수욕복을 입고 빙그레 웃음을 띠고 무릎을 모아서 한 편으로 쓰러뜨리고 앉은 모양을 보니, 새에 있던 모든 간격이 다 스러지고 갑자기 가까워지는 것 같았다.

'그러나'

하고 원구는 저를 책망하였다.

'그러할 수가 없다.'

하고 굳은 단안을 내렸다.

그러나 다음 순간에,

'그러할 수가 없는 까닭이 무엇이냐.'

하고 제가 제게 항의를 하여 본다.

'첫째로 미치코는 내지인이 아니냐. 내지인 중에도 상류계급 사람이 아니냐. 그런데 나는 조선인이 아니냐. 조선인 중에도 빈한 조선인이 아니냐.'

'둘째로 미치코는 주인댁 아가씨가 아니냐. 그리고 나는 그 집에 부쳐서 사는 서생이 아니냐.'

'안 될 말이다! 안 될 말이다!'

원구는 이렇게 결론을 내린다.

그 결론은 슬픈 결론이다. 그러나 완전히 단념하기에 족한 결론이었다.

작별

원구는 방학이 끝나자 서울로 올라오게 되었다. 떠나기 전날 원구는 동네에 돌아다니면서 여러 어른들에게 하직인사를 드렸다. 평소에는 무심하게 대하던 듯하던 사람들도 원구가 떠난다는 말을 듣고는 다 일하던 손을 쉬고, 아낙네들은 부엌에서 뛰어나와서 섭섭하게 여기는 정을 표하고 무엇을 좀 먹고 가라는 등, 작년이 흉년이 되어서 여름에 밥 한때도 대접을 못하여서 어떻게 하느냐 하는 등

따뜻한 정을 표하였다.

어려서 같이 장난하던 동무들이며 열너댓 살 된 계집애들도 원구를 떠나기를 퍽 섭섭하게 여겼다. 계집애들은 다소 내외를 하기 때문에, 사내들 모양으로 자유로 제 정을 표시하지 못하나 그러하기 때문에 더욱 간절한 것도 있었다. 원구는 이 촌에서 볼 수 없는 교양인일뿐더러 또 얼굴이나 몸매가 다 깨끗한 것이 동네 아가씨네의 주목을 끌지 아니할 리가 없었다. 자기네들은 아무리 하여도 저런 좋은 사내를 남편을 삼을 수는 없다. 저런 사내의 아내가 될 이는 서울서 공부 많이 한 썩 잘난 계집애리라고 그들은 속으로 질투에 가까운 부러움을 아니 느낄 수가 없었다.

이런 남자를 보다가 동네에 누구누구 하는 젊은 사람들을 보면 다 마음에 차지 아니하였다. 이것이 그 처녀들로 하여금 농촌을 떠나서 도시로 달아나게 하는 한 이유가 아닐 수 없다.

도시에는 원구와 같은 사내가 많을 것이니, 거기만 가면 그런 사내를 하나 얻어 만날 것같이 생각하는 것이다. 더구나 제 생각에 제 얼굴이 반반한 계집애들일수록 그러하였다. 그러니까 부모들은 하루바삐 서둘러, 제가 싫다고 앙탈하는 것을 욱대겨서라도 시집을 보내어버리는 것이다. 그 사내는 싫다고 울고불고 하던 계집애도 혼인만 해놓으면 혹시 새 재미도 나는 수도 있고 또는 팔자라고 단념하는 수도 있고, 그렇지 못하더라도 일 하기에, 아이 기르기에 바빠서 이럭저럭 늙어버리는 것이었다. 그중에서 가다가 한둘 제 운명에 반항하고 나서는 계집은 필시 팔자가 흉악하게 되어서 일종의 형벌과 징계를 보이는 것이었다.

원구가 한 사십여 일 동네에 와 있는 동안에도 어찌어찌한 기회에 과년한 타성 계집애들한테 심상치 아니한 호의를 받는 일이 있었다. 가령 어두운 밭 샛길로 밤에 거니노라면,

"은숙이 오빠."

하고 부르며 마주치는 계집애가 있다.

"은, 순이?"

"어젯밤에도 여기서 기다렸어요."

"누가."

"누가야, 내가 기다렸지."

"왜?"

"왜가 무어요? 다 알면서."

"그런 소리 해 못써."

"나도 서울로 갈 테유."

"무엇하러."

"은숙이 오빠 따라서."

"아서, 그런 생각해 못써."

하고 원구가 비켜서 걸어가면, 순이는 돌멩이를 집어서 원구를 향하고 던졌다.

이러한 경우에 원구는 청춘의 유혹을 아니 느낄 수 없었다. 그러나 원구는 저를 이겼다.

그 다음날 이런 계집애가 원구를 보면 입을 삐쭉하고 눈을 흘겼다.

원구는 농촌의 풍기가 심히 문란하여진 것이라고 해석하였다. 김 터에서 젊은 사람들끼리 모여 앉으면 누구누구가 어디어디서 어찌어찌하였다는 둥, 때려죽일 년놈이라는 둥, 이러한 이야기들을 하였다. 그들의 입에 오르내리는 이름 중에는 처녀, 총각도 있고, 아내 있는 남편과 남편 있는 아내도 있었다. 그들의 험구 중에는 일종의 계급적 질서도 없지 아니하였다. 이를테면 돈푼이 있는 집, 놀고 먹는 젊은 사나이가 동네 계집을 후리고 돌아다니는 것 같은 것이었다. 김모라는 자는 그 때문에 본부[17] 한테 실컷 매를 얻어맞고 어혈이 졌다 하여 그 본부의 용감한 것을 칭찬하는 일도 있었다.

원구는 이러한 말을 하던 친구들과도 만나서 작별을 하였다.

앞 고개까지 원구의 어머니와 동생들이 나와서 원구를 전송하였다.

---

17 본부(本夫) : 샛서방이 있는 계집의 본디 남편.

“너 주인댁에서 걱정 듣지 않게 해라.”

하고 어머니는 원구를 보고 일렀다. 이 말을 하는 어머니의 눈앞에는 미치코의 모양이 보이고 이 말을 듣는 원구의 눈에도 그러하였다.

진심

원구는 그 어머니가 싸주는 선물을 가지고 서울로 올라왔다. 선물이라는 것은 호박, 오이, 가지, 붕어와 메기 조림, 옥수수 등이었다. 이것은 한 짐이 잔뜩 되었다.

원구가 니시모토 박사의 집에 온 지 이틀 후에 원산에 남아 있던 다다시, 다카시, 미치코와 그 어머니 일행도 집에 돌아왔다.

오후 다섯 시 몇 분 경성역 착이라는 전보를 받고 원구는 시골서 가지고 온 수박을 얼음에 채워놓고, 옥수수를 찌라고 식모에게 일러놓고 정거장으로 나갔다.

해수욕장, 피서지에서 돌아오는 마지막 손님들을 태운 열차에서 모두 볕에 까맣게 그을은 승객들이 쏟아져 내렸다.

“리 상!”

하고 부르는 소리가 다다시 일행을 찾고 섰는 원구의 귀를 울렸다. 미치코가 맨 처음 원구를 발견한 것이었다.

원구는 미치코가 팔을 들고 있는 데로 달려갔다.

“李さん, なぜ元山へゐらつしやらなかつたの(이 선생, 어째서 원산엘 안 오셨어요).”

미치코는 허물없이 이런 말을 하였다. 집에서는 일찍 이렇게 친밀하게 말을 붙인 일이 없던 미치코다. 넓은 바다에서 헤엄치는 동안에 인생의 습관의 모든 좁은 제한을 벗어놓은 것일까. 모르는 남녀가 나체로 어울려 노는 동안에 이성에 대한 수줍음이 줄어든 것일까. 또는 이 모든 것 외에 지나간 한 달 동안에 미치코가 원구를 그리워하던 정이 폭발한 것일까.

"皆さん, よく黑くなりましたね(여러분, 살결이 아주 검어지셨군요)."

원구도 예전보다 친숙하게 일동에게 말을 붙였다.

"いや, 李君の黑さこそ, 尊い黑さだよ. お母さんやお妹さん御達者かい(아니야, 이 군의 검은 살결이야말로 존귀한 살빛이야. 어머님과 누이님 다 잘 계신가)."

다다시[18]는 한 팔을 원구의 어깨에 얹는다.

"ありがたう. 皆元氣だ. とても感謝してゐるぜ(고맙네. 다 무고하네. 무척 감사하고 지내네)."

원구는 박사 부인께 한 번 더 허리를 굽히면서,

"母が, 奧さんに厚くお禮申上げるやうに申して居ります(어머님이, 마님께 두터이 예를 드리라고 말씀하셨습니다)."

하고 또 한 번 허리를 굽혔다.

"いいえ, あなたがゐらつしやらんというので, 皆殘念がつてゐましたの. 來年は是非李さんも一緒に來て戴くんだつてね(아니, 당신이 안 와서 모두들 섭섭해했었네. 내년엔 꼭 이 군도 같이 가야만 하네)."

하고 부인도 집에서보다 더 원구에게 친한 빛을 보였다.

부인과 미치코와 다카시 세 사람을 택시를 태워서 먼저 집으로 가게 하고 원구와 다다시는 짐을 다 찾아서 지게꾼들에게다 지우고 아직도 더운 늦은 여름 석양 길을 걸어서 들어왔다.

"京城はまだ暑いね(서울은 아직도 더운데)."

다다시는 석양을 받은 남대문을 바라보면서 말을 꺼냈다.

"ありがたいこつだよ. 今ごろの暑さはお米を肥らせる(고마운 일이지. 이즈막 더위에 쌀에 기름이 오르는 거거든)."

원구는 제가 여름내 가꾸던 논을 생각하였다. 벼 포기포기, 콩 포기포기가 다

18　원문에는 '다까시'로 되어 있으나 맥락상 오식인 듯하다.

정다운 얼굴로 저를 따라오는 것 같았다. 그도 그럴 것이, 어느 한 포기 제 손이 아니 닿아본 것이 없었다. 목이 마를 듯하면 물을 퍼서 대어주었고, 벌레가 잎에 붙었으면 제 살에 붙은 것같이 잡아주었다.

농부의 발은 일어나는 길로 논밭으로 간다.

잠결에 빗소리가 들리면 벌떡 일어나서 논밭을 생각한다.

채마에 오이꽃 호박꽃이 노랗게, 가지꽃 박꽃이 하얗게 그리고 옥수수의 소박한 머리카락이 뺄겋게 늘어진 것을 보면 농부는 한없이 만족하고 한없이 기쁘다.

논도랑에 둘하게[19] 생긴 거이[20]가 모으로 기는 것이나 심지에 풀숲에 율묵이[21]가 혀를 날름거리는 것도 다 한 집안 식구와 같이 낯이 익고 정답다.

두꺼비와 개구리도 농부의 집에는 어슬렁어슬렁 찾아들어오지 아니하나. 그러한 경우에 닭이며 개도 슬쩍 보고 가만두지 않나. 그들도 농부의 심정을 알기 때문이다.

원구의 머릿속에 이러한 농촌 풍경이 떠올랐다. 그것은 포장도로와 전차, 자동차와 백세루[22] 양복, 굽 높은 구두와는 어울리지 아니하는 것 같았다.

원구는 지금 제가 생각하고 있는 기분을 다다시에게 전하고 싶었으나 그것은 말로는 불가능한 일일 것이다. 왜 그런고 하면 해수욕장 풍경과 농촌풍경과도 무척 동떨어진 것인 때문이다. 원구는 이렇게 생각하면서 걸었다.

"원산서는 우리 식구들이 모여만 앉으면 자네가 화제에 올랐다네."

다다시가 이러한 말로 원구의 농촌의 추억을 깨트렸다.

"고마웨."

원구는 원산 별장에 다카시네 가족들이 유카타[23]를 입고 둘러 앉았는 양을 상

---

19 둘하다 : 재빠르지 못하여 굼뜨고 어리석다.

20 '게'의 평안도 방언.

21 율모기 : 파충류 뱀과에 속한 종으로 무논이나 냇가에서 살면서 개구리, 쥐, 물고기 등을 잡아먹는다.

22 백세루(白serge) : 모직물의 일종인 서지로 된 흰 색의 천.

23 유카타(浴衣) : 목욕을 한 뒤 또는 여름철에 입는 무명 홑옷.

상하고 그 앞에 물결치는 푸른 바다도 연상하였다.

"이를테면 자네를 재인식한 것이지. 또 자네를 통하여서 조선 동포 전체를 재인식한 것이고."

다다시의 이 말에 원구는 무슨 중대성이 있음을 직감하였다. 그래서 말없이 다다시와 말을 맞추면서 다다시의 얼굴을 바라보았다.

"要するに, われわれはだね, 父や母は毋論のこと僕自身からして, すでに, 君をわれわれと全然違つたもののやうに思つてゐたんだ. それがそもそもの間違だつたんだよ. これは僕の家族に限つたことではないと思ふ. 恐らくは, すべての日本人が, すべての朝鮮人に對して, さうであるやうに思ふ. この中に根本的な誤解があると思ふんだよ. 卽ち認識の態度といふかな, 方法といふかな, これが間違つてゐると思ふんだ. 君をわれらと全然違つたものと思ひ込んでゐるから始めから君の一言一動を, 警戒穿鑿の眼を以つて見る. さういふ眼でみるから何んだか, われらのすることと違つてゐるやうに感ずる. そこでますます警戒と穿鑿を加える. ますます疑を起して氣まづくなる. 遠ざかる, といつたわけなんだよ. 疑心暗鬼だな.

(요컨대, 우리들은 말이야. 부모는 말할 것 없이 나 자신부터가 늘 자네를 우리들과는 아주 다른 존재로만 알고 있었던 것이야. 그것부터가 잘못이었네. 이 점은 하필 우리 가족에게만 있었다고 할 수 없어. 아마도 모든 일본인이 모든 조선인에 대하여 그런 줄 아네. 여기에 근본적 잘못이 숨은 줄 아네. 다시 말하면 인식의 태도랄지, 방법이랄지, 이게 틀렸다고 생각하네. 자네를 우리들과는 아주 다른 것으로 생각하고만 있으니까, 처음부터 군의 일언일동을, 경계와 천착의 눈으로 보지. 그렇게만 보니 어쩐지 우리들의 하는 일과는 딴 것으로 느껴지네. 그러니 더욱 경계와 천착을 더하네. 자꾸자꾸 의혹을 일으켜서 거북하게 되고 멀어지고, 하는 까닭일세. 의심암귀[24]야)."

다다시가 하는 말을 들으면 그것은 똑같이 조선인을 대하는 경우에도 적용할

---

24 의심을 품으면 모든 것이 의심스럽고 무서워진다는 뜻.

수 있는 것이라고 생각하였다.

"それは君のいふ通りだ. つまり民族性とか歴史とか[25] いふものを, われわれは餘りに擴大して考へる癖がある(그 점은 군의 말과 틀림없네. 다시 말하면 민족성이라든가 역사란 것을 우리는 너무 크게 잡어 생각하는 버릇이 있어)."

원구가 이렇게 하는 말에 다다시가 멈칫 걸음을 멈추면서,

"その通り通り. 民族性や歴史の過大擴大とは, よくいつてくれた. 正にその通りだよ(그렇지 그래. 민족성과 역사의 과대 확대라는 점은 옳은 말일세. 바른 말일세)."

하고 크게 기뻐하면서,

"元山で, 僕たちは, 君に對して達した結論が丁度それだよ. 要するに君と一緒に居て見ると, 君はわれわれと一つも變らぬといふことだ(원산에서 우리들이 자네에게 대하여 내린 결론이 바로 그 점이었네. 요컨대 자네와 함께 지내 보려니, 자네는 우리들과 조금도 다르잖은 줄 알었네)."

여기까지 말하고 한참 말없이 몇 걸음을 걷더니,

"今だから, 打明けるがね. 君が始めて, 僕の家に來た當座は家の者たちは, 大變な, とつくにびとでも迎へたやうに例の警戒と穿鑿の眼を向けたもんだよ. 僕もさうだつた. あやまるよ(이제니까 털어놓고 말하지만, 자네가 처음으로 우리 집에 왔을 무렵에는 식구들은 이상한, 외국사람이라도 맞이하는 것처럼 예의 경계와 천착의 눈을 보냈던 일세. 나도 그랬지. 미안하이)."

하고 고개를 숙인 뒤에,

"例へば, 君のお作法とか, 日本語の發音やイントーネーションや, われわれと違つてゐるものがあるだらう. もつとも今ぢや, それさえ, 殆んど完全に消滅してゐるがね. それをね, その作法や言葉の遠をさ, 何か限りなく大きい相違の中の, ちよつびり見はれたものと勘違したんだね. 太洋の水面に見はれた氷山の一角と思つたわけだ. ところが, いよいよ君の正體が解つて見ると, 言

---

25 원문에는 '歴史とか'가 빠져 있다.

葉の訛やお作法の相違しかわれわれと違つてゐるものはないんだよ. つまり われわれが警戒してゐるのは氷山の一角ではなくて, たつ一片の誠に取るに 足らない一氷片に過ぎなかつたんだ. 一番先に, それを發見したのが, 誰だと 思ふ?

(이를테면, 자네의 예법이라든가, 일본어의 발음과 인토네이션[26]이 우리들 하고는 다른 점이 있지 않나. 무엇 지금에는 그것마저 거의 사라지고 없지만. 그것을, 예법과 언어의 상위를, 바로 무슨 한없이 큰 틀린 점 가운데의 조그맣게 나타난 것으로만 그릇 여긴 것일세. 한 바다의 물 위에 보이는 빙산의 일각으로만 여겼던 것일세. 그러나 정작, 자네의 정체를 알고 보니, 사투리와 예법의 상위밖에는 우리들과 다른 점이 없었단 말이야. 결국 우리들이 경계했던 것은 큰 빙산의 일각이 아니고 단 한 조각의 정말로 하찮은 얼음덩어리에 불과했던 걸세. 헌데 맨 첨 이것을 발견한 것이 누군 줄 아오?)"

다다시는 걸음을 멈추고 원구를 바라본다.

"それは毋論君だらう(물론 자네이지)."

원구도 낯색에 드러날까 부끄러울 만큼 다다시의 말이 기뻤다.

"違ふ. それが僕でなければならないはずだがね, 恥かしいことには僕も, もはや惡しき先入見に中毒されてゐた. それを眞先に發見して, 大膽に言ひ出したのは, 道子だぜ. あいつは賢いよ. われわれの眼を開いてくれた.

(아니야, 그게 내라서야 될 일이건만 부끄러운 일로는 나쁜 선입견에 중독되어 있었던 걸세. 그것을 맨 처음으로 발견해 가지고 대담스레 말한 것은 미치코였었네. 그 녀석이 현명해. 우리의 눈을 열어주었지)."[27]

"さうか. 道子さんに感謝する(그런가. 미치코 상에게 감사하이)."

원구는 아까 정거장에서 보던 미치코를 눈앞에 그려 보았다.

"ところが, 父がただ一つまだ, 君に許さない點があるよ(그런데, 부친이 아직도 한 가지 군을 못 미더워 하는 점이 있지)."

---

26   억양(intonation).
27   원문에는 마지막 두 문장의 번역이 빠져 있다.

다다시는 새로운 화제를 꺼내었다.

"なんだね(뭔가)?"

원구는 미치코의 공상을 깨트렸다.

"それはね(그것은 말이야)."

다다시는 말하기 어려운 듯이 잠간 머뭇머뭇 하더니,

"君の愛國心のことだ. つまり日本に對する愛國心だね. それが, どうだら
うかというんだ. 天皇にすべてを捧げまつるという忠義の感情と信念のこと
だよ. 父はこのことを心配してゐるんだ. 君その點をはつきりといつてくれ
ないか.

(자네의 애국심 말이네. 곧 일본에 대한 애국심일세. 그것이 어떠할까, 라는 것일세. 천황께
모든 것을 바치옵는다는 충의의 감정과 신념 말일세. 부친은 이 점을 걱정하시네. 자네 그 점을
분명히 말해줄 수 없겠는가)."

두 사람은 경성부청 앞을 지나서 광화문통을 향하고 걸었다. 볕은 나면서 굵은
빗방울이 뚝뚝 떨어졌다. 그러나 두 사람은 그런 것을 상관할 마음의 여유가 없
이 긴장하였다.(1941.2)

3
단란

니시모토 박사 집에는 아직 원산 있던 가족들이 다 돌아오지는 아니하고 박사
만이 이층 서재에서 새 학기 강의를 준비하고 있었다.

원구가,

"선생님, 지금 왔습니다."

하고 인사를 드리니 박사는 도 높은 안경을 벗어들면서,

"아, 인제 왔나? 꺼매졌네그려. 그래 어머니께서랑 다 안녕하시고?"

하고 웃음을 띠었다. 니시모토 박사의 얼굴에 웃음이 나뜨는 것은 꾀 드문 일이었다.

"네, 다들 잘 있습니다."

"농사는 잘 되었나?"

"네, 좀 가물었습니다마는 평년작은 될 것 같습니다."

"응, 이애들도 내일이나 모래는 올걸."

하고 박사는 다시 안경을 쓰고 펜을 들었다.

원구는 그 날과 이튿날 양일에 마당에 풀을 뽑고 온 집안 소제를 하였다. 우물의 물을 길어서 마당에 뿌리기도 하였다.

뜰 늙은 느티나무에서는 매암이가 울고 밤이 되면 화단에서 벌레소리가 들렸다.

원구가 온 지 다음다음 날에 박사 부인과 다다시, 다카시, 미치코 삼남매가 원산으로부터 올라와서 집안이 다시 흥성흥성하게 되었다.

원구가 집에서 가지고 온 수박, 참외가 대환영을 받았다.

원구는 수박을 우물에 이틀이나 채워두어서 얼음같이 식은 것을, 조선식으로 위 꼭지를 따고, 역시 집에서 가지고 온 꿀을 타서 저녁 식탁에 내어놓았다.

"ほう. 朝鮮では, 西瓜をかうして食べるのか(허, 조선서는 수박을 이렇게 먹는 건가)."

하고 박사도 기뻐하고, 다른 식구들도,

"おいしい(맛나다)."

"おいしい(맛나다)."

하고 먹었다.

수박은 조선 재래종이어서 껍질이 검푸르고 알은 잘았으나 무척 달았다.

"これ, 李さん, あなたがお造りになつて(이거, 이 선생이 손수 지으신 거예요)?"

미치코는 원구에게 스스러움 없이 물었다.

해수욕에 살빛이 가무스름하게 탄 미치코는 건강이 넘치는 듯하였다. 그리고 수줍어하는 빛이 없어졌다. 벗고 물속에서 놀던 때문인가 하였다.

원구는 새 학기에 들어서부터 훨씬 더 니시모토 박사 집 식구와 가까워졌다. 부인도 원구를 경계하는 빛이 없어졌다.

원구가 뜰에 풀을 뽑고 집안 소제를 한다는 것이 무척 이 집의 호감을 산 것이었다. 또 원구가 몸가짐, 인사범절을 일본식으로 잘 배운 것이 이 집 식구에게 친밀한 생각을 준 것이었다.

아침에,

"お早う(안녕하세요)."

하는 인사나, 식탁에서 하는 범절이나 모두 자리가 잡히게 되었다. 원구는 이러한 예법을 배우기를 열심히 하였고 또 그것이 익숙할수록 일종의 기쁨을 느꼈다. 원구는 종래의 조선 가정생활과 사회생활이 너무도 예절답지 못함을 느꼈다. 그리고 조선사람 간에 실없는 소리가 너무 많은 것도 느꼈다.

"朝鮮人は不眞面目でいかん(조선사람은 성실찮어 틀렸다)."

하는 비평이 결코 헛되지 아니함을 느꼈다.

잇솔로 이를 닦을 때에도 열심히, 세수를 할 때에도 열심히, 밥을 먹을 때에는 밥 먹는 일에 전심력을 다하고, 모여앉아서 이야기를 하고 놀 때에는 또 그 일에 정성을 쓰는 것이 일본정신이요, 일본생활인 것을 원구는 느꼈다.

그리고 무슨 일에나 이웃사람, 다른 사람, 뒤에 올 사람의 일을 생각하여서 나 때문에 남에게 폐가 아니 되도록, 내가 남에게 조금이라도 도움이 되고 기쁨이 되도록, 이렇게 생각하고 이렇게 실행하는 것이 사람의 바른 길인 것을 원구는 더욱 절실히 깨닫게 되었다.

그것은 반드시, 원구가 니시모토 집에서 비로소 배운 것만은 아니라 하더라도, 원구가 니시모토 박사 집에서 허물 있는 사람이 되지 아니하려 하는 정성 때문에 깨달은 바가 많은 것이었다.

원구가 가장 흥미를 느끼게 된 것은 소제였다. 원구는 청결의 새 습관을 얻어서 제 방과 제 눈에 띄는 것, 제 손이 닿는 데는 어디나 청결하게 하였다. 청결이 습관이 될수록 불결한 데가 눈에 띄었다. 거미줄 하나, 먼지 하나 있는 것이 다 마음에 걸렸다.

쓸고 훔치고 치이고, 그것이 확실히 큰 낙이었다.

원구는 이발과 면도도 자주하였다. 손톱에 조금만 검은 때가 보여도 참을 수가 없었다.

학교에 다녀와서는 세수하고 발을 씻지 아니하고는 방에 들어올 수가 없는 것 같고 하물며 남의 앞에 나갈 수가 없는 것 같았다.

"君は隨分潔癖だね(자넨, 너무 까다롭군)."

다다시가 원구에게 이런 소리를 하게까지 되었다.

원구는 말없이 빙그레 웃었다. 그러나 그 칭찬은 고마웠다.

'朝鮮人はきたない(조선사람은 더럽다).'

하는 말을 원구도 무척 많이 들었다.

대학 예과생들이 일부러 머리를 헙수룩하게 하고 면도를 아니 하고 뚫어진 모자를 쓰고 꾸깃꾸깃한 때묻은 수건을 허리에 차고 다니는 것을 원구도 중학시절에 무척 부러워하여서 자기도 그런 흉내를 내었으나, 인제는 그것이 다 옳지 않다고 생각하였다.

'我我は何時なんどき神の御前に出ても好いやうに(우리들은, 어느 때 신의 부름을 받아도 좋도록).'

라고 한 말을 원구는 깊이 생각하였다.

새출발

이 모양으로 원구는 새 학기 생활에 무척 재미를 붙였다. 아버지 돌아간 뒤에 가장 행복된 생활이라고 할 수 있었다.

그러나 원구에게 두 가지 근심이 있었다. 그것은 다 심각한 것이었다.

그중에 한 가지는 예과의 조선사람 동창들이 차차 원구를 돌려내는 것이었다.

그 이유는 원구가 니시모토 박사의 집에 유숙하는 것이다.

그때에 조선청년들 중에 아직도 그릇된 민족주의 관념이 남아 있었다. 더구나 광주학생사건으로 하여서 이러한 감정이 심각하였다.

그들은 천황폐하의 크신 뜻을 아직 이해하지 못하였다. 천황폐하께서는 조선 백성을 본래 일본 민족과 꼭 같으신 인자하심으로 대하시는 줄을 깨닫지 못하였었고, 또 일본 민족이 새로 일본 민족에 조선 사람에 대하여서 동포의 정과 의를 가지려 하는 것을 느끼지 못하였었다. 그래서 일본나라를 내 나라로 생각하는 감정이 솟지 못하였다.

그러하기 때문에 당시 청년들은 스스로 피정복자로 알고 식민지의 토인으로 알아서 이것을 불평하게 알고 가슴 아프게 알았었다.

그러하기 때문에 그들은 학교 선생께 대하여서나, 동창에게 대하여서 항상 일종의 반항심과 적개심을 가졌던 것이다. 이것이 조선 사람에게 어떻게 오랫동안 불행의 원인이 되었는가는 다시 말할 것도 없거니와, 그러한 불행한 상태가 그 후에도 얼마 동안 계속하였던 것이다.

만일 그때부터 그 청년들이 우리는 천황의 적자요 일본나라의 신민이라는 자각과 감격을 가졌던들 조선 사람은 더 많은 진보와 행복을 얻었을 것이다.

이러한 때이기 때문에 원구가 니시모토 박사의 집에 있고, 또 그 아들 다다시와 형제와 같이 친밀한 것을 보고는 조선인 학생들은 원구에게 대하여서 큰 반감을 가지게 된 것이다.

이것이 원구에게는 고통이 아닐 수가 없었다.

원구 자신도 결코 민족적 감정을 청산한 것은 아니었다. 아니, 차라리 민족의식에 있어서는 다른 조선인 학생들보다도 더 뿌리 깊은 편이었다.

그러나 원구는 니시모토 박사의 집에 두류[28]하면서부터 일본과 일본 사람에 대한 인식을 고치지 아니할 수 없었다.

---

28 두류(逗留) : 객지에 머물러 있음.

첫째로,

'일본 사람은 반드시 조선 사람을 천대하고 미워한다.'

하는 선입견을 깨트리지 아니할 수 없었다. 왜 그런고 하면 니시모토 박사 집 식구들은 조선 사람인 원구를 조금도 차별 없이 사랑하여 주었다. 원구가 처음 이 집에 왔을 때에 박사 내외가 데면데면하고 경계하는 빛으로 대한 것은 사실이었으나, 지금은 그런 일은 완전히 소멸되었다.

'조선 사람은 훔치는 버릇이 있다.'

'조선 사람은 거짓말을 한다.'

'조선 사람은 불결하다.'

'조선 사람은 신의가 없다.'

'조선 사람은 도덕생활 정도가 낮다.'

'조선 사람은 대바르지 아니하다ひねくれてゐる.'

'그리고 조선 사람은 내지인과는 인정 풍속이 달라서 한데 어울리지 아니한다.'

원구가 니시모토 박사의 집에 와 있으면서, 내지인의 조선인관을 연구한 결과로는 이러한 결론을 얻었다.

이러한 비평이 다 근거가 없는 바는 아니다. 역시 일종의 편견임에는 틀림없었다. 사람이란 이민족이나 타향 사람을 대할 때에는 그 결점이 얼른 눈에 띄는 것이요, 한두 사람에 대한 경험으로 그 사람이 속한 민족이나 계급 전체를 판단하는 버릇이 있다.

원구는 조선 사람이 내지인에 대하여서 역시 이와 같은 편견이 있음도 자각하였다.

'내지 사람은 조선 사람을 천대한다.'

'내지 사람은 편협하여서 배타적이요, 교만하다.'

이러한 편견이다.

원구는 내지인의 조선인에 대한 비평이 일종의 편견이라고 생각하면서도 또한 그 속에서 많은 교훈을 발견하였다. 조선 사람들이 이러한 비평을 받음에 대하여서 성을 내는 대신에, 저를 반성하여서 그러한 흠점을 완전히 극복하여버린다 하면 게서 더한 행복은 없으리라 하고 생각하였다. 그래서 원구는 그렇게 힘을 썼다. 원구는 농담으로라도 거짓말을 아니 하기로 결심하였다. 한번 승낙한 일이면 꼭 이행하기로 힘을 썼다.

대바르기를 힘썼다. 솔직^{すなほ}하기를 힘썼다. 언제나 높은 생각과 감정을 가지고 몸가짐이나 말이나 이 높은 생각과 감정의 발로이기를 힘을 썼다. 원구의 이러한 노력은 곧 효과를 발생하였다.

이렇게 반성하고 힘쓰는 동안에 원구가 가장 제 결점으로 느낀 것은, 'まじめさ(착실함)', 'すなほさ(솔직함)'의 부족함이었다.

무엇이나 정성껏, 힘껏^{まじめに}, 무슨 일에나 속에 있는 대로, 꾸미거나 비꼬지 말고^{すなほに} 하는 것은 습관이 되어 보면 유쾌한 일이었다.

"피이."

하고 빈정거리고 비꼬는 것이 원구에게는 대단히 미운 것이 되었다.

원구는 원구의 동창 중에도 이러한 버릇을 가진 이가 적지 않음을 발견하였다.

그리고 겉으로 다 하면서도 속으로 아니 하는 체하는 일이 동창 간에 많은 것도 발견하였다. 원구는 이것은 큰 도덕적 죄악이라고 생각하였다.

'당당하게, 제가 믿는 대로.'

나가는 것이 바른 길이라고 생각하였다.

이렇게 되면 원구는 크게 결심하지 아니치 못할 갈랫길[29]에 서게 되었다. 그것은 무엇인가.

'내가 일본 신민이냐, 아니냐.'

이것을 분명히 결정하지 아니하면 아니 되었다.

'일본 신민이면 일본 신민다웁게. 아니면 아닌 이다웁게.'

원구는 이 두 길 중에서 하나를 잡지 아니하면 아니 되었다.

---

29 '갈림길'의 방언(평안).

그때 조선학생들은 겉으로는 일본 신민으로 할 일을 다 하였다. 그러면서도 속으로는,

'나는 일본 신민이 아니다.'

이렇게 생각하였고 또 다른 조선인을 대하여서도 이렇게 말하였다.

원구도 이것은 당연한 일로 알고 있었다.

그러나 이것은 분명히 거짓이었다. 거짓 중에도 큰 거짓이었다.

큰 거짓을 범하면서도 그것이 거짓의 죄악인 줄조차 모르는 것은 더할 수 없이 무서운 죄악이었다.

백대일百對一

추기 개학도 두어 달이 지나서 단풍철이 되었다.

해마다 하는 전례를 따라서 예과의 조선인 학생들은 어느 일요일에 주식을 준비하여 가지고 백여 명이나 일단이 되어서 북한에 피크닉을 갔다.

그들은 창의문에서 집합하여서 거기서부터 한 패가 되어서 문수암 올라가는 길로 얼마를 올라가다가 물 좋고 바위 넓은 곳에 진을 쳤다.

여기서 그들은 벤또를 먹고 가지고 온 술을 먹었다.

창가가 나오고 소리가 나오고 젊은 학생들이 모여서 노는 모든 낙을 다 보았다.

길지 아니한 가을 해가 석양이 될 때에는 그들은 통으로 새로 사온 소주에 모두 대취가 되었다.

원구는 술을 아니 먹으려 하였으나 한 잔 두 잔 받아먹는 술로 말하기 좋을 만큼 취하였다.

"자, 인제 다들 가자."

하고 일어나려 할 때에, 어떤 학생의 입으로부터 원구에 대한 문제가 나왔다.

"이 군, 자네 요새에 태도가 수상하니 오늘 이 자리에서 자네 태도를 표명하게."

하는 질문이었다.

"그렇다, 그렇다. 네 태도를 분명히 말하여라."

"반역자."

"스파이."

이러한 야지[30]도 나왔다.

취흥이 도도하던 일동 간에는 일말의 살기가 떠돌았다.

원구는 처음부터 여러 사람의 자기에게 대한 눈치가 불온함을 느꼈다. 그들은 무슨 말을 하다가 원구를 힐끗 보고는 입을 삐죽하였다.

그러므로 원구는 아무쪼록 말참례를 아니 하고 한편 구석에 가만히 있었다. 비위에 거슬리는 말이 여러 번 나왔건마는 참고 있었다.

"이 군. 왜 말이 없나? 말을 하소."

동창들은 빈정거리는 겸 재촉하였다.

"말을 하라면 말을 하겠네."

하고 원구는 나앉았다 ─

"그러나 자네네들이 한 가지 조건을 들어주게."

하는 원구의 말에는 굳은 결심의 힘이 보였다.

"흥, 조건이 무슨 조건야. 건방지게."

한 학생이 이렇게 말할 때에 다른 학생이,

"가만있게."

하여 그 학생을 눌러놓고, 원구의 곁으로 가까이 가 앉으며,

"어디, 조건이란 것을 말해 보게."

하고 대들었다.

"조건이란 다른 것이 아닐세. 내 말을 끝까지 듣기까지 자네네들의 판단을 잠간 연기하여 달란 말일세. 왜 그런고 하면 내가 지금 말하랴는 말은 나 자신에게

---

30 아유(野次).

대하여서도 중대 문제이지마는 우리들 전체, 아니 조선인 전체에 대하여서 중대 문제니까, 말을 아니 하면 몰라도 하는 바에는 서로 충분히 의견을 다 듣고 나서 판단하잔 말일세. 자네네들이 내 조건을 들어준다면 내가 말을 하겠네. 어떤가.”

원구의 말에 일동의 눈은 일제히 날카로워졌다.

“압다, 퍽도 거드름을 피네.”

“관둬라 애, 그까진 썩어진 놈의 소리 들을 것 없다. 혼이 다 썩어진 놈의 소리에서는 구린내가 날 거야. 벌써부터 메식메식해 온다.”

하고 침을 퉤 뱉는 이도 있고,

“그래, 어디 무슨 소리를 하나 들어보자, 여흥으로.”

이런 소리를 하는 이도 있었다.

처음 발론한 학생이 아주 점잖게 의장 격으로,

“제군, 다들 이원구 군의 조건에 승낙하고 이 군의 말을 듣기로 합시다.”

하고 목소리껏 외쳤다.

다들 잠잠하였다.

원구는 자리에서 일어났다. 모자를 벗어서 한 손에 들고 일동을 한 번 둘러보았다.

원구는 마침내 입을 열었다 —

“나는 현명한 제군께 무슨 충고나 또는 새로운 말을 하려는 것이 아니오. 나는 제군 중에서 어떤 분이 청하신 것을 받아서 나 자신의 심경을 제군께 고백하려 할 따름이오.”

원구의 겸손한 허두는 일동에게 호감과 아울러 일종의 안심을 주었다.

“나는 첫째로 일본이 내 조국인 것을 깨달았소. 나는 지금까지 두 마음을 가지고 오던 생활을 청산하고 오직 한 마음으로 일본을 위하여서 충성을 다하기로 결심하였소. 지금에 와서 조국에 대하여서 반항하는 감정을 터럭 끝만치라도 우리의 가슴에 남겨두는 것은 다만 국가에 대하여서 비국민적일 뿐더러 조선 사람에 대하여서 큰 불행을 주는 일이라고 믿소.”

원구의 말이 이까지 왔을 때에,

"입 닥쳐라."

"개소리 말아라."

하는 야지가 일어났으나, 의장 격의 학생이 일어나서,

"종용하시오. 우리는 이 군의 말을 끝까지 듣기로 약속을 한 것을 잊어서는 아니 되오. 모든 판단은 이 군의 말을 다 듣고 나서 하기로 합시다."

하고는 원구를 대하여,

"어서 말하시오."

하고 사뭇 명령조였다.

원구는 일동의 얼굴에 불온한 빛이 떠도는 것을 보았으나, 이미 마음에 작정한 바가 있는지라 태연하게 말을 계속하였다.

"우선 광주학생사건을 보시오. 그것이 어떻게 조선 청년 전체에게 불행을 주었는가. 수백 명 학생은 지금 철창에 들어 있소. 설사 그들이 사회에 나오더라도 그들은 나라의 죄인으로 여러 가지 자격과 자유를 잃을 것이오. 또 이런 어리석은 일이 있기 때문에 조선 청년은 더욱 더욱 국가의 신임을 잃어서 엄중한 감시 밑에 있게 될 것이오. 다행히 이 어리석은 군중심리가 이미 진정이 되었거니와."

하고 원구의 말이 끝이 나기 전에,

"이놈아, 어리석은 군중심리?"

하고 소리를 버럭 지르는 사람이 있었다.

"실언이다, 취소해라."

하는 소리가 있었다.

"아니오, 나는 그 말을 취소할 수 없소. 그것이 어리석은 군중심리가 아니라 하면 현명한 의기라는 뜻이 될 것이오. 만일 그것을 현명한 의기라고 하기를 제군이 주창한다고 하면 제군은 다만 나라에 대하여서 비국민일뿐더러, 조선민중을 독살하는 자라 하는 것이오."

"무엇이? 조선민족을 독살을 한다?"

"그렇소, 독살이오. 제군이 만일 진정으로 조선민중을 사랑한다 하면 광주학생 사건에 나타난 그러한 잘못된 감정을 하루바삐 청산해야 할 것이오."

"청산하고는 어찌하란 말이냐?"

"청산하고 우리는 순순히 일본 국민의 길을 걸어 나아가야 할 것이오. 여러분은 날더러 반역자라 하시거니와, 지금에 태도를 고치시지 아니하시면 여러분이야말로 용서할 수 없는 반역자요, 죄인이오. 그리고 조선 민족을 죽이는 자들이오."

하고 원구는 자못 격하였다.

이 때에 서너 청년이 대들어서 원구를 권투의 어퍼컷으로 쥐어질러 넘어트리고 죽어라 하고 발길로 질렀다. 불의의 습격을 당한 원구는 응할 여가가 없었다.

대혼란이 일어났다. 일동은 거의 본정신을 잃었다. 때리는 자 말리는 자 누가 누구인 것을 분별할 수가 없었다.(1941.3)[31]

---

31 연재 3회분 말미에 "아연(俄然) 사회 각방면에 주시와 문제가 된 이 작품은 이제 본무대로 전개되어 간다. 형극(荊棘)의 길도 신념 앞에는 두려움이 없다. 청년 이원구에게 다닥친 제2의 시련, 제3의 시련…… 차호(次號)를 기다리시라"는 편집자의 언급이 붙어 있다. 연재 4회분은 『신시대』 4월호의 목차에 표기되어 있고 인쇄까지 되었으나 본문에는 해당 페이지가 실려 있지 않고, 5월호 편집후기에 "연재 중이던 춘원의 장편 『그들의 사랑』은 지난달부터 부득이 중단케 되었습니다. 인쇄사정으로 목차에만 싣게 되었던 바를 심사(深謝)하옵니다"라는 기사가 실려 있다.

1[2]

봄의 노래

아직 산골짝에 눈이 안 녹은 데도 있지마는 봄은 봄이다.

마키노 요시오牧野義雄는 거름바리[3] 실은 소를 몰고 돌모루 밭으로 향하였다. 그는 볼기짝을 기운 국방복에 방한모를 쓰고 있었다.

"어느 새에 걸음을 내나?"

하는 것은 유덕이 할아버지였다.

유덕이 할아버지는 석수 연장을 넣은 망태를 한 편 어깨에 메었다. 물푸레나무 메자루[4]가 어깨 위로 쑥 올라왔다. 노인은 망태의 무게에 몸을 한 편으로 기울이고 소바리[5]를 비켜선다. 얼른 보아서는 어디 눈이 있는지 코가 있는지 분명치 아니한 까만 얼굴이지마는 하얗게 세인 자박수염[6] 때문에 입의 위치만은 분명하다. 그러나 자세히 들여다보면 기다란 눈썹 속에 반작반작하는 눈이 있다. 언제나 웃음을 띤 눈이다. 동네 악소년들은 쥐눈 같다고 하지마는, 그것은 컴컴한 속에 조그마한 눈이 반작거린단 말이지, 그 눈이 품이 나쁘다는 뜻은 아니다. 유덕

---

1   향산광랑(香山光郎), 『신시대(新時代)』, 1941.9~1942.6. 미완.

2   연재 1회분 서두에 "춘원이 심혈을 경주한 불세출(不世出)의 대작(大作)이요, 방황한 조선의 문학을 국민문학의 정도(政道)에로 인도(人道)하는 첫소리다. 웅대한 구상과 노련한 문장에, 그리고 넘치는 작자의 국민적인 열정은 봄의 노래를 타고 반도 천지를 감격에 머리 숙게 한다."는 편집자의 언급이 붙어 있다.

3   바리 : 말이나 소의 등에 잔뜩 실은 짐.

4   쇠메나 떡메 같은 것의 자루.

5   등에 짐을 실은 소. 또는 그 짐.

6   끝이 비틀리면서 아래로 잦혀진 콧수염.

할아버지의 눈은 언제까지나 늙지 않는, 그리고 언제까지나 늘 무슨, 기쁨의 희망을 내다보는 눈이었다. 요시오는 유덕 할아버지의 눈을 보는 것이 기뻤다.

"제가 집을 떠나기 전에 걸음을 다 내두랴고 그럽니다."

요시오는 소가 가는 대로 내버려두고 노인의 앞에 서서 모자를 벗었다.

"자네 어르신네는 좀 어떠신가. 그만하신가."

유덕 할아버지는 곰방대와 담배 지갑을 내어 들었다.

"네, 그만하시와요. 그래도 구미가 없으시다고. 무얼 잡수셔야지요. 통 못 잡수시와요."

요시오는 뼈만 남은 늙은 아버지를 생각하고 암연하였다.

"그래 자네는 언제 지원병 가나?"

"모릅지요, 인제 통지가 온다고 하와요. 그러니 아버지는 저렇게 몸을 못 쓰시고, 저마저 집을 떠나면 농사지을 일이 걱정이와요. 그래서 집에 있는 동안에 거름이나 다 내놓으랴고 그럽니다."

"기특하이, 자네 어르신네가 부러워. 자네 같은 좋은 아들을 두었으니. 나는 아들을 세 놈이나 두었건마는 한 놈도 쓸 놈이 없으니. 그 자식들은 어디 가서 살아 있는지 뒤어졌는지 편지 한 장 안 하지."

영감은 튀하고 춤을 뱉는다. 화도 나거니와 아마 꾸루룩하고 담배 댓진이 입에 올라온 모양이다. 배앝은 춤이 수염에 묻은 것을 쇠갈고리 같은 손으로 뜯어 버리고 그 손을 제 발에 신은 짚세기총[7]에 닦는다.

"셋째는 해주海州 어디 가서 술 가마에 있다던데요."

"그 자식이 한 군데 붙어 있나. 또 어디로 달아났겠지."

요시오는 유덕 할아버지를 작별하고, 앞선 소바리를 따라갔다.

요시오는 소를 따라가면서 유덕 할아버지의 신세를 생각하였다.

유덕 할아버지는 여편네 셋을 얻어서 아들 셋을 낳았다. 여편네들은 아들 하나

---

7   짚신총 : 짚신 앞쪽의 두 편 짝으로 둘러박은 낱낱의, 짚신의 바깥쪽을 두른 부분.

씩을 낳고는 영락없이 죽었다. 그러고는 석 달이 못 되어서 또 어디선지 모르게 새 여편네를 얻어 들였다. 유덕 할아버지는 여편네 잘 얻어 오기로 유명하였다.

그래서 새 여편네가 들어와서 전실 자식을 구박하면 그 자식이 철 날 만하면 달아났다.

큰 아들은 장가를 들여서 유덕이라는 아들까지 낳고는 의붓어미에게 볶여서 며느리가 먼저 달아나고, 다음에는 아들도 부지거처로 달아나고 그러고는 그 의붓어미가 또 제 아들을 새로 들어올 의붓어미에게 맡길 차로 죽고 이러기를 세 번 거듭한 것이었다.

셋째 여편네가 셋째 아들을 낳고 죽은 뒤에 들어온 넷째 여편네가 지금 마누라 즉 도시코의 어머니다. 요시오가 아는 것은 지금 여편네요, 그 전 여편네들은 말만 들었지 본 일이 없다.

이번 여편네는 더음바지[8]로 아들 하나를 데리고 들어와서 딸 하나를 낳았다. 그 아들도 더음바지 자식 소리 듣기 싫다고 달아나버리고 그 딸 도시코만이 유덕이와 남매처럼 자라다가 금년에는 유덕이마저 달아나고 지금은 열일곱 살 되는 도시코만이 집에 남아 있다.

도시코는 요시오보다 네 살 아래지마는 한 학교에 다니고 한 동네에 살기 때문에 요시오와는 장난 동무였다. 그러나 차차 낫살 먹어가면서부터 서로 스스러워져서 찾아다니는 일은 물론 없고 혹시 길에서 만나더라도 서로 빙긋 웃을 뿐이었다.

요시오는 도시코를 좋아하였다. 어려서는 서로 때리고 욕하고 싸운 일도 있었지마는 차차 도시코가 그리워졌다. 물론 어린 남녀의 그리움에 지나지 못하였지 마는.

셋째와 유덕이도 요시오와는 동무였다. 그들이 달아나기 전에는 요시오는 유덕 할아버지 집에 가끔 놀러 갔다. 명절 때 같은 때에는 늦도록 놀다가 다들 한

---

8   덤받이 : 전 남편에게서 배거나 낳아서 데리고 들어온 자식.

이불 속에서 자는 일도 있다.

"우리 녀석 여기 왔소."

"예, 여기서 자요."

이러면 요시오의 부모는 추운 밤에 자던 아이 찬바람 쏘이기를 꺼려서 그냥 두었다.

요시오의 누이 시즈에靜江는 도시코와 한 살 틀리는 동급생이었다. 어려서는 시즈에와 도시코와는 같은 반에서 첫째 둘째를 다투었다. 서로 좋은 동무였다. 그러나 차차 낫살 먹으면서부터 어른들의 경계도 있어서 시즈에는 도시코와 차차 멀어졌다.

그 이유는 말할 것도 없이 도시코의 가문이 좋지 못하다는 것이다.

유덕이 할아버지는 자기 성이 최가라 하여 고려 명장 최영崔瑩의 직손이라고 뽐내고 자기 몇 대조인가는 감찰監察 벼슬도 하였다고 하나 타관서 들어온 사람이라 근지도 알 수 없을뿐더러 석수라는 직업이 좋지 못하다고 보고, 게다가 뜬계집[9]들을 셋씩 넷씩 얻어 들여서는 상처를 하여 아들 손자는 철나는 대로 달아나, 그래서 이 동네 사람들은 그 집을 천하고 흉한 집으로 보기 때문에 도시코가 그렇게 반반하고 얌전한 편이지마는 며느리로 달라는 사람이 없을 지경이었다.

그런데 요시오의 집으로 말하면 한산 리씨 목은韓山 李氏 牧隱 자손이라고 자처하고 동구에 효자 정려[10]까지 있다. 지금은 비록 가난하게 되었지마는 몇대 전에는 지금 구장이 들어 있는 홰나무배기 큰 기와집에서 안팎 노적[11]에 비복 두고 살았노라고 뽐내는 집이다.

"이 동네에서는 우리 가문이 고작이다. 우리 가문은 어디 가도 막히지 아니할 가문이다."

이렇게 요시오 어머니는 요시오와 시즈에에게 여러 번 말하였다.

9 　어쩌다 우연하게 관계를 맺게 된 여자.

10 　정려(旌閭) : 충신, 효자, 열녀 등을 그 동네에 정문(旌門)을 세워 표창하던 일.

11 　노적(露積) : 곡식 따위를 한데에 수북이 쌓음. 또는 그런 물건.

"구장네가 지금은 돈푼이나 가지고 꺼덕대지마는 예전 같으면야, 어림이나 있나. 우리 집에 오면 하정배下庭拜[12]할 상놈이지."

요시오의 어머니는 이렇게 말하였다. 그리고 요시오의 아버지나 할아버지도 늘 현재의 빈궁한 처지를 벗어나서 지금 구장이 들어있는 옛집을 다시 회복하여서 옛 영광을 누려 보기를 목표로 한 모양이었다. 없는 돈에 요시오와 시즈에를 중등학교에까지 유학시킨 것도 다 그 때문이었으나, 연해 드는 흉년으로 요시오는 중학 사년에서, 시즈에는 여학교 이년에서 다 중도 퇴학을 하고 말았다. 그리고는 요시오의 아버지는 마침내 병까지 나고 말아서 인제는 자기 손으로 이 집을 일으키기는 단념할 수밖에 없었다.

이러한 관계니까, 요시오의 부모가 요시오나 시즈에를 유덕이 집 아이들과 가까이 하기를 허할 리가 없었다. 더구나 차차 과년이 되는 남녀들끼리인지라 경계를 게을리 아니한 것이었다.

이리하여서 요시오 남매는 도시코와 차차 멀어진 것이다.

요시오는 유덕이 할아버지를 작별하고 거름바리를 몰고 가서 봄보리를 갈려는 밭에 다다랐다. 집이 치패하여서 논과 밭을 조금씩 조금씩 거진 다 팔면서 이 밭 사흘갈이와 그 뒷산만은 남았었다. 산은 조산의 선산이다.

돌모루[13] 밭이라면 중은 되었다. 낮은 데는 보리와 콩을 심고 마른 데는 조와 팥을 심고 면화와 깨와 아주까리도 심었다. 그러나 요시오 남매의 학비를 대노라고 이것도 구장집에 잡히고 돈 이백 원 꾸어 쓴 지가 삼 년이나 되어도 본전은 못 갚았다. 이백 원도 한꺼번에 꾼 것이 아니라 십 원씩, 이십 원씩 밀린 빚이었다.

구장은 요시오를 사위를 삼고 싶었다. 구장의 딸 후미코도 시즈에와 도시코와 같은 동무였다. 구장의 아들 노부오信夫는 요시오와 소학교에서 한 반이었으나 성적이 좋지 못하여서 서울 이름 없는 어떤 중등학교에 다니며 말며 하다가 집에 돌아와서 놀고 있었다. 구장은 요시오를 사위를 삼지 못하면 시즈에를 며느리를

12　신분이 낮은 사람이 양반을 뵐 때 뜰 아래서 하던 절.
13　바위로 둘려있는 산모퉁이.

삼고 싶었다.

구장이 이렇게 요시오와 시즈에를 탐을 내는 까닭은 그 인물을 취함보다는 가문을 취함이었다. 구장은 요시오의 어머니가 말하는 모양으로 근본 양반이 못되는 사람이었다. 구장 자신은 아니라고 하지마는 요시오의 어머니는, 그가 본래 황주 군노[14]의 자손이라 하고, 또 어떤 사람의 말에 의하면 구장의 바로 조부가 황주서 푸줏간을 하여서 돈을 모은 것이라고 한다.

이러한 소문은 구장의 용모를 근거로 하여서 난 것이었다. 그의 불량스러운 눈망울과 억센 음성이 말썽이었다.

'군노 사령.'

'쇠백정.'[15]

이러한 인상을 주는 용모였다.

그러나 구장의 아들 노부오와 딸 후미코는 역시 눈망울이 크기는 하나 불량하게 보일 정도는 아니오 목소리도 그 아버지보담은 부드러웠다. 노부오는 집안 세간을 없이 할 부랑성이 없지 아니하지마는 딸 후미코는 십칠팔 세의 처녀다운 맛이 노상 없지는 아니하였다. 그의 좁은 이마와 억센 머리카락이 심술궂은 표일는지 모르지마는 아직까지는 동무 간에서도 따돌리우거나 그런 일은 없었다.

구장은 제 가문이 변변치 못한 것, 아들과 딸이 요시오 남매만 못한 것을 잘 알기 때문에 요시오의 집에 아직 청혼을 한 일은 없었다. 만일에 거절을 당한다 하면 창피할 것을 두려워함도 있지마는, 현재의 자기의 재산과 구장이라는 신분으로 누구에게 굴하기가 싫었던 것이었다.

요시오는 밭에 걸음을 뿌리고 삽으로 흙을 파서 걸음을 덮어서 원추형의 조그마한 산을 만들고는 두들겼다.

"벌써 땅에 물이 올랐군."

요시오는 촉촉한 흙의 촉감을 정답게 느꼈다. 자기 몸도 땅과 같이 물이 오른

---

14   군노(軍奴) : 군아(軍衙)에 속한 노비.

15   쇠백정(쇠白丁) : 소를 잡는 것을 직업으로 하는 사람.

봄인 것 같았다.

삽 끝에 딸려 올라온 씀바귀 뿌리가 통통 불어있었다. 요시오는 삽을 아랫배에 기대어 세우고 씀바귀에 묻은 흙을 털어서 한 토막을 이빨로 끊어서 질근질근 씹으면서 손에 들린 씀바귀의 끊긴 자리에서 뽀얀 젖 방울이 솟아오르는 것을 보고 있었다.

'もつとも生命力の強い草だ. 三センチの長さに切られたものからも芽を吹く (지극히 생명력이 강한 풀이다. 삼 센티 길이로 잘린 것에서도 싹이 튼다).'

벌써 팔구 년이나 전에 동네 소학교에서 이과 시간에 스즈키 선생이 말씀하시던 것을 생각하였다.

스즈키 선생은 사학년에서 오학년까지 요시오의 반의 담임선생이었다. 그는 나이 사십이나 된 뚱뚱한 선생으로서 아이들을 퍽 사랑하였다.

"強い正しい日本人になるんだぞ(강하고 올바른 일본인이 되는 거다)."

스즈키 선생은 씰룩씰룩하는 입으로 늘 이런 말을 하였다.

아내도 없는 스즈키 선생은 구장네 사랑방을 빌려서 있다가 중풍이 되어서 돌아갔다.

"유골은 고향으로 보낼 것 없다. 이 동네에 아모 데나 묻어다오. 내가 사랑하는 생도들이 자라는 양을 보겠다."

고 유언하여서 요시오네 선산 근처에 묻었다. 그리고 동네사람들이 돌비 하나를 해 세우고, 한식, 추석에는 동네 사람들이 술과 떡을 가지고 가서 제사를 드린다.

요시오는 이런 생각을 하면서 스즈키 선생의 산소가 있는 데를 바라보고 모자를 벗고 고개를 숙였다.

"사람은 죽어도 없어지는 것이 아니야. 신으로나 사람으로나 즘생으로나 태어나는 거야."

스즈키 선생은 이런 말도 하였다. 그는 죽어서 신이 되어서 십여 년이나 가르쳐낸 아이들을 지킬 생각이었을 것이다.

"お前志願兵に行け(자네 지원병에 가게)."[16]

하고 요시오가 맨 처음으로 권유를 받은 것은 스즈키 선생에게서였다. 스즈키 선생은 보병步兵 오장伍長이었다.

요시오는 옹굿불[17]을 졸라매고 삽을 옹구 위에 얹고 다시 집을 향하고 걸었다.

다섯 바리를 부리고 난 때에는 해가 낮이 되었다. 아침나절에 뽀얗게 둘렸던 안개도 다 걷히고 보드라운 볕에 잔잔한 산들이 올망졸망하게 또렷이 나타났다.

까마귀 떼들이 이 밭에서 저 밭으로 날아다녔다.

학도 날아다녔다. 요새는 이 지방에 학이 내리는 철이었다.

요시오는 시장기가 났다.

"이번에 가서는 밥을 먹고."

하고 요시오는 밭머리에 앉아서 이마에 땀을 씻으며 쉬었다.

소도 시장한지, 마른 풀잎을 뜯고 있었다.

등 뒤에서 자깔자깔하는 소리가 들렸다.

요시오가 돌아보니 보구니[18] 긴 계집애 셋. 도시코와 대장장이 김 서방의 누이 스미코, 목수 박첨지의 딸 기미코였다.

"마키노 상, 곤니찌와(마키노 씨, 안녕하세요)."

도시코가 학교에서 하던 모양으로 요시오에게 인사를 한다. 다른 계집애들도

"곤니찌와."

하고는 부끄러운 듯이 고개를 숙이고 깔깔댄다.

"곤니찌와."

요시오도 남성적인 소리로 대답하였다.

"어느 새에 거름을 내?"

도시코는 요시오의 곁에 와서 이렇게 물었다.

---

16 "자네 지원병에 가게."

17 옹구 : 새끼로 망태처럼 얽어 만든 농기구로, 소의 길마 위에 양쪽으로 걸쳐 얹어 거름 등을 나르는 데 쓰인다.

18 '바구니'의 방언.

"아까 도시코 상 아버지 뵈었지."

"응, 아버지 또 어디 가신걸."

도시코는 거름더미 둘러보았다. 그는 검정 치마, 검정 저고리에 검정 고무신을 신었다. 머리는 단발로 바짝 졸라매었다.

"어디?"

"붉은골 김진사네 비석을 낸다나. 스미코 상 오빠허구 같이 가셨다누."

"응, 그럼 여러 날 계시겠군."

"한 달이나 일을 한다던데."

"그래 너희들은 무엇하러들 왔이?"

요시오는 세 계집애들을 둘러보았다.

"씀바귀도 캐고 달래도 캐고. 그러러 왔지 무엇 하러 와?"

도시코가 호미로 밭고랑을 두어 번 판다. 아무것도 안 나온다.

"무얼, 달래 캐러 왔어?"

스미코가 툭 쏜다. 스미코는 얼굴은 가무스름하나 눈에 빛이 있고 촌티가 없었다. 성적으로 퍽 숙성하였다. 그 어머니가 읍내에서 온 사람이어서 그런 지 모른다.

"그럼 무엇 허러 왔니? 달래 캐러 안 오고."

도시코는 뾰르퉁하게 쏜다.

"요시오 상 보고 싶어 오고선. 그렇지, 애?"

기미코는 말없이 끄덕끄덕한다.

"망할 년들."

도시코는 때릴 뜻이 호미를 높이 들며,

"제야말로,"

하고 잠깐 주저하다가, 요시오를 힐끗 보고,

"澄子さん. 本當のこと云はうか, あなたとあの人のこと(스미코 상, 정말 말할까. 너하고 그 사람 일)."

하고 눈을 흘긴다.

"云ってごらん. 云ってごらん(말해 보렴, 말해 봐)."

스미코[19]는 성난 모양을 보인다.

도시코의 말을 안 들어도 요시오는 스미코와 구장의 아들 노부오와의 소문을 안다. 노부오가 스미코를 어찌어찌한다는 소문이 동네에 짜아하다.

목수 박첨지의 딸 기미코만이 아직 아무 말이 없다.

"스미코야. 내 말 안 하께."

하고 도시코가 스미코의 어깨에 팔을 건다.

"아서, 그런 소리들 하지 말어. 못써."

요시오는 이렇게 타일렀다.

"난 간다. 기미코야, 너도 가자 애."

하고 스미코는 기미코의 손을 끌고 간다.

아무리 시골 농촌이라 하여도 계집애가 열일곱, 열여덟 살이 되면 색시꼴이 난다. 영양도 나쁘고 몸 모양은 못 내어도 생리적으로 되는 발육은 공평한 것이다. 이 애들 동무 중에는 벌써 어머니 된 사람도 있지 아니하냐.

스미코 기미코가 도시코와 요시오 쪽을 힐끗힐끗 돌아보면서 무엇을 귓속하면서 간다. 그것은 순박한 사랑의 이야기일 것이다.

"있다가도 여기 나오우?"

도시코는 요시오에게 물었다.

"응, 오늘 종일 실어야 할걸. 아직도 열 바린 더 실어야 할걸."

"아유, 열 바리?"

"왜?"

요시오는 곁에 섰는 도시코를 쳐다보았다. 도시코의 눈에는 사랑이 그득 찬 것 같았다. 요시오는 이상하게 가슴이 설렘을 느꼈다.

---

19 원문에는 '기미꼬'로 되어 있으나 오식인 듯하다.

도시코의 몸에서 무슨 향기가 발하여서 푹 요시오의 코를 찌르는 것 같았다. 그 때문은 검정 광목 치마에서도 빛을 발하는 것 같았다.

"왜 우리 집에 한 번도 안 오우?"

요시오는 도시코가 자기에게 허우 하는 것을 비로소 인식하였다. 자기도 해라 할 사람이 아닌 것같이 생각켰다.

"바빠서, 어디 갈 새가 있소?"

"무얼, 내가 다 알아요. 요시오 상 우리 집에 왜 안 오시는지. 시즈에 상도 안 오고. 내가 다 아는 걸 뭐."

하는 도시코의 눈에는 눈물이 핑 돈다.

도시코는 인제는 제가 요시오의 짝이 못될 사람인 것을 느낀 것이었다. 어려서는 몰랐으나 차차 낫살 먹으면서 자기의 지체가 좋지 못한 줄을 안 것이다.

제일 도시코에게 가슴 아픈 일은 그 어머니가 처녀로 시집온 것이 아니오 전 남편의 아들을 다리고 들어왔다는 것이다. 그러니까 저는 '가지기[20] 딸'이라는 것이다. 동무들에게서도 그런 욕을 먹었다.

도시코가 보기에 그 어머니는 결코 누구만 못한 사람은 아니었다. 이 동네에서 어느 어머니보다도 나은 어머니라고 도시코는 생각한다. 그렇지마는 처녀로 아니 들어왔기 때문에, 처녀로 시집 온 동네 여편네들은 분명히 자기 어머니를 동등으로 대우하지 아니하였다. 도시코의 집과 왕래하는 여편네라고는 기미코의 어머니와 스미코의 어머니뿐이었다.

요시오는 더 변명하려고 아니 하였다. 도시코의 눈물의 뜻을 요시오는 잘 알았다.

"내 가께. 도시코 상 집에 내 가께."

요시오는 이렇게 말할 수밖에 없었다.

"언제 오우?"

20　정식으로 결혼하지 않고 남자와 동거하는 과부나 이혼한 여자.

"내일이라도."

"오늘 오시우."

"오늘은 거름 내노라고 갈 새 있나?"

"거름 다 내고, 저녁에."

"가지."

요시오는 이렇게 대답하고 고개를 숙였다. 요시오도 눈물이 쏟아질 뜻함을 느낀 것이었다.

"정말 오우."

도시코는 한 번 더 다지고는 앞서서 간 동무들을 따라서 갔다. 비록 어렸을 적 동무라 하더라도 과년한 계집애가 남자와 단 둘이 밭머리에서 오래 이야기하는 것이 남의 입에 오르내릴 것 같아서 겁이 났던 것이다.

도시코는 달래와 씀바귀를 캐어가지고 집으로 돌아왔다. 도시코는 오늘 밤에 요시오가 집에 올 것을 생각하니 한없이 가슴이 울렁거렸다. (1941.9)

2[21]

도시코는 집에 오는 길로 뜰을 쓸고 방을 치웠다. 암만 치워도 깨끗해지지를 않는 것 같았다.

원체 집이라고 몇 백 년이나 묵었는지 모르는 납작한 초가집이다. 벽 하나 기둥 하나 바로 선 것은 없다. 문짝도 살이 벌어지고 찌그러지고, 게다가 겨울을 난 창호라 때묻은 누더기와 같았다. 평소에는 심상하게 보았던 것도 요시오를 맞을 것을 생각하니 모두 더러워만 보였다. 마음 같아서는 창호도 새로 바르고

---

21   연재 2회분 서두에 "지원병 입소를 앞두고, 온공착실(溫恭着實)한 '요시오'의 일신상에는, 희망과 즐거움과 더불어, 하나의 숙명적인 파란이 전도에서 기다리고 있다"는 편집자의 언급이 붙어 있다.

삿자리[22]도 새것을 깔고 싶었으나 도시코에게는 그러한 힘은 없었다.

도시코는 구석구석 모두 쓸어내었다. 진창이 있는 데는 긁어내고 황토를 파다가 깔았다. 요시오가 오면 이리로 걸어 들어오리라고 생각되는 데도 황토를 깔았다.

왜 이리 법석이냐."

어머니는 도시코가 서두르는 것을 보고 물었다.

"모두 지저분하지 않수? 땅이 죄다 녹았는데."

하고 도시코는 더욱 힘써 치웠다.

도시코는 머리를 감아 빗었다.

"저년이 오늘은 왜 저리 야단야?"

어머니는 한 마디씩 이런 소리를 하였다.

도시코는 새 옷도 갈아입고 싶고 분도 좀 바르고 싶었다. 그러나 도시코에게는 그런 것은 없었다.

"버선이라도 한 켤레 있었으면."

도시코는 울고 싶었다. 구장의 딸 후미코의 팔자가 부러웠다. 후미코는 '구리무'도 바르고 하부다이[23] 치마저고리도 입었다. 그 후미코와 요시오와 혼인하게 된다는 말을 도시코는 들었다. 후미코는 구장의 후실의 딸이기 때문에 오십 석지기를 깃부[24]로 떼어준다는 말도 들었다.

요시오를 후미코에게 빼앗겨서는 아니 된다.

요시오의 누이 시즈에가 노부오와 혼인만 하게 되면 후미코는 요시오와 혼인을 못 하게 된다. 그러나 노부오가 스미코와 이러니저러니 말이 있을뿐더러 시즈에는 고등여학교에까지 다녔으니까 노부오한테 시집은 안 갈 것이다. 필시 소학교에 새로 온 야마다山田 선생과 혼인하기 쉬울 것이라는 것이 이 동네 도는

---

22   갈대를 여러 가닥으로 줄지어 매거나 묶어서 만든 자리.
23   곱고 보드라우며 윤이 나는 순백색 비단으로 견직물의 일종.
24   특정 상품을 교환하는 데 사용하는 표 또는 비유적으로 어떤 자격이나 권리.

소문이다.

야마다 선생은 타관 사람이나 작년에 사법학교를 졸업하고 온 이로 아직 장가를 안 들었고 요시오와는 중학 동창이기 때문에 그 집에서 밥을 먹고 있다. 이것이 그 소문의 원인이다.

그러므로 도시코를 보면 요시오를 후미코에게 빼앗길 것이 열이면 아홉이라고 생각했다.

'안 돼, 나는 꼭 요시오와 혼인을 해야 해. 안 하고는 못살아.'

도시코는 이렇게 생각하는 것이다.

도시코의 아버지 유덕 할아버지는 통 집안일은 안 돌아보는 사람이었다. 석수 일로 돌아다니다가 집에 돌아오면 주막에 든 손님이었다. 우스운 말이나 하고 있었다. 그렇기 때문에 도시코 모녀는 아무것도 유덕 할아버지에게 믿는 것이 없었다. 오면 오나 보다, 가면 가나 보다 할 뿐이었다. 아들들이 달아난 것도 그 때문인지 모른다. 그러므로 도시코도 제 남편을 제가 고르지 아니하면 아니 된다고 생각하였다.

혹시나 아버지가 제 여편네 얻어 들이던 것 모양으로 아무런 녀석이나 끌고 들어와서 불쑥,

"도시코야, 이게 네 남편이다."

할 일이 있을는지도 모른다.

"데릴사위나 얻을까."

언젠가 아버지가 이런 소리하는 것을 도시코가 들은 일이 있었다. 그러면 큰일이다. 아버지는 족히 그렇게도 할 사람인 것같이 보였다.

도시코는 그 어머니와 함께 저녁을 먹었다. 오늘 캐어온 씀바귀를 무치고 달래장아찌를 만들었다. 도시코는 어머니가 달래장아찌를 맛나게 먹은 것을 보고 마음에 흡족하였다.

도시코의 어머니는 아직 오십이 다 못 되었지마는 이가 다 빠지고 얼굴에 주름이 잡혔다. 너무 고생을 하여서 그런 것이라고 어린 도시코도 생각하였다.

도시코도 그 어머니의 전반생은 들은 적이 없었다. 어려서는 퍽 귀엽게 길렀으나 시집을 잘못 가서 무척 고생을 하다가 과부가 된 것쯤은 도시코도 어디서 어떻게 들었는지 모르게 들어 알았다. 바느질 솜씨와 음식 솜씨와 말씨로 보아서 천한 사람은 아니라고 도시코는 생각하였다.

'못난이, 못난 어머니. 도모지 말이 없는 어머니.'

도시코는 그 어머니를 속으로 이렇게 평하고 있었다.

제가 낳은 자식이건마는 도시코에게 대하여서도 큰 소리를 하거나 매를 들거나 하는 일이 없었다. 마치 도시코를 어려워하는 것 같았다.

개가하여 왔다는 것을 깊이 부끄럽게 여겨서 지금도 마음에 어엿지 아니한 데가 있었다. 스미코의 어머니와, 기미코의 어머니도 다 몇 번씩 남편을 바꾼 사람들이다. 그래서 그들끼리는 서로 교제하는 것이다. 직업이 서로 비슷한 점도 있지마는.

어머니를 거울로 삼아서 도시코는 아무런 일이 있더라도 개가는 아니 하리라고 여러 번 여러 번 결심하였다.

"이년, 가지기 딸년. 너 어멈은 과부로 시집왔어. 이 사내 저 사내 주워먹다 왔어."

도시코도 혹은 동무들께 혹은 동네 여편네들께 이런 소리를 들은 일이 한두 번이 아니었다. 그러할 때마다 어린 가슴이 미어지도록 아팠다.

도시코가 분해서 울고 집에 돌아오면 도시코가 말하기 전에 어머니가 알아듣고 같이 울었다. 이러한 슬픔이 도시코의 어머니를 더욱 늙게 하고 침울하게 한 것이다.

"달래는 왜 안 먹니?"

어머니는 씀바귀만 집어 먹는 딸을 보았다.

"씀바귀가 맛있어서."

도시코는 이렇게 대답하고 수줍게 고개를 숙였다. 요시오에게 달래 냄새를 맡기고 싶지 아니한 것이었다.

도시코는 어머니가 일어서기 전에 일어나서 먹은 그릇을 들고 부엌으로 나갔다. 개수통에 그릇을 말짱하게 부시어서 행주를 쳐서 이남박[25]에 담았다.

그리고 나서도 아직 어둡지를 아니하였다.

도시코는 동이를 이고 두레박을 들고 움물[26]에 가서 물을 한 동이 길어서 이고 왔다. 도시코의 머리에서는 물방울이 흘렀다.

도시코는 부엌 바당[27]을 말짱하게 치우고 방에 들어왔다. 어머니는 다리미질 할 옷가지들을 물을 뿜어서 축이고 있었다.

"다리미질하우?"

"응, 다려 놓아야지. 숯이 없어서 푸지[28]한 것을 여러 날 두었더니 풀이 다 죽었다."

"아이, 내일 대려."

"왜?"

"왜든지. 내일 대려. 숯도 없이 어떻게 다리우?"

"언년네더러 좀 달라고 그랬다. 이 다음에 주마고."

언년이란 스미코의 전 이름이다.

"아이, 그래도 내일 대려?"

"왜 그러니? 어디 아프냐."

"아니, 아프진 않어도."

"그럼 왜 그래?"

"누가 와."

"누가? 우리 집에 누가 스스러운 이가 올 사람이 있니?"

"어머니."

"응."

---

25 쌀 따위를 일 때 쓰는 함지박. 함지박은 통나무를 파서 만든 바가지.
26 '우물'의 방언(강원, 경기).
27 '바당'은 바닥의 평안도 방언.
28 푸새 : 천이나 옷 따위에 빳빳하게 풀을 먹이는 일.

"저어, 경직이가 온다고 했어. 저 정숙이 오빠 말야."

"경직敬稙이?"

정숙이는 스즈에의 구명이오 경직이는 요시오의 구명이다.

"응."

"경직이가 왜?"

도시코는 말이 없었다.

방이 한 간밖에 없는 집이다. 유덕이 아버지 내외가 있을 때에 헛간 옆에 한 간 들었던 방은 인제는 고앙[29]이 되었다.

"그래도 다 축여놓은걸."

하고 어머니는 멀거니 앉았다. 도시코의 심정을 촌탁하였다.

도시코는 쥐무[30]처럼 생긴 사기 등잔에 불을 켰다. 콩알만 한 불이 모녀의 얼굴을 비취었다.

어머니는 도시코가 시집갈 나이가 된 것을 생각하였다. 인제 열일곱, 자기 같으면 벌써 시집을 갔을 때다.

도시코의 어머니는 과부될 팔자라고 하여서 자기보다 이십 년이나 장이 되는 사람에게 시집을 갔었다. 그래서 아기자기한 남녀의 사랑을 맛본 일이 없었다. 딸은 나이가 맞는 남편한테 시집을 보내겠다는 것이 소원이었다.

도시코를 바라보고 앉았으면 그의 앞에도 제가 걸어온 신산한 인생길이 보이는 것 같아서 어머니의 가슴은 뻑적지근하였다. 늙은 남편, 가난, 고생, 과부, 개가 살이, 아들과 생이별, 모두 신산한 일뿐이었다.

도시코의 아비 다른 오라비 남팔南八은 십이삼 세 되면서부터 벌써 어머니의 수절 못하였음을 불만하게 여겼다. 민란民亂에 장두狀頭[31]로 나섰던 그 조부의 피를 받아서 구차스러운 것이 싫었다. 남팔은 그가 소학교를 졸업하고는 이태 되던

---

29   광 : 안에 보관하기 어려운 각종 물품을 넣어 두기 위해서 집 바깥에 따로 만들어 두는 집채.

30   붉은 봄 무를 달리 이르는 말.

31   여러 사람이 서명한 호소장이나 청원장의 맨 첫머리에 이름을 올리는 사람.

봄에 부지거처로 달아나고 말았다.

"어디 가서 살아 있기나 한지."

도시코의 어머니는 아궁이에 불을 때이다가 달아난 아들을 생각하고 길게 한숨을 쉬었다.

그러나 도시코의 어머니는 이런 사정을 말할 데도 없었다. 전남편의 아들의 말을 뉘게다 하리. 제 속으로 나온 딸 도시코에게도 말할 수가 없었다. 도시코도 아비 다른 오라비 남팔의 생각은 나지마는 입으로 그 이름을 부르기는 싫었다. 미운 것이 아니나 함께 있을 사람은 아닌 것 같았다.

도시코로 보면 오라비가 셋이 있는 셈이나 다 제 오라비같지 아니하였다. 제일 나이 젊고 같이 자라나다시피 한 셋째 오라비도 도시코에 대하여서 아무 애정이 없는 것 같았고 도시코 역시 그 오라비에게 대해서 그러하였다. 웬 일인지 형제가 서로 대하면 남의 집 식구 대한 이만도 못하였다. 서로 외면하고 서로 먼저 자리를 피하려 하였다. 부자간에도 다들 그러하였다. 도시코의 아버지도 처자에 대하여서 별로 애정이 없을뿐더러 관심도 없는 것 같았다.

'우리 집은 왜 이럴까.'

도시코는 어린 마음에도 이런 한탄을 하였다.

'요시오 상이 왜 안 올까?'

도시코는 밤이 퍽 깊은 것같이 생각하였다.

도시코의 어머니는 다리미질할 것을 주섬주섬 싸서 들고 일어섰다.

"어디 가우?"

하는 도시코의 말에, 어머니는,

"스미코네 집에 가서 다려가지고 올란다."

하고 문을 열고 나갔다.

도시코는 뒤따라나가면서,

"내일 대립시다."

하고 어머니 팔을 붙들었다.

"내 얼른 대려가지고 오지. 경직이 오거든 알리려무나."

이렇게 말하고 어머니는 비칠비칠 어두움 속에 스러지고 말았다.

도시코는 어머니가 아주 없어진 것 같아서 울고 싶었다.

마당에 도시코가 펴놓은 새 흙이 회 모양으로 눈에 띄었다.

땅은 코를 떼어가도 모르게 어두웠으나 하늘에는 별이 총총하였다. 도시코가 이름 아는 별은 북두칠성, 삼태성, 개밥바래기, 샛별밖에 없었으나 그래도 어느 별이나 다 낯이 익은 듯하였다.

도시코는 싸리 문설주에 등을 기대고 하늘을 바라보았다. 그러나 귀는 요시오의 발자국 소리를 잡으려고 바싹하는 소리에도 놀래었다.

도시코의 집은 동네 맨 꼭대기에 있었기 때문에 지나가는 사람도 없고 아무 소리도 들리지 아니하였다. 다른 집에는 개도 있고 고양이도 있고 닭도 쳤지마는 도시코의 집에는 그런 것도 없었다.

도시코의 집에서 동네에를 내려가려면 늙은 홰나무 한 그루를 지나가야 한다. 그 홰나무에는 까치집이 다섯이나 있어서 여름이면 뱀들이 기어오른다. 귀신 붙은 나무라고 아이들이 무서워한다.

도시코의 집이 이렇게 외딸기 때문에 전에는 겨울이면 동네사람들이 모여서 노름들을 하였으나 주재소 순사에게 한 번 묶여간 뒤로는 다시는 노름꾼을 붙이지 아니하였다.

요시오가 오면 저 홰나무 밑으로 올 것이다. 홰나무 있는 데는 다른 데보다 더 어두웠다.

도시코의 기쁨으로 울렁거리던 가슴은 점점 슬픔으로 조여드는 것 같았다. 추운 모양 보아서는, 발끝까지 꽁꽁 언 모양 보아서는 꽤 오래 기다렸건마는 요시오는 오지 아니하였다.

도시코에게는 이것이 평생에 처음으로 사람을 기다리는 일이었다. 그것은 견딜 수 없는 고통이었다.

도시코는,

'안 오는 게다.'

하고 혼자 중얼거리며 방으로 들어갔다. 들어가서 아랫목에 엎드렸다. 몸부림을 치고 싶도록 안타까웠다.

'왜 안 올까. 요시오 상이 내게 마음이 없는 게지. 석수쟁이 딸이라고, 가지기 딸이라고.'

도시코는 아드득하고 이를 갈았다.

목 매달 홰나무 가지, 빠져 죽을 움물 — 도시코에게는 이런 것이 보였다.

어머니가,

"아가."

하고 문을 열고 들어와서 곁에 서기까지 도시코는 세상 모르고 울었다.

"너 우니?"

하고 어머니는 빨래 보퉁이를 내어던지고 딸을 안아 일으켰다.

도시코는 두 손으로 낯을 가리우고 어머니의 무릎에 엎드렸다.

어머니는 여러 가지 일을 상상하였다.

"경직이가 무어라든?"

도시코는 엎드린 채로 고개를 두리두리하였다.

"그럼? 경직이가 안 왔든?"

도시코는 엎드린 채로 고개를 까딱까딱하였다.

"안 왔기로 무얼 울어? 무슨 일이 있어서 안 온 게지. 울긴 왜 울어."

하고 어머니는 도시코의 머리를 치켜들었다.

도시코는 고개를 들어서 어머니를 바라보며,

"어머니."

하고 한 번 부르고는,

"힝."

하고 웃었다.

그 웃는 것이 어머니의 가슴을 더욱 에어내는 듯하였다.

“너, 경직이가 좋아서 그러니?”

도시코는 까딱까딱했다.

“너, 경직이 하고 무슨 말한 것 있니?”

“아니.”

“그럼?”

어머니는 젖먹이 달래듯이 도시코의 머리를 쓸어 만졌다.

“어머니.”

“말 해.”

“나 경직이헌테 아니문 시집 안 가.”

“경직이야 사람은 좋지마는. 그 집이서 왜 우리 집허구 사돈 할라든. 구장네가 하자고 해도 싫다고 한다는데. 애어 그런 생각도 말어라.”

“그래도 경직이는 그런 생각 안 해.”

“무슨 생각?”

“우리 집 저이 집만 못하다고. 경직이는 그런 생각 할 사람 같지 않어.”

“경직이만 안 그러문 되나. 부모가 안 그래야지.”

“그래도 어머니, 난 경직이 아니문 시집 안 가.”

도시코의 눈앞에는 또 홰나무 가지와 움물이 어른거린다.

어머니도 더 말할 기운이 없었다.

‘가지기 딸, 가지기 딸.’

이 생각에 앞이 캄캄했다.

“어서 자자.”

어머니는 장롱 우에 얹힌 때묻은 이불을 안아다가 아랫목에 놓고 베개 둘을 가지런히 놓았다. 따뜻한 아랫목에는 도시코를 뉘었다.

치마와 버선을 벗어버리고 입은 채로 자는 것이다. 깔 요도 없다. 이렇게 자다가 방이 식어서 추우면 일어나는 것이다. 추워지는 것이 기침 시간이다.

어머니는 도시코가 잠이 안 들어 애쓰는 것을 자는 체하면서 다 알았다. 벌써 그럴 때가 되었구나 하였다.

어려서는 어머니 젖가슴에 코를 박으면 아무 불만이 없던 도시코도 인제는 어머니의 품으로 만족하지 못할 때가 되었다.

어머니는 도시코가 벽을 향하고 누어서 잠이 든 것을 이불을 덮어주면서 한숨을 쉬었다.

불행한 여인에게 한숨 쉬는 일밖에 다른 일이 없는 것이다.

"하나님 신명님, 내려다 봅소사. 죄 많은 이 몸은 그저 눈물과 한숨으로 한 세상을 보내더라도 이 아무 죄도 없는 어린 것만은 그저, 어미 걸어온 길을 밟지 말고 편안히 편안히 살게 해줍소사."

어머니는 일어나서 치마를 입고 장독 위에 물 한 사발을 떠놓고 빌었다. 같은 소리를 또 뇌이고 또 뇌이고 손이 발이 되도록 빌었다.

단단 약속을 하고서도, 요시오는 오지 않았다. 도시코를 그대도록 밤에 기다리게 하고는, 마침내 오지 않았다. 도시코는 집안과 집안의 처지상 요시오와는 결혼하기 어려울 줄을 안다. 그러나 그러면서도 '나 경직이(요시오) 아니믄 시집 안가' 하고 그 어머니한테 응석을 하지 않았는가. 이 애련한 도시코의 앞에 장차 닥쳐 올 운명은?(1941.10)

3

이날 요시오는 어찌하야 도시코를 실망시켰던가.

요시오가 마지막 바리 거름을 실어내고 집에 돌아와서 세수하고 발을 씻고 방에 들어올 때에는 벌써 어두웠다.

"아버지 좀 어떠슈?"

요시오는 어두움 속에 아버지의 얼굴을 찾아서 들여다보며 물었다.

"그저 그 모양이지. 그래 거름은 다 냈니?"

"내일 한 나절 내면 되겠지요."

"땅은 다 녹았던?"

"그럼요, 푸근푸근한걸요."

"산에 올라가 보았니?"

"네. 산수 근처에 한번 돌아왔지요."

"누가 나무나 안 찍어갔든?"

"두어 개 없어졌습니다."

"거 원, 어떤 자식들이 남의 남글 그렇게 찍어가누?"

"어떤 자식들이야. 그 목수 영감이 또 찍어 갔지."

하고 방으로 들어오는 어머니가 소리를 버럭 지른다.

"괜히 어머니는 보시지두 않구는 그런 말씀을 허셔요."

요시오가 어머니를 돌아본다.

"밭둑에 뽕나무랑 물푸레나무랑 다 그 녀석의 영감이 찍어가지 않았니? 우리 집에서는 보고 가만 두니깐 만만히 알고 그러지."

하며 어머니는,

"아, 이, 당성냥은 어디 갔니. 경직아 불이나 좀 켜려무나. 오늘은 저녁이 늦어서 너 시장허겠다."

하고 도로 나간다.

경직은 조그마한 남포등에 불을 켰다. 수백 년 묵은 장들과 함들이 괴물 모양으로 나타난다. 할머니 적 세간이다. 잘살 적 유물이라 하여서 보존하여 둔 것이다. 빈대 알과 파리똥이 켜켜이 끼고 사개[32]가 물러난 문갑[33]도 있다. 가난한 살림 중에도 요시오의 아버지는 이 고물들을 바라보는 것으로다 스러져가는 자존심을 돋우는 것이었다.

---

32 상자 따위의 네 모서리를 요철형으로 만들어 끼워 맞추게 된 부분.
33 문서나 문구 따위를 넣어 두는 방안 세간의 한 가지.

장 위에 얹힌 황경피 궤짝 속에는 요시오의 조상 적 홍패^{紅牌}[34]와 교지^{敎旨}와 족보가 들어 있다. 요시오는 평생에 두어 번 그 궤짝이 열리는 것을 보았다. 요시오는 그 홍패란 것을 보았으나 무슨 글자가 씌어 있는지 기억이 없고 다만 뻘건 인^{어부}만이 지금도 눈에 보일 뿐이다.

밥 먹을 때에는 아버지도 일어나 앉았다. 쭈글쭈글 주름이 잡힌 몸이 기운이 없어서 고개가 거들먹거리었다. 밥을 한 술 떠 넣고는 고개를 숙이고, 국을 한 모금 마시고는 또 고개를 숙였다. 그래도 먹어야 산다 하는 생각으로 퀭한 눈으로 밥상을 휘 둘러보나 맛나는 반찬도 없으려니와, 입맛을 잃어서 모두 쓸 것만 같아서 헛침만 삼키고 있었다.

요시오와 시즈에는 밥을 맛나게 씹다가도 아버지의 이 모양을 보고는 목이 메어서 입에 밥을 문 채로 한참씩 멀거니 아버지의 고개 숙인 모양을 바라보고 있었다.

"못 사시지."

요시오나 시즈에나 이러한 생각을 하였다. 그러고는 그 생각이 참혹도 하거니와 죄송도 하여서 고개를 한 번 흔들어서 그 생각을 떨쳐버리고는,

"그래도 우리들은 먹고 살아야."

하는 듯이 입에 문 밥을 다시 씹었다.

"상 치워. 나 그만 먹어."

하고 마침내 아버지는 누울 자리를 본다. 앉아 있는 것이 못 견디게 거북한 것이다.

"좀 더 잡수우."

하고 어머니가 성이나 난 듯이 낯을 찡긴다.

"안 넘어가는 걸 어떻게 먹어."

"그래두 잡수어야 살지. 그렇게 안 잡숫구 며칠 견디시겠소? 자, 물에 말아서 좀 잡숴요. 이 새우젓이라도 해서."

34　고려와 조선 시대 과거시험의 최종 합격자에게 주던 증서.

어머니는 한 팔로 남편을 안어서 드러눕지 못하게 하고 한 손으로 숭늉 대접에 밥을 두어 숟갈 만다. 노르스름하게 좁쌀 섞인 밥이다.

"아부지이, 좀 잡수우."

시즈에가 쓰러지려는 아버지를 두 손으로 버틴다.

아내가 떠 넣어 주는 밥을 받아 입에 물고 아버지는 입을 우물우물 하나 물만 넘어갈 뿐이오 밥은 모래알과 같아서 아무리 하여도 넘어가지를 아니하였다.

"암만 해두 못 살겠어. 밥이 이렇게 안 넘어가니 살지 말란 말이지. 원정[35]에나 가면 좋다두구만 원정에를 무슨 힘으로 가누. 하루 사 원은 주어야 된다는데."

아버지는 이런 소리를 중얼거리고 드러누었다.

'원정에나 가 보았으면' 하는 소리는 근래에 요시오 아버지의 입버릇처럼 되었다. 오랜 병으로 앓고 있으니 와보는 사람마다 약을 말하고 간다. 녹용을 먹으라는 둥, 누구는 이런 병으로 오래 신고하다가 경옥고瓊玉膏 두 제를 먹고 나았다는 둥, 고양이 태를 먹으면 좋다는 둥, 사람의 태도 좋은데 첫 아들 낳은 태가 좋다는 둥, 처녀의 월경 피가 약이라는 둥, 온천이 제일이라는 둥, 아□ 약물이 제일이라는 둥, 모두 돈이 많이 들거나 구하기 어려운 약들이었다.

그러한 처방을 들으면 병자는 그 약을 먹고 싶었다. 그것을 먹고 그대로 하면 꼭 나을 것만 같았다. 그러나 그것은 요시오 아버지로서는 모두 그림의 떡이었다.

요시오 아버지는 그중에서도 온천에를 가고 싶었다. ○○온천이 멀지 아니한 것도 한 이유겠지마는 웬 일인지 모르나 온천에만 가면 병이 나을 것 같았다. 온천에를 못 가서 죽는구나 하는 생각까지도 때때로 났다.

식사가 끝나면 온 가족은 침울하였다. 아버지는 밥 먹는 동안 일어나 앉았던 것이 벅차서 식은땀을 흘리고 요시오와 시즈에는 아버지가 돌아가면 의지할 데가 없는 듯한 막막함을 느꼈다.

아버지가 돌아가면 온 집안 식구를 먹여 살릴 책임이 제 두 어깨로 옮아 오는

---

35 온정(溫情) : 온천과 같은 말.

줄을 알 만한 지각은 요시오에게 있으나 그 책임을 감당할 만한 자신은 없었다.

요시오의 어머니도 그러하다. 이미 남편 그리워할 나이가 아니나 남편의 팔에 매어달려서 살아온 일생이라, 만일 이제 남편이 세상을 떠난다 하면 아이들 데리고 살아갈 길이 망연하였다. 요시오가 나이가 스물이 넘었어도 부모의 눈에는 젖먹이 어린 것이었다. 어느 모로 생각하여도 죽어서는 아니 될 남편이었다.

아버지 본인으로 보면 더욱 그러하였다. 아들 딸 성취도 못 시키고 수백 원 빚을 남기고 죽는다는 것은 차마 못할 일이었다. 지푸라기를 붙들고서라도 살아야만 할 신세였다.

"경직아."

하고 아버지는 한참이나 식사의 피곤을 쉬인 뒤에 입을 열었다.

마치 잠들었다가 깨는 것 모양으로 식구들의 그림자가 움직였다.

"네."

요시오는 기운 없는 아버지의 말하는 괴로움을 덜어 드리려고 아버지 곁으로 다가앉았다.

"아까 구장이 왔다 갔는데."

하고 아버지는 말을 끊었다.

"구장이요?"

요시오는 아버지의 말할 기운을 더하기 위하여서 물은 것이다.

"응, 아까 구장이 나 입맛 없는데 고기라도 한 근 사 먹으라고 돈 일 원을 가지고 와서 —"

아버지는 또 힘이 드는 듯이 말을 쉬었다.

"거, 또 무슨 생각이 나서 돈을 다 가지고 왔노?"

어머니는 구장에 대한 강한 반감을 느끼면서 중얼거렸다. 변변치 못한 상것이 우리가 들어 살아야 할 큰집에 살면서 꺼떡대고 우리 밭을 모도 저당을 잡았다 하는 것이 미운 것이었다.

"응, 그게 다 무슨 소린고. 남이 무엇 주면 고맙게 생각지 않고."

아버지는 쩟쩟 혀를 찬다.

"고맙기는 뭐, 우리가 고와서 그러나. 우리 밭을 뺏으려고 그러지."

어머니도 지지 않는다.

"글쎄 그런 소리 아니 하는 게라도 그래."

아버지는 가장의 위엄으로 소리를 높인다.

"그래, 구장이 와서 무에라고 해요?"

요시오는 아버지와 어머니의 충돌을 완화하자는 것이다.

"지난겨울에도 그런 말이 있지 않았니? 그 말야."

"네에."

"오늘은 직접 자기 입으로 그 말을 하두구나. 그동안 생각을 해보았느냐구. 너도 지원병 갈 날이 얼마 멀지 아니하니 혼인을 하자는 거야 ― 너허구 구장네 딸허구 말이야. 그리고 시즈에를 며느리로 달라는 거야."

"원 세상에, 그렇게 혼인하는 법이 어디 있누. 서로 누이를 바꾸는 법이 어디 있누. 거리에 상것들임 몰라두."

어머니가 항의를 한다.

"지금 세상에는 그래도 괜찮다두면."

아버지는 혼잣말 모양으로 이런 소리를 하였다.

요시오는 아버지가 구장의 청을 마음에 맞게 여기는 의향임을 짐작하고 마음이 무거워짐을 느꼈다.

실상 요시오의 집이 목전의 곤경을 벗어나는 길이 이 길밖에 없었다.

"그러나."

하고 요시오는 고개를 숙였다.

시즈에는 오빠 요시오가 어떠한 대답을 하려는가 하고 요시오를 말끄러미 쳐다보았다. 요시오의 대답 여하는 시즈에 자신의 운명도 결정되는 것 같이 생각되었다.

지난겨울에 구장이 사람을 보내어서 이와 같은 말을 할 때에는 길길이 뛰면서 반대하던 어머니가 두어 마디 구장을 빈정대는 말을 하고는 암말도 없이 반짇고리[36]를 끌어당기어서 일도 아니하면서 헝겊을 뒤적거리는 것이 요시오의 가슴을 눌렀다. 그도 인제는 구장집과 사돈하는 것이 유일한 타개책이라고 생각할 수밖엔 없이 된 것이다.

밖에서 기침소리가 났다.

이집 식구들이 난상협의 할 새가 없이 구장이 온 것이다.

"경직이."

하고 부르는 구장이었다.

요시오는 문을 열고,

"진지 잡수셨어요."

하고 인사를 하였다.

"춘부장 무어 좀 잡수셨나?"

하고 요시오 어머니와 시즈에가 방에서 나오기를 기다려서 구장이 방으로 들어왔다. 구장은 회색 세루[37] 두루마기를 입었다. 넓은 동정에는 때가 묻었다. 아무리 옷치레를 하여도 모양이 아니 나는 얼굴과 몸이었다.

"원 어떻게 어두운지 지척을 가릴 수가 없는걸."

하고 점잔을 빼고, 구장은 두루막 자락을 뒤로 젖히고 앉으면서,

"무어 좀 자셨소."

하고 요시오 아버지를 본다.

요시오는 저녁에 찾아 가마 한 도시코와의 약속을 생각하고, 어른들의 말에 자리를 피하는 모양으로 슬며시 일어났다.

"어디 가나?"

하고 구장이 요시오를 본다.

"놀러갔다 오지요."

---

36 바늘, 실, 골무, 헝겊 따위의 바느질 도구를 담는 그릇.
37 서지(serge): 소모사(梳毛絲)로 날실과 씨실을 비스듬하게 짠 직물.

"아니야, 가지 말게. 내가 자네보고 좀 할 말이 있어. 여기 앉게."

구장은 요시오의 손을 붙들어 앉혔다. 구장의 눈에는 호의의 웃음까지도 떠 있었다.

요시오는 도시코가 기다릴 것을 생각하고 대단히 마음이 초초하지마는 어찌할 수 없어서 구장이 앉히는 대로 그 곁에 앉았다.

구장은 목적하는 이야기를 꺼내지는 아니하였다. 요시오 아버지의 병 이야기에서부터 시작하여서 동네 이야기, 세상 이야기를 한참 하였다. 그러는 동안 구장은 미도리[38]를 쉴 새 없이 피었다.

구장의 말은 요시오에게는 그다지 재미있는 말은 아니었다. 대개는 여러 번 들은 말이었다.

이렇게 한 시간 폭이나 딴 이야기를 하다가 구장은 조끼주머니에서 시계를 꺼내 보고,

"어, 벌써 아홉 신걸."

하고 놀라는 모양을 보이고는,

"그런데 아까 그 일은 생각해 보셨소?"

하고 요시오 아버지에게 묻는다.

연배로 말하면 요시오 아버지와 구장은 허교[39]할 처지지마는 옛날부터 나려오는 계급 차별이 아직 깨어지지를 아니하여서, 서로 허우를 한다. 구장은 무척 요시오 아버지와,

'여보게 자네', 라고 하고 싶었으나 요시오 아버지가 혹시 받자를 아니 할까 두려워서 단행을 못한 것이었다.

"글쎄, 그야 작히나 고마운 말씀이오. 그저 우리가 감당을 할 수가 없어서 그렇지요."

요시오 아버지는 이렇게 말하였다.

38　전매국 초창기에 나온 염가 담배.
39　친하게 지내어 '해라'투나 '하게'투의 말을 쓰다.

"감당이 무슨 감당이요?"

구장은 이 말에 무슨 자기를 낮추 보는 뜻이나 품겨 있지 아니한가 하여서 그 세모난 눈에 잠깐 독기가 뜬다.

"아니, 부자댁에서 고이 길린 따님을 다려다가 고생을 시키게 될 터이니까 감당치 못한단 말이오."

요시오 아버지는 이렇게 변명한다.

"응 그야, 다 제 팔자고. 또 자제가 처자 배 곯릴 사람은 아니야. 그럴뿐더러 낸들 아모리 딸자식이기로 나는 밥을 먹으면서 절더러 밥 굶으라고 할 수야 있어요? 그럴 리야 없지."

하고 구장은 자신 있는 눈으로 요시오를 본다.

요시오는 구장의 눈을 피하여서 고개를 숙이며 강한 압박을 느낀다. 아버지가 돈이 없어서 구장에게 눌리는 것이 분하였다.

"아직 저더러는 말을 못해보았어요. 저애가 늦게 집에 들어와서."

아버지가 아들을 돌아본다.

아버지 생각에는 구장의 딸을 며느리로 맞아서 빚만이라도 탕감을 받았으면 하는 생각이 난다.

"그럼."

하고 구장은 요시오를 향하고 돌아앉으며,

"그럼 요시오 꿍, 우리 직접 담판을 해보세. 다른 말이 아니라, 자네 우리 후미코허구 혼인하잔 말이야. 그래 자네 마음엔 어떤가."

하며 손가락까지 타들어간 궐련을 빤다.

요시오는 방바닥만 내려다보고 대답이 없다. 요시오의 마음에는 후미코가 없다. 어려서 심술패기요 공부도 겨우 청을 하여서 진급하던 후미코다. 후미코에는 요시오의 마음을 끄는 아무것도 없다. 도시코이고 싶었다.

그러면서 요시오는,

"싫어요."

하고 똑 잡아뗄 수는 없었다. 그는 아버지의 심정을 생각할뿐더러 이백여 원의 빚을 생각하기 때문이었다. 아직 독립한 생활을 하여 보지 못한 요시오에게는 이백 원이란 돈은 뒷산만큼 많은 것 같았다. 금년 일 년 농사를 지어서 그것이 잘된다 했자 모두 이백 원어치가 될동말동하였다. 그래서 가만히 앉았는 것이었다.

"뭐, 대답하기 어려울 것 있나. 바로 말을 해."

구장은 한 번 더 재촉하였다.

"사람이란 이면경계[40]가 분명해야 쓰는 것이야. 좋으면 좋다고, 마음에 없으면 없다고 바로 말을 하란 말야. 사내대장부가 우물쭈물할 것이 있느냐 말이야. 안 그런가."

구장은 요시오의 대답이 나오기까지의 침묵을 견딜 수 없이 무서워하는 듯이 지껄였다. 그는 편지 한 장도 잘 못 보게 무식하건마는 입심이 좋아서 말은 대단히 유식하였다.

"왜, 부끄러워서 대답이 없나?"

"—"

"후미코가 마음에 안 들어서 그러나?"

구장의 눈찌에 날카로운 빛이 보였다. 요 녀석도 벌써 한산 이씨를 자랑으로 나를 깔보는 것이나 아닌가 하고 구장의 가슴 속에는 심술덩어리가 떠올랐다.

'오 그래. 어디, 견디어 보아라. 이백오십 원 빚은 당장 내야 될걸.'

하는 최후의 선언을 구장은 목구멍 바로 넘어까지 끌어다가 준비해놓았다.(1941.11)

40　이면경계(裏面境界) : 일의 내용의 옳고 그름.

4

요시오 아버지는 눈을 감고 못들은 체하면서도 자못 마음이 초조하였다.

"아냐요."

하고 요시오가 입을 열었다. 그도 시국의 중대성을 느낀 것이었다.

"그게, 아직, 어린 것이 되어서 부끄러워서 그러는구려. 따님에게 마음에 없다거나, 그럴 리가 있소?"

요시오의 아버지도 완화책을 썼다.

"아니, 그렇게만 말할 것도 아니지요. 혼인이란 당자가 마음에 없으면 못하는 것이지. 예전 모양으로 부모의 위력으로 시키는 시대는 아니니까."

하는 것은 구장이 요시오 아버지에게 하는 말.

"그러니까, 싫거든 싫다고 하게. 내 딸이 변변치 못하니까 ─"

이것은 요시오에게 하는 말이다.

요시오는 구장의 말이 이 이상 더 나오는 것을 차마 들을 수가 없어서 중간을 질렀다[41] ─

"아닙니다. 그런 게 아니와요. 제가 불원에 지원병을 안 들어갑니까."

"그렇지."

"그러니 지금 무슨 혼인을 하겠습니까."

"왜?"

"병정으로 들어가면 언제 집에 돌아오는지 모르지 않아요."

"뭐, 일 년 아니면 이태면 돌아오지 않나."

"그야 그렇죠마는, 만일 출정을 하게 되면 언제 돌아오게 될지 알아요? 살아서 돌아올는지도 알 수 없고요. 그러니깐 지금 혼인할 생각이 없단 말씀이야요."

이렇게 말한 것으로 넉넉히 핑계가 된 줄로 요시오는 생각하고 어깨가 가벼워

---

41 지르다 : 말이나 움직임 따위를 미리 잘라서 막다.

짐을 느꼈다.

"아니 그러니까, 군대에 가기 전에 혼인을 해야 된단 말야. 자네가 출정을 해서 오래 집에 못 돌아오게 된다면 더구나 장가를 들어야 안 하겠나. 자네 춘부장은 저렇게 병중에 계셔, 자당께서도 인제 연로하시지 않은가. 자네 누이가 있지마는 누인들 어디 늘 집에 있겠나. 시집을 가야지. 그러면 누가 있어서 부모를 봉양하겠나. 나도 그런 사정을 다 생각하니까 하는 말일세. 자네가 나라를 위하여서 지원병으로 나가니까 나는 자네 뒤를 좀 도와주어서 국민의 도리를 하자는 것이야. 내 딸이 제국 군인의 아내가 되면 작히나 좋은가. 그러니까, 우리, 두 말 말고 정하세."

하고 요시오 아버지 편으로 돌아앉으며,

"안 그렇소, 영감? 우리 그렇게 합시다."

하고 혼자 작정해버린다.

구장은 혼자 생각에 이 혼인이 다된 줄로 알고, 요시오를 사위를 삼으면 주재소장이나 경찰서장이나 군에서나 다 자기를 추존할 것을 생각하고 마음에 흡족하였다.

요시오는 구장이 가장 나라에 충성한 듯 꾸미는 것이 미웠다. 그 아들 노부오도 응당 지원병으로 가야 옳으면서도 재주는 없으나 건강이 넘어나 넘쳐서 동네 계집애들만 따라다니는 사람이다.

그러나 빚을 진 아버지의 아들인 요시오는 이 자리에서 뚝 잡아끊어서 거절할 용기가 없었다.

"그럼, 나, 그렇게 알고 가네. 자 영감 편이 주무시오. 내일 다시 날도 받고 그럽시다. 무어, 지딱지딱[42] 얼른 해버려야지. 잘 자게."

하고 구장이 일어나 나간다.

"저, 좀 더 생각해 보겠어요."

---

42 서둘러서 일 따위를 하는 모양.

대문까지 배웅을 나가서, 요시오가 구장에게 말하였다.

"왜, 무슨 생각?"

구장은 돌따섰다.[43]

"글쎄. 어떻게 해야 좋을지, 더 생각을 해보아야겠어요."

"왜, 후미코가 싫어서 그러나?"

"아냐요, 천만에요. 제게 과분하지요."

"그런 겸사는 할 것 없고. 내 딸이, ─ 제 자식을 아비가 모르겠나? ─ 그리 변변치는 못해. 그렇지만 내 낯을 보아서 자네가 맡아주게. 자네게 맡기면 내가 마음을 놓겠어."

구장은 팔을 들어서 요시오의 어깨를 안는다. 요시오는 이 말과 이 태도에서 전에 못 보던 구장을 발견하였다. 그것은 순전한 사랑의 아버지였다.

요시오는 이 일순간의 감격으로 구장을 재인식 아니 할 수 없었다. 그도 보통 인정을 가진 사람이요, 자식을 사랑하는 아버지라는 것이다.

구장을 보내고 나서 요시오는 한참이나 그 자리에 서 있었다.

'도시코를 어찌하면 좋은가. 지금이라도 가보나.'

요시오가 망설일 때에, 아버지의 기침소리가 들렸다. 한 번 시작하면 언제 그칠지 모르는 기침 소리다.

요시오는 거의 본능적으로 뛰어들어갔다. 아버지가 기침이 심하면 일으켜 안아도 드리고 가래도 받아 드려야 하는 것이었다.

구장이 가는 것을 보고 요시오의 어머니와 시즈에도 다 아버지 방에 와 있었다.

아버지는 한 차례 기침을 하고 나서 이마와 가슴에 구슬땀을 흘렸다. 시즈에가 그 땀을 씻겼다.

"원, 이건, 죽지도 않고. 어떡허잔 말인가."

요시오 아버지는 이렇게 자탄하였다.

---

43 돌따서다 : 가던 길을 되돌아서다는 뜻의 북방 방언.

"원, 돌아가면 아이들은 다 어떡허라고 그런 소릴 하시오?"

어머니는 항의를 하였다.

"어차피 죽을 거면 얼른 죽어야지. 이게 무에람. 겨우내 봄내, 쿨룩거리고 드러누웠으니. 죽을 사람은 어서 죽어야 산 사람이나 살지 않어."

아버지는 화를 내었다.

"이제 날이 따뜻해지면 나아요."

하고 어머니는 아버지를 드러눕힌다.

"낫기는 무얼 나아. 점점 더한걸. 원정이나 해보면 어떨지."

아버지는 또 온천 말을 하였다.

온천이란 말에 요시오는 마음이 아팠다. 제 몸을 팔아서라도 아버지의 온천 가고 싶은 원을 풀어드리고 싶었다.

아버지는 천정을 바라보고 있었다.

시즈에도 애가 타는 듯이 손길을 비틀고 있었다.

어머니는 요시오를 바라보았다. 요시오는 부모가 무엇을 생각하는지를 알았다. 그것은 요시오가 구장의 말을 듣기를 바라는 것이었다. 구장의 딸 후미코와 혼인을 하는 것이었다.

요시오는 한 번 길게 한숨을 쉬었다.

'구장의 딸한테 장가를 들자.'

요시오는 속으로 이렇게 중얼거렸다. 그것은 마치 제가 저 자신에게 명령을 하는 것이었다.

어머니나 아버지는 요시오에게 무엇이라고 말할 염의[44]가 없다고 생각하였다. 다만 요시오의 처분을 기다리는 것이었다. 요시오는 부모의 이러한 심경을 알았다. 알았기 때문에 마음이 무거웠다.

양식 그릇에는 양식이 떨어졌다. 구장집 빚은 갚아야 하고, 금년 농량은 또 구

---

44 염의(廉義) : 염치와 의리를 아울러 이르는 말.

장집에서 빚을 얻어야 한다. 이러한 사정을 생각하면 요시오가 후미코에게 장가를 들거나, 시즈에가 노부오에게 시집을 가는 길밖에 없다. 그런데 후미코가 요시오의 집에 시집을 오면 구장이 제 딸을 보아서라도 밥을 굶기지 않겠지마는 시즈에가 노부오에게 시집을 간댔자, 기껏 빚이나 탕감해줄까. 그 이상 더 도와줄 구장인 것 같지도 아니하였다.

"너 그래 구장 보고 무에라고 대답했니?"

어머니는 갑갑증이 나서 물었다.

천정을 바라보는 아버지는 무관심한 체하면서도 요시오의 대답이 마음에 켕기었다. 귀가 윙윙 울었다.

시즈에는 시즈에대로 오라비의 입을 바라보았다. 시즈에는 요시오가 후미코를 싫어하고 도시코를 사랑하는 줄을 잘 알기 때문에 더욱 그러하다.

요시오는 한 가족의 운명이 제 한 마디 말에 달렸음을 느낄 때에 일종 비장한 영웅적 기분을 느꼈다.

"혼인해요."

하는 요시오의 대답에는 힘이 있었다.

이 한 마디에 아버지와 어머니의 긴장하였던 근육이 모두 풀리는 것 같았다.

시즈에의 눈초리가 쫑긋하고 올라갔다.

"고맙다, 고마워."

어머니는 이렇게 말하고 며느리 될 후미코를 눈앞에 그려보았다. 그것이 며느리 노릇을 해줄까, 나를 시어머니라고 잘 섬겨줄까 하고 염려가 되는 것이었다. 그러나 죽고 사는 문제다, 그 며느리를 은 소반에 받들자, 어머니는 이렇게 생각하였다.

아버지는 말이 없었다.

이튿날 아침에 요시오가 구장집에 갔다.

"응, 이리 들어와."

구장은 반갑게 요시오를 맞았다.

"아침 먹었나?"

"네."

"어르신네 밤에 편히 주무셨나?"

"네 별일 없었습니다."

하고 요시오는 지난밤에, 어느 때에 잠을 깨어도 아버지가 기침도 하고 부스럭거리기도 하던 것을 생각하였다. 병도 병이거니와 걱정 때문이라고 생각하였다.

요시오는 구장에게, '진지 잡수셨습니까.' 하는 인사말을 할 기회도 잃어버리고 구장이 앉으라는 대로 윗목에 꿇앉았다. 젊은 사람이 제 혼인 말을 하는 것이 원래 부끄러운 일이지마는 이 경우에는 제가 무슨 구걸이나 하러 온 것 같아서 심히 불쾌하였다.

요시오는 이러한 구구스러운 처지에 오래 있기를 원치 아니하였다

"아버지가 오셔야 할 것인데요. 아버지가 오실 수가 없으셔서 절더러 구장님가 뵈옵고 말씀 여쭈라고 하셔서 왔어요."

하고 요시오는 장히 말하기 어려운 듯이 입을 열었다.

"어떻게, 춘부장이 오실 수가 있나."

하고 구장은 요시오가 무슨 말을 하려는가를 요시오의 눈치로 미리 알려는 듯이 그 세모난 눈으로 한 번 요시오를 훑어본다. 그 눈은 무서운 구장의 눈이었다. 어디까지든지 사람을 의심하고 경계하는 눈이었다. 그러나 다음 순간에 구장은 요시오를 향하여서 이러한 눈으로 볼 것이 아니라, 하는 듯이 다시 눈을 부드럽게 하여가지고,

"그래 무슨 말인가. 어서 하게."

하고 요시오가 할 듯하다고 생각되는 몇 가지 말을 상상해 본다. 청혼에 대한 거절, 채무에 대한 기한 연기, 더 빚을 달라는 것 등을 먼저 생각하고 잠깐 미간을 찌푸려서 불쾌한 표정을 하였다가, 또 마음을 돌려서, 만일 요시오가 자기 밑에 휘어든다 하면 큰 소원을 달한다 하는 승리의 쾌감도 느껴보면서 요시오의 대답을 기다렸다.

“아버지 말씀이.”

하고 요시오는 또 말이 막혔다.

“그래 말을 하게. 자네 어르신네가 무에라고 하시던가.”

“구장님께서 그처럼 말씀하시니,”

하고 요시오가 또 주저하다가, 용기를 내어서,

“그러면 구장님 말씀대로 하겠습니다고요.”

하고 말을 끊었다. 요시오는 이마와 콧등에 땀이 남을 느꼈다.

“응, 혼인 말이지?”

“네.”

“자네가 내 딸과 혼인한단 말이지?”

“네.”

구장의 얼굴에는 감출 수 없이 기쁜 빛이 떴다.

“응, 고마워. 기쁘이. 잘 알았네. 내 있다가 내려감세. 이런 일이란 정하면 지딱지 딱 해버려야 하는 것이야. 또 자네도 지원병을 가니까 — 언제 영문에 들어가지?”

“네, 사월이래요.”

“그럼 어디 며칠 남았나? 어, 이거, 급히 서둘러야겠군. 금침과 신부의 의복은 벌써 다 마련이 되었겠지마는 신랑 것을 준비를 해야지. 아모러나 내 있다가 내려감세. 혼인날도 받고. 다른 의논이야 별로 할 것도 없겠지마는.”

하고 구장은 대단히 흥분된 듯이 허둥허둥 경제화를 끌고 안으로 들어가버린다.

요시오는 미처 ‘갑니다.’ 하는 인사도 못 하고 구장집에서 나왔다.

요시오는 무겁고 어려운 임무를 마친 듯한 몸 가벼움을 느끼는 중에도 지금까 지 자유로운 날개를 버리고 훨훨 공중으로 날던 몸이 오늘부터는 원치 아니한 무 엇에 얽매인 듯한 슬픔을 느끼지 아니할 수 없었다.

요시오가 생각에 잠겨서 동네 우물 앞을 지날 때에 깨득깨득 웃는 계집애들 소 리에 고개를 드니 바로 후미코가 분홍치마에 노랑 저고리를 입고 다른 두 계집애 와 함께 마주 걸어왔다.

요시오는 저도 모르게 우뚝 섰다.

후미코도 요시오를 보더니 손으로 입을 막고 고개를 숙인다. 그 등장과 태도가 요시오에게 불쾌감을 주었다.

다들 어렸을 적 동무지마는 남녀가 다른지라 자라서는 서로 만나더라도 말은 없다. 모르는 체하고 지나쳐버리고 만다.

요시오는 몇 걸음을 가다가 고개를 돌렸다. 후미코도 힐끗 요시오 쪽으로 고개를 돌렸다.

'저것이 내 아내.'

하고 요시오는 속으로 중얼거렸다. 아무리 생각하여도 온순하고 단정한 여자 같지는 아니하였다. 후미코는 얼굴이 그렇게 추물이랄 것은 없었다. 이 동네에서는 별로 빠지는 얼굴은 아니었다. 빛깔도 희었다. 그 아버지 닮아서 입설은 두텁고 검푸른 빛이 있었으나 눈이 세모난 것은 닮지 아니하였다. 체격이 좀 뚱뚱한 편이나 몸 모양은 이성의 마음을 끌 만하였다. 다만 살이 거칠고 굳을 뜻한 느낌을 주는 몸이었다.

외양으로 보면 별로, 크게 못마땅한 데는 없으면서도 웬 일인지 후미코가 요시오의 마음을 끌지는 아니하였다. 어려서부터도 그러하였다.

후미코는 동네 다른 계집애들과 달라서 화장도 하고 향수 냄새도 피웠다. 지금도 후미코가 곁으로 지나갈 때에는 분명히 향수 냄새가 났다. 구리무 냄샌가 — 요시오는 이렇게도 생각하였다.

'그러나 후미코가 내 아내가 될 사람이니까, 사랑하도록 내가 힘을 써야지.'

요시오는 이런 생각을 하면서 혹은 집들의 앞으로, 혹은 뒤로, 혹은 사이로 걸었다. 날은 청명하였다.

"아버지, 댕겨왔어요."

하고 요시오가 방문을 열었을 때에는 아버지는 일어나 앉아 있고, 어머니와 누이도 그 곁에 있었다. 다들 요시오의 일을 의논하면서 요시오가 돌아오기를 기다린 모양이었다.

"그래, 가니깐 구장 있든?"

어머니는 아직도 구장에게 대하여서 경어를 쓸 마음까지는 아니 생긴 모양이었다.

"네."

"그래서 무에라고 했니?"

"아버지 말씀대로 했지요."

요시오는 시들하게 대답하였다.

"무에라고?"

어머니는 요시오의 저고리 깃을 만지면서 파묻는다.

"무에라고 했니? 한 대로 말을 좀 하려무나."

"어머니도, 무얼 무에라고 해요. 그저 그랬지요."

이 말에 시즈에가 씩 웃는다.

요시오는 시즈에를 흘겨본다.

"그래, 혼인한다고 그랬지, 구장 딸하고?"

어머니는 기어이 들으려 한다.

"그랬어요."

요시오의 대답은 좀 퉁명스러웠다.

"그러니까 구장이 무애라시던?"

이번에는 아버지가 물었다.

"기뻐하셔요. 고마우이, 기쁘이. 그러시더군요. 있다가 내려오신다고요."

요시오는 병든 아버지에게는 부드럽게 대답하였다.

"기쁠 테지. 지금 세상이니 그렇지, 옛날 같으면야 될 뻔이나 한 일이냐."

아버지는 이렇게 중얼거렸다.

아버지의 이 말이, 요시오에게는 무척 불쾌하였다. 헐수할수없어서 구장에게 목숨을 매달려고 하는 주제에 아직도 옛날을 치켜드는 아버지의 심사가 못나고 미웠다.

시즈에는 힐긋 요시오의 눈치를 보았다. 요시오는 입을 우물우물하고 있었다. 무엇이 못마땅한 때에 하는 요시오의 버릇이다.

"그래 얼마나 준다던?"

이것은 어머니의 말이다.

"무얼요?"

요시오는 어머니를 정면으로 바라보았다.

"아니, 혼인을 하면 구장이 너희들 먹고살 것을 떼어주어야 아니 하겠니? 그것이나 보길래 저의 집하고 사돈을 하지, 그것도 없으면 ―."

요시오는 울고 싶었다. 아버지와 어머니가 이러한 사람들인 줄은 몰랐었다고 생각하였다.

그러나 돌이켜 생각하면 요시오 자신도 구장의 딸을 보고 가는 장가가 아니오, 그 집 재산을 보고 가는 장가였다. 요시오의 마음에도 '무엇을 많이 주었으면' 하는 생각이 없지 아니하였다. 그러나 그것은 숨은 생각이었다. 그것이 어머니의 말 한 마디에 뚜렷하게 나설 때에 요시오는 치가 떨림을 느꼈다.

구장의 아내도 구장의 말을 듣고는 요시오와 후미코와의 혼인에 반대하였다 ―

"그 죽도 못 끓여먹는 집에 애를 보내면 어떡허우?"

하고 악을 썼다.

구장의 부인은 요시오의 어머니의 도고한[45] 것이 미웠다. 일평생을 한 동네에 살면서도 요시오의 어머니는 구장의 부인과 친구가 되지 아니하였다.

"밥 굶고 헐벗는 년이 양반이라고. 흥, 돼지 팔아 두 냥 반이 어떤고. 되지 못하게, 아니꼽게."

하고 구장 부인은 '시방 세상에야 돈이 양반이지.' 하고 자기가 돈이 있는 것이 요시오의 집에 홍패가 있는 것보다 더욱 양반이라고 생각하였고, 생각만 아니라 아니꼬울 때면 입 밖에 내어서 말도 하였던 것이다. 후미코도 어머니의 입에서 이

45　도고하다(道高하다) : 스스로 높은 체하여 교만하다.

러한 말을 여러 번 들었다.

"그래도 당자가 똑똑해. 제 권속 밥 굶길 애는 아냐."

구장은 마누라를 눌렀다.

이때에 후미코가 방에 들어왔다.

아버지와 어머니가 마주앉아서 무슨 말을 하다가 끊은 것을 보고 선 채로 아버지와 어머니의 눈치를 번갈아서 본다.

"후미코야, 아버지가 너를 그예 그 집으로 시집을 보낸다는구나. 밥을 굶고 헐을 벗더라도 그 집으로 시집을 보내신대."

하고 어머니가 소리를 질렀다.

"응, 그게 다 무슨 말법야. 언제는 좋다고 아니 했나?"

구장은 끌끌 혀를 챈다.

"누가 후미코를 그 집으로 시집을 보낸다고 했소? 시즈에를 며누리로 데려와도 좋다고 했지. 그것도 노부오 녀석이 눈깔이 삐어서 그 계집애한테 반해서 그러니깐 그랬지. 며누리는 데려오면 내집 밥 먹이니깐 친정이 가난해도 괜찮지요. 그렇지만 딸을 밥 굶는 집으로 보내면 어떡헐 테요? 그래 당신이 먹여 살릴 테요? 당신은 양반, 양반 하시오마는 그까짓 것들이 양반이 무슨 빌어먹다 죽을 양반이요? 되지 못하게 도고하기만 하고. 요새 세상에 돈이 양반이지, 케케묵은 홍패 딱지가 밥 됩디까."

"에이, 배우지 못한 것. 그게 무슨 말 버릇이야. 후미코야, 너는 어머니 말 듣지 말고 오늘부터는 요시오를 네 남편으로 알고 일절 다른 사내들 하고는 말도 말어."

후미코는 가타부타 말이 없었다. 후미코는 물론 요시오가 좋았다. 이 동네 계집애들 중에 요시오를 싫다고 할 사람은 없었다. 그것은 요시오가 잘생기고 힘 있고 믿음성 있는 남자이기 때문이었다.

그러나 후미코도 그 어머니가 생각하는 것과 같이 요시오의 가난이 싫었다. 싫다는 것보다도 무서웠다. 후미코는 그 어머니 입으로부터 요시오네가 후미코 집 빚을 '산더미같이' 지고 있는 것도 들었다. 제 집 빚을 많이 지고 있는 요시오의 집은 필경 후미코의 집보다 지체가 훨씬 떨어지는 것 같았다. 그러나 아버지가 시집을 가라고 명하면 후미코는 못 견디는 체하고 시집을 갈 생각이었다.

후미코가 싫다는 대답이 없는 것을 보고 어머니는 후미코를 자막대기로 후려갈기고 싶었다. 그러나 그렇게는 아니하고 다만 눈만 흘겼다.

"이년아, 너 가난 고생이 어떤 줄 알기나 알어? 네가 그 집에 시집을 가서 굶어 죽기로 아버지가 눈이나 깜작하실 줄 알고. 이 미친년 같으니. 네가 그래도 그 집으로 가겠거든 아버지한테 먹을 거나 타가지고 가."

어머니는 악을 썼다.

"그게 자식에게 하는 소리야?"

구장은 화를 낸다.

"그럼 내 속으로 나온 자식 밥 굶겨요? 홍, 좋겠소. 당신만 덜컥 돌아가면 노부오 녀석이 일 년이 못해서 모두 깝슬려버릴 테니, 그렇게 되면 우리 식구들은 무얼 먹고 살아요? 모두 떼거지가 나는 것을 내 눈으로 보고야 말걸."

노부오는 후미코의 전 어머니가 낳은 아들이기 때문이다. 후미코와 동복으로는 신지信二, 하루코春子가 있다.

구장은 아내와 더 승강이를 하기를 원치 아니하였다. 여편네라는 건 할 수가 없어서 막 내리눌러야 한다고 생각하면서, 가장으로서의 위신을 느끼면서 두루마기를 떼어 입고 나섰다. 요시오의 집으로 가는 길이다.

구장이 나간 뒤에 후미코의 어머니는 후미코를 보고,

"너 어떡헐라고 암 말도 안하니?"

하고 손으로 삿대질을 하였다.

"무슨 말을 해애?"

후미코는 귀찮은 듯이 낯을 찡그렸다.

"무슨 말이라니? 경직이(요시오)한테 시집을 간다든지 아니 간다든지. 아니, 속에 있는 대로 말을 해야지 않어?"

"난 몰라요."

"모르는 건 다 무에야? 제 일을 제가 알지 누가 알어?"

"아버지가 가라시면 가지 뭐."

"밥을 굶고 헐을 벗어도 좋아."

"그럼 어떡허우?"

"그럼 어떡허운 다 무에냐. 시아비라고는 긴 병을 앓고 누었지. 시어미라는 건 주제넘지. 그래도 그 집에를 가서 시집살이를 할 테야?"

"글쎄, 그럼 어떡허란 말야요?"

"어떡허란 말은? 아버지 보고 싫다고 그러지. 난 그런 집에 시집 안 간다고."

후미코는 말이 없다.

"글쎄 이 못난 년아, 어떡허자고 그러는 거야? 왜 진골 아즈머니 말하는 그 집이 어때서 그래? 돈 있고 가품 좋고 작히나 좋아. 그 좋은 데를 마다하고 글쎄 왜 불가난방이 집에를 가서 몸을 망치려 든단 말이냐. 안 그러냐. 잘 생각을 해보아."

"싫어요, 거긴."

후미코는 굳세게 몸을 흔든다.

"왜? 무엇이 어때서?"

"싫어요, 그까진 무지렁이 바보한테 누가 가요?"

"흥, 무지렁이 바보?"

"난 경직이헌테 시집갈 테야요."

"아, 저년 보게."

어머니는 눈을 크게 뜬다.

"시애비는 긴 병을 앓아도?"

"그럼 어때요? 그 무지렁이는 지원병 가랴다가 떨어졌답디다, 우리 오빠 모양으로. 사람이 잘났길래 수천 명 중에서 지원병으로 뽑히지 않아요. 신지[信二]도 오빠같이 되면 어떻게 해."

"그 애가 왜 제 형처럼 되니? 신지야 여간 똑똑하다고."

"피이."

하고 후미코는 입을 삐쭉한다. 신지는 작년에 소학교에를 들어갔으나 여섯 점도 못 받는 축이다. 구장이 시즈에를 며느리를 삼으려는 또 한 가지 목적은 제집 종자를 개량해 보려는 데에 있다. 시즈에가 낳은 자식이면 외탁으로 좀 잘날 것 같다고 생각하는 까닭이다.

"이년, 피이는 다 무에냐. 누가 제 동생을 보고 피이하고 빈정대든? 넌 얼마나 똑똑하길래 그러니?"

"내가 똑똑하대요? 어머니가 낳으신 자식이야 다 마찬가지지. 하루코도 그렇고."

"하루코가 어때?"

"다 그렇지 무에야요? 왜 우리 애들은 남의 애들과 같이 귀엽지가 못해? 똑똑하지를 못하고. 심술만스럽고."

"아 저년이, 저년이 남 숭보듯하네."

"누가 숭보는 거야요? 왜 어머니는 자꾸만 경직이네 집 숭을 보아요?"

"오오, 어느 새에 경직이네 역성야?"

어머니는 딸 후미코가 제 품 밖에서 나갔다는 것을 분명히 인식하였다. 어머니는 기가 막히는 듯이 한참이나 물끄러미 후미코를 바라보고 있었다.

미움은 미움이요 어머니는 어머니였다. 후미코의 어머니는, 미운 요시오를 위하여서 혼인 옷 준비에 바빴다.

삼월 이십일일 춘계 황령제[46]일이 요시오와 후미코와의 혼인날이었다.

신랑이 지원병이오 신부가 구장의 따님이라, 구식 혼인식을 할 수 없다 하여서 학교 강당을 식장으로 하고 면장이 주례자가 되었다. 예수교도 들어와 본 일이 없는 이 동네에서는 신식 혼인이라고는 처음이었다.

경절[47]이니만치 학교 국기 게양탑에는 대국기가 걸리고 구장집을 위시하여서 동네 집집에 국기가 달린 것도 모도 이 두 집 혼인 축하를 겸한 것인 것 같아서 기세가 좋았다. 일기도 봄날과 같았다.

46　황령제(皇靈際) : 역대 천황과 황후의 제사.
47　경절(慶節) : 경축일.

신랑과 신부의 예복에 관한 것, 예식 절차에 관한 것, 내빈 대접에 관한 것 등으로 여러 가지 논란이 많았다. 요시오의 어머니는 신랑이 사모관대 할 것을 주장하였고, 이 주장에 대하여서 구장이 지지하였다. 그것은 구장이 양반과 혼인하는 표를 보이고 싶기 때문이었다. 요시오의 어머니는 백 년이나 묵은 사모와 관복을 꺼내었다. 물이 낡고[48] 좀이 먹고 마치 귀신 그릇에서 꺼낸 물건 같았으나 이 동네에서는 쓰자면 이것밖에 없었다. 구장은 서울 가서 좋은 것으로 세를 내어올 것을 잘못하였다고 후회하였다.

그러나 주례자 되는 면장은 이런 구식 복색을 할 필요가 없으니 신랑은 두루마기, 신부는 흰 저고리 치마로 하자고 주장하여서 모처럼 두 사돈집에서 하려던 것이 깨어졌기 때문에 그 타협 조건으로, 학교 강당에서 식을 마치고 나서, 신부 집인 구장집에서 구식으로 한 번 더 초례를 하기로 하였다.

"안에서들 섭섭해 하니까."

하고 구장은 손님을 대하는 대로 변명하였다.

예정 시간 오전 열한 시. 그것은 내빈에게 점심을 겪자는 뜻이었다.

아직 농번기도 아닌 동네라, 거의 온 동네 사람이 총출동을 하였다.

"경직이네 수났어."

하는 것이 일반의 비평이었다. 가난한 집 아들이 부잣집 사위가 되는 것을 수났다고 하는 것이었다.

구장네 집에는 안마당에 차일을 치고 혼인 전전날부터 사람들이 수없이 들락날락하였다. 작인들도 혹은 찹쌀, 혹은 녹두, 혹은 닭의 알, 혹은 닭을 들고 왔다. 부조하는 것이다. 닭의 알 꾸러미, 짚 깔이에 바쳐서 들고 오는 닭. 이것만 보아도 큰 혼인잔치의 기쁨이 있는 것이다.

"비상시가 되어서."

하고 구장은 잔치를 검소히 하는 뜻을 오는 사람에게마다 변명하였으나, 옛날부

48　물이 낡다 : 빛깔이 바래다.

터 하는 일은 하나도 아니 빼고 다 하였다. 송아지 한 마리, 도야지 한 마리, 닭은 오십여 마리나 잡고, 술도 약주, 탁주, 그리고 정종, 맥주까지 준비하였다.

녹두와 닭의 알로 부침개질도 하였다. 큰 화로 네다섯에 숯불을 이럭이럭 피워놓고 장정들이 둘씩 둘씩 마주앉아서 자빠뜨려 걸어놓은 지짐 뚜껑에 도장 모양을 깎은 무쪽으로 기름을 둘러서 우지직 우지직 기름이 튈 때에 녹두 녹말이나 닭의 알 푼 것을 숟가락으로 듬뿍듬뿍 떠놓으면 가장자리로부터 익어들어가는 것이 옆에서 보고 섰는 아이들의 입에 스르르 춤이 고이게 하는 것이다. 거기다가 간이나 닭의 똥집을 넣어 알쌈을 부치거나, 또는 전뇌를 슬쩍 얹어서 부치는 것을 볼 때에는 식욕 강한 아이는 얻어맞을 매에 얻어맞더라도 손과 입을 데일 때에 데이더라도 날쌔게 하나 훔쳐서 입에 틀어넣고 달아나는 것이다.

스미코 오빠 대장장이는 닭을 잘 잡는다. 칼이 닭이 목에 한 번 가닿기만 하면 피를 푹 쏟고 죽어버리고 만다. 기미코의 아버지 목수 영감은 산적 꼬치는 잘 깎지마는 닭은 영 못 죽인다. 죽이기를 싫어하는 성미도 있지마는 칼로 닭의 모가지를 암만 썩썩 베어도 피도 시원히 나지 아니하고 닭도 잘 죽지 않는다. 그래서 다 죽은 줄 알았던 닭이 퍼떡퍼떡하는 일이 있다.

도시코의 아버지 석수 영감은 말로는 닭 잡는 법과 소 잡는 법도 잘 안다 하지마는 일찍 손을 대어본 일은 없다. 그는 일집에 가면 닭 잡는 젊은이, 부침개질하는 젊은이 옆에 앉아서 잔소리만 하거니와 그 잔소리에는 다 무슨 뜻이 있어서 젊은 사람들을 웃기고 재미있게 한다. 그가 담뱃대를 떨고 일어나면,

"좀 더 이야기하고 가시지요."

하고 젊은 사람들이 붙들지마는 그런다고 도로 앉는 법은 없다. 그는 무엇이나 제 마음대로 하지 남의 말을 듣는 법은 없다.

닭은 수십 마리나 한칼에 잡아놓고 난 스미코의 오빠는 또 떡을 치는 일을 맡았다. 그는 암팡졌다. 그의 누이 스미코도 암팡졌다.

구장집에 가장 자랑되는 것은 떡구유[49]였다. 아름이 넘는 물푸레 노목으로 판 것이다. 어디서 났는지 퍽 오랜 것인데, 구장은 이것을 큰 자랑으로 안다.

"떡은 물푸레 구유에 쳐야 하는 것일세. 맛이 다르지."

떡치는 동네 젊은이들 보고 이런 말을 하였다.

두 떡메가 번갈아서 하늘로부터 떨어질 때에는 김이 무럭무럭 오르는 떡 모태[50] 그 희고 부드러운 살을 파르르 떨었다. 떡을 맞히는 순네 어머니의 팔꿈이까지 올려 걷은 흰 팔이 번개같이 물 담아놓은 이남박과 떡판 사이로 왔다 갔다 하였다. 얼른 두 손을 떡 모태 속으로 쓱 집어넣어서 모태를 뒤집어 개켜놓고 한 번 두 손으로 꾹 눌러 잠을 재운다. 그러면 밥풀 묻은 떡메는 마치 그 손을 아니 놓치려는 듯이 내려쳐오나 손은 어느 새에 벌써 이남박 물에 있다. 남성답고 여성다운 일종의 무용이다. 씩씩한 리듬이다.

그러나 이것도 다 어제까지의 일이다. 아궁이서는 불이 한없이 타고 가마와 솥에서는 김이 한없이 오르던 것도 다 어저께 일이다. 어제 밤늦도록까지에 음식을 다 준비해 놓고 신랑, 신부의 옷도 시침을 다 떴다. 곤한 잠들을 자고 나서 오늘은 종종히 혼례식을 기다린다.

다만 지난밤에 잠을 잘 이루지 못한 이는 스물한 살 먹은 신랑 요시오와 열여덟 살 먹은 신부 후미코다.

시집, 장가는 예로부터 가고 오는 것이지마는 처녀, 총각에게는 언제나 새로운 세계다. 사람은 일생에 네 번 새로운 세계에 들어간다고 한다. 전에 못 보던 세계에 빨가숭이로 뛰어드는 것이다. 처음 들어설 때에 사람은 첫째로 놀라고, 둘째로 울거나 웃는다. 그 네 가지는 무엇인고 하면 나는 것과 시집 장가드는 것과 도를 깨닫는 것과 죽는 것이다. 이것만은 미리 알아가지고 할 수 없는 일이요 남한테 물어 가지고 할 수 없는 일이다.

요시오나 후미코나 다 이 둘째 새 세계 문 밖에 섰다. 내일이면 그 세계에 들어가려는 오늘 밤이다. 그들을 잠을 못 이룬다. 분홍빛을 띤 달큼한 꿈도 꾸고 무시무시한 예감도 있다.

---

49 통나무를 파서 구유처럼 만든, 떡을 치는 그릇.
50 인절미나 흰떡 따위를 한 번에 쳐서 낼 만한 분량의 단위.

　더구나 요시오에게 있어서는 마음에 원치 아니하는 혼인이었다. 서로 사랑하던 남녀라 하면 좀 더 행복된 예감을 맛볼 것이었었다. 그러면서도 요시오는 일종의 쾌감을 느낄 수는 있었다. 요시오는 제 마음에 일어나는 생각을 모두 쾌감으로 변하려고 힘을 썼다. 도시코에게는 있는 모든 아름다움을 후미코에게 떼어다가 붙였다. 그러고 후미코는 아름답고 좋은 처녀라고 생각할 때에 요시오는 후미코에게 대한 그리움을 느낄 수가 있었다.

　'됐다.'

　요시오는 이렇게 속으로 중얼거렸다.

　요시오는 그 후에 한 번도 도시코를 만난 일이 없었다. 요시오도 도시코의 집 가까이를 아니 갔지마는 도시코도 요시오를 피하는 모양이었다. 다만 한 번 먼빛에 도시코를 보았으나 도시코는 곧 외면하여버렸다. 요시오는 그때에 도시코를 따라갈 마음도 있었으나 말았다. 그것은 옳지 아니한 일이라고 생각했기 때문이다.

　도시코는 요시오를 단념하였으리라고 요시오는 생각한다. 그러나 이날 밤에 도시코도 잠을 이루지 못하고 울었다. 어떻게 할 수 없는 일이었다. 요시오가 꼭 제 것이 되어야만 할 텐데 되지 아니하였다. 가난한 집에서 고생하고 자라난 도시코는 세상 일이 제 뜻대로 되지 않는 일이 많은 것을 벌써 배웠다.

　도시코는 어떻게 해서든지 제 것을 만들고야 말리라 하는 의욕은 일으킬 줄은 모른다. 보물을 물속에 떨어트려서 잃어버린 심만 잡는다. 그러나 도시코에게는 한없는 눈물이 있다. 도시코는 언제까지나 남 보지 않는 데서 울 생각이다. 그리고 평생을 살아갈 생각이다.

　아직 인생의 악에 물들지 아니한 도시코는 아모 부정한 수단도 생각할 줄 모른다. 가령 오시오를 유혹한다든지, 그런 일은 생각할 줄 모른다. 다만 그 어머니에게서 들은 대로 모든 것은 다 제 팔자라고 생각하고 있다. 이래서, 다른 생각은 할 줄 모르기 때문에 요시오를 그리워하는 생각만이 간절하다. 외곬이기 때문이다.(1941.12)

5

　　잠 못 이루는 세 사람 중에 가장 행복된 사람은 후미코였다. 그는 마음에 좋아하는 사내한테 시집을 가게 된 것이다. 그뿐 아니라 그는 가난 걱정을 모른다. 그는 도시코 모양으로 평생에 무엇에 쪼들린 일은 없었다. 무엇이 먹고 싶으면 먹었고 무슨 일을 하고 싶으면 하였다. 누가 말래서 못한 일은 별로 없었다. 모두 마음대로 되었다. 이번 혼인도 마음대로 된 것이다. 진골 바보한테 시집 안 가게 된 것이 좋아서 죽을 지경이었다. 후미코는 자리에 누운 대로 몇 번인지 모르게 웃었다. 소리가 날 뻔한 것을 참기도 하였다.

　　후미코는 아침에 일찍이 일어나서 세수를 하였다. 목욕을 하고 싶었으나 목간통이 없었다. 후미코는 웃통을 벗어부치고 모가지와 등덜미를 씻었다. 젖가슴도 씻었다. 그리고는 발도 씻었다. 더 씻고 싶은 것을 남들이 부끄러워서 말았다.

　　후미코는 경대 앞에 앉아서 머리를 빗고 화장을 하였다.

　　"어머니, 나 옷 주우."

하는 후미코를 보고 후미코 어머니는, 밉살스러운 듯이,

　　"그년이 퍽도 서둘르네."

하고 눈을 흘겼다.

　　밖에서 노부오가 제 깐에는 무슨 일 참견을 하노라고 떠들고 돌아다녔다. 하루코는 상글상글 웃었다. 신지는 두 손에 먹을 것을 들고 입에는 바르고 방으로 마당으로 제 세상인 듯이 뛰어다녔다.

　　"아이 이쁘기도 허이. 꽃송아리[51] 같고나."

　　동네 여인들이 후미코가 옷을 입는 양을 보고 인사치레를 하였다.

　　"명년 이맘때엔 떡두꺼비 같은 아들이나 하나 쏙 빠트려라."

　　이런 덕담도 하였다. 더러는 음담에 가까운 농담도 하였다. 비록 음담까지는

51　꽃이 잘게 한데 모여 달린 덩어리.

아니 하는 사람이라도 젊은 신랑 신부의 첫날밤을 연상시키는 말들을 하였다. 그것은 모두 육체에 관헌 것이었다.

엎디면 코 닿을 데건마는 신부는 가마를 탔다. 가마채를 든 것은 동넷집 장정들이었다. 그들은 신부를 들고 가는 것이 기뻐라고 무에라고 떠들었다. 가마가 들먹들먹하는 것이 후미코에게는 퍽 유쾌하였다. 구비를 돌 때마다 여기는 누구 집, 여기는 움물, 하면서 후미코는 몸을 건들먹거리고 앉아있었다. 책 보퉁이를 끼고 학교에 다니던 길을 가마를 타고 가는 것이 우스워서 죽겠었다.

"문자야."

하고 길가에서 부른 동무도 있었으나 후미코는 혼자 웃기만 하고 대답은 아니 하였다.

'너희들보다 내가 장하다.'

후미코는 이렇게 외치고 싶었다.

스미코, 기미코, 도시코도 어느 모퉁이에서 바라볼 것이다, 하고 후미코는 그들이 그리운 생각이 났다. 제가 도시코의 애인을 빼앗는 줄은 후미코는 모른다. 만일 그런 줄을 알았더면 후미코는 더욱 유쾌할 것 같았다.

'이애들이 부러워는 할 거야.'

후미코는 시집이란, 이 세상에서, 저만이 가는 것처럼 생각하였다.

식장인 학교에 다 도달하여서 가마채를 내려놓을 때에는 노정이 좀 더 멀었으면 하고 후미코는 섭섭하였다. 그러나 학교 마당에 사람들이 그뜩이 모여서 저를 기다리고 있는 것을 보니 마음에 흡족하였다. 모든 사람들이 다 후미코를 위해서 난 것 같았다.

후미코는 휴게실인 어느 교실로 들어갔다.

요시오는 말을 탔다. 마차 끄는 말을 빌려서, 안장이 없어서 부담[52]을 싣고 탔다. 말을 타면 갓을 써야 한다고 해서 갓을 썼다. 감투 받쳐 갓을 쓰고 말께 올라

52　부담(負擔) : 옷이나 책 따위의 물건을 담아서 말에 실어 운반하는 작은 농짝.

앉으니 갑자기 어른이 된 것 같았다. 시즈에는 그 꼴을 보고 웃었다.

말 경마를 든 것은 요시오보다는 나이 많은, 동네 마차꾼이었다. 전 익살덩어리여서 신랑을 웃겼다.

"웃지 말어. 초례청에서 웃으면 첫딸 낳는다는 게야."

하고 모두들 놀려먹었다. 이름이 하인이지 모두 동네 어른이었다. 그래도 어디서 났는지 벙치들을 쓰고 두루막 자락을 뒤로 질끈 마주 매었다.

요시오는 평생 처음 말을 탔다. 소를 맨 장등에 타본 일은 있었으나 말은 도대체 처음이었다. '말 탄 양반 끄떡, 소 탄 양반 끄떡.' 하던 어렸을 때 노래를 생각하고 마상에서 허리를 쭉 뻗어보았다. 그러나 등가죽 벗겨진 마차 말에 안장도 등자도 없이는 끄떡거릴 수도 없었다. 아는 사람들이 쳐다볼 때면 부끄럽기만 하였다.

'기병과에 들었으면.'

요시오는 군인들이 말을 타고 달리는 용장한 모양을 눈앞에 그려보았다.

마부들은 떠들기만 하고 말은 방울만 덜렁거리고 걸음은 떴다. 마차를 끌던 버릇이다. 그러나 원체 엎디면 코 닿을 데라 아무리 큰 길로 돌음길[53]을 하여도 집 떠난 지 십오 분이 못해서 학교에 다다랐다.

하늘은 맑고 날씨는 노곤할 만큼 따뜻하였다. 길가와 뜰 가에는 냉이, 쑥 따위가 파릇파릇하였으나 산과 들은 아직도 마른 풀빛이었다.

면장과 주재소장이 늦게 오기 때문에 예식은 예정보다 한 시간 반이나 늦어서 영시 반쯤 해서야 시작이 되었다.

종이 울었다. 사람들은 모두 식장으로 들어갔다. 여편네들도 나도 나도 하고 남이 벗어놓은 신발을 밟으며 차 내버리며 앞을 다투었다. 코 흘리는 아이들도 저의 어머니 할머니에게 매어달려서 들어와서 설레었다. 신식 혼례식이라는 것이 흥미도 끌었거니와, 떡과 고깃국도 바라는 것이었다. 스미코와 기미코도 왔

---

53 멀리 돌거나 에돌아서 가는 길.

다. 도시코는 머리가 아프다고 아니 오고 도시코의 어머니도 아니 왔다. 도시코의 아버지는 참여하였다.

후미코의 오라비 노부오는 제 또래 동무들과 함께 손님을 안내하노라고 바빴다.

식단 좌우에는 교의를 놓고 주재소장, 면서기, 학교 직원 같은 손님들이 앉았다.

면장은 모닝을 입었다. 그는 신수가 좋았다. 동경서 대학까지 졸업하였다는 신지식자이다.

혼인 마치를 칠 줄 모른다고 사양하는 것을 억지로, 여선생더러 풍금을 치라고 하였다.

"애국행진곡을 치셔요. 더구나 신랑이 군인이니까 애국행진곡이 좋지요. 그까진 서양 웨딩마치 칠 것이 무엇이오."

하는 면장의 분부였다. 면장의 이 말은 웨딩마치를 모르는 여선생을 살려 주었다.

들러리는 없기로 하고 신랑의 외숙이 신랑의 아버지 대신 신랑을 데리고, 신부의 아버지가 신부를 데리고 동시에 행진곡을 맞추어서 걸어 들어오기로 주례가 명하였다.

면장이 손을 드는 것을 군호로 여선생이 애국행진곡을 쳤다. 어린 소학생들이 늘 하던 습관으로,

"見よ東海の空明けて

旭日高く輝けば

(보라 동해의 하늘이 밝아

아침 해 높이 빛나면)"

하고 풍금에 맞추어서 노래를 불렀다. 일동이 다 웃었다. 아이들이 영문을 몰라

서 노래를 뚝 그쳤다.

"よろしい, うたひなさい(좋으니 부르시오)."

하고 면장이 말하였다.

아이들이 교장을 바라보았다.

교장이 '요로시이' 하는 눈짓을 하였다.

이번에는 어린애들뿐 아니라 큰 애들까지도, 어른들까지도 애국행진곡을 불렀다.

그러한 속으로 신랑, 신부가 들어왔다. 신랑 신부가 단 앞에 와서 선 뒤에도 노래는 계속하여서,

"大行進の行く彼方

皇國常に榮あれ

(대행진을 하는 그대

황국 언제나 광영 있으라)"

하는 데까지 부르고 말았다.

면장은,

"エ ― これより, 新郎牧山義雄君, 新婦金田文子孃の結婚式を擧行致します."

하고 먼저 국어로 선언한 후에, 다시 조선말로,

"어, 이제부터 신랑 마끼야마 요시오 군, 신부 가나다 후미꼬 양의 혼례식을 거행합니다."

라고 스스로 통역하고 나서,

"神前に對したてまつり最敬禮(신전에 대하여 정중히 경례)."

하고 가미다나[54]에 먼저 최경례하고 다음에는 정면 국기에 경례하고, 그러고는 식을 진행하였다.

신랑, 신부가 평생을 변치 않고 살겠다는 맹세는 예수교식으로 하였다.

그리고 가락지는 요시오의 어머니가 시집올 때에 요시오의 할아버지가 해주었다 하는 굵다란 은가락지를 썼다.

요시오가 그 가락지를 후미코의 왼편 손 무명지에 끼워줄 때에 후미코는 씩 웃었다. 가락지가 커서 홀컥하는 것이 우스운 것이었다.

맹세가 끝난 뒤에 주례는 신혼부부에게 일장 훈시를 하였다 —

"오늘은 참 기쁜 날이오. 신랑 신부 두 분이 백년해로를 맹세하는 날이니 두 분께는 평생에 가장 기쁜 날이오. 지금 신전에서 두 분이 맹세를 하였거니와, 평생에 그 맹세를 저바리지 말고 아들딸 많이 낳아 길러서 천황폐하께 바치고 직역봉공 잘 하시오. 이렇게 기쁜 혼인예식을 할 수 있는 것도 다 천황폐하의 넓으신 은혜 까닭이오. 두 분은 이제 부부로서 가지런히 궁성을 향하여서 천황폐하께 절하시오."

주례의 말대로 신랑 신부는 우향 하여 가지런히 궁성을 요배하였다. 일동도 같이 요배하였다.

신랑 신부가 본 위치에 돌아온 뒤에, 주례는,

"신랑, 신부 두 분이 다 천황폐하의 신민이니, 두 분이 이루는 가정과, 낳아 기르실 자녀와 평생에 하는 모든 일이 다 천황폐하의 것일 줄을 깊이 기억하여서 잊지 마시오. 이것이 충忠이오. 두 분은 이 자리에서 맹세하시오."

"네."

"네."

신랑, 신부가 대답하였다.

주례는 계속하여,

"다음에는 부모님 은혜요. 부모님이 두 분을 낳아 기르셨으니 그 은혜가 태산 같소. 부모님의 은혜는 효도로써 갚아야 하오. 시부모가 친 부모와 다름이 없는

---

54 집안에 신을 모셔 놓은 감실.

것은 말할 것도 없지마는 장인 장모도 친부모와 같이 섬겨야 하오. 시족이나 처족이나 꼭 마찬가지지 차별이 있을 리가 없소. 이제 신랑, 신부 두 분은 처음 시부모께, 다음에 장인, 장모께 정성으로 감사하는 절을 드리시오.”

하고 요시오의 어머니와 외숙을 불러내었다. 신랑, 신부는 그 앞에 걸어가서 절을 하였다. 요시오 어머니는 가만히 서 있었다. 아들, 며느리의 절을 서서 받는 법이 있나 하고 자못 불평이었다. 그러나 기뻤다.

다음에는 신랑 신부는 구장 내외 앞에 가서 절을 하였다. 구장은 대단히 만족하여서 벙글벙글하였으나 구장 부인은 손을 읍하고 새침하고 있었다. 여자의 체면도 체면이거니와 이 혼인을 못마땅하게 여기기 때문이었다.

장인 장모에 대한 절이 끝난 뒤에 주례는 교장을 돌아보았다. 교장은 무슨 일인가 하고 주례를 마주보았다.

주례는 다시 신랑, 신부를 향하여,

“예로부터 군사부君師父는 일체라 하였소. 다스려 주시는 임금님 은혜, 가르쳐 주시는 스승님 은혜, 낳아 길러주신 부모님 은혜가 같단 말씀이오. 신랑, 신부 두 분은 다 이 학교에서 배우신 이니 이제 교장 선생께 사은하는 절을 드리시오.”

하였다.

신랑, 신부가 교장 앞에 걸어가 설 때에 교장은 조선말을 못 알아들어서 영문을 몰랐다.

주례가 교장에게 그 뜻을 설명하니 교장은 만족한 듯이 일어나서 신랑 신부의 절을 받았다.

다음에 주례는 내빈 일동을 향하여서,

“이제 신랑, 신부가 내빈 여러분께 인사를 드릴 터이니 여러분도 일어나셔서 정성으로 그 인사를 받아주시기 바랍니다.”

하고 신랑, 신부에게 눈질하였다.

신랑, 신부는 몸을 돌려 내빈 쪽을 향하여서 절하였다. 내빈들 중에는 답례를 하는 이도 있고 아니하는 이도 있었다. 어른이 아이들 절에 답례하랴 하는 것이었다. 아이들은 끼득끼득 웃고 옆구리를 꾹꾹 찔렀다. 요시오와 후미코가 신랑, 신부가 된 것이 우습다는 것이다.

다음에는 축사였다.

벽두에 나선 이는 야마무라山村 교장이었다. 그는 나이 육십을 바라보는 노인으로 이 학교에 온 지가 벌써 십 년이나 되었다. 그는 큰 학교에 전근할 만할 힘도 없을는지 모르지마는 또 어디로 전근하기를 원치도 아니하였다. 그는 부인과 단둘이 이 동네에서 늙어죽을 작정인가 싶었다.

"ェー誠にお芽出度いことであります(에―정말 경사스러운 일입니다)."를 허두로 야마무라 교장은 느릿느릿한 말로 축사를 하였다. 그는 오래간만에 오늘은 몬쓰키[55]를 입었다.

"新郞も新婦も, この私の敎へ子である, 敎へ子は生みの子と變りないのであります(신랑도 신부도 나의 제자이고, 제자는 자식과 다르지 않은 것입니다)."

이러한 말도 있었고,

"新郞の牧山義雄君は, 帝國軍人になるべき勇士であります(신랑 마키야마 요시오 군은 제국 군인이 될 만한 용사입니다)."

이러한 말도 있었고,

"承はつたところによりますと, 新婦の嚴父であらせられる, 金田さんは, 帝國軍人となられる牧山君をして後顧の憂なからしむるために, 特にこの結婚を急がれた由で, 誠に以つて, 稱讚に値する軍國美談であります.

(들은 바에 의하면, 신부의 엄친이신 가네다 상은 제국 군인이 될 마키야마 군으로 하여금 뒷일 걱정이 없게 하기 위해 특별히 이 결혼을 서둘렀던 것인데, 정말이지 칭찬할 만한 군국미담입니다)."

이러한 구절도 있었다. 이것은 구장이 교장을 보고 자기가 요시오를 사위를 삼는 뜻이, 요시오가 지원병을 가는 것을 도우려 함에 있다는 설명을 한 까닭이었다.

---

55 가문(家紋)을 넣은 일본 예복.

최후에 황군장병의 무운장구와 전몰영령의 명복을 비는 묵도를 하고 또 애국 행진곡에 발을 맞추어 신랑, 신부가 퇴장하였다.

폐식 후 별실에서 떡과 국수의 향응이 있고 이 신식 혼인이 끝났다.

다음에는 구식 혼례였다.

"그, 원, 안에서들 모두 원하니까."

하고 구장은 또 한 번 면장과 교장과 주재소장 앞에서 변명을 하였다.

신랑, 신부는 아까 올 때에 행차와 같은 모양으로 말을 타고 가마를 타고 구장 집으로 향하였다. 다만 신부의 가마는 한 걸음 먼저 갔다. 장가드는 신랑이 신부 와 함께 간다 하는 것이 우습기 때문이다.

후미코는 가마 속에서 혼인예식 하던 광경을 생각해 보았다. 이 녀석 저 년 하 던 요시오와 저와 점잔을 빼고 섰던 것이 우스웠다. 그리고 남편이라고 그 곁에 서니 제가 그에게 눌리는 듯한 것도 우스웠고, 더구나 요시오가 가락지를 끼우노 라고 제 손을 잡던 것이 우스웠다.

"아이 참, 가락지도 크기도 해."

하고 후미코는 가락지 낀 손길을 펴고 흔들어 보았다. 그 육중한 가락지가 걷잡 을 새 없이 손가락에서 쑥 빠져서 무릎 위에 떨어졌다.

"아우마."

하고 후미코는 큰일이나 저지른 듯이 깜짝 놀라서 얼른 이편 손으로 받으려 하였 으나 가락지 한 짝만 떨어지기 전에 받고 한 짝은 떨어트리고 말았다. 다리에 가 락지 떨어지는 촉각이 있을 때에 후미코는 눈이 둥그레졌다.

"아우마."

하고 후미코는 머리가 쭈뼛하였다. 후미코는 얼른 가락지를 다시 끼고 다시는 빠 지지 말도록 주먹을 꼭 쥐었다. 그리고 그 주먹을 눈앞에 들고 보았다. 은빛이 새 삼스럽게 빛났다.

후미코는 집에 돌아와서 분주히 성적[56]을 하였다. 성적이래야 서울서와 같이 야단스럽게 하는 것은 아니다. 분을 더 바르고 연지 곤지를 찍는 것이다. 그리고 이날 하루 입으려고 만든 다홍치마 노랑 저고리를 입고 활옷을 입고 족두리를 썼다. 머리는 단발이라 가까스로 다루[57]를 들여서 쪽을 졌으나,

"이거 떨어지면 어떻게 해."

하고 후미코의 어머니가 걱정하였다.

"머리를 가만히 가지고 있어. 흔들지 말고."

"흔들기는 왜 흔드오?"

"절할 때에 조심해. 누가 뒤에서 붙들어주지."

이런 걱정을 어른들이 할 때에 후미코도 매우 조심스러웠다.

'아까 가락지가 빠지듯이 초례청에서 머리 쪽이 쏙 빠지면 어떡허나.'

하고 생각하면 겁이 났다.

"아이, 나, 이 쪽 싫여."

하고 떼를 써보았으나 그렇다고 쪽을 떼어버릴 수도 없는 처지였다.

"혼인식은 한 번 했으면 고만이지, 초례는 다 무어야."

하고 후미코는 종알거렸다.

"새색시는 그런 소리하는 거 아니야. 그림에 그린 듯이 가만히 있는 거야."

하고 수모[58] 노릇하는 늙은이가 일렀다.

요시오는 요시오대로 바빴다.

요시오가 탄 말이 구장집 대문 밖에 가까이 갔을 때에는 익살꾼 마부는 춘향이 타령에서 배운 군노사령 모양으로 벙치 젖혀 쓰고 엉덩이를 내어두르고 말고삐를 잔뜩 추켜들어서 워낭 소리를 요란하게 내었다.

신랑이 온다 하는 말에 사람들은 모두 대문 밖으로 나왔다. 신랑을 환영하는 뜻도 있거니와 주당살周堂煞[59]을 피하자는 것이다. 주당살은 살 중에 가장 무서운

---

56   성적(成赤) : 혼인날 신부가 얼굴에 분을 바르고 연지를 찍는 일.
57   '다리'의 평안도 방언. 머리숱이 많아 보이게 하려고 덧대어 드리우던 딴 머리.
58   수모(手母) : 전통 혼례 때 신부의 단장 및 예절에 관련된 일을 곁에서 거들어 주는 여자.
59   혼인이나 굿 같은 예식에서 꺼리는 주당 귀신을 노하게 하여 받는 액운. 원문에는 '周堂殺'로 되어 있다.

살이어서 당장에 사람이 죽는다는 것이다.

기름내와 비린내만 나도 잡귀가 모여든다는 것이다. 더구나 비린내 맡고 모여드는 귀신은 흉악한 귀신이 많거니와 혼인 때에는 더욱 흉악한 귀신이 많이 모여든다 하는 것이다. 새색시나 새신랑은 남귀와 여귀가 탐내기 때문에다. 귀신들이 혼인에 왔다가 신랑, 신부의 장신이 세어서 건드리지 못할 때에는 거기 모여 있던 사람 중에서 가장 장신이 약한 사람에게 분풀이를 한다 하는 것이다. 총각 죽은 귀신, 처녀 죽은 귀신을 비롯하여서 음탕한 귀신들이 모여든다 하는 것이다.

어머니들은 자기 자녀가 주당을 범하지 않는가 하여서,

"애, 너 거기 섰지 말아, 이리 나와."

하고 철모르는 아이들을 끌어내고 쥐어박는다.

신랑의 말 앞에는 납폐[60] 하는 함을 진 하인과 관대판[61] 을 진 사람이 섰다. 전안이라 하는 기러기도 나무로 깎은 기러기도 없어서 큰 수탉 한 마리를 짚 깔이에 싸서 든 사람도 섰다. 닭은 눈을 굴리고 있다. 달아날 수는 없다. 죽으러 가는 것이 아닌 줄을 모른다.

신랑이 말께서 내리기 전에 신방에 쓸 긴 베개를 들고 나와서 베개 속에 넣은 짚을 말께 먹인다.

"재갈[62] 을 끌러야 먹지, 이 놈아."

하고 베개 든 사람이 익살꾼 마부를 호령한다. 다 친한 친구끼리 부러 그러는 것이다.

"먹는 시늉만 하면 고만이지."

마부는 말 자갈을 끄른다.

"옜다, 모든 액은 다 네가 먹고 신랑, 신부 이 베개 베고 백년해로 하고 수, 부, 귀, 다남자하게 하여라."

---

60   납폐(納幣) : 혼인 때 신랑집에서 신부집으로 예물을 보내는 일.

61   사모관대를 담은 그릇.

62   말을 다루기 위해 말의 입에 가로 물리는 쇠.

하고 베개를 든 사람이 말의 입에 베개를 댔다.

말은 짚여물에 콩콩 코를 대어 보았으나 구미가 아니 당기는 모양이었다.

"이놈아, 콩만 잡숫던 우리 말님이 그까진 짚여물 먹겠느냐. 그리 말고 콩을 한 섬 내어오너라. 액 먹는 값에 콩 한 섬이면 막 싸구려."

누가 콩을 한줌 집어다가 베개 속에 넣는다. 콩을 본 말은 한입 덥석 여물을 입에 문다.

"더 먹어라, 더 먹어. 너도 새색시 베개 속 먹어보기 어려울 게다."

하고 베개를 든 사람은 벼대로 말의 주둥이를 한 번 쳐버리고 베개를 들고 들어간다.

"자, 새 서방님 하마[63] 합시오."

하고 익살꾼이 마부가 요시오를 안아 내려놓으며,

"넨정, 새 서방님도 무겁기도 하다. 뱃속에 아들이 팔 형제는 들었나보다."

하고 정말 하인 모양으로 허리를 굽신거린다.

"망할 녀석, 새신랑 뱃속에 아이가 들어 있는 법이 어디 있어?"

하고 말 뒤 하인으로 따라온 삼득이가 웃는다. 모두 소리를 내어 웃는다.

"그럼 새신랑 뱃속에 아이가 들었지 않구. 새색시 뱃속에 아이가 들어 있으면 큰일 나게. 너 어멈 같은 줄 아느냐."

하는 익살꾼의 말에 모두들 허리가 끊어지도록 웃었다.

인대라고 신랑을 접대하는 것은 구장의 맏사위였다.

신랑은 별실로 들어가서 사모관대로 차렸다. 옛날 사람의 것이라 사모는 크고 관복은 길었다.

그 모양으로 차리고 나니 요시오는 갑자기 옛날 사람이 된 듯하였다. 이런 일을 지휘하는 이는 이웃동네에 사는 늙은 광대였다. 그들은 광대로만 한 동네를 이루어 가지고 남자들은 줄타기, 재주넘기로 조관들의 부림을 받고 여자들은 바

---

63 하마(下馬) : 말에서 내림.

디[64]와 참빗 장사로 업을 삼았었다. 지금 와서는 다 같은 국민이지마는 아직도 혼인이나 환갑잔치면 불려다니기도 하는 것이다.

준비가 다 되었다. 요시오는 좌우로 부액을 받으면서 안마당으로 들어갔다. 어려서 늘 놀러오던 안마당이지마는 오늘은 이 집 사위로 들어서는 것이어서 모두 처음 보는 것 같았다.

마당에 큰 차일을 쳤다. 차일 기둥이 흔들흔들 흔들리는 것이 운치 있었다.

바닥에 멍석을 깔고 전안상 앞에는 화문석 돗자리를 깔았다. 돗자리 밑에는 장난꾼들이 신랑 미끄러져서 넘어지는 양을 보노라고 수수깡 토막을 넣는다 하는 말을 누가 일러주었기 때문에 요시오는 발로 돗자리를 밀면서 들어갔다.

늙은 광대가 시키는 대로 요시오는 읍하고 닭을 받들었다. 이놈이 똥을 깔기면 어떻거나 하고 염려가 되었다.

닭은 요시오의 손에 들려서 고개를 흔들고 눈을 뒤룩거리며 자유롭지 못한 몸을 푸드득푸드득하였다.

요시오는 전안[65]이 끝나고 초례청으로 올라갔다.

후미코는 그림 같았다. 하얗게 분을 바르고 연지, 곤지를 찍고 한삼[66] 달린 손을 읍하고 알룩달룩한, 소매 넓은 옷을 입고 고부슴하고 선 모양이 어여뻤다. 말괄량이, 심술구럭이 계집애로는 보이지 아니하였다.(1942.1)

---

64 베틀이나 방직기, 가마니틀 따위에 딸린 기구의 하나.
65 전안(奠雁) : 혼례 때 신랑이 기러기를 가지고 신부 집에 가서 상 위에 놓고 절하는 예식.
66 한삼(汗衫) : 원삼 등 예복을 입을 때 손을 가리기 위해 소매 끝에 길게 덧대는 흰 천.

6

교배,[67] 합환[68]하는 동안 요시오 자신도 잔뜩 상기가 되어서 어떻게 무엇을 하는지 몰랐다. 홀기[69]를 부르는 무슨 양, 립, 배하는 소리가 모기소리처럼 들렸다.

술잔을 입에 대인 것과 그 술맛이 쓰고 달콤한 것만은 분명히 기억하나 그 나머지는 꿈과 같았다.

신부의 옆에 여러 여자들이 어른어른하였으나 그것도 분명히 보아지지를 아니하였다. 오직 신부만은 가끔 보았다.

'저가 내 아내다. 평생을 함께 지낸다.'

하고 생각하면 무척 그립고 소중하였다. 지금까지 가졌던, 후미코에게 대한 불만은 조금도 없었다.

이 모양으로 신랑 요시오는 초례청의 행복을 십분 느낄 수가 있었다. 두 몸이 한 몸이 된다 하는 온갖 상징이 다 좋았다. 서로 절을 하는 것이라든지, 한 잔의 술을 마시는 것이라든지, 청실홍실을 마주 쥐는 것이라든지, 모두 하나가 되어서 떨어지지 말라 하는 표다.

요시오는 관복을 벗고 갓 감투로 고쳐 차린 뒤에 평풍을 두르고 돗자리를 편 방에서 큰 상을 받았다. 하인들이 단자[70]를 들이고, 서당이 없으니 동네 젊은 축들이 무엇을 달라고 단자를 들였다. 요시오에게는 그것도 다 재미있었다. 이날 하루는 적어도 수령 하나 행세는 하는 것이다. 평생을 궁하게 살지언정 혼인날 하로만은 벼슬하는 양반 행세를 허락하는 것이 옛날 조선의 혼인 풍속이다.

"거, 신랑 준수허군."

"어디 좀 고개를 들어보게."

---

67   교배(交拜) : 전통 혼례식에서 신랑과 신부가 서로 절하는 예.
68   합환(合歡) : 전통 혼례식에서 신랑과 신부가 서로 잔을 바꾸어 술을 마시는 것.
69   홀기(笏記) : 혼례나 제례 따위의 의식에서 의식의 순서를 적은 글을 이르는 말.
70   단자(單子) : 부조나 선물 따위의 내용을 적은 종이.

“좀 웃어보지.”

“근데 말야. 신부가 병신이라니 가엾은 일이지. 눈 하나가 멀고, 팔 하나가 못쓰고 다리를 절지.”

“게다가 곰보야.”

“손 하나는 죄암손[71]이지.”

“그나 그뿐인가. 반벙어리야. 어부봐 어부봐란 말야.”

“신랑은 전 벙어린가 본데.”

젊은 축들은 이런 소리를 하였다. 이것은 다만 놀려먹는 농담만은 아니다. 옛날 혼인 같으면 서로 상면해 본 일 없는 신랑, 신부라 이런 말을 들으면 기연가미연가도 했으려니와, 그보다도 신랑을 따라왔으리라고 상상되는 여러 사내 귀신들의 비위를 가라앉혀서 실망하고 돌려보내자 하는 예방이다.

북적북적하는 동안에 밤이 되었다.

요시오는 밤이 가까워올수록 옆에서 동무들이 귀찮게 지껄이는 소리가 도무지 귀에 들어오지 아니하고 눈앞에는 후미코만이 보였다. 앞에 닥들여오는 첫날밤이란 것이 호기심과 기쁨과 또 일종의 불안을 요시오의 가슴속에 가뜩하게 하였다.

후미코도 마찬가지였다. 초례가 끝나고 예복을 벗고 성적을 씻어버리고는 들락날락하는 여편네들의 덕담과 놀려먹음을 들었다. 누가 무슨 말을 하든지 다 기쁘고 또 부끄러웠다.

“아이, 듣기 싫여요.”

하고 짜증을 내면서도 그런 소리를 좀 더 듣고 싶었다. 잠시 아무도 없을 때면 후미코는 슬쩍 딴 방으로 갔다. 그러면 반드시 누구나 만나면 반드시 한 마디 덕담이나 농담을 듣는다. 동생들이,

“언니이.”

“누나아.”

---

71 ‘조막손’의 북방 방언. 손가락이 없거나 오그라져서 펴지 못하는 손.

하고 웃으면 후미코는 성내는 듯이 눈을 흘겼으나 속으로는 한없이 기뻤다. 왼 천지가 모두 후미코 하나를 기쁘게 할 양으로 있는 것만 같았다.

후미코의 어머니만은 후미코를 보고도 말도 없고 웃지도 아니하였다. 딸을 시집보내는 어머니의 불안과 슬픔도 있으려니와 웬 일인지 마음이 기뻐지지를 아니하였다.

후미코는 신랑이 물린 상을 저녁으로 받았다.

"수저도 그 수저로 먹는 거야."

하고 어떤 아주머니가 일렀다.

"에이, 남의 사내 먹던 것 먹었네."

하고 신지가 누나를 놀려먹었다.

"모도 꿀 같겠다."

하고 또 다른 여편네가 놀려먹었다.

"신랑이 지랄장이래. 아까 밥 먹다가 말고도 입에 게거품을 물고 나가자빠지던데. 눈을 까뒤집고."

떡 만지던 여인이 시치미를 떼고 이렇게 말할 때에 다들 소리를 내어서 웃었다.

이것은 신부를 따라서 온 여귀들을 속여서 물리자 하는 예방이다. 지랄장이 새 서방님이라면 탐낼 여귀도 없을 것이다.

"어서, 더 먹어. 많이 먹어야 장사 아들을 낳아."

이런 소리도 하였다.

혼인집에는 안팎이 모두 이런 말 천지였다. 사람들의 마음에도 모두 이런 생각이었다. 늙은 사람도 젊었을 적 일을 회상하였고 어린 사람들은 장래 일을 상상하였다. 더구나 순박한 농촌에 태어난 남녀로는 이것이 가장 큰 기쁨이었다. 그런 생각만 해도 모두 명랑해지는 모양이었다. 봄철이기 때문에 더구나 그러한 것 같았다.

복덕이 어머니가 신방에 자리를 까는 소임을 맡았다. 가난은 하나 내외 금슬 좋고 아들 형제, 딸 형제를 낳는 대로 다 길러서 유복지인인 까닭이었다. 복덕이 아버지는 촛상을 들여다 놓았다.

촛상은 팔모반[72] 둘에 백지를 깔고 얼음 같은 백미를 부은 뒤에 그 속에 놋 촛대 받침을 묻은 것이다.

촛대에는 다홍물 들인 팥다식[73] 같은 초가 꽂혔다. 그리고 손가락만한 두 불이 춤을 추었다.

남모본단[74] 이불에는 다홍 깃을 달았다. 봉황 한 쌍, 사슴 한 쌍, 십장생 수를 놓은 베갯모의 청실홍실이 촛불에 빛이 났다.

자리끼[75] 그릇 — 어른어른하게 닦은 대접에 주발. 주발 뚜껑을 젖혀서 덮었다.

복덕이 어머니는 자리끼 그릇 옆에다가 삶은 닭알 한 개를 다른 주발 뚜껑에 담아놓기를 잊지 아니하였다. 밤에 신랑 신부가 나눠 먹으라 하는 것이다. 입에 물고 둘이 갈라 먹으라 하는 것이라 한다. 하나를 둘에 가르고 둘이 하나가 된다 하는 것이다.

"열 시를 쳤는데 무엇들 하니. 곤하겠다. 애들 재워라."

이것은 구장의 명령이었다. 실로 신랑과 신부는 곤하였다. 하루 종일 흥분하고 시달리고.

후미코는 밤참이라 하는 국수장국을 먹는 둥 마는 둥 신방으로 인도함이 되었다. 그를 데리고 들어간 것은 역시 복덕이 어머니였다.

"신랑은 옷고름을 끌러주더라도 벗겨줄 때까지 가만히 있는 거야. 제가 홀떡 벗어서는 못쓰는 거야."

복덕이 어머니는 신부에게 첫날밤의 모든 비결을 가르쳐주는 것이었다.

"치마와 저고리를 다 벗기더라도 가만히 앉았는 거야. 신랑이 안아다가 자리에 넣어주는 거야."

72　모서리가 팔각형으로 된 음식을 담는 나무 그릇.

73　팥다식(팥茶食) : 팥가루를 꿀이나 조청에 반죽하여 다식판에 박아 만든 과자.

74　모본단(模本緞) : 이불감이나 저고리 감으로 쓰이는 정교한 무늬가 놓인 비단.

75　밤에 자다가 깨었을 때 마시기 위해 잠자리의 머리맡에 준비하여 두는 물.

이런 소리도 하였다.

"신랑이 먼저 말을 붙이기 전에는 애어 말을 말어. 그래도 신랑이 묻거든 대답을 해야 해. 무에나 신랑이 하라는 대로 순종을 해야 팔자가 좋다는 거야. 첫날밤에 신랑의 말을 거역하면 구박 맞는다는 거야."

이런 말도 하였다. 이러한 일에는 매우 익숙한 모양이어서 복덕이 어머니는 겨우 알아들을 만한 소리로, 그러나 순서 있게 말을 하였다.

"자리끼 그릇 여기 있어. 밤에 신랑이 물을 찾거든 얼른 집어드려요. 그러는 데서 모두 첫정이 드는 것이거든. 신랑이 물을 찾아도 모르는 체해서는 못써요. 여편네라는 건 한번 시집가면 늘 잠을 사루자야[76] 하는 것이라네. 오밤중에라도 남편이 부르는 첫 마디에 대답을 해야 하거든."

복덕이 어머니의 말을 후미코는 모두 귀담아 들었다. 우습기도 하면서도 모도 옳은 말인 것 같았다.

최후에 복덕이 어머니는,

"닭이 두 홰를 울거든 살며시 일어나서 나오는데, 수선스럽지 않게시리, 이불을, 신랑을 잘 덮어주고, 소리 안 나게 옷을 입고 나와요. 어떤 색시는 치마랑 저고리를 주섬주섬 걷어들고 나오기도 하지마는 그건 아주 천하다는 거야. 매무시를 다하고 머리도 잘 만지고 가만히 문을 열고 나오는 거야. 시부모 모시는 며느리야 언제나 늘 그렇지. 집안 식구 다 일어나기 전에 일어나야 하거든. 그러기에 그런 말이 있지 않어. 자는 여편네 엉덩이에 아침볕이 비치면 집안 망한다고."

이런 말도 하였다. 후미코에게는 듣던 말 중에 이 말이 제일 어려웠다. 첫날밤만은 두 홰 닭 울이에 일어난다 하더라도 날마다 그렇게 한다면 못 살 노릇일 것 같았다. 그러나 후미코는 이것도 기쁨으로 빙그레 웃을 수가 있었다.

'누가 그 따위로 일어난담. 실컨 자고 일어나고 싶어야 일어나지.'

이렇게 후미코는 속으로 반항적으로 중얼거려 보았다.

---

76 사로자다 : 염려가 되어 마음을 놓지 못하고 조바심하며 자다.

복덕 어머니는,

"새 서방님 허구 편안히 자, 응."

하고 싱긋 웃고 나왔다.

후미코는 복덕이 어머니가 앉혀준 자리에 가만히 앉아 있었다. 왼편 무릎을 일으켜 세우고 바른편 무릎을 꿇고 두 손으로 일으켜 세운 무릎을 끌어당기듯이 가만히 포개놓았다. 그리고 고개를 푹 숙이고 앉으니 후미코 자신도 얌전해진 것 같았다.

"아아주."

"좀 웃어 보렴."

"저애가 부끄럽지도 않은가 보이."

여인들이 문으로 들여다보고는 이렇게 후미코를 놀려먹었다.

후미코는 부끄럽기도 하고 쑥스럽기도 하였으나, 제가 전에 못 보던 딴 사람이 된 것같이도 생각했다.

신랑이 초롱을 앞세우고 안마당으로 걸어 들어왔다. 오색 도포에 갓을 썼다. 가슴에 남띠를 늘였다. 그러고는 느릿느릿 걸었다.

신랑의 뒤에도 젊은 동무들과 아이들이 따라오면서 놀려먹었다.

요시오는 대청에 올라섰다. 복덕이 어머니가 요시오를 건넌방인 신방으로 안내하였다.

복덕 어머니는 지게문 덧문을 닫으면서,

"새 서방님, 문을 걸어요. 문고리를 모두 거는 거야요."

이렇게 경대하는 말을 하였다.

지금까지 해라 하던 요시오지마는 장가든 남의 집 서방님이라고 생각한 것이었다.

요시오는 신방에 들어와서 잠깐 우두커니 서 있었다.

춤추는 쌍 촛불, 요만 하고 앉았는 신부, 찬란한 금침. 모두 딴 세상 같았다. 가르마를 똑바로 타서 기름 발라 쪽진 후미코의 머리가 도무지 후미코의 것 같지 아니하였다.

요시오는 먼저 도포를 벗어서 평풍에 걸고 다음에 갓을 벗고, 그러고는 후미코의 앞에 섰다. 차마 후미코의 옷고름에 손이 대어지지 아니하는 것이다.

요시오는 용기를 내어서 후미코의 등 뒤로 가서 그를 안는 듯 후미코의 저고리 고름을 끌렀다. 그것은 보들보들한 자주 고름이었다. 이 자주 고름은, 옛날 같으면 상제될 때를 제하고는 남편 살아있는 동안 언제까지나 쓸 빛깔이다.

요시오는 저고리를 벗겼다. 후미코는 요시오가 하는 대로 가만히 있었다. 다음에는, 요시오는 치맛고름을 끌렀다.

이것은 아내가 모든 것을 남편에게 바치고 순종한다 하는 심볼이다.

요시오는 얼른 후미코를 번쩍 들어서 자리 속에 넣었다.

'천하의 사람과 귀신들아 보아라. 이제 내가 이 여자를 내 아내로 삼았으니, 이로부터 이 여자는 내 아내다.'
하고 선언한 셈이다.

다음에 요시오는 촛불을 껐다. 일시에 방안은 캄캄해졌다.

요시오 자신도 옷을 벗고 자리에 들었다.

어느 새에 벌써 심지불과 솔강불이 수없이 창에 비치었다. 그들은 손가락과 막대기로 창을 막 뚫고 방안을 들여다보았다. 그 불빛에 요시오의 누워 있는 머리가 보였다. 상직[77]이란 것이다. 사람과 귀신이 다 탐내는 첫날밤에 신랑, 신부에게 무슨 일이 있을까 하는 염려에서 나온 것이라고 한다.

상직하는 젊은이들은 엿을 보고 무에라고 지껄였다. 주식을 한 상 잘 차려놓고,
"자, 다들 상직하노라고 수고했다. 밤참들이나 먹어라. 벌써 닭이 울었다."

주인이 이런 인사를 할 때에야 상직이 끝난다. 닭이 울 때까지 무사하면 안심이라 하는 뜻이다. 닭이 울면 벌써 신부는 신랑의 것이 된 것이라고 생각하는 것이다. 모두 언제인지 모르는 옛날부터서 전해오는 풍습이다.

77　상직(上直) : 신방을 지키는 일.

나라에 바치는 몸

요시오는 훈련소에 들어가는 기일이 당도하여서 집을 떠나게 되었다.

요시오의 아버지의 병은 더욱 침중하였다. 며느리를 반연[78]하는 날 실섭한 것이 빌미가 된 것이다.

"이 꼴을 하고 어떻게 새 며느리 절을 받느냐."

하여서 이발을 하고 몸을 씻고 새 옷을 갈아입고, 사당 고사를 지내고 한 것이 나빴던 것이다. 양력 사월은 아직도 추운 철인데다가 후미코가 시집오는 날은 바람까지 불었다.

요시오의 아버지는 갓을 쓰고 내외가 가지런히 앉아서 새 며느리의 폐백과 절을 받았다. 그때에는 요시오 아버지는 몸에 병도 잊었다. 며느리의 절을 받는 것이 그렇게 기뻤던 것이다. 며느리의 치마폭에 대추를 한줌 던져줄 때에 요시오 아버지는 정성으로 아들 내외의 복을 빌었다. 무병장수하고 내외 금슬 좋고, 아들딸 많이 낳고 부자도 되고 남이 우러러보게 되고, 이 모양으로 이 세상에서 가질 복이란 복은 다 빌었다.

요시오 아버지의 얼굴에는 화기가 돌고 온종일 웃음까지 떠 있었다. 마치 병이 아주 나아버린 것 같았다.

새 사돈되는 구장이,

"오늘 기쁜 날이니 약주를 한 잔 드시지."

할 때에 요시오 아버지는 술을 받아먹었다. 입맛이 없어서 술맛은 알 수 없으나 그래도 기뻤다.

"인제 나는 죽어도 한이 없어."

요시오 아버지는 이런 말을 하였다. 그리고 술을 거푸 석 잔이나 받아마셨다.

"돌아가셔서 되오. 손자들이나 다 길러놓으시고, 낙을 보시고 돌아가셔야지."

78　반연(絆緣) : 얽히어 맺어지는 인연.

구장은 이런 말을 하였다.

"웬걸, 그렇게 살겠소?"

요시오 아버지는 시무룩하였다.

"자, 오늘은 우리 그런 말은 맙시다. 자, 사돈 한 잔 드시오."

하고 구장이 또 술 한 잔을 따라서 요시오 아버지에게 권하였다.

요시오 아버지는 벌써 핑 도는 것을 느꼈으나 사양하는 생각은 없었다. 받아먹고 죽더라도 사양해서는 안 될 것 같았다.

"모두 사돈의 덕이요."

요시오 아버지는 이런 말을 하였다.

"원 별 말씀을."

구장은 저도 술을 마신다.

"사실 그렇지 않소? 나는 모두 사돈의 덕으로 알고 있소"

하는 요시오 아버지는 몸이 비틀비틀하였다.

"자, 좀 누우시지."

구장은 술상을 물리라고 하였다.

"그럴 수가 있나?"

요시오 아버지는 감기려 하는 눈을 억지로 떴다.

"애, 아버니 누우시게 해라."

구장은 요시오를 보고 말하였다.

이렇게 드러누워서는 인해 일지 못하였다.

새 며느리 손에 밥상을 받는다고 일어나려 하였으나 몸을 가눌 수가 없었다.

"악아, 내가 일어날 수가 없다."

요시오 아버지는 상을 들이는 며느리를 보고 심히 미안한 듯이 이런 말을 하였다. 며느리 손에 밥상을 받는다 하는 것이 요시오 아버지게는 이생에 가장 큰 낙인 것 같았으나 그것을 못하는 것이 슬펐다.

요시오 아버지가 병이 침중해지니 요시오의 집은 새 며느리 들어온 집 같지 아니하였다. 가족들은 모두 밤을 새오고 온 집안이 근심 빛이었다.

"글쎄, 일어나긴 왜 일어나고, 술은 왜 받아 자시오?"

하고 요시오 어머니는 남편을 원망하였다. 그 말이 한두 번이 아닌 만큼, 후미코가 듣기에는 시어머니가 후미코를 탓하는 것만 같았다. 게다가, 산너머 여편네 소경에게 무꾸리[79]를 갔더니 하는 말이 요시오 아버지가 병이 갑자기 중하게 된 것은 새 며느리와 사주가 상극이 되는 때문이라고 하여서 요시오 어머니는 속으로 좋지 못한 며느리가 들어온 탓이라고 생각하였다.

"아버지야 돌아가시거나 말거나 건넌방에서는 잠들만 자는 거냐?"

이것이, 요시오 어머니가 첫 번으로 후미코를 쏜 살이었다.

후미코도 밤늦도록 안방에 앉아 있었다. 그러나 친정에서 제 마음대로 자던 버릇이 있어서 잠을 못 자고는 견딜 수가 없었다.

시어머니의 이 책망에 후미코는 시집살이 어려움을 비로소 깨닫는 듯하였다.

"여보, 여봐요."

하고 후미코는 잠든 요시오를 깨왔다. 요시오도 여러 날 병구원과 낮에는 농사일에 피곤하였다.

"응, 왜?"

요시오도 잠이 깨었다.

"어머니께서 아버지가 돌아가시거나 말거나 건넌방에서는 잠만 자느냐고 걱정하시우."

하고 울었다.

"울긴 왜 울어?"

하고 요시오는 벌떡 일어나 앉았다.

"난 갈 테야."

후미코는 이불 우에 엎드려서 훌쩍거렸다.

---

79 무당이나 점쟁이에게 앞으로의 좋은 일과 나쁜 일에 대하여 점을 치는 일.

"가긴 어딜 가?"

"집에 가지."

"집이 어디야?"

"우리 집에. 우리 어머니 집으로 가요. 난 이러군 못 살겠어. 잠도 못 자고, 어머니는 자꾸만 나를 미워하시고."

"어머니가 미워하시기는."

"그럼, 미워하시지 않구. 나만 보시면 눈을 흘기시는걸."

"눈을 왜 흘기실라고."

요시오는 자기 어머니가 착한 어머니인 것을 믿는 때문이다. 그러나 요시오도 그 어머니가 후미코를 귀엽게 생각하지 않는 줄을 눈치채었다.

평생에 부엌 구경을 해본 일이 없는 후미코는 부엌에 들어가기도 싫었거니와, 설사 들어가더라도 무엇을 어떻게 할지를 몰랐다. 새색시라 분홍치마 흰 앞치마를 입고 부엌에 들어서면 모두 더러워만 보이고 손도 대기가 싫었다.

"넌 불도 때일 줄 모르는고나."

시어머니는 이렇게 걱정하였다.

시즈에는 후미코가 걱정 듣는 것을 염려하여서 어머니 못 보는 데서 쌀 이는 거랑, 된장 거르는 거랑, 솥 가시는 거랑, 상 보는 거랑 이런 것을 가르쳐 주었다.

"아니야, 이렇게 하는 거야."

이 모양으로 일러주었다.

그러나 후미코에게는 시즈에가 가르쳐주는 것도 저를 깔보고 휘두르는 것같이 생각되어서 불쾌하였다.

'저는 가난한 집 딸이니깐 그런 것도 알지. 내야 부잣집 딸이니깐 그런 것을 해보았나.'

후미코는 속으로 이렇게 생각하였다.

하로는 후미코가 혼자 부엌에서 무엇을 하고 있다가,

"시즈에 상, 시즈에 상."

하고 시즈에를 불렀다.

"시즈에 상이란 다 무엇이냐?"

하고 시어머니가 마루 끝에서 소리를 질렀다.

"그럼 무어라고 해요?"

하고 후미코는 얼굴이 해쓱해진다.

"시누더러 누님이라지, 시즈에 상은 다 무엇이냐."

"시누는 동생 아니야요? 국어로는 그렇게 부르는 거야요."

후미코는 지지 아니하였다.

"응, 너희 집에서는 시누더러 이름을 부르는지 몰라도 우리네 집에서는 그런 일 없다. 시누면 누님, 시동생이면 서방님이나 도련님하고 깍듯이 합시오 바치는 거야. 시누, 시동생더러 이름 부르고 반말지거리하는 것은 무지막지한 상것들이나 하는 일이다."

시어머니는 후미코에게 대하여서 품고 있던 불평을 이러한 말로 쏟아놓았다. 그 말에는 마디마디 후미코를 찌르는 칼날이 품겨 있었다.

시즈에가 밖으로서 들어오다가 이 광경을 보고,

"아이, 어머니도. 엊그제까지 얘, 쟤 하던 동무끼리 누님은 다 무어요?"

하고 어머니에게 눈질을 하였다.

"너는 올케더러 언니라고 부르지 않니?"

"차차 익어져야지요."

하고 한 번 더 어머니에게 눈질을 하고 부엌으로 들어갔다.

후미코는 또 울고 있었다.

"언니."

하고 시즈에는 후미코의 어깨에 팔을 걸었다.

"어머니가 구식 완고가 되어서 그러시는 걸 어떡허우? 울지 말어."

후미코는 어깨에 얹힌 시즈에의 팔을 홱 뿌리쳤다.

시즈에는 머쓱하였다.

솥에서는 밥이 넘고 있었다.

"아이, 밥이 넘네."

하고 시즈에는 얼른 솥뚜껑을 방싯 열었다가 닫고 아궁이의 불을 물렸다. 눈이 아픈 연기가 부엌을 채운다.

후미코는 양반, 상놈이란 말에 견딜 수 없는 모욕을 느낀 것이었다.

"난 이런 양반집에서는 못 살아요."

하고 후미코는 톡 쏘면서 부엌에서 나왔다. 후미코는 친정으로 달아나리라 하는 결심을 한 것이었다.

후미코는 문소리를 내며 건넌방으로 뛰어들어왔다.

"아가, 너 지금 무에라고 했니?"

시어머니가 안방으로서 나왔다.

"이런 양반집에서는 못 산다고 했어요."

건넌방으로서는 이런 말이 나왔다.

"오, 그게 시어미 보고 하는 대답법이냐."

시어머니의 어성은 떨렸다. 앞뒤를 재일 수가 없었다. 웬 일인지 대단히 분하였다. 크게 시어머니의 체면을 손상한 것 같았다.

"여보."

시아버니의 기운 없이 부르는 소리가 들렸으나 시어머니는 못 들은 체하였다.(1942.2)

7

"말끝마다 양반을 내세우니 어떻게 살아요?"

후미코의 반항적이던 어성은 애원하는 어성으로 변하였다. 남편을 생각하면 시어머니에게 그렇게 대들어서 안 될 것같이 생각한 것이었다.

“무어? 말끝마다? 거 말버릇 고약하다. 아모리 배운 것 없이 자랐기로니.”

시어머니는 좀 더 욕설을 퍼붓고 싶었으나 생각하는 바가 있어서 참았다. 생각하는 바라 하는 것은 돈이었다. 그러다가 후미코의 집에서 올 돈이 아니 오면 어찌하나 하였다. 시어머니는 집이 가난하기 때문에 며느리를 마음껏 나무라지 못하는 것이 더욱 심사가 났다.

이날 후미코는 온다 간다 말없이 친정으로 갔다. 친정이라야 이웃이지마는 시집이라고 와서는 첫 길이었다. 그래도 첫 번 친정길이니 떡 한 모테, 술 한 병, 삶은 닭 한 마리라도 가지고 가야 할 길이요 더구나 내외가 같이 가야만 할 길이다. 그런데 후미코는 저 혼자서 도망해 온 것이다.

“너 웬 일이냐?”

하고 친정어머니가 놀란 것은 당연한 일이다.

후미코는 들어가는 길로 울었다.

“웬 일이야 글쎄, 얘가?”

친정어머니는 무릎에 쓰러지는 딸의 등을 흔들었다.

“네 남편하고 말다툼했니?”

후미코는 고개만 흔들었다.

“그럼, 시어머니헌테 걱정 들었니?”

후미코는 어머니 무릎에 엎드린 채로 고개를 끄떡끄떡하였다.

후미코 어머니 눈앞에 요시오 어머니의 도고한 얼굴이 날아나서 비위가 뒤집혔다.

‘그 가난방이 년이.’

하고 후미코 어머니는 속으로 이를 갈았으나 딸의 시어머니라 하면 함부로 말을 할 수도 없어서,

“시어미니헌테 걱정 듣기도 예사지.”

하고 한참 동안 속에 치미는 분을 삭이고 나서,

“너, 시부모헌테 말도 안 하고 왔고나.”

하고 어머니로서의 정당한 책망을 하였다.

후미코는 말없이 울기만 하였다.

이때에 구장이 사랑이 있다가 후미코가 와서 운다 하는 말을 듣고 뛰어들어왔다.

"너 어째 왔니?"

구장의 말에는 아버지의 위엄이 있었다.

"글쎄, 그애가 시어머니헌테 걱정을 듣고 몰래 뛰어나왔다는구료."

후미코 어머니가 딸을 대신하여서 보고하였다.

"무엇이? 며느리가 시어머니께 걱정 듣기도 예사지. 그렇다고 시부모께 수유도 아니 얻고 오는 법이 어디 있어? 출가외인이라니. 여자가 한 번 시집을 가면 시집 사람이 되는 것이야. 살아도 시집에서 살고 죽어도 시집에서 죽는 것이야. 시부모가 정말 부모야. 썩 가거라, 어느 새부터 친정으로 뛰어 오기나 하고. 이년, 다시 그런 일이 있었단 보아라. 어서 일어나, 나하고 가자. 가서 내가 사죄를 해야지. 내 두루매기 내."

구장은 서슬이 푸르렀다.

"가만 두시우. 이왕 왔으니 좀 있다 밥이나 먹고 가라구. 그동안 뱃들 안 곯았겠니? 가난한 집에 시집을 가서."

"그런 소리를 하니까 아이들을 버리지, 가난이니 부자니. 어서 일어나."

후미코는 일어나서 눈물을 씻는다.

"울기는 왜 울어, 사위스럽게."

"이야기나 좀 하고 가게 가만두세요."

구장의 부인은 그리웠던 딸을 그렇게 보내기가 싫었다.

"이야기는 무슨 이야기. 이번에는 금방 가야해. 내일이라도 시부모 허락 얻어 가지고 내외가 같이 와서 며칠이라도 묵는 건 괜찮지마는, 오늘은 안 돼. 어서 가자."

하고 구장은 옷을 입는다.

"어머니, 난 안 가. 가기 싫여."

하고 후미코가 어머니 귀에 대고 떼를 쓴다.

구장은 그 말을 듣고,

"어서 그런 소리 말고 나서라, 정강이 부러질 터이니. 그따위로 하다가는 시집 살이 못 하고 쫓겨난다. 이년, 시집에서 쫓겨나만 보아라, 내 집에 발도 못 들여놓 게 할걸."

구장은 굳은 뜻을 보였다.

후미코는 할 수 없이 아버지를 따라서 대문으로 나간다.

구장이 후미코를 다리고 요시오의 집에를 거진 다 갔을 때에 저 편으로 시즈에 와 요시오가 오는 것을 보았다. 시즈에는 후미코가 달아난 것을 보고 밭에 가서 요시오를 데리고 온 것이었다. 요시오의 짚세기는 흙투성이였다. 밭을 갈다가 오 는 사람인 것이 분명하였다.

요시오는 구장을 보고 빨리 걸어와서 경례를 하였다. 요시오의 얼굴에는 구장 에게 대한 미안한 빛이 있었다.

"오늘도 밭 가니?"

구장은 사위의 얼굴을 걱정스럽게 보며 부드러운 음성으로 물었다.

"네, 돌모루 밭을 오늘 갈아요."

구장은 잠깐 주저하더니,

"그럼 난 가겠다. 오늘 저녁에라도 아버니 문병을 내 가지."

하며 딸 후미코를 바라보았다. 후미코는 아무 말이 없었으나 남편의 얼굴을 대하 니 마음이 든든하였다.

구장은 돌아서서 집으로 갔다. 사돈집에를 가서 이러쿵저러쿵 말을 하는 것이 도리어 일을 거칠게 할 뿐이라고 생각한 것이었다. 요시오와 후미코와의 사이에 아무 틈이 없는 것을 보았으면 그만이라 하고 생각한 것이었다.

구장이 멀리 가기를 기다려서 요시오는 책망하는 눈으로 후미코를 보았다. 후 미코는 방긋 웃고 고개를 숙였다.

“돌아가.”

하고 요시오는 손으로 후미코의 어깨를 밀고는 제가 앞을 섰다. 후미코는 순순히 따라왔다.

“내가 얼마 안 하면 집을 떠날 텐데 그렇게 훌쩍 달아남 어떻게 해?”

요시오는 혼잣말 모양으로 중얼거렸다.

“어머니가 잘못하였어. 괜히 화를 내시는걸. 언니가 아모러지도 않는걸.”

시즈에가 후미코를 변호하였다.

“어머니가 무에라시더라도 참아야지. 재하자 유구무언在下者 有口無言이라고 안 했어?”

요시오는 어른스러운 말을 한다.

“오빠, 글쎄 언니가 날더러 시즈에라고 부른다고. 그게 걱정이시라누. 누님이라고 안 부른다고.”

시즈에가 웃는다. 후미코도 웃는다.

“어머니 들으시는 데서는 시즈에라고 말고 누님이라고 부르지 — 거 못할 거 무에야?”

요시오가 힐끗 뒤를 돌아본다.

“그게야 못할 거 없지마는 작고만 양반 상놈을 거들으시니 듣기 좋아요?”

후미고가 비로소 입을 연다.

“흥, 흥, 흥.”

요시오는 웃는다.

“왜 웃소? 내 말이 우스워서?”

후미코가 요시오 옆으로 다가선다.

“아니, 어머니 생각이 우스워서 그래.”

“왜?”

“양반이 무에야? 옳은 일 하는 사람이 양반이지. 어디 양반 씨 있나? 다 케케묵은 생각이지.”

요시오의 입에서 이런 말을 들으니 후미코는 마음이 적이 편안하여졌다.

"그저 어머니가 무에라고 하시거든 네, 네 그러기만 해요. 어머니란 며느리헌테 순순히 네, 네 하는 대답을 듣기 좋아하는 거라고."

요시오는 아내를 훈계하는 생각이었다.

"어떻게 무에나 네, 네 해요? 네, 네 못할 일도 있지. 그렇지 않아, 시즈에 상."

"그저 네, 네가 제일이야. 내 생각을 하고 네, 네만 하라고."

요시오의 이 말은 후미코의 가슴을 울렸다. 그래서 말로는 아니하였으나 속으로는 요시오의 말대로 시어머니 말이면 무엇이나 '네', '네' 하리라고 생각하였다. 남편이 하라 하는 것이면 무엇이나 다 기쁘게 할 것 같았다. 오늘은 특별히 남편이 반가웠다.

'그걸 못 해?'

이렇게까지 후미코는 속으로 다졌다.

시즈에는 시집살이라 하는 것이 이러한 것인가 하고 남의 일 같지 아니하였다. 그런데 후미코의 성미에 얼마나 오래 네, 네를 계속할 수 있을까 하고 염려가 되었다.

시어머니는 후미코가 친정으로 달아난 것을 알았는지 몰랐는지 모르지마는 아무 말도 없었다. 그러나 그렇다고 후미코에게 대한 악감을 푼 것 같지도 아니하였다.

"지금 우리 처지에 그런 며느리도 있는 것만 고맙게 알어."

하고 걱정하는 남편의 말을 들으니 그렇기도 하였다. 그렇기 때문에 제가 며느리한테 눌리는 것 같아서 며느리가 더 밉기도 하였다.

'그래도 며느리가 인제 손자나 하나 낳아주면.'

요시오 어머니는 이렇게 혼자 생각하였다.

요시오 아버지의 병은 더욱 침중해지는데 요시오가 집을 떠날 사월 십이일은 점점 가까워 왔다.

밭은 다 부쳤으나 논에는 손질할 것만 하고 집에 영[80] 은 이었다. 바자[81]며 담이며 수챗구멍이며 요시오가 생각할 수 있는 것은 다 손질을 하였다.

금년 농사지을 일, 양식, 시즈에 혼인할 일, 후미코 일 모두 걱정이었다. 아버지만 병이 나아서 일어나기만 하면 모든 걱정이 다 없어지련마는 이제 와서는 그것은 전연 절망이다. 임종을 못하나 보다 하는 걱정뿐이었다.

혼인만 하면 생활은 걱정 없으리라 하고 은근히 바라던 것도 아직 실현되지 아니하였다. 구장은 이백오십 원 빚에 대하여서는 아무 말이 없으나 아직까지 조금도 보태어주는 것이 없었다.

땅을 떼어주려면 갈기 전에 할 듯도 하건마는 그런 눈치도 보이지 아니하였다.

"그러길래, 내가 무에랍디까. 혼인하기 전에 미리 먹을 것을 떼어내어야 한다니깐."

하고 요시오 어머니가 남편을 보고 이런 푸념을 하였다.

"그러기로 무슨 물건 흥정인가, 그런 소리를 어떻게 하누?"

요시오 아버지는 제 생명이 며칠 안 남았다고 생각하기 때문에 더욱 초조하였다.

"애, 네 장인더러, 네가 집을 떠나기 전에 무얼 좀 달라고 그래보려무나."

요시오 어머니는 요시오에게까지 이런 재촉을 하였다.

요시오는 어머니의 이런 말을 들을 때에 거북하고도 불쾌하였다. 어머니의 심사가 천착스러운[82] 것 같아서 슬펐으나 가만히 생각하면 제 마음 속에도 '장인이 좀 주었으면' 하는 바라는 마음은 여전하였다.

"애, 좀 말을 해 보아라. 아버지는 오늘 내일 하고, 너는 가고, 살아갈 도리가 없지 아니하냐."

어머니는 더욱 초조한 모양을 보였다. 요시오 어머니 저는 의식하지 아니하지마는 후미코가 미운 것도 그 때문인지 모른다. 모처럼 돈을 바라고 한 혼인인데

---

80   이엉 : 초가집의 지붕이나 담을 씌우기 위하여 짚 따위로 엮은 물건.
81   싸리 따위를 엮어 만든 울타리.
82   생김새나 행동이 상스럽고 더러운 데가 있는.

바라던 돈이 아니 오니, 그 며느리가 미운 것인지도 모른다. 만일 후미코가 볏 백이나 가져온다면 그 며느리를 은 소반에 떠받들 생각이 날는지도 모른다.

요시오도 하도 여러 번 어머니의 재촉을 받고 나니 장인을 보고 한번 사정을 해볼까 하는 생각이 났다. 후미코더러 어머니를 졸라보라고 하리라, 이런 생각도 났다.

잠자리에서 요시오는 몇 번이나 아내 후미코에게 이런 말을 해볼까 하였으나 차마 입이 열리지 아니하였다. 그러한 말을 하면 아내는 저를 사람으로 여기지를 아니할 것 같았다.

요시오는 두어 번 처갓집에도 갔다. 장인과 단 둘이 마주앉은 때도 있었다. 그러나 '무엇을 좀 주세요.' 하는 말은 차마 나오지를 아니하였다.

요시오는 집 떠날 날을 앞으로 이틀을 남겨놓은 어느 날, 이번에는 꼭 장인을 보고 말하리라 하고 처가에를 갔다. 핑계는 하직하러 간다 하는 것이었다. 후미코도 데리고 갔다. 물론 후미코에게는 그런 말은 하지도 아니하였다.

요시오는 장인과 단둘이만 이야기할 기회를 찾았다. 그러나 장인은 들락날락하고, 또 사람도 찾아오고 단 둘이 이야기할 기회가 용이히 얻어지지 아니하였다.

요시오의 마음은 부쩍부쩍 조였다. 이마와 등에서는 허한[83]이 흘렀다. 무엇이 요시오의 뒤를 밟아 다니면서 요시오를 놀려먹는 것 같았다.

"이 못난 놈아, 어서 말을 해. 어서 한 백 석 떼어내어."

이러는 소리도 있고,

"이 못난 놈아, 굶거나 먹거나 제 힘으로 하지, 무엇을 남의 것을 넘겨다 보아. 네까짓 놈이 군인이야."

이렇게 책망하는 소리도 있었다.

이 두 가지 소리 중에서 갈팡질팡하는 동안에 요시오는 닭국에 흰 밥에 점심을

83　허한(虛汗) : 몸이 허하여 나는 땀.

얻어먹었다.

인제는 집에 가야 한다. 아버지가 어찌되었는지 모른다.

처갓집은 모든 것이 풍부하였다. 장독도 여럿이요, 반찬 항아리도 많고 아직 벼도 수십 섬 쌓여 있고 콩이랑 팥이랑 깨랑 없는 것이 없었다. 그런데 요시오의 집에는 거진 양식이 떨어지게 되어 있었다. 만일 아버지가 돌아가신다 하면 장례는 어떻게 지내나?

"이놈아, 빨리 빨리 말을 해. 네 장모보고도 조르고 장인보고도 졸라. 보채지 않는 애 젖 물리니?"

또 이런 소리가 귀 밑에 났다.

요시오는 죽고 싶게 괴로웠다.

"가지."

요시오는 저도 모르게 아내를 보고 이렇게 재촉하였다.

후미코는 집에 오니 모든 것이 마음이 놓이고 편안하여서 일어서고 싶지 아니하였다. 그러고 가지 말라 하는 말이 있기를 기다리는 듯이 어머니를 힐끗 보았다.

요시오는 아내의 이 마음을 알 수가 있었다. 한끝 가엾기도 하나 한끝 괘씸도 하였다.

"어서 가!"

요시오는 좀 어성을 높였다.

후미코는 꼭 하룻밤만이라도 집에서 자고 가고 싶었으나 그럴 수 없는 사정인 것을 생각하고,

"어머니, 나 가우."

하고 뿌시시 일어났다. 그 눈에는 눈물이 있었다. 한 동네에 있는 시집과 친정이 건마는 천 리같이 멀었다.

"그럼 가 보아야지. 시아버니 병환이 계신데. 병환이나 쾌차하시거든 실컨 좀 와 있으려무나."

어머니는 이 날은 어머니다운 말을 하였다.

“저 갑니다.”

요시오는 사랑 문 밖에 서서 구장에게 하직 인사를 하였다.

“응, 내 이따 내려가겠다.”

구장은 영창을 열었다.

요시오는 장인이 있다가 내려온다는 데에 또 무슨 뜻이 있나 하고 저 스스로 부끄러운 희망을 가지면서 후미코를 데리고 집으로 왔다.

구장이 약속대로 저녁때에 요시오의 집을 찾았을 때에는 요시오의 아버지는 정신을 차리지 못하였다. 구장이 보기에 요시오 아버지는 오늘 밤을 넘길 것 같지 아니하였다.

구장은 요시오를 읍내로 보내어 의사를 불렀다.

의사가 온 것은 밤중이었다. 그는 환자의 맥을 짚고 가슴과 등을 두들겨 보고 눈을 까뒤집어 보고 의사가 하는 모든 일을 한 뒤에 알콜 면으로 손을 닦으면서,

“대단히 쇠약하셨으니까.”

하고는 강심제 주사 한 대를 놓고 가버렸다.

의사가 갈 때에 구장도 갔다.

집안은 쓸쓸하였다.

환자는 강심제 주사의 힘으로 잠시 의식을 회복하였다. 물도 달라고 하고 미음도 달라고 하였다.

눈을 떠서, 식구들을 휘 둘러보았다. 어머니, 요시오, 시즈에, 후미코 다 둘러앉아 있었다.

“경직아.”

환자는 입을 열었다. 혀가 고부라져서 어음이 분명치 못하였다.

“네에.”

하고 요시오가 아버지 입 가까이로 고개를 숙였다.

“너, 너, 떠나는 날이 언제? 내일 아니냐.”

“모레야요.”

"모레?"

"모레는 내가 좀 정신이 날까. 온정을 좀 했으면 정신이 날 텐데."

이 말에 요시오는 고개를 돌렸다. 아직도 온천 치료를 생각하는 모양이었다.

"야마다 선생이 오셨어요."

요시오는 터지려는 울음을 삼키느라고 이런 말을 하였다.

"음."

요시오 아버지는 눈으로 야마다 선생을 찾았다. 야마다 선생은 요시오가 혼인하게 되면서부터 요시오 집에서 밥도 안 먹고 자주 들르지도 아니하였다.

"우리 요시오가 내일은 떠나요."

요시오 아버지는 이런 말을 야마다 선생 보고 하였다. 금방 모레라고 한 것을 또 내일이라고 생각한 것이었다.

이날 밤에 요시오 아버지는,

"다들 자거라. 내가 편아내."

이런 말을 하고 자기도 잠이 들었다.

요시오가 떠날 날이 왔다.

아버지는 혼수상태였다.

후미코와 시즈에가 새벽에 일어나서 요시오의 길 떠날 아침밥을 지었다.

시즈에는 반찬을 만들고 후미코는 불을 때었다. 부뚜막 쪽 벽에 조그마한 등잔불이 솥에서 오르는 김에 끄물끄물하고 있었다.

후미코는 지난밤의 남편을 생각하면서 부지깽이로 아궁이 속 짚부검지[84]를 뒤졌다.

내외가 자리에 든 것은 자정이 넘어서였다. 요시오 아버지는 정신이 들락날락하여서 금시에 운명할 것 같다가는 또 숨소리가 편안하게 되었다.

"경직이 떠났니?"

---

84 짚의 잔부스러기.

"길 늦을라. 어서 떠나."

이런 헛소리를 하였다.

내일 길을 떠날 남편과 젊은 아내는 잠이 들지 아니하였다.

"文子, 賴んだよ, ね(후미코, 부탁해, 응)."

요시오는 수없이 후미코에게 이 말을 하였다. 말을 하고는 힘껏 후미코를 껴안았다. 후미코도 새삼스럽게 남편의 사랑과 힘을 느꼈다.

'文子, 賴んだよ, ね.'

요시오가 이렇게 말할 때에는 후미코는 무엇이라고 대답할 바를 몰랐다. 무엇을 '賴む(부탁한다)'라 하는지도 분명치 아니하였으나 또 그 뜻이 분명한 것도 같아서 더 물으려고도 아니하고 다만 고개만 까딱까딱하였다.

"밥을 굶는 일이 있더라도 참아. 나를 생각하고 참아."

새벽에 후미코가 밥 지으러 일어나려 할 때에 요시오는 마지막으로 아내를 껴안으면서 떨리는 음성으로 이렇게 부탁하였다.

이 말에 후미코는 울었다.

"응, 응."

하고 후미코는 요시오에게 맹세하였다.

후미코는 요시오의 이 말의 뜻도 분명히 깨달은 것은 아니었으나 다만 요시오의 깊은 사랑을 느껴서 운 것이었다.

후미코가 부엌에 내려왔을 때에는 시즈에는 벌써 아궁이에 불을 살라 넣고 쌀을 일고 있었다.

"아버님 어떠시우?"

후미코는 시즈에에게 이런 말을 물었다. 이런 일은 처음이었다.

"정신없으시지. 가끔 오빠 떠났느냐고 헛소리로 그러시구."

시즈에는 이렇게 대답하였다.

요시오가 일어나서 안방으로 건너오는 소리가 부엌에 들렸다.

"밥 될 때까지 더 자려무나."

어머니는 요시오를 아꼈다.

"잘 잤어요."

하고 요시오는 아버지의 맥을 짚었다. 펄떡펄떡 맥이 크게 놀았다. 맥이 있는 것을 본 요시오는 마음이 놓였다. 자기가 집을 떠날 때까지에 아버지가 살아있는 것만 보면 마음이 든든할 것 같았다.

아침상은 요시오가 건넌방에서 받았다. 후미코와 시즈에가 곁에 앉아서 이것 먹어라 저것 먹어라 하고 권하고 있었다.

"靜江, お前 姉さんを守つて吳れ(시즈에, 언니를 보살펴 주렴)."

요시오는 시즈에에게 이렇게 부탁하였다.

"え, 守つて上げるわ(응, 보살펴 드릴게)."

시즈에는 이렇게 대답하였다.

"二人で, 本當の姉妹になつてね(둘이서 진짜 자매가 되어서 말이지)."

요시오는 또 이런 소리를 하였다.

"え, 本當の姉妹になるわ(응, 진짜 자매가 될게)."

시즈에는 또 이렇게 대답하였다.

"그 대신 내가 병정 갔다 돌아오면 시즈에 은혜를 꼭 갚을 테다."

"아이, 오빠두."

"정말이다. 오빠 돌아오기까지는 시집가지 말아."

"아이, 오빠 안 계신데 시집은 무슨 시집을 가우."

요시오가 밥을 먹는 동안에 어머니도 두어 차례 댕겨갔다. 어머니는 국어로 주고받는 말을 알아듣지 못하나, 그것이 요시오와 시즈에 두 사람의 문답인 것을 보고 안심하였다. 며느리가 아들을 보고 시어머니 숭보는 것이 아님을 만족히 여겼다.

여섯 시가 되었다.

구장도 오고 주재소장도 왔다. 요시오가 지원병으로 떠나는 것을 전송하자는 것이다. 동네에서도 한 집에서 하나씩 나서 읍내로 가는 큰 길목에 모이기로 되어 있었다.

　요시오는 국민복, 마키갸항[85]으로 차리고 마지막으로 아버지 곁에 갔다.

　구장과 주재소장과 교장과 야마다 선생도 이 용사의 부자 상별의 광경을 보려고 안방에 들어왔다.

　요시오는 아버지 가슴 앞에 꿇어앉아서,

　"아버지, 요시오 갑니다. 부디 병환 쾌차하셔요."

하고 큰 소리로 외쳤다.

　"경직이 떠나요, 경직이 떠나요."

　요시오 어머니는 병자의 어깨를 흔들었다.

　"응, 응, 경직이 내일 떠나니? 차 시간 놓칠라."

　병자는 이런 소리를 하였다.

　"지금 떠나요. 경직이 지금 떠나니 한번 눈을 떠서 보셔요."

　요시오 어머니가 이렇게 병자의 귀에 대고 외치나 병자는 그 말을 알아듣지 못하는 모양이었다.

　"아버지, 경직이 갑니다."

　요시오는 또 한 번 소리를 쳤다. 그래도 병자는 잠잠하고 다만 이마에서 굵은 땀이 솟을 뿐이었다.

　요시오는 더 지체할 수 없음을 느꼈다. 손으로 아버지의 이마의 땀을 씻고 일어나서,

　"어머니, 그럼 떠나요."

하고 절을 굽신하였다.

　요시오는 마당으로 뛰어나왔다.

　구장, 교장은 방에 울고 쓰러진 요시오 어머니를 위로하면서,

　"아드님 군인으로 나가는데 그러는 법 아닙니다. 웃고 보내는 법입니다."

85　각반의 일종으로 좁은 폭의 긴 천을 다리에 감아 사용함.

하였다.

요시오 어머니는 일어나 나왔다. 사위스러운 짓을 하여서는 안 되겠다고 생각하였다.

모두 대문 밖에 나왔다.

후미코와 시즈에도 나와서 사람들 뒤에 섰다. 요시오 처남 노부오가 매부 요시오의 조그마한 짐을 들었다.

노부오는 대단히 기운이 나는 모양이었다. 매부가 지원병으로 가기 때문에 자기까지도 영광이 되는 것을 느끼는 모양이었다.

구장은 대단히 점잖았으나 마음에 있는 자랑을 감추기가 어려웠다. 사람들의 인사를 받을 때에는 입이 벙글벙글하였다.

읍내로 통하는 길 어구에는 동네 사람들이 많이 모여 있었다. 요시오의 일행이 가까이 오는 것을 보고 다들 한두 걸음씩 마주 왔다.

요시오는 동네 어른들에게는 경례를 하고 동무들과는 손을 잡았다.

"몸 성히 있다 와."

하는 부인네도 있고,

"手柄立てて歸れ(공을 세우고 돌아오게)."

하는 청년들도 있었다.

동네사람들은 아직 이런 경우에 하는 인사말을 몰랐다. 어떻게 말할 바를 몰라서 어물어물하였으나 다들 요시오가 중대한 길을 떠나는 것이라 하는 생각을 하였다.

요시오는 문득 우뚝 섰다. 도시코의 어머니 앞에 선 것이다.

"인제 가면 언제 오노?"

도시코 어머니는 이렇게 인사하였다.

"언제 올지 모릅니다."

요시오는 그 어머니 뒤에 선 도시코를 보고 또 한 번 놀랐다. 도시코는 마치 아무 감정도 없는 사람 모양으로 말끄러미 요시오를 바라보고 있었다. 어린애와 같았다.

요시오도 잠깐 도시코의 눈을 마주 보았다.(1942.3)

8

"차 속에서 먹으라구."

하고 도시코 어머니는 헝겊에 싼 뭉텅이를 주었다.

"고맙습니다"

하고 요시오는 그 뭉텅이를 받아가지고 한 번 더 도시코를 보았다. 도시코의 눈
이 번쩍 빛났다. 눈물이 핑 돈 것이다. 도시코는 고개를 숙여버리고 말았다.

요시오는 동네사람들과의 작별을 마쳤다. 그동안이 불과 삼사 분 동안이었지
마는 퍽 긴 시간이 지난 것 같았다.

요시오는 평생에 오늘같이 많은 사람의 주목을 받아본 일이 없었다. 아마 이
동네가 생긴 이래로 이처럼 온 동네가 떨어나서 누구를 전송한 일이 없었으리라
고 생각할 때에 요시오는 송구한 마음을 누를 수가 없었다.

요시오는 아침빛을 측면으로 받으면서 읍내를 향하고 걸었다. 구장과 노부오
와 또 동네 청년 몇 사람과 주재소장도 따랐다. 학교 동창 대표도 사오 인 따랐다.

중로에서 도시코 아버지가 연장 구럭을 메고 오는 것을 만났다.

"오늘 떠나나?"

그는 놀라는 모양이었다. 그는 연장 구럭을 길가 주막에 맡기고 일행을 따랐다.

"바쁘신데 가시지요."

하고 요시오가 사양하는 것도 듣지 아니하였다.

"그럴 수가 있나? 자네가 전장에를 나가는데 정거장까지야 배웅을 가야지."

하였다.

그는 요시오가 출정하는 것으로 안 모양이었다.

"나도 젊어서 군인을 댕겼지마는."

하고 도시코 아버지는 자기가 병정 다닐 때 이야기를 재미있게 하였다. 그가 옛날 병정 다닐 때의 이야기에는 우스운 것도 많았다. 망건 쓰고 상투를 당거릿줄 밑에 꾸겨놓고 사뽀[86]를 썼다는 둥 군복을 입고 감발을 하였다는 둥, 군인의 혁대로는 때려서 사람을 죽여도 살인이 아니 된다는 둥, 자기가 사격을 잘하였다는 둥. 아라사 교관에게 계^{조련}를 배울 때에는 '날레브느이·날레브우^{좌향좌}' 하는 구령을 '난 어머니 날 다려가우'로 들었다는 둥, 영문에서 밥 가져가라는 나팔소리가 '각대 병정 밥 받아가'로 들린다는 둥. 자기도 하사^{오장}까지 올라갔다는 둥.

솜씨 좋게 이야기하는 바람에 사람들은 길 가는 것도 잊어버렸다.

"어디 그때에 부르던 군가나 불러보우."

구장이 이렇게 청을 하니, 석수 영감은 곧잘 군가를 불렀다.

"태애극조오판 하오온 후우에."

"사내대장부가 한 번 해볼 만한 일일세."

하고 도시코 아버지는 군인 예찬을 하였다. 그의 눈앞에는 그 시절 병영생활과 아울러 젊은 기억이 솟아오르는 모양이어서 잠시 잠자코 걸었다.

"전쟁은 못 해보셨어요?"

노부오가 석수 영감께 물었다.

"왜 전쟁도 해보았지."

늙은 병정은 갑자기 새 흥미가 나는 모양이었다.

"그때에 무슨 전쟁을 했어요?"

"불한당^{不汗黨} 토벌."

"불한당이 무엇이야요?"

"자네네들은 태평성대에 태어나서 불한당이 무엇인지 모를걸세. 그때에는 불한당이라고 수십 명, 수백 명 총검을 가지고 밀려 댕기면서 장거리나 동네를 쳐

---

86   프랑스어로 모자를 가리키는 'Chapeau'에서 온 외래어. 여기서는 군모를 가리킨다.

서 재물 막 뺏어가고 그랬지. 과년한 처녀도 뺏어가고 ─ 그게 불한당이지.”

“네에.”

젊은 사람들은 어디 딴 세상 이야기 모양으로 재미있게 들었다.

“그래, 토벌 나가셔서 이기고 오셨어요?”

어떤 청년이 묻는다.

“그럼, 우리 소대에서 이겼다네.”

“어디 그 싸움하던 이야기나 하세요.”

“뭐, 이기기 쉽지. 멀리서부터 퉁탕 헛방을 놓으면서 가거든.”

“그러면 다 달아나는군요?”

“다 달아나라고 헛방놓는 것 아닌가.”

“그게 무슨 토벌이야요?”

“그래도 그 동네만은 살아나거든.”

“그럼 다른 동네는 또 걱정 아냐요?”

“그럼 그 동네로 또 토벌을 가지.”

일동은 웃었다.

석수 영감은 웃지도 아니하였다.

“그래도 대장이 그러라는 걸 어떡허나. 우리 병정들이야 그 놈들을 모주리 잡고 싶지마는.”

한참 있다가 석수 영감은 이런 말을 하였다.

또 얼마 있다가 도시코 아버지는, 이런 말을 하였다 ─

“옛날은 안 그렇던가 보네. 내 증조부님이 첨사[87]셔. 첨사면 지금 무슨 대장이겠나. 아모러나 높은 대장이지. 또 우리 몇 대조 할아버지가 병사 댕기신 이도 있다네. 병사면 지금 육군대장은 될걸세. 우리 증조부님이 첨사로 계실 때에는 좀 도적 하나 얼씬 못하였다니까.”

---

87   첨사(僉使): 조선시대 절도사(節度使) 관할에 딸린 진(鎭)의 군직(軍職). 종사품 벼슬.

"어디 첨사요?"

구장이 물었다.

"어디라더라."

석수 영감은 말이 막혔으나 부끄러운 빛은 아니 보였다.

"만포 첨사 아니오?"

한 청년이 웃었다. 그는 장대장타령[88]을 생각한 것이었다. 만포는 오늘날 만포 진滿浦鎭이라 하는 그 만포다.

도시코 아버지의 이야기 거리가 다할 만한 때에 일행은 읍내에 다다랐다.

요시오는 이 고을에서 일기생으로 같이 가는 열한 명과 함께 차를 탔다. 역두에는 수백 명의 군중의 전송이 있었고 군수의 발성으로 만세를 불렀다.

요시오가 훈련소에 들어온 지도 벌써 한 달이 넘었다. 이제 겨우 배가 고프지 아니하게 되었고, 처음에 들어와서 배고프던 것이, 평소에 과식하던 까닭인 줄을 깨달았다. 지금은 위장이 잘 정돈되어서 밥을 대하면 꿀맛 같고, 속은 늘 편안하고 입속은 늘 서늘하고 춤[89]이 달았다.

'너희들은 폐하의 소중한 군인이 될 사람들이다. 너희들의 몸은 나라의 보배다. 먹이는 것이나 입히는 것이나 다 너희들의 건강에 가장 좋도록 생각하고 또 생각하여서 하는 것이다.'
하던 소장의 훈시의 뜻도 차차 깨닫게 되었다.

'일본은 신국神國이다. 일본 사람은 언제나 신을 모시고 신을 섬기는 백성이다. 그러므로 일본 사람은 언제나 몸과 마음과 거처를 정결하게 하여야 한다. 더러운 몸과 마음으로 신의 앞에 나아갈 수 있느냐. 그러므로 일본 사람은 청결을 생명

---

88   장대장타령(張大將打令) : 조선 말기 서울 소리꾼들이 장대장 이야기를 소리와 재담을 엮어 부르던 노래의 하나. 이야기 가운데 장대장이 친구 덕에 만포 첨사가 되어 부임하여 가는 길에 무당과 수작하는 대목이 있다.
89   '침'의 방언.

으로 안다.'

하여서 뒷간에서 나오면 손을 씻고, 방이나 복도를 깨끗이 하라는 것도 인제는
습관이 되었다. 방구석에 먼지가 앉은 것이나 손톱에 때가 낀 것이 몹시 마음에
걸리게 되었다. 목욕탕에 들어갈 때에도 먼저 몸을 깨끗이 씻을 마음이 힘 안 들
이고도 나게 되었다. 아침에 일어나는 길로 냉수를 머리에서 내려쓰는 미소기禊[90]
에도 재미를 붙이게 되었다. 몸과 마음의 몬지를 떨고 대를 씻는 것이 기뻤다.

'맑고 밝은 마음淸明心.'

실상 소장 이하 교관들에게 가장 많이 걱정을 들은 것은 청결에 관하여서였다.

'きたない(더러워).'

하는 소리를 몇 번을 들었는지 모른다. 생도들 중에는 청결의 습관이 얼른 아니
생기는 사람도 있었다. 마당에 담을 뱉고 뒷간을 더럽게 하고. 처음에는 걱정 듣
는 것이 싫기도 하고 야속도 하였으나 차차 그것이 다 고마운 일임을 느끼게 되
었다―

'나를 위하셔서, 내가 잘 되라고 그러시는 것이 아니냐.'
하는 생각들을 하게 되었다.

둘째로 가장 걱정을 많이 들은 제목은 'だらしがない(절도가 없다)'라 하는 것이
었다. 몸을 거두는 것이나 담요를 개키고, 제 물건을 두는 법이 가즉하지 못하다
하는 것이다.

담요는 귀를 꼭꼭 맞추어서 개켜야 한다. 그것을 쌓을 때에도 두부모 베인
것 모양으로 가즉하게 하여야 한다. 물건을 장과 서랍에 두는 것도 질서 있게,
책은 책끼리, 옷가지는 옷가지대로, 다 제 자리를 정하고 그 자리를 찾아서 두
어야 한다.

"こらッ, だらしがないぢやないかッ(이봐, 절도가 없잖아)."

이러한 걱정을 수없이 듣고 나서 인제 겨우 정돈하는 습관이 생기게 되었다.

---

90   죄나 부정을 씻기 위해 냇물이나 강물로 몸을 씻는 것.

“제 물건을 이렇게 난잡하게 두는 자는 그 마음이 난잡한 표야.”

이렇게 훈계를 받았다.

“오밤중에라도 어느 물건이 어디 있는 것을 알아야 하는 거야.”

이렇게 교관은 말씀하였다.

“군인이란 언제 불릴는지 모르는 것이다. 밤중에 적군의 습격을 받을 때에는 불도 못 켜고 소리도 나지 않게, 재바르게 차리고 나서야 하는 것이다. 이것이 어디 있나, 그것은 어디 두었던가, 해가지고 무슨 전쟁을 하느냐. 다만 군인만이 그런 것이 아니라, 인생은 언제나 전장이다. 언제나 죽어도 관계없도록 늘 준비를 해가지고 있어야 하는 것이야.”

소장은 이런 말씀도 하였다. 그러한 훈계도 오늘날 와서 그 뜻이 알아지는 것 같았다.

“단체생활의 요령은 저마다 규칙을 지키고 명령에 복종하여서 제 직분을 다함에 있다. 이럴 줄을 모르는 백성은 국민이 되지 못한다. ‘わがまま(제 멋대로)’는 나라를 망하게 하는 독이다.”

이러한 훈계도 들었다.

“충절忠節을 중히 하라 하신 말씀이 무슨 뜻이냐. 그것은 복종하여서 제 직분을 다하라 하신 뜻이다. ‘わがまま’는 불충이다.”

이런 훈계도 알아졌다.

다음에 생도들이 많은 걱정을 들은 것은 예의를 모른다 하는 것이었다. 생도들 자신은 저마다 예의를 모른다고 생각한 이는 없었으나 비로소 예의의 참뜻을 안 것 같았다.

가미다나 앞에서는 박수 예배하는 것이 예의요 상관 앞에서는 직접 거수하는 것이 예의다. 남에게서 무엇을 받을 때에는 고맙다는 표시를 하는 것이 예의요 사람을 대할 때에는 공경하고 친절한 것이 예의다. 이것쯤은 다들 예의인 줄 알고 있었으나, 앉음앉음이, 걸음걸이, 밥 먹기, 문 여닫기, 세수하기, 목욕하기, 비질, 걸레질, 심지에 잘 때, 놀 때에까지도 사람이 움직이는 곳에 반드시 예의가 있

고, 그 예의의 근본은 'まこと(誠)'라는 것을 깨닫기에는 한참 시간이 걸렸다.

요시오는 열세 사람 한 반에 반장이었다. 비록 열세 사람밖에 안 되는 소수였으나 그 마음들도 한결같지는 아니하였다.

갑이 순직하면 둔하여서 깨달음이 부족하고 을은 눈치가 빠르나 참됨이 부족하였다. 또 병이 부지런하면 제 생각만 하지 말을 아니 듣고, 정이 얌전하면 게을렀다. 대개는 일장일단이 있었으나 요시오가 보기에 더 잘하자 더 잘하자 하는 향상심과 저를 잊고 남을 위하는 정신이 공통으로 부족한 것 같았다. 그러고 가장 질색인 것은 변명이 많은 것이었다. 제 물건을 정돈하는 것이 부족하다고 반장이나 교관에게 주의를 받을 때에는,

'잘못했습니다. 이후부터는 잘 하겠습니다.'

하는 한 마디면 족할 것을, 무엇이 바빠서 그랬다는 둥, 좀 있다가 하려고 그랬다는 둥 변명을 하여서,

"言譯をするな(변명 말아)."

하고 책망을 받을 때면 반장인 요시오는 제가 망신을 당하는 것같이 등에 찬물을 끼얹는 것 같았다.

"퍽도 말썽야."

"왜 그리 까다로워."

"좀 그랬기로 어때."

하고 뒷 원망을 하는 소리를 들으면 요시오는 그 사람의 뺨을 갈기고 싶었다.

"고마운 줄 알어!"

하고 요시오가 소리를 지르면,

"저는 무에길래 그래."

하고 요시오를 향하여서 눈을 흘겼다.

그러나 열흘, 스무날, 한 달 세월이 가는 동안에 이러한 결점들이 점점 고쳐졌다. 아침에 일찍 일어나는 것이나 찬물로 몸을 씻는 것이나 방 걸레를 치는 것이나, 물건들을 제 자리에 정돈하는 것이나 다 습관이 되었다. 깨끗지 아니한 것을

보고는 참기가 어렵게 되었다.

'걸레질 칠 때에는 네가 걸레가 되어버려.'

하는 교관의 훈계도 마음에 깊이 들어가게 되었다.

'무슨 일을 할 때에는 네가 그 일이 되어버려. 그 일허구 하나가 되란 말야. 그것이 일심불란一心不亂이란 것이다. 전장에서 적병을 향하여서 총을 놓을 때에 딴 생각할 여유가 있겠느냐 말이다. 무슨 일이든지 다 그 요령으로 하란 말야.'

하는 훈계도 차차 내 것이 되는 것 같았다.

'연습도 실전實戰이다.'

'비록 연습 중에라도 제 직무를 위하여서는 목숨을 안 돌아보는 것이야.'

하는 것도 차차 습관이 되었다.

상해 어느 거리에서 파수를 보던 상등병 한 사람이, 말 안 듣고 지나가는 서양 사람의 자동차를 그예 붙들려고 뛰어오르다가 떨어져 죽은 이야기는 요시오에게 큰 감동과 교훈을 주었다. 그 자동차 하나쯤 놓아 보내어도 괜찮다 하는 생각이 났던 제 마음을 무섭게 채찍으로 때렸다. 직무에는 큰 것, 적은 것의 차별이 있을 수가 없다. 큰 직무를 목숨으로써 완수할 것이라 하면 작은 직무도 마찬가지다.

요시오는 차차 지원병인 자기의 임무가 무엇인지를 깨달았다. 그것은 제가 어떠한 직무이든지 넉넉히 맡을 수 있는 사람이 되는 것이었다. 몸으로 할 일이면 무엇이나 다 하고 목숨으로 할 일이면 무엇이나 다 할 수 있는 사람이 되는 것이었다.

차차 날이 지나고 차차 저 자신에 대한 반성이 깊어질수록 요시오는 제 부족, 제 결점을 더욱 분명히, 더욱 많이 찾아내일 수가 있었다. 그가 생각하기에 제게 있는 가장 큰 결점은 몸을 아끼고 명령받기를 싫어하는 일이었다. 더 맛나는 것이 먹고 싶고 더 자고 싶고 좀 더 편히 놀고 싶었다. 그리고 힘드는 일, 어려운 일은 아무쪼록 피하고 싶었다.

무엇을 하라든지, 무엇은 하지 말라든지 하는 명령이 모두 귀찮았고, 그 명령이 엄하면 엄할수록 거북하였다.

'これではいけない. こんな人間では戰爭は出來ない(이래서는 안 된다. 이런 인간은 전쟁을 할 수 없다).'

요시오는 여러 번 스스로 반성하고 책망하였다.

'이봐, 힘드는 일을 힘 안 들게 하는 길이 있다. 그것은 그 일밖에는 딴 생각을 마는 것이다. 네가 그 일과 하나가 되어버리는 것이다.'

소장은 일찍 이러한 말씀을 하였다. 그리고,

'열즉 열살도리 한즉 한살도리熱則 熱殺闍梨 寒則 寒殺闍梨'[91]

라는 글자를 칠판에 써놓고 설명하였다.

어느 야외연습 때었다. 그것은 정말 군인과 함께 연습할 때었다. 요시오는 전령傳令의 임무를 맡았다. 오전 네 시 전에 이 임무를 완수해야만 되었다. 요시오는 급히 산길을 뛰다가 발목을 삐었다. 삔 곳은 끊어질 듯이 아팠다. 몸이 쓰러질 것 같았다. 그러나 요시오는 제 임무를 생각하였다. 요시오는 기고, 앙감질을 하고,[92] 있는 힘을 다하여서 갈 길을 갔다.

'죽기까지.'

하고 요시오는 쓰러졌다가는 또 일어나고 쓰러졌다가는 또 일어났다.

'이것은 정말 전쟁은 아니다. 연습이다.'

이러한 생각이 요시오의 몽롱한 의식에 떠오를 때에는 그냥 쓰러져 있고 싶었다. 머리를 땅에만 붙이면 금방 코를 굴 것 같았다. 전신이 땀에 떴다.

'아니다, 이것이 전쟁이다. 죽기까지는 내 임무를 위하여서 걸어야 한다.'

하고 요시오는 또 걸었다. 손에서도 피가 흘렀다. 풀숲에는 뱀이 있는지 개구리가 있는지 몰랐다. 이따금 모기가 이마와 손등을 뜯는가 싶었다.

"아이구, 좀 쉬었으면."

---

91   더우면 더위로 도리를 죽이고 추우면 추위로 도리를 죽인다. '도리'는 제자에게 덕행을 가르치는 스승을 가리키는 불가(佛家)의 용어.

92   앙감질하다 : 한 발은 들고 한 발로만 뛰다.

하는 비명이 저절로 흘러나왔다. 총과 배낭만 없어도 하는 생각도 났다. 거의 기진하였다. 요시오는 배를 땅바닥에 대이고 엎더졌다. 아무 생각도 나지 아니하고 감각도 희미하였다. 호랑이나 늑대가 와서 다리 하나를 질근질근 씹어 먹더라도 모를 것 같았다.

'이러다가 죽으면.'

하는 생각이 났다.

이때에 요시오는,

'열즉 열살도리熱則 熱殺闍梨'

하는 소장의 음성을 들었다.

'고즉 고살도리 통즉 통살도리苦則 苦殺闍梨 痛則 痛殺闍梨'[93]

하고 요시오는 부르짖고 또 기기를 시작하였다.

요시오는 기다가 기다가 죽을 결심이었다.

두어 걸음씩 뛰었다.

엎더졌다가는 또 일어났다. 요시오는 고통과 하나가 될 수가 있었다. 내가 괴롭다 하고 옆에서 말할 자가 없어졌다. 오직 씨근씨근하는 제 숨소리만이 들렸다. 아픈 것도 다 잊어버렸다.

요시오는 마침내 진지에 도달하였다.

벌떡 일어나서 부대장께 경례를 붙이고, 종잇조각을 부대장의 손에 전하고는 쓰러져서 혼수상태에 빠졌다.

이 일이 알려져서 요시오는 크게 칭찬을 받고 표창을 받았다.

소장은 요시오를 안고 울었다.

"牧野よくやつて呉れた(마키노 잘해 주었다)."

말은 간단하나 요시오는 소장의 몸이 어떻게 떨리는 것을 알았다.

요시오는 인생의 새로운 경계를 보았다. 병상에 누워서 요시오는 여러 번 울었

---

93 괴로우면 괴로움으로 도리를 죽이고 아프면 아픔으로 도리를 죽인다.

다. 그것은 기쁜 울음이었다.

이 일이 있은 후로부터 요시오는 무슨 일에나 괴로움을 느끼지 아니하였다. 어떠한 일이든지 다 제 일, 제가 할 일이었고, 어떠한 명령이든지, 다 저를 믿길래 하는 기쁜 상급이었다. 생명이 생명의 목적이 아니라, 제 임무를 다하기 위하여서 있는 생명이라 하는 것을 꽉 붙잡은 것이었다.

병든 아버지, 돌아볼 이 없는 아내와 누이, 먹을 것 없는 식구들. 이러한 걱정은 요시오가 훈련소에 들어온 이래로 떠날 날이 없었다. 교련 중에도 문득 이런 생각이 나면 맥이 풀리는 일이 있었다. 그러나 이 일이 있은 후로부터는 요시오는 그러한 걱정이 부질없음을 깨달았다.

사람은 누구나 다 제 임무를 가지고 세상에 나온 것이다. 그래서 제 임무를 다 하다가 죽는 것이니, 여기서 사람의 할 일은 다한 것이다. 요시오가 지금 할 일은 지금의 임무를 다함에 있고 집 걱정을 함에 있지 아니하다. 요시오는 집을 떠날 때에 집을 잊은 것이다. 병역을 치르고 집에 돌아갈 때까지는 집 생각을 하여서는 아니 될 것이오, 또 한다 했자 아무 소용도 없을뿐더러 도리어 해가 될 것이다 — 요시오는 이렇게 깨달았다.

요시오의 반에는 무척 집 걱정을 하는 사람이 있었다. 가나무라金村라는 청년으로 매양 집 걱정을 하였다. 그도 병든 아버지를 두고 나온 것은 요시오와 같았다. 처음에는 아버지 일을 무척 걱정하였다. 요시오는 그것을 효성으로 여겨서 호의로 생각하고 동정도 하였다.

그러나 차차 친해짐을 따라서 가나무라의 걱정은 병든 아버지보다도 새로 혼인한 아내 때문임을 알았다. 가나무라는 오래 약혼하였던 여자와 혼인한 지 사흘 만에 떠났다고 한다.

"약혼한 지가 오랬어. 삼 년이나 되었거든. 그런데 중간에 그 집에서 싫다는 거야. 그래도 돈 이백 원을 받은 것이 있거든. 나도 싫다는 계집헌테 억지로 장가드는 것이 싫었지마는 그 여자가 마음에 든단 말야. 열네 살에 약혼을 했는데, 금년에 열일곱이거든. 나이 너무 어려서 삼 년이나 기다린 건데, 저편에서 중간에 싫다고 하니 가만있을 거야. 그러자 내가 훈련소에 들어오게 되니까, 그 집에서 말이, 내가 군대에 댕겨오거든 예식을 하잔단 말야. 이태가 될는지 삼 년이 될는지 모른 동안에, 그 여자를 어디 다른 데로 보내려는 것 아니야. 또 내가 전장에 나가 죽을는지도 모르고, 그 속이 빤히 들여다 보이거든. 그래서, 내가, 아버지도 병이 중하시고 나도 집을 떠나게 되니 곧 성례를 해야 된다고 틀어서 성례는 했는데 말야. 사흘만에 집을 떠났으니 어찌 되었는지 모른단 말야."

가나무라는 이런 말을 하였다. 요시오에게 이 통정을 한 뒤로부터는 기회만 있으면 요시오를 붙들고 아내 걱정을 하였다.

"글쎄, 그것은 걱정을 해서 무엇 하느냐 말야. 없는 줄만 알고 있어."

요시오는 이렇게 말하였다. 요시오도 아내에 대한 걱정이 없지 아니하였다. 어미니와 불화나 아니 한지, 친정으로 달아나지나 아니하였는지.

"설마 달아나지는 않겠지?"

가나무라는 이런 소리도 하였다.

"왜, 달아날 것 같어?"

하고 요시오가 제 아내와 가나무라의 아내와를 속으로 비교하면서 웃으며, 가나무라는,

"글쎄 말야."

하고는 더 말하지를 아니하였다.

가나무라는 제 아내가 다른 데 정든 남자가 생겼기 때문에 저와 성례하기를 꺼린 것이라고 생각하고 있었다. 가나무라는 혼인한 첫날밤에,

"왜 성례하는 걸 싫어했어?"

하고 신부를 보고 힐문하였다.

"내가 아우, 어른들이 알지."

신부는 이렇게 대답하였으나, 가나무라는 그 대답이 뾰로통하다고 생각하고 한 개 때리고 싶은 것을 참았다. 삼 년이나 두고두고 기다리고 기다려서 얻은 아내다. 놓쳐버릴 수는 없는 것이다.

가나무라가 보기에 아내는 정녕 제게는 정이 없었다. 옷도 한사코 안 벗으려 들고 끌어안으면 빠져나가려고 바둥거렸다. 가나무라는 분개하였다. 그러나 저보다 오 년이나 나이 어린, 이제 겨우 열일곱 살 되는 계집애라고 억지로 마음으로 용서하였으나 심히 괴로웠다.

혼인한 지 사흘 동안에 정답게 말 한 마디도 못 하여보고 떠났다. 혼인신고도 못 하고 떠났다.

"면회하러 와."

이런 말도 하고,

"한 달에 한 번씩 편지해."

이런 말도 하였으나 아내는 대답이 없었다. 언제나 시들하고 귀찮은 빛을 보였다.

가나무라는 사흘 있는 동안에 처갓집 동네 청년들을 주의하여서 관찰하였다. 이놈인가, 저놈인가, 하고 의심하여 보았다. 모두 의심스러운 것도 같고, 설마 하기도 하였다.

훈련소에 들어온 뒤에도 가나무라는 장가든 동무를 보고는 넌지시 첫날밤의 신부의 태도를 물었다. 요시오에게도 물었다.

동무들은 다들 자랑삼아 아내가 제게 대하여서 보여준 애정을 말하였다. 집을 떠나던 전날 밤의 깊은 사랑을 특별히 문채 있게 말하였다.

이러한 말을 들을수록 가나무라의 불안스러운 마음이 더하였다.

'암만해도 그년이 반심을 품은 거야.'

하고 제 기억에 남은, 처갓집 동네 청년들을 마음속에 불러 세우고 점고하였다. 그러고는 별렀다.

가나무라는 이 때문에 교련 중에도 구령을 잘못 듣고 실수하는 일이 있었다.

"何をぼんやりしてるか(어디에 정신을 팔고 있는 거냐)."

하는 책망을 받는 때가 많았다.

"편지가 안 오는 것을 보니 무슨 일이 났나 보아."

가나무라는 요시오를 보고 이런 말을 하게 되었다.

"이 사람, 잊어버리라니까 그러네. 목숨을 나라에 바친 몸이 그런 생각을 하여서 쓰겠나?"

요시오는 이렇게 윽박지르면서도 가나무라를 동정하였다. 마음에는 아무 악의도 없는 청년이었다. 별로 다른 욕심도 없었다. 다만 일념에 못 잊는 것이 미덥지 못한 아내였다.

요시오의 집에서는 혹은 누이의 이름으로, 혹은 아내의 이름으로 가끔 편지가 왔다. 아버지의 병환도 그만하고 아무 걱정도 없다는 것이었다. 아버지의 병에 대하여서나 가사에 대하여서나 구체적 내용을 말하지 아니하는 것이 불만이었으나 요시오는 구태여 그것을 생각하려고도 아니 하였다.

'아버지가 돌아가신 것을 숨기는 것이나 아닌가.'

요시오는 편지를 받을 때에 이러한 생각도 하였으나, 그것도 구태여 알려 아니 하였다. 제가 반장이 되어서 다른 생도들을 감독하는 책임상 얼굴에 근심 빛을 띠는 것은 옳지 않게 생각하고 언제나 쾌활하려고 힘을 썼다.

그러나 요시오에게 염려되는 것은 가나무라였다. 가나무라의 정신상태는 더욱 착란하여지는 모양이었다. 그는 멀거니 있는 때가 점점 많아지고 얼굴빛도 좋지 아니하였다. 교관에게 걱정, 듣는 일이 더욱 많아졌다.

"마키노 군."

하루는 가나무라가 식후에 그릇을 부시고 잠시 휴게하는 동안에 요시오를 불렀다. 두 사람은 사람 없는 한 편 구석으로 갔다.

"난 못 견디겠네."

가나무라의 말은 절망적이었다.

"무엇이?"

요시오는 근심스럽게 물었다.

"암만해도 그 연놈을 가서 죽여버려야겠어."

가나무라는 두 주먹을 불끈 쥐었다.

"그건 다 무슨 소리야?"

"암만해도 참을 수가 없는 것을 어떡허나?"

"무얼 못 참는단 말야."

"면회도 안 오고, 편지 한 장 안 하고. 그러니 분명 그년이 마음이 변한 것 아냐."

"면회는 내게는 있었나. 우리 집에서도 아모도 안 오지 않어? 지금 모내기에 바쁜 때에 어떻게 오나? 게다가 열일곱 살 난 새아씨가 어떻게 면회를 오나?"

"마음만 안 변했으면야, 삼년 사년 면회를 안 오기로 어떻겠나마는."

"마음이 무슨 마음이 변한다고 그래? 그렇게 아내의 마음을 의심하는 자네의 심사야말로 큰 죌세. 애여 그런 생각 말게."

비록 이렇게 말은 하였으나 요시오도 그 여자가 마음이 변한 것만 같았다. 더구나 그 여자의 집이 동네 술집이란 말을 들을 때에 그러하였다.

어떤 날 밤이었다.

요시오는 가나무라의 행동이 수상한 것을 눈치 채고 잠을 사로자고 있었다. 다만 반장으로서의 책임뿐이 아니었다. 요시오는 가나무라가 가엾고 또 그에게 정이 들었다. 가나무라가 요시오를 믿고 따르는 때문도 있겠지마는 가나무라의 인물에는 요시오를 끄는 힘이 있었다. 아무리 하여서라도 가나무라의 마음을 자리를 잡게 하고 싶었다.

전등은 껐으나 창으로 비추이는 별빛으로 방안에는 훤한 빛이 있었다. 삐걱하는 침대 소리가 나자, 가나무라가 자리에서 일어났다. 그는 바지를 입고 저고리를 입었다. 그리고는 잠깐 주저하며 무엇을 생각하는 듯하더니 사뿐사뿐 걸어서 복도로 나가는 문을 열었다.

"金村君何處へ行くんだい(가나무라 군, 어디 가)?"

요시오는 나지막한 소리로 물었다.

가나무라는 멈츳하였다.

"便所へ行くよ(변소에 가)."

가나무라의 음성은 떨렸다.

요시오는 암만 해도 마음이 놓이지 아니하여서 일어나 뒤를 밟았다.

변소에는 가나무라는 없었다.

요시오는 몸에 소름이 끼치도록 놀랐다. 자살, 탈주. 요시오의 눈에는 달아나는 가나무라의 모양이 보이는 듯하였다.

요시오는 서울 쪽으로 향하려면 갈 듯한 방향을 더듬어서 뛰어넘을 만한 담을 향하고 뛰었다. 아무리 하여서라도 가나무라를 붙들지 아니하면 아니 된다.

담 밑까지 가서 요시오는 가만히 어두움 속을 보았다. 그러고 담을 연하여서 살살 걸었다.

그동안에 얼마나한 시간이 지났는지 모르나 요시오에게는 퍽 오래 헤맨 것 같았다.

"저기 있다!"

요시오는 마침내 담을 타고 넘는 그림자를 보았다.

가나무라는 담 밑에까지 와서도 오래 주저하였다. 그러다가 뒤에 따르는 자취가 있는 듯함을 깨닫고 담을 뛰어넘으려 한 것이었다.

"가나무라!"

하고 부르는 요시오의 소리는 옆에서도 아니 들릴 만하였으나 그래도 가슴이 터지는 듯한 소리였다.

가나무라는 담을 탄 대로 몸이 굳어진 듯하였다.

둘째 번 "가나무라." 하고 부르는 소리와 함께, 요시오는 가나무라의 다리를 꽉 붙들어서 낚아챘다.

가나무라는 요시오에게 끌려서 떨어졌다.

요시오는,

"예게, 못난 자식."

하고 연거푸 가나무라의 따귀를 붙였다.

"卑怯にも脱走するのか(못나게시리 도망하는 거야)."

요시오는 또 한 번 가나무라의 뺨을 갈겼다. 요시오는 당장에 가나무라를 죽여 버리고 싶도록 분개하였다.

“もつと男らしくなれ(좀 더 남자다워지게)!”

요시오는 또 한 개 가나무라의 뺨을 갈겼다.

가나무라는 저항이 없었다.

요시오는 가나무라의 멱살을 잡은 손에 더운 액체가 떨어짐을 감각하였다. 그것은 가나무라의 코피와 눈물이었다.

요시오의 눈에서도 눈물이 쏟아졌다.

요시오는 가나무라의 멱살을 놓고 팔로 그의 허리를 안았다.

“かへらう(가자).”

하는 요시오의 음성은 떨렸다.

가나무라는 요시오가 끄는 대로 따라왔다.

세면소에서 요시오는 가나무라의 코피를 씻겨 주고 제 손에 묻은 피도 씻었다.

“牧野君. ありがたう(마키노 군, 고마워).”

가나무라는 찬 손으로 요시오의 손을 더듬어 잡았다.

“金村君, 君を擲つたの, 許して呉れ(가나무라 군, 자네를 때린 거 용서해 주게).”

요시오도 가나무라의 손을 힘껏 쥐었다.

“僕は, もう夢から醒めたよ. 僕は男らしくなるぞ(나는 이제 꿈에서 깼어. 나는 남자다워지겠네).”

가나무라는 주먹으로 눈물을 씻었다.

이 일이 있은 후로 가나무라의 태도는 돌변하였다. 그는 무슨 일이나 힘드는 일은 앞서 하였다. 교련에서 정신기가 있었다.

“牧野, 金村はよくなつたね(마키노, 가나무라가 좋아졌군).”

어떤 날 교관이 요시오를 보고 이런 말을 할 때에, 요시오는,

“はい, 金村はいい男であります(예, 가나무라는 훌륭한 남아입니다).”

하고 눈이 뜨거워짐을 느꼈다.

사 개월의 훈련기간이 지났다. 총독 군사령관 임석하에 수업식도 끝이 났다. 천여 명 제일기생의 분열식은 총독과 군사령관의 칭찬을 받았다.

요시오나 가나무라나 다 처음 들어올 때보다는 딴 사람이 되었다. 무엇보다도 젖가슴이 두둑해지고 팔이 굵어졌다. 요시오의 체중은 오 킬로나 늘었다.

눈들은 날카로워졌다. 일점을 응시할 때에는 무시무시한 기운까지 돌았다. 입은 꼭 다물어지고 몸은 꼿꼿하여졌다. 음성이 커지고 분명하여졌다. 걸음걸이도 힘이 있었다.

요시오는 제 몸의 힘과 마음의 힘이 는 것을 느꼈다. 무엇이나 맡으면 해낼 것 같았다. 맡은 직무면 목숨을 안 돌아보고 할 것 같았다. 또 훈련 중에 그러한 기회도 여러 번 있었으나 여러 번 다 수행할 수가 있었다.

일주간의 휴가를 얻어서 다들 집으로 갔다. 집에서 다녀오면 입영이다.

요시오나 가나무라나 집이 어떻게 되었는가 궁금하였다. 그동안의 편지는 모두 거짓말인 것만 같았다.

가나무라는 남쪽으로, 요시오는 서쪽으로 가는 차를 타고 떠났다.

"しつかりせい(정신 차리자)."

두 사람은 이런 말을 주고받았다.

차 속에서 요시오는 벌써 알이 밴 벼를 바라보면서 봄에 집을 떠날 때 일을 생각하고 사 개월 동안의 훈련소 생활을 생각하였다.

돈을 바라고 후미코와 혼인하였다 하는 생각이 퍽 요시오의 양심을 괴롭게 하였다. 그렇게 선량하던 아버지와 어머니도 며느리의 집에서 돈이 오려니 하고 기다리고 있는 것이 가엾기도 하고 밉기도 하였다. 더구나 바라던 재산이 얼른 오지를 않는다고 며느리를 볶는 어머니의 심리가 슬펐다.

'何んと汚い心だ. 人に頼らうなんて(그런 더러운 생각이 어디 있어. 남에게 바라다니).'

하고 요시오는 주먹을 불끈 쥐었다.

요시오는 후미코를 다만 아내로 사랑하리라고 결심하였다. 후미코를 사랑함으로 부모와 요시오 자신과의 더러운 마음을 속할 수 있으리라고 생각하였다.(1942.4)

9

요시오가 집에 돌아온 것은 어두워서였다. 차시간이 그러하였다.

"아버지!"

하고 요시오는 대문 안에 들어섰다.

"아이, 오빠."

"경직이로고나."

모깃불을 피우고 앉았던 어머니와 누이가 요시오에게 매어달렸다.

"아버지."

경직은 부르는 것인지 묻는 것인지 모르게 이렇게 말하였다.

"아버지가 돌아가셨단다. 네가 떠난 지 사흘만에 돌아가셨단다."

하고 어머니는 울면서 마루로 올라가서 불을 켰다.

끄물끄물하는 석유 등잔 빛에 허연 장막을 늘인 궤연[94]이 보였다.

어머니는 휘장을 젖히고,

"경직이가 왔어요."

하고 궤연을 향하여서 목을 놓아 울었다.

요시오는 마룻바닥에 이마를 대고 엎드려서 울었다. 시즈에도 울었다.

곡성을 듣고 이웃집 부인네들이 모여왔다.

"아니, 경직이가 왔구면."

부인네들은 이런 말을 하였다.

요시오는 자꾸만 느껴져서 울음을 그칠 수가 없었다. '아버지.' 하고 목을 놓아서 부르고 싶은 것을 억지로 참았다.

"자, 인제 그만두시우."

이웃집 부인들은 요시오 어머니를 위로하였다.

94　궤연(几筵) : 혼백이나 신위를 모신 자리.

아이들이 요시오가 왔단 말을 전하여서 동네 사람들은 점점 더 모여들었다. 다들 자다가 나온 모양이었다.

요시오는 눈물을 씻고 동네사람들의 인사를 받았다. 상제라고 해서 요시오에게 절을 하는 사람도 있었다.

"무에라고 할 말이 없네."

동네 사람들은 서투른 조상을 하였다.

"자, 내일 또 오지."

하고 늙은이가 먼저 말을 내어서 사람들은 다 돌아갔다.

모기가 윙윙하는 마루에 세 식구가 모여 앉았다.

벌레소리가 들려왔다.

"아버지가 너헌테는 기별을 말라고 유언을 하고 돌아가셨단다."

하고 어머니는 또 눈물을 쏟았다.

"오빠, 저녁 잡수셨소?"

시즈에는 울어서 뻘건 눈을 크게 뜨고 이렇게 물었다.

"후미코는 어디 갔나?"

한참 지나서야 요시오가 시즈에를 보고 물었다.

"너 떠난 뒤에 얼마 안 있다가 친정으로 가버렸단다."

어머니의 눈에 날이 섰다.

"무엇하러 밥 굶고 여기 있을라든. 친정에 가면 밥이 썩어나는걸."

어머니는 이 한 마디를 덧붙였다.

"농사는 어떻게 되었니?"

"하노라고 했지."

"잘 됐니?"

"청초[95] 괜찮아."

---

95 청초(靑草) : 푸른 잎을 썰어 그대로 말린 잎담배.

“양식은 떨어지지 않았니?”

“그럼, 굶진 않았어.”

시즈에의 대답은 어른스러웠다.

요시오는 더 물어보려고도 아니 하였다. 물어보아야 신산한 일밖에 없을 것 같았다.

안방에서 세 식구가 함께 잤다.

어머니는 잠이 아니 오는 모양이었다. 요시오도 잠이 아니 왔다. 빈대가 덤비었다. 초저녁부터 문을 닫아두었던 방이라 한증과 같이 화끈거렸다. 몸에서는 끊임없이 땀이 흘렀다. 통창하고 서늘한 방에서 거처하던 요시오로는 숨이 막힐 것 같았다. 모기도 어느 틈에 들어왔는지 손과 발을 뜯었다.

“든덩집[96] 애가 와서 여름내나 김을 매주었단다.”

어머니는 한숨을 쉬면서 이런 말을 하였다. 든덩집 애라 하는 것은 도시코다.

“네.”

요시오는 심상하게 대답하였으나 가슴이 울렁거리고 눈이 쓰렸다.

“오지 말래도 저의 집에서는 농사를 아니 하여서 일이 없노라고.”

자는 줄 알았던 시즈에도 입을 열었다.

요시오는 말없이 한숨을 쉬었다.

“교장 선생님이 돈 오십 원을 가지고 오셔서, 그걸로 여름내 양식을 댔지.”

한참 있다가 어머니는 또 한 마디 하였다.

장인 되는 구장이 무엇을 도와주었다 하는 말은 나오지 아니하였다.

아침에 일어나서 요시오는 방과 마당을 소제하였다. 사내 없는 집이라 손질할 데가 많았다.

“곤한데 그만두어라.”

하고 어머니가 말렸다.

---

96 ‘든덩’은 ‘둔덕’의 평안도 방언.

아침 상식[97] 상은 그래도 흰 진지였다. 세 식구 밥상을 대할 때에 요시오의 밥만이 상식 밥이오 어머니와 시즈에의 밥은 훅 불면 날아날 호좁쌀 밥이었다.

요시오는 목이 메어서 밥이 넘어가지 아니하였다.

"이거 섞어 먹어요."

요시오는 밥그릇을 내어 밀었다.

"아니다, 어서 네나 먹어라. 일주일만 지나면 또 집을 떠나서 언제 올지 모르는데 아모것도 해줄 게 없고나. 있다가 저녁에나 닭이나 한 마리 잡아먹자."

"어서 잡수우."

시즈에는 제 밥그릇을 들어서 비킨다.

"시즈에야, 어서 이 밥 세 그릇을 한데 섞어라."

하고 요시오는 가장의 위엄으로 명령하는 어조였다.

시즈에는 부엌에 나가서 바가지 하나를 들고 들어와서 요시오 말대로 밥 세 그릇을 한데 쏟아서 버무렸다. 그래도 흰밥 많은 쪽을 요시오에게 퍼주고 다음에 흰 데를 골라서 어머니 그릇에 담고 남저지를 바가지째로 제 앞에 놓았다. 거기는 흰밥이 보일락말락하였다. 요시오는 이 광경을 차마 정시할 수 없어서 고개를 돌렸다.

얼마 동안 밥을 먹다가 요시오는 숟가락으로 듬뿍 제 밥을 떠서 누이의 밥 바가지에 던졌다.

"으응, 나 다 먹었는데."

하고 요시오를 바라보는 시즈에의 눈에는 눈물이 있었다.

"어서 먹어라. 오라비가 주는 밥이니 어서 먹어라."

하는 어머니의 눈도 빛났다.

요시오는 시즈에의 손이 논 김매기에 진일하기[98]에 눈에 띄게 거칠어진 것을 보았다. 누이만은 좋은 집에 시집을 보내어서 고생을 아니 시키리라고 생각하였

---

97 상식(上食) : 상가(喪家)에서 아침저녁으로 궤연(几筵) 앞에 올리는 음식.

98 진일하다 : 밥을 짓고 빨래를 하는 따위의 물을 쓰는 일을 하다.

다. 그러나 자기에게 그러한 힘이 있을까 하면 적막하였다.

"한 이태만, 어머니. 고생을 더 하시우. 내 군대에서 돌아오면 잘 벌어서 어머니 걱정 아니 하시게 하리다. 시즈에, 너도 내 대신 한 이태 더 고생을 해라. 너는 시집만 가면 고만이겠지마는 이제 너까지 시집을 가버리면 어머니 혼자서 어떻게 사시니?"

"내가 왜 시집을 가요? 안 가요. 오빠 돌아오실 때까지 농사 지을게요. 도시코가 도와주마고. 저희 집에선 농살 안 하니깐 일이 없다고. 저도 농사를 배운다고. 그러니까 도시코 하고 둘이서 일하면 돼. 또 오빠가 병정 나가시면 논밭 부침은 동네에서 도와준다는데. 그러니깐 아모 걱정 없어요. 오빠 염려 말아요."

시즈에는 기운차게 말하였다.

"그럼, 산 사람이 굶어야 죽니? 일하면 먹어지지. 금년에도 청초는 잘 됐으니 이대로 결실만 되면 명년 농량은 걱정 없어. 시즈에가 너무 나이가 많아질까 봐서 그러지. 야마다 선생도 사람이 얌전하고 또 시즈에도 야마다 선생을 좋아하는 모양인데 —"

하는 어머니의 말을 가로 막아서, 시즈에는,

"아니야, 어머니. 어머닌 괜히 혼자 생각으로 그러신다우. 난 꿈도 안 꾸는걸."

하고 눈을 흘긴다.

"야마다 선생이면 사람이야 좋지."

하면서도 요시오는 야마다가 몸이 약한 것을 생각하였다. 요시오가 훈련소에 가기 전에는 야마다를 알맞은 매부감으로 생각하였으나 지금은 사람 보는 눈이 변하였다. 야마다는 몸이 가냘프고 얌전한 선비다운 사람이었다. 그러나 그에게는 밥을 굶어서라도, 산야를 달릴 만한 체력과 기백이 부족한 것 같았다. 그는 흙도 주무르고 똥거름도 주무를 만한 기상이 없는 것 같았다. 오늘날의 요시오의 눈으로 보면 그런 남자는 병신이었다. 젊은 남자라면 어깨가 떡 벌어지고 젖가슴과 팔뚝에 불룩하게 힘줄이 두드러지고, 아무리 힘드는 일이라도 죽기까지는 버티어나갈 만하여야 비로소 젊은 남자라고 할 만하게 보였다. 야마다는 이러한 표준에는 맞지 아니하였다. 그는 얌전한 재사였다.

이렇게 생각하고 요시오는 혼자 고개를 흔들었다. 야마다는 매부감이 아니 된다 하는 뜻이었다.

어머니는 요시오의 눈치를 챈 모양이었다. 힐끗힐끗 요시오를 보았다. 시즈에도 요시오의 생각에 중대한 관심을 가지는 모양으로 그 눈치를 엿보았다. 요시오는 두 사람의 심리를 알았다. 그리고 가장으로, 오라비로 이 경우에 확실한 판단을 내릴 필요를 느꼈다.

"아무려나 내가 돌아올 때까지, 기다려라. 그 전에는 아모와도 약속을 해서는 안 돼."

"그럼, 너 없는데 어떻게 혼인대사를 하니. 그게 말이 되나."

이러게 말하는 어머니의 생각에는 아들이 태산같이 소중하고 믿어졌다. 무엇이나 요시오의 말대로 하리라 하는 생각이 있었다. 그것은 다만 삼종지도 때문만은 아니었다. 요시오에게는 그만한 위엄이 있었다.

시즈에는 미상불 야마다에게 마음이 있었다. 또 야마다도 제게 호의를 가지는 줄로 믿을 이유도 있었다.

야마다는 결코 시즈에를 보고 사랑의 표시를 한 일은 없었고, 시즈에 편에서도 물론 그러하였다. 가다가 시선이 마주칠 때에 야마다가 시즈에를 보는 눈은 무표정이었으나 시즈에는 그 무표정한 눈에서 도리어 숨은 호의를 발견할 수가 있었고, 혹시 단둘이 한 방에 남을 경우가 되면 야마다는 다른 데를 보거나, 슬며시 일어나 나갔으나 그 속에는 시즈에는 도리어 야마다의 은근한 정을 느낄 수가 있었다.

요시오가 서울로 간 뒤로는 야마다는 일주일에 꼭 한 번씩 시즈에 집을 찾았다. 그것도 지날 길에 들리는 모양으로 잠깐 마당에 들어섰다가 가는 것이었다.

"저 오늘 읍내 갑니다. 무어 부탁하실 것 없으셔요."

야마다는 이런 말을 하는 때도 있었다. 요시오에게 보내는 편지는 대개 야마다에게 부탁하여서 부쳤다.

시즈에의 마음에 야마다를 사모하고 의지하는 마음이 차차 뿌리를 박았다. 야마다 선생과 혼인을 해가지고 어머니를 뫼시고 있었으면, 하는 생각이 나는 수도 있었다. 이번에 오빠가 돌아온 길에 그렇게 되었으면 하는 생각조차 있었다. 그런데 오빠의 생각에 야마다가 못마땅하게 보이는 듯한 눈치를 보았으니 이것은 시즈에에게는 큰일이었다.

"너와 야마다 선생 좋아하지 않았니?"

어머니는 요시오에게 이렇게 항의하였다.

"좋아하기야 지금도 좋아하지요. 사람은 좋은 사람이야요."

"그런데?"

"그래도."

"왜? 하기야 부모 없는 게 흠이야 흠이지."

어머니는 아들의 생각을 이렇게 추측하였다.

요시오는 어머니의 이 말에서 불쾌한 뜻을 상상하였다. 그것은, 며느리의 덕을 보려다가 실패하고 사위의 덕을 보려는 것이 아닌가 함이다. 야마다와 시즈에과 혼인만 하면 야마다의 월급으로 살림은 걱정이 없을 것이다. 어머니는 또 이러한 생각을 하는 것이 아닌가 하였다.

"아무려나 나 돌아올 때까지는 시즈에 혼인은 마세요. 지금 시즈에를 시집을 보내면 마치 내가 매부의 덕을 보랴는 것 같아서 창피하거든요. 애초에 내가 혼인한 것도 후회가 나는데."

이렇게 요시오는 강하게, 단정적인 의사 표시를 하였다.

이 말에 어머니는 고개를 숙여버리고 말았다. 구장의 딸과 혼인하기를 가장 유력하게 주장한 것이 자기인 것과, 그 동기가 사돈집 덕을 보자는 데 있던 것을 생각할 때에 어머니 자신도 부끄러웠던 것이다. 야마다가 부모 없는 사람이라 하는 곳에 역점을 둔 자기의 마음을 아들이 꿰뚫어 본 것 같아서 얼굴이 화끈거렸다.

"그럼, 다 네가 알아서 해야지. 그저 말이 그렇단 말이다."

하고 어머니는 무안한 듯이 일어났다.

시즈에도 밥상을 들고 일어났다.

'오빠 말이 옳지.'

하고 시즈에는 속으로 생각하면서 부엌으로 들어갔다.

요시오는 처가에를 갈까 말까 하고 밥 먹은 자리에서 우두커니 생각하고 있었다. 이렇게 어려운 처지에서 부모를 버리고 달아난 후미코를 아내라고 찾기가 싫었다. 아내란 남편이 멀리 갔다가 집에 돌아올 때에, 그것이 밤이거나 낮이거나, 집에서 남편을 맞아야만 할 것임을, 요시오는 굳세게 느꼈다. 만일 어젯밤에 어머니와 누이와 함께 후미코가 모깃내를 마시면서 맞아주었다 하면 요시오는 후미코를 얼마나 사랑스럽게, 차라리 고맙게 생각하였을까.

이 때에 도시코가 대문으로 들어왔다. 도시코의 머리는 실비로 구슬장식을 한 것 같았다. 넉달 동안에 도시코의 얼굴과 체격이 활짝 핀 것 같았다. 오랫동안 젊은 여성을 보지 못하는 훈련소 생활 때문에 더욱 도시코의 모양이 눈에 띄는가 하고 스스로 의심할 정도였다.

"아우마."

도시코는 마루에 요시오가 앉은 것을 보고 흠칫 놀랐다. 도시코의 가슴이 적삼 속에서 들먹거리는 것이 보였다.

"도시코 상."

요시오는 벌떡 일어나면서 반갑게 불렀다.

그제야 도시코가 고개를 숙여서 인사를 하였다. 도시코는 맨발로, 검은 정강치마[99]에 땀 밴 적삼을 입은 것이 부끄러워서 고개를 숙인 채로 부엌 쪽으로 간다. 시즈에를 찾는 것이다.

도시코의 단발 한 머리가 퍽 자랐다. 검정 노끈으로 질끈 졸라맨 남저지를 은행 잎사귀 모양으로 다스렸다. 얼굴은 볕에 걸어서 까맣다. 손도 정강이도 까맣고 걸음 걸을 때에 치마 밑으로 보이는 무릎 위 살만이 유난히 희었다.

---

99 정강이 치마. 무릎 아래까지 내려오는 치마.

“오빠 언제 오셨어?”

도시코는 부엌문으로 들여다보면서 시즈에를 보고 묻는다. 그 소리가 요시오의 귀에 들어가도 상관없다는 태도다.

“어젯 밤에.”

하고 시즈에는, 도시코의에 알리지 아니한 것을 변명하는 듯이,

“밤중에 늦게.”

하고 보첨한다.

“오늘도 돌피[100] 뽑으러 가?”

하고 도시코는 하늘을 쳐다본다. 이슬비가 내린다.

“아버지랑 어머니랑 안녕하시우?”

요시오는 처음으로 도시코를 보고 경어를 썼다. 좀 어색하였으나 이제는 안 그럴 수 없다고 생각한 것이다.

도시코도 허우를 듣기가 어색하고 우스운 듯이 웃음을 참노라고 어깨를 한 번 으쓱하고 나서,

“네.”

하고 깍듯이 경어를 썼다. 그러고는 고개만 부엌 속으로 들이밀고 시즈에와 마주 보고 씩 웃었다. 남녀의 별이란 이상한 것임을 모두 느낀 것이었다.

“아버지 계셔요?”

요시오는 또 한 번 도시코에게 물었다.

“어젯밤에 들어오셨다가, 오늘 아침에 또 일 나가셨어. 오늘은 좀 일찍 오시마구.”

도시코는 암만 해도 요시오에게 직접 경어로 대답하기가 어색하여서 시즈에를 보고 하는 말이었다.

요시오도 도시코의 태도에 웃었다. 요시오의 속에 뭉키어 있던 우울한 구름이 다 날아가 버리고 만 듯이 명랑하여졌다. 날이 흐리고 비가 내리는 것도 다 유쾌

---

100 볏과의 한해살이 풀. 가축의 사료로 쓰인다.

한 것 같았다.

　　"この日この公この光

　　アジヤは明ける嚴かに

　　燃ゆる希望の一億が

　　(이 태양이 하늘이 빛

　　아시아는 밝는다 엄숙하게

　　타오르는 희망의 일억이)."

하고 요시오는 가슴을 떡 벌리고 소리를 질렀다. 그러다가 중도에서 노래를 끊고,

　　"俊子さん. ありがたう(도시코 상, 고마워)."

하고 신발을 신고 내려와서 도시코의 곁으로 왔다.

　도시코는 요시오가 수줍음을 뗀 것이 이상하였다. 퍽 쾌활하여진 것이 눈에 띄어서 도시코도 마음 놓고 무슨 소리라도 할 수 있는 것같이 생각하였다. 아래서 고개를 돌려서 정면으로 요시오의 얼굴을 바라보았다. 요시오의 얼굴이 온통 볕에 걸고 모자 썼던 자국만이 하얀 것을 보고 도시코는 웃었다.

　　"여름내 우리 김을 매 주셨다는데 ありがたう(고마워)."

하고 요시오는 도시코에게 허리를 굽혔다.

　　"あら, まあ(어머, 뭘요)."

　도시코는 어쩔 줄 몰라서 두 손을 제 가슴에 대었다.

　　"本當に感謝します. 今後も靜江を助けて下さい. 御願します. 御恩は必らず御返しします(정말 감사합니다. 앞으로도 시즈에를 도와주세요. 부탁합니다. 은혜는 꼭 갚겠습니다)."

　요시오의 얼굴은 엄숙하였다.

　도시코도 이것이 농담이 아닌 줄을 느끼고 두 손으로 치마 앞자락을 두르면서 허리를 굽혀서 답례하였다. 그러할 때의 도시코는 벌써 소녀는 아니었다.

이것을 보고 요시오는 강렬하게 도시코에게 대하여 애모하는 생각이 격발함을 억제할 수가 없었다. 요시오는 금시에 대들어서 도시코의 손이라도 꽉 잡고 싶었다.

'도시코와 혼인을 하는 것을. 도시코와 혼인을 했더면 어머니도 편안하셨을 것을.'

하고 요시오는 후회하였다.

그러나 다음 순간에 요시오는 자기가 후미코의 남편인 것을 생각하였다. 그리고 도시코는 누구의 아내가 될는지도 모르는 처녀라고 생각하고 요시오는 활활 활개를 치며 대문 밖으로 나왔다.

요시오는 형언할 수 없는 혼란한 감정을 품고 길을 따라서 걸었다. 처갓집에를 가는 것이다.

'가서 어떻게 할까.'

하고 요시오는 중도에서 우뚝 서서 생각하였다.

그러나 요시오가 여러 가지 생각하는 것을 허하지 아니하였다. 동네사람들이 요시오의 모양을 보고 모여들었다.

"자네 언제 왔나?"

이렇게 외치고는 요시오의 손도 잡고 팔도 잡았다. 젊은 부인들 ― 예전 같으면 잘 말도 아니 붙일 부인들도 억한[101] 듯이 요시오의 몸에 손을 대고 반가워하였다.

"야, 헤이다이상[102]이다."

아이들은 이런 소리를 하고 요시오에게 와서 매달렸다.

"다들 안녕하셔요?"

요시오는 똑같은 대답을 하였다.

"아버니 돌아가시는 것도 못 보았구먼."

---

101 억하다 : 감정이 북받쳐서 가슴이 막히는 듯하다.
102 군인(兵隊さん).

어떤 늙은 부인은 눈에 눈물이 어리어 가지고 이러한 인사를 하였다.

"아이, 그동안 몸이 더 부대해진 것 같은데. 점잖아도 졌네."

이러한 인사를 하는 이도 있었다.

"그래 언제 또 가누?"

보배 어머니가 이렇게 요시오에게 물었다.

"한 댓새 있다 가요."

요시오는 불쾌한 기분이 다 없어졌다. 동네사람들의 소박하고 진정스러운 환영이 요시오의 가슴 속에 희망과 용기를 부어넣어 주었다.

"한 댓새 있다?"

"네."

"이번에 가면 언제 오누?"

"모르지요, 이번에 가면 아주 영문[103]에 들어가니까요. 전장에 나가지 않으면 일 년이나 이태 뒤에 오구요. 전장에 나가면 언제 올지 모르지요."

"그럼, 참 그렇대."

하고 보배 어머니는 고개를 끄덕끄덕하더니,

"아모것도 없지마는 우리 집에 와서 밥이나 한 끼 자시라고. 우리 보배도 늘 자네 말을 한다네. 자네 누이랑 도시코랑 다 좋은 동무 아닌가. 그럼, 자 가보라고."

하고 지나놓고 몇 걸음을 가다가 다시 돌따서며,

"여보게."

하고 요시오를 부른다.

"네에."

하고 요시오가 돌아선다.

"너희들은 저만큼 가려무나."

하고 보배 어머니는 대어드는 아이 녀석들은 닭 쫓듯이 쫓아버리고 단둘이만 된

---

103 영문(營門) : 군대 주둔지.

뒤에,

"자네 처갓집에 가 보았나?"

하고 요시오의 눈을 들여다본다.

"아니요, 지금 가는 길야요."

"응, 가 보아야지."

"다들 무고한가요?"

요시오는 처음으로 처갓집 문안의 인사를 차린 것이다.

"그럼, 다들 아무 일 없어. 자네 안씩에서 태기가 있다데."

"태기요?"

"응, 그렇다고들 그러더구면."

"네에."

요시오는 이 소식에 기쁨을 느꼈다.

요시오의 얼굴에 기쁜 빛이 보이는 양을 보고는 보배 어머니는 더 말할 듯하던 것을 중지하고,

"그럼, 우리 집에 한 번 오라고."

하고 가버린다.

"그러면 그렇지."

하고 요시오는 걷는 걸음이 가벼웠다.

'태중이니까 친정에만 가 있는 게로군. 어머니도 이런 줄만 아시면 기뻐하실 것이다.'

이런 생각을 하면서 요시오는 구장집으로 갔다. (1942.4)

10

구장은 사랑에 없었다.

요시오는 안으로 들어갔다. 마당에서 놀던 작은 처남 신지信二가,

"야, 매부 왔다."

하고 소리를 질렀다.

매부란 아이들에게는 대단히 반가운 손님이다.

'매부 왔다' 하는 신지의 말이 더욱 요시오의 마음을 눅여주었다.

신지의 소리에 가족들이 모여들었다. 장모도 마루에 나와 섰다.

요시오는 마루에 올라서서 장모가 절 받을 자리에 가기를 기다렸다. 장모는 다시 안방으로 들어가서 아랫목을 피하고 장 앞에 섰다.

요시오는 장모에게 절하였다. 장모는 서서 절을 받았다.

"몸 성히 있다가 왔으니 다행하이."

장모는 이렇게 인사말을 하였다.

요시오는 아내가 아니 보이는 것을 섭섭히 생각하였으나 물을 수는 없었다.

"장인께서 어디 가셨어요?"

"후미코가 병이 나서 도립병원에 다리고 가셨다네."

장모는 앉으면서 이렇게 대답하였다.

"병이 났어요?"

요시오는 아까 보배 어머니에게서 들은 말을 생각하였다.

"응, 시름시름 앓더니, 무슨 수술을 할 병인가 보다고 의사가 그런다고. 그래서 그저께 다리고 가셨어."

요시오는 설명하고 있는 장모를 바라보았다. 장모는 요시오의 눈을 피하는 모양으로 벽장문을 열었다. 사위에게 먹을 것을 찾아주려는 자세다.

"아니, 태기가 있다죠?"

요시오는 부끄러움과 염려됨을 누르고 이렇게 물었다.

"태기? 누가?"

장모는 두 손을 벽장에 넣은 채로 고개를 돌린다. 그 눈에는 분명히 놀라는 불안의 빛이 있었다.

"후미코가요."

"후미코가? 누가 그러던가."

장모는 아무것도 들지 않은 채로 두 손을 벽장에서 꺼내었다.

"지금, 길에서 보배 어머니를 만났더니 그러든데요. 그럼 괜한 소린가요?"

요시오는 불쾌한 의심이 일어났다.

"글쎄, 병원에 가봄 알겠지. 젊은 아낙네가 시름시름 앓으면 다 태기거니 하지 않나?"

장모는 이렇게 말끝을 흐렸다.

"그럼, 해주 갔나요?"

"글쎄, 도립병원 간다고 했으니깐 해주겠지."

요시오는 장모가 자기에게 속이려는 무엇이 있음을 느꼈다. 요시오는 아내 후미코의 일에 관하여서는 철두철미 알아내어야 할 의무도 있고 권리도 있는 것같이 생각하였다.

요시오는 한 번 더,

"그럼 분명히 아이 밴 건 아닙니다그려?"

하고 장모에게 다졌다.

"글쎄 장인이 돌아오셔야지, 알겠나?"

장모가 붙드는 것도 듣지 아니하고 요시오는 처가에서 나왔다.

처갓집에 들어갈 때에 가졌던 명랑한 기분은 여지없이 깨어지고 말았다. 실망인지 분개인지 형언할 수 없는 불쾌한 생각으로 머리가 무거웠다.

'해주로 가자. 기어이 알아보고야 말겠다.'

요시오는 이렇게 생각하면서 집을 향하고 걸었다. 비는 아까보다도 더 왔다. 옷이 젖을 만하였으나 요시오는 그것을 생각할 여유가 없었다.

우물가를 지나다가 보배 어머니를 생각하였다. 그가 더 할 말이 있는 듯하던 표정에 새삼스럽게 무슨 뜻이 있는 것 같았다.

요시오는 방향을 돌려서 보배의 집을 찾았다. 보배네 집은 보잘 것이 없었다. 담이라고 두른 바주[104]는 썩어 문드러지고 벽이 떨어져도 바르지를 아니하였다. 보배 아버지는 노름꾼이었다. 지금 경찰에서 그렇게 노름을 금하건마는 그래도 어디서 하는지 밤낮 집을 비우고 돌아다녔다. 혹시 집에 돌아오는 일이 있으면 이틀이고 사흘이고 목침을 베고는 잤다. 여러 날 못 잔 것을 보충하는 것이었다. 딸 하나 아들 둘 삼남매는 언제나 거지꼴을 하고 있었다. 그래도 학교에는 보내었다. 보배라는 것은 그 맏딸이다. 그는 열여덟 살이나 되었건마는 아직도 시집을 못 갔다. 노름꾼의 딸이란 것도 한 파[105]이지마는 보배는 몸이 빼빼 마르고 얼굴에 핏기가 없어서 긴병장이[106]라는 말을 듣는다. 그러나 누워서 앓지는 아니한다.

보배는 썩어 넘어진 담 말뚝을 식칼로 쪼개고 있었다. 불 때일 나무가 없는 모양이었다. 보배는 요시오가 오는 것을 보고 식칼을 든 채로 허리를 펴고 반가운 듯이 웃었다.

"お母さんから聞いたわ, 義雄さん, 歸つたこと(어머님한테 들었어, 요시오 상이 온 걸)."

보배는 이렇게 국어로 말하였다. 발음이 썩 좋았다. 보배는 남달리 목소리가 좋았다. 그 아버지가 보배를 기생으로 보내자고 한 것도 이 때문이다.

"お母さんは(어머님 어데 계셔)?"

요시오도 반갑게 웃었다.

"義雄さんに御馳走するんだといつて, 一寸(요시오 상 대접한다 그러시고 요 앞에 잠깐……)."

---

104 '바자'의 평안도 방언. 싸리 따위를 엮어 만든 울타리.
105 파(破) : 사람의 잘못되거나 부족한 점.
106 긴병–장이. '긴병'은 오래 앓는 병을 뜻함.

하다가 말이 막혔다. 쌀을 꾸러 갔다 하는 말을 하기가 부끄러운 것이었다.

"ありがたう. しかし, 僕今海州へ行くのに(고마워. 그러나 난 지금 해주 가는데)."

"海州へ(해주)?"

"うむ(응)."

"何時歸つて來るの(언제 돌아와요)?"

"さあ(글쎄)."

"文子さんに逢ひに行くの(후미코 상 만나러 가요)?"

요시오는 놀라는 빛을 보였다.

"どうしてわかる(어떻게 알아)?"

"だつて(알지 않구)."

"文子海州へ行つた?(후미코 해주 갔어)?"

"知らないわ. まあおはいんなさい. 服が濡れるわ(몰라요. 하여튼 들어와요. 옷 젖어요)."

요시오는 보배를 따라서 방으로 들어갔다. 이 집에는 방밖에는 비를 피할 데가 없었다.

"わたし, この薪割つてからね(난 이 장작 패고서 들어갈게요)."

요시오를 방으로 들여보내고 보배는 여전히 담 말뚝을 깎고 있었다. 요시오는 이 집과 이 동네에 보배나 도시코가 어울리지 아니하는 것같이 생각하였다. 시즈에도 그러하고 젊은 남자들도 그러하였다. 그들은 새로운 지식과 훈련을 받아 가지고도 묵은 껍데기 속에서 썩는 것 같았다.

요시오는 보배 집 방안이 비교적 깨끗하다고 생각하였다. 파리도 많지 아니하였다. 벽에 걸린 의복이나 반다지 위에 얹힌 이불도 잘 빨아서 깨끗하였다. 보배 혼자의 힘으로는 거처하는 방을 깨끗이 거누는[107] 것이 고작이었다. 벽이나 담가지는 여자의 힘에는 버으는 일이라고 요시오는 생각하였다.

---

107 일을 거두어 잘 처리하다.

“子供たちはどこへいつた（아이들 어데 갔어）.”

“고기 잡으러 간다고 갔다우. 요시오 상 반찬 해드린다고.”

보배는 조선말 섞어서 대답하였다.

“お父さんは相變らず（아버님께선 여전하서）?”

“さうよ（네）.”

“くらしには困らないの（살기는 어렵지 않아）?”

“ホホホホ困つたり困らなかつたり（어려울 때도 있고 안 어려울 때도 있고）.”

요시오는 보배의 지혜로운 대답에 감탄하였다.

“寶貝さん, 稼いだらどう（보배, 돈벌이 하면 어때）?[108]”

요시오는 직업부인이 된 보배를 상상하여 보았다. 보배는 살은 없으나 얼굴 모양은 좋았다. 어찌 보면 고상한 얼굴이었다. 음식이나 잘 먹으면 얼른 몸이 필 것 같았다. 그러고 화장을 하고 좋은 옷만 입으면 괜찮은 신여성일 것 같았다. 아버지는 노름꾼이다. 농사를 못 배우고 게으른 것이 그를 노름꾼을 만든 것 같았다.

“稼ぐ（돈벌이）?”

“うむ, 稼ぐさ. 京城へ行つたらあなたのやうな職業夫人が澤山ゐるよ（응, 돈벌이.[109] 서울 가면 당신 같은 직업부인이 많이 있어）.”

“職業夫人つて, 藝者のこと（직업부인이라니, 기생 말요）?”

하는 보배의 소리와 함께 나무를 쪼개는 소리가 들렸다.

요시오는 깜짝 놀라는 듯이 방에 뛰어나왔다.

“僕が割つて上げるよ（내 패어줄게）.”

하고 식칼을 달라고 손을 내어밀었다.

“いいのよ（괜찮어요）.”

보배는 사양하다가 식칼을 요시오에게 준다. 칼은 무디고 나무는 젖고, 여간해

---

108 원문에는 '시집 안 가?'로 되어 있다. 원문의 '稼ぐ(돈벌이하다)'를 '嫁ぐ(시집가다)'와 착각한 편집자의 오역인 것으로 보인다. 이하 모두 돈벌이로 수정한다.

109 번역이 누락되어 있다.

서 패어지지를 않았다.

"이거 어디 칼이야?"

요시오는 칼날을 손가락으로 득 밀어 보였다.

"평생 버리지도 갈지도 않으니 안 그래?"

보배는 픽픽 웃었다.

요시오는 얼른 집으로 와서 도끼를 가져다가 지딱지딱 다 패어놓았다.

보배는 요시오가 기운차게 패는 양을 반한 듯이 보고 있었다.

"내 이 칼은 잘 들게끔 갈아주리다."

하고 요시오는 또 한 번 무딘 칼날을 엄지손가락으로 만적만적하였다.

"어머니 안 오시는구려?"

"글쎄."

보배는 쌀을 못 꾸어오는 것이나 아닌가 하고 염려하였다. 쌀 항아리에는 좁쌀이 두어 홉 남아있을 뿐이었다. 보배 어머니는 요시오 밥 대접하는 것을 핑계로 쌀을 꾸러 나선 것이었다.

요시오와 보배가 이야기를 하고 있노라니 보배 어머니는 쌀을 꾸어가지고 돌아왔다.

"왔나, 아모것도 먹을 것도 없는 것을."

하고 보배 어머니는 부엌으로 들어갔다.

"아이들 아직 안 들어왔니?"

"아직 안 들어왔어요."

"물에나 안 빠졌나?"

"아이, 어머니두. 웅뎅이 푸러 갔는데 빠지기는 무얼 빠져요?"

"잔고기라도 좀 잡아왔으면 좋겠다. 어디 반찬이 있어야지. 금동이네 집에서 병아리를 한 마리 달랬더니 저녁에 홰에 오르거든 한 마리 주마고. 지금이야 제 멋대로 나가 돌아댕기는 것을 어떻게 잡느냐고. 어디 주든? 무엇으로 반찬을 하누."

어머니는 중얼중얼 걱정을 하고 있었다.

"아냐요, 염려 마셔요. 전 지금 곧 어디 가야겠어요."

요시오는 신발을 신고 부엌을 들여다보면서 말하였다.

"아니, 어딜 가? 점심이나 한 술 지어자시고 가지."

"아냐요, 해주를 좀 가야겠어요."

"해주? 해주는 왜."

보배가 나서며,

"후미코 상 보러 간다고 그래요."

하고 요시오 대신 말하였다.

"후미코?"

어머니는 부엌 문지방을 붙들고 무엇을 생각하는 모양이더니,

"고만두라구."

하고 단정적으로 말한다.

"그래도 병원에 입원을 했다니 가 보아야지요."

"구장집에서 그러디?"

"네."

"후미코가 해주는 갔는지 몰라두."

하고 말을 끊으며,

"이리 좀 들어오라고. 그러지 않아도 내가 자네보고 그 말도 좀 하랴고 오라고 한 걸세. 자, 좀 들어오라고."

하고 먼저 방으로 들어간다.

요시오는 아내에 대하여 더욱 의심과 불쾌를 느끼면서 보배 어머니를 따라서 다시 방으로 들어갔다.

"거기 앉게. 보배도 거기 앉으려무나. 세상이 다 아는 말인데, 너도 들으면 어떠냐."

하는 것을 허두로 보배 어머니는 일장설화를 하였다. 그 말의 요령은 이러하였다.

후미코는 요시오와 혼인하기 전에 벌써 처녀는 아니었다. 그 외가에 가 있을 적에 동네 청년과 여러 말이 있었다. 그래서 후미코이 어머니는 그 사람과 혼인을 시키려고 하였으나 구장이 요시오를 택하였을 뿐더러 후미코도 요시오를 원하여서 요시오와의 혼인이 된 것이라고 한다.

그런데 요시오가 지원병 훈련소에 간 뒤에 후미코가 시집살이가 싫어서 친정에를 왔다가 다시 외가에를 갔다가 아이를 밴 것이라고 한다.

"인제 석 달이거든."

보배 어머니는 이렇게 힘 있게 말하였다. 후미코의 뱃속에 든 아이가 만일 요시오의 씨라고 하면 다섯 달, 만 사 개월 이상이 되어야 옳을 것이라 하는 뜻이다.

보배 어머니는 말을 이어서,

"그래서 구장이 펄펄 뛰어서, 이거 큰 망신이라고. 사위도 여남은 사위가 아니라, 군인 사윈데, 이거 큰일 났다고 후미코를 때려도 주었다데. 귀한 아이는 떨어져도 원수의 아이는 발길로 차도 안 떨어지는 것일세. 그래서 해주로 데리고 갔지만, 의사도 안 떼준대. 법에서 알면 징역 간다던데. 구장네 집에서야 아이가 아니라고 그러지. 그러면 누가 모르나. 아모리 배를 꼭 졸라매어도 알구 눈만 보아도 아는 거야. 누구는 아이 낳지 않아 보았나. 왜 게다가 불의의 아일수록 입덧이 더한 법일세. 웩, 웩하는 소리가 담 밖에서까지 들리는데 속이다니 어떻게 속이나. 사람은 속이더라도 천지신명이야 속이나. 큰일 났느니, 인제 구장집 큰일 났어. 돈은 돈대로 없어지고 진 개망신하고 ―"

보배 어머니는 마치 요시오가 후미코의 남편인 줄을 잊어버린 것같이 수다를 늘어놓았다. 보배 어머니는 후미코 대신에 보배를 들어앉힐 마음이 있었다.

요시오는 차마 더 들을 수가 없었다. 보배 어머니가 저를 망신을 주려고 그런 소리를 하는 것 같았다. 그러나 그것이 거짓말이 아닐 것은 요시오도 알았다. 요시오는,

"난 가요."

하고 일어나 나왔다.

"아니, 점심이나 해 자시고."

보배 어머니가 붙들었다.

"고맙습니다. 먹은 줄 알겠습니다. 寶貝さん, さようなら(보배 상, 잘 있어)."

요시오는 신발도 신는 둥 마는 둥 뒤도 안 돌아보고 뛰어나왔다. 여전히 이슬비가 왔다.

요시오는 마치 매를 얻어맞은 듯, 술이 취한 듯 정신을 차릴 수가 없었다. 후미코가 다른 사내와 잠자리를 같이한 것을 상상할 때에 치가 떨렸다. 이가 갈렸다.

요시오는 정신없이 얼마를 걸었다.

어디로 갈까.

'원수를 갚아?'

이러한 생각이 났다. 요시오의 손에는 칼이 들렸다. 그 칼은 후미코를 겨누었다. 요시오는 정말 칼을 든 모양으로 팔을 내어 밀었다. 그러고 왼편 손으로 부정한 후미코를 거머쥐었다.

그때에 요시오의 팔뚝시계가 정오를 가리킨 것을 보았다.

요시오는 기착의 자세를 지었다. 고개를 숙였다. 정오의 묵도다. 출정장병 무운장구, 전몰영령 감사의 묵도다.

요시오의 두 눈에서는 눈물이 흘러내렸다.

'이 몸은 폐하께 바친 몸이다!'

요시오는 주먹으로 눈물을 씻었다.

'よし, おれは, そんなこと考へるのはよさう(오냐, 그런 생각은 다 버려라).'

요시오는 군인의 걸음 모양으로 뚜벅뚜벅 걸었다.

어머니는 집에서 점심을 만들고 있었다.

"어머니."

하고 큰 소리를 외쳤다.

"왜, 그래 처갓집에 댕겨왔니?"

"네."

“무어라든?”

“암말도 없어요.”

“네 처 있든?”

“어디 갔대요.”

“어디?”

“그건 알아 무엇해요? 나 밥 주슈.”

“어디 가련?”

“논에 나가게.”

“고만두어라, 비 오는데.”

“아뇨, 논을 좀 돌아보아야지요.”

“그럼 이 애들 점심이나 갔다 주련.”

“그러죠. 그럼 내 것도 함께 싸셔요. 나도 논에서 먹게.”

“넌 먹고 가.”

“주셔요, 논에서 며칠 먹어 보게.”

요시오는 군복을 벗으며,

“어머니 내 노동복 없어요?”

하고 제 방에 있는 장을 뒤진다.

장에서는 제 옷이며 후미코의 옷이 나왔다. 잠시 가라앉았던 후미코에 대한 증오가 다시 무럭무럭 일어났다.

’가나무라의 아내는 어찌 되었나?’

요시오는 가나무라가 아내를 의심하고 괴로워하던 것을 생각하였다.

요시오는 물은 베잠방이와 조끼적삼 하나를 내어 입고 작년에 쓰다가 둔 농립을 쓰고 괭이를 들고 맨발로 나섰다.

누이 시즈에와 도시코와 제가 먹을 벤또를 차고 물병을 들고 앞들의 논으로 나갔다.

벼들은 앞을 배고 어떤 것은 삐죽삐죽 이삭을 내어밀었다. 논에는 물이 흥거니

고여 있고 여기저기 논꼬[110]에 물내려가는 소리가 들렸다. 개구리가 뛰고 메뚜기도 뛰었다. 거이[111]도 사람을 보고 놀래어서 달아났다. 율묵이[112]도 꼬리를 두르며 풀숲으로 숨었다.

논에는 여기저기 들피 뽑는 사람이 보였다.

요시오는 벼의 빛을 보고 이것은 다마니시키, 이것은 찰벼, 이것은 올벼[113]하고 생각하였다.

논꼬에는 잔고기들이 모여서 놀았다. 사람이 오는 것을 보고 붕어들이 깊이 숨었다.

마침내 요시오네 논에 왔다. 논둑에는 뽑힌 돌피가 아직도 싱싱한 채로 가로누워 있었다. 시즈에와 도시코는 후줄근하게 젖은 몸으로 한눈도 안 팔고 돌피를 고르고 있었다.

'眞劍に, 一生懸命に(정신 들여, 힘껏).'

하는 정신은 이 두 여자에게 깊이 배어 있는 것 같았다. 요시오는,

'賴もしい, 郎たちだ(믿음성 있는 처녀들이다).'

하고 그들이 통일된 마음을 깨뜨리기를 꺼려서 가만히 서서 보았다. 두 처녀는 한 이랑 한 이랑 포기 포기 돌피를 고르고 있었다. 그들의 팔에는 물 흐르는 돌피가 걸려 있었다.

논둑에는 우산 하나를 버티어 놓고 그 밑에 신발이 벗어 놓여 있다. 요시오는 대견하게 두 처녀를 바라보다가 한참 후에야,

"お食事(밥 먹어요)."

하고 소리를 질렀다.

두 처녀는 깜짝 놀라서 요시오를 바라보았다. 그러고는 둘이 다 함께 웃었다.

---

110 논에 물이 넘나들도록 만들어 놓은 좁은 통로.
111 '게'의 평안도 방언.
112 율모기 : 뱀과에 속한 종으로 무논이나 냇가에 살면서 개구리, 쥐, 물고기 등을 잡아먹는다.
113 제철보다 일찍 여무는 벼.

볕에 걸은 거무스름한 얼굴에 하얀 이빨들이 보였다.

"아이, 오빠, 언제 왔수?"

"한참 됐다. 밥들 먹고 하지."

"가만, 이 이랑 다 하구."

두 처녀는 여전히 일을 하고 있었다.

요시오도 그동안을 가만히 있는 것이 미안하여서 괭이로 논둑과 논꼬를 다스렸다. 흙은 물렁물렁하고도 차졌다. 거이들이 한 쪽 발을 들고 부걱부걱 밥을 지으며 달아났다. 물은 떠먹어도 괜찮을 만큼 맑았다. 여기저기 조그마한 자주빛 나는 꽃도 피어 있었다.

○○벌판은 상당히 넓은 벌판이었다. 옛날은 바다였을 것이다. 이 벌판을 바다에 연하여서 ○○강 구비에는 지금도 조수가 들어온다. 조깃배, 준치배가 들어오고 벼와 쌀을 실은 배가 떠나는 포구 뒷산을 지금도 알섬이라고 부른다.

이렇게 바다와 연하였기 때문에 고기와 거이도 많이 오른다. 보배 동생네가 고기 잡으러 나온 것도 이 근방 어딜 것이나 보이지 아니하였다.

좋은 논이었다. 찰벼가 더욱 유명하였다. ○○밀따리[114]밥은 냉수 떠놓고야 먹는다는 데다. 그렇게 밥에 풀이 있단 말이다. 거름 주고 김매고 벌레만 잡으면 해마다 풍년이 드는 곳이다.

요시오의 집은 조상 적에는 이 논을 많이 가지고 있었다고 한다. 그러나 지금은 구장네 논을 빼어놓고는 대개는 해주, 개성 부자네 소유다.

'이 논을 이 동네 사람들이 다 장만하게 되면.'

요시오는 이런 생각을 하여본다.

시즈에와 도시코가 논꼬에서 손을 씻고 올라왔다.

"오빠, 밥 잡수우."

이번에는 시즈에가 벤또가 셋인 것을 보고 이렇게 불렀다.

---

114 늦벼의 하나. 꺼끄러기가 없고 빛이 붉다.

"가만, 이 논꼬 마저 고쳐놓고."

하고 요시오는 흙은 떠서 논꼬를 수리하고 있었다.

"아이 배고파. 어서 와요."

시즈에는 또 한 번 소리를 쳤다. 시즈에는 오빠의 힘 있는 팔뚝이 오르락나리락하는 것이 기쁘다. 힘 있는 남성이 나타나야 이 논도 빛이 나는 것 같았다. 여름내 가냘픈 여자의 손맛밖에 못 본 논은 암만해도 허전한 데가 많았다.

요시오가 고쳐놓은 논꼬에서는 물이 다부지게 소리를 내이면서 흘렀다. 흩어졌던 것을 제 길로 모아놓은 까닭이다. 그 밑에 모여 놀던 고기들이 갑자기 세차진 물 흐름을 보고 놀란 듯이 대가리를 물나려오는데, 이를테면 폭포로 쏙 내밀었다가는 뒷걸음을 쳤다. 그들도 힘을 얻은 듯하였다.

"아이, 어서어."

시즈에는 응석으로 짜증을 내었다.

"다 됐다."

요시오는 괭이를 물에 헹구어서 씻어놓고 흙 묻은 손과 다리를 씻었다. 그러고 손에 묻은 물을 휙휙 뿌려서 튀겨버리면서 우산 있는 데로 왔다.

"자, 먹어."

요시오는 앉았다.

시즈에도 도시코도 앉았다. 품^品자 모양이다. 벤또를 벌려 놓았다.

배가 고팠던 시즈에와 도시코는 말도 없이 밥을 씹었다. 요시오는 그것을 보는 것이 기쁘다.

소나기가 져온다. 저쪽 바다께로부터서 발을 드리운 것 모양으로 몰아들어온다. 여기도 벌써 굵은 빗방울이 뚝뚝 떨어진다.

"어, 소내기 오네."

청개구리가 울었다.

왜가리 두 마리가 소리를 지르며 분주히 날아서 산을 향하였다. 저놈이 제 집으로 돌아가면 큰 비가 쏟아진다는 것이다. 저 놈이 제집에서 벌로 날아 나오면 비가 그친다는 것이다.

요시오는 벤또 그릇을 놓고 일어나서 괭이를 땅에 거꾸로 꽂은 우산을 거기 매어놓았다.

"자, 이 집으로들 들어와."

세 사람은 우산 밑에 모여 앉았다.

소나기가 다다랐다. 우산에 빗발 맞는 소리가 우닥닥거리고 낙숫물이 좔좔 노드리듯[115] 하였다.

요시오는 먹다 남은 벤또 그릇에 낙숫물을 받았다. 순식간에 그뜩 찼다. 요시오는 거기 밥을 말아서 먹었다.

"호호호 나두."

하고 시즈에도 도시코도 그대로 하였다.

밥을 다 먹고 나서도 비가 그치지 아니하고 바람까지 불어왔다. 빗발이 가로 들이쳐서 세 사람을 막 두들겼다. 흑흑 느낄 지경이다.

요시오는 괭이에 매었던 우산을 끌러서 바람 오는 쪽으로 향하고 등에 지고 시즈에와 도시코는 요시오의 두 옆구리에 착 붙어 앉았다.

동네도 안 보였다. 산도 안 보였다. 천지가 온통 비 한 빛이었다. 그것은 일 년에도 한두 번밖에 보기 드문 큰비였다.

처음에는 시즈에도 도시코도 좋은 일이나 난 듯이 웃고 떠들었으나 하도 비가 퍼부어 지척을 분변할 수 없이 되매 두 처녀는 자연의 무서움에 눌린 듯이 요시오의 몸에 바싹 다가붙어서 아무 말이 없었다.(1942.6)[116]

---

115 빗발이 노끈을 드리운 것처럼 굵게 죽죽 쏟아지는 모양을 나타내는 말.
116 『신시대(新時代)』 7월호 목차에 제목과 함께 '본월 휴재(本月休載)'라고 표기되어 있고, 8월호 편집후기에 "그간 독자 제위의 절찬을 받던 연재 장편소설 『봄의 노래』— 춘원(春園) 가야마 미츠로 씨 작(香山光郎氏作) — 은 필자의 부득이한 사정으로 서너 달 휴재하게 되었다. 혜량(惠諒)하길 바란다"는 기사가 실려 있다.

1943년

가즈코, 후지코는 학교에서 면화씨를 댓톨 씩 받아왔다.

"이걸 심그라셔 선생님이. 그리고 날마다 일기를 쓰래 — わた日記(면화 일기)를 쓰라고."

하고 두 계집애는 무슨 큰일이나 난 듯이 서둘렀다. 얼굴에는 흥분된 붉은 빛까지 있었다. 아마 이 면화씨를 얻어들고 학교 문을 나설 때부터 이 큰 임무를 맡은 것을 부모에게 자랑하려고 별렀을 것이다. 가즈코는 열 살 삼학년, 후지코는 여덟 살 일학년이었다.

형 가즈코가 나와 제 어머니에게 이런 보고를 하는 동안에 후지코는 어디를 갔다 왔다.

"손 씻었니?"

내가 물으니, 후지코는,

"손만 씻어? 면화씨를 물에 담가 놓았어. 세숫대야에 담가 놓았으니 아모도 건드리지 말어. 면화씨를 물에 담그라고 그러셨어, 선생님이. 담갔다 심어야 잘 난다고. 언니는 안 담거?"

하고 제가 잘한 것을 만족하는 모양이었다. 그러고는,

"어머니, 나 과자."

하고 졸랐다.

가즈코는 얼른 면화씨와 수건을 들고 욕실로 갔다.

면화씨를 담가 놓고는 두 아이는 한 시간에도 몇 번씩 욕실에 들락날락하였다.

"면화씨가 그렇게 쉽사리 붇니. 하룻밤 자야지."

---

1   가야마 미츠로(香山光郎). 『방송지우(放送之友)』, 1943.1. 창간호. '가정소설'이라는 표제어가 붙어 있다.

나는 이렇게 일러주었다.

아이들은 서울에 생장하여서 면화를 본 일이 없다. 그래서 면화씨를 심으면 몇 밤이나 자면 나느냐. 이파리는 어떻고, 꽃은 어떠냐. 솜이 어디서 나오느냐, 하고 물었다. 마음 같아서는 하루 동안에 잎이 피고 꽃이 피고 열매가 맺고 하얀 솜이 나오게 하여주고 싶도록 두 아이는 궁금한 모양을 보였다.

그런데 이날에 면화에 대하여 첫 사건이 생겼다. 그것은 제 오빠가 학교에서 돌아와서 냉수욕을 하노라고 모르고 대야에 담갔던 면화씨를 쏟아버린 것이었다. 그것은 후지코의 것이었다.

후지코가 저녁을 먹고 나서 욕실에 들어갔다가 엉엉 울고 나와서,

"오빠가 내 면화씨를 다 엎질러버렸어."

하고 엄마에게 하소하였다.

가즈코가 눈이 둥그레지더니 욕실로 달려들어갔다. 제 것은 무탈한가 하고 염려가 되었던 것이다.

"오빠가 내 것도 엎질러버렸어."

하고 가즈코도 울고 나왔다.

다케오는 영문을 모르는 듯이 밥숟갈을 들고 멍하니 울고 있는 두 아이를 바라보고 있었다.

"내 면화씨 왜 엎질렀어. 왜 엎질렀어."

두 아이가 오빠 다케오에게 들이대었다.

"면화씨가 무슨 면화씨야?"

다케오는 어리둥절하였다.

"세숫대야 담가 놓았던 것 — 오늘 학교에서 선생님이 주신 것, 왜 엎질렀어. 내, 내"

하고 두 아이가 울었다.

"세숫대야에 담가 논 것 어떡했어? 어떡했어?"

이것은 후지코다.

"양추질 고뿌에 담가 논 것 왜 버렸어, 왜 버렸어?"

이것은 가즈코였다.

그제야 다케오가 알아들은 모양이었다. 양치질 하노라고 양치질 고뿌의 물을 버리고 세수하노라고 세숫대야의 물을 버린 것이다.

다케오는 웃었다.

"왜 웃어? 왜 웃어?"

하고 두 아이는 더욱 느꼈다.

다케오는 숭늉을 얼른 들이마시고 욕실로 뛰어갔다.

덜그덕거리는 소리가 났다.

얼마 후에 다케오는 면화씨 여섯 알을 주어가지고 왔다.

"자, 이거 아냐?"

하고 다케오는 손바닥에 면화씨 여섯 알을 들어서 두 아이에게 보였다.

그러나 두 아이의 노염은 그것으로 풀리지 아니하였다. 거기는 제 오빠가 평소에 횡포하다는 불평도 섞여있는 것이었다.

나는 다케오를 데리고 두 아이를 위하여 면화씨를 심을 화분을 찾아 놓고, 흙은 골라서 츠고,[2] 세꼬라기를 태워서 재를 만들고 있었다.

가즈코와 후지코는 나와 제 오빠가 저희 면화를 위하여 노력하는 것을 보고는 마음이 풀려서 내 등 뒤에 와 서서 흙에 재를 버무리는 것을 보고 있었다.

"면화씨에도 재를 발라야 한대. 그래야 벌러지가 안 먹는다고. 재를 안 바르면 벌러지가 면화씨를 먹어, 아버지."

이런 소리를 하고 있었다.

"어서 가서 면화씨나 다시 담거. 이번에는 세숫대야와 양치 고뿌에 말고. 세숫대야에 담가 놓으니 어떻게 알고 안 버려?"

다케오가 형의 위엄을 보일 겸, 아갓 분풀이하였다.

---

2 츠다: '내다'의 평북 방언.

두 아이는 오라비의 말에 아무 반항도 아니 하고 부엌으로 가서 공기를 내라고 식모에게 서둘렀다.

이렇게 하여서 화분 둘에 면화를 심은 것이 사월 중순이었다. 아직도 살랑살랑하였다.

가즈코와 후지코 두 아이는 아침에 자고 나서, 학교에서 다녀와서 화분을 들여다보고 움이 나오기를 고대하였다. 가즈코는 매사에 좀 무심한 편이오 또 삼년생이라 공부할 것도 있어서 면화를 잊어버릴 때도 있었으나 후지코는 틈만 있으면 제 면화 분 앞에 쭈그리고 앉아서 들여보고 있었다.

"언제 나와, 오빠."

이렇게 육학년생인 제 오빠에게 묻는 소리가 들렸다.

"いま゛いつしようけんめいに, はたらいてゐるよ (지금, 열심히 움직이고 있다구)."

다케오는 이런 소리를 하였다.

"어떻게?"

"면화씨가 잠시나 쉬는 줄 알어? 지금 움이 되느라고 야단야. 원족 가는 날이면 너도 마음이 급해서 서두르지. 그와 마찬가지야."

이러한 설명을 듣고 후지코는 고개를 까딱까딱하고 물을 떠다가 화분에 부었다.

그러나 날이 차서 그런지 좀체로 면화가 나오지를 아니하였다.

하루는 후지코가,

"나왔어. わたが出て來たよ (면화가 나왔어)."

하고 뜰에서 소리를 질렀다.

"어디? 어디?"

하고 가즈코도 뛰어 나갔다. 다케오는 아직도 학교에서 아니 돌아왔다.

"아버지, 아버지."

하고 가즈코가 불렀다.

"왜?"

나는 마루 끝에 나섰다.

"후지짱이 손꼬락으로 흙을 팠다누."

하고 가즈코가 내게 고하였다.

후지코는 일을 저지른 듯이 머쓱하니 나를 쳐다보고 있었다.

나는 뛰어 내려가서 후지코의 화분을 들여다보았다. 면화 움 끝이 상하여 있었다. 그 연한 노르스름한 움의 뾰족한 끝이 후지코의 손톱에 부러진 것이었다.

"아뿔싸, 끝이 부러졌고나."

하는 내 말에 후지코는 울었다.

"아직 두 알이 있지. 두 포기만 나오면 된다."

나는 이렇게 후지코를 위로하였다.

이로부터 후지코는 제 화분을 들여다 볼 때에는 멀리서 허리를 굽혀 뒷짐을 졌다. 마치 입김과 손 냄새가 면화 움에 닿기를 두려워하는 듯이. 그리고 동무가 오면 애어 흙은 파보지 말라고, 노란 움이 상한다고 설명하였다.

촉촉이 비가 오는 어느 날 아침에 나는 후지코의 면화씨가 둘이 다 씨 껍데기 모자를 쓰고 흙 밖에 쏘옥 내어민 것을 보았다. 후지코는 아직도 자고 있었다.

나는 아내를 보고,

"후지코의 면화가 나왔어."

하고 소리쳤다. 나도 기뻤던 것이다. 이것은 씨를 심은 지 십여 일이나 되어서였다.

이 소리에 후지코가 자리옷 바람으로 뛰어나왔다. 그리고는 행여나 움을 건드릴까 겁나는 듯이 뒷짐을 지고 물끄러미 그것을 들여다보고 있었다.

"내 건 왜 안 나와?"

하고 가즈코는 후지코의 움을 한 번 보고는 아무것도 없는 제 분을 보고 이러기를 반복하였다. 그날 일기에 가즈코는,

"今朝, いもうとのわたは二本と芽を出した. わたしのは何をしてゐるのだらう(오늘 아침, 여동생의 면화는 싹이 두 개 나왔다. 내 것은 뭘 하고 있는 것일까)."

이렇게 씌어 있었다.

"너는 귀예주지를 아니하니깐 안 나오는 거야."

다케오는 가즈코에게 이렇게 말하였다.

가즈코는 제 것이 안 나오는 것이 퍽 상심이 되는 모양이었다. 전보다 물을 자주 주었다.

후지코의 면화가 너댓 센티나 자란 뒤에야 가즈코의 것이 하나 나오고 며칠 후에 또 하나 나왔으나 하나는 벌레가 먹었는지 아니 나오고 말았다. 그러나 두 포기나 나온 것을 보고 가즈코는 기운이 나는 모양이어서, 일기에,

"わたしのも, もう一本出た. だいじにして上げよう. 虫が付いたら　どうしよう.わたしは虫が怖くて取れない(내 것도 겨우 한 개가 나왔다. 소중히 여겨줘야지. 벌레가 붙어 있으면 어쩌지. 나는 벌레가 무서워서 만지지 못한다)."

이런 소리가 씌어 있었다.

소만, 망종도 지나서 날이 차차 더워지고 비 오는 날도 많아서 두 아이의 면화는 시퍼런, 세 갈래 난 잎을 번쩍번쩍 쳐들고 자랐다. 후지코의 나무에는 꽃봉오리까지도 주렁주렁 달렸다. 그렇건마는 가즈코의 나무는 키도 적고 꽃봉오리도 아니 달렸다.

가즈코에게는 또 슬픔이 생겼다.

"아버지, 내건 왜 저렇게 안 자라우."

하고 성화를 하였다.

아이들 학교에 간 동안에 나는 거름 될 만한 것을 흙과 세사에 섞어서 두 아이의 면화에 주고 물도 아침저녁 거르지 않고 주었다.

칠월 어느 날, 후지코의 나무에 면화꽃이 피었다. 노르스름하고 검소한 꽃이다. 후지코는 소리를 지르고 춤을 추었다.

"또 만지지 말어."

하고 제 오라비가 경계할 때에 후지코는 한 걸음 뒤로 물러났다. 그리고 꽃 이파리가 다섯인 것을 센 뒤에 그 속이 보고 싶어서 뒷짐을 지고 고개만 넘석하여 기둥과 같은 베베[3]를 들여다보고 있었다.

이날 학교에 다녀온 후지코는 그 꽃을 그리노라고 연해 게시고무[3]로 종이를 긁고 있었다.

후지코의 나무에 꽃이 네 송이나 필 때까지 가즈코의 나무에는 한 송이도 꽃이 아니 피어서 가즈코는 실망한 듯이 분에 물을 주고는 입을 다셨다.

"내 건 꽃이 안 필라나 봐."

이런 소리를 하고는 속상하는 면화나무를 잊어버리려 하는 모양이어서 가끔 외면하였다.

방학이 되어서 두 아이는 집에 있게 되었다. 후지코의 나무는 연방 꽃이 피었다.

시무룩하는 날이 계속되던 가즈코는 몸이 따끈따끈하여 사오 일이나 누워 있었다. 나는 가즈코를 대신하여 새 흙과 물을 주었다.

전번에 새 흙을 듬뿍 주었던 것이 지금 와서 힘을 내는 모양이어서 가즈코의 나무는 날마다 기운차게 자랐다. 가즈코가 병이 나아서 처음으로 마루에 나오던 날, 가즈코는,

"내 나무가 저렇게 자랐어?"

하고 "アレアレ(어머, 어머)." 하고 놀라고 기꺼워하였다.

"네 꽃도 내일은 하나 핀다."

하고 뽀얀 자락을 푸른 악편[5] 속으로 방싯 내보인 꽃봉오리를 보여주었다.

"내일은 피어?"

"그럼, 아침 일찍 핀다."

이튿날 다섯 시도 다 되기 전에 가즈코는 뜰에서,

"わたしのわたの花がひらいたよ(내 면화 꽃이 피었어)."

하고 외치는 소리가 들렸다.

"저년이. 아직 열이 있는데, 새벽바람을 쏘이고."

---

3   지우개.
4   꼬까옷.
5   악편(萼片) : 꽃받침의 조각.

하고 엄마한테 끌려 들어온 가즈코는,

"ひいらいた.
ひいらいた.
わたしのはながひいらいた
(피었다, 피었다. 내 꽃이 피었다)."

좋아라고 즉흥의 노래를 지어서 불렀다.
이튿날 새벽에 또 마당에서,
"お父ちやん. わたしの花が赤く なつたよ (아버지, 내 꽃이 붉어졌어)."
하는 가즈코의 소리가 들렸다.
제 동생의 꽃이 핀 이튿날이면 붉어지는 것을 날마다 보면서도 몰랐던 것을 제 꽃이 변한 때에야 비로소 본 것이었다.
이튿날 새벽에는,
"もうしぼんぢやったよ (벌써 시들었네)."
하는 가즈코의 소리가 들렸다. 그러나 그날은 새 꽃이 또 한 송이 피었다.
가즈코의 나무에 꽃이 피기 시작한 때에는 후지코의 나무에 달린 첫 열매는 벌써 복숭아처럼 불러 있었다.

ひいらいた.
ひいらいた.
わたのはながひいらいた.
きいろとおもったら
いつのまにかあかい.
かあかいとおもったら
いつのまにかしぼんだ.

しぼんだとおもったら

あおい實がなった

(피었네, 피었네

면화꽃이 피었네.

누런가 하였더니

자고 나니 붉었네.

붉은가 하였더니

자고 나니 이울었네.

이울었나 하였더니

푸른 열매가 열렸네).[6]

두 아이가 이런 노래를 부르고 있었다. 물론 작자는 가즈코다.

지금 두 아이는 학교에서 운동회 연습을 하고 있을 것이다. 나는 면화 잎에 붙은 벌레를 잡아주고 나서 이 글을 쓰고 있다. 오늘도 두 아이의 나무에 한 송이씩 새 꽃이 피었다. 천년만년 솜씨를 잊지 않고 피는 꽃이다.

아직 아이들은 하얀 솜이 터져 나오는 양은 못 보았다. 앞으로 보름이나 지나면 복숭아 같은 열매가 툭 터져서 하얀 솜이 비죽이 나올 것이다. 그때에 가즈코는 제 노래에 어떤 한 구절을 채우려는가.

---

6   일본 동요 "피었네 피었네(ひいらいた ひいらいた)"를 개사한 것. 본래의 가사는 다음과 같다. "피었네 피었네 / 무슨 꽃이 피었나 / 연꽃이 피었네 / 피었나 했더니 / 어느덧 이울었네//이울었네 이울었네 / 무슨 꽃이 이울었나 / 연꽃이 이울었네 / 이울었나 했더니 어느덧 피었네(ひいらいた / ひいらいた / なんのはながひいらいた / れんげの花がひいらいた / ひいらいたとおもったら / いつのまにかつぼんだ//つぼんだ / つぼんだ / なんのはながつぼんだ / れんげの花がつぼんだ / つぼんだとおもったら / いつのまにかひいらいた)."

파리蠅[1]

나만큼 칠칠치 못한 남자는 드물 것이다. 이 대전쟁의 시절에 무엇 하나 쓸모 있는 일도 할 수 없다.

"오늘은 근로봉사입니다. 증산가도甑山街道 수선 공사입니다. 누구 한 사람 나와 주세요."

애국반장[2]이 외치며 돌아다녔다.

"살구나무 아래로 일곱 시까지 집합입니다."

젊은 반장은 힘이 넘쳤다.

나는 반바지와 반소매 차림에 운동화를 신고 중학교에 다니고 있는 아이의 밀 짚모자를 쓰고 정각 십 분 전에 지정된 장소로 갔다.

이미 건장한 젊은이 두세 사람이 모여 담배를 피우고 있다.

"안녕하세요."

젊은이들은 내 나이에 경의를 표해 담뱃대를 숨겼다.

"아, 안녕들 한가. 그러지들 말고 담배 피우시게."

나는 이렇게 말하고 나도 담배를 한 대 꺼내어 일부러 젊은이의 담뱃불을 빌렸다. 젊은이들은 내 허락을 얻자 순진하게 담배를 옆으로 돌려 뻑뻑 연기를 뿜었다.

"선생님은 어디 가세요?"

1 　원문 일본어. 가야마 미츠로(香山光郎), 『국민총력(國民總力)』, 1943.10. 나중에 『반도작가단편집(半島作家短篇集)』(조선도서출판주식회사, 1944)에 수록된다.
2 　애국반은 1938년 7월 국민정신총동원 조선연맹 창설과 더불어 각 정동리(町洞里) 부락연맹과 관공서, 학교, 은행 등의 단체들로 결성된 각종 연맹 산하에 10호 단위로 만들어진 하위 말단 조직. 총독부가 주축이 되어 만들어졌고, 전쟁의 확대와 함께 근로봉사, 저금, 국채 구입, 국어보급, 금은 식기 공출 등 전시 동원을 위한 기초 단위로서의 역할을 수행했다.

수심기愁心歌를 잘 부르고 농담을 좋아하는 마부 용삼龍三이 비꼬듯이 웃으며 나에게 물었다.

"무슨 말을 하는 게야. 나도 도로 공사 근로봉사에 가야지."

하며 나는 몸차림을 둘러보았다.

"사십오 세 이상은 안 됩니다."

용삼은 자기의 젊음을 자랑이라도 하듯이 퉤, 하고 니코틴 섞인 가래를 땅바닥에 뱉었다.

"자네, 그렇게 가래침을 뱉으면 못써."

나는 용삼을 나무랐다.

"예예, 아무래도 버릇이 되어서."

하고 용삼은 머리를 긁적이며 가래를 짚신 발로 밟아 뭉개면서,

"그래도 집안사람이 손으로 코를 푸는 것을 보면 눈알이 튀어나올 정도로 야단을 칩니다요."

하고 웃었지만, 내게는 그것이 나를 비꼬는 것처럼 들렸다.

여자도 아이도 왔다. 어른은 돈 벌러 나갔을 것이다.

"꼬마야, 네 녀석 따위가 와서 무슨 소용이라고."

하고 인성寅成이라는 힘자랑하는 사내가 미륵이ㅌㅁㄱ라는 십사오 세가량 되는 남자 아이의 얼굴을 손바닥으로 힘껏 밀어붙였다.

곁에 있던 스무 살 전후 되어 보이는 여자가 킥, 하고 웃었다. 자기도 빈정거림을 받았다고 생각한 것이리라. 이윽고 반장이 반원 소집을 끝내고 돌아왔다.

"모두 모였습니까. 아이쿠, 서 씨와 정 씨가 보이지 않잖아. 미륵이, 네가 한 바퀴 돌고 오지 않겠니? 빨리 오라고, 모두 기다리고 있다고. 지게チゲ와 삽ショベル3 가지고 오는 것 잊지 말라고."

"응."

---

3 삽(shovel).

꼬마 미륵이는 자기가 임무를 분부 받은 것이 기쁜지 알아들었다는 듯이 달려 갔다.

"이봐, 과부남^{寡婦男}에겐 담배 갖고 오는 거 잊지 말라고, 귀머거리에겐 그 귀는 집에 두고 들리는 귀를 붙이고 오라고, 알겠지?"

용삼은 큰 소리로 고함을 질렀다.

"정말이지 정가 놈은 언제나 담배를 잊어버리고는, 이봐, 담배 한 대만 하고 온 다니까."

"그 녀석 일부러 잊어버리는 거야. 그 녀석 집에 가봐. 불로연^{不老煙}을 잔뜩 사재 어 놓았다구."

누룩이^{ヌロギ}라는 별명으로 불리고 있는 덕심^{德心}이 투덜거렸다.

"그런데, 선생님은?"

하고 반장이 나를 향했다.

"나도 가려고. 나는 안 될까."

"선생님은 오십이 넘었으니까요."

"오십이 넘었어도 미륵이가 하는 정도는 할 수 있을 게야. 하긴 달리 갈 사람이 없지 않은가. 내가 가는 걸로 어떻게 해주게."

반장은 곤란하다는 표정으로 빤히 나를 쳐다보고 있다. 나의 백발 머리와 얼굴의 주름, 뼈와 가죽뿐인 빈약한 체격을 보고 있는 것이리라. 나는 왠지 멋쩍었지만,

"뭐든 한다구. 땅을 파는 것도, 나르는 것도. 결코 자네들에게 폐는 끼치지 않 아. 현장에서 거꾸러져 자네들에게 업힐 정도로 늙어 힘이 없는 것도 아니지 않 은가."

하고 허세를 부렸다.

"아니요, 선생님은 제발 그만두세요."

하고 용삼이 내게 한 걸음 다가왔다.

"첫째, 바깥소문이 나빠져요. 제2구역 4반 놈들은 백발의 노인을 끌고 왔다고 하겠죠. 젊은 사람들의 체면이 구겨져요. 게다가 선생님 같은 분이 오면 무엇보

다 일에 방해가 돼요."

하고 금세 내 등을 밀 것만 같다.

"방해가 된다구? 왜 내가 방해가 되는가. 그 말은 그냥 넘길 수 없네."

나는 화가 난 얼굴로 용삼을 흘겨보았다. 실제로 젊은이에게 보통 사람으로 취급받지 못하는 것이 한심하기도 했고, 부아가 치밀기도 했던 것이다.

"방해되는 게 있습니다. 선생님 같은 노인이 곁에 계시면 우리가 좋아하는 잡담을 할 수 없어요. 거북하고, 곧 피곤해져요. 그렇잖아요."

용삼은 모두에게 동의를 구했다.

모두 킥킥거렸다.

역시 그렇기도 하겠다고 생각되었다. 늙은이가, 더욱이 나처럼 아주 융통성 없는 늙은이가 곁에 있으면 거북하기도 할 것이다. 젊은이들이 좋아하는 여자 이야기도 지껄일 수 없다. 늙은이에 관한 험담은 한층 더 조심할 터이다. 내가 따라가는 것은 이 젊은이들에게서 두 가지 즐거움을 빼앗는 셈이 된다.

"좋아, 그렇다면 나는 가지 않겠네."

하고 내가 잘라 말하자 젊은이들은 짝짝 박수를 쳤다.

"단 한 가지, 자네들에게 부탁이 있네. 자네들은 땀 흘리며 일하고 있는데 나만 편안하고 한가로이 있을 수는 없어. 나는 오늘 하루, 밭 내의 파리를 잡기로 하지."

나는 이런 제안을 했다.

"하하하하, 그거 재미있네."

누군가 느닷없이 괴상한 소리를 질렀다. 모두 웃었다.

"그럼, 모두 찬성이지?"

"네, 찬성, 찬성."

"그러면 나는 오늘 하루, 밭 내의 파리를 잡지. 그러니까 여러분은 내가 여러분의 집 안방アンバン과 부엌에 들어가는 것을 허락해주게."

이 두 번째 제안도 일동의 폭소 속에서 승인되었다.

귀머거리 서 씨도, 과부남 정 씨도 왔다. 정은 베 짜는 일을 하며 홀아비 생활을 하고 있는데, 사람이 여성스럽고 장사일도 여성적이라고 해서 과부남이라고 부르는 것이다.

"여, 과부 상."

하고 모두 놀림 섞인 환영을 보내자 정은 싱글거리며 깍듯이 공손하게 일동에게 인사를 한다.

"오늘은 들리는 귀를 가지고 왔겠지."

하고 용삼은 귀머거리 서의 귀에 입을 대고 큰 소리로 외친다.

"듣고 싶은 것만 듣는 귀를 가지고 왔네. 자네들이 입으로 뀌는 방귀까지 듣는 날에는 귀가 열 개라도 견딜 재간이 없으니."

서 씨, 상당히 독설이다. 나도 유쾌하게 웃었다.

"자, 출발. 그럼, 선생님은 파리를."

하고 내뱉고, 일동은 웃고 떠들며 증산가도 쪽으로 모습을 감췄다.

뒤에 남겨진 나는 정말로 인생에 뒤처진 듯한 느낌이 들었다. 나는 갑자기 늙어버린 듯, 젊은이들이 유쾌하게 일하고 있는 곳을 멀리서 바라보고 있는 아버지가 된 기분이었다.

'좋아, 나도 일을 시작하자. 젊은이들이 돌아올 때까지 반 내의 파리를 한 마리도 남김없이 해치우자.'

이렇게 마음을 정하자, 왠지 뛰어난 영웅이 된 듯도 하다.

"탁, 탁."

나는 우선 우리 집의 파리를 잡기 시작했다.

파리를 잡는 일에 나는 상당한 자신을 갖고 있다. 지금까지 아마도 수십만 마리의 파리를 잡았을 테니까. 첫째, 파리 잡는 시각은 아침 해가 동쪽 벽에, 저녁 해가 서쪽 벽에 비스듬히 비치는 시각이 가장 좋다. 파리들은 추위를 싫어해서 여름에도 아침저녁엔 해가 드는 곳을 좋아하고, 볕이 잘 드는 곳에 꾀어 손을 비비거나 발을 비비면서 휴양을 즐기고 연애를 하는 것이다. 그때를 노리는 것인데, 단 하나 곤란한 것은 이 시각에는 파리가 종종 탐욕에서 멀어져 이른바 무념

무상의 경지에 있기 때문에 꽤 민감하여 파리채 그림자만 움직여도 곧 경계한다. 또 충분히 자고 혹은 충분히 먹고 난 후여서 동작이 매우 민첩하다. 따라서 이 시각에 파리를 잡는 데는 상당한 수행이 필요한 것은 말할 것도 없다.

먹을 것에 열중하고 있을 때, 파리는 가장 약하다. 그는 탐욕 그 자체가 되어 있기 때문이다. 무서운, 죽음의 벽력인 파리채가 머리 위 지척에 다가가 이제 떨어지려는 위기일발의 경우에도 모르쇠를 놓는 얼굴로 먹을 것을 탐하고 있다. 모르쇠를 놓는 얼굴이 아니라, 정말로 알지 못하는 것이다. 그의 탐욕은 그의 저 무수한 눈을 어둡게 하고 있다. 너무 열중해서 제정신을 잃은 것이리라. 이런 때의 파리는 아이들이라도 잡을 수 있다. 가만히 뒷발을 눌러도 녀석은 시끄럽다는 듯이 눌린 다리를 끌어당길 뿐 날아가려고도 하지 않는다. 설사 파리채의 일격으로 곧 옆의 동포가 죽음의 경련을 일으키고 있는 것을 눈앞에서 보아도 이 녀석은 잠시 도망갔다가는 또 돌아온다. 먹다 만 것의 맛이 잊히지 않는 것이다.

두 번째의 타격을 아슬아슬하게 피하자, 과연 그도 부웅 하고 날갯짓을 하고 높이 날아 멀리 도망가서는 사람의 손에 닿지 않을 만한 곳에 앉는다. 그러나 그는 방금 먹다 만 것에서 눈을 떼지 못한다. 그의 눈은 마침내 그를 세 번째 파리채의 위험 아래로 유혹하는 것이다. 돌아와 보면, 동포의 시체가 주변에 잔뜩 흩어져 있다. 그러나 그는 대담하게도 또다시 방자하게 탐욕을 부린다. 아무리 서투른 사람이라도 두 번이나 놓쳤다면 세 번째에는 필사적이 된다.

"탁."

일격필중一擊必中! 그는 몸과 머리가 모두 뭉개져, 아아, 이제 죽고 만 것이다. 그 좋았던 맛은 어디에. 그는 어디서 와서 무엇을 하고 어디로 갔는가.

파리라고 해도 모두 개성이 있다. 경박한 것이 있고, 끈기 있는 것이 있고, 저돌적인 것이 있다. 파리는 대개 경솔한 곤충이지만 이따금 태연자약한 풍격을 갖춘 녀석도 있다. 이런 녀석은 꽤 사려 깊은 듯하여 한번 데면 좀처럼 그곳에는 다가가지 않는다.

파리들도 천하의 대세라는 것을 관찰하는 것으로 보인다. 내가 파리채를 휘두르며 부엌 같은 곳에 들어가면 처음에는 다만 부웅 하고 날아오를 뿐이지만, 수십 수백 마리의 사체가 길게 가로누워 있는 것을 보면 형세의 심상치 않음을 깨닫는 것이리라. 천장이라든가 구석 등 파리채라는 괴물이 닿지 않을 만한 곳으로 피난하여 얌전히 천하의 형세를 보고 있는 것이다. 그중에는 철저히 깨달은 녀석도 있어 분연히 집착을 끊고 높이 날아가버리기도 하는데, 이런 녀석은 인간계에서 깨달은 자가 드문 것처럼 극히 드물어 역시 차마 파리채를 휘둘러 쫓아갈 수 없는 것이다. 파리채 위에 앉는다든가 파리채를 든 손에 앉는 등 얄궂은 녀석도 있다. 나는 우롱당한 듯한 기분이 든다.

내가 반장 집에서부터 마부 용삼 씨, 힘센 인성의 집, 과부남 정 씨의 방, 이런 식으로 열 집 열세 세대를 돌며 버려진 사체 총계 칠천팔백구십오 마리의 파리 잡기를 끝낸 것은 오후 네 시가 지나서였다. 나는 땀에 흠뻑 젖은 것은 물론, 손도 다리도 물먹은 솜처럼 피곤하여 녹초가 되었다. 한 번 내리쳐서 둘씩 셋씩 한꺼번에 죽이는 경우도 있지만, 이는 거듭 있는 일은 아니다. 한 걸음 움직여 한 번 휘둘러서 한 마리를 잡는 것이 관례이다. 시험 삼아 맨손으로 칠천팔백 번 휘둘러보라. 검도의 명인이 아닌 이상 반드시 녹초가 될 것이다. 그런데 파리를 잡으려면 마음의 긴장이 필요하다. 살아 있는 것을 노리는 것이어서 필살^{必殺}의 의기^{意氣}가 필요한 것이다. 정신적 피로라는 것도 있을 터이다. 신경세포의 소모이다. 그뿐만 아니다. 파리도 생물이다. 그에게는 생명이 있고, 마음이 있다. 그 마음이야말로 석가님의 설법을 기다릴 것까지도 없이 우리 인간의 마음과 다르지 않다. 살고 싶고, 즐기고 싶고, 사랑하고 싶은 것이다. 절대 죽고 싶지 않은 것이다. 그들 종족의 역사 또한 우리 인류의 역사에 못지않게 오랜 것이리라. 인간이 사는 곳에는 반드시 파리가 살았다. 그 파리를 때려죽이는 것이므로 마음이 움츠러드는 살생이다. 살생인 것은 틀림없는 것이다.

그러나 예부터 얼마나 많은 인간이 파리에게 모욕당하고 유린당했을 것인가. 그들은 똥 속에서 나와 몸도 발도 씻지 않고 우리가 먹는 음식 위에 오른다. 그리고 우리가 젓가락을 들기 전에 제멋대로 먹는다. 그러고는 불결과 병균을 대가로 남기고 떠나는 것인데, 막상 그들은 어디로 가는가. 그들은 감히 우리의 머리 위를 유린하고, 눈을, 입술을 유린하는 것이다. 이 무슨 모욕이란 말인가. 그뿐인가. 그들이 전파한 병원균 때문에 수백억만의 우리 선조와 동포가 병으로 쓰러졌을 것이다. 그들을 살려두면 우리 자손에게도 마찬가지의 재앙을 미칠 것이다.

'그렇다, 죽이는 것이다. 박멸하는 것이다. 일본 전역에서 파리의 씨를 말려라. 전 세계의 파리를 절멸시켜라. 그들로 하여금 좋은 생명으로 다시 태어나게 하라.'

이것이 나의 파리 죽이기의 철학이다.

근로봉사 하러 간 젊은이들이 돌아온 것은 일곱 시도 지나서 저녁 해가 뒷산 정상을 붉게 물들일 무렵이었는데, 그들은 처자식과의 저녁상을 마주하고 내가 파리 잡는 모습에 대해 여러 가지로 지껄였을 것이다. 내가 온몸이 땀범벅이 되어 파리를 쫓아 돌아다니던 모습이 골계滑稽였을지도 모른다. 게다가 남의 집 안방과 부엌까지 들어갔으니, 부인네들은 이 늙은이가 미쳤나 싶은 듯 킥킥 웃는 사람이 있는가 하면, 이웃집으로 도망가는 젊은 아낙네까지 있었다.

어떤 집에서는 나를 불쌍하게 생각한 모양인지, 보리 전병과 덜 익은 참외를 단정하게 상에 가지런히 담아가지고 왔는데 나는,

"파리 있는 집의 음식은 먹지 않습니다."

하고 무뚝뚝하게 잘라 말했다. 나는 파리에 대한 적개심에 타월라 격분한 것 같다. 그러나 이 말은 석가님의 가르침이다.

나는 '필살의 자세'라는 것을 염두에 두고 느슨한 마음을 다잡았다. 견적필살見敵必殺의 군인 정신을 배울 작정으로 파리 한 마리를 사오 분이나 추격한 일도 있다. 나이 오십 먹은 커다란 남자와 파리의 전쟁이니 익살스러운 것도 무리는 아니지만, 나같이 칠칠치 못한 남자는 파리 잡기나 할 때가 아니면 견적필살의 마음가짐을 맛볼 방법도 없지 않은가.

아이가 학교에서 돌아오고 나서 내가 오늘의 전투 이야기를 했더니, 아이는 입속에 있던 밥을 튀어가며 자지러지게 웃었다. 나도 나의 고지식함이 우습게 느껴져 웃었다. 그러나 유쾌했다.

　저녁 식사 후 나는 모깃불 피우는 쑥 연기에 눈물을 흘리면서 내가 때려죽인 파리 가운데 특색 있던 녀석들을 떠올리고 있었다. 하루의 전투를 끝내고 쉬는 때의 용사勇士의 기분은 이런 것일까, 그런 생각 등을 하고 있자니 먼저 반장이 찾아와서,

　"선생님, 수고하셨습니다. 집에 파리는 한 마리도 없습니다. 덕분에 오월에 파리 없이 식사할 수 있었습니다."

하고 감사의 인사를 해주었다. 용삼도, 인성도, 과부남도 인사하러 왔고, 아까 내게 보리 전병을 권했던 부인까지 인사하러 와주었다. 파리 없는 여름 식사라는 것을 그들은 처음 맛보았던 것이다.

　나는 매우 만족했다. 나도 뭔가 쓸모 있었다는 느낌이 들어 그날 밤은 흥분하여 잠들지 못했다. 덕분에 어깨며 허리가 아파 사흘 만에 자리에 눕고 말았다.

가가와 교장_{加川校長}[1]

가가와 교장은 둘째 시간 수업을 끝내고 교관실^{教官室}에 들어왔다. K라는 시골의 신설 공립중학교의 임시 건물이어서 교장실이라는 것이 없다. 마을 사립학교 교사^{校舍}의 교실을 두 개 빌려 하나는 교실, 또 하나는 교관실로 쓰고 있다.

분필 상자를 놓고 가가와는 국민복 상의를 벗어 의자 등받이에 건다. 셔츠는 땀으로 흠뻑 젖었다. 아직 젊디젊은 가가와의 얼굴은 술을 마신 듯이 벌겋다.

가가와는 한숨 돌리듯이 부채를 부치며 시원한 바람을 탐한다. 달아올라 땀이 밴 피부에 부채 바람이 얼음처럼 찼다.

함석지붕을 인 이 교사는 팔월의 햇볕을 받아 화로를 천장에 매단 듯했다.

"교장 선생님, 이런 것이 와 있습니다."

학교 담임인 가미바야시^{神林}가 한 통의 공문을 가지고 와서 가가와 앞으로 내밀었다.

'T공립중학교'

가가와는 봉투 뒷면에 인쇄되어 있는 발신인을 보았다. 경성의 T공립중학교라고 적혀 있다.

"이게 뭡니까?"

"기무라^{木村}의 성적 증명 청구입니다. 기무라 녀석, T중학에 편입시험을 보려는 듯합니다."

가미바야시는 교장석 앞에 서 있다.

가가와는 봉투의 내용물을 읽었다. 그리고 힘이 빠지는 듯 눈을 감았다. 가가와는 기무라 다로^{木村太郎}의 부친인 요시미치^{義道}라는 남자가,

---

1   원문 일본어. 가야마 미츠로(香山光郎), 『국민문학(國民文學)』, 1943.10. 나중에 이시다 고조 편(石田耕造編), 『신반도문학선(新半島文學選集)』(人文社, 1944)에 수록된다.

"모쪼록 제 아이를 받아주십시오."

하고 입학시험 때 방문해서 비통한 표정으로 부탁하던 일을 떠올리며 배반당한 데 대한 분격을 느꼈다.

"어떻게 할까요?"

가미바야시는 교장의 안색을 살피며 물었다.

"성적 증명 해주세요."

가가와는 가볍게 말했다.

"네. 그럼 기무라 다로의 성적 증명을 발송하겠습니다."

가미바야시는 가가와에게 인사하고 자리로 돌아갔다.

가가와가 관사官舍로 돌아온 것은 오후 네 시경이었는데, 몹시 풀이 죽어 있었다.

"어디 불편하세요?"

가가와의 아내 나미코浪子가 남편의 안색을 걱정할 정도였다.

"바보 같은 자식. 왜 그따위 학교에 편입시험을 봐?"

가가와는 이렇게 투덜대며 서재로 들어갔다.

나미코는 남편이 무슨 말을 하는 것인지 알 수 없었으나, 뭔가 또 한 가지 걱정 거리가 늘었나 보다고 생각하자 남편이 측은해졌다.

"목욕하세요, 아직 물이 약간 미지근할지도 모르지만."

나미코는 남편의 옷을 마당의 바지랑대에 걸면서 말했다.

"후사코芙佐子는 어디 갔나?"

"얼음 사러 갔어요. 세 시 열차로 H에서 얼음이 온다고 해서 갔어요."

후사코란 H고등여학교 삼학년인 가가와의 외동딸이었다.

가가와는 욕조에 잠겨서도 기무라의 일이 머리에서 떠나지 않았다. 기무라는 허약한 아이지만, 학업도 우수하고 어딘가 정신적인 곳이 있는 녀석이다. 가가와 가 가르치고 있는 영어와 그 밖의 과목은 언제나 만점이었다. 여하튼 지방 유지 의 기부금으로 신설된 학교인 탓에 그 학교 제일회생인 기무라네 반 육십 명은 9 구백구십 여 명의 수험자 가운데 꼭 가장 우수한 아이라고 할 수 없는 사정도 있어서 학업성적은 대개 불량했다. 그런 만큼 그 가운데 두세 명 성적이 좋은 아이는 자연히 교장 이하 교관들의 희망이었다. 그것은 단순히 교원으로서의 정 때문만이 아니라, 제일회 졸업생 가운데 몇 명쯤 고교 입학생을 배출하지 않는다면 학교의 명예도 걸린 문제이기 때문이다. 문제의 기무라와 마츠모토松本, 이시다石田 등은 이른바 K교의 기대주였던 것이다.

가가와로서는 자신이 교장이므로 제자들을 편애해서는 안 된다. 자질이 좋든 나쁘든 모두 한 사람 몫의 일본인으로 만들어내고 싶다는 일념으로 가득하다. 가네모토金本, 닛타新田 등이 가게에서 만년필과 도화지를 훔친 사건이 일어났을 때, 가가와는 처음에는 화를 냈으나 이어서 울었다. 가네모토, 닛타 둘을 앞에 세워 놓고 가가와는 후려갈기고 싶은 충동을 느꼈지만, 그것을 억누르자 그칠 줄 모르게 눈물이 흘렀고, 결국 그 대단한 가네모토와 닛타도 흑흑 흐느끼면서,

"교장 선생님, 맹세코 훌륭한 사람이 되겠습니다."

하고 말했던 것이다.

교관들은 이 둘의 퇴학을 주장했지만, 교장은 뉘우치고 마음을 고쳐먹을 기회를 주자고 해서 무기정학 처분을 내린 것이었다. 그들은 지난 학기말의 근로봉사 때 학교 복귀를 허락받았다.

이렇게 그는 육십 명 전부를 한 사람 몫의 인간으로 완성시키는 목표로 삼고 있었지만, 자질이 좋은 아이가 역시 귀여웠다.

교원도 십오 년이나 하고 있자니 평생의 제자라고 할 만한 학생을 원하게 된다. 교원 생활에서 가난은 떼놓은 당상이라고 한다. 가가와의 고등학교 동창생 중에는 이미 친임관親任官[2]이 된 사람도 있다. 문과 동창 중에는 학위를 받은 사람도 있고, 작가로서 평론가로서 이름을 날린 사람도 있다. 그런데 가가와는 이제 겨우 고등 오등[3] 중학교의 교장으로 명예도 재산도 없는 것이다. 가가와는 적어도 자기 문하에 몇 명쯤 인재를 배출하고 싶다. 자기를 스승으로 우러르는 제자

---

2   천황이 직접 임명하는 관료.
3   고등관 관리 계급의 하나. 칙임관(勅任官)에 1-2등, 주임관(奏任官)에 3-9등이 속한다.

를 한 사람이라도 갖고 싶다. 이런 생각은 아직 아무에게도 이야기한 적이 없다. 아내에게도 이야기하지 않았고, 또 이야기하려고도 하지 않았다. K중학의 교장은 결코 사람들이 달려드는 자리는 아니었다. 나미코의 반대가 아니어도 S교의 교감 쪽이 K교의 교장보다 몇 배 빛나는 자리다. S교에 있으면 지위와 명망이 있는 사람들과 접촉할 수도 있다. 그것이 소위 출세의 실마리로 작용할 것이다. 그것을 버리고 가가와는 K교의 교장으로 온 것이다. 거기에는 소명召命에 응한다는 마음이 주된 것이었지만, 자신의 설계대로 제자를 만들어보고 싶다는 바람도 간절한 것이었다.

가가와가 K교에 가는 것을 말린 것은 아내 나미코뿐만 아니었다. 그의 동료와 친구들조차,

"자네, 사퇴하게."

하고 충고했던 것이다. 가가와가 K중학 정도의 교장이 된 것은 세상의 영리한 사람들이 보기에 실로 어리석은 짓이었다. 모두가 마음에 들지 않아 떠맡지 않는 것을 왜 떠맡는가, 속을 알 수 없다는 것이었다.

"모두 사퇴하면 도대체 누가 간단 말인가?"

가가와는 진지하게 이렇게 말했다.

영리한 사람들은 웃었다.

오월 일일. K국민학교의 강당을 빌려 K중학교의 개교식 및 입학식이 거행되던 날에는 찬바람이 비를 몰아쳤지만, 가가와는 뼈를 K땅에 묻겠다는 비장한 결의로 이 식에 임했던 것이다. 식장에 참석한 내빈으로는 군수, 서장, 면장 등 그 지역의 공무원들과 도道에서 내무부장, 학무과장이 왔지만, 그 밖에는 교장이 하는 말을 알아듣지도 못할 듯한 수수하고 어눌한 농민이 전부였다. 도시의 지식계급 모임밖에 본 일이 없는 가가와로서는 거기 모인 사람들이 이상하게 느껴지고 낙담도 했지만, 가가와는,

'이런 무지한 민중에게 황국정신과 문화를 심어주는 것이 나의 임무다.'

라고 스스로 다짐하고 기운을 북돋운 것이었다.

그러나 이후 사 개월간 학교 일은 가가와의 생각대로 되지 않는 일이 많았다. 교사의 건축은 언제 시작될지조차 알 수 없었고, 교장도 되기를 꺼리는 이런 촌 구석에는 교원으로 와주지도 않았다. 교련을 가르치는 가미바야시는 군인이고 승려인 만큼,

"좋습니다. 도와드리겠습니다."

하고 대도시의 학교를 그만두고 와주었지만, 도미나가富永와 마스다增田 등 평생 교육계의 지사志士로 자임했던 이들도 친구 가가와[4]의 권유에 응해주지 않았다.

'어디 교육보국敎育報國의 성의가 있단 말인가.'

온후한 가가와는 분개했던 것이지만, 도미나가와 마스다 등에 의하면 시골 아이들을 가르치는 것만이 교육보국은 아니었다.

"자네의 뜻은 장하지만, 요컨대 자네는 유별나다구."

마스다는 가가와에게 이런 말까지도 했다.

교원진은 갖춰지지 않았다. 학생들은 생각했던 것보다도 자질이 나쁘다. 모처럼 승낙해준 지리역사 선생 오쿠무리奧村는 취임 전에 병사病死했다. 학부형들은 냉담하다. 게다가 마실 물은 수질이 나쁘고 모자라서 나미코와 후사코는 설사를 하고 종기가 났다. 충분히 있어야 할 야채조차 좀처럼 구하기 어렵다. 설탕과 비누 배급도 경성보다 말이 안 될 정도로 양이 적다. 저녁 반주로 삼을 술도 손에 넣기 어렵다. 여자들은 이야기 상대도 없고, 영화 한 편 보려 해도 기차로 한 시간이나 흔들려가며 H까지 가지 않으면 안 된다.

가가와의 결심은 이 정도의 어려움으로 꺾이지는 않았지만, 몹시 곤란했다. 게다가 기무라의 전학 문제까지.

가가와는 기분 나쁜 것을 씻어버리려는 듯이 두 손으로 목욕물을 움켜쥐고 푸우푸우, 하고 얼굴을 씻었다.

"다녀왔습니다! 엄마, 얼음 못 샀어요. 표가 없으면 팔지 않는대요."

---

4 원문에는 '河原'으로 되어 있으나 맥락으로 보아 '加川'의 오식인 듯하다.

후사코의 목소리가 들렸다.

"얼음 따윈 없어도 괜찮다."

가가와는 큰 소리로 고함쳤다.

"아버지, 다녀오셨어요?"

후사코는 바깥에서 큰 소리로 말한다.

후사코의 목소리를 들으니 가가와는 기분이 누그러졌다. 자식의 명랑한 목소리가 가가와의 상처받은 마음을 어루만져주었던 것이다.

수질이 나빠서 비누 거품이 일지 않는다. 가가와는 그의 이른바 손비누를 사용한다. 손비누란 쓱쓱 손으로 문지르는 것이다.

"아버지, 옷 갈아입으세요."

후사코는 유카타[5]와 속옷과 허리띠를 옷상자에 놓아둔다.

"물 길어드릴까요, 아버지?"

"됐다."

"오늘은 맥주가 세 병 있어요. 제가 아까 받아 왔어요."

후사코는 이렇게 말하고 복도를 울리며 사라져버린다.

"조용히 걸어라."

하고 가가와는 꾸짖는 것이었지만, 미소 짓는다.

후사코는 열여섯 살이지만 아직 어린애 같았다. 형제도 없이 부모 사이에서 자란 것이다. 제멋대로이긴 하지만 순진하다고 가가와는 생각하고 있다.

가가와는 기분이 좋아져 남향인 툇마루의 등나무의자에 앉았다. 잠자리가 풀이 무성하게 자란 앞뜰 화초 위를 날아다니고 있다.

후사코가 맥주와 컵과 말린 새우 안주 접시를 담은 쟁반을 가지고 와서 부친 앞의 테이블에 놓고는 다다미에 손을 짚고,

"아버지, 안녕히 다녀오셨어요?"

---

5 목욕한 뒤에 또는 여름철에 입는 무명 홑옷.

하고 새로 인사를 한다. 후사코는 무릎까지 오는 스커트와 반소매 세일러복을 입었고 머리는 단발이다. 부친을 쏙 빼닮은 얼굴이다.

후사코는 컵에 맥주를 따른다. 가가와는 꿀꺽 한 잔을 다 비우고 더욱 기분이 좋아졌다.

"후사코."

"네."

"너는 전학할 때 기분이 어땠니?"

"기분이요? 정말 괴로웠죠. 모처럼 사귄 친구들과 헤어지게 된걸요. 교관실을 나올 때는 흑흑 흐느꼈어요."

후사코는 슬픈 듯한 표정을 지었다.

"그랬니? 선생님과 헤어지는 건 괜찮았고?"

"선생님도 보고 싶어요. 하지만 친구들과 헤어지는 게 제일 힘들었죠."

"H고녀高女에서도 이제 새 친구들이 생겼을 테지."

"네, 두세 명. 하지만 아직 전학한 지 얼마 되지도 않았는걸요."

"외롭니?"

"정말 외로워요. 경성에서 왔다고 모두 괜히 싫어하는 것도 같고 ― 모교가 그리워요."

후사코는 응석을 부렸다.

"이제 H고녀가 모교 아니냐?"

가가와는 꾸짖듯이 말했다.

"하지만, 그래도."

후사코는 승복할 수 없는 듯했다.

아이들에게 전학은 그렇게 괴로운 것일까, 하고 가가와는 절실히 느꼈다.

저녁 밥상이 나왔다.

"생선도 없고."

하고 나미코가 변명하자 가가와는,

"그런 말 하지 말라니까. 지금 전쟁 중이지 않소?"

"죄송해요."

나미코는 허둥거리는 목소리가 된다.

"나미코, 기무라라는 아이 기억하겠지?"

"기무라요?"

"응, 언젠가 키가 큰 사람하고 부자가 같이 집에 오지 않았소?"

"아, 그 아이요? 그 경성 아이. 우수해 보이는 아이라고 생각했었죠."

"응, 매우 우수하지. 몸은 약하지만 말이야."

"그 아이가 무슨 일 있어요?"

"전학할 것 같아. T중학에서 그 아이의 성적 증명을 청구해 왔어."

"어머, 왜 전학 같은 걸 하는 거죠? 저는 전학이 정말 싫은데."

후사코가 말참견을 했다.

"그 아이도 전학은 괴롭겠지. 아무래도 그 아이 부친이 아픈 듯해."

"시골 학교가 싫어서 경성으로 옮기려는 게 아닐까요? 하지만 의리가 없네요. 일 년도 안 돼서 전학을 생각하다니."

나미코는 분개했다.

"일단 그렇게도 생각되지만 말야. 기무라의 경우 그렇지 않다고 생각해. 분명히 뭔가 어쩔 수 없는 사정이 있기 때문이겠지."

"당신은 뭐든 호의로 받아들이세요. 세상은 그렇지 않은데. K에 오게 되었을 때도 사퇴하시면 좋을 것을 나라를 위해서다, 모처럼 기대해 주시는 거니까, 라고 하시고."

"어머, 엄마두. 또 그 말씀."

후사코가 나미코를 흘겨보는 시늉을 한다.

"당신이 이 고생을 싫어하면 누군가 다른 부인이 이 고생을 하지 않으면 안 돼. 그렇지, 후사코?"

가가와는 술기운이 돌아서 썩 기분이 좋다. 그렇지 않으면 나미코가 내뱉는 예의 푸념에 한바탕 호통을 쳤을 것이다.

"하지만 엄마도 가엾어요. 이웃이라고 해도 말 상대도 없고, 식모도 없고."

후사코가 이번엔 엄마 편을 든다.

"바보 같으니. 분에 넘치는 얘기 마라. 교장 부인이 된 걸 과분한 영광으로 생각해야지."

가가와는 밥공기를 내려놓고 가슴을 폈다.

"하지만 식모 한 사람쯤은."

후사코는 우겨댄다.

"여자가 둘이나 있는데 왜 식모가 필요해? 나는 아직 식모를 고용할 신분이 아니야. 네 어머니가 나이 들면 식모를 들여주지."

결국 후사코도 입을 다물고 말았다.

"이 수박[6]은 맛있군."

가가와는 얼마간의 울적한 침묵을 깼다.

그러나 나미코도 후사코도 아무 말도 하지 않는다. 석연치 않은 것이다.

"이 수박은 맛있는데. 설탕 따윈 필요하지 않잖아? 먹을 것에는 천연의 단맛이 갖추어져 있지. 두 사람은 군대에 가본 적이 없을 거야. 나는 산시山西 전선에서 취사병을 했는데, 고등관 육등 문학사文學士 취사병님이란 말이지. 그래도 식모 따위 쓴 기억은 없어. 설탕이 없다, 얼음이 없다고 불평한 기억도 없고."

먼저 후사코가 웃음을 터뜨렸고, 나미코도 결국 고집을 꺾고 웃었다. 저기압은 완전히 해소된 것이다.

"하지만 당신은 지나치게 집안일은 뒷전이에요. 세상 물정도 모르시고."

나미코는 웃음으로 얼버무리며 울분의 일단을 드러냈다.

"나는 군인이 아닌가. 상등병님이니까 말야."

"가미바야시 상은 군인이라도 저렇게 집안일을 걱정하는데. 먹을 것도 그럭저

---

6   원문에는 '南瓜(호박)'으로 되어 있으나 맥락상 '西瓜(수박)'의 오식인 듯하다.

럭 구해 오고. 당신은 수박이 달다고 하시지만 요즘 수박이 단 게 있나요? 가미바야시 상의 부인에게 얻은 설탕을 넣어서 단 거라구요."

"그래? 그러면 얼마든지 설탕을 얻으면 되잖소? 나는 교장이니 학교일에 전념하고, 당신은 부인이니까 수박을 달게 하는 데 전념한다 — 이것을 바로 분업分業이라고 하고, 직역職域이라고 하나? 아아, 후사코. 너도 이미 여학교 삼학년이니 그 정도는 알겠지. 네 어머니는 미영米英류의 교육을 받은 구체제 여성이라 하는 수 없지만."

"어머."

나미코는 기가 막혔다.

"그리고 식모가 꼭 필요하면 말이지 —"

가가와가 말을 꺼내자 후사코는 지금이야말로 기회라는 듯이,

"아버지, 정말 식모만큼은 한 사람 부탁해요. 엄마는 몸도 약하고, 계집애ケヂベ라도 좋아요."

하고 강경하게 요구했다.

"지금 아버지가 식모에 대해 이야기하고 있지 않니."

"그러니까 꼭이요, 아버지. 그 대신 엄마도 이제 그 일, K에 온 일은 불평하지 않기로 하고. 네? 엄마, 약속해주세요."

후사코는 나미코에게 합장해 보인다.

"식모가 꼭 필요하면 후사코가 일 년 휴학하거라. 그리고 식모가 되어 엄마를 돕고. 이제부터 일 년이 결전決戰의 일 년이니까. 적어도 이 일 년은 고생을 각오해야 하지 않겠니? 전선 장병에 대한 의리로라도 말이다."

가가와의 말에 후사코는 고개를 떨구었고, 나미코는 앉음새를 고쳤다.

"응, 그렇게 이해해주니 고맙군. 내가 인사하지."

가가와는 두 무릎에 손을 짚고 고개를 숙였다. 나미코도 후사코도 손을 짚고 답례를 한다.

"내가 세상 물정을 모른다고 했지?"

가가와는 고개를 끄덕이면서,

"그 말대로야. 나는 세상 물정도 모르고 처세술도 형편없고, 아내에게는 미덥지 않은 남편이겠지. 후사코에게도 칠칠치 못한 아버지일지도 몰라. 교장으로서도 결코 수완 있는 교장은 아니지. 나는 내가 교장 재목이 아니라는 걸 잘 알고 있어. 다만 나는 한 사람의 교사야. 교사가 좋아. 아이들이 무턱대고 귀여워. 아이들을 가르치고 싶어. 그것뿐이야. 누군가 적당한 교장이 오면 나는 평교원으로 근무시켜달라고 할 작정이지만, 그렇다고 해서 당장 교장을 그만둘 생각은 아니야. 나는 서툴지만 할 수 있는 만큼은 할 작정이야. K중학이 독립할 때까지 스스로 직분을 그만두는 비겁자가 되긴 싫어. 그래서 내 마음은 K중학으로 꽉 차 있지. 육십 명의 아이들로 꽉 차 있다구. 그래서 집안일을 생각할 겨를이 없는 거야. 당신과 후사코에게는 정말 미안한 말이지만, 용서해줘. 오늘은 기무라의 전학 문제로 사실 제정신이 아니야. 이래서는 교장 직무도 제대로 해낼 수 없겠지만, 타고난 성격인걸. 나는 교장 그릇은 아니야. 교장은 교육가라기보다 행정관이지. 학교를 운영하다 보면 전학 가는 녀석도 있겠지. 중도에 퇴학하는 녀석도 있겠고. 정학 처분을 하지 않으면 안 되는 경우도 있고. 그럴 때마다 나처럼 가슴 아파해서는 정말 제대로 해낼 수 없으니 말야. 생명은 지속되지 않아. 나는 우리 학교 학생을 한 사람도 놓치고 싶지 않다구. 모두 사 년 동안 가르쳐 졸업시키고 싶다구. 그런데 기무라가 문제야. 나는 어떻게든 기무라가 이 학교를 떠나게 하고 싶지 않아. 하지만 내가 교장이고 보면 막을 방법이 없어. 오는 사람을 막지 말고 가는 사람을 좇지 말라고 공자님도 말씀하셨지. 하지만 나는 가는 사람도 좇고 싶다구. 기무라를 붙들고 싶다구. 기무라는 좋은 아이야. 어엿한 인물이 될 듯한 아이인데 말이지."

하고 가가와는 팔짱을 끼고 고개를 숙였다.

나미코도 후사코도 숙연해졌다. 면목 없는 듯한, 미안한 듯한 마음이 들었다.

"그렇게 기무라라는 아이를 놓치고 싶지 않다면 무슨 방법이 없을까요?"

나미코의 마음은 남편의 마음과 하나가 되었다.

"도무지 좋은 방법이 없어."

가가와는 눈을 감은 채였다.

"역시 시골의 신설 학교가 불만이라 경성의 시설 좋은 학교로 옮기고 싶다는 것이겠죠?"

나미코는 아무래도 그렇게 생각되는 것이다.

"음, 아니, 나는 그렇게는 생각지 않아. 기무라만은 그렇지 않다고 생각해. 분명히 그 아이의 아버지가 아픈 거야. 그래서 K에 올 수 없는 거지. 그 아이 아버지란 사람이 보기 드문 진지한 사람이란 말이지. 특히 자식 교육이 진지하다구. 자기가 셋방을 얻어 자취하면서 자식을 돌볼 정도니까. 예순 살이나 먹은 남자가 말이야."

"아, 그래요? 자취했던 거예요?"

나미코는 감탄하며 고개를 끄덕였다.

"응, 자취하고 있었어. 그게 무리였지. 기무라 상, K에 온 뒤로 부쩍 늙어버려서 너무 갑자기 수척해졌어. 요전에 풀베기 할 때도 기무라 상이 왔는데 말이지, 아이들하고 섞여 풀을 베고 날랐는데 헐떡거려서 보기 딱했어. 그래도 삼십 관貫이나 되는 묶음을 어깨에 지고 언덕을 올라오는 모습을 보고서 나는 눈물이 절로 났다구. 하지만 여위었구나 생각했지. 기침을 하던데. 그래서 K에 올 수 없는 게 아닐까 싶어. 기무라에게 편지가 없는 게 그 증거야. 병으로 늦는다는 전보가 온 게 마지막이니 말이야."

"기숙사가 있으면 좋을 텐데요."

나미코는 상을 치우면서 말한다.

"맞아, 기숙사가 없으면 삼분의 일밖에 교육할 수 없지. 기숙사가 절대적으로 필요해. 정말 아이들의 환경이 좋지 않아. 실로 가엾다구. 우리 학교는 부득이한 사정이 없는 한 모든 학생을 기숙사에 수용할 작정이야. 그런데 모두가 아직 기숙사의 의의를 충분히 알고 있지 못해. 기숙사만 있다면 기무라도 문제없는데."

"당신, 그렇게 기무라가 마음에 걸리면 우리 집에서 맡을까요?"

나미코가 이렇게 말하자 후사코는,

"좋아요, 우리 집에는 남자애도 없으니까."

하며 눈을 반짝거렸다.

"그렇군."

가가와는 생각에 잠겼지만, 그것은 불가능한 이야기다. 교장이 어떤 학생을 자기 집에 둔다는 것은 좋지 않다고 생각했다.

"아버지, 좋지 않아요? 제가 누나가 되어 돌봐줄게요."

후사코는 마음이 내킨 모양이었다.

"후사코의 마음에는 감복한다. 하지만 그건 불가능하겠지."

가가와는 이렇게 판단하고 말았다.

그로부터 사오일 뒤, 가가와는 학교에 있었다. 해양 훈련의 방법과 후원회 총회 일 등으로 일요일인데도 불구하고 교장 이하 직원은 학교에 모여 있었다.

농촌인 이 지방에서는 모내기나 풀베기 등의 근로봉사라면 안성맞춤이지만, 해양훈련은 곤란하다. 바다의 혜택을 받지 못하는 지방인 데다 강은 있지만 아무런 시설도 없는 커다란 강에서는 위험이 따랐고, 수리조합의 저수지를 기대했으나 여름철 가뭄으로 양쪽 모두 물을 흘려보내버려 수영 같은 건 할 수 없다. 먼 해수욕장에 나가는 방법도 없지는 않지만, 비용도 비용인 데다 식량이 문제다. 그뿐만 아니고 교원 중에는 헤엄칠 수 있는 사람이 한 명도 없다. 교장은 나가노長野 사람이고 가미바야시는 후쿠이福井 사람, 어찌된 일인지 촉탁 선생까지도 산촌 사람이고 보면 해양 훈련 지도자가 없다. 한강에서 학동이 익사했다느니, 대동강에서도 익사했다는 신문기사가 해양 훈련을 앞둔 교원들의 눈에는 크게 비쳐 남의 일처럼 생각되지 않는다. 그렇다고 바다가 중요한 오늘날, 해양 훈련을 그만둘 수도 없다. 곤란한 일이다.

후원회라는 것은 K중학교 설립 기성회의 후신으로, 교사와 기숙사 건축, 이과理科와 체육에 관한 시설 등 아직 이 후원회로부터 수십만 원의 돈을 끌어내지 않으면 안 된다. 그런데 지방의 부호와 유력자들은 자신들이 거주하고 있는 읍내에

학교를 세우자고 강력히 희망했음에도 불구하고 당국이 그 희망을 수용하지 않았다고 해서 어깃장을 부려 좀처럼 협력해주지 않는다. 또 어떤 유력자 같은 경우는 자기 아들이 입학하지 못한 것을 불만으로 여겨 태업을 벌이고 있다.

이렇게 되면 모든 것이 교장의 수완에 달려 있는 것이지만, 가가와는 책이나 뒤적이고 강단에나 어울리는 사람이지 사람을 조종하는 능력이 없다. 물에서도 헤엄칠 줄 모르지만, 세상에서는 더더욱 헤엄칠 줄 모른다.

"교장이 있으니까."

당국도 지방민도 모두 교장에게 책임을 전가한다. 마치 교장이 자기 돈으로 경영하는 학교인 것처럼 말하고 있다.

교장은 궁리 끝에 도청으로 가서 학무과장과 내무부장을 만난다.

"도의 예산은 정해진 것밖에 없으니 말이죠. 어떻게든 후원회와 잘 이야기해보지 않겠습니까. 교원 문제도 여기서는 해결하기 어렵고요."

이래서는 말 붙일 염念도 못 낸다. 가가와는 왠지 참혹하게 짓밟힌 듯한 기분으로 허둥지둥 도청을 떠난다.

가가와는 취임 인사차 여기저기 지방 관민 유력자라는 이들을 만나며 돌아다녔지만, 첫째 문화수준 면에서 이야기 상대가 되어줄 만한 사람이 거의 없다. 이따금 인물로 보아 이야기 상대가 될 만한가 싶으면 경제적으로 무력한 사람이고, 경제적으로 유력하면 뭔가 대가를 요구하는 사람뿐이다. 후원회장은 과연 인격자로 이른바 이 학교를 낳은 아버지라고도 할 만하지만, 이 사람은 이미 있는 힘을 다 써버렸다. 그는 전田이라는 전직 교육계에 있던 예순에 가까운 사람으로 삼십만 원 정도의 자산을 모은 사람이라는데, 처음에 이십만 원을 설립기금으로 내놓았던 것이다. 그는 아이가 없는 사람이다.

또 한 사람, 아이가 없는 과부가 유언遺言으로 자기의 전 재산을 K중학교 설립기금으로 기부한 것이 있다. 이 유산이란 십만 원이 못 되는 것이었지만, 이것이 지방민으로 하여금 분발케 한 기초가 되었다. 이들이야말로 참된 의인義人으로, 가가와는 이 과부의 무덤에 정중히 학교가 설립된 것을 보고한 것이었다.

이번에 생긴 후원회라는 것은 조그만 대가도 바라지 않는 의인과 학부형을 한데 모은 조직으로 전이 변함없이 중심인물이지만, 앞에서도 말한 것처럼 그에게는 더 이상 돈을 낼 힘은 없다. 게다가 그는 가가와에 못지않게 세상 물정을 모르는 인물로, 이른바 수완이란 것을 갖고 있지 않다.

내일은 후원회의 제일회 총회로, 어떻게든 당장 급한 오만 원의 돈을 이 회합에서 모으지 않으면 안 되는 것이다. 교사를 지을 땅이 삼만 평인데 평당 일 원씩 삼만 원, 임시 건축이 필요한 창고, 운동장, 그 외 약 이만 원이다. 지금의 임시 교사도 이대로는 겨울을 나기 어렵다. 첫째, 바람에 쓰러질 우려가 있다. 우물도 파지 않으면 안 되고, 숙직실도 짓지 않으면 안 된다. 사환실도 없고, 변소도 없다. 정말 없는 것들 가운데 교사, 기숙사, 운동장, 이과실理科室을 만드는 것은 학교 설립 기성회의 책임이라고도 하고, 아니라고도 한다. 가가와는 아무리 생각해도 묘안이 떠오르지 않는다.

'내일 후원회에 호소하자.'

가가와는 막연히 이렇게 생각하고 있다.

그때 리노이에 지레츠李家時烈가 왔다. 그는 기성회 이사의 한 사람으로 기부금 모집의 공로자이지만, 가가와는 이 남자가 싫었다. 그것은 리노이에가 책략가이기 때문이다. 학교가 생기기 전까지는 리노이에가 책략을 쓰든 술책을 부리든 가가와의 소관이 아니었다. 그러나 일단 학교가 세워져 자기가 책임자가 된 이상에는 학교의 명예상 책략을 부리는 것은 결단코 안 될 일이다.

"아아, 덥습니다."

리노이에는 쾌활하게 교장과 그 밖의 교원들에게 인사했다.

가가와는 차갑게 리노이에를 맞았다. 그는 내심 싫어하는 사람에게 아첨하는 웃음을 짓는 기술을 알지 못하는 것이다.

"정말 덥군요."

가미바야시는 가가와의 쌀쌀함에 대해 리노이에를 비호하듯이,

"교장 선생님, 리노이에 상이 요즘 후원회를 위해 침식寢食을 잊고 활동하고 계

십니다. 리노이에 상, 자, 앉으세요."

하고 리노이에에게 의자를 권한다. 리노이에는 교장석 앞의 의자에 앉고 싶어 하는 기색이었지만, 고쳐 생각하여 가미바야시와 마주 앉았다.

"아, 그렇습니까?"

가가와는 이렇게 말할 뿐이었다. '정말 수고하십니다.'라고 말하려 했지만 그만뒀다. 그렇게 말하면 리노이에의 책략을 인정하게 되는 셈이라고 생각했던 것이다.

"어떻습니까, 수확이 있을 듯합니까?"

가미바야시는 리노이에로 하여금 그 책략을 교장에게 들려주도록 하려는 것이다.

"그건 교장 선생님의 태도에 달려 있습니다. 요컨대 결단이 필요하지요."

리노이에는 수수께끼 같은 말을 한다. 이것은 가가와에게 던져진 책략의 올가미이다.

가가와는 일부러 리노이에가 하는 말을 듣지 않으려 한다. 부채질하던 것을 멈추고 성적표를 펼친다. 학생들의 성적에 가可와 불가不可가 많은 것이 부아가 난다. 기무라 같은 아이들의 수우秀優 세트에 눈길이 멈춘다. 기무라의 정직한 듯한, 자기처럼 영리하지 못하고 세상 물정과 무관한 듯한 얼굴이 떠오른다. 기무라는 영리해 보이는 아이는 아니다. 차라리 우직함을 생각게 하는 눈매다. 그것이 한없이 가가와의 마음에 든다. 가가와의 지론으로는, 세상을 부패케 하는 것은 영리한 자들이다. 특히 조선인이 그러해서, 조선인 아이들 가운데는 지나치게 영리한 듯한 녀석이 많다. 가가와에게는 어리숙한 얼굴이 탐나는 것이다. 도고東鄕[7]도 야마모토山本[8]도 영리한 인간은 아니다. 오히려 우직한 인간이다. 우직하니까 집

---

7   도고 헤이하치로(東鄕平八郎, 1848~1934). 일본 막부 말기부터 메이지시대의 사츠마번(薩摩藩) 무사이자 군인. 러일전쟁에서 연합함대 사령장관으로 지휘를 맡아 승리를 거두어 '육지의 노기(乃木), 바다의 도고(東鄕)', '동양의 넬슨'이라고 영웅시되었다.

8   야마모토 이소로쿠(山本五十六, 1884~1943) 제2차 세계대전 당시 일본 해군 연합함대 사령관. 진주만 기습작전의 입안자로 태평양전쟁 당시 항공모함 간 항공전이라는 새로운 패러다임을 정

안도 몸도 잊고 바다를 지키는 일만 생각했던 것이다 — 가가와는 이렇게 믿고 있다. 전⊞ 회장도 우직해서 좋다.

"아무튼 쇠는 뜨거울 때 두드리지 않으면 굳어지니까요."

리노이에는 가가와의 주의를 끌려고 시도했다.

"지금이라면 가네가와도 보쿠자와도 아직 관심이 있어요. 내일 총회의 기회를 놓치면 좋은 기회는 영원히 가버리죠. 실은 가미바야시 선생님, 어젯밤에도 밤새 가네가와를 설득했습니다. 그도 여간내기가 아니어서 좀처럼 속을 드러내지 않아요. 핫하, 핫하."

이것으로 리노이에는 책략의 전모를 대략 밝혔던 것이다. 그 책략이란 다른 게 아니다. 전 회장과 구레모토﹍本 부회장을 그만두게 하고 가네가와金川와 보쿠자와朴澤를 옹립하자는 것이다. 그렇게 하면 가네가와는 십만 원, 보쿠자와는 오만 원은 반드시 낸다는 것이다. 가네가와는 전前 도회의원道會議員이고 보쿠자와는 양조업 벼락부자로 도회의원을 노리고 있는 자인데, 둘 다 전이나 구레모토와는 대적적인 인물이다. 어디까지나 이기적이고 기브 앤 테이크 주의자이다. 실은 가가와도 리노이에의 소개로 두 사람과 만난 일이 있는데, 첫인상으로 보건대 군자가 가까이할 만한 인물이 아니라고 생각한 것이었다.

그러나 가가와가 이 두 사람이 회장과 부회장이 되는 것을 반대하는 이유는 그런 인물이어서가 아니다. 전과 구레모토 두 사람의 공적을 배반하는 게 싫기 때문이다. 과연 전과 구레모토는 이제 무력한 사람들이다. 이미 힘을 다 써버렸기 때문에 해고다. 이를 기화로 삼아 이 두 사람을 쫓아내고 가네가와와 보쿠자와를 맞는다는 것은 가가와에게는 불가능한 곡예다. 리노이에는 가가와에게 그것을 권하려 하는 것이고, 가미바야시는 학교를 위해서라면 그래도 좋지 않느냐고 가가와의 우유부단함을 답답해하는 것이다.

착시켰으나, 미드웨이 해전 이후 숙련된 조종사를 대거 잃고 미국의 신형 전투기들이 기술적 우위를 점하여 전쟁 후반에는 자살특공대 작전으로까지 몰렸다. 1943년 4월 솔로몬군도 전선 시찰 도중 미군의 공격을 받아 사망했다.

리노이에는 겉으로는 가미바야시와 이야기하는 척하면서 사실은 교장이 듣기를 바라고 있는 것이지만, 가가와는 조금도 반응을 보이지 않았다. 가미바야시는 가가와의 성격으로 보아 이래서는 그가 전혀 움직이지 않을 것을 알면서도 리노이에의 책략이 실현되기를 희망하고 있다. 아무래도 가가와처럼 성실하고 곧은 성격 일변도의 방식으로는 K교에 언제 좋은 날이 올 것 같지도 않다. 조금 양보하면 십오만 원의 돈이 굴러 들어오는 게 아닌가? 그러면 교관의 관사도 생길 것이다. 그 십오만 원이라는 것이 특별히 부정불의不正不義한 돈은 아닌 것이다.

가미바야시는 리노이에에게 눈짓을 했다. 직접 부딪쳐 보라는 신호다.

리노이에는 그 신호를 알아듣고 유유히 일어나서 교장석 앞으로 가 의자에 앉는다.

가가와는 마지못해 보고 있던 성적표를 옆으로 밀어놓는다.

리노이에는 가가와가 자신에게 시선을 돌린 기회를 틈타서,

"어떻습니까, 교장 선생님? 내일 총회의 대책은?"

하고 추궁했다.

"대책이요?"

가가와는 시치미 떼는 듯한 어조다.

"그렇습니다, 빈틈없이 만반의 준비를 해두지 않으면 왁자지껄 한 번 떠들고 그것으로 그만이기 십상입니다. 누구나 돈을 내는 것은 싫어하니까요. 그래서 말입니다. 미리 대책을 잘 마련해서 대중을 그 대책의 그물 속으로 몰아가는 것이지요. 그러지 않으면 효과는 바랄 수 없습니다. 교장 선생님께 뭔가 대책이 있으시다면 저도 미흡하나마 한쪽 팔이 되어드리겠습니다."

"특별히 대책은 없습니다."

가가와는 쌀쌀맞게 대답한다.

"그럼, 내일은 어떻게 하실 겁니까?"

"그냥 모두에게 학교의 사정을 호소하는 것뿐입니다. 그리고 후원회 모든 분들의 협력을 기다리는 것뿐입니다."

"그건 곤란합니다. 세상은 그렇게 간단하지 않으니까요. 물고기를 잡으려면 그물도 필요하고 미끼도 던지지 않으면 안 됩니다. 물때라는 것도 잘 가늠하지 않으면 안 되지요."

"……."

가가와는 상대하지 않는다. 멀거니 리노이에의 말을 듣고 있다. 듣고 있다기보다도 리노이에의 얼굴을 쳐다보고 있다.

"바로 지금이 물때라고 생각합니다. 큰 고기가 그물을 기다리고 있습니다. 아니, 이미 그물에 들어와 있습니다. 이제 오직 끌어올리기만 하면 되도록 빈틈없이 준비되어 있습니다. 교장 선생님만 좋다고 말씀하시면 됩니다."

"나는 그렇게는 할 수 없습니다."

"어째서요?"

"아니, 그런 일은 있을 수 없습니다. 안 돼요."

"그럼 이 일은 저희들에게 일임하시고 내일 교장 선생님께서는 잠자코 계시기만 하면 됩니다. 전 상과 구레모토 상에게는 제가 이야기를 매듭지을 테니."

"아니, 안 돼요."

"그럼 어떻게 하실 작정입니까. 저 15만 원이 들어오지 않게 되면 당장 —"

"돈이 들어오지 않으면 그것으로 그만입니다."

"그럼 학교는 어떻게 됩니까?"

"가네가와 상과 보쿠자와 상이 학교를 위해, 정말 교육을 위해 돈을 내신다면 기쁘게 받도록 하지요."

"하지만 선생님, 부자라는 사람들은 —"

"아니요, 그런 더러운 돈은 필요 없습니다. 신성해야 할 교육 사업입니다. 이건 국가사업입니다. 전쟁이란 말입니다. 학교에 돈을 내는 것은 국방헌금과 다르지 않습니다. 국방헌금에 교환 조건이 있습니까?"

가가와는 열이 올랐다. 얼굴이 붉은빛을 띠고 눈이 빛난다.

"그건 그렇습니다만 —"

"아니, 뭐라 해도 그건 안 됩니다."

"그러니까 교장 선생님께서는 잠자코 계시라는 겁니다. 이건 후원회의 일이니까—"

"아니, 안 됩니다. 결코 안 돼요. 교사와 운동장은 없어도 괜찮지만, 학교의 정신이 더럽혀지면 끝입니다. 나는 이 정신을 지키는 것이 교장으로서의 책무라고 생각하고 있습니다."

"그렇습니까?"

리노이에는 더 이상 할 말이 없었다. 교장이 말하는 것이 옳다는 것을 부정하는 것은 아니지만, 사업가로서의 통념을 분별하지 못하는 우직함이 딱했다.

"실례하겠습니다."

리노이에는 '할 테면 해보라지.' 하는 마음으로 교관실을 떠났다.

가미바야시도, 다른 교관과 직원들도 가가와의 올바름에는 감탄하지만, 그것으로 과연 학교를 운영해나갈 수 있을까 의문스러워 약간 불안했다.

대략 삼십 분이 지나 가미바야시가 교장석으로 가서 정중히 허리를 굽혔다.

"교장 선생님, 가미바야시는 사죄드립니다."

"무얼 말입니까?"

가가와는 의아한 표정을 지었다.

"저는 교장 선생님의 태도를 완고하다고 생각하고 있었습니다. 하지만 선생님의 말씀을 잘 음미해보니, 교장 선생님의 태도는 당연히 그래야 한다고 깨달았습니다. 가미바야시의 어리석음을 사죄합니다."

가미바야시는 한 번 더 학생이 선생님께 하듯 허리를 굽혔다.

"아, 그 얘깁니까? 정말 고맙습니다."

가가와는 자리에서 일어나 답례했다.

"가미바야시 선생, 지금 일본은 올바름을 요청하고 있습니다. 파사현정破邪顯正[9]

9 　사견(邪見)과 사도(邪道)를 깨고 정법(正法)을 드러내는 일.

의 중요한 시기입니다."

가가와는 가미바야시의 태도를 진심으로 기뻐했다.

"지당하신 말씀입니다. 가난한 대로 올바르게 가겠습니다."

가미바야시는 한 번 더 교장에게 머리를 숙였다.

다른 교관들도 가미바야시와 같은 기분으로 머리를 숙였다.

가가와는 마음속으로 십오만 원보다 귀한 것을 얻은 것을 신께 감사했다.

이리하여 내일의 후원회는 전혀 무대책으로 가기로 방침을 확정했다. 오직 성심껏 학부형들을 대하자고 태도가 정해지자 일동은 뭔가 매우 거세게 옥죄는 어떤 굴레에서 벗어난 듯한 마음의 여유를 느낄 수 있었고, 이 초라한 교사도 편안하고 빛나 보이는 듯했다.

일동은 엽차를 마시면서 전례 없이 화목한 잡담을 나눴다. 그때 조선옷을 입은 한 중년 부인이 급사에게 안내되어 교관실로 들어왔다. 몹시 안절부절못하는 태도다.

그 부인은 교장 앞에 정중히 인사했다.

"저는 기무라 다로의 어미 미치코道子입니다."

"아아, 그렇습니까. 자, 앉으십시오."

가가와는 기무라 다로의 모친에게 의자를 권했지만 미치코는 앉으려 하지 않는다.

"기무라 상은 어떠십니까? 편찮으시다고 들었습니다만."

"네. 남편은 경성으로 돌아온 뒤 갈수록 더 쇠약해져서 지금 입원해 있습니다."

"아아, 그렇습니까. 그것 참 큰일이군요. 정말 쇠약하셨지요―"

가가와는 풀베기를 하던 날 기무라의 여윈 모습을 떠올렸다.

"그래도 남편은 학교에 죄송하니까 무리를 해서라도 오겠다고, 아이의 교육도 전쟁이니까 아이의 교육을 위해서는 죽어도 좋다고 이야기합니다. 특히 교장 선생님께 죄송하고, 어떻게든 아이를 교장 선생님께 맡기지 않으면 안 된다고 하면서―"

미치코는 목소리가 떨려 말을 잇지 못했다.

"아, 그렇습니까?"

가가와도 미치코의 얼굴을 보는 게 견디기 힘든 듯이 머리를 숙였다.

"다로는 다로대로 K에 간다, K에 간다고 울고 있고, 그걸 제가 마음을 모질게 먹고 억지로 T중학에 편입시험을 보게 했습니다. 교장 선생님, 정말 죄송합니다."

미치코는 눈물을 닦고 있다.

"아닙니다. 사정은 들었습니다. 가게야마景山 상이 경성에서 돌아와 기무라 상이 편찮으시다는 말과 전학 문제 등도 이야기를 해주어서 말이지요. 이미 서류는 다 준비되어 있습니다."

가가와는 가미바야시에게,

"가미바야시 선생, 기무라 상 아드님의 서류는 아직 안 보내셨지요?"

가미바야시는 자기 자리에서 일어나,

"네, 괜찮다면 한 학기 동안 휴학하고 전학은 그만두면 어떨까, 하고 기무라 상의 의향을 확인해보려고."

하고 T중학 교장 앞으로 된 기무라의 전학 위촉 공문 봉투를 가져와 교장에게 내민다.

"가미바야시 선생님입니다. 기무라 상의 부인이시고요."

교장은 미치코를 가미바야시에게 소개한다.

"가미바야시 선생님이십니까? 남편도 아이도 늘 선생님 이야기를 했어요. 아이가 신세를 져서."

미치코는 가미바야시에게 인사를 한다.

"기무라 상이 편찮으셔서 무척 걱정이시겠습니다."

라고 말하고 가미바야시는 자기 자리로 돌아간다.

"사정이 그러시면 어쩔 수 없지요. 저도 실은 아드님을 놓치고 싶지 않았습니다."

미치코는 처음 가가와를 만나는 것이지만, 가가와가 다로太郎를 그토록 생각해주는가 싶자 이런 교장에게서 아이를 떼어놓는 것이 큰 죄인 듯도 하고 황송한 듯도 해서 엉겁결에 훌쩍거리고 말았다. 미치코는 학교 오는 길에 교장이랑 가미바야시 선생의 적의에 찬 얼굴을 예상했던 만큼 미안함이 한층 세게 가슴을 친 것이다. 귀여운 아들을 자기 곁에 두고 싶다고 생각한 것이 미치코에게는 부끄럽기도 하고 슬프기도 했다.

미치코는 울기만 할 뿐 어떻게도 할 수 없었다. 자기가 오십이나 먹은 여자인 것도 잊고 가가와 앞에서 하염없이 우는 것이었다.

십 분이나 지났을까. 미치코가 교장에게 봉투를 받고 돌아가려 하자, 가가와는,

"이건 공문이어서 개인에게 건넬 만한 성질의 것은 아닙니다만, 한 번 더 기무라 상과 함께 상의하여 재고하실 기회를 남겨두기 위해 드리는 것입니다. 아드님은 제적하지 않고 기다리고 있을 테니 신중히 다시 생각해주시길 바랍니다."

하고 눈물을 글썽거린다.

미치코는 울음이 터지려는 것을 겨우 억누르고 흑흑 흐느끼며 교관실을 나와서는 도망치듯 교문을 나섰다.

교문이라고는 해도 두 개의 썩은 말뚝이 서 있고, 거기에 K공립중학교라는 새로운 간판이 걸려 있을 뿐이었다.

미치코는 그 기둥을 붙들고 엉엉 소리 내어 울었다.

미치코는 이렇게 울기는 난생 처음이었다.

미치코는 겨우 울음을 멈추고 백 미터나 떨어져 있는 교관실을 향해,

"교장 선생님, 죄송합니다."

하고 중얼거리며 허리를 굽혀 인사했다. 머리를 들었을 때, 미치코의 눈물 어린 눈에는 창에서 바라보고 있는 교장의 얼굴이 비쳤다.

"드디어 기무라는 가고 말았어."

저녁 식사 때 가가와는 나미코와 후사코에게 오늘 일을 이야기했다.

군인이 될 수 있다兵になれる[1]

외출했다가 돌아오니 '가네코 빈金子敏'이라는 명함이 있었다. 언뜻 떠오르지 않았다.

얼마 지나자 이李 군에게서 전화가 걸려왔다. 가네코 소장小將이 오래간만에 경성에 돌아왔으니 하룻저녁 이야기를 나누자는 것이다.

'아, 가네코 소장인가.'

나는 가네코 빈이 가네코 소장이라는 사실을 알고 반가운 마음이 들었다.

벌써 십사 년이나 되었다. 만주사변보다도 전이었으니까. 그 아이가 살아 있다면 올해 스무 살이었을 테니까. 그 아이란 나의 큰아들을 말한다.

그렇다, 십사 년이나 된 어느 여름날이었다. 큰아들 봉일鳳一과 둘째 아들 용삼龍三은 각각 여섯 살과 네 살로 한창 장난에 열중할 나이였는데, 동소문東小門 거리를 지나는 군대를 보았다고 군복을 사달라고 조르기에 장난감 군모軍帽와 군도軍刀를 사주었더니, 그것이 좋아서 군모도 군도도 벗지 않은 채 내 서재에 드러누워 낮잠을 자고 있었다. 내가 원고 쓰는 일을 마치고 뒤돌아보니, 그런 꼴이었던 것이다. 나는 처음에는 미소를 지었지만, 다음 순간은 마음이 무거워졌다. 그들은 군인이 될 수 없는 운명이라고 생각했기 때문이다. 조선인은 병역의 의무가 없는 국민이었던 것이다. 그날 나는 일기에 이렇게 썼다—

"두 사람의 작은 병사는 칼을 찬 채 자고 있다. 어떤 싸움을 하는 꿈을 꾸고 있을까. 그래 좋다. 꿈속에서 싸움을 해라. 그리고 승리를 얻어라. 현실에서는 군인이 될 수 없으니까.'

---

1   원문 일본어. 가야마 미츠로(香山光郎), 『신타이요(新太陽)』, 1943. 11. 말미에 다음과 같은 저자 소개가 붙어 있다. "필자 가야마 미츠로 씨(구명 이광수). 메이지학원(明治學院), 와세다대(早大) 문학부 철학과 졸(卒). 조선 신문학 선구자. 삼십 권의 저서가 있음. 제1회 조선예술상 수상."

이는 아버지로서 슬픈 일이었다. 아이들이 어른이 되면 얼마나 떳떳하지 못함을 느낄 것인가. 나도 병신 아이를 낳은 듯한 원통함마저 느꼈던 것이다.

바로 그때이다. 가네코 대좌大佐가 느닷없이 들이닥쳤다. 대좌는 당시 조선군의 고급 참모로서, 조선 민심의 동향에 깊은 관심을 갖고 있었던 듯하다. 대좌는 내선內鮮 관계의 역사에 상당히 조예가 깊었다. 오늘날 일본인 가운데는 고려, 백제, 신라에서 귀화한 사람의 자손이 일천팔백만 명이 있다는 등『신찬성씨록新撰姓氏錄』[2]에 기록된 사실을 곧잘 이야기했던 것도 가네코 대좌이다.

"김 상, 느닷없이 실례합니다."

가네코 대좌는 선뜻 올라왔다. 대좌는 키가 작고 눈이 빛나는, 매우 민감해 보이는 사람이다.

실로 느닷없는 기습이다. 대좌와 나는 연회 같은 곳에서 알게 된 사이일 뿐 친구도 아무것도 아니다. 그런 가네코 대좌가 내 집에 오다니, 꿈에도 생각지 않은 일이었다.

"참으로 잘 와주셨소. 자, 들어오시죠."

하고 말했지만, 이런 귀한 손님을 맞아들일 방이 없다. 서재라는 것이 하지만 작은 조선식 방 한 칸이고, 게다가 거기에는 작은 병사 두 녀석이 낮잠을 자고 있다. 나는 당혹하지 않을 수 없었다. 내가 작은 병사들을 깨우려 하자 대좌는 손과 머리를 동시에 흔들며 작은 소리로,

"깨우지 마시오. 병사들에게는 잠이 무엇보다도 성찬이지. 우리가 여기서 작은 소리로 이야기하는 정도로는 병사들이 좀처럼 깨지 않겠지요. 총성이라면 몰라도."

대좌의 기지에 나는 안심했다. 그리고 이 사람이 좋아졌다. 확실히 탁 트여 있어 스스럼없는 사람이라고 느꼈던 것이다.

---

2   헤이안시대 초기인 815년 편찬된 일본 고대 씨족의 일람서. 출신별로 황별(皇別, 황실의 자손), 신별(神別, 일본 신의 자손), 제번(諸蕃, 도래인의 자손)으로 분류하여 그들의 조상과 그 씨족명의 유래 및 가문의 분기를 기술했다. 도래인계인 제번 씨족에는 '한(漢)'에 163씨족, '백제'에 104씨족, '고려'에 41씨족, '신라'에 9씨족, '가야'에 9씨족이 속한다.

"잠시 지나는 길이라서요."

하고 가네코 대좌는 마루에 앉아서 상의 단추를 풀고 담배를 피웠다.

"실은 경학원經學院³에 들렀다 오는 길입니다. 경학원 마당이 좋습디다. 멋진 은행나무 고목이던데요."

경학원은 경성에 있는 공자의 사당이다. 우리 집은 그곳에서 그다지 멀지 않은 곳에 있었다.

"혼자서요?"

나는 긴장이 풀려 편안한 마음을 가질 수 있었다. 당시는 아직 내지인과 조선인이 만나면 서로 속마음을 탐색하는 분위기가 되었던 것이다.

"예, 불쑥 갔습니다. 실은 당신을 만나고 싶었던 것이지요. 당신의 주소를 어떤 사람에게 물었더니 경학원 근처라고 해서."

말을 하면서 대좌는 내 집을 둘러보았다. 그리고 그 시선은 종종 낮잠 자는 작은 병사들에게 멈췄다.

"그렇습니까. 그것 참 황송합니다."

일부러 나 같은 이름 없는 한 서생을 찾아준 가네코 대좌의 호의가 정말로 고마웠던 것이다.

"이 부근은 조용해서 좋군요."

라든가,

"매일 글을 쓰십니까?"

라든가, 아이들 이야기 등도 하면서 서곡序曲에 해당하는 들쭉날쭉한 이야기를 대강 하고 나서 대좌는 정중히 상의 단추를 고쳐 잠그고,

"지난번 저녁에 당신은 징병론徵兵論을 주장하셨지요. 지금 조선 민중이 가장 원하고 있는 것은 징병령의 시행이라고 말씀하셨고요."

하고 그 예리한 눈으로 나를 주시하는 것이었다.

---

3   1911년 6월 조선총독부가 성균관을 개편하여 조직한 유교 교육기관. 천황의 하사금과 총독부의 보조금으로 운영되어 총독부의 식민정책을 뒷받침했다.

"네. 분명히 그렇게 말씀드렸습니다."

나는 확신 어린 침착한 태도로 이렇게 대답했다.

"정말 그럴까요?"

의심한다기보다도 확인하고 싶은 표정이다.

"나는 그렇게 믿습니다."

"실례입니다만, 어떤 근거로 당신은 징병을 원하십니까?"

이것은 참으로 급소를 건드린 질문이다.

나는 손을 들어 봉일과 용삼의 자는 모습을 가리켰다.

가네코 대좌의 눈도 두 아이 위에 멈췄다. 두 작은 병사의 군모 아래에서는 땀이 흐르고 있었다. 군모는 붉은색이었다. 용삼은 나팔의 붉은 끈을 꽉 쥐고 있다. 흰 바탕에 푸른 줄무늬 바지와 마찬가지로 흰 바탕에 푸른 테두리를 한 해군복에 육군의 모자와 군도 차림의 모습은 우스웠지만, 그러나 이 순간 그것은 비통하게 보였다.

대좌는 한참 두 아이의 자는 모습을 줄곧 지켜보더니, 크게 한 번 한숨을 내쉬었다.

"알겠습니다. 당신의 마음을 잘 알겠습니다."

가네코 대좌는 스스로 자기가 한 말을 수긍하고 있었다.

나는 아무 말도 하지 않았다.

"반드시 이 아이들은 군인이 될 수 있습니다."

가네코 대좌는 감동을 억누를 수 없는 듯했다.

가네코 대좌와 나의 사귐은 이것이 전부였다. 대좌는 그 후 곧 소장이 되어 어딘가의 여단장이 되었지만, 만주로 가서 어찌된 일인지 군직軍職에서 떠나 대륙에서 낭인浪人으로 지내고 있다고 들었는데, 그 가네코 대좌가 지금 경성에 돌아와 있는 것이다.

때가 때인 만큼 식사 시간을 피할 작정으로 내가 한 시간쯤 늦게 이 군 집에 갔더니, 가네코 소장 부부도, 주인도 상당히 취해 있었다.

"야아."

"오오."

하는 것으로 인사는 끝났다. 마치 매일 만나고 있는 사람들 같은 인사였지만, 역시 가네코 부인만은 정중히 부인다운 인사를 건넸다. 나도 두세 번 머리를 다다미를 깐 방바닥까지 숙이며 인사를 했다.

"그다지 변하지 않으셨습니다."

가네코 소장은 내게 잔을 건네며 쾌활하게 말했다. 내 머리카락에 흰 머리가 적은 것을 말하는 것이리라. 가네코 소장은 나이 들어 있었다. 주름도 많아지고, 무엇보다도 머리카락이 듬성듬성해졌다. 그럴 것이다. 벌써 대장이 되었을 연배니까. 그러나 그 명랑함은 변하지 않았을 뿐 아니라 오랜 자유로운 낭인 생활로 성격도 원만해져 한층 친하기 쉽게 느껴졌다. 그것은 꼭 군인을 그만두어서만은 아닌 듯했다.

나는 권하는 대로 유쾌하게 마셨다. 나중에 온 사람은 석 잔이라고 해서 주인인 이 군도 소장 부부도 잇달아 내 잔을 채워주었다.

스토브가 빨갛게 달아올라 있어 섣달 밤 같지도 않다. 술잔이 오간 터라 상의라도 벗고 싶을 정도였다. 게다가 유리창 너머 보이는 열대식물이 한층 따뜻한 느낌을 주었다. 주인인 이 군은 삼백 종 이상의 열대식물을 키우고 있다. 부자도 아니지만, 시인이자 우국지사憂國之士로 오랫동안 천식으로 고생하여 겨울에는 외출할 수 없었던 부친을 위로하기 위해 없는 돈지갑을 털어서 모은 것이다. 이 군의 부친은 돌아가셔서 이미 삼년상까지 치렀지만, 이 군은 지하실과 온실을 만들어 부친의 손때가 묻은 이 열대식물을 간수하고 있는 것이다.

"김 상, 많이 마셔야 하지 않겠습니까."

가네코 소장은 아이처럼 떠들어댄다.

"드디어 징병이 결정되었습니다. 내가 오월 팔일의 저 내각회의 결정에 관한 뉴스를 들은 것은 치치하얼齊齊哈爾에 있을 때였습니다. 울었습니다. 정말 몹시 감동했지요."

소장은 자기 말을 증명해줄 것을 요구하듯 부인을 돌아보았다.

"그렇습니다. 가네코는 주르르 눈물을 흘렸지요."

하고 부인은 나를 향해,

"그리고 김 상과 만나고 싶다, 김 상은 기뻐하겠지, 그 두 아이들도 이제 다 컸겠지, 큰아이는 벌써 징병 적령이 되었을지도 몰라 등등, 정말이지 당신의 이야기를 계속 해댔습니다. 정말 기뻐하셨지요. 징병이 조선에 시행케 되어서."

하고 마음으로부터 기뻐해주었다.

"자, 축배, 축배."

가네코 소장은 잔을 들었다. 우리는 잔을 들고 단숨에 들이켰다. 실로 유쾌했다. 가네코 소장이 조선 징병을 위해 하나의 디딤돌이 된 것은 나도 들어 알고 있었지만, 오월 팔일[4]의 뉴스에 눈물을 흘렸다는 이야기를 들으니 껴안고 싶을 정도로 정겨움을 느꼈다. 나는 소장에게 내 잔을 권했다. 소장은 흔쾌히 받았다.

소장은 마시다 만 잔을 탁자 위에 놓고 두 손을 무릎에 얹은 채 몹시 감동한 듯이 머리를 두세 번 흔들었다.

"아, 실제로 그 장면은 천만 마디의 말로 이루 다 형언할 수 없는 감동을 주었습니다. 그 장난감 군도의 칼자루를 쥐고 잠들어 있는 두 명의 적자赤子 — 폐하의 적자이지요! 저 두 아이에게서 군인이 될 권리를 빼앗을 자, 대관절 누구냐. 만약 그런 자가 있다면 그는 일본의 적이다, 라고 생각했습니다. 저 티 없는 백성들에게 하나라도, 먼지만큼이라도 자존심을 상하게 하거나 모욕을 느끼게 하는 것은 실로 폐하께 죄송한 일이라고 생각했지요.

실은 난 그날 징병에 대한 김 상의 진짜 속마음을 탐색하러 갔던 것입니다. 이제야 자백합니다만, 나는 당신의 징병론을 그대로는 받아들이지 않았던 것입니다. 뭔가 다른 속셈이 있구나, 라고 생각했던 것입니다. 이것은 나의 어리석음이었고, 그릇된 의심이었습니다. 정말 부끄럽습니다. 그러나 당시의 우리들에게는

---

4 원문에는 '오월 구일'로 되어 있다.

그만큼 순수함이 없었던 것이지요. 그래서 나는 세간에서 민족주의자라고까지 불리고 있던 당신의 속마음을 탐색하러 나섰던 것입니다. — 내가 당신은 어떤 근거로 징병론을 주장하는 것인지 물었을 때, 당신은 말없이 두 아이가 자는 모습을 가리켰지요. 군모와 군도 차림이었고, 한 아이는 나팔을 쥐고 있었습니다. 그래서 나는 미혹에서 벗어났습니다.

그때는 그렇다고 말씀드리기도 어려웠지요. 그때 당신의 마음은 조선의 모든 아버지의 마음이라고 생각했습니다. 그 이상 나로서는 아무것도 말씀드릴 수 없습니다만, 한마디로 말하자면 당신의 그 마음이 대어심大御心에 이른 것입니다. 군부 내에서도 조선의 징병에 관해서는 시기상조론과 반대론 등 여러 의견이 있었지만, 결국은 결정되었던 것입니다. 올바른 것은 통하는 것이 일본의 고마움이지요.”

여기서 소장은 남은 잔을 들어 들이키고, 그것을 내게 돌렸다.

“그렇습니까, 그런 일이 있었습니까?”

이 군은 무척 감동한 모양이었다.

“네.”

하고 가네코 부인은 내 잔에 술을 따르면서,

“가네코는 몇 번이고 몇 번이고 그 이야기를 했어요. 두 어린아이가 자는 모습을. 그리고 저 아이들을 슬프게 하는 것은 미안하다, 세상에 나가 눈총을 받게 하는 것은 미안한 일이라고, 언제나 그렇게 말했지요. 이제 그 아드님들은 다 컸겠지요. 큰아드님은 이제 고등학교에 다니겠지요?”

하고 내 눈을 바라보았다.

나는 입까지 가져갔던 잔을 탁자 위에 놓았다. 뭐라고 대답할 것인지, 갑자기 당혹하여 고개를 숙였다. 그때 이 군이 옆에서,

“김 상의 큰아드님은 죽었습니다.”

하고 나를 대신하여 대답해주었다.

“아아, 죽었다구요?”

“어머, 가엾게도.”

하고 가네코 부부는 번갈아 놀라움을 표했다.

"예."

나도 잠자코 있을 수는 없었다.

"소학교 입학 직전에."

내 눈에는 봉일의 병과 죽음의 광경이 또렷이 떠올랐다. 벌써 십수 년도 더 지난 일로 슬픔도 기억도 옅어질 만한데 기회가 기회이기 때문일까, 놀랄 만큼 선명하게 봉일이 죽은 슬픔도 기억도 내 마음에 되살아났다. 이 군은,

"봉일 군의 죽음에는 실로 감동적인 데가 있었습니다. 김 상 내외분도 당시는 퍽 낙심하셨지요. 김 상의 종교생활은 확실히 봉일 군의 죽음에서 시작되었다고 생각합니다. 또 김 상이 십수 년 하루같이 징병론을 주장해온 것도 아마 봉일군의 죽음이 그 전부는 아니더라도 가장 강력한 원인의 일부였겠지요. 거기에는 슬픈 이야기가 있습니다."

라고 말하며 내 발언을 재촉하는 듯이 나를 돌아보았다.

가네코 부부의 시선도 내게 모아졌다.

나는 앞에 놓아둔 잔을 들어 입에 댔다. 목도 입술도 말라서 찬 것이 마시고 싶을 정도였다. 부모로서 세상에 아이만큼 소중한 것은 없다. 죽은 아이는 언제 떠올려도 사랑스럽고 살아 있어주면 좋을 텐데 하는 푸념이 나오는 것이다. 같은 아이라도 특히 부모의 마음에 드는 아이가 있다. 그런 아이를 먼저 보내는 것은 생명을 깎이듯 아픈 일이다. 나로서는 봉일이 바로 그런 아이였다. 첫아이였기 때문이기도 하지만, 그 아이에게 나는 깊은 정과 커다란 희망을 걸었었다. 옆에서 보면 맹목적인 사랑이었을지라도, 나로서는 그 아이에게서 보통 이상의 뛰어난 점을 보았던 것이다.

'너는 좋은 아이가 될 거다. 반드시 세상에 쓸모 있는 큰 인물이 되어 주렴.'

하고 나는 아침저녁으로 봉일을 위해 기도했던 것이다.

어느 날의 일이었다. 2월의 아직 추운 날이었는데, 봉일이 유치원에서 몹시 풀이 죽어 돌아왔다.

"무슨 일이냐, 봉일아? 어디 아프니?"

"아니."

봉일은 머리를 흔들어 부정하는 것이었다.

머리를 짚어보았지만 열도 없었다.

그런데도 봉일은 그날 하루 종일 말이 없었다. 동생 용삼이 놀자고 해도 적당히 응대할 뿐 상대하지 않았다. 갑자기 어른스러워진 듯해서 나는 걱정이 되었다.

봉일의 기분을 달랠 작정으로 나는,

"봉일아, 이발소에 가서 머리를 짧게 깎고 오렴. 소학교에 입학할 테니까. 이제 곧 소학생이니까."

라고 말해보았지만, 봉일은 뛸 듯이 기쁜 모습도 아니다. 나는 이상하게 걱정이 되었지만 손님들도 있어서 저녁때까지 봉일과 만나지 못했다.

"아버지, 저녁 식사."

봉일이 내 서재에 왔다. 서재란 별채인 사랑^{サラン}을 가리킨다.

봉일의 머리는 중처럼 깎여 있었다. 혼자서 이발소에 다녀온 듯했다.

저녁 식사 때 봉일은,

"아버지, 조선인은 군인이 될 수 없어?"

하고 미묘한 질문을 내게 했다.

나는 아차, 싶었다. 군인이 되는 문제로 또 가슴 아파하고 있는 것을 알아챘기 때문이다. 언젠가도 이웃의 술가게 아이에게서 조선인은 군인이 될 수 없다는 이야기를 들었다고, 봉일이 분개하여 돌아와서 내게 지금과 똑같은 질문을 했던 일이 있다. 그때 나는,

"네가 어른이 될 무렵에는 군인이 될 수 있다."

하고 달래주었다.

"네가 어른이 되었을 때는 조선인도 군인이 될 수 있다고 하지 않았니?"

나는 언젠가 했던 대답을 반복했지만, 봉일은 이번에는 내 말을 믿지 않는 모양이었다.

잠시 아무 말 없이 밥을 먹고 있던 봉일은,

"저, 내일부터는 유치원에 가지 않을래요."

하고 선언했다. 그것은 확실히 선언이라는 말에 어울리는, 단언하는 태도였다. 눈매에도 입가에도 보통이 아닌 결의가 드러나 있었다.

"누가 뭐라고 했니? 봉짱을 놀렸니?"

아내도 봉일의 심상치 않은 기색이 걱정되는 듯했다.

"아니요."

봉일은 그 이상은 입을 열지 않았다.

이튿날 봉일은 아무리 해도 유치원에 가려 하지 않았다. 한 주 뒤면 유치원도 졸업이라고 꾸짖어도 보고 달래도 보았지만 가려 하지는 않았다.

봉일은 그날부터 일절 그 좋아하는,

'하늘을 대신해서 불의를 친다.'[5]

는 군가도 부르지 않고, 기관총이니 군도니 전차니, 그런 것에도 일절 손대지 않았다. 용삼이 멋대로 그 장난감을 차지해도 봉일은 눈길도 주지 않았다.

어느 날 봉일은 숨이 턱에 차서 바깥에서 돌아와 내게,

"아버지, 이웃집 권權 상 할아버지가 죽었어요. 모두 아이고 아이고アイゴ－アイゴ― 하고 울고 있어요."

하고 눈이 휘둥그레져 있다. 과연 곡성이 들려왔다.

"사람은 나이를 먹으면 죽는단다. 권 상 할아버지는 노인이잖니."

나는 이렇게 설명해주었다.

봉일은 눈을 깜빡깜빡하면서 잠시 뭔가 골똘히 생각하는 모양이더니,

"아버지, 사람은 죽으면 어떻게 돼?"

5　1904년에 발표된 군가. 쇼와(昭和) 초기에서 제2차 세계대전 패전 때까지 출정이나 개선 행군 때 주로 연주되고 불렸다. "하늘을 대신하여 불의를 친다 / 충용무쌍한 나의 병사는 / 환호소리 보내며 / 지금 길 떠나는 부모의 나라 / 이기지 않으면 살아 돌아오지 않겠노라 / 맹세하는 마음의 용감함이여(天に代わりて不義を討つ/忠勇無双の我が兵は / 歓呼の声に送られて / 今ぞ出で立つ父母の国 / 勝たずば生きて還(かえ)らじと /誓う心の勇ましさ)."

하고 자못 진지한 표정이다.

나는 당혹스러웠다. 실은 나도 사람의 생사에 대해서는 확실한 답을 갖고 있지 않았던 것이다. 내가 우물쭈물하고 있자 봉일은,

"사람이 죽으면 어디로 가?"

하고 다그쳤다.

"석가님께서는 사람이 죽으면 나쁜 사람은 나쁜 곳에, 좋은 사람은 좋은 곳에 다시 태어난다고 말씀하셨지."

나는 이렇게 말해버렸다. 나 자신도 신념이 없는 말이었지만, 적어도 아이에게 죽음에 대한 공포를 품게 하고 싶지 않았기 때문이다.

봉일은 안심한 듯한 얼굴이었다.

그로부터 이삼일 후, 봉일은 조그만 상처가 원인이 되어 패혈증에 걸렸다. 손 쓸 수 있는 일은 다 해보았지만, 발병한 지 오십이 시간만에 햇수로 일곱 살의 짧은 일생을 마쳤다.

봉일이 죽던 날 아침이었다. 유치원의 오쿠라小倉 선생이 봉일을 문병하러 왔다. 봉일이 며칠이나 출석하지 않아 아이들에게 물어서 아프다는 것을 알았다고 한다. 그러나 그때 봉일은 혼수상태였다.

"애, 봉일아, 오쿠라 선생님이 오셨다. 오쿠라 선생님이."

하고 나는 오쿠라 선생님에 대한 예의상 봉일의 귀에 입을 대고 불러보았을 뿐 물론 대답을 기대하지는 않았다. 신기하게도 봉일은 번쩍 눈을 떴다.

"봉일 상, 나예요. 오쿠라 선생이에요."

하고 오쿠라 선생은 봉일의 머리맡으로 달려왔다. 봉일의 얼굴 근육이 경련을 일으키듯 움직이는가 싶더니,

"선생님, 조선인은 군인이 될 수 없나요?"

봉일은 떨리고 있었지만 확실히 알아들을 수 있는 소리로 말했다. 실로 비통한 말이었다.

오쿠라 선생은 봉일이 하는 말을 듣더니, 얼굴이 흙빛으로 변해 정신을 잃은

사람처럼 앞으로 고꾸라지려 했다.

오쿠라 선생은 겨우 기운을 차려서,

"봉일 상, 미안해요. 지금은, 그냥 지금은 그렇다는 것뿐이에요. 봉일 상이 어른이 되었을 때는 조선인도 모두 군인이 될 수 있을지도 몰라요. 봉일 상, 김 상."

오쿠라 선생은 울면서 봉일을 불렀지만, 봉일은 더 이상 눈을 뜨지 않았다. 봉일은 내지인 아동들뿐인 유치원에 다닌 것이었다.

그 후 두 시간가량 사투의 시간이 계속되었고, 봉일은 최후의 이별인지 눈을 뜨고,

"아버지."

하고 불러주었다.

"물 줄까?"

"응응."

봉일은 내 손을 잡고 제 손으로 내 머리와 얼굴을 계속해서 어루만졌다. 그 손은 불같이 뜨거웠고 눈은 이상하게 빛나고 있었다.

봉일은 몇 번이고 내 얼굴을 여기저기 어루만지더니 힘없이 그 손을 자기 가슴 위에 떨구면서,

"아버지, 사람은 죽으면 다시 태어나?"

하고 이번에는 작은 두 손으로 내 손을 잡았다.

"다시 태어나지. 너는 죄 없는 좋은 아이니까 꼭 좋은 곳에, 좋은 집의 아이로 다시 태어날 거야."

나는 힘주어 말하는 것이었다.

"아니, 이번에도 또다시 아버지의 아들로 태어날 거야. 그때는 군인이 될 수 있어?"

봉일은 가까스로 말을 마치자 눈을 감고 말았다. 내 손을 잡은 그 작은 두 손도 부르르 떨리며 침대 위로 떨어져버렸다.

최후다.

"응, 군인이 될 수 있어."

나는 다른 사람 앞인 것도 꺼리지 않고 울면서 말했다.

오쿠라 선생은 거의 평정을 잃은 모습으로,

"봉일 짱, 반드시 군인이 될 수 있어요."

하고 몇 번이고 몇 번이고 거듭 말해주었다.

내가 봉일의 이야기를 끝내자, 가네코 부인은 눈물을 닦았다. 가네코 소장의 눈에도 안경 너머로 커다란 눈물방울이 빛나고 있었다.

"그랬습니까."

사오 분이나 침울한 침묵 후에 가네코 소장은 '그랬습니까'를 세 번이나 되풀이했다.

"봉일 군은 천재였는데요."

이 군은 나를 위로하려는 것이리라.

"세상에서 가장 빠른 게 뭐지? 하고 물었는데, 기차도 아니고 비행기도 아니고 눈眼이라고 한 적이 있어요. 정말 깜짝 놀랐습니다."

하는 등, 봉일을 두세 번 칭찬해주었다.

"자, 한 잔 마시겠습니다."

나는 주인 쪽으로 잔을 내밀었다.

"그런 일은 이미 지난 이야기이고, 내년부터는 조선의 사내아이들은 모두 군인이 될 수 있는 것입니다. 내지인이니까 어떻다, 조선인이니까 어떻다, 이런 얘기는 머지않아 형적도 없어지겠지요. 단지 똑같이 천황의 적자니까 ― 그 감정 하나로 될 날도 머지않았습니다."

"옳아요 옳아!"

가네코 소장은 차가워진 자기 잔을 비우고 나에게 건넸다.

"사모님께서도 한잔하시겠습니까?"

내가 잔을 건네자 가네코 부인은,

"마시겠어요. 네, 괜찮겠지요?"

하고 남편인 소장을 돌아보았다.

"좋아, 좋아. 그리고 뭐든 노래 한 곡 불러주지!"

"군가를 부를까요?"

가네코 부인은 그 잔을 내게 돌려주며,

"하늘을 대신하여 불의를 친다."

를 부르기 시작했다. 우리들도 아이들처럼 따라 불렀다.

이기고 오겠노라 용감하게

맹세하고 나라를 떠난 뒤에는.

우리는 늦게까지 군가를 부르며 떠들었다. 마치 어린 시절로 돌아간 듯했다.

돌아오는 길에 가네코 소장 부부와 나는 한 구역쯤 같은 방향으로 걸었다. 눈이 내려 쌓여 있었고, 게다가 마른눈이어서 신발 아래서 뽀드득 뽀드득 소리가 났다.

"안녕히 계세요."

"안녕히 가세요."

하는 이별 인사도 아이들의 그것처럼 쾌활하게 울려 퍼졌다.

나는 홀로 북악北岳에서 내리부는 바람을 거스르며 집까지 천천히 걸었다. 전차도 벌써 끊겼고, 큰길은 전선이 바람에 우는 소리와 내 구두 소리뿐이었다.

내 마음은 봉일의 추억으로 꽉 찼지만, 그러나 꼭 슬픔만은 아니었다.

"군인이 될 수 있다. 군인이 될 수 있다고."

나는 혼자 중얼거리고 있는 것을 깨달았다.

나는 큰 소리를 질러,

"군인이 될 수 있다!"

하고 외쳐 보았다.

대동아大東亞[1]

가케이 아케미筧朱美는 이층 부친의 서재를 치우고 있었다. 아케미는 머릿수건도 쓰고 바지런히 책장이며 책상, 도코노마[2]의 선반을 탁탁 털었다. 남쪽 툇마루에서는 근위기병연대近衛騎兵聯隊가 있는 숲이 보이고, 난간에서 약간 상체를 내밀면 연대 정문의 보초병까지 보인다. 아케미가 툇마루에 걸레질을 하고 있자니, 탕탕 하고 연대 뒤쪽 사격장에서 군인들의 실탄 사격 소리가 아침의 고요함을 깨뜨리며 들려왔다.

'좋은 날씨다. 중양절お菊の節句[3]인걸.'

아케미는 기지개를 켜면서 후지산이 보일 듯하다고 생각하며 맑게 갠 서북쪽 하늘을 쳐다보았다. 아케미의 머릿속에는 판위썽氾于生의 모습이 언뜻 지나갔다.

'판 상은 지금 어떻게 지내고 있을까.'

아케미는 헤어진 지 햇수로 사오 년 되는 판위썽을 잊은 적이 없다.

판이 귀국할 때 역까지 배웅 나갔던 아케미에게,

"아가씨, 나는 당신을 믿습니다. 사랑한다기보다도 믿는다고 말하고 싶습니다. 나는 이제 조국으로 돌아갑니다. 당신의 조국과 적이 된 조국으로 돌아가는 것입니다. 나는 괴롭습니다. 당신과 헤어지는 것도 괴롭지만, 그보다도 적이 되어서는 안 될 지나支那와 일본이 적이 되어 싸우고 있는 것이 괴로운 것입니다. 하지만 내겐 국민으로서의 의무가 있고, 그래서 돌아가는 것입니다. 그러나 나는 믿습니다. 가케이 선생님께서 말씀하셨듯이 아시아는 하나입니다. 어떤 곡절이 있어도

---

1   원문 일본어. 가야마 미츠로(香山光郎), 『록기(綠旗)』, 1943.12. 나중에 이시다 고조편(石田耕造編), 『신반도문학선집(新半島文學選集)』(人文社, 1944)에 수록된다.
2   마루를 한 단 높게 하여 마룻장 위에 화병이나 장식품 등을 장식하는 곳.
3   중양절(重陽節)은 동아시아지역에서 매년 음력 9월 9일에 지내는 세시 명절로, 일본에서는 국화가 피는 시기라 하여 기쿠노셋쿠(菊の節句)라고도 한다.

그것은 일시적인 것이고 결국 아시아는 하나가 될 것이다, 그것이 아시아 여러 민족의 운명이라는 말씀을 나는 믿습니다. 그러나 당분간은 당신과 헤어지지 않으면 안 됩니다. 나는 조국으로 돌아갑니다. 그러나 아케미 상 ─ 실례입니다만, 아케미 상이라고 부르게 해주세요. 아케미 상, 나는 당신을 믿습니다. 일본 여성을 믿으므로 아케미 상을 믿는 것입니다. 아니, 차라리 아케미 상을 믿으니 일본 여성을 믿는다는 쪽이 나의 진짜 마음이겠지요. 나는 이 전쟁에서 살아남는다면 반드시 도쿄에 돌아오겠습니다. 아케미 상에게 돌아오겠습니다. 괜찮겠지요, 당신은 나를 믿어주시겠지요?"

하고 말한 것을 그녀는 잊을 수가 없다. 판은 아케미에게 이런 허물없는 말, 더구나 애정 고백 비슷한 말을 한 것은 처음이어서 아케미는 오히려 당혹하여 허둥댔던 것이지만, 당시 판의 진지함을 거스를 수도 없었고 또 그러고 싶지도 않았다. 그래서 아케미는,

"네, 믿어요. 반드시 당신이 돌아오기를 기다리겠어요. 평화로운 날이 오면 우리들의 날도, 반드시 오겠지요."

하고 약속한 것이었다.

그 후로 오 년이다.

아케미는 이층 부친의 서재를 청소할 때면 언제나 꼭 판을 생각한다. 그것은 이 서재에서 위쌍于生을 비롯한 지나의 유학생들이 매주 한 번은 반드시 모였기 때문이다. 사실 지나인 학생들을 가케이 박사에게 데려 온 것은 판이었고, 판은 그들 가운데 지도자 격이었다.

아케미의 부친 가케이 가즈오筧和夫는 원래 상하이上海 동아동문서원東亞同文書院[4]의 교수였는데, 지나사변의 불똥이 상하이에 미치자 당분간이라는 조건으로 와세다대학에 초빙되어 동양사를 강의하게 되었던 것이다. 판위쌍은 사실 가케이

---

4 중국 전문 인력 양성을 목적으로 '중일친선', '중일우호협력' '중일협화제휴' 등을 표방하며 1901년 상하이에 설립되었고, 일본 및 오키나와, 조선, 타이완 등지에서 공비 유학생을 선발하여 1946년 패전으로 폐교되기까지 약 5천여 명의 졸업생을 배출했다.

교수의 가족이 상하이에 있을 때부터 아는 사이로, 판위썽이 도쿄에 온 것도 가케이 교수를 우러러 사모해서였다.

판의 부친인 호어밍鶴鳴은 세인트존스대학의 지나사支那史와 지나문학 교수였다. 그는 아메리카에서 교육받은 사람이었지만, 오랜 가문의 출신이고 그의 부친이 캉유웨이康有爲[5]의 문하생이기도 했던 때문인지 지나의 학문을 천명하는 것을 자신의 임무로 삼고 있었고, 쑨원孫文[6]의 숭배자인 것은 말할 것도 없었다. 이런 까닭에 아메리카에서 교육받은 사람이면서도 동양적인 정조情調와 풍격風格을 적잖이 가지고 있었다. 판 교수는 가케이 교수의 저서『주례周禮와 지나의 국민성』이라는 책에 심취하여 가케이 교수를 찾았던 것이다.

"참된 지나의 마음을 아는 사람은 가케이 박사다."

라고까지 판 교수는 지나의 어떤 잡지에서 격찬했다. 가케이 교수와 사귐으로써 판 교수는 일본인의 마음이라는 것을 접하게 되어,

"지나에서는 사멸한 예禮가 일본에는 살아 번영하고 있다."

와 같은 주장을 잡지에 쓴 탓에 배척받아 하마터면 세인트존스대학을 그만둘 뻔했는데, 비트 교수가,

"판 교수는 양심적인 학자다. 학자가 자신의 신념을 솔직하게 발표했다는 이유로 교수직을 빼앗긴다면 우리 대학의 수치이고 학문에 대한 모욕이다."

하고 변호하여 가까스로 파면을 면했다.

그러나 진리에 충실한 판 교수는 동료와 동포들에게 손가락질당하는 것도 개의치 않고 한층 더 가케이 박사와 친교를 맺고, 일본의 역사와 문학 등을 연구할

---

5 캉유웨이(康有爲, 1858~1927). 중국의 근대 정치사상가. 1898년 청나라를 개혁하기 위해 변법자강책(變法自彊策)을 제안했고 일부를 실행에 옮기기도 했으나 반개혁파에게 패배하여 일본으로 망명했다. 망명 후 복벽운동으로 입헌군주제 국가의 건립을 시도했으나 실패했고, 말년에는 중국의 전통문화를 보존하기 위한 활동과 철학 작업에 몰두했다.
6 쑨원(孫文, 1866~1925). 1911년의 신해혁명을 이끈 혁명가이자 중국 국민당의 창립자. 호는 일선(逸仙). 초기 중화민국의 정치 강령으로 민족주의·민권주의·민생주의에 기반한 삼민주의(三民主義)를 주창한 이래 현대까지 중국 현대사에 지대한 영향을 미쳤다.

결심을 세웠다. 또 가케이 박사를 통해 일본의 국가적 이상과 동아에 대한 불변의 국책國策 등에 대해 듣고, 일본의 학자나 명사들과 교유하는 데 힘쓴 것이었다.

이리하여 가케이, 판 두 교수의 개인적 친교는 양가의 가족적 친교로 이어져, 아케미가 처음 지나인의 가정에 발을 들여놓은 것은 정안사로靜安寺路에 있는 판 교수의 집이었다.

판위썽과 그의 누이인 판샤오씽汜少姓이 가케이 박사의 가정에서 일본 가정의 아름다움을 본 것과 마찬가지로, 아케미도 판의 가정에서 지나의 아름다움을 보게 되었다. 사실 아케미는 판의 가정을 보기 전까지는 지나는 더러운 곳, 지나인은 더러운 인종이라는 식의 경멸하는 감정밖에 가지고 있지 않았던 것이다. 그런데 판의 가정을 보게 되어 비로소 지나의 오랜 전통, 세련된 문화에 접할 수 있었다. 그것은 얄팍한 유물적인 서양의 장려壯麗함이 아니라, 모란의 향과 같은, 또 그 색깔과 같은, 다함없는 맛이 있고 심오한 깊이가 있는 것이었다.

아케미는 지나인 여학생들이 다니는 학교에서 공부해보고 싶다고 생각했다. 지나에 깊은 흥미를 가지고 일본과 지나 양 민족의 상호 이해와 애정이야말로 동아의 영원한 평화의 기초라고 믿고 있는 가케이 박사는 기꺼이 아케미의 청을 받아들였고, 아케미는 판의 누이가 가르치고 있는 세인트메리대학에 입학했던 것이다. 아케미는 이 학교에 입학한 최초의 일본인으로, 학생들은 좀처럼 아케미에게 마음을 열어주지 않았다. 더욱이 당시는 일본과 지나의 관계가 일촉즉발의 험악한 상태에 있던 때였기 때문에 일본 여성이 이 학교에 입학한 것은 스파이 노릇이 목적이라는 말조차 떠돌았던 것이다.

저 루거우차오사건蘆溝橋事件[7]이 일어난 후로는 상하이에서 일본인이 지나인에게 폭행을 당한 일도 일어났다. 아케미가 홍커우虹口의 집에서 상하이의 서쪽 변두리에 있는 학교까지 왕복하는 것은 확실히 모험이었지만, 아케미는 그것을 두려워하여 학교를 쉬지는 않았다. 일본과 지나의 관계가 험악해지면 험악해질수

---

7 1937년 7월 7일 베이징의 서남쪽 루거우차오(蘆溝橋)에서 일본군이 일으킨 발포 사건. 이 사건을 계기로 일본은 중국을 상대로 전쟁에 돌입하여 중일전쟁이 일어난다.

록 한 사람이라도 많은 지나인에게 일본을 알게 하지 않으면 안 된다, 일본이 전쟁에서 지나에게 이기더라도 마음으로 지나를 잃어서는 아무런 소용이 없다, 참된 일본을 이해하는 지나인 한 사람을 얻는 것은 성城 하나를 점령하는 것 이상의 승리다 — 아케미는 부친인 박사의 말투를 따라 이렇게 생각하고 있었다. 그러나 정치적 사정이 이렇게 절박해지자 아케미의 진심 어린 호의도 좀처럼 지나인 동창에게는 통하지 않았다. 지나인은 여학생들까지도 정치적 관심이 깊었고, 특히 일본에 대해서는 격렬한 적개심을 품고 있는 것이었다. 그녀들이 외국인 교수은 부모처럼 따르고 또 신뢰하면서, 동종동문同種同文에게는 적의敵意와 시의猜疑의 눈초리를 보내는 것을 보자 아케미는 한심하기도 하고 화가 나기도 했다.

'하지만 나는 화를 내서는 안 된다. 포기해서도 안 된다. 내가 진심을 쏟아 그녀들에게 보이는 말 한마디 행동 하나는 반드시 씨앗이 되어 그녀들의 마음밭에 떨어질 것이다. 그것이 언젠가는 싹을 틔울 것이 틀림없다.'

겨우 열여덟 살의 계집아이인 아케미는 씩씩하게도 이렇게 생각했다. 적 한가운데 있는 까닭에 조국의 안위가 절실하게 이 소녀의 마음에 느껴졌던 것이다.

그러는 사이에 전쟁의 불똥이 상하이에 미쳐 오는 것은 피할 수 없는 사정이 되었다. 동문서원은 당국의 명에 따라 폐쇄되었고, 가케이 교수 일가는 도쿄로 돌아오게 되었던 것이다. 드디어 출발 전날 밤, 야음을 틈타 판 교수는 아들 위썽을 데리고 가케이 교수의 집을 찾았다.

"어찌된 일입니까, 판 상. 위험하지 않습니까?"

가케이 박사는 판 교수의 손을 꽉 잡으면서 걱정하는 표정을 지었다.

"위험하지요. 하지만 이것도 전쟁입니다. 가케이 선생, 나는 머지않아 지나에 동아의 대세에 눈뜬 큰 인물이 나타나 양국 간에 평화로운 날이 올 것을 믿습니다. 그러나 그것은 절굿공이가 떠내려갈 만큼의 피가 흐른 뒤이겠지요. 정말이지 불행한 일입니다. 나는 이 나라 국민의 한 사람으로서, 누가 나쁘다, 누구에게 책임이 있다고는 말하지 않겠습니다. 결국은 나 자신이 나쁜 것입니다. 나는 당신에게 사죄 말씀을 드립니다."

하고 판 교수는, 몹시 흥분은 했지만 학자적 침착함을 전혀 잃지 않은 태도로 말했다.

판 교수의 진지한 태도와 말에 아케미는 눈두덩이 뜨거워지는 것을 느꼈다. 판 교수가 말을 마치자 가케이 박사는 정중하게 머리를 숙였다.

"선생의 심정은 잘 이해합니다. 우리는 학자입니다. 학자는 영원한 진리에 삽니다. 일시적인 현실에 구속되어서는 안 되겠지요. 학자가 진리를 잃는 것은 전쟁보다도 불행한 일입니다. 나는, 아시아는 하나임을 굳게 믿습니다. 당신도 위대한 쑨중산孫中山 선생과 마찬가지로 이 점에서 내게 공명하고 계십니다. 우리는 이 아시아의 마음, 아시아의 혼을 질식시키지 않도록 최선의 노력을 다합시다. 나는 일본인 속에, 당신은 중화인 속에 이 마음을 확실히 심도록 합시다."

하고 말을 마치고, 가케이 박사는 의자에서 일어나 손을 내밀었다.

판 교수는 일어나면서 양손으로 가케이 박사의 손을 힘껏 잡고 흐느껴 울었다. 가케이 박사의 눈에서도 눈물이 흘렀다. 아케미는 두 사람의 모습을 보자 감격으로 가슴이 터질 듯했다. 아케미는, 지나인은 천성이 지극히 냉정하다고만 생각하고 있었다. 특히 판 박사는 결코 평소에 열정을 드러내는 법이 없었다. 그는 지극히 은근한 사람이었는데, 그 얼굴은 무표정에 가까울 정도였다. 지나인은 열정을 질식시키고 말았다고 누군가 이야기한 것이 정말처럼 생각되었다. 때로 열정을 폭발시키는 부친에게 익숙한 아케미에게는 판 교수의 냉정함이 정 떨어질 정도였다. 그런데 흐느낀 것이다. 이 흐느낌이 생각을 뒤바꿀 정도로 아케미를 감격시킨 것이었다.

두 학자는 손을 잡고는 흔들고, 다시 잡고는 흔들면서 서로 상대의 눈물에 젖은 눈을 응시했다. 이 광경을 장제스蔣介石 일파에게 보여주고 싶었다고, 나중에 아케미는 판위썽에게 이야기한 일이 있다.

"가케이 선생, 부디 제 자식을 맡아주십시오. 자식에게 참된 일본, 일본의 진짜 모습을 보여주고 싶습니다. 그리고 배우게 하고 싶은 것입니다. 우리 중화인이 일본을 올바르게 인식하는 데에 아시아가 모든 불행에서 빠져나올 길이 있다고 믿습니다. 지극히 미련한 녀석입니다만, 당장은 내 뜻을 잇게 할 사람은 이 녀석밖에 없습니다. 이 아이도 선생을 우러르고 있으니, 부디 도쿄에 데려가주십시오. 적국敵國 사람이어서 안 됩니까?"

판 교수의 얼굴은 침통했다.

"아니요., 당치도 않습니다. 일본은 당신 나라의 국민을 적으로 생각하지 않습니다. 일본에 살고 있는 당신 나라의 사람들은 앞으로도 지금까지와 마찬가지로 일본의 보호 아래 편안히 머무르고 즐겁게 일할 것입니다. 지금도 그렇습니다. 좋습니다. 자제분은 확실히 제가 맡겠습니다. 미흡하나마 전쟁이 끝날 때까지 제가 돌보도록 하지요."

이런 사정으로 판위썽이 도쿄에 온 것이었다.

도쿄에 온 판위썽은 가케이 교수의 집에 머물게 되었다. 혼기에 찬 딸이 있는 가케이 박사로서는 외국인 청년을 집에 묵게 하는 것이 어떨까 싶었지만, 그러나 판 교수의 저 성실한 부탁을 생각하니 그의 아들을 차가운 하숙집으로 보낼 수는 없었다. 가케이 부인도 잘 이해해 주었고 아케미도 싫은 얼굴은 보이지 않았다. 그리고 판 교수의 희망을 존중하여 위썽으로 하여금 도쿄제대 당국의 특별 허가를 얻어 청강생으로서 국문학과 국사 강의를 듣게 한 것이었다.

처음에 위썽은 즐거워하는 듯했지만, 점점 우울해지는 것이 가케이 집안사람들의 눈에 띄었다. 이전과 달리 학교에서 돌아오는 시간이 늦어지는 일도 있었고, 식탁에서도 침묵에 빠지는 일이 많았다. 자기 방에 들어가면 무엇을 하는지 얼굴을 내밀지 않았다.

"판 상, 어떻게 된 일일까요?"

가케이 부인과 아케미도 걱정했다.

"우울하지 않을 수 없겠지."

가케이 박사는 당연한 일이라는 듯이 입으로는 말했지만, 속마음은 평온치 않았다. 난징南京이 함락되어 전승 축하회가 있던 날에는 위썽은 몸이 좋지 않다면서 방에 틀어박혀 저녁밥도 먹지 않았고, 복도 같은 곳에서 가케이 집안사람들과 만나도 단지 가볍게 인사할 뿐 일절 입을 열지 않았다. 유후無瑚와 주강九江이 잇달아 함락되고 루산廬山의 격전激戰이 전해졌으며, 가을도 깊은 시월 이십구일에는 한커우漢口도 함락되어 장제스 정권은 충칭重慶의 산속으로 달아나고 말았다. 일본에서도 장제스에 대한 적개심이 더욱 심해져, 도쿄에 남아 있던 지나인 학생들은 무리지어 귀국하는 형편이다. 이런 지경이니 판위썽이 우울해지는 것도 가케이 박사의 말처럼 무리가 아니었다.

그런 중에도 위썽을 위해 마음 아파하고 있는 것은 아케미였다. 젊은이의 마음은 같은 젊은이에게 한층 더 통한다. 나이로 말하면 위썽이 스물셋이고 아케미가 열아홉이었으나, 여자의 조숙함 탓에 스물셋의 위썽이 동생이라도 되는 듯이 아케미에게는 생각되었다.

'어떻게든 위로해주고 싶다.'

아케미는 부모에게도 털어놓지 못하고 혼자 고민했다.

그러나 아케미는 여자이고 판위썽은 외국인 남자이다. 동정한다 해도 자연히 한계가 있게 마련이다. 위썽의 책상 위에 꽃을 한 묶음 장식해둔다든가 옷을 깔끔히 개어둔다든가, 이런 일 이외에는 엄두를 내지 못했다.

위썽 쪽에서는, 지나의 전통으로서 남녀유별이라는 예의에 집착하고 있을 것이다. 또 자기가 존경하는 스승의 집이고 보면 자연히 조심스러워질 것이었다. 아케미에게는 물론이고 가케이 부인에게조차 결코 스스럼없이 대하지는 못했다. 게다가 일본인이라면 누구나 가지고 있을 듯한 붙임성도 없었다. 위썽은 실로 틀에 박힌 듯한, 뭔가 심하게 구애된 듯한 얼굴 표정과 말투 탓에 아무래도 갑갑함을 느끼게 하는 것이었다. 그의 눈에는 항상 불안한 경계의 기색이 있었다.

'판 상은 무척 신경 쓰고 있어.'

그런 생각이 들어 아케미는 그가 불쌍해질 정도였다.

"자네, 좀 더 마음을 터놓을 수 없나?"

어느 날, 모두 차를 마시며 밤 한때를 즐기고 있는 가운데 가케이 박사가 위썽에게 이렇게 말한 일이 있다.

"자네, 그렇게 어려워하지 않아도 좋아. 자네 집에 있을 때처럼 자연스럽게 지내게. 집에서는 자네를 가족과 마찬가지로 생각하고 있으니까. 좀 더 편안히 하게. 편안히 하라구."

"네, 아무래도 아직 일본의 예의에 익숙하지 않아서요."

위썽은 수줍어했다.

"정말이지 판 상, 그렇게 조심하지 않아도 괜찮아요."

하고 가케이 부인도 말했다.

"당신이 학업을 마치고 당신의 나라로 돌아가게 되었을 때, 내 평생 저 가케이의 집에서는 갑갑했다고 생각하게 된다면 우리들이 미안하지 않겠어요? 가케이의 집에서는 정말 유쾌했다고, 아드님이나 손자들에게 진심으로 이야기하게 되지 않으면 안 돼요, 판 상."

가케이 부인은 위썽의 찻잔에 차를 따라주면서 미소지었다.

"아닙니다, 당치도 않습니다."

위썽은 허둥댔다.

"그, 그런 일은 없습니다. 사모님, 저는, 저는 이미 감사의 마음으로 가득합니다. 다만 그 마음을 표현하지 못하는 것뿐입니다."

위썽은 자기가 표현이 서투른 것이 자못 안타까워서 견딜 수 없다는 듯이 무릎 위에서 두 손을 쥐어뜯었다.

아케미에게는 위썽의 마음이 이해되는 듯했다.

가케이 박사는 위썽을 지그시 바라보고 있던 눈을 깜빡거렸다. 이 청년의 조국에 대한 번민이 느껴지는 듯해서 마음이 무거워졌다.

"판 군."

가케이 박사는 장중한 어조로 불렀다.

"네."

위썽은 두 손을 단정하게 무릎 위에 놓았다.

"자네는 일본의 예의가 아직 이해되지 않는다고 했지?"

“네.”

“일본 예절의, 대체 어디를 이해하지 못한다는 겐가?”

“도무지 아직 무엇 하나 자신이 생기지 않습니다.”

“일본의 예의와 자네 나라의 예의와 다르다고 생각하는가?”

“예, 비슷한 점도 있고 다른 점도 있다고 생각합니다.”

“과연 자네 말대로이네. 그런데 자네는 예의의 근본은 무엇이라고 생각하나?”

“사양지심辭讓之心이 예의 근본이라고 맹자께서 말씀하셨습니다.”

“그렇지, 사양지심이네.”

“네.”

“사양지심이란 어떤 마음일까?”

“상대를 존경하는 마음입니다.”

“그 말대로이네. 그러니까 상대를 존경하고 상대에게 감사하는 마음으로 말하고 행동하면 예에 맞을 테지. 예의삼백 위의삼천禮儀三百 威儀三千[8]이라고 하네만, 요컨대 마음이네. 마음이 없는 예의, 즉 마음에 없는 예의는 무의미한 게 아닐까. 자네는 어떻게 생각하나?”

“네, 말씀대로라고 생각합니다.”

“그러니까 마음에 있는 대로 성심껏 솔직하게 행동하면 되는 것이네. 일본의 예의와 자네 나라의 예의가 다른 것은 그 표현 형식만 다를 뿐이지. 예컨대 인사하는 방식 말일세. 일본에서는 양손을 포개어 몸을 숙이고, 자네 나라에서는 양손을 맞잡고 흔드는 식이지. 하지만 그 마음은 하나야. 상대를 존경하고 상대에게 감사한다는 근본 마음은 하나이지. 요컨대 그것이 성誠인지 거짓인지에 달린 것이라네. 어떤가 판 군, 오늘날 자네 나라의 예의에는 성심이 있는가, 아니면 거짓이 많은가. 솔직하게 말해보게.”

판은 고개를 떨구었다. 성심이 있다고 하면 자기가 속이는 게 되고, 거짓이 많

<hr>

8   『중용(中庸)』 27장의 한 구절. 지켜야 할 예절은 삼백 가지나 되고 예법에 맞는 몸가짐은 삼천 가지에 이른다는 뜻으로, 예가 성인의 도(道)에 속함을 강조한 구절이다.

다고 하면 조국을 비난하게 되는 것이다. 한편으로는 판의 양심이 꾸짖었고, 다른 한편으로는 판의 애국심이 용납하지 않았다. 그런데 가케이는 스승이다. 스승을 속이는 것도 양심은 용납하지 않는다. 판은 몹시 난처해지고 말았다. 판은 자신의 조국이 일본에 비해 너무 초라한 상태에 놓인 까닭에 조국에 대한 애국심을 고집하게 된 것이었다. 자신의 조국이 거짓으로 꽉 차 있는 것을 아주 잘 알고 있는 까닭에, 거짓이 있다는 지적이 한층 더 괴롭고 화내고 싶어지는 것이다. 판은 누구보다도 자기 나라 사람들의 거짓과 이기주의, 사대주의, 권모술수를 미워하고 있다. 또 일본의 정직함을 부러워하고도 있다. 그러나 자기 입으로 그것을 말하고 싶지는 않았다. 따라서 가케이 교수에게 그런 질문을 받자 모욕을 받는 듯한 기분이 되었던 것이다. 물론 판은 가케이 박사의 성실함을 알고 있다. 가케이 박사가 지나인에게 깊은 이해와 동정을 가지고 있는 것도 잘 알고 있다. 따라서 지금과 같은 경우, 가케이 박사가 이런 질문을 하는 것은 자기를 가르치기 위해서이지 자기나 자기의 조국을 모욕하기 위한 것은 아니라는 것도 잘 알고 있다. 그러나 그런 사정을 잘 아는 것과 자기의 괴로움은 전혀 별개의 문제였다.

판이 아래로 머리를 떨구고 깊이 생각하는 것을 보며 가케이 박사는 판의 마음을 헤아렸다.

"판 군, 자네의 마음은 잘 알고 있네. 다만 내가 자네에게 말하려는 것은 말이지, 일본인도 자네들 중국인도, 아니 아시아의 모든 민족이 그 동종성, 그 형제성에 눈떠야 한다는 점이네. 특히 그 공동 운명성이라고나 할까, 순치보거脣齒輔車라는 말도 적절하지 않아. 그 이상이기 때문이지. 일본이 없이는 지나가 없고, 아시아가 영국과 미국의 것이 되면 일본도 없는 것이네. 아시아의 모든 민족이 한 덩어리가 되지 않고서는 영미英米의 독이빨에서 자기를 해방하여 빛나는 아시아인의 아시아를 명백히 드러낼 수 없는 것이지. 장제스가 일본을 타도함으로써 지나를 완성시키려 하는 것은 착각이야. 얼마나 불행한 착각인가. 판 군, 일본과 자네 조국은 화합하면 일어서고 싸우면 거꾸러지는 상관성이 있는 관계라네. 이를 가령 공동 운명성이라고 이름 붙여보세. 운명 공동체라고 하는 게 좀 더 적절할지도 모르지. 일본이 자네 조국의 영토를 빼앗고 자네의 조국을 거꾸러뜨려 일본만 일어서겠다는 야심이 없다는 것은 고노에 성명近衛聲明[9]에 의해 분명해졌을 것이네. 자네는 고노에 성명을 알고 있겠지?"

"네, 알고 있습니다."

"자네는 고노에 성명을 문자 그대로 믿어주겠지?"

"믿고 싶습니다만. 종래 열강의 성명이라는 것이 얼마나 믿을 수 없는지 보아온 우리들로서는 갑자기 신뢰하기는 어렵습니다."

판은 눈을 번뜩이며 단언했다.

"과연, 자네는 용케도 솔직하게 말해주었네. 하지만 거기에 자네들의 근본적인 중대 착각이 있는 것이지. 자네는 알아채지 못했는가 보군."

"무엇을 말입니까?"

판은 조금 전의 쭈뼛쭈뼛한 내향성과 수줍음을 모조리 버리고 차라리 도전이라도 하려는 듯한 눈으로 가케이 박사를 정면으로 응시하는 것이었다. 아케미는 깜짝 놀랐다. 지금까지 보지 못한 늠름한 판의 일면을 보았기 때문이었다.

"일본과 영미英米를 혼동하는 것이 근본적인 착오인 게지. 그들과 일본은 근본 이념에서 차이가 있네. 일본에도 여러 가지 결점은 있겠지. 하지만 일본이라는 나라의 특성은 거짓이 있을 수 없는 것이라네. 한 사람 한 사람의 일본인은 거짓말을 할 수도 있겠지. 그렇지만 말이지, 일본은 천황께서 다스리시는 나라이므로 국가로서는 안으로 국민에 대해서도, 밖으로 여러 나라에 대해서도 거짓말을 한다는 것은 있을 수 없는 일이야. 따라서 일본국민은 절대로 국가를 믿는 것이고. 만일 국가가 거짓말을 하는 일이 한 번이라도 있다면 국민은 국가를 믿지 않을 테지. 그런데 일본은 건국 이래 만세일계萬世一系의 천황에 의해 다스려지고 있기

---

9   1938년 1월 고노에 1차 성명은 일본이 국민당을 상대하지 않고 중국의 문제를 해결하겠다는 강경노선을 견지했다. 그러나 동년 11월 2차 성명에서는 국민당 정부를 포함하여 중국에 동아신질서 건설의 임무를 분담할 것을 제안하고, 12월 3차 성명에서는 일본·만주·중국의 동아신질서건설을 위한 선린우호, 공동방위, 경제제휴의 3원칙이 천명된다.

때문에 일찍이 한 번도 국가가 국민에게 거짓말을 한 적이 없다네. 이것이 일본의 국체國體가 만방에서 으뜸인 점이고, 일본 국민의 애국심이 강한 이유이기도 하지. 따라서 일본 국민은 고노에 삼 원칙을 그대로 믿고 있는 것이네. 더욱이 고노에 성명은 어전회의를 통과한 것이니까 더더욱 절대적인 것이라네. 어떤가, 알아들었겠지?”

가케이 박사는 판을 응시했다.

“네.”

판은 가케이의 이론이 가진 논리보다도 그 표정의 성실함에 감동받은 것이었다. 그의 눈에서는 도전적인 빛이 사라졌지만, 그래도 기분이 나아진 것은 아니었다. 일본의 좋은 점이 부러웠고, 조국의 칠칠치 못함이 슬펐다. 판의 마음은 지나가 일본보다도 더욱 훌륭한 나라이기를 바랐던 것이다.

아케미는 휴우, 하는 심정으로 판의 옆얼굴을 이따금 훔쳐보았다. 판은 최근 눈에 띄게 홀쭉하게 야위었다. 원래 창백한 얼굴이지만, 그 창백함에 누렇게 뜬 기색조차 더해진 듯했다. 아케미는 오빠와 동생의 느긋한, 젊은이다운 무관심을 비교해 보고 마음이 무거웠다. 조국의 고마움, 조국의 소중함을 아케미는 절실하게 느꼈다.

“그래서 말이지.”

가케이 박사는 손으로 탁자 가장자리를 내리쳤다. 찻잔이 탁자 위에서 달그락 소리를 냈다.

“네.”

판은 얼굴을 들었다. 그 표정은 아까보다도 훨씬 부드러웠다. 이제 무엇이든 받아들이겠습니다, 라고 말하는 듯했다.

“아시아 운명 공동체의 여러 민족이 참된 예의 마음으로 돌아가는 것이 필요하네. 그것이 매우 긴요하고 또 유일한 길이지.”

가케이 박사는 입술을 앙다물고 판의 얼굴을 응시했다.

“예의 마음으로 돌아간다고요?”

판은 의외라는 표정으로 눈을 크게 떴다. 흰자위가 약간 많은 검은 눈이다. 아케미는 판의 눈에서 일본인과는 다른 특색을 발견했다. 뭔가 가늠하기 어려운 듯한 눈이라고 생각했다.

"그렇지, 아시아인은 예로 돌아가는 것이지. 아시아인은 원래 예를 숭상하는 민족이었네. 법을 무시한다는 의미가 아니라, 법의 근본이 예에 놓여 있는 것이 아시아 본연의 자세였던 거야. 자네는 자네 나라의 『주례周禮』[10]를 알고 있겠지. 공자께서도 법으로 이끌고 형벌로 다스리면 백성은 면하려고 할 뿐 부끄러움을 모른다고 말씀하셨네. 이는 차선次善을 말씀하신 게지. 그 다음은 덕으로 이끌고 예로써 다스리면 부끄러움을 알고 나아가 잘못을 바로잡는다고 말씀하셨던 것이네.[11] 즉 공자께서는 정政과 형刑의 정치를 하위에 두고 덕德과 예禮의 정치를 이상理想으로 삼으신 것이지. 그런데 슬프게도 공자님의 이상은 자네 나라에서는 행해지지 않고 겨우 상앙商鞅[12]이나 관중管仲[13] 식의 정치를 이상으로 삼은 데 지나지 않았지. 그것은 자네 부친도 그렇게 말씀하고 계시네. 거기에 영미의 교지巧智와 이욕利慾의 사상이 침투하여 자네들 지식층을 풍미했던 것이지. 그래서 예는 자네들의 조국에서 땅에 떨어졌던 것이고. 교지와 이욕, 그게 영미사상의 진면목이야. 영미는 교지와 이욕으로써 감쪽같이 자네 선배들을 낚았던 게야. 낚았던 거지, 물고기를 낚듯 낚았던 거라구. 장제스 일파는 아직도 예리한 낚싯바늘을 품은, 영미가 던진 미끼를 달려들어 무는 것이 자기를 구하는 길이라고 생각하고 있는 것이네.

---

10   유가에서 중시하는 경서. 『의례(儀禮)』, 『예기(禮記)』와 함께 '삼례(三禮)'의 하나로 간주됨.
11   『논어(論語)』 '위정편(爲政篇)'에 나오는 구절. 원문은 "道之以政 齊之以刑 民免而無恥 道之以德 齊之以禮 有恥且而格"인데, 후자의 구절에서 '德과 禮'가 '禮와 政'으로 바뀌어 있다.
12   상앙(商鞅, 기원전 395~338) 고대 중국의 전국시대 진나라의 유학자이자 법가를 대표한 정치가. 병제, 세제, 법제를 정비하고 토지제도와 군현제를 시행하는 대개혁을 단행하여 주변국이던 진나라가 중앙집권국가로서 전국시대를 통일할 수 있는 기반을 닦았다.
13   관중(管仲, 기원전 725~645). 중국 춘추시대 초기 제나라의 정치가이자 사상가. 중원을 차지했던 주나라가 통제력을 잃고 여러 제후국들이 군웅할거 하던 시절 재상을 지내면서 무력은 반발을 살 뿐이라 하여 '신의(信義)'를 내세워 제나라가 주도하는 질서에 주변 제후국들의 협력을 이끌어내 제나라를 패자의 지위에 올려놓았다.

그런데 일본은 그런 교지를 모르네. 그런 이욕을 멀리하지. 일본인은 3천 년 동안 예의 생활을 주입받아 왔네. 일본의 정치에는 민중을 조종하는 교지라는 게 없어. 오직 바른 것은 바른 것이고 부정不正한 것은 부정한 것이지. 국가는 거짓말을 하지 않아. 국민은 순순히 국가를 믿고. 이렇게 단련된 일본인이라서 국제관계에서도 정직 일변도이지. 그래서 일본은 속임을 잘 당해. 속임을 잘 당하지만, 일본이 다른 나라를 속이는 일은 없어. 이른바 일본인의 도의성道義性이지. 영미 녀석들은 이 때문에 일본이 다루기 쉽다고 생각하고 있어. 그런데 말이지, 일본인은 결코 부정한 것을 용납하지 않네. 일본인은 부정불의不正不義라고 생각하면 칼을 빼어 들고 일어서는 것이지. 이욕으로 일어서는 영미와는 근본적으로 다르다네. 자네 나라는 일본의 이런 근본 성격을 파악하는 데 실패한 것이지. 그래서 참된 친구, 정직한 형제를 적으로 돌리고, 교활한 교지 그 자체인 영미의 미끼에 걸려 지나사변이라는 대불행을 일으킨 것이고. 원수에게 꾀여 형제와 맞서고 있는 게야.

자네들은 예禮로 돌아가지 않으면 안 되네. 예의 눈으로 일본을 다시 보라는 말이네. 그렇게 함으로써만 자네의 조국도 아시아도 구원되는 것이지. 자네들은 일본의 예, 즉 일본의 도의성을 확실히 인식하고 일본이 하는 말을 그대로 받아들이면 되는 걸세. 그리고 과거의 역사에 대한 오만함을 버리고 현재 일본의 우월성과 지도력을 그대로 겸손하게 받아들여야 하네. 자네의 조국이 지녔던 과거의 영광은 자네들의 영광은 아니지. 그것은 자네들의 선조의 영광일 뿐. 자네들은 이제부터 자네들 자신의 영광을 자기 힘으로 쌓아 올리지 않으면 안 돼. 그것은 결코 회고적 자부심이나 현실에 눈을 감는 오기에서 오는 것이 아니야. 자부심도 오기도 결국 거짓이고 어리석음이기 때문이지. 있는 그대로의 현실을 직시하는 것이야말로 참된 용기라네. 그것이 예인 것이지. 알아듣겠는가, 판 군. 극기복례克己復禮라고 했네. 아시아의 여러 민족은 조만간 극기복례의 자기 수련을 바로 시작하지 않으면 안 된다네. 그랬을 때만 아시아의 운명 공동체는 번영할 것이네. 지금 일본이 절규하고 있는 대동아공영권이란 이것 외에 다른 것이 아닐세. 즉 이욕 세계를 타파하고 예의 세계를 세우자는 것이지. 일본은 진지하다네. 피로써 이 대업을 완수할 각오인 게지. 영미가 여전히 동양 제패制覇라는 그릇된 야망을 버리지 못하는 한 일본은 반드시 영미를 분쇄하기 위해 일어날 걸세.”

“일본이 영미와 싸운다구요?”

판은 믿기지 않는 듯한 얼굴이었다. 판이 보기에 일본은 지나와 싸워서는 이겨도 영미에 대해서는 손대지 못할 것이라고 생각하는 것이었다.

“물론!”

가케이 박사의 목소리에는 격분이 담겨 있었다.

“일본은 생각한 것을 완수하지 않는 일은 없다네. 그것은 의義를 위해서이고 욕심을 위해서가 아니기 때문이지. 욕심을 위해서라면, 욕심을 버리면 싸우지 않아도 그만이지. 하지만 의는 버릴 수 있는 게 아니야. 자네는 일본의 할복割腹이라든가 정사情死에 대해 알고 있겠지. 일본인은 의와 인정을 위해서는 목숨도 아끼지 않는 것이지. 자네도 일본을 알려거든 이 점을 확실히 파악하지 않으면 안 되네.”

가케이 교수는 마치 꾸짖는 어조로 말했다. 왜 지나인이 이런 일본의 진의를 이해하지 못하는 것일까, 생각하면 피가 거꾸로 흐르는 것이었다.

“선생님, 고맙습니다. 잘 알겠습니다. 오늘밤 선생님께서 하신 말씀을 듣고 일본의 모습이 분명해진 듯합니다. 그런데 슬프게도 많은 지나인은 그것을 모르고 있는 것입니다. 슬픈 운명이라고 생각합니다.”

판은 이렇게 말했다.

가케이 교수는 판이 오늘밤 자기가 한 말을 모두 이해하리라고는 기대하지 않았다. 판은 아직 어리고, 또 지나에 공통적인 일본에 대한 외고집이 있다는 것을 잘 알고 있었기 때문이다.

어느 날 판은 저녁 식사를 마치고 차가 나왔을 때 돌연,

“선생님, 저는 지나로 돌아가겠습니다.”

하고 말을 꺼냈다.

“무엇 때문에 돌아가겠다는 겐가?”

가케이 교수는, 그러나 놀라지 않았다.

"무엇 때문인지는 모르겠습니다. 다만 편안히 지낼 수는 없습니다. 조국이 자꾸 부르는 소리가 제 귀에 들리는걸요. 그래서 저는 돌아가겠습니다."

판은 침통한 얼굴이었다.

"그래도 자네 부친은 전쟁이 끝날 때까지 자네를 내게 맡겼네."

"선생님, 저는 일본정신을 배웠습니다. 그것에 의하면 부모보다 조국이 소중합니다. 그래서 저는 돌아가는 것입니다."

"돌아가서 어쩌자는 겐가. 군인이 되어 일본과 싸우기라도 할 텐가?"

"그것은 뭐라고 말씀드릴 수 없습니다. 다만 한 가지 말씀드릴 수 있는 것은, 저는 선생님께 배운 것을 몸으로, 목숨을 걸고 실행하고 싶은 것입니다."

가케이 박사는 잠시 눈을 감고 판의 말이 지닌 참뜻을 생각해 보았지만 생각할 필요가 없다는 생각이 들어서,

"그런가. 그렇다면 말리지 않겠네. 단, 예禮를 잊지 말게."

하고 부드럽게 말했을 뿐이었다.

"네, 제가 일본의 진의를 사실로써 알게 되는 날이 오면 다시 선생님의 문하에 들겠습니다. 선생님은 총리대신도 정치가도 아니시니까요."

판의 말은 수수께끼 같았지만, 당당한 국사國士의 태도였다. 아케미는 판이 평범한 사람이 아니라고 생각했다.

"좋아, 좋아. 조만간 자네도 사실을 통해 일본은 거짓말을 하지 않는다는 것을 알게 되겠지. 그때는 남자답게 행동해주게."

"네, 일본이라는 나라가 정말 선생님께서 말씀하신 그런 나라임을 알게 되는 순간 저는 목숨을 던져 선생님께서 말씀하신 것을 제 동포에게 전하겠습니다. 선생님, 이것만은 믿어주십시오."

"좋아, 자네를 믿어보지. 아니, 자네를 믿네."

이런 사정으로 판은 도쿄를 떠나 지나로 돌아간 것이었다.

판은 가케이 박사를 믿었다. 아케미를 믿었다. 사실 아케미는 판의 마음에 숨

겨둔 애인이었다. 그는 아케미에게 한 번도 자기의 마음을 털어놓은 적이 없다. 그러나 판은 아케미를 자기 생애의 애인으로 정해두었다. 판은 일본인이 정말 가케이 박사의 말처럼 아시아의 여러 민족을 형제와 같이 생각하고 이들을 구하기 위해 싸우는 것이라면, 자기의 사랑 고백은 아케미에게 받아들여질 것이라고 믿고 있었던 것이다.

아케미도 판에게는 호의를 갖고 있었다. 다만 좋아하는 젊은 남성이어서가 아니고, 판은 뭔가 지나의 역사와 민족을 대표하는 청년의 모습이어서 무한한 흥미를 느끼는 것이었다. 만약 자기가 판의 아내가 됨으로써 대동아공영권의 건설에 조금이라도 도움이 된다면, 자기의 몸도 마음도 판에게 바쳐도 좋다고 생각했다.

판이 나가사키^{長崎}에서,

"드디어 일본을 떠납니다. 꼭 다시 선생님의 슬하로 돌아갈 날이 있기를 희망하고 또 믿습니다. 아케미 상, 부디 저를 믿어주세요."

라고 쓴 엽서가 한 장 온 후로 판에게서는 묘연히 소식이 없었다.

왕자오밍^{汪兆銘}[14]의 난징^{南京} 정부가 출범해도 판에게는 아무 소식도 오지 않았다. 아마도 충칭에 있는 모양이라고 아케미는 한숨을 내쉬었다. 대동아전쟁이 시작되어 일본은 말레이시아와 남서태평양에서 큰 전과를 거두었고, 올해 들어서는 지나에서 치외법권이 철폐되고 상하이가 반환되고 버마가 독립했으며, 바로 며칠 전 시월 십사일에는 필리핀이 독립했다. 일본은 가케이 박사가 판에게 말한 것을 그대로 사실로써 증명한 것이었다.

아케미는 판이,

'일본의 진의가 사실로 증명되는 날이 오면 다시 선생님의 문하로 돌아오겠습니다.' 라고 했던 말을 떠올렸다.

14　왕자오밍(汪兆銘, 1883~1944). 중국 국민당의 일원으로 쑨원과 친밀한 관계이자 장제스와 대립하는 라이벌이었으나 중일전쟁 발발 이후 친일파로 변절하여 1940년 3월 난징에 친일정권을 세웠다. 1940년 3월 일본의 협조를 얻어 난징에 괴뢰정권을 세웠으며, 1945년 일본의 패망과 함께 장제스의 국민정부에 흡수되었다.

'판 상이 살아만 있다면 반드시 일본에 올 거야.'

아케미는 판을 믿고 있는 것이었다.

그러나 국화 향기 가득한 메이지절明治節[15]이 가까워져도 판에게는 아무런 소식도 없었다.

최근 오년간 아케미 집안의 변화도 컸다. 오빠는 작년에 소집되어 남방 전선에서 싸우고 있고, 동생도 해군 항공병이 되어 바로 삼일 전에 전선을 향해 떠났다. 가케이 박사의 정원 화단 자리에는 대피호가 떡하니 입을 벌리고 있다. 아케미는 어머니와 둘이서 쓸쓸해진 집을 지키며 아침저녁으로 오빠와 동생의 사진 앞에 꽃과 음식을 준비하고 있다. 가케이 박사도 부쩍 백발이 늘었고, 두 아들을 전쟁에 보낸 어머니는 점점 신앙가가 되어 진언종眞言宗의 근행勤行과 참배에 힘쓰고 있는 것이다.

'일본은 이렇게까지 하고 있는데도 지나 사람들에게 통하지 않는 걸까.'

아케미는 국화 향기를 머금은 바람을 맞으면서 서북쪽 하늘을 바라보며 지나 사억 민중과 아시아의 여러 민족을 눈앞에 그리고 있었다.

"아케미야, 전보 왔다."

아래층에서 모친의 목소리가 들렸다.

"네."

아케미는 유리로 된 덧문을 닫고 아래로 뛰어 내려갔다.

"어디서?"

라고 말하며 아케미는 모친에게서 전보를 받아 봉투를 뜯었다.

"내일 오후 한 시 도착. 판위썽."

이라고 적혀 있었다.

"어머, 어머니, 판 상에게서 왔어요. 내일 오후 한 시에 도착한다고. 나가사키 우체국이에요."

---

15 메이지 천황의 생일인 11월 3일로, 메이지 천황의 업적을 기리기 위해 제정되었다.

아케미는 가슴을 두근거리면서 전문電文을 몇 번이고 다시 읽었다.

"어머, 판 상이."

가케이 부인도 눈이 동그래졌다.

아케미는 몹시 기뻤다. 일본의 성실함은 결국 판위썽이라는 한 청년의 마음을 얻은 것이다. 그것은 머지않아 십억 아시아의 마음을 얻는 첫걸음이 될 것이다.

아케미는 판이 머물던 방을 치우고 꾸미면서 부친이 돌아오기를 기다렸다.

1944년

서울도 겹옷 철이 되었다. 구월 하순 늦가을 비 세 번에 천지가 싸늘하게 식고 말아서 뜰 가 벌레 소리도 아주 끊어지고 말았다. 그도 그럴 것이다. 벌써 햅쌀이 나오고 아람이 쏟아지는 때가 아니냐.

가회정 김참사네 집에는 시골서 오는 밤 궤짝이 배달되었다.

"허어, 벌써 바암을 딸 때가 되었고나."

짐표에 도장을 찍어주는 김참사는 혼잣말로 중얼거렸다.

"창대야, 저 밤 궤짝 뜯어라. 올에 가물어서 결실이 잘 되었는가 모르겠다."

김참사는 안사랑 영창을 열고 문지방에 두 팔을 걸고 앉아서 상노아이 창대가 씨근거리고 못뽑이로 밤 궤짝을 뜯는 것을 보면서 고향을 생각한다. 고조할아버지 적부터 대대로 살아오던 집. 백 년이나 묵은 뒤란[2] 배나무, 대추나무, 밤나무 판, 선산 솔밭. 어려서 물장난하던 앞 개천, 동네에 살던 사람들. 백발이 성성하게 되어도 고향을 생각할 때에 사람은 아이 마음이 된다.

'보고 싶다. 다들 어찌 되었나.'

하고 김참사는 눈앞에 고향산천을 그려본다.

김참사가, 시골집을 버리고 서울로 이사한 지가 벌써 십유여 년. 처음에는 한식, 추석 성묘도 가고 일갓집 큰일에도 갔지마는 떠나면 멀어지는 것이 사람의 정이라 서울 살림이 자리가 잡히는 대로 차차 고향에 가는 발이 떠졌다. 타작은 족숙[3] 되는 마름에게 맡겨버리고, 추수를 판 돈만 은행환[4]으로 받아 올리면 그만

---

1   가야마 미츠로(香山光郎), 『방송지우(放送之友)』, 1944. 1. '방송소설'이라는 표제어가 붙어 있다.
2   집 뒤 울타리 안.
3   성과 본이 같은 사람들 가운데 아저씨뻘 되는 사람.
4   은행환(銀行換) : 은행에서 발행하는 환전표.

이었다.

시골 살면 가난한 일가, 어려운 작인, 모도 개개는[5] 일뿐이나, 서울에 턱 숨어 앉았으면 그런 걱정은 통 없다. 그나 그뿐인가. 시골서는 벼 천이나 하면 눈에 띄어서 기부, 추렴도 가끔 돌아오지마는 서울서는 김참사 쯤으로는 부명을 듣지 못하기 때문에 기부 내라는 말 들을 걱정도 없었다. 일가 도와주고 작인에게 뜯기고 하는 돈 가지고 김참사는 서울서 사랑문 열어놓고 거드럭거리고 살 수 있는 것이 기뻤다.

그러나 시골서 밤이 오거나 햇곡식이 올 때면 늘 마음에 걸리는 것이 있었다. 고향에 대하여서나 일가와 작인에 대하여서나 미안한 마음이 없을 수는 없었다.

'그저 눈 꾹 감어라.'

김참사는 이렇게 제 마음을 억제하였다.

그런데 웬 일인지 오늘 밤 짐을 보고는 이상하게 고향 생각이 나서 가슴이 설레었다.

창대는 끙끙거리고 밤 궤짝의 못을 뺀다. 마침내 널쪽 하나를 우지끈하고 분질러 떼니, 싱싱한 밤톨들이 몇 개 우수수 마당에 굴러 떨어진다. 김참사의 눈은 동굴동굴한 밤톨을 따라서 빛났다. 반가운 얼굴을 보는 것 같았다.

"タダイマ(다녀왔습니다)."

하고 여학교에 댕기는 딸 재원이가 돌아온다.

"바암이 왔어? 어머니 나 밤 좀."

재원이는 책보를 계집애 순이에게 던져주고 밤 궤짝 옆에 쭈그리고 앉아서 반가운 듯이 밤 속에 손을 넣어서 저어본다.

"옷이나 갈아입어라. 말같이 커단 년이 그게 무에냐."

보구니를 들고 마루에 서 있는 김참사의 아내가 낯을 찡긴다.

"タダイマ."

---

5 개개다 : 성가시게 달라붙어 손해를 끼치다.

하고, 국민학교에 다니는 재석이가 뛰어 들어온다.

"밤이야, 누나, 나두 밤 좀."

재석이는 란도셀을 진 채로 밤 궤짝 옆으로 달려간다. 재원이와 재석이는 밤 궤짝을 붙들고 앉아서 입으로 연해 밤 껍질을 벗긴다.

이때에 뚜벅뚜벅 구두소리가 울려오더니, 대학 정복을 입은 맏아들 재철이가 책가방을 들고 들어온다. 재철이는 금년에 법과 이년생으로서 행정, 사법을 다 패스하고, 이번에 대학 문과 계통이 정지되기 때문에 내무성에 채용시험을 치른 사람이다.

"오빠."

"언니."

재원이와 재석이는 손에 들었던 밤을 내던지고 재철에게로 달려온다. 재원은 재철의 책가방을 받아들고 재석은 재철의 팔에 매어달린다.

재철은 동기의 정이 기뻤고, 김참사의 아내도 삼남매가 의좋게 뭉쳐있는 것을 대견하게 바라보며, 남편과 아이들을 위하여서 칼로 밤을 벗기고 있었다.

김참사도 만족한 듯이 담배를 피우며 영창으로 내다보고 있었다.

재철은 김참사의 앞으로 걸어가서,

"아버지, 안으로 좀 들어오세요."

하고 고개를 숙였다. 무슨 하기 어려운 말이 있는 것 같았다.

"왜? 무슨 일이 있니?"

김참사는 입에서 권련을 빼어서 손에 들고 고개를 번쩍 들어서 이제는 어른이 다 된 아들을 바라본다.

"네, 어머니랑 계신 데서 여쭐 말씀이 있어요."

아들의 말에 김참사는,

"창대야, 내 신발 이리 가져오너라."

하고 일어나서 가래를 한번 고스른다.

김참사는 대청에 올라와서 원장을 치고 앉았다. 김참사의 아내는 밤 벗겨서 담

은 접시를 남편의 앞에 밀어 놓으면서,

"잡수셔요. 재철이도 먹어라. 제사에 쓸 것은 따로 내놓았어요."

하고 여전히 밤을 벗긴다.

재철은 양복 속주머니에서 전보 두 장을 꺼내어서, 그중에 한 장을 김참사의 앞에 놓는다.

"거 웬 전보냐. 동경서 왔니?"

김참사는 전보를 집어 들고 재철의 얼굴을 본다. 무슨 눈치를 채려는 모양이나 재철의 얼굴에는 아무 표정도 없었다. 도리어 수심기가 있는 것 같았다.

김참사는 낙심을 예기하면서 전보를 펴들고 읽는다.

"カナムラザイテツ, ナイムシヨウニサイヨウケツテイス(가나무라 자이테츠, 내무성에 채용 결정함)."

김참사는 'ナイムシヨウニサイヨウケツテイス(내무성에 채용 결정함)'라는 구절을 세 번이나 고쳐 읽고 나서야, 비로소 확실히 안 듯이, 아내를 향하여,

"여보, 재철이가, 내무성에 들어가게 되었구려. 허, 내무성에 들어가다니. 분명히 그런걸."

하고 전문을 또 한 번 읽어 본다.

"아이, 고마워라!"

김참사의 아내는 밤 벗기던 칼을 떨어트리고, 한참은 정신 잃은 사람 같았다. 그는 밤궤짝에 붙어 있는 재원이와 재석이를 바라보며,

"재원아, 오빠가 내무성에 들어가게 되었다."

하고 소리친다. 부엌데기, 침모, 모두 다 들으란 말이오, 동네 집에서도 다 들으란 말이다.

"まあ, お兄いさん, お芽出度う(어머, 오빠, 축하해)."

재원은 대청으로 뛰어올라 와서 아주 어른스럽게, 재철의 앞에 절을 한다. 그리고는 곧 응석으로,

"오빠, 내 얼른 요시코 상헌테 가 일러주고 오께."

하고 재원을 재철을 힐끗 보고 일어선다. 요시코라는 것은 재철의 애인이었다.

"가만 있어. 수선 떨지 말고."

재철은, 재원에게 책망하는 눈을 보인다.

김참사는 기쁨을 감추려 하여도 잘 감추어지지 아니하여서 입을 씰룩씰룩하더니,

"재철아, 너 애썼다. 우리 가문에 꽃이 피었다. 증조부님이 대과에 급제를 하시고는 사대만에 또 대과급제가 났고나. 내무성이라면 옛날 이조[6]여든."

하고 고개를 끄덕끄덕한다.

김참사의 아내도 재원이도 재석이도 다 웃는다. 모두 기쁜 웃음이다.

"그럼, 너는 언제 부임하느냐. 임관이 되었으면 동경으로 가야겠지."

김참사가 재철에게 묻는다.

재철은 다른 전보 한 장을 김참사의 앞에 놓는다.

"그건 무엇이냐."

"이것도 합격한 전보야요."

"아니, 합격이라니? 또 무슨 합격이 있단 말이냐."

하고 김참사는 눈이 둥글해진다. 김참사 아내와, 재원이와 재석이도 다 눈이 둥글해진다.

김참사는 전보를 펴들고 읽는다 ―

"ケイセウテイコクダイガクホウブンガクブ, カナムラザイテツ, センカウノケックワ, リクグンカウタウヨビシクワンコウホセイ, シグワンノケン, キヨカニケツテイセリ(경성제국대학 법문학부 가나무라 자이테츠, 선고 결과 육군항공 예비사관 후보생 지원의 건 허가를 결정함)."

다 읽고 나서 김참사는 말없이 고개를 숙인다. 좌중은 모도 잠잠하다.

김참사의 아내는 전보의 뜻은 못 알아들었으나 분명히 무슨 중대한 일인 줄 알

---

6   이조(吏曹) : 고려·조선시대 국가의 정무(政務)를 맡아보던 육조(六曹) 가운데 문관의 선임과
     훈봉(勳封)에 관한 떨을 맡아보던 관아.

고 겁이 나서, 재원에게,

"거, 무슨 전보냐."

하고 묻는다.

"오빠가 비행기 타고 병정 나간단 말야요."

재원이가 대답한다.

"ヘイタイサン(병정), 언니 ヘイタイサン 가?"

재석이는 재원의 설명을 알아듣고 소리를 지른다.

"그래. 언니가 비행기 타고 テキ ベイエイ적 영미敵米英 무찌르러 가는 거야."

하고 재철이가 재석의 등을 만진다.

"언니가 ヒカウキ(비행기)라고, イイナア(좋아라)."

재석은 짝짝 박장한다.

김참사의 아내가 그제야 알아듣고 깜짝 놀라 밤 껍질 벗기던 칼을 떨어트리며,

"아니, 헤이다이 상이라니. 재철아, 네가 병정으로 나간단 말이냐."

하고 어안이 벙벙한다.

"네, 이번에 졸업하는 대학생들은 다 병정으로 나가요. 졸업 안 한 학생도 문과 법과 학생은 공부 그만두고 나가고요."

하고 재철이가 어머니를 위하여서 설명한다.

"아아니, 너는 징병 갈 나이도 지났는데."

"그러니깐, 지원이지요. 지원병이요. 지금 전쟁이 크게 벌어졌으니깐 어디 나이 여부가 있어요. 나갈 수 있는 사람은 저마다 지원해서 나가야지요."

"아아니, 고등문관시험 급제하고 벼슬 붙은 사람도 나가니."

"그럼요. 관리고 대학교수고, 나갈 만한 사람은 다 나가야지요. 전쟁을 이겨놓고야 벼슬도 있지 않아요. 벼슬이나 공부는 언제든지 하지요. 전쟁은 당장 해야 하구요. 그러니까 젊은 사람은 다 나가서 싸와서 이겨야지요."

일동은 모두 잠잠하다.

김참사의 아내는 한참이나 고개를 숙이고 앉았더니, 이윽고 고개를 번쩍 들며,

"아아니 영감, 어찌 하실라오. 재철이가 병정을 나간다는데 왜 말씀이 없으시오. 나가든지 안 된다든지, 말씀을 하시구려. 무얼 그리 생각만 하고 게시오. 그래 재철이를 병정으로 내보내시려오?"

하고, 따지는 어조다.

김참사는 수그리고 있던 고개를 번쩍 들면서,

"나는 지금 다른 생각을 하고 있소."

하고는 다시 고개를 숙인다.

"아아니, 지금 큰 일이 났는데, 다른 생각이 무슨 생각이오?"

하고 아내가 성화를 하건마는 김참사는 여전히 잠자코 있다.

"아아니 여보시우, 생각은 무슨 생각을 하길래 글쎄 왜 말씀이 없으시우. 아이 갑갑도 해라."

김참사의 아내는 애가 탄다.

김참사는 그제야 고개를 들고 기침을 한 번 하더니,

"아들이 나라를 위하여서 나간다는데 부모가 되어서 할 말이 하나밖에 또 있소. 나가서 잘 싸와라, 이기고 돌아오기 전에는 살아서 돌아오지 말아라. 이 말밖에 더 할 말이 있소. 그러니까 재철이는 나가는 것이고. 문제는 우리집을 어떻게 할까 하는 것인데, 내 생각이란 그것이야. 그런데 그것도 작정이 되었어."

하고 재철을 향하여,

"잘했다. 그런 일을 애비 모르게 한 것은 자식의 도리에 잘못이다마는 일이 막중한 나랏일이니까 그것을 교계할 배가 아니야. 암, 나가야지. 내지인 동창들은 다 나가는데 조선인은 아직 징병 의무가 없다고 해서 가만히 있을 수가 있느냐. 나라의 흥망이 달린 판에 징병 의무의 유무를 교계할 처지냐 말이다. 그러니까 너는 전장에 나가고, 나는 시골집으로 돌아갈란다. 나도 시골 가서 —"

라는 남편의 말을 가로 채어서, 김참사의 아내가,

"아아니, 그건 또 무슨 말씀이오. 원, 재철이는 병정을 가더라도 재원이랑 재석이랑 학교는 어떻게 할 양으로 시골을 간단 말씀이오. 원, 영감 말씀은 무슨 말씀인지 갈피를 잡을 수가 없군요."

하고 양미간을 찡긴다.

"아냐."

하고 김 참사는 고개를 설레설레 흔들며,

"재철이는 고등관이 될 자격을 얻고서도 전장에를 나가야만 하는 이때에 낸들, 아직 몸이 성한 사람이, 서울 한복판에 아모 것도 아니하고 사랑에 들어앉아서 넙적넙적 밥만 받아먹을 수가 있소. 원체 나 같은 사람은 오십 평생에 세 상에 유익한 일이라고는 암껏도 한 것이 없거든. 그러니까, 가야해. 시골로 가야 한단 말야."

하고 어성을 높인다.

"그래, 영감이 시골을 가시면 무얼 하시우. 놀고 앉았기야 마찬가지지. 술친구, 바둑 동무도 없고. 더 심심하기나 하시겠소."

아내는 못마땅해서 빈정대는 말이다.

"왜 놀고 앉았어. 동네사람들, 소작인들 대서[7]라도 해주고 면소, 주재소에 댕기는 심부름도 못 해줘. 그래도 내가 발 벗고 나서면야 동네사람들, 작인들께 조금이라도 도움이 되겠지, 안 될라고. 원체 지주가 땅은 시골다 두고 저는 서울 와서 호강하고 산다는 것이 이치에 어그러지는 일야. 나도 자식을 공부시킵네 하고 서울 와 사는 지가 벌써 십수 년 되지마는 양심에 부끄럽지 아니한 날이 하로나 있었을 리가 있나. 하물며, 먹을까 멕힐까 하는 큰 전쟁이 벌어진 오늘날, 자식이 총을 들고 전장에를 나가는 판에 사지가 멀쩡한 아비가 놀고먹다니, 안 될 말이지. 천벌이 내릴 일이야. 재철아, 나도 이제는 깨달았다. 네게 배왔다. 나도 네가 떠나는 것을 보고는 시골집으로 갈란다. 그저 어째 서울바닥에 가만히 앉았기가 노상 마음에 걸리드라니. 아까 밤을 받고도 어째 꺼림측하더란 말이다. 그렇지만 인제는 작정했으니까. 마음이 거뜬해. 논밭에 앉은 새를 날려주더라도, 그냥 슬슬 논밭으로 작인네 집으로 돌아보기만 하더라도, 마음이 덜 거북할 게다. 안 그렇소,

---

7　　대서(代書) : 남을 대신하여 관청 행정이나 법률 행위에 필요한 서류를 작성하는 일.

여보.”

김참사는 웃으며 아내를 바라본다.

아내도, 재철도, 재원도, 재석도, 말이 없다. 다들 무슨 간절한 기도를 하는 사람들 모양으로 고개를 숙이고 있다.

그 이튿날 저녁에 김참사는 밤밥을 짓고, 술과 안주를 장만하고 평생에 사귀어 놀던 친한 벗을 청하였다. 석초, 어옹, 동원, 국사, 성재 — 이러한 시인이나 문사와 같은 당호를 가진 사람들이다. 그들도 다 시골에 땅을 두고 가난한 일가, 어려운 작인, 공공단체의 기부, 이 모양으로 귀찮은 것을 피하여서 서울에 집을 짓고 호강하기로 김참사와 같은 사람들이다.

술이 거나하게 취하고 저녁상을 물린 뒤에 김참사는 아들이 내무성에 임관된 것, 그러나 지원병으로 나가는 것, 자기는 깨달은 바 있어서 식량증산에 조금이라도 힘을 쓰기 위하야 시골로 가기로 하 것을 말하고, 오늘 저녁 이 자리가 유별연[8]이라는 것을 말하였다. 김참사의 말을 들은 일동은 한참 동안은 돌로 깎아 놓은 사람들과 같이 도무지 말이 없었다. 뜰에서 얼마 안 되는 벌레소리가 끊일락 이을락 하고 종로에 지나가는 늦은 전차 소리가 윙윙 울려왔다.

이윽고 국사라는 사람이,

“월강, 갸륵허이. 갸륵허이.”

하고 비로소 입을 열었다. 월강은 김참사의 당호였다.

“오역종차서의吾亦從此逝矣야. 나도 가겠네. 나도 시골 가서 자네 말마다나, 논밭에 새라도 날리고, 작인들 대서라도 해주겠네.”

국사의 이 말에 석초, 동원, 성재, 어옹도 다 말없이 고개를 끄덕끄덕한다.

국사가 소리를 높여서,

“귀거래혜여 전원이 장무허니 호불귀오”[9]

---

8 유별연(留別宴) : 떠나는 사람이 남아있는 사람에게 작별을 고하는 연회.

9 도연명(陶淵明, 365~427)의 시 「귀거래사(歸去來辭)」의 한 구절. “歸去來兮 田園將蕪 胡不歸 (전원이 황폐해져 가는데 어찌 돌아가지 않겠는가)”라는 뜻.

하고 도연명의 귀거래사를 읊조리는 소리가, 안에서 어머니 아들, 딸 모여앉은 자리에 울려왔다.

재철은, '귀거래'에서 아버지의 친구들이 지금 무슨 생각을 가지고 있는가를 짐작하고, 빙그레 웃었다. 유쾌하고도 침통한 웃음이었다.

1
엽전 우려낸 물

조부가 돌아가신 것은 내가 열아홉 되던 해로 메이지明治 사십삼 년의 일이었다. 조부는 당시 칠십구 세이셨기 때문에 지금 살아계신다면 백십이 세가 되는 셈이다.

내가 태어난 것은 일청전쟁이 일어나기 이태 전으로, 조부가 예순이었으니 내게는 노인으로서의 조부의 인상밖에 없다. 게다가 조부는 나의 부모와 같은 집에 살지 않고 명옥明玉이라는, 한때 명기名妓였다는 첩과 줄곧 떨어져 살았기 때문에 자연히 내가 조부의 얼굴을 볼 기회도 적었다. 기억을 짚어보면, 조부에 대한 내 최초의 인상은 일곱 살 이전으로는 거슬러 올라가지 않는다. 그 인상이란 둥근 얼굴에 수염이 새하얗고 노란빛을 띤 눈에 광채가 있으며, 그리고 화가 났을 때는 무척 목소리가 컸던 것 등이다. 조부는 풍채가 좋고 글씨를 잘 썼다고 훨씬 훗날까지도 사람들 입에 올랐는데, 내 기억으로도 조부는 걱정이라고는 모르고 좋은 것도 싫은 것도 그때뿐으로 곧 잊어버리는 그런 성질이었다. 그는 화가 나면 큰 소리로 꾸짖지만, 곧 또 하하, 하고 큰 소리를 내며 웃는다. 내가 일여덟 살 때의 일이라고 생각되는 몇 가지 삽화를 골라내보자.

---

1   원문 일본어. 가야마 미츠로(香山光郎),『국민문학(國民文學)』, 1944.1~3. 미완. 집필 배경과 관련하여 1944년 1월호 편집후기에는 다음과 같은 기사가 실려 있다. "가야마 미츠로(香山光郎) 씨가 장편 『사십년』을 연재하게 되었다. 자서전적인 필치로 40년 전의 북선(北鮮)의 작은 마을에서 이야기가 시작된다. 연대적으로도 그렇지만 깊이 시대와 함께 한 본격적인 장편작가인 씨에 의해 새로운 시점에서 40년 역사의 흐름이 묘사되는 것은 실로 적임자를 얻었다 할 것이다. 깊이 사의(謝意)를 표하는 바이다."

어느 날 내가 조부 댁에 갔더니 조부 혼자서 여느 때의 자리에 앉아 있었다. 당시는 이미 우리 집안의 가산家産이 기운 때로, 조부의 집이라는 것도 지극히 엉성한 일반 농가의 초가집으로 두 칸밖에 안 되었다. 그 이상 작을 수 없을 듯한 집이었지만 조부는 이와 반대되는 호방한 취향으로, 실내는 백지로 바르고 자신의 서책 등도 놓아두었고, 세간만큼은 읍내에서 호사스런 풍류생활을 했던 자취로 책장이며 연상硯床(버릇집으로 받침대가 붙어 있는 것)이며 병풍이며, 그 밖의 문방구 등을 가지고 있었다. 또 술을 좋아하여 술병, 술잔, 쟁반 등도 공들여 모았다. 놋쇠로 만든 대야, 타구, 재떨이 등도 제대로 갖춘 것이고, 여행용, 마상용馬上用 물품도 아직 손때 묻히지 않은 채 이 좁은 방에 빼곡히 놓아두었다. 나는 그런 물건들을 보는 것이 좋았다.

이런 세간들 속에서 조부는 지나支那 비단으로 덮인 긴 보료를 깔고 언제까지고 언제까지고 반가부좌에 가까운 앉음새로 앉아 있는 것이다.

나는 조부가 좋다기보다도 대단히 훌륭한 사람이며, 이 군내郡內에서는 첫째가는 훌륭한 사람이라고 믿었다. 게다가 조부가 얼굴을 들고 눈을 번쩍 빛내면 위엄이 있었고, 또 조부는 말이 없는 편으로, 나를 귀여워하는 기색은 말로도 얼굴에도 나타내지 않았던 터라, 나는 어느 쪽인가 하면 조부를 두려워하는 편이었다. 그래도 종종 조부의 얼굴이 보고 싶어지면 혼자 쫄래쫄래 찾아가서는 오래도록 놀다가 뭔가 단것이라도 받아 오는 것이 보통이었는데, 나는 그 단것이 탐나서 조부 댁에 갔다고는 생각하지 않는다. 다만 조부의 그 풍모가 보고 싶은 것이었다. 조부의 풍격은 확실히 내게는 경이驚異여서,

'조부님은 정말 훌륭해.'

하고 우러러 떠받들었던 것이다.

이날도 조부는 언제나처럼 가만히 앉아 있었다. 내가 성큼성큼 곁으로 가서 관례대로 절을 하자 조부는,

"네게 줄 것이 있다."

고 하면서, 몸을 홱 돌려 아랫목의 가장 따뜻한 곳에 무슨 천이 덮여 있는 작은

놋쇠 그릇을 꺼내더니,

"이것을 마시거라. 즙만 마시는 게다."

하는 것이었다.

뚜껑을 열어보니 멥쌀과 물, 그리고 멥쌀 위에 엽전이 두세 냥 부드럽게 빛나고 있다.

내가 그것을 내려다보고 있자 조부는,

"마시렴, 마셔. 그것을 마시면 몸이 튼튼해진다고 책에 씌어 있지."

하고 재촉하는 것이어서, 나는 분부대로 그 맑은 윗물을 꿀꺽 들이켰다. 정말 맛이 없었다.

"매일 이맘때 오너라."

조부는 말했는데, 내가 이 묘한 약을 언제까지 마셨는지는 기억이 없다. 조부는 내가 약한 것이 마음에 걸려 그런 것을 마시게 할 생각을 했던 것이리라. 오래 그것을 마시노라면 그 엽전이 부드러워지고, 그 부드러워진 엽전까지 마셔버리면 건강한 몸이 되는 것이라고 말씀하셨던 듯하다. 그러나 그 부드러워진 엽전을 마신 기억은 물론 없다. 다만 이후 사십오 년이 지난 오늘, 조부의 안타까운 애정을 절실히 느끼며 눈물을 머금을 뿐이다. 나 같은 병약한 것이 오십을 넘어 살고 있는 것도 어쩌면 조부의 원력願力에 의한 것일지도 모른다.

지나인 향 장수

하나 더, 당시의 일화.

어느 날 내가 조부 댁에 갔더니, 조부의 방 옆방에 시커먼 공단貢緞[2] 옷을 몸에 두른 젊은 남자가 있었다. 나는 이때까지 지나인을 본 적이 없었던 터라 깜짝 놀

---

2 두껍고 무늬는 없으나 윤기가 도는 고급 비단.

라고 말했다.

　조부는 여느 때처럼 앉아 있다. 나는 쭈뼛쭈뼛 그 지나인 앞을 지나서 조부 앞에 절을 하고, 절을 끝내자 곧 그 시커먼 이상한 사람을 쳐다보았다. 조부가 곁에 있어서 두렵지는 않았다.

　지나인은 머리 앞쪽을 푸른빛이 돌 정도로 밀고, 머리를 기다랗게 변발辮髮하여 늘어뜨리고 있다. 나도 머리를 땋아 늘어뜨렸지만, 저런 어른이 상투를 틀지 않고 변발한 것이 우스웠다. 하긴 대나무 빗을 파는 전라도 노총각은 본 적이 있다. 그들은 모두 궁상스럽고 더러운 얼굴을 하고 있었는데, 이 지나인은 실로 살갗이 희고 고상한 얼굴을 하고 있다. 특히 손이 새하얗고 손가락은 가늘고 긴 데다 손톱도 길었는데, 내 짧은 손톱보다도 아름다웠다.

　"손자입니까?"

　그 지나인은 실로 능숙한 조선어를 구사했다.

　"그렇다네, 손자야. 손자는 이 아이 하나뿐이지."

　조부는 뜻밖에도 그 두꺼운 손으로 내 머리를 쓰다듬어주었다.

　"중국[3] 손님이다. 향을 만드는 사람이지. 한어漢語라도 배우렴."

　조부는 이런 말도 했다.

　그날 이후 나는 이 왕王이라는 지나인과 사이좋은 친구가 되었는데, 그는 내게 여러 가지를 주었다. 둥근 상자에 담긴 성냥도 얻고 어머니께 드리는 선물이라고 하여 붉은 문자가 박힌 무척 맛있는 과자도 얻었는데, 그것은 월병月餠이거나 귤병橘餠이었던 듯하다. 그리고 차장車掌이 가지고 다니는 것 같은 칸델라カンデラ[4]도 보여주었는데, 그것은 주지 않았다. 그것들 가운데 오랫동안 내 보물이 되고 약이 된 것은 향이었다. 그것은 금박이 돋을새김되어 있는 직사각형의 담홍색 덩어리였는데, 실로 좋은 향기가 났다. 그 향은 미려美麗한 호박색 비단 주머니에 들어 있어 술을 단 나비매듭의 자줏빛 끈으로 저고리 고름에 차도록 되어 있었다.

3　원문대로.
4　네덜란드어 'kandelaar'. 휴대용 석유등을 뜻함.

나는 이 향을 무척 사랑했지만, 향을 차고 다닐 수는 없었다. 향을 차는 것은 여자들뿐이다. 여자도 새색시에 국한되어 있었다. 옛날에는 시부모 앞에 나아갈 때 향을 찼다고 하는데, 내가 어렸을 때는 은장도나 은통(그 안에는 귀이개, 이쑤시개, 바늘 등을 넣는다), 반달 모양의 옥구슬 등과 함께 향주머니도 혼인 적령기의 여자나 새색시의 장식으로 가슴에 찼던 것이다. 그래서 내가 가진 이 향도 어머니와 그 밖의 어른들이 내가 자라서 색시를 맞을 때 쓸 거라고 해서 부끄러워 차지 않으려고 했던 것이다. 이 향이 나중에 어떻게 되었는지는 모르지만, 내가 색시를 맞기 전에 부모님이 돌아가셔서 집이 망하고 말았으니 아마도 누군가의 손에 들어갔을 것이다.

왕 씨에게는 향 주문이 꽤 있었던 듯하다. 내가 놀러 가면 그는 무슨 덩어리를 줄로 갈아서 분가루로 만들거나 작은 절구에 송진이나 모래 같은 것을 갈아 으깨고 있었는데, 그것이 모두 향이 뛰어난 향료였다. 주문을 받은 향을 만드는 것이다.

유향, 몰약, 침향, 사향과 같은 것을 나는 이때 처음 보았고, 그런 말도 처음 배웠다. 용연향龍延香이란 말도 배웠고, 내 향리에서 나는 향나무는 백단白檀과 자단紫檀이라는 것도 알게 되었다.

향나무는 여러 대를 이어온 집안에서는 으레 한두 그루 심었던 것이다. 사당祠堂(선조의 신주를 모신 건물)이 있는 집은 그 섬돌 아래, 따로 사당 건물이 없는 집에서는 뒷마당 등 청정한 구역에 심는 것이다. 백 년 이상이나 지난 늙은 향나무는 대를 이어온 집안의 자랑이기도 하다. 내가 살던 집에도 멋진 향나무 노목이 있어서 나는 이웃 아이들과 그 그늘에서 놀며 집 자랑을 했던 것인데, 부친의 재산 관리가 나빠지고 또 이도재李道宰라는 관찰사(지금의 도지사에 검사정, 판사, 연대장을 겸한 직권을 가진 관리)때 조부에게 애매한 죄를 뒤집어씌워 돈을 빼앗으려 했던 사건 등으로 내가 가장 좋아했던 그 집을 울며불며 남의 손에 넘겨버린 것이었다. 그래서 그 자랑거리였던 늙은 향나무도 지금은 남의 것이 되어버린 것이다.

향나무는 초봄, 향이 가장 뛰어날 때 가지 하나를 꺾는다. 그것을 네다섯 치 정도로 잘라 그늘에서 말린다. 그것을 사당의 향합香盒에 넣어두었다가 선조의 제사 때 꺼내 성냥개비 크기 정도로 깎아 향로에 불을 붙인다. 그렇게 하면 연기가 난다. 그 연기가 하늘하늘 피어오르는 광경은 밀랍으로 만든 초에 켠 촛불과 더불어 가장 경건하고 신비한 감정을 부추기는 것이었다. 나도 향안香案[5] 앞에 꿇어앉아 작은 손으로 백자 향로에 자단향을 피웠던 것을 기억한다.

자기 집에 향나무가 없는 사람은 남의 집에서 양해를 구하여 나누어 얻지 않으면 안 된다. 그것은 굴욕이다. 우리가 당시 살았던 집은 뒷마당이고 뭐고 없는 끔찍한 곳으로, 나는 향나무를 심을 곳이 없는 것을 더할 나위 없이 유감으로 여겼더랬다. 내가 지금까지도 향을 좋아하는 것은 어린 시절의, 이 잃어버린 향나무에 대한 애석한 마음 때문인지도 모른다.

조부에게서 들었는지 아니면 부친에게 들었는지 모르지만, 향은 귀신을 물리치는 힘이 있다고 한다. 나쁜 기운을 없앤다는 것이다. 그 나쁜 기운이란 게 무엇인지 내게는 분명하지 않았지만, 아마도 나쁜 요물들일 것이라고 생각했다. 혼인 적령기의 처녀나 새색시들이 향을 차는 것도 나쁜 기운을 없애기 위해서이고, 이런 아름다운 것에는 자칫하면 나쁜 기운이 들러붙기 쉽다고 생각되었던 것이리라.

향이 가진 또 하나의 힘에 대해 나는 이런 얘기도 들었다. 향을 태우면 선신善神이 강림하신다는 것이다. 그러나 나의 외조모와 무당이 집신과 산신들을 제사 지낼 때는 향을 태우지 않았던 터라, 이것은 분명히 나쁜 신을 제사 지내는 것이로구나, 하고 나는 생각했었다.

왕 씨는 무척 오랫동안 조부 댁에 있었던 듯하다. 마을과 이웃마을의 유서 깊은 집안이며 벼락부자들이며 시집갈 때가 된 처녀를 둔 집안에서는 좋은 기회로 여겨 너도나도 향을 주문했다. 말할 것도 없이 향에는 서너 등급이 있어 최고급은 백 냥이라고 들었던 것으로 기억한다. 내가 받은 것은 최고급이었다고 하는

---

5   제사 때 향로나 향합(香盒)을 올려놓는 상.

데, 아마도 왕 씨가 조부댁에 머문 데 대한 답례였을 것이라고 생각된다.

도대체 이 왕 씨라는 지나인이 언제 조부와 알게 되었는지는 모른다. 왕 씨는 조부를 아버님이라고 불렀고, 내게도 숙부 행세를 했다. 그러나 나는 한 번도 그를 숙부라고 부른 적은 없었다. 왕 씨는 작은 활자로 쓰인 책도 갖고 있었고, 먹도 좋은 것을 갖고 있어 그것도 한 개 받았던 듯하다. 편지지와 시전지詩箋紙 등도 노란색이며 진홍색이며 매화와 대나무 같은 그림이 그려진 것 등을 갖고 있어 글씨와 글에도 소양이 있는 듯했다. 나는 어린 마음에도 그가 보통 장사꾼은 아니라고 생각했다.

그런데 그 지나인 왕 씨가 언제, 어떻게 조부 댁을 떠났는지는 기억이 없다. 그때로부터 오십 년 가까이나 지난 오늘날까지도 조부를 추억할 때면 왕 씨가 예의 칸델라 불빛에 향을 반죽하여 빚고 있는 모습이 눈에 떠오른다. 이상한 인연이다. 그렇다. 왕 씨가 지금 살아 있다고 하면 팔십에 가까운 노인일 것이다. 그도 지나의 어디에선가 나를 생각하고 있을지도 모른다.

뱃사공

왕 씨 일이 있고 얼마 지나지 않아 조부는 삼십 리里[6] 남짓 서쪽의 용암龍岩이라는 곳으로 이사했다. 용암이란 노가바우ノガバオ라고 부르는 나루터로, 쑥섬艾島[7]이라는 섬을 오가는 나룻배가 드나드는 곳이다. 남으로는 아득한 황해이고, 서쪽으로 쑥섬을 비롯하여 지리ツーリ, 메추리メチユラ, 감삭이カムサギ 등의 섬들이 떠 있다. 뒤로는 산이고 바닷가에는 집 한 채와 당집 한 채가 있을 뿐, 인가가 있는 곳으로

---

6   1리(里)는 약 0.4km. 원문에는 '三里'로 되어 있다. 그러나 한국의 '리(里)' 단위는 일본 단위의 약 10분의 1에 해당하므로 30리로 옮겼다. 이하 모두 그렇게 옮긴다.

7   이 섬은 이광수와 동향인 정주(定州) 출신의 이석훈의 회고에도 등장한다. 「관서 출신 문인 제씨가 '향토문화'를 말하는 좌담회」, 『삼천리』, 1940.5. 참조.

가려면 십수 정町8 고개를 넘지 않으면 안 된다. 실로 적적한 곳이다.

조부는 이 집을 사서 이사했던 것이다. 나룻배도 이 집에 딸려 있었다. 조부는 왜 이런 곳에 왔을까. 나는 일여덟 살 때의 일이라 그 사정은 모른다. 아마도 돈벌이가 없으면 안 된다는 절박한 경제적 사정이 주된 이유였겠지만, 나는 그것이 전부는 아니었던 듯한 느낌이 든다. 조부가 용암으로 이사 오고 나서의 태도를 보면 더더욱 경제적인 이유만은 아니었던 것이 분명하다.

조부는 예의 결벽이 발동하여 우선 집을 수리했다. 실내는 종이를 바른다. 뜰을 손본다. 우물을 친다. 집 주위를 깨끗하게 한다는 것이었는데, 정말 몰라볼 정도로 훌륭한 저택이 되었다.

뒤쪽의 동산에 기대어 안채가 있고, 뜰 하나를 두고 객실이 있었다. 객실이란 나룻배의 승객이 머무는 기다란 온돌방으로, 더러운 헛간의 표본 같았다. 그러나 조부는 이 헛간도 종이를 발라 거적アンペラ9 깔개도 새것으로 바꿨다.

조부의 방도 이전 초가집보다는 높고 넓었고, 볕도 잘 들고 바람도 잘 통했으며, 창을 열면 황해의 파도조차 바라다 보이는 멋진 곳이었다.

'복거차장 육육춘卜居此庄 六六春'이라고 벽에 붙어 있던 구절을 나는 기억하는데, 이것으로 조부가 예순여섯 때 이곳으로 이사 온 것을 알 수 있다. 내가 일곱 살 때였다.

조부는 서조모 명옥의 조카인 얽은 얼굴에 키가 껑충 큰 미륵이彌勒伊 내외와 그의 조카딸 귀녀貴女 내외를 읍내에서 불러들였다. 귀녀의 남편은 제석이帝釋伊라는 시커먼 소 같은 남자였다. 미륵이와 제석이는 배를, 아내들은 부엌일을 맡았던 것이다.

조부는 이번에는 부두를 쌓아 승객들이 발이 젖지 않고 배에 오르내릴 수 있도록 했고, 그때까지는 노로 배를 젓기만 하던 것을 새롭게 돛을 만들고 돛대를 세웠다. 돛은 붉은 흙으로 물들여 눈에 띄게 아름다웠고, 순풍에 부푼 돛을 달고 달

---

8   1정(町)은 약 109m.
9   포르투갈어 'amparo'. 짚을 두툼하게 엮어 자리처럼 만든 물건을 가리킨다.

리는 나룻배의 자태는 씩씩하여 절찬絶讚의 대상이 되었다. 미륵이는 아무래도 물이 서툴렀지만, 제석이는 곧 어엿한 한 사람 몫의 선원이 되었다. 미륵이는 바다를 두려워하는 듯했다. 제석이도 읍내에서 자라서 바다에 익숙하지 않은 점에서는 미륵이와 다르지 않았지만, 그는 지시받은 것에 충실한 기질인 듯 무엇을 시켜도 정말 열심히 했다. 그런데 여기에 비극의 씨앗이 잉태되어 있었던 것이다.

조부의 눈에는 일을 잘해주는 쪽이 예쁜 것이 당연하고, 자연히 미륵이는 하루 걸러 조부에게 야단을 맞았다.

"너는 아무것도 할 줄 모르느냐?"

하고 그 커다란 목소리로 야단을 맞으면 미륵이는 뾰로퉁해져 자기 방에 들어가 드러누웠는데, 이 일은 내 서조모 명옥의 신경을 몹시 자극했다. 명옥은 조부가 죽은 뒤 자기의 소중한 조카를 이 나루터의 후계로 삼을 심산이었던 것이 틀림없다. 실제로 그것은 가능했을 것이다. 왜냐하면 나의 부친은 그렇게 궁핍한 밑바닥에 떨어져서도 돈이란 것은 알지 못하는 위인이었고 작은아버지는 부친보다 더해서 욕심이라곤 없는 사람이었으니, 미륵이만 일을 잘해서 조부의 마음에 들게 되면 명옥은 그 익숙한 솜씨로 관대한 조부를 마음대로 움직였을 것이기 때문이다.

미륵이가 이 일을 몰랐을 리도 없고 명옥이 간곡히 이야기하지 않았을 리도 없을 텐데, 미륵이라는 남자가 또 물욕이 없는 위인으로 방탕한 기질이 다분한 데다 그 아내라는 이가 제석이의 사촌 누이로 얼굴도 마음도 제석이를 꼭 닮은 탓에 미륵이의 마음에 들 리가 없었다. 미륵이의 아내는 제석이에게 여자 옷을 입힌 듯한 시커먼 소 같은 여자였는데, 실로 바지런히 일한다. 그러나 미륵이는 예쁜 여자를 원했다. 읍내에는 자기 마음에 드는 화사한 여자가 얼마든 있다, 이렇게 생각했던 것이리라.

이에 반해 제석이 내외의 경우에는 아내인 귀녀가 제석이를 싫어했다. 귀녀는 명옥의 조카딸인 만큼 아름다웠고, 아이인 내 눈에도 소 같은 제석이의 아내로는 아까운 생각이 들었다. 가냘프고 눈이 커서 명옥처럼 살갗과 이가 희었다. 그녀는 화장도 능숙했다. 옷맵시 또한 세련되었다. 그런데 몸이 약하다고 해서 곧잘 드러누웠는데, 내가 본 바로는 딱히 병이랄 정도는 아니고, 일하기 싫고 밤에는 남편과 함께 자는 것을 피하기 위해 꾀병을 부리는 것 같았다. 그 증거로는 그녀가 낮 동안은 괜찮은데 저녁부터는 머리가 아프다든가 허리가 결린다는 말을 꺼냈고, 종종 내가 자는 방에 밤에 몰래 들어와서는 내 몸이 으스러질 정도로 꽉 껴안아주거나 뺨을 부비기도 했던 것이다. 그녀는 그때 열일여덟이었다고 생각하는데, 나이보다 젊고 아직 낭창낭창했다.

이 귀녀가 제석이를 싫어하는 것도 한몫하여 명옥은 제석이를 싫어했다.

"저 시커먼 소 같은 바보 녀석을 보면 가슴이 메슥거린다니까."

명옥이 조부 앞에서 제석이의 험담을 하는 것을 나는 몇 번이나 들었다. 그럴 때면 조부는 잠깐 불쾌한 얼굴을 하지만, 아무 말 않고 하늘을 쳐다보는 것이었다.

나로서는 제석이 쪽이 좋았다. 제석이도 내게는 붙임성 있고 종종 한가한 틈을 타서 나를 배에 태워 노를 저어 휘돌아주곤 했는데, 그것이 내게는 커다란 즐거움이었다. 그는 말이 없기도 하고 또 말주변도 없었지만, 그래도 배를 조용한 후미진 곳에 대고는 재미있고 우스운 이야기를 해서 자기도 웃고 나도 웃겼다. 실제로 그는 묵묵히 일하는 그런 유형으로, 일 년 내내 수다를 늘어놓는 일은 없었다. 그의 유일한 낙은 아름다운 아내를 가진 것이었지만, 그 아내가 도무지 자기 것이 되어주지 않았던 것이다.

바다가 거칠어지거나 큰비가 내리거나 하면 나룻배는 쉬게 되어 숙소에는 열 명이고 스무 명이고 손님이 머무는 일이 있었다. 그 손님이란, 이 지방 사람은 극소수이고 대개는 떠돌이 생활을 하고 있는 선원이라든가 물고기 행상, 쑥섬에 모여드는 어부와 선원들을 상대하는 장사꾼 등으로, 때로는 분을 덕지덕지 바른 여자 손님도 있었다. 나는 저녁밥을 먹고 나서 가끔 객실로 가보았다. 그것은 재미있는 풍경이었다.

눈 내리는 겨울밤 같은 때는 특히 재미있었다. 젖은 짚신은 바깥에 두면 얼기 때문에 방구석에 죽 늘어놓는다. 눈길이어서 진흙은 묻어 있지 않은 것이다. 그리

고 철화로에는 숯불이 발갛게 타오르고 있고, 그 위에는 싸리나무 같은 것으로 만든 원반을 천장에 매달아 발감개バルカムギ라는, 발까지 휘감는 감발을 널어놓는다. 젖은 것을 말리는 것이지만, 그것은 발 냄새도 섞인 이상한 냄새를 풍겼다. 그러나 겨울 숙소에서는 어디나 같은 풍경이어서 이 감발 말리는 냄새는 차라리 여행의 정서를 부추기는 것이다.

그리고 손님들은 한가로이 다리를 뻗고 이야기에 빠진다. 평생을 여행하며 지낸 그들에게는 이야깃거리가 많다. 실제 자기의 체험도 있는가 하면 숙소에서 들은 것도 있고 때로는 자신이 개작하거나 각색하거나 창작한 것도 있는데, 이야기할 때는 대개 자기의 경험이 되어버린다. 대부분은 여자 이야기로, 차마 들을 수 없는 것도 있지만, 반드시 그런 외설담만 오가는 것은 아니다. 아름다운 인정담도 있는가 하면 무용담도 있다. 거짓말투성이라고 다 알면서도 모두 재미있게 귀를 기울여 듣는다. 그리고 내심 부러워하거나 질투하고, 분개하거나 헤살을 놓으며 즐거워한다. 그들은 모두 뛰어난 시인이고 소설가이다. 문인文人 사회와 마찬가지로 그들 가운데도 재능 없는 작가가 있어, 재미있지도 않은 이야기를 장황하게 늘어놓는다. 그러면 한 사람 한 사람씩 외면하고 잠들어버린다.

이들 행상인은 대개는 정해진 거처도 처자식도 없이 사십 년, 오십 년 내지 육십 년 이상 조선팔도를 돌아다닌 패거리로, 이른바 보부상이라고 한다. 등에 짐을 지고 걷는 상인이라는 의미로 등짐장수トンチムチャンサ라고 부르는데, 아마도 조선의 역사보다도 오랜 계급일 것이다. 이들은 교통과 교역기관이 발달하지 않았던 때의 상인 무리로 사회에서 일종의 세력을 이루고 있었고, 그 유명한 대원군 같은 이는 보부상의 우두머리였다.

이 계급에는 특수한 의기와 예의범절과 단결이 발달해 있는데, 우두머리, 부하, 형, 아우로 이루어진 의형제라는 조직은 매우 엄격하여, 어려움은 서로 구제하고, 있는 것과 없는 것은 서로 융통했다. 의협심이 많고 돈에 무심한 것을 자랑으로 여기는 탓에 평생 재산을 모으지 못했다.

'발에 종기만 나지 않으면.'

'조선 팔도를 된장 밟듯이 밟는다.'

'오늘은 동쪽, 내일은 서쪽.'

'부르는 곳은 없어도 갈 곳은 많다.'

'되는 대로 돌아다니다가 밭두둑을 베개 삼아 죽는다.'

이것은 모두 그들의 의기를 나타내는 격언이다.

내가 조부의 집에서 본 것은 대개 이런 유의 사람이었다. 농촌에서 자란 내게는 이런 사람들을 보는 것이 재미있었다.

"제가 노자가 떨어져 숙박비를 지불할 수 없는뎁쇼."

떠나기 직전 조부 앞에 와서 이렇게 말하는 사람도 있었다.

"그런가. 됐네, 됐어. 이다음에 올 때 꼭 갚게."

조부는 그 남자를 지그시 쳐다보고 껄껄 웃으며 이렇게 말하는 것이었다.

"예예, 고맙습니다. 이다음, 이다음에야말로 꼭 갚습지요."

그는 지게チゲ를 어깨에 메더니 자못 발걸음도 가볍게 가버리는 것이었다.

"여보, 그러면 어떻게 해요."

나중에 서조모는 조부에게 푸념을 한다.

"그럼, 없는 걸 어떻게 하나."

조부는 호통친다.

"저런 빌어먹을 건달 녀석, 이 세상에서 또 만날 수 있답니까. 지게라도 뺏어두면 좋을 것을."

서조모는 화를 낸다.

"이 세상에서 만날 수 없으면 저세상에서 만날 수 있겠지."

조부는 시끄럽다는 듯이 하늘을 쳐다보는 것이었다.

실제로 조부 같은 태도로는 외상만 늘고 돈이 모일 리가 없었다.

나는 조부 댁에 와도 열흘 이상 머무른 적은 없었다. 한 달에 한 번, 혹은 두 달에 한 번 용암에 가는 것이었다. 나의 부친 집에서 용암까지는 삼십 리나 떨어져 있고, 게다가 마갈マガラ 고개라는 위아래 십 리나 되는 험한 고개를 넘지 않으면

안 되었다. 여덟아홉 살인 내게는 결코 혼자서 하기 쉬운 여행은 아니었다. 평지로 가는 길도 있지만, 그것은 십 리 반이나 멀리 돌아가지 않으면 안 된다. 사십리 반의 길은 더더욱 내게는 힘겨웠다. 부친과 숙부는 정월이라든가 조부의 생일 등을 합쳐서 일 년에 두세 번 정도밖에 조부를 찾지 않았다. 조부가 본가인 부친의 집에 오지 않게 된 것은 십 년이나 전부터라고 한다. 내 조모가 살아계실 때도 조부는 선조의 제삿날에 잠깐 본가에 올 정도였고 곧 읍내 첩의 집으로 돌아갔다고 한다. 그것은 모두 명옥의 부추김이라고, 조모는 본 적도 없는 명옥을 무척 미워했다고 한다.

조부의 회갑 축하만큼은 역시 본가에서 했다고 한다. 그러나 그 후는 '효자모 노불장사 효손모 감소고우孝子某 老不將祀 孝孫某 敢召告于'[10]라고 축문祝文에 쓰게 되어 조부는 선조의 제사 때에도 집에 오지 않게 되었던 것이다. 우리 집은 오대 종가로 매월 선조의 제사가 있었지만, 집이 가난해짐에 따라 친척도 참례하지 않게 되어 칠월 이십이일 나의 돌아가신 고조부, 즉 조부 편에서 말하면 돌아가신 조부의 기일忌日을 빼고는 부친과 나 둘이서 제사를 지냈던 것이다. 어찌된 일인지 숙부가 우리 집에 온 것을 본 기억은 없다. 이따금 조부 댁에서 부친과 숙부가 서로 만나는 일이 있는데, 두 사람 사이가 나빴다고는 생각되지 않는다. 숙부는 기인奇人이 아니었을까 나는 생각하고 있다.

말이 나온 김에 쓰는데, 숙부는 내게 수수께끼 같은 인물이었다. 그는 부친보다 체구가 작고 연약했지만 그 대신 부친보다도 우아하고 귀족적인 풍모였고, 부친이 열정적인 데 비해 그는 무엇에든 쉽게 동요하지 않는 냉정한 위인이었다. 그는 아내가 죽자 재혼하려고도 하지 않고 살림을 걷어치우고는 유랑 생활을 하는 것 같았는데, 그렇다고 먼 지방으로 여행을 하는 것도 아니고 사방 사오십리 내의 친구 집 사랑サラン(객실)을 순회하는 모양이었다. 그러나 우리 집에는 들르지 않았다. 대개 일가친척 연고자의 집에는 신세지지 않는다는 심산이었던 듯하다.

---

10 효자 모(某)가 늙어 장차 제사지내지 못하니 효손 모(某)가 감히 아룁니다.

언제나 말쑥한 선비サンビ(문사, 학자) 차림을 하고 있어 도무지 가난한 방랑자라고는 생각되지 않았다. 특히 그의 얼굴에는 항상 명랑하고 냉정한, 세상에 초연한 귀족적인 면이 있었다. 숙부의 이런 생활태도는 지금도 이해할 수 없다. 그렇다고 해서 그는 학자도 시인도 아니었고 또 독서가 같지도 않았다. 숙부는 확실히 불가사의한 성격의 소유자였다.

그것은 분명 늦봄 초여름 무렵이었다고 생각하는데, 내가 아홉인가 열 살 때, 즉 메이지明治 삼십사, 오 년경이었을 것이다. 나는 오랜만에, 아마도 정월 이후로 처음일 것이다, 조부를 용암으로 찾아갔는데, 조부는 몹시 여위어 있었다. 벌써 칠십에 가까운 노구老軀인 탓도 있지만, 나중에 생각하니 경제적으로 어려웠던 듯하다. 조부의 방만한 경영에다 반자리バンザリ11라는 곳에 다른 녀석이 새로운 나루터를 만든 것이 가장 큰 원인이다. 반자리란, 용암에서 십 리 반 남짓 북쪽, 내륙에서 가장 가까운 곳으로, 쑥섬으로 가는 데는 그만큼 육로가 단축되는 것이다. 물길의 거리는 용암에서보다 십 리 이상이나 멀지만, 무거운 짐을 등에 짊어지고 십 리 반이나 쓸데없이 걸어서까지 용암의 나루터로 오는 사람도 없었다. 그래서 조부의 모처럼의 경영도 반자리의 승객을 흡수할 수는 없었던 것이다.

과연 객실은 언제나 텅 비었고, 나룻배도 몽땅 빈 것은 아니지만 만원滿員은커녕 성황盛況도 이제 바랄 수 없는 꿈이 되었으며, 외상을 진 녀석은 더더욱 두 번 다시 용암을 지나려고 하지 않았다. 그래서 용암은 쇠퇴하기만 했다. 나는 반자리의 나루터를 만든 녀석에게 크게 분개했지만 아무것도 할 수 없었다. 쇠퇴하는 용암에는 가망이 없다고 여겼으리라. 미륵이는 결국 달아나고 말았다. 이를 한탄해서인지, 명옥은 허리가 굽고 원기를 잃게 되었다.

그러나 미륵이에게 버림받은 아내 순녀順女는 아무렇지도 않게 부지런히 일했는데, 숙박객이 적어서 일하려고 해도 일거리가 없었다. 그래서 그녀는 바구니를 끼고 뒷산에 올라서는 산나물을 캐오거나 집 주위의 공터를 가래질하여 야채

---

11 'バナザリ'와 'バンザリ'가 뒤섞여 표기되어 있다. 모두 후자로 옮긴다.

를 키우거나 했다. 오직 귀녀만은 변함없이 아프다, 아프다 하고는 놀 뿐이었다.

제석이는 손님이 적어도 물때마다 배를 내지 않으면 안 되므로 변함없이 바빴다. 그도 배에 오른 지 벌써 삼사 년이나 되어 뱃노래도 몇 가지 배워서 나를 배에 태우고는 좋아하는 노래를 부르면서 어기여차エツチラエツチラ 노를 저었다.

"어야디야, 어히요리, 어기야디야オヤドヤ, オオヒヨリ, オキヤチヤ."

이렇게 힘껏 노래했다. 그는 아름다운 아내를 곁에 두고 홀아비 생활을 하고 있었다. 내가 용암에 가 있는 동안에도 자주 두 사람의 침실에서 밤중에 다투는 소리가 들려왔다. 귀녀는 그때마다 잠옷 차림으로 흐느껴 울면서 내 방으로 뛰어 들어서는 내 이불 속으로 숨어드는 것이었다. 나는 아이이지만 그 의미를 알 것 같아서 제석이도 귀녀도 두 사람 모두 불쌍해졌다.

그 후 얼마 지나지 않아 가마 한 채가 귀녀를 데리러 왔다. 아마도 제석이가 아침 물때에 쑥섬에 간 틈을 엿본 모양이었다. 가마꾼은 한 통의 편지를 조부에게 건넸고, 조부는 그 봉투가 언문으로 씌어 있는 것을 보자 서조모에게 건넸다.

그것은 서조모의 형님에게서 온 편지로, 아비가 병이 났으니 귀녀를 그 가마 편에 보내달라는 것이었다.

"오라버니가 병이 났다고 하네요."

서조모는 자못 맥이 풀린 얼굴로 편지 내용을 조부에게 알렸다.

"흥."

조부는 조롱하듯 콧소리를 냈다.

"오라버니가 병이 났다는데 뭐가 흥이에요?"

서조모의 눈이 뾰족해졌다.

"귀녀를 데려가려는 핑계지."

조부는 하늘을 쳐다봤다. 명옥도 수긍이 가는 듯했다.

"귀녀야, 귀녀야."

명옥이 불렀다.

"네."

귀녀는 벌써 단단히 몸치장을 하고 왔다.

"아버지가 병이 나셨단다. 너를 데리러 왔는데, 갈 테냐?"

"가야죠."

"그래도 지금 가면 안 되지. 제석이가 돌아온 후가 아니면."

"싫어요. 저 소가 돌아오면 놓아준답니까? 나는 지금 곧 갈 거예요."

명옥도 기가 막히고 말았다.

"너, 미리 서로 짠 게로구나. 제석이를 배신하고 다른 곳으로 가자는 것이겠지. 사람 같지 않은 녀석."

조부는 귀녀를 험악하게 흘겨보았다.

"내가 그 녀석과 함께 살 바에야 바다에 뛰어들어 죽어버릴 거예요."

귀녀는 비단을 찢듯 소리를 질렀다. 그녀는 새파래져서 눈물을 뚝뚝 떨구었다.

"썩 가거라. 앞으로 뼈저리게 느낄 때가 올 게다. 네 부친도 부친이지. 역시 종자가 달라."

조부의 눈은 불을 토했다. 나는 조부의 그런 무서운 눈을 본 적이 없다. 정말 번쩍하고 불꽃이 튀었다.

"종자가 다르다? 네, 종자가 다르지요. 우리들은 상것이고 당신은 양반이지요. 흥, 양반. 양반이라도 당신 댁처럼 영락零落해버리면 상것보다도 못한걸. 귀녀야, 나도 함께 가자. 나도 이 양반 집에 있을 신분이 아니란다. 아아, 나는 젊고 아름다울 때 이 집에 와서 이런 허리 굽은 노파가 되어 쫓겨나는구나."

나는 명옥이 한 말을 모두 기억할 수는 없지만, 설사 기억하고 있다 해도 차마 쓸 수 없다. 그녀도 오랫동안 조부의 배우자로서 애써준 서조모이기 때문이다.

명옥이 흥분하면 조부는 하늘을 쳐다보는 것이 보통이다. 이날도 같은 전법戰法이었다.

결국 귀녀는 데리러 온 가마를 타고 가버리고, 서조모는 술을 마시며 엉엉 울었다.

해질 무렵 제석이는 섬에서 돌아왔다. 그는 눈으로 귀녀를 찾는 모양이었는데, 불쌍해서 나는 그를 앞뜰로 불러내어 귀녀가 가마를 타고 가버렸다고 알려주었다.

제석이는 맥이 풀려서 고개를 떨구고 말았다. 나는 조부들이 말한 것까지는 말하지 않았지만, 그는 더 이상 들으려 하지도 않았다.

귀녀는 물론 두 번 다시 용암에 돌아오지 않았다. 귀녀가 다른 남자에게 시집간 것도 곧 알려졌다. 이 소식은 역시 제석이를 분격시켰지만, 건강한 사람의 상처와 같이 하루하루 아물어갔다.

어느 날 제석이는 나를 배에 태우고 사돌섬サトラ島이라는 바위섬까지 돛을 달고 데려가주었다. 이 바위섬에는 그 주변 일대의 갈매기가 머문다.

"갈매기 알을 주워줄게. 구워 먹으면 맛있지."

제석이는 벌써 식욕이 동한 듯한 얼굴이었다. 우리 배가 바위섬의 모래톱에 닿자 갈매기들은 침입자에게 놀라 까악까악 울면서 우왕좌왕했다. 정말 이지 몇 백 마리인지 몇 천 마리인지 알 수 없을 정도로 수가 많았다. 어떤 녀석은 그 예리한 날개로 우리를 공격이나 하려는 듯이 머리 위를 아슬아슬하게 날아다녔고, 그 냄새가 내 코를 찌르는 것 같아서 지독했다.

우리는 썰물을 타고 이곳까지 온 것이어서 밀물로 돌아가야 했는데, 그때까지는 여유가 있어서 갈매기 알을 줍거나 조개를 줍거나 하며 놀았다. 제석이는 서른이나 된 어른이었지만, 아이가 되어 나와 잘 놀아주었다.

"그 계집년, 지금 어디 가 있을까나."

하고 중얼거리거나, 주운 조개를 바위에 부딪쳐서는,

"이년, 뒈져버려라."

하고 저주했다.

"제석이 아재, 이제 그런 여자 따윈 잊어버려요. 이제 좀 더 좋은 아내가 올 거예요."

나는 어린 주제에 이렇게 말하며 위로해주었다.

"응, 이제 잊었어. 그런 괭이 같은, 아이도 낳지 못하는 계집년 따위, 무슨 쓸모가 있다고."

제석이는 체념한 듯이 웃었다.

"제석이 아재, 그 여자 좋아?"

내가 이렇게 물어본다.

"응, 좋아했지. 예쁜 여자였으니까."

제석이는 이런 모순된 말을 했다.

하늘은 맑게 개어 있고 햇볕은 벗은 몸을 바늘 끝으로 가볍게 찌르는 듯히 강
렬했다. 활 모양의 수평선은 아지랑이와 파도로 이글이글 불길이 타오르는 듯했
다. 메추리섬이 어렴풋이 쪽빛으로 빛나고 있다. 시커먼 돛을 단 수조선水槽船, 지나
범선이 미끄러지듯 지나갔다.

"벌써 밀물이로군."

제석이는 이마에 손을 받치고 앞바다 쪽을 바라보았다. 물빛 상태로 물결의 방
향을 가늠하는 모양이었다. 꽃게며 그 밖의 생물들이 바쁘게, 무엇에 놀란 듯이,
검은 진흙 위를 돌아다니거나 구멍으로 숨어들었다.

이제 곧 돌아갈 채비를 하지 않으면 안 된다.

"자, 굴도 좀 더 먹어요. 바위굴은 몸에 좋아."

제석이는 바위에 달라붙어 있는 굴을 돌로 깨서는 나를 불렀다. 나는 손가락
끝으로 아직 바르르 떨고 있는 굴을 꺼내 먹었다.

이제 노는 것에도 물려 나는 배에 올랐다. 벌써 물결은 엷은 치맛자락처럼 우
리 배가 있는 곳까지 가만히 다가왔다.

갈매기들은 먹이를 잡으러 갔다. 그들도 적이 돌아갈 채비를 하고 있는 것을
아는 듯 이제 까악까악 시끄럽게 굴지도 않았다.

드디어 우리 배는 물 위에 떴다. 흔들흔들 흔들리는 것이 무척 유쾌하여 나도
이제 바다가 무섭지 않게 된 것이라고 득의만만해졌다. 이곳에서 육지까지는 10
리나 될 것이다. 그래도 이 바위섬은 만灣의 입구와 떨어진 곳에 있어서 더욱 절
해고도 같은 느낌을 준다. 게다가 배를 타지 않고는 올 수 없는 곳이어서 나 같은

어린애에게 이 섬은 왠지 신비경처럼 여겨졌던 것인데, 오늘 그것을 본 것이다.

우리 배는 사돌섬을 떠나 돛을 올렸지만, 바람이 없어서 돛은 심드렁했다. 나루터에는 손님이 기다리고 있을 것이다. 돌아가는 길을 서두르지 않으면 안 되었다. 제석이는 저 늠름한 팔에 힘을 주어 좌현左舷의 노를 젓기 시작했다. 삐걱삐걱하는 소리와 아울러 배는 오른쪽으로 왼쪽으로 머리를 흔들면서 나아갔다. 나는 제석이에게 배운 대로 키를 잡았는데, 그게 무척 기뻤다. 키를 약간 돌리면 커다란 배의 방향이 바뀌는 것이 정말 재미있었다.

"그렇게 함부로 키를 움직이면 배가 나아가지 않지요."

제석이는 웃었다.

우리 배가 중간쯤 나아갔을 때, 나는 이상한 배가 북쪽을 향해 나아가고 있는 것을 보았다. 그것은 새하얀 돛을 달고 있고, 그 돛의 모양이 삼각형이었다. 조선 배라면 돛이 붉을 것이고 지나의 수조선이라면 검을 것이다. 그런데 그것은 어쩐 일인지 희고 삼각형이 아닌가.

"제석이, 저기, 저기, 저것 봐."

나는 무심결에 얼빠진 소리를 냈다.

"응, 어디?"

제석이는 노 젓던 손을 쉬고 내가 가리키는 쪽을 쳐다보았는데, 그도 놀란 듯이,

"과연 이상한 배로군. 저런 배는 본 적이 없는데."

하고 이상하게 여겼다.

그 이상한 배는 정말 빨랐다. 흰 갈매기가 날아오듯이 쓱쓱 우리 배 가까이 왔다.

우리는 기분이 나빴지만, 속력이 느려서 달아나려야 달아날 수가 없었다.

순식간에 그 배는 우리 배를 따라잡아,

"어―이."

하고 부르며 우리 배를 가로막듯이 회전하면서 돛을 내렸다. 그 배에는 검은 옷을 입은 사람이 세 명 타고 있었다.

우리가 어안이 벙벙해져 있자니, 세 사람 가운데 가장 젊고 얼굴이 흰 사람이

손을 들어 싱글싱글 웃으며,

"여기가 용암이오?"

하고 알아듣기 어려운 묘한 발음의 조선어로 묻는 것이어서, 우리는 그 물음에 적의가 없는 것을 깨닫고 안심했다.

"그래요, 용암이 저기예요."

내가 대답하자 그 얼굴 흰 사람은 고개를 끄덕이고는 뭔가 흰 꾸러미를 내게 던져주었다. 열어보니 그것은 둥근 떡이었다.

"드시오. 맛있소."

라고 하기에 나는 한 개 먹어보았다. 과연 맛있다. 속에는 단 조청이 들어 있었다. 처음 보는 떡이었다.

얼굴 흰 사람은 제석이에게는 히로ㅌ—ㅁ—[12]라고 씌어 있는 권련을 건넸다. 제석이도 나도 권련을 본 것은 이것이 처음이었다. 제석이는 맛있게 권련을 피웠다.

두 척의 배는 한 줄로 나란히 물가 쪽으로 나아갔다. 그 배는 우리에게 물길 안내를 부탁했던 것이다.

나는 무심코,

'저것은 일본인이로구나.'

하고 생각했는데, 나중에 그 생각이 맞았다는 걸 알았다.

그 배에는 '구환鷗丸'이라고 씌어 있었다. 나는 그 정도 한자는 읽었던 것이다.

부두(내 조부의 대사업장인)에는 십수 명의 승객이 배를 기다리고 있었는데, 우리가 이상한 배를 데려오는 것을 보고 모두 커다랗게 눈을 떴다.

나는 벌써 그 얼굴 흰 사람과 친해져 앞장서서 그를 조부 댁으로 안내했다. 조부에게 소개하면 그 배의 수수께끼가 풀릴 것 같았다.

양복 입은 사람을 본 적이 없는 조부도 이 사람을 보더니 눈이 둥그레졌지만,

12　영웅(hero).

과연 조부는 담력이 있어 놀라는 것 같지는 않았다.

그 사람은 조부 앞에 앉자 공손히 명함을 내밀었다. '이노우에 추이치井上忠一'라는 이름과 그 옆에 작은 글자로 '대일본제국 히로시마大日本帝國 廣島'라고 적혀 있다. 명함을 내밀고 그가 정중하게 절을 하자 조부는 당황하며 손을 들어,

"절을 할 것까진 없는데."

하고 말렸다. 이것은 노인의 예의로, 답례에 상당하는 것이다.

절을 마치자 이노우에는 뭔가 지껄였지만, 자기의 조선어가 이 노인에게 통하지 않는 것을 알고는 연필과 수첩을 꺼냈다. 조부는 이노우에의 의도를 헤아려 벼루 상자와 두루마리 종이를 이노우에 앞에 내밀었다.

이노우에는 머리를 약간 숙이고 직접 벼루 상자의 뚜껑을 열었는데, 내가 먹을 갈아주었다.

이노우에는 종이를 손으로 쥐더니 달필로 두세 줄 썼다. 나는 그 문구까지는 기억하고 있지 않지만, 자기는 장사차 인천에서 사허쯔沙河子[13]까지 가는 사람인데, 도중에 식량과 물이 떨어져 이곳에 들렀으니 잘 부탁한다는 의미였다.

조부는 그것을 보더니, 우선 머리를 끄덕여 알아들었다는 뜻을 표하고, 이어서 붓을 들어,

"원로무양 심희심희遠路無恙 甚喜甚喜"[14]

라고 써보였다. 조부는 서예가여서 노필老筆이긴 하지만, 실로 멋진 글씨였던 터라 이노우에는 무척 감탄하는 듯했다.

이노우에는 동행한 억세 뵈는 남자에게 뭔가 지시했는데, 곧 상자 꾸러미와 술병 하나를 가져왔다. 술을 좋아하는 조부는 일본 술을 받자 아이처럼 기뻐했다.

조부는 즉시 술잔과 쟁반을 가져오라 하여 이노우에와 대작하여 마셨다. 나는 또 과자를 받았다.

조부는 서둘러 쌀 한 말, 콩 한 되, 닭 세 마리, 계란 열 개를 배까지 실어다 주

13　중국 헤이룽장성(黑龙江省) 하얼빈시(哈尔滨市) 우창시(五常市) 남동쪽에 위치한 소도시.
14　먼 길 무탈하니 심히 기쁘고 기쁘오.

었다. 나는 우물 있는 곳을 알려주었다. 산 위에 있는 당집 우물이라는, 무척 차고 맛있는 샘을 일러주었다.

이노우에의 배는 그날 밤 용암에 정박했다. 조부는 집에 와서 머물도록 권했지만, 이노우에들은 배에서 묵었다. 밤중에 몰래 닻을 올려 부근의 수심水深을 측량했을 것이다.

이튿날 아침 이노우에는 또 선물을 가지고 조부 댁에 와서 아침 인사를 하고 식량값을 냈지만, 조부는 고개를 저으며 받지 않았다. 이노우에는 배까지 따라간 내게 다른 선물과 함께 한 권의 책을 주었다. '유바 주에이 저, 일어독학弓場重榮著, 日語獨學'이라고 표지에 씌어 있었다.

이노우에의 배는 낮 물에 용암을 떠나 먼바다 쪽으로 나가는가 싶더니, 만 안쪽 깊이 북쪽으로 나아갔다.

얼마 지나지 않아 이상한 일이 발견되었다. 용암의 꼭대기가 새하얗게 칠해져 있는 것이다.

"글쎄, 이상하군. 누구 짓일까."

이것은 커다란 수수께끼였다. 배로 만 안쪽을 항해하는 사람은 용암이 하룻밤 사이에 하얗게 된 것을 신의 조화처럼 이상하게 여겼고, 이것이 길한 조짐인지 흉한 조짐인지 고개를 갸우뚱했다.

"사낙암 サナガ岩도 하얘졌다."

는 소문이 났다. 사낙암이란 사낙 포구라는 선착장 뒷산의 이마쯤에 있는 바위로, 사낙 포구는 읍내에서 가장 가까운 항구였다.

민심은 더욱더 흉흉해졌다.

"이제 전쟁이 일어날 게다. 일본과 러시아가 싸우는 것이지."

과연 조부는 정확한 단안을 내렸다. 용암을 하얗게 칠한 것도 사낙암을 하얗게 칠한 것도 이노우에의 짓이라고 조부는 단정했다. 그로부터 이 년 후, 일러전쟁이 일어나 일본의 군대가 사낙 포구에 상륙한 것이었다.(1944.1)

2
섬 생활

조부가 언제 용암을 떠나 쑥섬으로 옮겼는지 나는 모른다. 부모님에게도 알리지 않았던 것이리라.

쑥섬이란 주위 오, 륙 킬로미터나 되는 서해의 작은 섬으로, 육지에서 오, 륙 킬로미터 떨어져 있어 봄부터 가을에 걸쳐서는 조개, 조기, 넙치, 새우 등의 어장으로 매우 활기찬 곳이다. 주민은 백수십 호나 되었을 것이다. 직종은 어업과 음식업이 주였고, 어수선한 세상을 피해 숨어 있는 사람도 몇 있었다.

섬은 직각삼각형을 이루고 있어 그 저변이 육지 쪽으로, 다른 두 변이 황해로 향해 있다. 잇단 산이 황해에서 부는 바람을 막아주어, 활로 치면 현에 해당하는 동쪽 해안은 선착장으로 안성맞춤이다. 게다가 해안의 바로 앞을 달내^{タラナ} 물길이 지나고 있어 조수 간만의 차이가 적다. 동남단의 사돌곶이 중심 어장이지만, 동북단의 사발^{サバラ} 물가 쪽이 좀 더 활기차서 이른바 환락가 같은 마을이 형성되어 있다. 그곳에는 선술집이며 선박업소, 수상쩍은 색시집, 잡화점, 무당집이 있었다. 조부의 섬집은 이 가운데 한 채의 작은 초가집이었다. 남향집으로 입구가 동쪽을 향해 있고, 바깥으로 나오면 조개껍질 가루뿐 흙은 거의 보이지 않았다. 그리고 해안을 따라 도로가 있어 그 도로 건너편은 모래사장이 있고 바다가 이어졌다. 조부의 집에서는 잠자리에 들어서도 파도소리가 들렸다. 바다가 거친 저녁에는 베갯머리까지 파도가 덮쳐올 듯했다.

제석이도, 그의 누이 순녀도 이제 없고, 조부와 서조모 명옥 두 사람만 살았다. 그 정도로 경제적으로 어려웠던 것이리라. 그래도 조부는 변함없이 느긋했다. 예의 방석에 반가부좌를 틀고는 선승^{禪僧}처럼 언제까지고 앉아 있었다. 이따금 긴 담뱃대로 연초를 피우거나 하루에 한 번 정도 요란하게 코를 골며 낮잠을 잤다.

"코 고는 소리가 커서 귀가 따갑잖아요."

명옥은 미간을 찌푸렸다. 그녀는 허리가 더욱더 굽고 쇠약해졌다.

조부는 유자儒者의 관冠을 벗어버리고, 메지メジ라는 이속吏屬[15] 계급의 모자를 썼다. 그는 '섬사람'이 되어버린 셈치고 있었으리라.

조부의 적적한 섬 생활에도 이따금 내객이 있었다. 섬에 놀러왔다가 잠깐 들렀다는 사람 외에 은의恩誼와 우정을 잊지 않고 일부러 찾아오는 사람도 있었다. 그런 사람들은 술이며 고기며 과일이며, 혹은 약재 등 뭔가 선물을 가지고 와서는 조부를 기쁘게 했다.

이 요계澆季[16]에도 변함없는 인정을 조부는 진실로 기뻐하는 모양이었다.

이런 손님이 오면 서조모도 기뻐했다.

"이런 곳까지 일부러 와주셔서."

하고 눈물을 흘릴 정도로 감사하는 것이었다.

조부는 이들 유복한 내객에게 결코 자신의 궁핍을 호소하는 듯한 기개 없는 짓은 하지 않았다. 그는 어떤 경우에도 비굴하지 않았다. 천진하지만 의기양양한 태도를 잃지 않았다.

만약 조부가 특별히 부탁하면 이 생활의 궁상을 타개할 길도 있었겠지만, 조부는 그렇게 하지 않았다.

"도대체 당신은 어떻게 하실 작정이우? 이미 저축도 앞으로 얼마 남지 않았어요."

명옥이 이렇게 말하면 조부는,

"먹을 것이 없어지면 먹는 걸 관두면 그만이지."

하며 개의치 않았다.

그러나 다른 선택의 여지가 없었을 것이다. 아니면 명옥의 의견에 조부가 묵묵히 따른 것이었을지도 모른다. 조부는 술집을 시작했다. 커다란 항아리를 세 개나 옆방에 들이고 술을 빚었던 것이다. 그리고 헛간에 걸상을 두고 술집을 삼았다. 여하튼 요령이 좋고 꼼꼼한 기질의 조부인지라 조부 집의 술은 명성이 높았다. 나도 줄곧 보아서 잘 알고 있다. 조부는 품질 좋은 누룩을 사들였다. 고량高粱

---

15 조선시대 각 관아의 벼슬아치 밑에서 일을 보던 사람.

16 인정이 메마르고 도의가 땅에 떨어진 말세.

과 멥쌀도 모두 상품上品을 쓰고 증류 때도 양을 탐내지 않고 한층 순도를 높였다.

"우리 집 술은 천하제일이네. 천하제일이 아니면 돈을 받지 않지."

이런 말로 조부는 손님에게 자랑했다.

명옥은 힘이 넘쳐 안주를 만들거나 손님을 접대했다.

그러나 조부가 술집 영감이 된 것은 나뿐만 아니라 많은 사람을 슬프게 했다. 술집은 비천한 장사로, 대장부가 할 만한 일은 아니었던 것이다.

술집을 시작한 뒤 조부의 집은 무척 활기가 돌았다. 아침 일찍부터 밤늦게까지 어부와 뱃손님들이 들어 시끌벅적했다. 그들 뱃손님 중의 한 사람, 나이 오십이나 되었을까, 키도 크고 수염을 기른 사내가 있었다. 해풍으로 얼굴은 검지만 눈빛이며 말하는 태도며 어딘가 고상한 데가 있었다. 그는 종종 조부의 집으로 술을 마시러 왔는데, 그때마다 조부의 방에 와서 정중하게 인사하고 돌아가는 것이었다.

"저이는 은사隱士다."

조부는 그를 이렇게 평했다.

나는 그때 『중용中庸』을 떠듬떠듬 소독素讀[17]하고 있었다. 예의 사내는 조부에게 인사를 하더니 옆방으로 와서 내 책을 내려다보았다.

"치중화 천지위언 만물육언致中和 天地位焉 萬物育焉."[18]

이라는 구절을 가리키며 그는 내게,

"이게 무슨 뜻인지 알고 있니?"

하고 묻는 것이었다.

또,

"부성자 천지도야 성지자 인지도야夫誠者 天地道也 誠之者 人之道也."[19]

는 무슨 뜻인지 등을 물었다. 나는 어떻게 대답했는지 잊었는데, 그는 내 등을 쓰

17　문장의 의미나 내용에 대한 이해는 제쳐두고 우선 글자만 음독(音読)하는 것.
18　중화(中和)에 이르면 천지가 자리 잡히고 만물이 번성하게 된다.
19　무릇 성(誠)은 하늘의 도리이고 성(誠)하려는 것은 사람의 도리이다.

다듬으며,

"성재성재 성자기희야誠哉誠哉 誠者幾希也."

라고 종이쪽지에 써주었다.

내가 나중에 그것을 조부에게 보였더니 조부는 눈을 크게 뜨고,

"그래, 은사로군. 도시에 숨어 있는 자가 있고, 배에 숨어 있는 자가 있지."

하고 중얼거리며 고개를 숙이는 것이었다.

"세상이 어지러우면 현인賢人은 모두 숨는 게다. 독선기신獨善其身[20]이라고 하지. 너는—"

하고 말을 꺼내다 말고 조부는 그대로 입을 닫아버렸다.

그 이후 나는 조부도 은사일까, 라고 생각하게 되었다.

조부가 '너는—'이라고 말을 꺼내다 만 말은 무엇이었을까. 그것이 알고 싶었지만, 나는 조부에게 물을 용기는 없었다.

나는 어떤 이유에서였는지, 조부의 섬집에는 비교적 오래 머물렀다. 이곳에서 서당(글방)에도 다녔다. 이 서당에서 나는 열한 살로 어린 축이었지만, 학력으로는 두 번째였던 터라 선생의 옆자리는 M이라는 이미 스무 살이나 된 접장接長,(급장)이 차지하고, 그다음이 나였다. M은 이미 결혼하여 정자관程子冠[21]이라는 삼각산 모양의 관을 썼다. 무척 침착하고 온순한 사람으로 이 섬 사람이라고는 생각되지 않았는데, 나중에 그 역시 은사의 아들이라는 것을 알게 되었다. 그의 집에 초대되어 그 은사라는 사람과도 만나고 대접도 받았다.

"세상은 말세다. 언제 태평한 세상을 볼는지. 오직 성인聖人의 도를 지키고 성명性命[22]을 온전히 할 일이다."

그 M이라는 은사는 아들과 나를 앞에 두고 그런 말을 했다. 그는 실로 수수한 베옷을 걸쳤고, 서재에는 고풍스런 문방구와 서적, 칠현금七絃琴 등을 갖추고 있

---

20   자기 한 몸의 처신을 온전히 함을 꾀하는 일.
21   선비들이 평상시에 머리에 쓰던 관. 위는 터지고 산 모양으로 층이 져 있다.
22   만물이 하늘로부터 부여받은 성질과 운명.

었다. 그는 이곳에서 아침저녁 서해의 거친 파도를 바라보며 명상에 잠기는 듯했다. 섬사람들은 그의 사람됨을 알 리도 없고, 다만 상당한 재산가의 한가로운 은거 정도로 여기고 있는 듯했다.

나는 이 세상이 난세인 것을 잘 알고 있었다. 무지한 나의 모친조차,

"이제 말세다. 이제 세상이 뒤집힌다."

하고 입버릇처럼 말했다.

"이제 이씨 오백 년의 운세가 다했다."

"이제 큰 전쟁이 일어난다. 그리고 십 리에 한 사람쯤 살아남는다."

백성들이 밭을 갈면서도 이런 말을 했고, 술주정꾼들도,

"앞으로 얼마 남지 않은 세상, 마시지 않고 어쩌랴."

이렇게 말하고는 야단법석의 핑계를 삼는 것이었다.

"흙비 삼 년, 잿비 삼 년, 기름비 삼 년."

이런 동요가 있었다. 초봄 같은 때 먼지 섞인 대륙풍이 불어오면,

"봐라, 흙비다."

하고 정말로 모친은 두려워했던 것이다. 종말이라는 것이 어떤 종말인지 알지 못하지만, 농부도 어부도 이 세상에 종말이 가까이 왔다고 생각했다.

인민이 이렇게 생각하는 것도 무리는 아니었다.

원님キンニム이란 군수郡守를 가리키고, 감사カムサ란 도장관道長官인데, 이들이 하는 유일한 일은 지방의 재산가를 잡아다가 고문을 하고 돈을 빼앗는 것이고, 살인범이라도 중앙 요인이나 지방관에게 뇌물만 쓰면 무죄가 되는 것이었다. 나는 이 사건을 목격했다. 그것은 앞에서도 언급했던 백일재白一齋 선생의 서당에서 일어났던 것이다. 임林이라는 학생이 이李라는 학생을 때려죽였다. 살해된 시체는 가해자의 집으로 옮겨져 마을 사람들이 밤낮 번갈아 지켰다. 군수가 검시檢事 자격으로 검시檢視하러 와서 『무원록無寃錄』(옛날의 법의학서)[23]에 있는 대로 검사했다. 그

---

[23] 중국 원나라의 왕여(王與, 1261~1346)가 지은 법의학서. 중국을 비롯하여 조선, 일본 등지에 전해져 법의학 지침서로 널리 읽혔다.

결과 한 점의 의혹도 없었던 것이다. 그럼에도 불구하고 임은 무죄가 되어 당당히 우리 서당에 와서 접장이 되었고, 그래서 우리는 동맹휴학을 하며 그를 배척했던 것이다.

"자기가 십만 냥이나 내고 군수가 되었으니 이십만 냥은 벌지 않으면."

사람들은 원님의 탐욕을 이런 식으로 설명하는 것이었다.

"말세야, 말세."

하는 것이 민중의 입버릇이 된 것도 무리는 아니었다.

게다가 저 용암의 사나가암이 하얀 칠로 뒤덮였다. 드디어 말세가 가까웠다고 생각하는 것이었다. 도시에 숨거나 섬에 숨거나 술에 숨는 자가 있는 것도 그 때문이었을 것이다.

내게도 종말이란 것이 일종의 음울한 압력을 가지고 바짝바짝 닥쳐오는 것을 느꼈다.

"이런 걸 읽어서 뭐해."

서당에서 아이들이 훈장^{선생}이 없으면 이런 말을 나눴다. 공부해도 출세할 희망이 없다는 것이다.

사월도 중순쯤 되어 조깃배가 섬으로 돌아왔다. 조기잡이 배는 다리배^{タリ船}라고 하여 가장 큰 배였다. 선주^{船主}, 사공^{サゴン(선장)} 외에 원장^{ヲンヂャン(회계)}, 화장^{ホワヂャン(식사계)} 등 사십 명이나 되는 동모^{トンモ(선원)}가 올라탔다. 이런 큰 배는 이 섬에도 많아야 세 척 이상 들어오는 일이 없었다. 올해는 물고기가 많이 잡혔다고 해서 배는 파란색이며 붉은색이며 오색 깃발로 장식하고 맹렬히 큰 북을 울리며 들어온다. 그것은 실로 위세 당당한 것이어서 이 광경을 본 사람은, 나도 내년에는 다리배를 사서 선주가 되어야지, 하는 마음이 되는 것이다.

배가 물가에 닿자 선주는 새로 맞춘 옷을 차려입고 뱃전에 서서 모두의 축하를 받는다. 이날의 선주야말로 왕자다. 누구나 선망의 눈으로 그를 우러러 받드는 것이다.

선주의 다음은 사공이다. 그는 바다에서 단련된 용자^{勇者}이자 지자^{智者}로, 하늘에 나타나는 구름 하나하나의 의미를 읽고 산들바람의 마음도 알고 있는 것이다. 바다라면 자기 집 같고, 어디어디에는 조기가 다니고, 어디어디에는 암초가 있으며, 어디어디 외딴섬에는 샘이 솟는다는 것을 알고 있다. 그뿐만이 아니다. 그는 사오십 명의 몹시 거친 선원들을 거친 파도를 거느리듯이 거느리지 않으면 안 된다. 오직 그에게는 돈이 없을 뿐이다. 그는 사내대장부여서 하룻밤 묵힌 돈은 갖지 않는다. 대개는 처자식도 집도 갖지 않는다. 돈을 벌어서는 먹고, 돈을 벌어서는 여자를 사고, 그렇게 오십대까지 살아온 것이다.

조부 집에 오는 저 은사도 이런 사공의 한 사람이었다. 그러나 사공이 모두 은사인 것은 아니고, 우연히 이 은사가 사공이 되었을 따름인 것이다.

이 은사 사공이 올라탄 배가 물가에 닿았을 때는 조부도 맞으러 나갔다. 선주는 관을 쓰고 예복을 입었지만, 우리 은사 사공은 머리띠 매듭을 옆으로 맨 여느 뱃사람 같은 얼굴이었다.

그는 조부 앞에 나서더니 급히 머리띠를 풀고 미천한 자가 귀인貴人 앞에 선 듯이 허리를 굽혔다. 그날 저녁 은사 사공은 조부에게 초대되어 저녁밥과 술을 대접받았다. 조부는 줄곧 술을 권하며 그를 친구처럼 대우했다. 그도 유쾌하게 마시고 또 이야기하는 것이었다. 그는 바다 위에서 썼다는 시 몇 수를 조부에게 보였는데, 조부는 그 가운데 한두 수를 직접 읊조리고 무릎을 치며 칭찬했다. 그래도 은사 사공은 신분을 밝히지 않았다. 조부도 그것을 물으려고도 하지 않았으나, '해은海隱'이라는 호號를 지어주었더니 그는 기쁘게 받겠다고 했다. 그 호와 함께 조부가 취안몽롱醉眼朦朧하여 시 한 구절을 써서 건넸더니, 그는 옷깃을 바로 하고 그것을 읊조리는 것이었다. 상당히 듣기 좋은 목소리였다.

은사 사공은 사공으로서도 이름이 높았다. 가을이 되어 내년 다리배 준비 시기가 되자 이름난 명사공은 선주들의 인기를 끌게 되었는데, 그는 그중에서도 가장 인기를 끄는 편이었다. 애초에 선주라는 것이 대개 일 년 기한의 것으로, 열 중 아홉은 실패하여 내던지고, 성공한 사람은 돈을 벌었으니 그만둔다는 식이었다. 따라서 사공으로서는 매년 새로운 선주에게 고용되지 않으면 안 되었는데, 그 선주라는 이가 대지주의 방탕한 자식이거나 그렇지 않으면 사기꾼이어서, 실패하면 사공들은 헛수고로 끝나는 경우도 없지 않았다.

은사 사공은 급료에는 움직이지 않았다. 선주를 만나보고 의기투합하면 승낙한다는 식이었는데, 그는 어떤 기회에 조부에게 이렇게 말했다.

"선주를 섬기는 것은 군주를 섬기는 것과 마찬가지입니다. 덕이 없는 선주를 섬기면 반드시 불행이 옵니다. 하늘은 덕 있는 이의 편이니까요. 그것이 얼굴에 분명히 나타나 있습니다. 그런데 세상이 쇠하면 덕 있는 이가 좀처럼 눈에 띄지 않지요."

그는 한숨을 쉬는 것이었다.

"한 척의 배를 다스리는 것이 또한 한 나라를 다스리는 것과 같구먼."

조부가 이렇게 말하자 은사 사공은,

"바로 그 말씀대로입니다."

하고 쓴 웃음을 지으며 긍정했다.

나는 이들의 대화가 잊히지 않았다.

'나는 장차 어떻게 할까.'

하는 번민이 점점 심각해져가는 것이었다.

어느 날 나는 예의 은사 M의 집에 조부와 함께 초대되어 갔다. 맑은 오월의 이른 아침이었다(조선에서는 아침식사에 손님을 부르는 것이 관례였다). 조부는 기다란 지팡이를 짚고 느긋하게 걸었다. 좀처럼 외출하는 일이 없는 조부는 푸른 하늘에 떠 있는 흰 구름과 푸른 풀을 마음껏 즐기고 있는 듯했다.

내가 조부와 함께 길을 걷는 것은 이번이 처음인 터라 왠지 신기하고 또 반가운 기분으로 조부가 걷는 모습을 보며 걸었다. 조부의 체구는 실로 위대한 느낌을 주었다. 묵직하여 천 근이나 되는 듯했다. 팔자걸음으로 걷는 그 걸음은 한 발한 발 쿵쿵 지축을 울리는 듯했다. 나는 이런 멋진 풍모를 지닌 조부의 손자라는 사실이 기뻤다. 이 세상에서 누구도 조부같이 멋진 사람은 없는 듯했다. 느긋하고 게다가 의젓이 점잖은 데가 있었다. 방 안에서의 조부보다도 몇 배 위대한 느낌을 내게 주었다.

'그런데 왜 조부는 이런 섬 안에서 술집 따위를 하지 않으면 안 되는 걸까.'
하고 생각하자 나는 비참해졌다.

'그렇다. 조부님은 숨어 계신 것이다. 섬에 숨고 술에 숨어 계신 것이다. 영웅이
때를 만나지 못한 것이다.'

나는 이렇게 고쳐 생각하고 만족했다.

조부는 언덕의 정상에 오르자,

"휴우."

하고 긴 숨을 내뱉고 흔들흔들 부채를 흔들면서 서해의 멀리 아득한 정경을 바라
보았다. 산꼭대기에 서서 대해大海를 바라보는 조부의 모습은 실로 조부에게 어울
린다고 생각했다. 지금 생각해도 조부에게는 확실히 표일飄逸하고 세속에 물들지
않으며 무엇에도 매이지 않는 풍채와 태도가 있었다고 생각한다.

산꼭대기에서는 M 은사의 집이 보였다. 산과 해안 사이가 서로 가까워서 M가
의 사랑(서재)은 금방이라도 격랑에 삼켜질 듯 깎아지른 듯한 바위 절벽 위에 처마
를 내밀고 있다. 그러나 집의 남쪽으로는 상당한 평지가 있어 채마밭에 이어 보
리가 누렇게 익어가고 있고, 불과 얼마 안 되나마 논도 있었다.

주인은 조부가 오는 것을 알아차렸던 것이리라. 기슭까지 맞으러 나왔다. 하긴
우리는 M의 아들에게 안내되어 온 참이었다.

주인은 유자답게 의관을 갖추고 유자다운 읍례揖禮로 맞았다. 조부는 연장자인
터라 지팡이로 몸을 지탱한 채 입으로만 답례하는 것이었다.

안내받은 사랑은 천장이 낮고 두 칸이 잇닿은 방으로, 장지로 칸막이가 쳐져
있고 아랫목이 주인 자리이자 상석이어서 낮은 산수화 병풍을 둘렀는데, 주인은
조부에게 상석을 권했다. 이는 스승이나 연장자에 대한 최고의 예우이다. 조부는
한편으로 사양하면서도 순순히 상석에 앉았다. 주인은 연장자에 대한 연소자 또
는 문하생의 예로써 조부를 대우했다. 단정히 꿇어앉아 담뱃대에 연초를 채워 넣
고, 놋쇠 화로의 불로 불을 붙여 한 번 직접 빨고는 흡입구를 소매로 닦아 두 손

으로 조부에게 내밀었다. 그러자 조부는 느긋하게 그것을 받아서,

"아, 이건 좋은 연초로군."

하고 인사를 했다.

조부는 난간에 기대어 바다 경치를 바라보거나 병풍의 그림이며 벽이며 장지에 붙여진 글을 읽으면서 그때그때 적절한 비평을 했다. 주인은 조부의 평을 듣고는 기쁜 표정이었다.

"어르신, 김추사金秋史의 병풍이 있습니다. 나중에 보여드리겠습니다."

주인은 적이 뽐내는 기색이었다.

"아, 추사의 글을 소장하고 계셨는가. 그것을 배견拜見하게 되다니 무엇보다 큰 대접인걸."

조부는 담뱃대를 내려놓았다. 이것은 추사에게 경의를 표하는 의미이다.

얼마 안 있어 아침상이 나왔다.

"자네는 안방에 가서 나와 겸상하세."

젊은 주인은 이렇게 말했다.

젊은 주인은 이 방에 모시고 서서 술을 따르거나 시중을 들면서 식사가 끝나기를 기다리지 않으면 안 된다. 나는 배가 고팠던 터라 난처했다. 오직 의지할 건 조부의 적절한 조치이다.

"너희는 물러가라."

하고 조부는 말했다.

젊은 주인이 한 잔 두 잔 술을 따르고 있는 사이, 나는 가만히 방을 빠져나와 뜰을 걸으며 바다를 바라보거나 나뭇가지가 휘도록 무르익은 은행나무를 쳐다보거나 했다. 커다란 늙은 오동나무가 보랏빛 꽃을 피워 향기를 내뿜고 있는 것이 무척 마음에 들었다.

부친 집의 뜰에도 오동나무가 한 그루 있었는데, 아직 어린 탓인지 꽃은 피지 않았다. 부친은 '봉황 비오동불서 비죽실불식鳳凰 非梧桐不棲 非竹實不食 [24] 이라거나, 좋은 거문고는 석상송石上松이나 오동나무 복판腹板 [25] 이 아니면 안 된다고 말해주었

던 터라, 나는 오동에 대해서는 일종의 애착을 갖고 있었다.

방 안에서는 담소를 나누는 소리가 들려왔다. 조부의 커다란, 거리낌 없는 웃음소리가 이따금 터져 나왔다.

내가 오동 꽃에 마음을 빼앗기고 있자니, 젊은 주인이 어느샌가 다가와서 뒤에서 두 손으로 내 눈을 가렸다.

"알아요, 알아."

하고 내가 말하자 그는 내 눈에서 손을 떼고,

"찾았네. 자네는 오동을 좋아하나?"

하고 웃었다.

"응, 좋아해요."

"나도 좋아해. 오동은 좋아. 자, 가자. 아침 먹자."

그는 내 손을 끌었다.

커다란 판자문을 들어서니 가운데뜰로, 개며 닭이며 고양이가 가득했다. 개는 나를 보고 으르렁거리기 시작했다. 한두 번 짖으며 위협하더니, 젊은 주인이,

"이놈."

하고 으르자 곧 잠자코 나를 쳐다보았다.

들어간 곳은 안채 가운데서도 젊은 주인 부부의 방이다. 방구들에 가까운 쪽이 부친의 방이고 그 옆방이 아이와 부부의 방으로, 이 지방에서는 으레 그렇다. 장롱의 붉은 칠도 아직 새것이고 놋쇠 대야와 요강 등도 번쩍번쩍 빛이 나며, 벽에는 분홍빛이며 연둣빛 젊은 색시의 옷이 걸려 있다. 자못 새색시의 방다운 청초한 느낌이었다. 우리 집에는 젊은 부부가 없어서 이런 느낌을 맛볼 일은 없었던 것이다.

젊은 주인이 나를 그 방에 안내해두고 나간 까닭에 내가 할 일이 없어 심심하여 이것저것 둘러보고 있자니, 젊은 주인이 중년의 부인과 함께 들어왔다.

---

24 봉황은 오동이 아니면 깃들지 않고 대나무 열매가 아니면 먹지 않는다는 뜻.
25 가야금이나 거문고 등의 현악기 소리가 울리는 부분.

부인이 자리에 앉기를 기다려 젊은 주인은,

"이 군, 내 어머님일세. 자네를 만나고 싶어 하시네."

하고 소개해서 나는 두 손을 방바닥에 짚고 인사를 했다.

부인은 내 머리와 등을 어루만지고, 또 나이는 몇이냐든가 얼굴이 잘생겼다든가, 눈이 어떠니 손이 어떠니 하며 사랑의 손길을 내밀어주었다. 나는 기뻤다. 나는 집이 궁핍해진 후로는 친척 집에 그다지 가지 않게 되었고, 또 이따금 가게 되어도 망한 집안의 더러운 옷차림을 한 아이를 마음으로부터 환영해주는 사람은 없었던 것이다. 남자 어른들은 그다지 심하지 않았지만, 부인들은 특히 내게 냉담했다. 그래서 M 부인이 건넨 이 뜻밖의 손길이 몸에 사무치게 고마웠던 것이다.

밥상을 날라 온 것은 한눈에도 젊은 주인의 아내였다. 이런 시골에서는 드물게 엷은 화장까지 했다. 도무지 농촌에서 자라지 않은 듯한 세련되고 예쁜 여자였다.

우리는 밥을 먹기 시작했다. 밥그릇도 은인가 싶을 정도로 문질러 닦은 놋쇠 열두 첩이고, 젓가락과 숟가락은 진짜 은이었다. 검푸른 붉은 칠의 팔각반상에 크고 작은 열네 개의 그릇이 주욱 늘어선 모습은 실로 볼 만했다. 열두 개일 테지만, 젊은 주인과 내가 겸상인 터라 밥그릇과 국그릇이 두 개 여분이 더해져 열네 개가 된 것이다.

M 부인은 직접 그릇 뚜껑을 열기도 하고, 내게 이것 먹어봐요, 저건 어떨지, 하고 권해주었다. 음식도 맛있었다. 궁핍한 집 아들인 나로서는 황송할 정도였다.

거의 식사가 끝나려는데 열대여섯 되는 한 처녀가 숭늉^{スンニュン(더운물)}을 가져왔다. 얼굴 생김새로 보아 젊은 주인의 누이라는 것을 알았다. 그녀는 숭늉 그릇을 하나는 내 옆에, 하나는 젊은 주인의 옆에 내려놓고는 부끄러운 듯이 고개를 숙인 채 나갔다. 살갗은 바닷바람을 쐰 탓인지 하얀 편은 아니었지만 눈과 코가 내 눈을 끌었다. 아름다운 처녀라고 생각했다. 내가 본 모든 처녀 가운데 가장 아름답게 생각되었다. 내 작은누이가 자라면 저 처녀같이 아름다운 처녀가 될까, 그런 생각을 했다. 나는 큰누이보다도 아직 세 살 난 작은누이를 귀여워했다.

나는 도취된 듯한 기분이 되었다. M가는 얼마나 행복한 가정인가, 하는 생각이 들자 우리 집의 삭막함과 황량함이 한층 두드러져 비참해졌다. 지금 부친의 집에는 남루한 옷을 걸친 모친이 어린 두 딸을 데리고 아침밥도 먹지 못하고 난처해하고 있을지도 몰랐고, 집도 짓다가 중도에 그만둔 형편으로 있어야 할 것이 반이나 갖추어져 있지 않았다. 조부의 집에서는 허리 굽은 서조모가 뱃손님을 상대로 술을 팔고 있을 것이다. 이렇게 생각하고 있으니, 나는 견딜 수 없어졌다. 나는 자기가 거지와 마찬가지 신세임을 똑똑히 드러내 보이게 된 것이라고 생각했다. 실제로 내 옷은 말 못할 정도로 누추한 것이었다. 치수는 맞지 않는다. 구멍이 나 있다. 더럽다. 특히 내 버선은 진흙투성이일 뿐 아니라 바닥이 해져 발바닥이 보였다.

게다가 한층 나를 견딜 수 없게 한 일이 일어났다. 젊은 주인의 아내가 상을 물리더니 다시 들어와 자못 허물없이,

"아가, 미안한데 잠깐 일어나렴."

이렇게 말한 까닭에 나는 할 수 없이 시키는 대로 했는데, 그것이 내 옷의 치수를 가늠하는 것이라는 것을 알고는,

"나는 갈래."

하고 말을 꺼냈다. 나는 그 이상 그곳에 있을 수가 없었던 것이다. 내 얼굴은 빨개졌고 가슴은 두근거렸다.

"무슨 말이야. 조부님께서 아직 계시잖아. 그런 말 말고 낚시라도 가자. 오늘은 서당 선생님도 병이 나셔서 쉬신다. 자, 가자."

젊은 주인은 나를 끌고 바닷가로 나갔다. 바닷가라고는 해도 바로 뜰과 이어져 있다. 젊은 주인의 손에는 낚싯대와 미끼가 들려 있다.

우리는 큰 바위 위에 앉았다. 바람은 없었지만 외해外海에 접하고 있어 넘실거리는 큰 파도가 암벽에 부딪혀서는 부서졌다.

바다를 보니 나는 기분이 좋아졌다. 이미 조금 전의 뒤죽박죽이던 기분은 가벼워졌다.

"바다는 좋아. 자네는 바다 좋아하나?"

M의 젊은 주인은 낚싯대를 드리우려고도 하지 않았다.

"응, 좋아해."

나는 제석이와 사돌섬에 갔던 일이며 돌아오는 길에 흰 돛을 단 배를 만난 일이며, 이노우에에 대한 것 등을 이야기했다.

"그랬었군."

M의 젊은 주인이 내 이야기에 귀를 기울여주어서 나는 기뻤다.

"그렇지, 그래."

M은 혼자서 고개를 끄덕이더니,

"그러니 말이지, 이제 보게. 조만간 세상이 바뀔 게야. 『논어』나 『맹자』 같은 걸 읽는 건 쓸모없어. 이미 그런 건 소용이 없지. 소용이 없을 리는 없겠지만 그런 것만으로는 안 돼, 뭔가 훌륭한 학문을 하지 않으면."

이런 이야기를 했다. 그가 말하는 것은 나도 이해했다. 이해했다기보다는 그가 말하는 것이 정확히 내가 말하고 싶은 것이었다.

"훌륭한 학문이란 어떤 학문일까."

나는 조숙한 말을 했다.

"나도 모르지. 모르지만 경성에라도 나가면 알 수 있을 것 같아. 자네, 나와 함께 경성에 가지 않겠나?"

M의 젊은 주인은 갑자기 이런 말을 했다. 열한 살인 나는 일찍이 팔백팔십 리 里(조선의 거리 단위)[26] 떨어진 경성에 가겠다는 등의 엄청난 생각을 해본 일은 없었다.

나는 가겠다고도 가지 않겠다고도 대답하지 않았다. 모친이 계시니 그런 먼 곳에는 가지 못할 것 같았던 것이다. 부친이 안 계시면 내가 살 수 없듯이, 내가 없으면 모친은 살 수 없을 것 같았다. 그런 무뚝뚝한 모친인데도 나는 그렇게 믿었던 것이다.

M은 잠시 깊은 생각에 잠기더니,

---

26 일본의 거리 단위로는 88리에 해당하므로 따로 설명을 붙인 듯하다.

"자네, 나 좋아하나?"

하며 나를 응시했다. 그의 눈은 자못 열정으로 타오르는 듯했다.

나는 멋쩍어서 다만 고개를 끄덕여 보였다. 나는 정말 그가 좋았다. 단 하루라도 좋으니, 나도 M과 같은 행복 속에서 살아보고 싶다고 생각했을 정도였으니까.

"고맙네. 우리 형제가 되지."

M은 나를 꽉 껴안았다.

나는 행복했지만, 아무 말도 하지 않았다.

"자네, 내 누이 보았지?"

"응."

"어떤가. 그 아이 좋아하나?"

나는 이 의외의 물음에 당황해서 얼굴을 붉혔다.

"싫은가."

M은 다그쳤다.

"으응."

나는 M의 누이가 싫기는커녕 무척 좋았기 때문에 절대로 싫다, 그런 말은 할 수 없었다.

"그럼, 좋아하는 게로군?"

나는 잠자코 있었다. 잠시 지나서 나는,

"자네 집 사람은 누구나 다 좋아. 집도, 오동나무도 좋아."

이렇게 잘라 말했다.

그날은 그래서 조부도 좋은 기분으로 술에 취하고, 나도 가슴을 설레며 돌아왔다.

나는 매일 서당에서 M의 젊은 주인과 만났지만 평소대로 별로 달라진 것도 없었다.

그런데 사오일 지나서 서당 선생님께서 갑자기 돌아가시고 만 사건이 일어났다. 그래서 서당이 쉬게 되어 젊은 M은 부친 M의 간청으로 매일 아침 일찍 조부 댁에 와서 조부에게 『시경^{詩經}』과 글을 배우게 되었다. 덕분에 나도 『중용』에서 일약 『시경』을 읽게 되었다.

'관관저구 재하지주 요조숙녀 군자호구關關雎鳩 在河之洲 窈窕淑女 君子好求'27

와 같은 구절이 정말 좋아서 소리높이 읊었던 것이다. 재미가 나서 내가 하루에 백 행, 어떤 날은 이백 행이나 암송하니, 조부도 놀랐다.

"이 녀석, 『시경』을 하루에 이백 행이나 암송하는구나."

조부는 득의만만하여 나를 자랑스러워했다.

젊은 M과 나는 조부에게 글귀의 뜻을 배우고 나면 M의 집으로 갔다. 거기서 하루 종일 복습을 하거나 바닷가에서 놀다가 저녁 무렵 나는 혼자 조부의 집으로 돌아오는 것이었다. M가에서는 나를 귀여워해주었고 무척 좋아하는 M의 누이와 만날 수 있었으니, 나는 행복의 절정에 있는 것 같았다.

나는 열한 살, M의 누이는 열다섯 살이었지만 나는 사랑 비슷한 감정을 품었다. 저 처녀와 언제나 함께 있을 수 있다면 얼마나 행복할까, 라고 몽상하는 것이었다. 그러나 부친이 김 의관金議官에게,

"자네 딸을 내 아들의 색시로 주게."

하고 말했다가 김 의관에게서,

"자네는 내 딸을 굶겨죽일 생각인가?"

하고 거만하게 딱 잘라 거절했던 것을 기억하고 있는 나다. M의 누이와 결혼하는 일 같은 것은 생각할 수도 없는 일이었다. M이 몸뚱이뿐인 내게 소중한 딸을 보내줄 리가 없었다.

어느 날 뜻밖의 일이 일어났다. 부친 M이 젊은 M과 둘이서 조부의 집에 왔다. 젊은 M과 내가 전날 배운 부분을 조부 앞에서 암송하거나 뜻을 아뢰는 것을 부친 M은 만족한 얼굴로 곁에서 바라보았다. 우리는 오늘 몫을 일단 읽고 조부에게 두세 가지 주의를 듣고는 옆방으로 물러났다. 이제 우리는 언제나처럼 M의 집으로 가면 되는 것이다.

---

27 구룩구룩 물수리는 / 강가에서 노니누나 / 정숙한 아가씨는/군자의 좋은 짝이라네

"자, 가자."

하고 내가 커다란 『시경』 책을 작은 겨드랑이에 끼고 재촉하자, 젊은 M은 손으로 더듬어 내게 앉으라고 한다. 나는 별생각 없이 앉았다. 이미 유월인데도 섬의 아침공기는 서늘했다.

"오늘 아침 찾아뵌 것은 선생께 부탁이 있어서."

M 은사(隱士)는 말을 꺼냈다.

젊은 M은 내 큰 넓적다리를 꼬집으며 눈짓을 했다. 나는 이유를 몰라 어리둥절했다.

"내게?"

조부의 큰 목소리가 들린다.

"네, 다른 게 아니라, 댁의 도련님과 제 딸의 혼약을 허락하시면 어떻겠습니까. 문벌로 보거나 인물로 말해도 하늘과 땅 차이라 실로 주제넘은 일입니다만, 부디, 아무쪼록 ㅡ"

나는 얼굴이 타오르고 가슴이 두근거렸다. 이 광경을 부모님께 한번 보여드리고 싶다고 생각했다. 모친은 내게 색시를 구해주는 것을 목숨보다 중요한 일로 여기고 있고, 부친은 김 의관에게 그토록 모욕당했던 것이다.

"저런 코흘리개를, 결혼은 당치도 않지."

조부가 자못 내켜하지 않는 대답을 해서 나는 마음을 졸였다. 어째서 좋다고 말해주지 않는 것일까.

"아무래도 세상이 언제 어떻게 될지 내일 일을 알 수 없고, 또 요즘 시대에 열한 살과 열다섯 살은 마치 좋은 나이라고 생각합니다. 스무 살에 가정을 꾸릴 것을 성인(聖人)은 말씀하셨지만, 요즘 세상에서는 그렇게 느긋하게 따를 수 없습니다. 저도 딸마저 시집보내버리면 언제 어떤 일이 있어도 미련이 남을 일은 없고, 주제넘은 말씀 같지만 선생께서도 이미 고령이시고 하니 ㅡ"

"호의는 정말 고맙네."

잠시 침묵이 이어졌다. 조부는 생각에 잠긴 듯하다. 이윽고 조부는,

"호의는 고맙지만, 받아들일 수는 없네."

하고 단호히 거절하는 것이었다. 나는 안절부절못했다. 도대체 조부는 어째서 이런 고마운 제안을 거절하는 것일까.

"아, 그렇습니까."

M 은사는 낙담한 듯한 목소리였다. 한참 있다가 M은 단념할 수 없다는 듯이,

"정말 실례입니다만, 거절하시는 이유를 한번 여쭙고 싶습니다만."

하고 다소 대드는 어조였다.

그런데도 조부는 잠자코 있었다. 아마도 하늘을 쳐다보고 있을 것이라고 생각했다.

"어울리지 않는다는 말씀입니까?"

M 은사는 참을 수 없는 듯했다.

"말하자면, 그렇지."

조부는 툭 내던지듯 말했다.

"제 문벌이 낮아서 댁과의 혼인은 안 된다는 말씀입니까?"

M 은사의 말은 점차 노여운 기색을 띠어갔다. 젊은 M과 나는 조마조마하여 손에 땀을 쥐었다. 나는 조부가 예의 벼락을 내릴까 두려웠다.

"당치도 않네. 자네는 뛰어난 학자이고 나는 주막집 늙은이인걸. 문벌이 낮은 것은 이 사람이지. 내 머리를 보게. 관을 쓰지 않은 지 이미 오랠세. 나는 일개 주막집 늙은이라네."

조부의 말은 자조적이었지만 비통한 것이었다. 나는 한숨을 쉬었다.

"천만의 말씀이십니다."

M 은사의 목소리는 노여운 기색이 수그러들고 오히려 당황하는 듯했다. 나는 실로 안심이 되었다. 이미 M의 누이와의 혼인 같은 것은 하지 않아도 좋으니, 이 자리가 무사히 수습되면 좋겠다고 생각했다.

"첫째."

하고 조부는 크게 헛기침을 하여 가래를 뱉고는 말했다.

"지금 내 상태로는 자네 딸을 손주며느리로 맞아도 먹일 것이 없다네. 궁핍한 집 딸이라면 몰라도, 여하튼 자네 딸은 견딜 수 없을 걸세. 견딜 수 없다면 서로 불행이지. 내가 어울리지 않는다고 한 것은 이런 뜻이네."

분위기는 눅눅하지만 부드러워졌다.

"그런 말씀이셨습니까?"

M 은사는 자기가 노여워한 것이 부끄러운 듯했다.

"사실 저는."

하고 M 은사는 매우 은근한 어조가 되었다.

"저는 그 점도 고려했습니다. 어르신의 손자를 제 딸의 배필로 허락하시면 손자의 학비 일체는 제가 떠맡겠습니다. 만약 선생만 좋으시다면 선생의 만년 생활은 제가 어떻게든 책임지겠습니다. 혼인으로 두 집안은 한집이 되는 것이니, 그것은 당연하다고 생각합니다. 괜찮으시다면 손자는 오늘부터라도 제가 떠맡아도 좋습니다. 혼례 전에는 좋지 않다면, 이번 달 안에 혼례를 치러도 좋습니다."

잠시 침묵이 이어졌다.

"그럴 수는 없지."

조부는 평소와 다름없이 결론부터 먼저 말했다.

"어째서입니까. 조금도 사양하실 필요는 없습니다."

"아니, 사양하는 게 아니오."

"그러면?"

"나는 아직 걸식할 정도로 영락한 것은 아닐세. 친지들에게 의지할 정도라면 일흔이나 먹은 사내가 주막집을 하지는 않겠지. 굳이 따님을 주시겠거든 받아들이겠네. 하지만 입은 옷 그대로 몸뚱이만 주시는 게야. 한 푼이라도 지참금을 딸려 보내서는 안 되네. 배고픔도 겪고 추위도 겪겠지. 그래도 좋다면 받아들이겠네. 그게 아니라면 두 번 다시 그런 말씀을 하지 마시게. 이 사람도 괴롭네."

조부의 이 말에 나는 기뻐 견딜 수 없었다. 역시 조부는 훌륭하다고 생각했다. M 은사 따위는 도저히 조부와는 상대가 되지 않는다고 생각하니 무척 유쾌했다.

나는 득의만만하여 젊은 M을 쳐다보았다. 젊은 M은 아무려면 어떠냐는 표정이었다.

M 은사는 조부에게서 술을 대접받고 돌아갔다.

그 무렵 이상한 사내가 한 사람 이 섬에 나타났다. 그는 평양진위대^{平壤鎭衛隊}[28]의 상등병이라고 자칭하는 자였는데, 과연 군복과 군모 차림이었고, 무엇보다도 가죽 벨트를 맸다. 상등병 사내의 말에 의하면, 이 가죽 허리띠로는 사람을 때려 죽여도 죄가 되지 않는다고 한다. 그 당시의 군인이어서 상투 위에 사포[29]를 쓰고, 발에는 흰 목면의 조선 버선에 조선 짚신을 신었다. 그런데 이 사내는 총검을 차고 있지 않아서 아무래도 탈주병인 듯했다. 나는 이미 평양 군대의 병사를 한 사람 본 일이 있어서 알 수 있다.

이 사내는 무슨 인연인지 자주 조부 댁에 찾아왔다. 조부를 보러 오는 것이 아니라 나를 만나러 오는 것이었다. 이 사내는 글을 몰라서 내게 편지 대필 등을 부탁했다. 나는 뽐내는 기분이 되어 부탁에 응했다.

어느 날 이 상등병이라는 자가 커다란 백지를 한 장 가지고 와서 평양 진위대 대대장 육군참령단 모^某의 명의로 쑥섬에 고기 잡으러 와 있는 지나인들에게 돈 천 냥을 바치라는 명령서를 써달라고 부탁했다. 그래서 내가 그대로 써주었더니, 수수를 잘라 붉은 칠을 하고 도장을 찍은 것처럼 위조해서 돌아갔다.

내가 그 일은 잊고 소리 높여『시경』을 읽고 있자니, 정오도 지날 무렵 예의 상등병이 찾아와서 산에 놀러 가자고 꾀었다. 나는 이 사내가 까닭 없이 싫었지만 무섭고 저항하기 어려운 점이 있고, 또 평양 이야기며 기선^{汽船} 이야기며 군대 이야기 등을 들려줄 것을 생각해서 따라갔다.

상등병은 가면서 열 명쯤 부하를 급히 모았다. 모두 스무 살 내외의 불량아로 나는 대부분의 얼굴을 알고 있었는데, 어쩐지 기분 나쁜 패거리였다. 그들은 글

---

28 1895년(고종 32)에 설치한 한국 최초의 근대식 지방군대. 대한제국 때는 외세의 간섭을 막고 정권을 안정시키기 위해 병력을 대폭 증강했으나 1907년 군대 해산 때 없어졌다.
29 프랑스어로 모자를 가리키는 'Chapeau'에서 온 외래어. 여기서는 군모를 가리킨다.

을 알지 못하는 것은 말할 것도 없고, 뭇매질, 위협, 절도 등을 상습적으로 일삼는 것이었다. 그들은 돌 던지기와 수영이 능숙하고, 지붕 오르기는 특기였다. 언제 봐도 얼굴과 발에는 한두 개 새 상처가 나 있었다.

나는 이런 패거리와 함께 걷는 것은 처음이었던 터라 벌벌 떨었다. 이 악당들이 산에 가서 나를 어떻게 하지나 않을까, 도망칠까도 생각했지만 어떻게도 할 수 없었다. 다만 한 가지 안심인 것은 그들의 우두머리인 듯한 예의 상등병이 내게 허물없이 대해준 것이었다.

독자는 기억하고 있으리라고 생각한다. 이 섬은 대강 역삼각형을 이루고 있어 남쪽과 서북쪽 두 변이 산이고 동쪽이 활의 현에 해당하는 바닷가인 것을. 서북쪽의 산을 넘으면 내가 좋아하는 M의 누이의 집이지만, 우리가 지금 오르는 곳은 남쪽 산인 동시에 이 섬의 가장 높은 곳이다.

꼭대기는 풀밖에 없고 정말 조망이 좋았다. 바로 발밑에는 은색으로 빛나는 모래톱이 있어 자갈タガラ 해협을 사이에 두고 자갈섬의 험준하고 언제나 검푸른 산이 보이고, 오른쪽으로는 일망무제一望無際한 황해의 술렁거리는 파도가 유월의 햇빛에 빛나고 있으며, 왼쪽으로는 이 또한 아득한 해면에 나바ナバ 섬이 엷은 쪽빛으로 꿈처럼 떠 있다. 나바섬에 번개가 번뜩이면 비가 온다는 그 섬이다. 내가 시원한 바람을 쐬며 웅대한 풍경에 홀려 있자니,

"이봐, 이리 오지 못해?"

하고 아플 정도로 내 팔을 채서 끌어당기는 자가 있었다.

일동은 빙 둘러앉아 있다.

나는 깜짝 놀랐다. 이 악당들은 지나인 어부를 덮쳐 금품을 강탈하려는 것이었다. 아까 예의 상등병이 내게 쓰도록 시킨 평양진위대 대대장의 명령은 이 목적을 위해 사용될 모양이었다. 나는 부들부들 떨었다.

"이봐, 그만둬. 그만두라고. 그건 강도짓이잖아."

내가 참을 수 없어 한마디 했더니, 철썩 하고 내 뺨을 치는 자가 있었다.

"이 자식, 강도짓이라고? 한 번 더 지껄여대 봐. 밥이 목구멍으로 넘어가지 못

하게 해줄 테다.”

하고 말하는가 싶더니, 한 번 더 주먹이 눈앞에 번쩍해서 나는 두 눈에서 불꽃이 튀는 것을 깨달았다. 나는 코피를 흘려서 윗옷 앞자락이 새빨갛게 물들었다.

“바보 같은 자식!”

또 맞는 걸까 하고 눈을 뜨니, 이번에는 예의 상등병이 일어나서 나를 때린 녀석을 때려눕혔다. 그들은,

“잘못했다, 몰랐다.”

하고 상등병에게 잘못을 빌었다.

상등병은 내 코피를 닦아주면서,

“자네가 틀렸어. 대대장의 명령이 아닌가.”

이런 말을 했다.

나는 상등병에게,

“나는 돌아갈래. 조부님이 걱정하셔.”

하고 부탁했지만, 들어주지 않았다.

그들은 내게 신경 쓰지 않고 의논을 진행했다. 상등병에게 맞은 녀석들은 빨개진 뺨을 이따금 문지르고는 때린 녀석을 흘겨보는 게 아니라 나를 흘겨보았다.

내 눈은 저 모래톱에 있는 지나 어부의 천막 부락으로 달린다. 거적으로 집 모양의 천막을 친 것이 열 개쯤 있고, 물가에는 배가 대여섯 척 들어와 있다. 지금은 물이 빠질 때이지만 아직 배는 물에 떠 있는 듯이 흔들흔들 움직이고 있는 것이 보였다. 바닷물이 빠져버려 배가 움직이지 못하게 되면 덮치겠다는 것이다.

나는 모래톱의 천막촌 중에서 내가 좋아하는 왕 씨의 천막을 눈으로 찾아 알아냈다. 이 악당들은 돈을 요구하여 거기에 응하지 않으면 반드시 폭행을 휘두를 것이다. 그렇다면 저 사람 좋은 왕 씨도 예의 가죽 허리띠로 맞을지도 모른다. 어떻게든 왕 씨만이라도 도와주고 싶어졌다. 그래, 저 상등병에게 부탁해 보자, 고 나는 여러 가지로 머리를 굴렸다.

상등병은 보자기에 싼 것을 풀어 군복을 꺼내 갈아입고, 그리고 배꽃 징장徽章[30]이 붙은 군모를 썼다. 그것보다 나를 기겁게 한 것은 그 녀석이 내 검을 꺼내 허리에 찬 것이었다.

내 검이란 나의 돌아가신 고조부의 것으로, 고조부가 관직에 나아갈 때 허리에 차던 것이었다. 고조부는 문관文官이었지만, 삼품관 이상은 군직을 겸하는 것이 조선의 제도였던 터라 검이 있었던 것이다. 이 검은 내가 가장 소중히 여기던 두 가지 보물 가운데 하나이다. 나머지 하나는 나무로 만든 사각의 제등提燈[31]이었는데, 이것도 돌아가신 고조부의 유물이다. 이 상등병인지 뭔지 하는 사내에게 내가 이 검을 빼서 자랑했더니,

"이것 좋군. 보검이야. 내가 기름으로 잘 들도록 갈아주지."

하고 가져간 것이었다. 검은 이 척쯤 되는 짧은 것이었지만, 칼집은 검은 옻칠에 상아로 된 별을 박아 넣은 것으로 사슴가죽 끈이 달려 있었다.

나는 이 검을 좋아하여 네다섯 살 무렵부터 그것을 만지작거리다가 몇 번이나 손가락을 베었다. 그래서 한번은 부친이 그 검을 빼앗아 숨겨버렸는데, 내가 떼를 쓰는 바람에 하는 수 없이 그 칼을 무디게 하여 내게 주었던 것이다. 나는 어딜 가나 이것을 가지고 다녔다. 자루 주머니에 넣어 등에 비스듬히 메고 걸었던 것이다. 잠잘 때도 베갯머리에 이 검을 두지 않으면 잠들지 못할 정도였지만, 이즈음은 그 정도는 아니게 되었다. 하지만 이것을 곁에 두고 있으면 왠지 몹시 의지가 되는 듯했던 것이다.

물가가 빛나는 상태를 보고 바닷물이 빠진 것을 알게 된 우리는 산을 내려가 당당히 지나인 부락을 덮쳤다. 지나인들은 여름에만 고기를 잡으러 가는 까닭에 여자는 없다. 시커멓게 해풍에 그을린 몸통을 드러낸 무리가 변발로 머리를 동여매고 배에서 천막 쪽으로 열심히 잡은 고기를 운반하고 있다. 지나인은 상체는 벗지만 하체는 드러내지 않는다. 그러나 이런 어부만 있는 것은 아니다. 상의와

---

30 모자 따위에 붙이는 장식물.
31 자루가 있어서 들고 다닐 수 있게 만든 등.

하의 모두 말쑥이 차려입은 이른바 상류층에 드는 상인도 있다. 그는 자본주로, 조선의 다리배로 말하면 선주라는 것이다. 내가 좋아하는 왕 씨는 이 물가에서 가장 우두머리 선주이다. 그는 아직 삼십대의 젊은 사내인데, 이곳에 와 있는 지나인은 그를 왕 라오이에, 즉 왕 노야老爺라 부른다. 조부의 말에 의하면 그는 본래 산둥성山東省 취푸현曲阜縣 사람으로 글을 읽을 줄 아는 사람인데, 연고가 있어 사허쯔沙河子에 이주하여 어업에 몸을 숨기고 있는 사람이라고 한다. 왕 씨는 자주 조부 댁에 와서는 필담을 나누며 즐거워하는 것이었다. 나는 반년 전의 지나인 향 장수를 기억하고 있는 까닭에 이 왕 씨에게도 일종의 애정과 호기심을 갖고 있었던 것이다.

불행 중 다행으로 예의 상등병은 왕 씨가 이 어업진漁業陣의 총우두머리인 것을 모르는 듯했다. 그들은 배에서 내려오는 사람을 붙잡아서는 예의 명령을 들이대며 세게 고함지르거나 후려쳤다. 배에 있던 지나인들은 배에서 달아나서는 모래를 파서 뭔가를 결사적으로 숨겼다. 돈일 것이라고 생각했다.

가죽 허리띠로 두들겨 맞은 지나인의 나체에서는 피가 흘렀지만, 그들은 1전짜리 동화銅貨와 십 전짜리 은화를 하나하나 두 손에 받들고,

"라오이에, 라오이에(나리, 나리)."

하며 악당들에게 절했다. 그리고 한 대 더 몹시 맞더니 또 두세 개 화폐를 내밀었다. 이런 일로 시간이 지체되었던 까닭에 다른 배에 탄 지나인들은 뿔뿔이 달아났다.

나는 악당들이 돈을 빼앗는 데 정신이 팔려 있는 틈을 타서 왕 씨의 천막을 향해 걸었다. 달리면 눈에 띌 것이라고 생각해서 놀고 있는 것처럼 지그재그로 걸었던 것이다. 잠시 걷자니 왕 씨가 저쪽에서 걸어오고 있어서 나는 모래 위에 글자를 써서 경계하라는 의미를 알렸다. 그는 급히 천막 쪽으로 돌아갔다. 나는 이제 안심하고 악당들 있는 곳으로 돌아왔다.

그들은 얼마나 강탈했을까. 건어물까지도 빼앗고는 이번에는 천막으로 나서려는 것이었다. 두목 녀석이 내 보검을 빼서 번쩍이고 있다. 과연 잘 갈려 있는 듯

햇빛 아래 푸른빛을 내뿜고 있다. 이 녀석이 그 검으로 칼부림 사태만은 일으키지 않아야 할 텐데, 하고 나는 조마조마하면서 그 녀석의 곁을 떠나지 않았다. 만일의 경우에는 내가 검을 든 그 녀석의 팔에 매달릴 각오였다.

두세 개의 천막으로 갔지만 아무도 없거나 쇠약한 늙은이가 눈곱 낀 눈을 슴벅슴벅 깜빡이고 있었다. 그래서 악당들은 어수선하게 날뛸 뿐 이렇다 할 노획물도 없었고, 이윽고 왕 씨의 천막을 덮쳤다.

왕 씨는 태연히 악당들을 맞아 우선 의자를 권하며,

'관인청좌官人請坐'

라고 종이에 써서 내밀었다. 그래서 내가 일동에게 앉으라는 뜻이라고 설명해주었더니, 상등병은 검을 칼집에 넣고 거적 깔개 덮인 마루 가장자리에 앉았다. 다른 자들도 앉았다. 왕 씨는 상등병에게서 명령서를 받더니 읍하여 경의를 표하고 그것을 정중히 접어서 품속에 넣고, 그다음은 지나 소주와 기름에 튀긴 생선을 내놓았다. 음식에 주린 악당들에게 이런 음식이 얻어걸린 것은 난생 처음이었으리라. 실로 맛이 있는 듯이 게걸스레 먹었다.

왕 씨는 검은 병에 담긴 백건아주白健兒酒가 떨어질 무렵을 가늠하여 일 원짜리 은화 삼십 개를 새 수건에 담아 두목 앞에 내놓았다.

일동의 눈은 이 삼십개의 은화 빛에 눈이 부신 듯했지만 과연 두목은,

"삼백 냥은 안 돼. 천 냥이야, 천 냥."

하고 고함쳤다.

왕 씨는 내 통역을 듣더니,

"관명官命이 지엄하니 어찌 감히 어기랴. 내일 정오까지 천 냥을 모아 드릴 것이오. 대체 나리가 머무르는 숙소는 어디요? 이 삼백 냥은 적으나마 여러 나리의 술값일 따름."

하고 묵흔墨痕이 흥건하게 써서 내주는 것이었다.

나는 이 말을 모두에게 통역하여 들려주었는데, 폭음한 백건아주의 술기운이 돈 탓인지 일동은 기분이 좋아져서,

"좋아, 좋아. 그럼, 기한을 어기지 않도록."

하고 그들은 일단 젠체하며 돌아갔다. 왕 씨의 기지로 천막의 약탈을 면했던 것이다.

그들은 돌아가서도 아까 올랐던 산에 모여 노략질한 물건을 분배했다. 내게도 작은 은화를 두 개 주었다.

"검을 돌려줘요."

하고 내가 말하자, 상등병은 무슨 생각이었는지 곧 돌려주었다.

나는 검을 받았으니 한시라도 빨리 돌아가려고 하자 악당 한 사람이 느닷없이 어깨를 움켜쥐며,

"이 심부름꾼 녀석, 죽여버리자구. 이 녀석이 우리 얼굴을 알고 있으니 존위尊位(섬의 관리)에게 무슨 말을 지껄일지 몰라."

하고 모두에게 동의를 구하는 것이었다. 그들은 아까보다도 술기운이 돌아 무슨 짓을 저지를지 알 수 없었다.

"게다가 이 녀석, 아까 그 지나인과 아는 사이인 듯했다구."

또 한 녀석이 말했다. 이 녀석은 아까 나를 때려 상등병에게 박살났던 녀석이다.

나는 이거 큰일 났다고, 깜짝 놀라 믿고 의지하던 상등병에게 눈길을 주었지만, 그 녀석도 이제는 나를 감싸려 하지 않을 뿐만 아니라 적의에 찬 눈으로 나를 되쏘아보았다. 역시 나를 죽여버리는 편이 뒤탈이 없을 듯하다고 생각하는 모양이었다.

나는 마침내 마음을 정했다.

"좋아, 여차하면 이 검으로 베어버릴 테다."

나는 이렇게 검의 칼집에 손을 대어 느닷없이 검을 빼서 한 걸음 뒤로 물러섰다. 그리고 누구든 덤벼들라며 검을 머리 위로 높이 치켜들었다.

"좋아, 날 죽이려거든 죽여봐."

나는 험악하게 녀석들을 노려보았다.

내 어깨를 움켜쥐었던 녀석은 분명히 겁을 내고 있었다.

"농담이지. 자네, 농담이지. 베다니 무슨 말씀. 베면 곤란해. 돈을 줄 테니 검을 거두게."

상등병이 이렇게 말하고는 성큼성큼 내 곁으로 다가왔다.

"가까이 오지 마. 누구든 가까이 오는 녀석은 벨 테야. 앞장서 산에서 내려가."

나는 명령했다.

일동은 난처하다는 얼굴로 한 걸음 걷고는 돌아보고, 두 걸음 걷고는 돌아보다가 이제 안전하다 싶은 곳까지 가자 쏜살같이 달아나버렸다. 한 녀석은 나를 노리고 돌을 던졌지만 낮은 곳에서 던지는 돌이어서 조금도 무섭지 않았다.

우리가 산 위에서 이런 일을 벌이고 있는 동안 지나인들은 관리에게 호소했을 것이다. 내가 해질 무렵 조부의 집에 돌아갔더니, 지나인 부락을 약탈한 일당은 일망타진되었다고 했다. 그 탈주병 녀석은 바닷물만 차오르면 섬을 떠날 예정이던 반자리행 나룻배에 잠복해 있는 것을 격투 끝에 꽁꽁 묶었다고 한다.

내가 악당들을 위해 거짓 명령서를 쓰고 또 함께 행동했다는 이유로, 조부는 내가 돌아오자 불같이 화를 내며,

"회초리 세 대 꺾어 오너라."

하고 내게 명했다.

나는 울면서 달려가서 물푸레ムブレ라는 나무의 작은 가지 세 개를 꺾어 와 조부 앞에 놓고, 바지를 걷어 올려 장딴지를 내놓고 조부 앞에 섰다.

조부는 작은 나뭇가지를 한 대 손에 쥐고 두세 번 구부렸다 폈다 하더니,

"네 죄를 아느냐?"

하고 큰 소리로 고함질렀다.

"네, 잘못했습니다."

"너는 강도와 한 패거리가 되었겠다."

"네. 여기 은화를 두 개 받았습니다."

라고 말하며 나는 허리춤의 작은 염낭에서 은화 두 개를 꺼내 조부 앞에 놓았다. 조부는 설마라고 생각했던 듯, 그 장물贓物의 역력한 증거를 보이자 더 이상 견딜

수 없었던 듯하다. 손에 든 회초리로 내 장딴지를 다섯 때쯤 세게 내리쳤다. 나는 아파서 똑바로 선 자세를 유지하지 못하고 쭈그려 앉고 말았다. 그러자,

"기개 없는 놈, 그 정도 아픔을 견디지 못하는 게냐? 똑바로 서거라."

하고 내 머리와 어깨를 마구 내리쳤다. 나는 겨우 바로 선 자세로 돌아갔다. 그랬더니 조부는 또 네다섯 대를 때렸다. 회초리가 기분 나쁜 소리를 내며 둘로 꺾여 날아갔다. 나는 끈적끈적한 것이 장딴지 살갗 위를 흐르는 것을 느꼈다. 피가 나오는 모양이라고 생각했다. 나는 이를 악물고 아픔을 참았다. 나는 비명을 지르지 않았다. 회초리가 내 살갗에 부딪는 소리가 철썩철썩 방 안에 울리는 것이었다.

서조모가 부엌에서 들어와 나를 감싸준 덕분에 나는 그 이상은 맞지 않고 살아났다.

3
고아

나는 그해 — 라고 하면 분명하지는 않지만 내가 열한 살 되던 해 팔월 부친과 모친이 돌아가셔서 나와 여섯 살, 세 살짜리 누이 세 사람은 유산 없이 고아가 되고 말았다. 내가 누이들을 데리고 섬의 조부 댁으로 갈 작정으로 나룻배에 올라타고 섬에 갔더니, 조부는 이미 고마지ㅋ^{ᄁᄁ}라는 곳으로 이사했다. 나는 꼭 M가에 들르려고도 생각했지만 그만두고, 때마침 배편이 있어 예의 흰 칠로 뒤덮인 사나가암까지 가서 그곳에서 삼십 리 남짓한 길을(1944.3)[32]

---

32 이후의 원고는 삭제되어 있다. 1944년 4월호 편집후기에 "지난 달 호부터 당분간 가야마 미츠로 (香山光郎) 씨의 장편 『40년』은 작자의 사정으로 휴재하게 되었다. 조만간 이어 연재할 터이니 양해 부탁드린다"는 기사가 실려 있다.

원술의 출정元述の出征[1]

때는 신라 문무왕文武王 십오년. 백제와 고구려를 치고 신라가 삼국통일을 달성한 대업大業의 원훈元勳 김유신金庾信 장군의 둘째 아들 원술元述이 태백산 견성암見性庵에 숨은 지 이미 삼 년이 된다.

원술이 장군 효천曉天의 비장裨將으로 당병唐兵과 석문石門에서 싸운 것은 열아홉 되던 해 팔월의 일이었다. 당 고종高宗은 신라가 당병을 내쫓고 고구려의 옛 영토를 차지한 데 노하여 장수 고봉률高奉率, 이근행李謹行으로 하여금 병사 사만을 이끌고 평양을 포위케 했다. 신라 문무왕은 장군 의복義福, 춘장春長 등으로 하여금 이를 격파케 했는데, 장군 효천과 의문義文의 부대는 용감히 당병에게 반격을 가하여 수천 급의 머리를 베고, 후퇴하는 당의 군사를 석문까지 추격했다. 그런데 신라군 가운데 효천 부대의 공을 질시하는 자가 있어, 군령軍令이 통일을 잃고 우군友軍에게 배반당해 고립무원의 처지가 되어 패퇴하지 않을 수 없게 되었다. 그러나 효천과 의문은 ‘임전무퇴臨戰無退’[2]라는 신라 무사의 계율을 지켜 용감히 적진으로 뛰어들어 산화散花했던 것이다. 뒤에 남은 원술은 비장으로서 군사를 이끌 책임이 있었으나, 목숨을 보존하는 것을 달갑게 여기지 않고 효천 등의 뒤를 따르기 위해 말에 올랐다. 그 순간 부좌副佐 담릉淡凌은 원술의 말고삐를 놓지 않고,

“남아가 죽는 것이 어려운 게 아니라 죽을 자리에 처하는 것이 어려운 법, 죽어서 성과를 얻지 못할 바에는 살아서 후일을 도모함만 못하다.”

하고 군사를 거두어 물러설 것을 간언했다. 원술은,

“남아는 구차하게 살지 않는 법. 무슨 면목으로 내가 부친을 뵙겠는가.”

하고 말에 채찍을 가하였으나 담릉이 도무지 고삐를 놓지 않아서 원술은 결국 죽

---

1   원문 일본어. 가야마 미츠로(香山光郎), 『신시대(新時代)』, 1944.6.

2   원문에는 ‘臨陣無退’로 되어 있다.

을 때를 놓치고 말았다.

원술이 도읍으로 돌아오자 부친 유신은 노하여 내 아들이 아니라며 대면을 거부하고 왕에게 원술의 목을 칠 것을 청하였으나 왕은,

"비장에게만 유독 중형을 내릴 수 없다."

고 하여 원술을 사면했다. 원술의 모친은 태종太宗의 셋째 딸이므로 문무왕과는 종형제 사이다.

원술은 집에도 가지 못하고 시골에 숨어 오로지 깊이 부끄러운 세월을 보내다가 이듬해 부친 유신이 일흔아홉의 고령으로 숨을 거두어 집에 돌아갔으나 모친 지소智炤 부인은,

"첩은 경卿을 만날 수 없습니다. 부인에게는 삼종지의三從之義[3]가 있다고 합니다. 저는 이제 이미 과부이므로 아들을 따라야 합니다. 그러나 원술은 이미 선친의 아들 자격을 잃었으니, 저는 그 어미가 될 수 없습니다."

하고 대면을 허락하지 않았다. 원술은 다만 부친의 영전에 곡하고 모친을 한번 뵐 것을 통곡하고 몸부림치면서 청했으나 결국 받아들여지지 않았다. 원술은,

"아아, 나는 담릉 탓에 이리 되는구나."

하고 탄식하고, 마침내 태백산으로 숨어들었던 것이다.

태백산 견성암見性菴, 절이라고는 하나 겨우 비바람을 견딜 정도의 허술한 건물이다. 예전에는 원효대사元曉大師가 세상을 피하여 머물던 거처이기도 했던 곳으로, 지금은 희견喜見이라는 노승이 염불삼매의 나날을 보내고 있는 곳이다. 원효라면 원술 모친의 언니 요석공주瑤石公主의 남편이다. 원술은 신분을 숨기고 희견을 위해 땔나무를 줍고 물을 길으며, 제자라고도 불목하니[4]라고도 할 수 없는 일을 하고 있다.

정월 어느 날, 원술은 아침 일찍 견성암에서 절로 통하는 길가의 눈을 치우고

---

3   『의례(儀禮)』에 기록되어 있는 여자가 지켜야 할 세 가지 도리. 곧 어려서는 아버지를 따르고, 시집 가서는 남편을 따르고, 남편이 죽은 뒤에는 아들을 따를 의무가 있음을 뜻함.

4   절에서 잡일을 하는 남자.

있었다. 노송老松 가지에 쌓인 눈이 이따금 허리를 굽히고 눈을 쓸고 있는 원술의 등에 떨어져 희미하게 소리를 낸다. 동박새가 운다. 원술은 손으로 만든 눈갈퀴로 오른쪽으로 왼쪽으로 대여섯 치나 쌓인 눈을 밀어낸다.

그때 누군가가,

"잠깐, 여쭙겠습니다."

하고 불러서 원술은 허리를 폈다. 그의 소년같이 아름다운 얼굴은 달아오르는 듯 붉었다. 원술은 일순 움찔했다. 몇 걸음 앞에 서 있는 것은 틀림없이 늙은 충복忠僕 수타원須陀洹이었다. 그러나 원술은 모르는 척하고,

"무슨 일이십니까?"

하고 수타원을 똑바로 쳐다보았다.

'정말 이상한 일이군. 이 목소리는 귀에 익은 원술 님의 음성인데.'

수타원은 커다랗게 눈을 떴으나 완전히 변해버린 그 모습은 원술인 듯도 하고 아닌 듯도 했다. 푸른 천 조각으로 눈이 덮이도록 머리를 감싸고, 몸에는 무척 더럽고 남루한 옷을 걸치고 있다. 아무리 세상을 등진 처지라고 해도 태대각간太大角干5 님의 아들 원술 님의 모습이라고는 도무지 생각할 수 없었다.

수타원은 두세 걸음 원술에게 가까이 다가가서,

"견성암으로 가는 길이 이 길입니까?"

하고 물으며 원술의 얼굴을 살핀다.

"그렇습니다. 저기 보이는 게 견성암입니다."

원술은 수타원의 눈을 피하는 듯 허리를 굽혀 눈을 쓸어냈다.

"견성암에는 법사法師가 몇 분 계십니까?"

수타원은 계속해서 원술에게 말을 건다.

원술은 한결같이 눈을 치우면서,

"견성암에는 희견 스님이 한 분 계시고, 이렇게 말씀드리는 졸자拙者는 땔나무

---

5   신라 문무왕 때 나라에 큰 공로가 있는 사람을 예우하기 위해 베푼 가장 높은 벼슬.

를 줍고 물을 긷고 눈이 내리면 눈을 치우는 사람입니다."

하고 쌀쌀맞은 대답을 한다.

"실례지만 한 말씀 더 묻겠습니다. 견성암에는 도읍에서 오신 원술 님이라는 분이 계실 텐데, 그 원술 님도 계십니까?"

"원술 님이라. 글쎄, 원술 님이라, 들어본 듯한 이름입니다만."

원술은 눈을 쓸며 한 걸음 한 걸음 수타원에게서 멀어진다. 수타원은 더욱더 의심스럽게 원술의 모습을 응시한다.

"들어는 봤지만 모른다는 겁니까? 천하에 당나라, 천축天竺[6]까지 모르는 사람이라곤 없는 태대각간 님의 둘째 아들 원술 님을 모른다고 할 수는 없을 텐데."

원술은 눈갈퀴를 지팡이 삼아 일어서며,

"아아, 그 원술 말입니까? 석문 전투에서 죽지 않고 뻔뻔스럽게 살아 돌아온 그 원술 말입니까? 그 이름을 입에 올리는 것조차 더러운 그 원술 말입니까? 임전무퇴의 계율을 깨뜨리고 군명君命을 배신하고 집안의 이름을 더럽혀 부모에게도 버림받은 그 원술이라면, 그 이름을 떠올리기조차 싫은 원술이라면, 신과 인간이 모두 잊었을 터. 당신은 어째서 그 원술을 찾는 것입니까. 부끄러움을 모르는 그놈에게 부끄러움을 알게 하기라도 하려는 것인가?"

원술은 흥분했다.

"아니요, 당치 않은 말씀. 설령 원술 님이 신과 인간에게 버림받았다 해도 내버릴 수 없는 사람이 두 사람 있습니다."

"두 사람이라. 내버릴 수 없다고?"

"그렇습니다. 원술 님을 내버릴 수 없는 사람이 두 사람 있습니다."

"그 두 사람이란 누구지? 세상에 별난 것을 좋아하는 자도 다 있군."

"그 두 사람이 누구냐고 물으셨습니까? 그 두 사람은 제가 말씀드리지 않아도 잘 알고 계실 터. 원술 도련님께서 출가하신 뒤 삼 년 동안 비가 오나 눈이 오나

---

6   인도의 옛 이름.

원술 님의 뒤를 그리워하여 발자취를 찾아 온 신라를 헤매다녔고, 만약 이 세상에서 만나지 못하면 저승까지라도 원술 님의 뒤를 좇고야 말 그 두 사람을, 설마 원술 님께서 모른다고 말씀하시지는 않겠지요.”

수타원의 목소리는 떨렸고 눈에서는 눈물이 흘렀다.

“그 두 사람.”

원술은 혼잣말처럼 중얼거렸다ー

“그렇습니다. 그 두 사람입니다. 도련님, 그 두 사람입니다.”

수타원은 마침내 원술 앞으로 다가가 꿇어앉았다. 그는 청포靑布 두건을 매고 같은 청포 옷을 입고 있었다.

원술은 감개무량한 듯이,

“그 두 사람, 한 사람은 너로되, 또 한 사람은 누구냐?”

“아좌阿佐 아씨입니다.”

“아좌 아씨라. 들은 적이 있는 이름인 듯하지만, 그 아좌 아씨인가 하는 사람이 어쨌다는 게냐?”

“도련님, 무슨 말씀이십니까. 백년해로를, 아니 삼생三生의 인연을 맺으신 아좌 아씨를 아무리, 여하튼 잊으셨을 리 없을 텐데. 도련님, 아아, 도련님.”

수타원은 비통하기 그지없다는 듯이 두 손을 가슴에 대고 문질렀다.

“그 아좌 아씨인가 하는 사람이.”

“네, 그 아좌 아씨가 지금 이 산에 오고 계십니다. 부부는 한 몸, 아내는 남편을 따른다. 괴로우나 즐거우나 영예로우나 욕되나 아내는 남편을 따르는 것입니다. 땅 끝, 삼도천三途川[7] 끝까지라도 남편의 발자취를 따르신다며 삼 년 동안 신라의 마을이란 마을, 산이란 산을 모두 돌아다니다 바로 어제 저녁 저 무시무시한 눈보라를 맞으며 부석사浮石寺에 이르셨습니다. 절에서, 이 견성암에 세상에 흔치 않은 눈빛을 가진 젊은 분이 계시다고 말씀드리자 아좌 아씨는 그분이 틀림없다,

---

7   이승과 저승의 경계에 흐른다는 강.

관세음 님의 이끄심이라고, 오늘 아침 날이 밝기 전부터 참으로 곁에서 보기에도 애처로울 정도여서, 그럼 소인이 한달음에 모습을 뵙고 오겠다고 말씀드리고 이렇게 달려온 참입니다. 얼마나 변하셨는지. 가슴이 움찔하면서도 잘못 보았달 정도로 변하신 모습. 그렇다고 해도 도련님, 아직 어린 때부터 가까이 모셨던 소인, 이 늙은이의 눈이 멀쩡한 한 — 아이구, 저기 오십니다. 도련님, 아이구, 저기 비틀거리면서 — 아좌 아씨이십니다. 뒤를 따르는 것이 아랑阿郎,[8] 아랑이 받든 것이 원술 도련님의 의복 한 벌. 아좌 아씨께서 손수 짜고 바느질하신 도련님의 의복. 얼마나 아름다운지, 가슴 아픈지 —"

원술의 눈도 이제 막 낭떠러지 길을 비스듬히 북쪽으로 올라오는 두 사람의 여인 쪽으로 내달았다. 그러나 원술은 곧 아무 일도 없었다는 듯이 눈을 쓸기 시작했다. 수타원이 대신하겠다고 해도 원술은 허락하지 않았다.

원술은 태백산에 숨은 이래 스스로 천지에 용납되지 못할 죄인으로서 이 세상의 모든 희망과 함께 즐거움도 버린 것이었다. 회신멸지灰身滅智,[9] 원술은 오로지 세상을 버린 사람의 삶에 철저하고자 한 것이었다. 그런데 생각지도 않게 수타원이 나타났고, 또 아내란 이름뿐인 아좌가 찾아온 것이다. 아좌와의 혼례 날을 며칠 앞두고 원술은 출정의 명을 받은 것이었다. 아좌와는 궁궐과 그 밖의 곳에서 두세 번 얼굴을 대한 일은 있으나 친밀하게 말을 나눈 일조차 없다. 그렇다 해도 장군 의춘義春의 딸 아좌라고 하면 온 신라에서 모르는 사람이 없는 아름다운 아가씨이고, 설령 잠깐 동안의 맞선이라고는 해도 원술의 영혼에 깊이 각인된 모습이긴 하다. 과연 원술은 가슴이 두근거림을 억누르지 못했다.

수타원은 아좌 쪽으로 달려갔다.

"견성암에는 누군가 계시던가요?"

아좌는 숨차하면서 수타원에게 물었다. 아좌는 몹시 지치고 야위어 있었다.

---

8   원문에는 '阿良'으로 되어 있으나 '阿郎'의 오식으로 보인다.

9   몸을 재로 만들고 지혜를 없앤다는 뜻으로 열반(涅槃)의 경지를 이르는 말. 원문에는 '灰心滅智'로 되어 있다.

“네, 저분입니다. 저기 남루한 옷을 걸치고 청두건을 두른 저분입니다.”

“저분?”

하고 아좌는 지금까지는 눈에 띄지 않던, 허리를 굽히고 눈을 치우고 있는 원술 쪽으로 눈길을 주면서,

“수타원, 저분이 어쨌다는 것이죠? 원술 님의 거처를 안다는 말씀이라도 하셨나요?”

하고 울음 섞인 목소리가 되었다.

“아니요, 아니요. 아가씨, 저분이야말로 바로 원술 도련님입니다. 도련님을 안 아드렸던 소인의 눈조차도 처음에는 잘못 보았달 정도로 변하신 모습, 정말이지 정말 안타깝기 그지없습니다. 그러나 저 청두건 아래 빛나는 저 봉황의 눈과 같은 눈빛, 약간 상기된 듯이 보이는 저 아름다운 뺨, 저 힘찬 목소리 등은 삼 년 전과 달라지지 않았습니다. 아아, 태대각간 님의 다섯 도련님 가운데서도 가장 아름답고, 용감하고, 정이 깊은 원술 님. 하지만 앞날도 있습니다. 이제 반드시 큰 공을 세우셔서 아버님 못지않은 이름을 빛낼 날도 —”

“원술 님은 이 아좌에 대해 물어보시던가요?”

아좌는 수타원의 이야기는 귀에 들어오지도 않는지, 수타원의 말을 가로막고는 눈물을 흘리며 묻는 것이었다.

“네, 아니, 도련님께서는 아무것도, 도읍의 일도, 댁의 일도 묻지 않으셨습니다. 오직 깊은 생각에 잠기신 모습이었습니다.”

“설마, 이 아좌를 잊으신 건 아니겠지.”

하며 아좌는 잠시 원술 쪽을 바라보았으나,

“자, 가요. 한시라도 빨리 그리운 원술 님의 곁으로 가요.”

하고 말하고는 치맛자락을 한 손으로 걷어 올리고 총총 걷기 시작하는가 싶더니, 뭔가에 놀란 듯이 멈춰 섰다.

“기다려요, 기다려. 수타원.”

“예.”

"아좌의 마음은 원술 님의 곁으로 곁으로 달리지만, 그러나 만약 아좌 때문에, 아좌가 원술 님의 곁에 나타난 까닭에 마음을 어지럽히는 일이 있어서는 죄송한 일. 원술 님께서 이 세상을 덧없이 여기고 불도佛道에 정진이라도 하시는 것이라면, 불도에서 여성은 요물이라던가. 아좌가 사랑스러운 남편의 성도成道를 방해한다고 하면 ― 수타원, 도련님께 한 번 더 달려가서 아좌가 여기서 명을 기다린다고, 만나 뵙지 못할 사정이라도 있다면 삼가겠다고 원술 님의 허락을 얻어줘요. 아, 기다려요, 기다려. 수타원, 이 옷 한 벌. 이것은 아좌가 손수 짜고 바느질한 것. 아좌는 곁에 갈 수 없더라도 적어도 이 옷 한 벌은 입으셨으면. 이 산중에서는 필시 춥기도 하시겠지. 음식 역시 이런 산중에, 더욱이 이 인적 드문 산속에서는. 아좌가 곁에 머문다면 같은 산의 푸성귀, 풀뿌리라도 어렵지 않게 조리해드릴 것을. 수타원, 무심결에 푸념을 했네. 이런 얘기는 원술 님의 귀에 들어가게 하고 싶지 않아요. 철석같은 대장부의 마음을 여자의 푸념 따위로 어지럽혀서야. 아니, 수타원. 그저 뵐 수 있을지, 그것만 대답을 듣자꾸나. 그리고 이 옷하고. 그럼, 어서."

이렇게 말하고 수타원을 보내고는 아좌는 노목老木 그늘에 몸을 숨기고 소매로 눈물을 닦았다.

수타원이 아좌의 뜻을 전하자 원술은 잠시 생각에 잠겼으나,

"만나지. 모처럼의 뜻, 감사하네. 그렇기는 해도 아직 혼례도 치르지 않은 사이이니 길가에서 만나는 것은 예의에 어그러지는 법. 먼저 돌아가 손님과 주인의 예로써 맞기로 하지. 그럼 수타원, 저기 견성암까지 아좌 아씨를 안내해드리게."

하고 암자 쪽으로 걷기 시작했다.

"고맙습니다. 잘 알겠습니다."

수타원은 자기 일처럼 기뻐하면서 아좌에게 돌아갔다.

아좌는 수타원이 옷 보퉁이를 겨드랑이에 낀 채 돌아오는 것을 보고, 틀림없이 모두 거절당했다고 생각하여,

"아아."

하며 쓰러지려는 것을 아랑이 붙들었다.

"어머나, 아씨."

아랑의 부르짖는 소리가 조용한 산에 희미하게 메아리쳐 온다. 수타원은 이 모습을 보고 몹시 놀란다.

"아씨, 원술 님께서는 감사하다고 말씀하시고 아씨를 길가에서 만나는 것은 예에 어그러지므로 저기 견성암까지 오시도록 하셨습니다. 아씨. 아아, 그렇게 다부지게 말씀하셔도 역시 연약한 여자. 아씨, 아씨."

수타원이 아무리 불러도 아좌는 잠든 아기처럼 고개를 늘어뜨리고 정신을 차리지 못한다.

"이 수타원이 아씨를 안아드리지요. 아랑 님은 이 옷을 들고."

수타원은 잠든 아이를 안아 올리듯 아좌를 두 팔로 쳐들고 걷기 시작했다.

'수타원도 늙었군.'

수타원은 한 걸음 한 걸음 넘어지지 않도록, 자빠지지 않도록, 발로 눈을 헤치고 발 디딜 곳을 찾으며 견성암으로 걸어간다. 예전에는 날뛰는 말을 손으로 제압할 정도였던 수타원도 아좌를 안고 가는 비탈길에 숨이 찼다. 그러나 충의忠義 일변도의 수타원은 이것도 주군主君을 위한 봉공奉公이라고 생각하자 쓸모 있는 노구老軀의 영광과 고마움으로 쓰러져 죽어도 좋다고 생각했다.

견성암에 옮겨져 원술의 극진한 간호를 받은 아좌가 얼마 후 크게 눈을 떴을 때는, 자기 곁에 원술이 있는 것을 발견하고는 깜짝 놀란 듯한 표정과 더불어 끝없이 눈물이 흘러 베개를 적셨다. 아좌는 벌떡 일어나 원술 앞에 엎드려 절하고자 했지만, 마비된 것처럼 몸이 말을 듣지 않았다.

아좌는 일어나기를 단념하고,

"원술 님."

하고 불렀다. 그 목소리는 떨렸다.

"아좌 소저."

원술도 정이 담긴 목소리로 화답해 불렀다.

"아좌는 기쁩니다."

"원술도 몹시 그렇습니다."

"황송합니다."

아좌는 감개무량한 듯이 눈을 감고 입술을 깨문다.

원술도 눈을 감고 고개를 떨군다.

무거운 침묵이다. 오직 회견 노사^{老師}의 염불 소리와 큰북 소리가 들릴 뿐. 그것이 오히려 정적을 더하는 듯하다.

거의 반 시간이나 지났을까, 아좌는 눈을 뜨고,

"원술 님."

하고 불렀다.

"네."

"당신은 이후로 불문^{佛門}에 귀의하여 세상을 버리실 생각입니까. 두 번 다시 세상일에는—두 번 다시 집에는 돌아가시지 않으렵니까."

아좌의 말은 애원하듯 간절했다. 원술도 아좌가 하는 말의 의미를 모를 리 없다. 그것은 '이 아좌를 어떻게 하시겠습니까.' 하고 따져 묻는 것과 다름이 없었다. 원술은 마음이 쓰라렸다.

"불문에 귀의하기 전에 이 원술은 꼭 하지 않으면 안 되는 일이 하나 있습니다. 그것을 끝내기 전에는 불문에 귀의할지 집에 돌아갈지 아무것도 말씀드릴 수 없습니다. 집이라고 해도 아버님은 돌아가셨고 어머님도 출가하여 비구니가 되신 지금, 저는 돌아갈 집이 없습니다."

"그, 반드시 하시지 않으면 안 되는 한 가지 일이라면, 그것은 이 아좌에게 말씀하시면 안 되는 것이라도……"

"아니요, 그런 것은 아닙니다. 아좌 소저께도 동의를 구하지 않으면 안 되는 일입니다."

"동의를 구해야 하는 일이라고 하시면."

"그것은 다른 게 아닙니다. 원술은 석문 전투에서 죽었어야 할 죽음이 유예된 자, 언젠가는 싸움에 나가 죽지 않으면 안 될 사람입니다. 무운^{武運}이 없는 원술에게는 좀처럼 그 기회도 돌아오지 않습니다. 어지간히 불운한 사람입니다. 백제와 고구려는 이미 멸망했고, 당도 우리 신라에게 산산이 박살나 이제는 우리를 침범할 기력도 다한 듯합니다. 천하태평, 정말 기쁘기 그지없습니다. 그런데 이 원술은 오명汚名을 씻지 못한 채 저세상으로 가는가 생각하면 석문에서 담릉에게 저지당한 저의 기개 없음이 아무리 생각해도 분합니다. 그러니까 이제 이 몸은 내 몸이되 내 몸이 아닌 몸, 삼생의 인연을 맺은 아좌 소저와 만나면서도 지아비라 불리지도 못하고 — 어머님이 살아 계셔도 아들이라고 불리지도 못하며, 천지에 용납되지 못하고 신과 인간에게서 버림받은 몸입니다."

"황송합니다, 원술 님. 황송합니다, 아좌는 이 자리에서 죽어도 여한이 없습니다. 그토록까지 당신께서 생각해 주시니 — 아아, 아좌는 행운아입니다. 나무관세음보살. 부처님의 은혜 감사하기도 해라."

아좌는 고개를 들어 합장한다. 합장이 끝나자 아좌는 억지로 상반신을 일으켜 고쳐 앉는다. 갑자기 기력이 난 듯하다.

"원술 님, 싸움에 나가시려고요? 그러시다면. 아좌가 삽량挿良의 성 밑 마을을 지나갈 때 많은 사람들이 관아 앞에 모여 있기에 무슨 일인가 물었더니, 지금 당의 군사가 매소천성買蘇川城에서 멀지 않은 곳까지 쳐들어온 까닭에 병사를 모집한다는 방문榜文을 보고 있다고 —."

"당의 병사?"

"네, 당의 병사가 매소천성으로."

"그래, 그 장수는 누구인지, 소문은 없었습니까?"

"네, 그 장수는 이근행이라고 들은 듯합니다."

"이근행, 분명히 이근행입니까?"

"네, 분명히 이근행이에요."

"아아, 석문 전투의 적장敵將 이근행? 이럴 수가. 이는 하늘이 마련한 운명. 원술은 반드시 숙적宿敵 이근행의 머리를 베어 효천과 의문 두 장군의 원수를 갚고, 석문 전투에서 살아남은 수치를 씻겠다. 아좌 소저, 당신은 원술의 좋은 아내입니다. 이런 소식을 참으로 잘 가져와주셨습니다. 이 산속에서 잠들려 하는 원술의 마음을 참으로 잘 깨워주셨습니다. 아아, 하늘이 나를 버리지 않으셨구나. 그런데 아좌 소저, 적이 매소천성에 쳐들어왔다면 원술은 한시도 지체할 수 없습니다. 그럼."

하고 원술은 일어선다.

"원술 님, 적어도 오늘밤 하룻밤만이라도 이야기를 나누고 아좌가 지어드리는 진지 한 그릇이라도 드시고."

아좌는 손을 뻗어 원술에게 매달린다.

"이건 또 무슨 한심한 말씀입니까. 신라 무사의 아내답지 않습니다. 아좌 소저의 진심을 담아 만드신 옷 한 벌, 그것만은 죽으러 가는 길의 옷차림으로 삼겠습니다. 그럼."

원술은 신발 끈을 묶는다.

"원술 님, 부디 용서하세요. 아좌의 어리석음을. 그저 용서하세요. 아좌는 여기 견성암에 남아 당신의 무운장구武運長久를 빌겠습니다. 훌륭하게 화랑의 아내답게 살고 원술 님의 아내답게 죽겠습니다. 원술 님, 그럼 안녕히, 안녕히. 수타원, 아랑, 도련님께서 출정을."

말도 맺지 못하고 아좌는 마루 위에 쓰러진다. 그때 원술은 이미 비탈을 내려가고 있었다.

『삼국사기』에 의하면, 원술은 마침내 이근행의 군대를 격파하고 큰 공을 세웠으나 석문의 죄를 깊이 부끄러이 여겨 끝내 관직에 나아가지 않고 전원田園에서 일생을 마쳤다. 그의 아내에 대해서는 아무런 기록도 전하지 않는다.

다다시[忠]는 마사에[昌枝]의 하숙에서 나와서 종로거리로 무한정 걸었다. 그가 통안 네거리에 와서 빨간 등에 걸려서 걸음을 멈출 때까지는 어디를 어떻게 걸어서 왔는지 저도 모른다.

'그럴 수도 있나.'

'그런 넌도 있나.'

다다시는 한없이 속으로 중얼거렸다.

사람들은 전차를 기다리노라 두 줄을 지어서 늘어섰다. 노량진행, 영천행의 전차들은 터질 듯이 사람을 싣고 먼지를 날리면서 달렸다. 오월 석양볕은 젊은 여자들의 얼굴을 불그레 상기시킬 만치 더웠다.

'계집이란 모두 그럴까. 모두 그렇게 믿을 수 없을까. 모조리 그렇게 허영심 덩어릴까. 마사에만 그럴까.'

다다시는 모르는 여성들을 바라보면서 이렇게 속으로 중얼거렸다. 여자란 여자는 모두 미웠다.

"잉, 엑."

하고 다다시는 파란불을 보고는 종로 쪽을 향하고 걸었다. 늙은 어머니가 기다리고 있는 성북정 셋방으로 갈 양이면 창경원 쪽으로 향하였어야 옳았고, 그보다도 돈암정 가는 전차를 탔어야 옳았다. 그러나 다다시는 이때에 집도 잊고 늙은 어머니도 잊었다. 어딘지 모르나 멀리로 멀리로 달아나고만 싶었다. 오년 동안 계속한 사랑의 맹세를 일조에 헌신짝같이 버리는 마사에 같은 계집이 마시는 공기를 마시고 싶지 아니하다고, 다다시는 시멘트 길바닥을 발로 굴렀다.

---

1 춘원(春園), 『일본부인(日本婦人)』(朝鮮版), 1944. 7. '갱생소설'이라는 표제어가 붙어 있다.

다다시는 한달음에 종로 네거리까지 왔다. 거기도 한청빌딩 앞에는 수백 명이나 줄을 지어서서 전차를 탈 기회를 기다리고 있었다. 다다시는 사람들 늘어선 옆을 걸어서 무심코 노량진행으로 들어가는 입구에 발을 멈추고 멀거니 화신백화점을 바라보고 있었다.

그때에, 돌연히 누군가, 다다시의 팔을 낚아채며,

"여보, 저 뒤에 가 달리시오. 새치기를 하면 어떡허오."

하고 소리를 버럭 질렀다.

다다시는, 머쓱해서 거기서 물러낫다.

"멀쩡한 녀석이야? 새치기를 하게."

하고 종알대는 여자의 소리가 다다시의 뒷덜미를 때렸다.

다다시는 불끈 성이 치밀었다. 그래서 뒤를 돌아보았다.

"보기는 무얼 보아. 새치기를 하는 녀석은 망신을 당해 싸지."

하고 처음에 다다시의 소매를 낚아채고 호령하던 국민복 입은 젊은 사내가 감판 사납게 눈을 흘겼다. 다다시는 그 사내 앞에 선 예쁘장한 여자가, 중얼대는 소리의 주인인 줄 알았다. 사람들의 시선이 모두 다다시에게로 쏠렸다. 빈정대는 눈이었다. 다다시는 두 어깨가 축 처져서 종각 쪽으로 걸었다.

'망신이다, 망신이야.'

다다시는 울고 싶었다. 마사에게 망신을 당하고, 종로 네거리에서 군중들에게 망신을 당하고, 다다시가 가는 곳마다 좋은 일은 없는 것 같았다.

다다시는 행복되던 오늘 아침 일을 생각하고 인생의 믿을 수 없음을 느꼈다. 오늘 아침에 다다시가 사무실 책상에 앉아서 장부를 정리하고 있노라니, 규지[2]가,

"마츠바라 상, 전화야요. 여자시로군요."

하였다.

다다시는 무엇이 궁둥이를 떠받치는 듯이 벌떡 일어나서 전화통으로 갔다.

---

2   급사(給仕).

"마츠바라 상이셔요?"

하는 것은 물을 것 없이 마사에였다. 그러나 그 어조가 전과 달라 몹시 데면데면함을, 다다시는 사랑하는 자의 민감으로 느꼈다. 그러나 마사에가 학교에서 학교 전화로 하는 말이라, 부러 냉정한 것이라고 생각하고,

"네, 나 마츠바라야요."

하고 점잔을 지어서 대답하였으나 이상하게도 가슴이 울렁거렸다. 동료들이 눈치나 채지 않나 해서 다다시는 고개를 사람 없는 쪽으로 돌렸다.

"오늘 점심시간에 잠간 저 있는 데로 나오셔요. 점심은 제가 준비할 테야요."

이것이 마사에의 말이었다.

다다시는 어서 오정이 불기를 고대하였다. 주인에게 수유 얻을 핑계도 생각하였다. 다다시는 이 사무실에 앉은 사무원 중에 가장 하급한 고원[3]이었다. 규지들보다 바로 위라고 할까. 원체 회사라는 것이 이름뿐이오 게다가 언제 징비[4]에 들어 부서질는지 모르는, 장난감 제조회사였다. 사장은 장난감도 전력증강의 요소라고 목에 핏대를 돋워 가지고 사원들에게 훈시를 하지마는 그 소리를 믿고 마음 놓고 일하는 사람은 하나도 없었다. 다들 벌써 다른 일자리들은 속으로 구하고 있고, 다다시와 같이 다른 데 일자리를 구할 능력이 없는 사람만, 오늘인가, 내일인가 하고 징용의 백지가 오는 날까지 일이라고 하고 있는 것이었다. 장난감 제조로는 전력 증강산업이 될까 싶지 아니하여서 요새에는 모형 비행기 재료도 만들게 되었으나 이제 와서는 그 재료의 입수도 곤란하여서 사장의 얼굴에도 초췌한 빛이 날로 깊어갔다.

그러나 다다시는 기뻤다. 사랑하는 마사에가 얼마 아니 하면 여자의전을 졸업하고 의사의 자격을 얻는 것이다. 의사가 된다고 곧 돈이 생기는 것은 아니겠지마는 혹시 모교의 부수副手[5]로라도 들어가면 밥값은 받을 것이니 그리 되면 다다

---

3 고원(雇員) : 관청에서 사무를 돕기 위하여 두는 임시 직원.

4 징비(懲毖) : 징계하여 삼감. 전시체제하 장난감은 사치품으로 간주되어 통제의 대상이 되었다.

5 과학 일꾼의 지도를 받으면서 연구 사업이나 실험 사업을 돕는 직무. 또는 그 직무를 맡은 사람

시의 월급 팔십 원 중에서 매삭 오십 원을 떼는 고통은 덜릴 것이오, 그것은 차치하고라도 다다시의 오년 적공이 이제 열매를 맺게 되는 것이다. 그러므로 다다시는 늘 기뻤다. 마사에가 있으므로 기뻤다. 마사에의 원을 달해주기 위해서, 와세다대학을 중도 퇴학한 것도 조금도 뉘우쳐지지 아니하였고 돌아간 아버지가 물려주신 밭 열흘갈이를 몽땅 팔아 없이 한 것도 아까움이 없었다.

다다시가 와세다대학 모자를 쓰고 성의고녀를 막 졸업한 마사에를 데리고 서울로 올라온 것이 쇼와昭和 십사 년 봄이었다. 마사에는 여자의전과 이화여전을 둘 다 치러서 둘 다 합격하였다. 그러고는 여자의전에 다녔다.

"어머님은, 제가 의사가 되어서 돈을 벌어서 봉양하겠사오니 당신께서는 마음 놓고 문학을 연구하시기 바랍니다."

마사에는 동경 있는 다다시에게 편지할 적마다 이러한 소리를 썼다. 다다시는 마사에와 이 말이 네 아내가 되겠다 하는 맹세로 믿었다.

그러나 그 후 일 년이 못 되어서 다다시는 학교를 중도에 쉬이고 돌아왔다. 도저히 다다시의 재산으로 두 사람의 학비를 대일 힘이 없었던 것이다. 애초에 다다시는 제가 쓰던 학비를 마사에에게 주고 저는 고학을 할 작정이었으나, 전쟁 중이라 고학할 길도 없을뿐더러 일 년간 안 먹고, 안 입고, 게다가 사랑의 번뇌에 정력을 소모한 다다시는 몸이 약하여져서, 폐첨침윤肺尖浸潤이라는 진단을 받았다. 돈도 없고 건강도 없어서, 중도에 휴학을 한 것이었다. 말이 휴학이지 다시 돌아갈 가망이 없어지고 말았다.

그는 집에 돌아와 정양이라는 핑계로 한 일 년 있다가, 마사에의 곁이 그리워서, 듣지 않는 어머니를 만단으로 달래어가지고, 시골 땅을 팔아서 성북동에 집 한 채를 샀다. 시골 산전 열흘갈이 쯤으로 서울에 집 한 채 사고 마사에의 청진기라 현미경이라 의복이라 사주고 나니 생활비로 쓸 것이 모두 몇 푼이 남지 아니하였다.

<hr>

을 뜻하는 북한어.

다다시는 직업을 구하였으나 문학을 배우다가 중도 퇴학한 사람이 할 일이 없었다. 다다시는 나날이 줄어들어가는 저금통장 시재[6]와, 걱정이 끊일 날 없는 어머니의 주름 잡힌 얼굴을 보고는 가슴이 이어내는 듯하고, 제가 얼마나 힘이 없는 사내인가를 통절히 느꼈다. 그러나 마사에 하나를 희망으로 기쁨으로 살았다.

다사시의 눈에는 마사에는 세상에 둘도 없는 착하고 깨끗하고 얌전한 여자였다. 이런 좋은 여성을 낳아주신 고향산천을 바라보기만 하여도 감격의 눈물이 흐를 지경이었다. 마사에는 다다시에게는 여신이었다. 그러므로 다다시는 마사에를 애인이라고 부르기도 싫어하였다. 마사에는 애인보다도 더 높고 소중한 존재였다. 그는 감히 마사에의 손끝도 건드릴 생각은 아니 하였다. 그러면서도 마사에는 천상천하에 오직 다다시 하나만을 사랑하는 여자라고 믿었다.

마사에는 스무살이 되고 스물한 살이 되고 스물두 살이 되어서 이제는 다 익은 여성이었다. 언제나 아내가 되고 어머니가 되어도 좋을 몸과 마음의 준비가 다 되어 있었다. 그래도 다다시는 이 거룩한 여신을 육체적 결합의 대상으로 생각하기를 피하였다.

다다시는 마사에를 데리고 (데리고라기보다도 따라서) 북한에 등산도 하고, 여행도 하였다. 때로는 마사에가 다다시의 손을 잡는 일도 있고, 다다시의 가슴에 머리를 대이는 일도 있고 애무를 바라는 눈으로 다다시를 바라보는 일도 있었으나 다다시는 오직 황송한 마음으로 불 같은 본능을 용하게 억제하였다.

이 모양으로 오늘에 이른 것이었다. 그러나 다다시도, 마사에의 졸업이 가까우니 만치 혼인 문제도 필경은 일어날 것을 기대하였고, 그것은 당연하고 필연한 것이라고 믿고 있었다.

"점심때에 제게로 나오셔요. 점심은 제가 준비할 테야요."
하는 마사에의 말을, 다다시는 기다리고 기다리던 최후의 말 즉 혼인에 관한 말이라고 믿은 것이다.

---

6   시재(時在) : 당장 가지고 있는 돈이나 곡식.

오정 사이렌이 울었다. 다다시는 자리에서 벌떡 일어나서 묵도를 마치고는[7] 가방을 들고 주임에게 두 시간 수유를 얻어가지고 나는 듯이 장사정^{長沙町} 마사에의 하숙을 찾았다. 다다시에게는 제 집보다도 더 정다운 집이었다.

하숙이라 하여도 여염집이었다. 대문을 들어서서 다다시의 눈은 쏜살같이 마사에가 들어있는 아랫방으로 쏠렸다. 거기는 마사에의 구두 외에 커다란 남자의 구두가 있었다. 잘 닦지는 아니하였으나 정말 쇠가죽 구두였다.

'돈 있는 놈의 신발이로고나.'

다다시는 주춤하면서, 가슴에 질투의 불이 타오름을 느꼈다.

부엌에서 일하던 주인마누라가 다다시를 보더니 앞치마로 손을 씻으면서 반색하고 내달아,

"아이, 마츠바라 상 오시우. 오래간만이야요. 어째 그렇게 안 오셨어요. 마사에 상도 노 기다리시던데."

하고 수다를 늘어놓았다. '마사에 상도 노 기다리던데' 하는 말에 다다시의 가슴은 적이 진정되었으나, 그래도 입이 얼어붙어서 말이 잘 나오지를 아니하였다.

"아이, 마츠바라 상 오셔요."

하고 마사에가 얇은 땅 창으로 몸을 내어민다.

다다시는 살촉같이 날카로운 눈으로 마사에를 바라보았다. 마사에의 눈에서 얼굴에서, 그 속마음을 알아내자는 눈이었다. 마사에는 다다시의 시선의 뜻을 넉넉히 알아챈 듯이 잠깐 낭패하는 빛이 낯에 나타났으나, 곧 담대한 태도를 회복하여서 상글상글 웃기까지 하면서,

"마츠바라 상, 들어오시지요. 왜 거기 버티고 서 계셔요."

하고 한 발을 눈썹마루[8]로 내어놓았다. 그 뒤로 학생복을 입은 퉁퉁한 남자 하나가 한 손에 모자와 가방을 몰아들고 툭 튀어나오면서,

---

7   일제 말기 전시생활체제 확립 차원에서 정오의 사이렌을 신호로 하여 황군(皇軍)의 무운장구(武運長久) 기원 및 전몰장병(戰歿將兵)의 영령에 대한 묵도가 강제되었다.
8   단층집의 방 앞에 깐 툇마루를 비유적으로 이르는 말.

"마사짱, 나는 가오."

하고 먼지 묻은 아미아게[9] 구두를 신는다. 그 사내가 마사 짱 하고 부르는 소리가 다다시의 신경을 뒤집어 놓고 말았다. 저는 그렇게 친숙하게 불러본 일이 없었다. 다다시의 눈총은 이 사내에게 쏠린다. 부은 듯한 지방적인 얼굴하며 숱하고 꺼먼 눈썹하며, 다다시는 얼른 이것이 부잣집 돈 없애러 태어난 자식임을 간파하였다. 그 사내는,

"마사짱, 사요나라아."

하고 그 검은 눈썹을 한 번 찡긋하고 눈을 치떠서 마사에를 보고는, 다다시의 시선을 피하는 듯이 터불터불하고[10] 대문으로 나가고 말았다.

'저런 사내면 손닿는 계집을 그냥은 안 두리라.'

다다시는 이렇게 생각하고 눈앞에 불길한 여러 가지 장면이 번뜻번뜻 보이는 것을 어찌할 길이 없었다.

다다시가 언제까지나 땅에서 돋은 돌미륵같이 서 있는 것을 보고 마사에는 발등거리 나막신을 끌고 나와서 다다시의 어깨를 떠밀면서,

"들어오셔요. 무얼 그렇게 우두머니 서계셔요. 아이 참."

하고 애원하는 표정을 하였다. 주인마누라는 힐끗힐끗 두 사람에게로 시선을 던졌다.

다다시는 몸을 비켜서 퉁명스럽게 마사에의 손을 떨쳐버렸다.

'마사에가 설마 그럴 리야 있나.'

하는 생각이 마음 한편 구석에 있기는 하면서도 지금 눈앞에 나타났던 광경이 큰 파란의 자세한 자초지종을 설명한 것만 같아서, 다다시는 정신을 수습할 수가 없었다.

그래도 마침내 다다시는 마사에 방에 들어갔다. 담배를 아니 먹는 다다시의 코에는 담배 내가 무슨 흉악한 냄새인 것같이 푹 찔렀다. 방바닥에 놓인 접시에는

---

9   편상화(編上靴) : 신발의 등에서 목까지 긴 끈으로 얽매게 되어 있는 목이 좀 긴 구두.
10   터불터불하다 : 길게 늘어져 자꾸 흔들리다.

권련 끝이 여섯 개나, 놓여 있었다. 다다시는 권련 여섯 개를 태우고 있던 그 사내의 시간을 계산해 보았다.

'세 시간.'

문득 이렇게 생각이 되었다.

마사에의 옷, 이부자리, 경대, 화장품.

'이 방에 외간 남자가 들어오는 것이 옳단 말인가.'

다다시는 치가 떨렸다.

마사에는 얼른얼른 재떨이도 치우고 둘이서 차 먹던 그릇도 주섬주섬 치우면서 말을 붙였으나 다다시는 말이 없었다.

"왜, 어디가 편찮으셔요. 왜 말이 없으셔요."

마사에는 걸레로 슬쩍슬쩍 방바닥을 훔치기까지 하고 나서 몸뻬 입은 다리를 주체할 수가 없다는 듯이 반 무릎을 꿇고 다다시를 대하여 앉았다.

다다시는 뻘겋게 피가 선 눈으로 마사에를 노려보았다. 내가 어떻게 분한가를 네 알아 보아라 하는 것이었다.

"지금 그 사내가 누구요?"

하고 다다시는 법관이 죄인에게 대한 듯한 위엄을 가지고 물었다.

"그이요, 가네야마 상이라고, 의학생이야요."

마사에는 태연하였다.

"마사에 상은 언제부터 이 방에 외간 남자를 끌어들여서 남자 교제를 하시오? 그렇게 해도 좋다고 생각하시오?"

마사에는 눈이 여물어지면서,

"마츠바라 상이 누구시길래, 내게 그런 간섭까지 하셔요. 나도 전문학교 학생야요. 내 나이 벌써 스물셋이야요. 내가 어떤 남자하고 교제를 하든지 약혼을 하든지 무슨 상관야요."

하고 톡 쏘았다.

다다시는 어안이 벙벙하였다. 제 귀를 의심하였다. 숨이 막힐 지경이었다.

"내가 무슨 상관이냐, 마사에와 나와 아모 상관이 없다?"

다다시는 이성의 절제력을 잃고 언성을 높였다.

"마츠바라 상이 오 년간 내 학비를 도와주신 은인이시지요. 왜 상관이 없으셔요. 그렇지만 마사에가 어떤 남자와 교제를 하건, 사랑을 하건, 혼인을 하건, 그것까지 참견하실 건 없단 말씀야요. 안 그래요."

"오 년간 지켜오던 사랑의 맹세는 어떡허고. 말로 한 것은 스러졌다 하더라도 몇백 장 편지는 그저 남아있어요."

다다시는 제 이 말에, 마사에가 울고 뉘우치고 제 가슴에 달려 들어와 안길 것을 예기하였다.

"아아니, 편지가 무슨 편지요. 아참, 그 편지 다 돌려보내 주셔요. 네, 오늘 오십시사고 한 것은 그 때문야요. 마츠바라 상 편지 뭉텡이, 자 이거야요. 이거 드릴게 내 편지 돌려 보내주셔요, 네."

마사에는 아무 일도 없었던 듯이 상글상글 웃기까지 하면서, 방구석에 구르던, 신문지로 싼 뭉텡이를 끌어당기어서 다다시 앞에 밀어놓았다. 지금까지 마사에는 가네야마와 둘이서 다다시의 편지를 뒤져서 재미있게 읽고는 웃기도 하고, 가네야마가 불쾌한 빛도 보였다. 마사에가 가네야마에게 다다시 편지를 보인 것은 제 처녀성을 증명하려는 것이었다. 다다시는 두 남녀가 제 편지를 보고 있었을 광경을 생각하고 전신에 모닥불을 퍼붓는 듯함을 느꼈다.

다다시는 신문지 뭉텡이를 앞에 놓고 웃어야 할지, 울어야 할지를 몰랐다. 다다시는 이 편지를 쓰던 때를 생각하였다. 어떠한 큰 정성으로 쓴 편지들인고. 그것을 생각하고 이것을 생각하면 태연히 앉아서 제 편지를 돌려보내기만 조르고 있는 마사에를 탕을 치고 가루를 만들고도 싶고 물어뜯고 덤벼들어 할퀴고도 싶고, 어찌해야 좋을지 몰랐다. 손끝발끝이 얼음장같이 차고 바짝 마른 입속에는 쓰디쓴 김만 그뜩하였다.

다다시는 일각이라도 이 자리에 더 있을 수가 없었다. 더 있다가는 무슨 큰일을 저지르고야 말 것만 같았다. 그동안에 얼마나 세월이 흘러가는지 세월이 흐르기를 정지했는지 다다시는 알 수 없었다.

마사에의 낯빛이 살짝 흐린다. 마사에는 다다시가 불쌍하다는 생각이 난다. 마사에는 다다시가 자기를 사랑하는 줄을 안다. 그 구차한 생활에 오년간 제 학비를 대어준 것이 저를 사랑한다는 데 외에 아무 의리도 이유도 없는 것을 마사에는 잘 안다. 마사에는 다다시를 처음에는 사랑하기도 하였다. 이년생 때까지도 마사에는 제가 필경은 다다시의 아내거니 하였다. 그러나 최근 이년 동안에, 다다시는 마사에에게는 마음에 차지 않는 사람으로 변하였다. 뚫어진 곤사 지정복[11]에 때묻은 사각모를 썼던 다다시에게는 젊은 남성으로서의 매력도 있었고, 인생의 희망도 있었고, 또 아직 다른 남자를 알지 못하던 시골처녀 마사에의 눈에는 다다시는 세상에 뛰어난 인물이기도 하여서 순정으로 사랑과 공경도 쏠렸다. 그러나 요샛돈 팔십 원에 턱을 걸고 때묻은 국민복에, 후줄근하게 풀이 다 죽어 다니는 다다시를 대하면 꾀죄한 궁상밖에 아무 매력도 없었다. 이때에 마사에의 앞에 나타난 것이 가네야마였다. 그의 풍부한 몸, 구김살 없이 쭉 펴인 성격. 추근추근하지 아니하고도 열정적인 사랑은 순식간 마사에를 포로로 삼고 말았다. 게다가 그는 부잣집 아들이었다.

마사에는 다다시에게 대하여서 미안하고 가여웠다. 그러나 마사에의 인텔리전스는 능히 이것을 변호하는 이론을 꾸며내일 만하였고, 또 동창들의 본능에 담대하고 의리에 담박한 양을 보면, 마사에는 다다시의 학비, 사랑은 사랑이라고 시험관에 넣어서 분해할 능력이 생겼다.

'그동안 받은 학비야 돈으로 갚으면 고만 아냐.'

마사에의 동무들이 하여주던 말은 이제는 마사에 자신의 말이 되도록 발달하였다.

이날도 마사에는 이 새 철학으로 충분히 마음의 무장을 하고서 다다시를 부른 것이었다. 가네야마와 다다시를 마주 앉혀 놓고 설파를 하려던 각색이 두 배우의

---

11   지정복(指定服) : 학교나 단체 따위에서 입는 정해진 복장.

불합치로 하여서 뒤죽박죽이 되고 만 것이다.

눈앞에 다다시가 괴로워하는 양을 보고 있으니 일변 가엾고 일변 미안하고 또 일변 무섭기도 하여서 이처럼 단단히 한 마사에의 무장이 군데군데 구석이 비게 되었다.

마사에는 정성스러운 한숨을 하나 쉬었다. 흥분한 다다시에게도 그 한숨이 심상치 않게 보였다. 마사에는 제 한숨의 탄환으로 뚫어진 돌격로를 얼른 이용하여서 다다시의 결투를 무찌르지 아니하면 아니 될 것을 깨닫는다.

"여보셔요."

마츠바라 상이라고 아니 부르고 여보셔요 라고 부르는 것이, 다다시의 요새要塞에 또 하나 돌격로를 뚫었다.

"노여시지 마셔요. 저도 당신을 사랑하랴고 무척 애를 썼어요. 그러나 사랑이 안 가는군요. 그래서 사랑은 못 하더라도 혼인만이라도 하여서 아내가 되어 드리랴고도 애를 썼어요. 무척 괴로워했습니다. 그러나 지금 와서는 혼인할 사정도 못 되지 않아요. 제가 의사가 되니 당신께서 저 같은 의사 아내하고 안 맞지 않아요. 그래서 마음을 단단히 하고 가네야마 상 하고 약혼을 했습니다. 가네야마 상도 명년이면 의사가 되구요, 또 연구비라든지 나중 개업할 자본도 넉넉히 있구요. 가네야마 상 집은 수천 석하고 재산가요, 그러니까 선생에게서 받은 학비도 곳 갚아드릴 수도 있고요. 제가 한 오륙천 원 선생님께 학비를 받았었는데 적어도 그 갑절 이상은 드릴게요. 그거면 저렇게 구차하신 것은 면하시지 않겠어요."

이 이상 마사에가 무슨 말을 하였는지 다다시는 모른다. 그리고, 제가 무슨 소리를 하고 어떻게 마사에의 방에서 나왔는지도 모른다. 어디서 올가미가 날아들어 와서 다다시의 모가지를 옭아가지고 번개같이 통안 네거리에 내어다던진 것과 같아서 그동안의 의식은 전혀 잃어버리고 말았다.

다다시는 불현듯 월강신성을 찾아갈 생각이 났다. 그는 다다시의 숭배하는 선배일뿐더러, 마사에도 다다시의 반연으로 가끔 동무들과 함께 그를 찾아갔다. 두 사람의 사정을 다 잘 아는 월강은 다다시의 혼란한 심정에 무슨 광명을 줄 것만 같았다.

다다시는 희미한 일종의 위안을 예기하면서, 종각 모퉁이에서 종로 파출소를 향하고 길을 횡단하였다. 횡단보도를 벗어나서 걷던 다다시는 순사에게,

"道を見て渉けッ(길을 보고 댕겨)."

하는 대갈일성[12]을 받았다.

다다시는 길 한복판에 멈칫 섰다. 과연 잘못 들어왔다. 얼른 한 간통쯤 왼편으로 비켜서 보도에 나섰다.

다다시는 황토마루 쪽으로 걸었다.

'道を見て渉け'

하던 말이 귀에 붙어서 떨어지지를 아니하였다.

"길을 보고 댕겨. 길을 보고 댕겨."

하고 다다시는 혼자 중얼거렸다. 천지신명이 그 순사의 입을 빌려서 다다시를 꾸 짖으시는 것 같았다.

'내가 인생길을 잘못 들었나.'

하고 다다시는 멈칫 섰다.

'止レ, 見ョ(멈춤, 보시오).'

하는 교통 표어가 눈에 보였다. '지관止觀'[13]이다.

'연애는 이기주의다. 보살은 대중을 사랑한다.'

하던 월강의 연애관을 들은 일이 기억이 되었다. 그때에 다다시는 반발하였다. 자기가 마사에에게 대한 사랑은 이기주의가 아니라고 속으로 외쳤다. 그러나 자기가 어머니의 재산까지 팔아서 오 년간 마사에의 학비를 당해준 목적이 무엇인가.

'필경 마사에의 몸을 내 것을 만들자는 것이 아니었더냐. 마사에를 위한 것이

---

12 대갈일성(大喝一聲) : 크게 외쳐 꾸짖는 한마디의 소리.
13 '잡념을 버리고 마음을 하나의 대상에 집중시켜 바른 지혜로 대상을 비추어 보는 일'을 가리키는 불교 용어.

라면 마사에가 저 좋아하는 남자헌테 시집을 가기로니 내가 분개할 까닭이 있나. 필경 나는 오천 원 화대花代를 선금을 주었다가 돈만 주고 퇴를 맞은 사내다.'

다다시는 등골에서 식은땀이 솟음을 느꼈다.

다다시는 쓰러지려는 사람 모양으로 전기선대에 온몸을 기대었다. 전신에 맥이 풀려서 가눌 수가 없는 것 같았다.

맞은 편 비각 앞에 세워놓은 포스터들이 저 세상 것 모양으로 다다시의 눈에 비추인다. 무슨 악극단 공연, 무슨 공장 인부 모집 이러한 것들이오, 맨 서쪽으로 해군특별지원병 모집의 다테간반[14]이 석양빛에 비추어 있었다.

'전쟁이다. 결전단계. 전투배치. 총궐기.'

이러한 신문기사의 글 구절이 다다시의 머리에 떠올라 온다.

'나는 지나간 오 년간에 무엇을 하였나.'

사정없는 반성의 채찍이 목덜미를 후려갈겼다.

'지나간 오 년간에 나는 한 여자의 궁둥이를 따라댕겼다. 그러다가 오늘 그 여자의 발길에 채였다.'

'그밖에, 그밖에 무엇을 했나? 장난감 회사 고원.'

다다시는 울고 싶었다.

'청춘의 오 년간을 너는 무엇에 썼느냐.'

애욕에, 애욕에, 그것조차 닭 좇아가던 개가 되고. 그리고 죽어가는 상으로 전기선대에 기대어 서있는 저!

이때에,

"여보세요."

하고 부르는 소리가 있었다. 다다시는 깜짝 놀라서 돌아보았다. 마사에였다. 마사에는 다다시가 말없이 뛰어나가는 양을 보고는 무슨 큰일이 날 것만 같아서 넌지시 다다시의 뒤를 밟았다. 다다시가 정신 잃은 사람 모양으로 허둥허둥 걷는

14　입간판(立看板).

양을 볼 때에는 옛날 생각이 나서 가슴이 아팠다. 저이가 누구 때문에 저 모양이 되었느냐 하면 송구도 하였다.

마사에는 비창한 표정으로,

"저는 넌지시 마츠바라 상 뒤를 따라왔어요. 어디로 가시는가 하고 걱정이 되어서. 여보셔요, 내 시집 안 가고 있으께. 마츠바라 상이 무슨 사내다운 일을 하셔요. 기운을 내셔요. 난 계집에 궁둥이만 줄줄 따라댕기는 사내는 싫어요. 사랑만은 싫어요. 남아다운 일을 하는 남자가 좋아요. 내가 없어지면 마츠바라 상이 사내다운 사람이 된다면 내가 죽어버려도 좋아요. 왜 사내답게 못 되셔요, 글쎄."

하는 마사에의 눈에서는 눈물이 흘렀다.

다다시는 비각 모퉁이 해군지원병 모집 다테간반을 뚫어지게 들여다보았다.

"어, 차거, 차거."

하고 용석이가 먼저 물에 뛰어들었다. 철버덕 철버덕 물소리를 낸다.

"야, 제법 차구나."

하고 용석이는 어깨까지 물에 담그고 손으로 온몸을 비빈다.

"무얼 그리 꿈지럭거리구 있니, 어서 들어오지."

용석이는 냇가에서 물끄러미 보고 있는 왈쇠를 향하여서 물을 한 움큼 쥐어뿌린다.

그래도 왈쇠는 옷을 벗다 말고 가만히 서있다. 황혼의 엷은 광선이 왈쇠의 그림자를 길게 물 위에 던진다. 용석이는 화를 내어,

"너, 또 을순이 생각하고 있구나. 아까 보낼 때에도 꼭 을순이 옆에만 붙어 있었것다. 내가 모르는 줄 알구. 다 알어. 너 암만 그래두 쓸데없어. 을순이가 너헌테 올 줄 알구. 흥, 을순이를 벌써부터 노리는 자가 있다나. 그게 누군지 알기나 알어. 괜스레 닭 쫓아가던 개 될라. 을순이 아버지가 어떤 꼼바리 생원인데 을순이를 네게 줄 줄 알구. 돌작밭 한 뙈기 없는 네게 을순이를 주어. 허, 믿지나 말어라. 야, 야 이거 봐라. 고기가 쿡 찌르구 간다. 앗다, 이놈이 어디로 갔니. 오, 요기 있다. 아차, 빠져 달아났다. 그놈 큰 고긴데."

용석이는 물소리를 내면서 개천 바닥을 더듬는다.

왈쇠가 겨루 마음을 결정한 듯이 발을 물에 들여놓는다. 온종일 모를 내기에 피곤한 다리에 개천물이 닿는 것이 얼음장 같았다.

'내가 몸에 열이 좀 있나 보지.'

---

1   가야마 미츠로(香山光郎). 『방송지우(放送之友)』, 1944.8. '징병소설'이라는 표제어가 붙어 있다.

왈쇠는 이렇게 생각하고 휘 한 번 한숨을 쉬었다.

"물속에 쑥 들어가, 인마."

하고 용석이가 와락 달려들어서 왈쇠를 물에 넘어트린다.

"에에, 시원하다."

왈쇠는 흑흑 느끼면서도 일부러 기운을 내려는 듯이 한 번 외친다.

"왈쇠야."

"왜."

"너 정말, 을순이 허구 살구 싶으니."

용석이는 왈쇠의 등을 밀어 주면서 묻는다. 왈쇠의 배에서 꼬르륵하는 소리가 들린다. 그 소리를 들으니 용석이도 갑자기 배고픈 생각이 난다.

"내가 을순이 허구 살구 싶다기보담 우리 어머니가 걱정이 돼서 그런다. 내가 병정을 가면 어머니가 혼자 아니야. 을순이가 내 대신 우리집에 와 있어 주면 그 대로 농사는 해먹겠거든."

왈쇠는 노성한 사람처럼 하소한다.

"그야 그렇지."

용석이도 점잖아진다.

"자, 돌아앉어라. 네 등 밀어주께. 내일 징병 검사에 몸의 때를 보여서야 쓰겠니."

왈쇠가 용석이를 돌려 앉힌다. 용석이가 왈쇠에게 등을 맡기고 저는 아직도 석양빛에 벌건 기운이 남은 검산劍山 이마를 바라보고 있다.

용석이는 왈쇠 어머니를 생각하고, 그 집을 생각한다. 부엌 한 간, 방 두 간밖에 없는 삼간 초당, 그 방 한간이란 것도 왈쇠 어머니가 며느리 얻으면 준다고, 이리 저리 재목을 모아들여서 작년 가을에 들인 것이다. 왈쇠가 할 줄도 모르는 솜씨로 제 손으로 목수가 되고, 미장이가 되고 도배장이도 되어서 종이까지도 발라놓고 신문질망정 장판을 하고 제 손으로 짠 지직[2]을 깔고, 벽에다간 딱지랑 그림이

2　'기직'의 방언(평안, 황해). 왕골껍질이나 부들 잎으로 짚을 싸서 엮은 돗자리.

랑 발라놓고, 이 모양으로 장차 어디서 올지 모를 새색시를 맞아들일 준비를 하고 있는 것이다. 이 역사에 가장 많이 도운 이가 용석이었다. 용석이는 익살을 부려서는 왈쇠 모자를 웃기면서 노역도 하고 영[3]도 잇고, 바자도 해 두르고 마치 제 집 일같이 하였다.

이때에 나선 것이 을순이다. 을순이는 용석이와 왈쇠와 한 이웃에서 자라고 한 학교에 다녔다. 그러나 여러 십 명 계집애와 사내들 중에 특별히 을순이와 왈쇠와 정이 들 까닭도 없었다. ‘이년아’, ‘이 녀석아’ 하고 서로 눈을 흘기고 자란 것이었다.

그러나 왈쇠가 금년에 정년이 되어서 징병 검사를 받게 된 모양으로 을순이도 금년이 열여덟, 벌써 아내감이 다 되었다. 오뉴월 볕이 하루가 새롭다는 모양으로, 소년에서 청년으로 넘어가는 남녀의 몸과 마음도 하루가 새로웠다. 언젠지 모르게 왈쇠는 을순을 그리워하게 되었다. 그렇게 되면서부터 왈쇠는 항상 무엇을 생각하는 사람과 같이 침중하게 되었다. 왈쇠라는 이름만 보아도 알 것과 같이, 그는 본래는 왈짜였다. 잘 떠들고 덜렁대고 하던 패건마는 작년 이래로 아주 말없고 점잖은 사람이 되고 말았다.

“자식도, 왜 이 모양이야.”

하고 용석에게 놀림을 받은 것도 한두 번이 아니었다.

그러나 을순이와 왈쇠와는 혼인하기에는 짝이 기울었다. 을순이는 이 동네에서는 셋째나 가는 잘사는 집 딸이었다. 잘산대야 대단한 것은 아니지마는 그대로 반자작농은 하고 소도 하나 먹이는 집이었다. 읍내 김참사네 마름으로 이 동네와 너머 동네에 걸쳐서 수십 호 소작인을 관리하여오니 만치 인심도 많이 잃었으나 어찌 갔든지 이 동네에는 유력자 축에 들었다. 구장까지는 못 지냈어도 반장은 떼어두고 하여 왔다. 왈쇠 어머니는 을순이 집에 무슨 큰일이 있으면 마치 고용살이 모양으로 와서 일하여 도왔다. 그것은 동 건너 논 서 마지기 하고 당 앞에

<hr />

3   ‘이엉’의 준말. 초가집의 지붕이나 담을 덮기 위하여 엮은 짚.

밭 하루갈이 아니 떼이기 위함이었다. 왈쇠 어머니는 을순이를 많이 업어 길렀다. 왈쇠 아버지가 살아 있을 적에도 나이는 자기가 이면서도 을순이 아버지 앞에서는 고개를 들지 못하였다. 이 모양으로 왈쇠의 집과 을순의 집은 가문이 틀리는 것이었다. 을순이는 방에서 상을 받고 밥을 먹을 때에 왈쇠는 그 집 부엌에서 바가지 밥을 얻어먹었다.

용석이는 이런 생각을 하면서 눈을 굴려 을순의 집과 왈쇠의 집 있는 곳을 찾아보았다. 벌써 땅거미가 돌아서 집들 모양이 분명히 보이지 아니하였다.

용석이는 아무리 하여서라도 왈쇠와 을순이와 혼인을 시키고 싶었다. 을순이는 저의 아버지 닮아서 낯가죽이 좀 팽팽한 것이 박덕도 해보지이마는 어딘지 모르게 덕스러운 데도 있었다. 이 촌구석에서는 미인이라고 할 만한 인물이오 몸매도 좋았다. 금년 철 잡아서 갑자기 활짝 피어서 아주 실한 처녀가 되었다.

용석이가 기실은 맨 먼저 을순이헌테 마음을 두었다. 용석이 집에서 청혼한다면 을순의 집에서는 담박에 허혼을 하였을 것이다.

그러나 왈쇠가 을순을 사랑하는 줄을 안 뒤로 용석은 뒤로 물러섰다. 용석의 부모가 을순이와 자기와 혼인을 하였으면 하는 뜻을 보일 때에 용석이는,

"난 싫여요, 그까짓 낯가죽이 팽팽한 계집애, 싫여요."

하고 지극히 싫은 모양을 보였다. 그러고는 낯가죽이 팽팽하다는 것을 과장하여 생각하여서 아무쪼록 을순이를 제 마음에 아니 들게 하려고 애를 썼다. 그렇게 생각하여도 좀체로 을순의 모양이 눈에서 떨어지지 아니하였으나 용석은,

"아니야, 글쎄 아니래두 그래. 난 을순이는 싫대두 그래."

하고 용석은 스스로 제게 타일렀다.

이튿날 새벽이었다.

"도미야마 꿍"

하고 왈쇠의 집에 와서 부르는 이가 있었다. 그는 물을 것 없이 용석이었다. 도미야마란 왈쇠의 창씨한 성이었다. 국민학교 교장이 왈쇠의 가난한 것을 동정하여서 큰 부자가 되라는 덕담으로 도미야마라고 성을 지어 주고 과부의 외아들이라

고, 오래 살라는 축원을 길 영永자 목숨 수壽자 나가토시라고 이름을 지어 주었다.

"어이."

하고, 왈쇠가 눈을 비비며 튀어나왔다.

"용석이야."

하고 왈쇠 어머니도 부엌문으로 내다보았다. 부엌에서는 우거지국 냄새가 나왔다.

"아직 밥 안 먹었어요?"

용석이가 왈쇠 어머니에게 묻는다.

"지금 상을 보는데."

하고 왈쇠 어머니는 황망히,

"늦었나? 우리집이야 시계가 있나. 그놈의 닭이 오늘 새벽에는 늦게 울었나 보아."

하고는 국을 푸는 소리를 낸다.

"닭이 왜 늦게 울었겠소. 닭이야 저 울 때에 운 걸 곤해서 자느라고 우리가 못 들었지, 어머니두."

하고 왈쇠가 바가지에 물을 퍼서 왈괄 세수를 한다.

용석이는 왈쇠가 세수하느라고 머리와 몸을 흔드는 것을 보고 발길로 궁둥이를 차고 싶으면서,

"아니, 아직 늦진 않았어. 그까진 읍내 삼십 리, 두 시간이면 너끈할걸. 어서 고만하고 밥을 먹어. 머리를 깎고 가야지. 여기 바리깡 얻어 가지구 왔네. 중대가리루 맹숭맹숭하게 밀어야 한대."

하고는 마침내 참지 못하고 왈쇠의 꽁무니를 툭 찬다. 왈쇠가 앞으로 쓰러지려다가 두 손을 땅에 짚어서, 몸을 버틴다.

"망할 자식."

왈쇠가 세숫물을 들고 용석이를 따라간다. 닭장에서 닭들이 놀라는 듯이 구구거린다.

두 사람은 맹숭맹숭하게 머리를 밀었다. 면도를 아니 해서 가장자리는 긴 털이 남았다. 머리를 깎은 자리만이 허옇게 눈에 띄고 얼굴과 모가지는 인도 사람 모

양으로 꺼멓게 걸었다.

용석이는 국민복을 입었으나, 왈쇠는 잠방이에 셔츠를 입었다. 오륙 년 전에 국민학교에서 원족 갈 때 모양으로 벤또를 어깨에 엇매어서 그 견대가 허옇게 새벽빛에 빛난다.

숫돌고개 밑에서 돌모루 동네 징병검사 받으러 가는 패들과 만났다. 모두 손목을 마주잡고 자라난 패들이다. 쌈도 많이 하고 씨름도 많이 하고, 욕지거리도 많이 하고 서로 별명을 부르고 하던 패들이다. 모두 학교에서도 동창이거니와 학교에 다닌 패들도 너나 하기는 마찬가지였다. 어머니가 따라온 사람도 있고 아버지가 따라온 사람도 있었다. 모두 열여섯 명이었다. 그 중에는 부족증[4]으로 씨근씨근하는 김주사 손자도 있었다. 데부 상[5]이라는 광현이, 양금채[6]라는 막동이, 땅딸보로 씨름을 잘하는 다부지, 골 잘 내는 원숭이, 입 험한 꿀도야지, 모양 내기로 유명한 기생 서방, 모두들 새로 빨아 다린 옷을 입고 벤또를 싸서 매고 권련들을 피워 물었다. 주머니에는 돈 원씩 들어서 모두들 마음이 든든하였다. 가난한 왈쇠도 삼 원을 어머니한테서 얻어 넣었다.

용석이가 청년대 분대장이오, 왈쇠가 부분대장이었다. 용석이는 마키갸항[7]까지 쳤다. 왈쇠는 부분대장이면서도 국민복도 없었으나 전투모는 있었다. 잠방이에다가 마키갸항을 쳤다. 학교 적 저고리가 작아서 와이셔츠 모양으로 만든 적삼을 입었다.

"슈우고오(집합)."

"기오쓰껫(차렷)."

"미게 나라에(우로 나란히)."

"방고오(번호)."

용석이와 왈쇠는 전원을 모아서 대를 지었다.

"구쬬오도오니 케이레이, 가시라밍잇(분대장님께 경례, 우로 봣)."

용석이는 거수례를 하고 일동은 가시라미기[8]를 하였다.

기미가요[9]를 부르고 궁성요배를 하고 일동은 읍내를 향하여 걸를 시작하였다.

읍내 가까이 가서는 다른 부락에서 오는 장정들도 만났다. 읍내가 가까워올수록 장정들은 입이 무거워졌다. 농담도 없어지고 떠들지도 아니하였다. 평생에 처음 당하는 징병검사에 대하여 가슴이 두근두근하였다.

검사장인 읍내 국민학교에는 벌써 큰 국기가 나부끼고 있었다.

용석이와 왈쇠는 언제나 붙어 다녔다. 옷 벗는 데, 엑스광선 박는 데, 눈 검사, 귀와 코 검사, 그리고 맨 나중 육군 군의 대위의 내과 적 검사에도 함께 장막 속에 들어가게 되었다. 뻘거벗고 못 보일 데 없이 다 보였다.

'어디를 어떻게 보기로 내게 병이 있을 리가 있나.'

용석이와 왈쇠는 자신이 만만하였다.

"무슨 병이 있다고 생각하거든, 말해!"

군의가 물을 때에, 용석이와 왈쇠는 일제히,

"아리마센(없습니다)!"

하고 외쳤다.

군의는 대견한 듯이 용석이와 왈쇠의 벌거벗은 몸을 위아래로 훑어보았다.

"요시(좋아)."

용석이와 왈쇠는 옷을 입고 징병관 앞에 여러 장정이 늘어앉은 자리에 와 앉아서 제 차례가 돌아오기를 기다렸다.

김주사 손자가,

"테이슈丁種."

8　우로 봐(구령).

9　군주가 통치하는 시대라는 뜻으로, 일본의 국가를 가리킴.

하고 기운 없는 '후꾸쇼오'[10]를 하고 물러나오는 것을 보고 용석이와 왈쇠는 몸에 소름이 끼침을 깨달았다. 그러나 내야 헤이슈^{丙種} 테이슈^{丁種}될 리는 없지 하고 마음이 튼튼하였다.

징병관이,

"코오슈^{甲種}."

하고 선언할 때에 목청껏,

"코오슈."

하고 '후꾸쇼오' 하는 소리가 장내를 울리는 것을 보면 용석이와 왈쇠도 주먹이 불끈불끈 쥐어지도록 기운이 났다.

'나는 저보다 더 크고 여무진 소리로 후꾸쇼오를 하리라.'

용석이와 왈쇠는 이런 생각을 하고 있었다. 을순이 생각도 다 잊어버렸다. 다만 목청껏, '코오슈' 하고 '후꾸쇼오' 할 것만 벼르고 있었다.

"마쓰오까 시게루."

징병관 오모리^{大森} 쇼오사^{少佐}가 불렀다. '마쓰오까 시게루'는 용석의 이름이다.

"하잇."

하고 용석이가 벌떡 일어나서 징병관 앞으로 나가 발판 위에 섰다.

"마쓰오까 시게루, 다이쇼 쥬산넨 니가쓰 후쓰까 우마레^{大正, 13년 2월 2일생}."

용석의 엄청나게 큰소리는 장내를 울렸다.

"코랏, 케레이오 세잇(이놈아, 경례를 해)."

하고 징병관이 소리를 질렀다. 용석이는 소리 지를 것만 생각하고 경례할 것을 잊었던 것이다.

용석이는 그제야 경례를 하고 또 한 번 씨명, 생년월일을 불렀다. 왈쇠는 우스움을 참았다. 용석의 당황하는 얼굴이 보고 싶었으나 그 뒷모양만이 보였다. 왈쇠는 터지려는 웃음을 참노라고 고개를 숙이고 입설을 물었다.

---

10   복창(復唱).

"코오슈."

하는 용석의 악쓰는 소리에 깜짝 놀라 왈쇠가 고개를 들었다. 무서운 얼굴을 하고 있던 징병관이 빙그레 웃는 양이 보였다.

'다음에는 내다.'

하고 왈쇠는 정신을 가다듬었다.

'나는 경례를 잊지 아니 하리라. 이렇게, 이렇게. 경례를 썩 잘하리라.'

하고 별렀다. 못 견디게 가슴이 울렁거렸다.

'マケテナルモノカ. 人ニマケテルモノカ(질까보냐, 다른 사람보다 못 할까보냐).'

하고 왈쇠는 입을 꼭 다물었다.

"도미야마 낭아토시."

하고 징병관이 부르는 소리가 들렸다. 왈쇠는,

"하잇."

하고 자리에서 일어난 줄은 아나 언제 발판 위에 와 섰는지, 경례를 하였는지 아니 하였는지 잊어버리고 말았다. 징병관이 경례하라고 책망 아니 하는 것을 보니 경례를 아니 잊어버린 것이라고 생각하고 안심하면서 징병관이 묻기를 기다렸다.

"너는 어머니 하나밖에 없다지?"

징병관이 이렇게 물었다.

"네."

하고 대답하는 왈쇠는 가슴이 뭉클하였다. 부모가 구존치 못하고 형제도 자매도 없는 것이 한이었다.

"네가 병정을 가면 어머니는 어떡허나?"

하고 징병관은 왈쇠를 뚫어지게 본다.

"걱정 없습니다. 어머니는 아직도 기운이 있습니다. 농사도 하고 나무도 합니다."

왈쇠는 이렇게 소리껏 외쳤다.

징병관은 잠시 말이 없었다. 그러나 그 눈과 낯이 변하는 것으로 보아서, 왈쇠의 대답에 깊이 감동된 것이 분명하였다. 잠시간 침묵이 장내場內를 누르는 듯하

였다. 장내의 수십 명 사람의 시선이 이상한 감동을 가지고, 왈쇠와 징병관에게
로 몰렸다.

"코오슈."

징병관의 목소리를 떨리는 듯하였다.

"코오슈."

하는 힘찬 후쿠쇼와 함께 왈쇠의 두 눈에서는 눈물이 주르륵 흘러내렸다.

왈쇠가 경례하고 물러나는 것을 보는 징병관 눈에는 감격의 눈물이 고여 있었다.

　김의관 집 부엌에서는 김이 무럭무럭 나왔다. 유월 스무날은 김의관의 증조부 김주부의 제삿날이다. 김주부는 이 집의 중흥시조라고 하여서 해마다 성대하게 제사를 지내는 것이었다.

　"창식이 놈 아직도 안 들어 왔느냐."

　안사랑 영창으로서 김의관의 큰 소리가 나왔다.

　"창식 오빠는 오늘밤 경방단[2] 분단 숙직번인걸요. 어떻게 나와요, 아버지두."

　이렇게 대답하는 것은 김의관의 작은 딸, 고등여학교 사년생 창임이었다. 창임은 방학도 없고 여름날 온종일 학교에서 시달려서 눈시울이 천근이나 무거웠다.

　"아아니, 경방단원은 제사도 모른단 말이냐. 조상 제사에도 참례 안 하는 거야. 얘 정식아, 네 경방단에 달려가서 네 형 얼른 오라고 그래라. 제사 지낼 때가 됐으니 얼른 오라고. 정식아아."

　김의관의 호령은 추상 같았다.

　"아버지두."

하고 창임이가,

　"경방단 당직을 버리고 어떻게 와요, 글쎄."

하고 짜증을 낸다.

　"오라면 와요? 못 오지."

하고 정식이도 하늘만 바라본다.

　"아아니, 안 오닥게. 애비가 오라는 데도 안 온단 말이냐."

　김의관은 더욱 화를 낸다.

1　가야마 미츠로(香山光郎). 『방송지우(放送之友)』, 1944.9. '방공소설'이라는 표제어가 붙어 있다.
2　경방단(警防團) : 일제 말기 치안을 강화하기 위하여 소방대와 방호단을 통합한 단체.

"おほやけのことぢやありまぬか, おとうさん(공적인 일 아녜요, 아버지)."

중학 이년생인 정식이도 화를 낸다.

"무엇이, 무엇이 어째. 이 년석 무어라고 했어?"

김의관은 몸을 영창 밖으로 내민다. 조금만 더 하면 달려 나올 것 같다.

"오빠가 하는 일이 나랏일이니깐 사삿일로는 몸이 빠지지 못 한단 말씀이오."

창임이가 설명한다.

김의관은 요새 세상 일이 모두 알 수 없고 뜻에 맞지 아니하였다. 게다가 어린 자식들까지도 도무지 아비 말을 아니 듣는 것이 비위가 뒤집혀서 견딜 수가 없었다. 창식이가 경방단원 복장을 입고 댕기는 것도 맞갖지[3] 아니하였고, 창임이가 시집갈 나이가 다 된 계집애가 몸뻬[4]를 입고 단발머리를 하고 댕기는 것도 눈에 거슬렸다. 그러나 모든 일이 가장된 김의관의 뜻대로는 되지 아니하였다. 막중한 제사 — 그중에도 증조부 주부공 제사까지도 제 뜻대로 안 되는 것이 성화할 노릇이었다. 제주[5]를 몰래 담그려던 것도 창식의 반대로 작년부터는 못 하게 되었다. 제주를 사들이는 것도 창식이가 '야미'[6]를 절대로 반대하기 때문에 내놓고는 못 하고, 김의관이 사랑에 다니는 늙은이들을 동원하여서 몰래 사들였다.

"나라에서 금하는 물건으로 제사를 지내면 조상님이 받으시겠어요. 야미로 산 물건은 도적질한 물건보다 더 더러운 물건야요."

창식이가 이렇게 간하는 말을 듣고 김의관은,

"오, 이놈. 그래, 애비가 도적놈이란 말이냐. 어, 이놈."

금시에 때려죽일 듯이 화를 내었던 것이다.

창임이도 정식이도 아버지의 호령을 듣지 아니하는 것을 보고 김의관은 분통이 터지려 하였으나 제삿날인지라 참았다. 그러나 이 제사만 지내고 나면, 단연

---

3 맞갖다 : 마음이나 입맛에 꼭 맞다.
4 일제 말기 전시체제하에 남성의 국민복과 더불어 여성의 표준 활동복으로 지정되었다.
5 제주(祭酒) : 제사에 쓰는 술.
6 암거래.

히 금강산으로 들어가서 거사라도 되리라고 생각하였다.

김의관은 혼자서 의관을 갖추고 도포를 입고 안대청에서 제상을 차리고 있었다. 창식의 처와 창임이가 수없이 부엌과 대청 사이로 상을 들고 오락가락하였다. 김의관은 제물을 받아서는 손수 벌였다. 연전에 마누라가 죽은 뒤로는 도무지 뜻같이 되지 아니하였다. 여학교를 졸업한 며느리는 문제가 아니었다. 그대로 늙수그레한 차아집이 있어서 구색하게 제물을 괴이기는 하였다.

상을 차려놓고 촛불을 켰다. 창임이와 정식이는 부리나케 분합문을 닫고 검은 장막을 늘였다.

"분합문은 왜 닫어. 문 닫고 제사 지내는 법이 어디 있단 말이냐. 활짝 열어 놓아라."

김의관은 엄숙하게 명령하였다.

"지금은 자정이 되면 불빛이 밖에 나가게 하면 안 돼요, 아버지."

창임은 극히 공손하게 말하였다.

"글쎄, 네가 왜 건건사사에 말썽이야. 너는 부엌구석에나 들어가 있어. 계집애는 제청[7]에 오르는 거 아냐."

김의관의 이 말에, 창임은 뽀루퉁해서 아랫방으로 가버리고 만다.

창임을 내어 쫓은 뒤에, 김의관은,

"정식아, 제사를 지낼 때에는 문을 다 열어놓는 법이야. 합문[8]할 때에만 문을 닫는 법야. 다 활짝 열어 놔라."

하고 부드러운 말로 타일렀다.

촛불이 어서 제사를 지내시오 하는 듯이 꾸물꾸물하였다. 시계가 열두 시를 땅땅 친다.

정식은 늙은 아버지의 정경이 가엾은 것 같아서 검은 장막만을 늘이고 분합을

---

7 제청(祭廳) : 제사를 지내는 대청.
8 합문(闔門) : 제사에서 유식(侑食) 후 제관 이하 전원이 밖으로 나오고 문을 닫는 절차. 유식은 제주(祭主)가 술을 다 부은 다음 숟가락을 제삿밥 가운데 꽂고 젓가락 끝이 동쪽으로 가게 놓은 다음 재배(再拜)하는 절차.

열었다. 김의관의 이마에서는 구슬땀이 흘러내렸다.

김의관은 향상[9] 앞에 꿇어앉아서 향로에 향을 넣었다. 푸르스름한 연기가 피어올랐다.

김의관은 일어나서 절을 하였다. 제례가 시작된 것이다.

이때에, 바로 이때에,

"우우."

하고 사이렌이 울기 시작하였다.

"게이카이케이호오(경계경보)!"

정식은 본능적으로 소리를 질렀다.

김의관도 잠깐 눈을 크게 떴다.

"우우, 우우, 우우."

사이렌은 비장한 소리로 끊일락 이을락 하였다.

"구우시우케이호오(공습경보)다."

창임의 소리가 들렸다. 창임은 제청으로 뛰어올라왔다.

"아버지, 어서 피난하셔야지. 어서 방공호로 가셔요. 언니, 언니."

"네에."

창식의 처도 뛰어들어 왔다.

"어서 애기 안고 방공호로 들어가시우. 그러기에, 애어 몸뻬를 입고 있으라니깐. 어서, 어서. 뒷갈망은 내 다 하게. 정식아, 무얼 멀거니 섰니. 어서 채리지. 피난 짐이랑 다 꺼내. 여보시우, 안성 마님. 안성 마님."

"네에."

부엌에서 안성마님이 나온다.

"아궁이 불은 물 퍼부어 끄구, 풍로 불은 대야로 덮어 씌우구. 어서어서, 몸뻬 가지고 나셔요."

하고 일변 분별하면서 일변 제상에 촛불을 끄려 든다.

"아서라, 너희들은 다 피난을 가거라."

김의관이 창임이 촛불을 끄려는 것을 못 끄게 하였다.

"어떡허실 양으로 그러셔요? 아버지."

창임은 잠깐 낯을 찡긴다.

창식의 처는 젖먹이를 안고 피난 꾸러미를 들고 나섰으나 시아버니 명령을 기다리는 듯이 우두머니 섰다.

김의관은 비장한 결심을 한 듯이,

"나는 혼자서 여기서 제사를 지낼란다. 아모러한 일이 있드라도 신주를 여기 모셔놓고 제사를 지내다가 말고 달아날 법이 있느냐. 아가, 어서 피난을 하려무나."

하고 며느리를 본 뒤에,

"내야 늙은 것이 어떠냐. 나란은, 여기서 제사를 지낼 터야."

하고 하얀 신주[10]를 바라본다. 신주에 쓰인 적은 글자가 김의관의 눈에 아물아물한다.

"그래도 불은 꺼야지요. 적 비행기가 온다는데 촛불을 켜고 있으면 어떻게 해요?"

창임은 초를 향하여 손을 내민다.

정식은 어느 새에 마키갸항을 치고, 방독면과 쇠투구를 메고 피난 짐을 지고 회중전등을 들고 나섰다.

"글쎄 나만 혼자 여기 있는다는데 웬 걱정이냐. 나 혼자 신주를 모시고 제사를 지내다가 죽어도 좋다는데, 왜들 이러느냐."

하는 김의관은 우는 상이었다.

"누나."

정식이가 딱한 듯이 창임의 소매를 잡아끈다.

"왜?"

창임이도 딱하다는 얼굴이다. 어찌하여 아버지는 조상일과 집안일을 그렇게

10　신주(神主) : 죽은 사람의 이름을 적은 위패(位牌).

정성스럽게 잘 알고 잘 하면서도 나라일과 민족, 이웃일은 그처럼 캄캄하게 막혔을까 하면 답답하고 속이 상하였다. 정식도 아버지를 답답하게 생각하기는 창임이와 다름없으나, 그는 선머슴인데다가 '농끼'[11]한 성품이라 창임이처럼 속이 상하지는 아니하여서 그 중 김의관의 비위를 맞추었다.

"누나, 그럴 것 없어. 신주와 제상을 방공호로 옮깁시다. 방공호에 들어가서 촛불 켜놓고 아버지 실컷 제사 지내시게."

정식의 말에 김의관은 눈이 번쩍 뜨였다.

"옳다, 정식이 말이 옳다. 그래도 사내가 다르다. 창임인 종알대기만 하지 무슨 계교를 못 낸단 말야. 됐다. 아나, 이 평풍 허구 제석[12]부터 먼저 방공호로 옮겨라. 내 신주를 모실 테니 정식이 너는 촛불을 들고 앞을 서라."

김의관은 분주히 평풍을 걷는다.

창임은 입맛이 쓰면서도 더 반대하지 아니한다.

"촛불은 끄고 이 회중전등을 써요. 번갯불이면 촛불보다 낫지 않아요."

하고 정식이가 제석을 말아 옆구리에 끼고 전등을 들고 앞을 섰다.

김의관은 신주를 방공호로 옮기는 축문을 생각해 보았으나, 그런 축문은 사례편람[13]에도 없었다. 그래서 입속으로,

"현증조고훈련주부부군

현증조비숙인신씨."

하고 신명을 불러 놓고는, 미처 한문으로는 글이 나오지 아니하여서 조선말로,

"적의 비행기 습격을 온다 하오므로 제사 중간에 신주를 방공호로 모시오니."

하고 중얼거린 뒤에 신주독[14]을 받들고 정식의 뒤를 따라 섰다.

대문을 나서니 행길에는 경방단원들이 분주히 다니고 대피하는 사람들도 지

---

11   무사태평.

12   제석(祭席) : 제사를 지낼 때 까는 돗자리.

13   사례편람(四禮便覽) : 관혼상제에 관한 제도와 절차를 모아 엮은 책.

14   신주독(神主櫝) : '신줏단지'의 방언.

나갔다.

방공호는 두어 집 건너가서 공지에 있었다. 방공호 속에는 벌써 칠팔 인이나 남녀가 들어와 있었다.

안성마님이 벌써 평풍을 갖다가 한편 구석에 둘렀다. 정식이가 앞을 서고 그 뒤에 김의관이 신주독을 받들고 들어오는 것을 보고 방공호 속에 있는 사람들은 눈이 둥글해졌다. 만고역대에 보지 못하던 풍경이다.

애국반 사람들은 물어보지 아니하여도 그 뜻을 알았다. 그러고는 모두들 빙그레 웃었다.

커다란 제상은 들여올 수가 없었으나 팔모반[15]에 제물을 그뜩 담아서 창식이 처와 안성마님이 들고, 창임이는 제주 병과 잔 등속을 들고 들어와서 제상을 벌여놓았다.

"여기서는 촛불을 켜도 괜찮지 않소?"
하고 김의관이 누구에게 묻는지 모르게 물었다.

"괜찮지요, 불빛이 바깥엔 안 나가니까요."
이렇게 대답하는 것은 예전에 반장 노릇하던 노인이었다.

촛불을 켜놓지 아니하면, 증조부님의 혼백이 제사를 받으러 올 것 같지 아니하였다. 방공호 속에는 부인네와, 늙은이와 아이들로 찼다. 창식의 처는 젖먹이를 안성마님께 맡기고 제상 옆에 서 있었다.

김의관은 절을 하려 하였으나 비좁아서 절을 할 수가 없었으므로 잠깐 무릎을 굽혀 꾸는 것으로 절을 대신하였다. 향로를 못 가져온 것과 향상에 놓았던 축문을 잊고 온 것을 깨달았으나, 김의관은 창임이더러 가서 집어오라고는 못하였다.

축[16]을 부를 절차에 가서 김의관은 눈을 감고 입속으로만 축문을 외웠다. 그래도 할 절차는 이럭저럭 다 하였다. 첨작도 하고 나서 합문을 생각하였으나 이것이 방공호 속인 것을 생각하고는 입맛을 쩍 다셨다. 그래도 합문을 아니 하면 모

15　팔모반(팔모盤) : 여덟 모서리를 가진 음식을 담아 나르는 나무 그릇.
16　축문(祝文) : 제사 때에 읽어 신명께 고하는 글.

처럼 오신 증조부님이 잡수실 것을 다 못 잡수실 것만 같아서 김의관은 신주에 등을 향하고 돌아섰다. 창임이와 창식이 처도 김의관의 뜻을 알고 돌아섰으나, 다른 동네사람들은 합문의 뜻을 못 알아차리고 신주 있는 데와 제상과 도포를 입은 김의관을 뚫어지게 바라보았다.

"에헴."

하고 김의관은 기침을 하고 침을 조금 튀 뱉고 신주 쪽을 향하여서 돌아섰다. 제문[17]이라는 뜻이다. 김의관은 그 아버지가 '에헴' 하고, 담을 뱉고, 손을 내어 밀어 분합문 고리를 잡아당기던 모양을 눈앞에 그려보고, 방공호 속이라 그것을 못 해 보는 것이 섭섭하였다.

"전쟁 중이라, 다 이렇습니다."

김의관은 속으로 조상을 향하여 중얼거렸다.

제사를 다 지내고 나서 김의관은 제상에 놓았던 잔을 들어서 음복을 하였다. 그런 뒤에야 김의관은 좌우를 돌아보았다. 정식이가 안 보였다.

"정식아, 정식이 어디 갔느냐."

김의관은 정식을 찾았다.

"도련님은 집을 봅니다."

이것은 며느리의 대답이었다.

"아아니, 집을 보다니? 어린 것이 혼자서 집을 본단 말이냐. 아아니, 어느 틈에 빠져 나갔단 말이냐. 또 창임이는 어디 갔니?"

"누이는 뒷집 해산 동원을 갔습니다. 갑작이 해산을 하게 되어서 방공호에 올 새도 없어서."

며느리의 대답이었다.

"뒷집이라니?"

김의관은 눈을 크게 떴다.

---

17 자세한 뜻은 분명치 않으나 맥락상 합문을 해제한다는 뜻인 듯하다.

"저 징용 나간 리 서방네 집 말씀야요. 그 집이 어디 돌보아 줄 사람이 있습니까."

"그러기로 계집애가 남의 해산구원을 어떻게 한단 말이냐."

김의관은 괘씸하다는 표정을 하였다.

"여학교에서는 간호부 공부를 시켜요. 누이도 그런 걸 잘 안답니다."

며느리의 대답에 김의관은 한참이나 눈을 감고 고개를 수그리고 있었다. 김의관은 지금까지 보지 못 하던 무엇을 본 것 같았다.

김의관은 길게 한숨을 쉬이고는 방공호 속에 있는 사람들을 돌아보았다. 여자는 모두 몸뻬를 입고, 남자들은 국민복에 마키갸항을 쳤다. 젊은 사람은 하나도 없다. 십육 세 이상의 남자는 모두 방공활동을 하고 있는 것이다. 그런데 소매 넓은 조선옷을 입은 것은 김의관 자기 하나뿐이오, 조선치마를 입은 것은 창식이 처와 안성마님뿐이었다.

김의관은 고개를 숙여서 제 옷을 돌아보고 눈을 돌려서 며느리를 바라보았다. 며느리가, 애써 몸뻬를 입는 것을 김의관 자기가 금지한 것을 생각한다. 그것이 모두 큰 잘못인 것을 느꼈다.

"아가, 영환이 이리 다고. 내가 아이를 안을게. 이 상을 물려서 여기 계신 여러 분 대접을 해라."

얼마 아니 하여서 공습경보 해제의 긴 사이렌이 들렸다. 방공호 내에 있던 사람들은 자다가 깬 것 같았다.

이윽고,

"구우시우게이호오 가이지오(공습경보 해제)."

하고 외치는 소리가 들렸다.

"창식이 소리로고나."

하고 김의관은 며느리를 바라보았다. 김의관의 눈에서는 하염없는 눈물이 흘렀다. 김의관은 창식이와 창임이가 아버지인 자기보다 어떻게 높은가를 알았다.

'제 것밖에 모르고 늙은 내로고나.'

김의관의 가슴속에는 새 감격이 솟아올랐다.

소녀의 고백少女の告白[1]

선생님.

갑자기 편지를 올려 건방지다고 생각하시겠지요. 하지만 아직 열아홉 살밖에 안 된 계집애를 봐서 용서하시고, 부디 저의 무례함을 허락해주세요.

선생님의 저서 『○○』를 어떻게 하면 읽을 수 있을까요. 그것을 여쭙기 위해 이런 염치없는 편지를 올리는 것입니다.

저는 태어나기는 조선에서 태어났습니다만, 갓난아이 때 부모를 따라 교토京都에 와서 이곳에서 자란 사람입니다. 단지 소학교를 나왔을 뿐 여학교에도 가본 적 없는 무지한 여자아이입니다만, 어쩐 일인지 어릴 적부터 문학이 좋아서 닥치는 대로 여러 작가의 작품을 읽었습니다. 작년부터입니다만, 우연한 일로 저는 고향이 그리워져서 최소한 조선 작가의 문학작품을 통해서라도 고향의 생활과 전통을 알고 싶다고 생각하게 되었습니다. 그러나 조선어를 읽지 못하는 저는 조선의 책을 읽을 수 없었고, 조선에는 어떤 작가가 있고 어떤 작품이 있는지조차 알 수 없었습니다.

그런데 작년 가을, 선생님께서 교토에 오셔서 교토대학 강당에서 조선 학생들에게 강연을 하신다는 소식이 신문에 실렸기에 아버지께 그 사실을 말씀드렸더니, 아버지는 선생님이 조선의 작가라는 것을 말해주셨습니다.

잘 아시다시피, 이곳에 와 있는 조선 동포는 모두 교양도 재산도 없는 사람들뿐이어서 고향인 조선은 저렇게 문화가 낮은 곳일까, 한심하게 생각하고 있었습니다. 교토제국대학에는 이학박사나 공학박사 학위를 가진 조선 출신의 교수와 조교수가 계시다는 것이 그나마 자랑이었습니다만, 사상이나 문학 방면에도 고

---

[1]　원문 일본어. 가야마 미츠로(香山光郎), 『신타이요(新太陽)』, 1944.10.

향에 위대한 분이 있으면 좋겠다고 생각하고 있던 터라, 저는 여자가 갈 곳이 아니라고 아버지가 말리는데도 불구하고 선생님의 강연회장에 갔던 것입니다.

그날 밤 청중석 뒤쪽의, 입구 가까운 구석 쪽에 웅크리고 있던 어느 계집아이를 선생님께서는 보지 못하셨습니까.

선생님께서 단상에 모습을 드러낸 그 순간, 저는 전기에 감전된 듯했습니다. 왜일까요. 단지 저의 고향에서 온 훌륭한 분이라고 들었던 그분을 눈앞에서 보았기 때문입니다.

선생님은 일본의 국체國體와 대동아전쟁의 정의성正義性에 대해 잘 알아듣게끔 설명하시고, 제국에서 조선 민중이 차지하는 지위와 그 나아가야 할 길을 말씀하셨습니다. 그리고 조선인 선조의 문화와 품격 높은 충의忠義와 무용武勇 등에 대해 이것저것 말씀하시고는 현재 조선 동포의 비굴함, 칠칠치 못함을 한탄하실 때 선생님의 두 눈에서는 뜨거운 눈물이 흘렀습니다. 저는 입술을 깨물었습니다만, 결국 흐느끼고 말았습니다. 제 옆의 남학생도 훌쩍이며 우는 소리가 들렸습니다. 선생님도 목이 메어 잠시 서 계셨습니다. 그때 선생님의 모습은 고향 그 자체인 듯 소중하고 고맙게 생각되었습니다.

회장會場에서 나와 저는 전찻길을 따라 때마침 뜬 보름달을 감상하고 계신 선생님의 뒷모습을 하염없이 좇았습니다.

이튿날 아침 저는 신문 기사에 의지하여 대담하게도 선생님의 숙소를 찾았습니다만, 이미 선생님께서는 도쿄東京로 떠나셨다는 이야기를 듣고 저는 울고 싶어졌습니다. 왜 좀 더 일찍 찾아오지 않았을까, 하고 분하게 여겼습니다.

저는 선생님의 저서 가운데 『○○』라는 작품이 있다는 사실을 어떤 잡지에서 읽었습니다. 그것은 아키秋 선생의 비평이었습니다만, 그 작품은 아시아가 낳은 최고의 사상을 담은 것이라고 격찬하고 있었습니다. 저는 이 글을 읽고 제가 칭찬받은 듯이 기뻤습니다. 그러나 잡지나 신문에 나는 수많은 이름 가운데 제 고향 분의 이름은 눈에 띄지 않는걸요. 그것이 얼마나 저를 허전하게, 그리고 울적하게 만들었는지요.

그래서 당장 교토 내의 책방이란 책방은 다 찾아다녔지만, 선생님의 책은 눈에 띄지 않았습니다. 아니, 선생님의 책만이 아니었습니다. 조선 작가의 책이 한 권도 눈에 띄지 않았을 때 제가 느낀 허전함이라니. 저의 고향이란 곳은 이토록 빈약하고 문화가 낮은 것일까요. 선생님께서도 말씀하셨듯이, 선조의 옛 문화는 왜 조선에서 쇠퇴해버린 것일까요. 선생님, 그것은 누구의 책임일까요. 우리들의 부모들이 나태하고 칠칠치 못했던 탓일까요.

선생님, 확실히 그렇습니다. 저희 집도 아버지 말씀으로는 옛날에는 훌륭한 집안이었다고 자랑하면서도, 지금의 상태는 부끄러울 만큼 문화가 낮은 가정입니다. 아버지는 최근 푼돈을 모아 경제적으로는 꽤 편안해졌습니다. 하지만 가정에 문화적 윤택함을 지니게 하려는 생각은 없는 듯합니다. 저희 가정에는 불단佛壇이나 가미다나²도 없습니다. 신사참배神社參拜도 절 참배도 하지 않습니다. 도코노마³에는 제가 나름대로 꽃을 꽂기도 합니다만, 아버지도 어머니도 쳐다보지도 않습니다. 이런, 종교도 예술도 없는 가정은 참으로 적막한 것입니다. 아버지는 돈벌이에 전념하고 있습니다. 인색하다고 할 정도는 아닙니다만, 돈을 가장 높이 평가하고 있어서인지 저희에게도 돈을 소중히 여길 것을 가장 엄하게 가르치십니다. 오랫동안 가난한 가운데 고생해온 아버지와 어머니로서는 돈을 소중히 여기는 것도 무리가 아니라고, 저도 때로는 반감이 사라지고 눈물이 절로 날 때가 있습니다.

선생님, 이것은 저희 집만이 아닙니다. 이곳에 와 있는 고향 사람들은 모두 엇비슷해서 참으로 한심하게 느껴집니다. 선생님, 조선 동포가 모두 그런 것은 아니겠지요. 조선에도 높은 신앙의 엄숙함이라든가 풍부한 예술의 향기가 있는 생활이 있겠지요. 이곳에 와 있는 사람들은 모두 고향에서 일자리를 얻지 못해 직업과 밥을 구해 떠나온 사람들이니 그렇게 천박하고 풍류가 없는 것이겠지요. 저는 그렇다고 저 혼자 믿어버렸습니다.

저는 고향의 높은 분, 훌륭한 분을 만나고 싶고, 고향의 문학과 예술을 보고 싶

---

2   가미다나(神棚) : 집안에 신을 모셔 놓은 감실.
3   도코노마(床の間) : 마루를 한 단 높여 마룻장 위에 화병이나 장식품 등을 장식하는 곳.

은 것입니다. 그래서 문화가 높은 고향의 부락에 대해 여러 가지로 상상하고 있습니다. 어머니는 고향은 좋은 곳이라고 입버릇처럼 말씀하고 계시는 터라, 부디 그래주었으면 하고 염원하고 있습니다.

아버지는 작년부터 제게 결혼을 권하고 있습니다. 명령하고 있다고 하는 게 적절하겠지요. 부모님은 수십만의 돈을 모은 지금의 생활에 아주 만족하고 있는 듯하고, 오빠도 최근 부잣집 도련님 티를 내고 있습니다. 그러나 오빠나 제가 학교에 다니던 때는 소학교나마 겨우 다닐 수 있는 형편이어서, 오빠도 저도 중등학교에는 발도 들여놓지 못했습니다. 그러나 돈이 생기자 부모님은 오빠에게는 좋은 결혼 상대를 바라고, 저를 위해서는 신분에 맞지 않는 신랑감을 찾고 있습니다.

저를 위해서 아버지가 두 사람쯤 후보자를 골라서 제게 동의를 구했습니다만, 저는 두 사람 모두 거절했습니다. 그래서 아버지는 몹시 노한 표정으로 심하게 꾸지람하셨습니다.

"아버지, 저는 아직 시집 같은 건 가고 싶지 않아요. 아직 어린애인걸요."
하고 바로 요전 날도 훌쩍훌쩍 울었습니다.

부모님은 제가 혼담에 귀 기울이지 않는 것을 무척 걱정하시고, 최근에는 금족령이 내려져 한 주에 한 번 외출하는 것조차 허락되지 않고 있습니다. 여자아이에게 이렇게 엄하게 하는 것이 고향의 전통임을 알게 되니 그것조차 그리운 마음이 생깁니다. 어머니는 열두 살 무렵부터 문밖에 나가는 것이 금지되었다고 자랑하듯 제게 말씀하십니다. 저는 처음에는 반발도 하고 분하게도 생각했습니다만, 종교도 예술도 역사도 잊은 부모님의 유일한 문화 전통이라고 생각하여 지금은 온순히 따르고 있습니다. 그 옛날 어머니나 할머니들이 안방アンバン이라던가 하는 안쪽 거실에 갇혀 지내던 시절을 그리워하며 저도 그 시대로 돌아간 것이라고 생각하니, 재류在留 동포들의 한심한 현실을 대하느니보다 오히려 마음이 편하기도 합니다.

이렇게 방 안에만 갇혀 있자니 더한층 독서와 공상에만 빠집니다. 어릴 때부터 익숙해진 부엌일이나 걸레질도 최근 이삼 년간은 어머니가 시키지 않습니다. 오로지 너희들을 고생시키고 싶지 않아서 애비가 오십이 된 지금까지 먹지 않고 마시지 않으며 일했던 것이라고, 아버지는 우리들 오누이를 편안케 해줄 것만 생각하고 계십니다. 이것은 분명히 잘못된 부모의 사랑이라고 생각합니다만, 아버지는 결코 당신의 의견을 굽히지 않습니다. 저는 부모님의 사랑에 웁니다. 그러면서도 부모님의 칠칠치 못함이 슬픕니다. 왜 좀 더 도움이 되는 인간들이 되지 못했던 것일까요. 왜 좀 더 우리들이 자랑스럽게 남들 앞에 소개할 수 있는 부모들이되지 못했던 것일까요. 왜 좀 더 멋진 고향을 만들어 여행자들에게 경건한 마음을일으키는 조선이 되도록 할 수 없었던 것일까요. 우리들이 남들 앞에서 어깨가 움츠러듦을 느낄 때마다 저는 부모님을 원망스럽게 생각하지 않을 수 없습니다.

선생님, 제가 이렇게까지 고향과 부모님(차라리 선조들이라고 써야 할까요)을 원망스럽게 생각하게 된 것은 저 개인의 특수한 사정 때문인 줄도 압니다. 이야기가길어져서 죄송합니다만, 부디 한 계집아이의 신상 이야기를 허락해주세요.

제가 다니던 소학교에는 그 동네답게 상류층 자제들이 많았습니다. 저희 반에서 단 한 명의 조선인 아이인 저를 어디까지나 친구로 대해주신 것은 가와무라 다에코川村妙子라는 분이셨습니다. 다에코 상은 가인歌人으로 이름난 저 가와무라 자작子爵의 손녀로, 화족華族의 딸이면서도 조금도 그것을 내세우지 않고 저와 사이좋게 지내주셨습니다. 제가 소학교를 나오자, 상급 학교는 끝내 가지 못했습니다만, 다에코 상은 여학교에 입학하게 되었습니다. 그래도 다에코 상은 가끔 저를 불러주신 터라 저는 가와무라 자작 댁에 쭈욱 계속하여 드나들었습니다.

가와무라 자작 댁은 부자는 아닙니다만, 유서 있는 가문, 명문가의 체면을 유지할 만큼의 자산은 있는 듯 검소하면서도 매우 품위 있는 생활을 하고, 서적과 미술품도 많이 소장하고 있습니다. 때로 시 모임이나 차 모임도 열리는데, 저도 명문가의 아가씨들이나 도련님들과의 교제를 허락받았습니다. 그리고 다에코 상의 학교 친구라는 명분으로 거문고나 꽃꽂이 상대도 시켜주셔서, 저는 이른바 신분에 맞지 않은 수준 높은 교양에 익숙해질 수 있었던 것입니다.

저도 나이가 열일여덟이 되고 철이 들어감에 따라 일본 문화의 맛을 조금은 알아가는 듯한 생각이 들었습니다. 또 다에코 상과의 인연으로 다른 명문가에 초대

되는 일이 있어서 과거 사오 년 동안 상류 가정생활의 여러 면을 볼 수 있었습니다. 무척 우아하고 세련되며 단아하고 아름다웠습니다. 이런 문물을 접하면서 저는 언제인지 모르게 조선을 생각하게 되었습니다. 내 고향인 조선에도 이런 수준의 문물이 있을까, 하고. 그럴 때마다 저는 아버지를 찾아오는 고향 사람들의 예의범절 없고 천박한 모습과 비교하며 얼마나 한탄했던지요.

가와무라 댁의 친척으로 다니무라谷村라는 분이 계신데, 이분은 벌써 칠십에 가까운 노인이십니다만, 은행가이면서 대단한 학자로 특히 일본과 조선 관계의 고대 역사에 대해서는 대학의 교수도 혀를 내두를 정도의 권위자라고 합니다. 그분의 서재를 배견拜見하게 되었는데, 조선 책도 많이 있어서 제가 조선 아가씨라고 들으시고는,

"아, 그렇습니까?"

하고 매우 기뻐하시고, 아드님인 가츠마로克磨 상과 손자 아사지淺茅 상, 다에코 상, 그리고 저와 같은 젊은이들을 앞에 두고 여러 가지로 조선의 옛일과 일본과의 관계를 이야기해주셨습니다.

"일본과 조선은 원래 동조동근同祖同根이다. 게다가 신앙도 문화도 하나지. 서로 서먹서먹해진 지 천 년 이상이 된다. 그러나 그동안에도 피와 문화는 끊임없이 교류하고 있었어. 나라奈良나 교토의 옛날은 신라나 백제의 옛 도시와 똑같은 문화였던 게지. 고구려도 마찬가지고."

\하고 다니무라 노인은 고구려의 고분벽화 사진이라든가 후지와라藤原시대[4]의 복식服飾 그림을 보여주시면서,

"어떠냐, 똑같지?"

하고 그런 말씀을 해주셨습니다.

---

4 969년부터 100여 년간 천황의 외척이었던 후지와라(藤原) 가문이 천황을 대신하여 권력을 독점했던 시기. 정치는 쇠퇴하였으나 문화적으로는 귀족계급을 중심으로 당나라의 영향에서 벗어나 일본적인 성격이 짙은 이른바 국풍문화(國風文化)가 전개되었다.

그리고 쇼토쿠 태자聖德太子[5]의 스승님이 고구려의 승려 혜자 법사惠慈法師였다는 것과, 야마토大和 호류지法隆寺의 설계자가 백제의 승려 혜총惠聰이고, 유명한 저 벽화가 고구려 승려 담징曇徵의 작품이라는 사실, 그 밖에 저로서는 처음 듣는 이야기를 많이 들려주셨습니다. 또 기온祇園의 야사카신사八坂神社는 이자나기노미코토伊弉諾尊[6]를 모시고 있는데 이것도 본래 고구려인 이주민이 세운 신사라든가, 마찬가지로 교토의 히라노신사平野神社는 간무천황桓武天皇[7] 님 모후母后의 선조님께서 백제에서 옮겨 오신 것이라든가, 그 밖에 불교나 음악, 공예 등에 대해서도 일일이 책과 사진을 꺼내어 설명해주셨습니다. 그리고 마지막으로,

"그러니까 일본과 조선은 원래 하나지. 신도 하나, 피도 하나, 문화도 하나다. 단지 천 년 동안 조선은 지나치게 지나支那 문화에 탐닉하여 자기를 잃었던 게지. 조선인의 옛 문화가 열이라면 조선에 남아 있는 것은 셋 정도일까. 나머지 일곱은 일본에 착실하게 남아 있다."

이렇게 말씀하셨습니다.

다니무라 님의 이야기를 듣고 있자니, 저는 왠지 정신이 아찔해지는 듯했습니다. 무척 감동했기 때문이겠지요. 저는 길고 긴 잠에서 깬 듯도 하고, 또 깜빡깜빡 꿈을 꾸고 있는 듯도 했습니다.

저는 교토를 이향異鄕이라고 생각하고 있던 것을 진심으로, 그리고 스스로 미안하게 여겼습니다. 내지인들을 저와는 인연이 옅은 존재라고 곡해하고 있던 일도 뉘우쳤습니다. 저는 제 선조의 고향에 있는 혈연의 고장에 놀러와 있는 듯한 편안함을 느꼈습니다. 다에코 상이나 아사지 상, 가츠마로 상도 갑자기 더 친밀

---

5   쇼토쿠 태자(聖德太子, 574~622). 일본 아스카시대의 황족이자 정치가. 아스카 문화의 중심인물로서 중국의 선진 문물제도를 받아들여 17개조 헌법을 제정하는 등 일본 정치체제를 확립하는 한편 일본에 불교를 보급하여 융성시키는 데도 공헌했다.

6   일본 신화에서 천신(天神)들의 명령을 받아 배우자인 이자나미노미코토(伊弉冉尊)와 함께 일본 국토와 신을 낳고, 산과 바다, 초목을 관장한 남신(男神).

7   간무천황(桓武天皇, 737~806). 고닌천황(光仁天皇)과 백제인의 후손 다카노노 니이가사(高野新笠)의 아들로, 『속일본기(續日本記)』에는 간무천황의 생모가 무령왕의 자손이라고 기록되어 있다. 794년 도읍을 나라에서 교토로 옮겨 헤이안시대를 열었다.

하게 느껴졌습니다.

저는 너무 기쁜 나머지 흥분하여 집에 돌아왔습니다. 아버지와 어머니, 오빠 앞에서 다니무라 상에게 들은 이야기를 자세히 말했습니다. 저는, 가족들도 이 옛 영광을 듣게 되면 저와 마찬가지로 깊이 감동할 것이라고 생각했습니다만, 저의 기대는 완전히 빗나갔습니다. 아버지는 내뱉듯이,

"그런 이야기를 듣는 게 무슨 소용이냐. 조선인은 돈이 없으면 소용없다. 돈 이외에는 우리 조선인이 믿을 곳도, 희망도 없는 게야."

이렇게 말하고는 불쾌한 얼굴로 휙 나가버리셨고, 오빠는 오빠대로,

"너는 그렇게 한가하냐? 여자답게 집에 들어앉아서 바느질이라도 해."

하고 역시 성난 얼굴을 하는 것이었습니다.

저는 울고 싶어졌고, 부모님에게 격렬한 반감이 일어나는 것을 어찌할 수 없었습니다. 어째서 부모님은 기뻐해야 할 일을 기뻐하지 않고 감사해야 할 일을 감사하지도 않으며, 단지 돈, 돈 하고 돈만 떠받들게 된 것일까요.

무일푼으로 내지에 건너온 아버지는 무척 고생하셨겠지요. 천한 장사를 하여 내지 분들에게 멸시 받아왔고 따뜻한 인정에 접할 기회가 적었기 때문일까요. 아니면 제가 아직 물정 모르는 계집아이로 세상을 자기 편의대로만 보고 있는 것일까요.

저는 아버지의 동향인들의 피 속에는 혜자나 담징, 이퇴계 선생의 혈관을 흐르던 혈액에 머물고 있던 정신이 남아 있을 것이라고 믿고 싶습니다. 그리고 이 존귀하고 높은 정신이 다시 한 번 깨어나 옛날보다 더한층 커다란 힘과 빛을 발할 수 있다고 믿고 싶습니다.

제가 선생님의 작품을 읽고 싶어 하는 것도 이 때문입니다. 혹시 선생님의 작품 중에 제게 전격적인 충동을 주는 위대한 것이 있지 않을까, 생각하기 때문입니다. 선생님의 혈액 속에는 이미 광영光榮이 있던 선조들의 정신이 깨어나 힘과 빛을 발하고 있는 것이 아닐까, 그것을 알고 싶기 때문입니다. 그러니 부디 하루라도 빨리 선생님의 『○○』를 읽을 수 있는 길을 가르쳐주세요.

선생님, 이것으로 붓을 놓을 작정이었습니다만, 이 기회에 저에 관한 일과 제 마음을 좀 더 말씀드리고 싶습니다. 부디 저를 버릇없고 경솔한 계집아이라고 꾸짖지 마시고 불쌍한 딸의 호소라고 생각하시고 허락해주세요.

저는 어느 사이엔가 다니무라 님의 막내 아드님인 가츠마로 님을 사모하게 되었습니다. 가츠마로 님도 처음에는 저를 한낱 조선 계집애로 동정하고 계셨지만, 마침내 저에게 사랑의 약속을 주셨습니다. 가츠마로 님은 저보다 두 살 위인 스물한 살로 지금 대학의 문과 이학년인데, 올해가 징병 적령이라 십이월에는 입영하시는 것으로 알고 있습니다. 가문으로 보거나 학력으로 보거나 저는 처음부터 어울리지 않는다고 몹시 주저했습니다. 가츠마로 님과 저의 관계가 진전된 양상은 자세히 말씀드리자면 여러 가지 곡절도 있었습니다만, 길어지니 말씀드리지 않겠습니다. 그러나 다만 한 가지, 저희들의 관계를 굳힌 하나의 삽화만은 말씀드리고 싶습니다.

작년 가을이었습니다. 가와무라 댁 선조님의 법요^{法要}가 있다고 해서 다에코 님의 권유로 저도 호류지에 참배했습니다. 그때 가와무라 댁 친척 분들이 십수 명 참례하셨는데, 그 가운데는 다니무라 댁에서도 다니무라 옹과 아사지 님, 가츠마로 님도 계셨습니다. 마침 메이지절^{明治節}과 일요일, 휴일이 이틀 계속되었기 때문이기도 했겠지만, 법요가 끝나자 참배객 일부는 나라^{奈良}에서 하룻밤을 묵게 되었습니다.

저는 다니무라 님에게 야마토의 사적^{史蹟}과 나라조^{奈良朝} 시대의 여러 가지 일들에 관해 이야기를 들었습니다. 쇼무천황^{聖武天皇}8과 고묘황후^{光明皇后} 님의 이야기는 특히 저희들을 천 몇백 년 전의 옛날로 불러들이는 듯했습니다. 게다가 그것이 쇼소인^{正倉院}9을 둘러본 후였던 터라 한층 감동 깊고, 지난날 나라라는 도시가 눈

8　쇼무천황(聖武天皇, 701~756). 45대 일본 천황. 쇼무천황의 치세에는 각종 자연 재해나 역병이 횡행했던 시대여서 천황은 불교에 깊이 귀의해 고쿠분지(國分寺)를 비롯해 도다이지(東大寺)의 비로자나불을 건립했다. 고묘황후는 황족이 아니면서 황후로 책봉된 최초의 사례였다.

9　쇼무천황의 덴표(天平) 연간(729~749)에 지은 왕실의 유물 창고. 쇼무천황이 죽자 고묘황후가 남편의 명복을 빌기 위해 49재에 맞춰 헌납한 유물 600여 점이 소장되어 있다.

앞에 떠오르는 듯했습니다. 다니무라 님은 무엇을 이야기하든 신라와 백제, 고구려와의 관계를 빠뜨리고 말하는 법이 없었습니다.

이튿날 저는 다에코 상과 가츠마로 상, 아사지 상과 함께 미카사야마三笠山에 오르기도 하고, 도쇼다이지唐招提寺와 홋케지法華寺도 보았는데, 모두가 제게는 꿈과 같아 그야말로 청춘의 낙과 회고의 즐거움에 빠져 있었던 것입니다. 가츠마로 상은 아버지와 마찬가지로 역사에 정통하여 저를 위해 여러 가지로 조선 문화의 아름다움을 설명해주셨습니다. 마치 제가 주빈이라도 된 듯이 참으로 정중하게 대접해 주셨습니다.

저희가 도쇼다이지에 닿은 것은 저녁이었는데, 가츠마로 님은 성관음상聖觀音像[10] 앞에서,

"나는 이 성관음 님이 제일 좋다. 어떠냐. 실로 부드럽고, 게다가 생생한 얼굴이지. 이것도 백제의 작품이지만, 호류지의 백제 관음하고는 느낌도 수법도 달라. 성관음 님에게는 무한한 젊음이 있다. 그게 좋단 말야."
하고 무척 열심히 칭찬하셨습니다.

성관음 님은 어둑어둑함 속에서 검은빛을 발하고 있었습니다. 저는 가츠마로 님의 기분을 이해하려고 열심히 성관음상을 쳐다보았습니다.

제가 넋을 잃고 보고 있자니 갑자기 가츠마로 님이,

"아라이新井[11] 상, 이쪽으로 얼굴을 돌려 보렴."
하고 큰 소리로 부른 터라 저는 무심코 가츠마로 님 쪽으로 얼굴을 돌렸습니다. 그러자 가츠마로 님은 유심히 저를 응시하는가 싶더니,

---

10   성관음상은 도쇼다이지(唐招提寺)가 아니라, 근처의 야쿠시지(藥師寺)에 있다. 이광수는 1942년 11월 제1회 대동아문학자대회 참가차 일본에 갔을 때 가와카미 데츠타로(河上徹太郞)와 함께 야쿠시지를 방문했고, 조선에 돌아와 『분가쿠카이(文學界)』에 기고한 「삼경인상기(三京印象記)」(1943.1)에 다음과 같이 썼다. "가와카미 씨는 야쿠시지의 성관음상이 특히 좋다고 했는데, 그러고 보니 가와카미 씨의 모습이 그 관음님과 닮은 곳이 있다. 역시 인연이 있는 것이리라. 이 성관음님은 백제인의 작품이라는 것이다."

11   일본인 성씨의 하나. 창씨개명 때 밀양(密陽) 박씨(朴氏)가 많이 택한 성이기도 하다.

"어이, 아사지. 아라이 상의 얼굴이 성관음 님 꼭 닮았지? 저 둥그스름한 것하며 다부진 것하며. 그렇지요, 다에코 상?"

이렇게 말씀하셨습니다.

"어머, 무슨."

하고 저는 새빨개진 얼굴을 돌렸습니다.

"그렇다니까, 역시 그래. 백제 타입이야. 성관음 님도 노부코信子 상도."

가츠마로 님은 이렇게 혼자 즐거워하셨습니다.

아사지 님은,

"정말."

하고 형님의 말에 맞장구를 쳤습니다만, 어쩐 일인지 다에코 님은 어두운 쓴웃음을 짓는 것이었습니다.

그날 밤이었습니다, 제가 가츠마로 님께 사랑을 요구받았던 것은. 그리고 제가 가츠마로 님께 사랑을 바친 것은.

가츠마로라는 분은 귀공자(다니무라 집안은 화족華族의 분가分家입니다)답지 않게 매우 평민적인 분이었습니다만, 역시 상층계급의 피 때문일까요. 다소 방약무인傍若無人한 데가 있었습니다. 그러나 그것이 아니꼽지 않고 자못 대범하고 자연스러웠습니다. 하긴 가츠마로 님의 일이라면 두말없이 제게는 훌륭한 것으로 비쳤던 것입니다만. 가츠마로 님은 학문에 열심인 분은 아니고, 다만 좋아하는 것을 읽고 관심이 가는 것을 생각하는 그런 분이었습니다. 매우 남성적으로, 체격도 좋고 검도 실력도 상당하다는 것이었습니다. 부친이신 다니무라 님도 칠십의 고령이면서도 저렇게 마음이 젊으신 것을 보면, 그 건강이나 쾌활한 기질은 혈통에서 온 것이겠지요. 아사지 님만은 어머니를 닮아 매우 나긋나긋한 여성스러운 분이었습니다.

가츠마로 님이 저를 사랑하는, 그 사랑의 방식은 실로 폭풍 같았습니다. 저는 장래에 대한 불안과 더불어 약간 두렵기도 했습니다만, 그래도 행복했습니다. 이 나라奈良의 옛 도읍에서 저는 일찍이 알지 못했던 광영에 눈뜨고, 그와 동시에 사랑에 불탈 수 있었던 것입니다. 열여덟 살짜리 계집아이로 당치 않은 짓을 저질렸다고 선생님께서도 꾸짖으시겠지만, 그러나 저는 그날의 일을 조금도 후회하지 않습니다. 아니오, 후회하기는커녕 그날의 일을 저는 언제까지나 저의 가장 축복받았던 날로 기억하겠지요.

선생님, 가츠마로 님과 저의 행복은, 그러나 오래 지속되지는 않았습니다. 결론부터 말씀드리자면, 가츠마로 님은 가와무라 다에코 님과 결혼하셨습니다. 물론 저는 그 혼례에 초대받지도 못했습니다.

저는 신 앞에 맹세합니다. 저는 결코 이전에는 가츠마로 님이 다에코 님과 서로 좋아하는 사이라는 것을 알지 못했습니다. 저는 다에코 님의 적잖은 호의를 배신하여 가츠마로 님을 제 남편으로 삼으려 했던 것은 아니었습니다만, 옆에서 보면 아무래도 그런 꼴이 되어버렸습니다. 저에게 그토록 호의를 베풀어주신 다에코 님과 가와무라 댁의 모든 분들께 '저 은혜를 모르는 조선 계집년'이라고 미움받을 것을 생각하면, 아무리 생각해도 유감입니다.

가츠마로 님은 혼례 전에 저에게 만나자고 하셨습니다만, 저는 거절했습니다. "저는 당신의 사정을 잘 알고 있습니다. 저는 두 분의 행복을 빌겠습니다. 만나는 것은 삼가겠습니다." 하고 답장을 올렸습니다.

실제로 제 마음은 이 편지대로입니다. 저는 다에코 님에 대해서도, 가츠마로 님에 대해서도 아무런 불만이나 원망도 없습니다. 어떻게 이런 마음이 될 수 있는지, 스스로도 이상하게 생각하고 있습니다. 저는 제가 이런 마음, 혼란스럽지 않는 마음이 될 수 있었던 것은 우리 선조들의 대담하고 낙천적인 피의 유전 덕분으로서 감사하고 있습니다. 혹시 선생님의 작품에 이런 마음에 대해 씌어 있지는 않을까, 그런 생각도 했습니다. 다니무라 님께서 우리들 선조가 관대하고 느긋했다는 것을 가르쳐주셨는데, 제게도 그 정신이 전해져 있는 것일까 생각하면 (선조들이) 그리워집니다.

그렇다고는 해도 선생님, 열아홉 살인 여자아이로서는 이 타격이 때로 견디기 어려운 고통이 되기도 합니다. 부모님은 제게 집에 틀어박혀 있을 것을 명령했습니다. 그것도 저는 고맙게 생각하고 있습니다. 저는 가와무라, 다니무라 양가와의 관계를 사제 간의 깊은 인연으로 여기고 언제까지나 언제까지나 감사하면서, 저를 더 좋은 인간으로 완성시키기 위해 정진할 결심입니다. 그러나 부모님의 마음은 제 마음과 하나가 아닙니다. 부모님은 몹시 가츠마로 님을 원망하고 있고, 가와무라 댁에 대한 감사의 마음조차 잊은 듯한 말씀을 하십니다. 부모님은 제 사건도 묘하게 비뚤어진 감정으로 처리하고 있는 듯합니다. 다니무라 댁이 우리를 바보 취급했다고 하여 분개하고 있습니다. 제가 아무리 가츠마로 님의 사정을 자세히 말씀드려도, 그 말에는 귀도 기울이려 하지 않습니다.

"뒈져버렷."

아버지는 술에 취하면 이렇게까지 말씀하십니다. 유유상종이다, 네게 어울리는 남자에게 시집가라고 말씀하십니다. 이는 부모로서는 당연한 것으로, 저 같은 게 다니무라 댁에 시집가려 하다니 애초에 당치도 않은 일이었겠지요. 그러나 저는 가와무라, 다니무라 양가 덕분에 여러 가지 귀한 것을 배울 수 있었습니다.

선생님, 저는 이제 시집갈 생각 같은 것은 없습니다. 저는 어떻게든 우리 향리와 동포의 지위를 높이기 위해 생애를 바치고 싶습니다. 가와무라, 다니무라 양가에서 배운 것을 향리의 모든 분들께 전하고 싶습니다. 그리고 향리의 사람들이 모두 높은 문화를 가지고 높은 지성과 도덕성과 심미성을 갖게 되어 어딜 가나 사랑받고 신뢰받는 사람으로 만들고 싶다고 염원하고 있습니다.

선생님, 이것은 세상 물정 모르는 무지한 계집애의 어리석은 공상일까요? 아니면 사랑에 실패한 여자의 억지일까요? 저는 그렇게 생각하지 않습니다. 그렇게 생각하고 싶지는 않습니다. 부모님이 주장하고 계시는 것처럼, 제가 제게 어울리는 누군가와 결혼을 한다고 치지요. 결혼을 하면 아이가 태어나겠지요. 아이를 낳기 전에 우선 아이들이 행복하게 되고 존경받는 환경을 만들어야 하지 않겠습니까. 아이들이 즐거워할 만한 문화와 존경받을 만한 지위를 쌓지 않고 아이를 낳는 것은 잔인한 일이 아닐까요? 제가 종종 부모님의 무지를, 칠칠치 못함을, 문화의 낮음을 원망하는 일이 있는 것처럼 아이들도 반드시 저를 원망하겠지요. 저는 제 아이가 훌륭하게 다니무라 댁과 결혼할 수 있게 되는 날이 오기 전에는 아이를 낳고 싶지 않습니다.

선생님, 저도 이제 조선 동포도 천황의 백성이 된 것을 알고 있습니다. 우리 남자 형제들은 내지의 형제들과 마찬가지로 육군에도 해군에도 들어갈 수 있게 된 사실도 알고 있습니다. 올해 일월에 입영한 조선인 학병들이 북방의 군대에도 있고, 매우 칭찬받고 있다는 소식도 듣고 있습니다. 이것은 말할 필요도 없이 무한한 황은皇恩 덕분이며, 오직 오직 감격할 따름입니다. 그러나 제가 일상에서 만나고 있는 향리 동포들의 모습은 조선인이 정말 도처에서 존경받는다는 모습과는 아직 거리가 있습니다. 아버지와 아버지의 친구들은 자신들의 불행의 책임을 남에게 전가하는 듯합니다만, 저는 그렇게 생각하지 않습니다. 어디까지나 저 자신의 책임이라고 생각하고, 제가 노력만 하면, 지금 당장 노력만 하면 반드시 만족하게 될 것이라고 생각합니다. 이 점에 대해서도 선생님의 판단을 부탁드리고 싶습니다.

선생님, 오늘 아침에도 저는 아버지께 심하게 질책을 받았습니다.

"시집가기 싫으면 중이나 되엇."

하고 말씀하시는 겁니다. 저는 차라리 중이 될까도 생각했습니다. 그러나 저는 현실 세계에서 힘차게 살아가고 싶은 충동을 억누를 수 없습니다. 저는 아마도 조만간 공장에 들어갈 것입니다. 모두가 전쟁을 위해 열심이신데 저같이 한가한 사람이 집 안에 틀어박혀 종잡을 수 없는 공상에 빠져 있을 때가 아니라고 생각합니다. 그뿐만 아니라, 격한 근로에 피곤해지면 이 하찮은 고민이 일어날 여유도 없겠지요.

부모님은 아마도 제가 공장에 들어가는 것도 동의하지 않으시겠지요. 아버지는 집안의 이름을 더럽히는 딸인 저를 어떻게든 빨리 시집보내고 싶은 마음으로 꽉 차 있는 듯합니다.

어떻든, 저의 장래는 평탄치 않을 것이라고 생각합니다. 집에서는 부모에게 꾸중 듣고, 사회에 나가더라도 두 번 다시 다에코 님들과 즐거웠던 날은 돌아오지 않을 것입니다. 저는 아무래도 많은 고통을 꿋꿋하게 견디며 살아갈 운명 아래

태어난 듯이 생각되지만, 하는 수 없습니다. 저는 좀처럼 현모양처로 세상을 살아갈 수는 없을 듯합니다. 저는 거친 파도 위에 제 작은 배의 밧줄을 끊고 저어나갈 생각으로 가득 차 있습니다. 저는 어떤 괴로움과 비웃음에도, 역경에도 견디어 저를 단련하고 싶습니다. 신께서 저를 세상에 보내실 때 반드시 무언가 사명을 주셨을 것을 믿습니다. 저를 이 아버지의 자식으로 삼으신 것도, 가와무라 집안이나 다니무라 집안과의 인연을 맺어주신 것도 모두 신의 섭리라고 믿게 되었습니다. 그래서 저는 제게 주어지는 모든 운명을 달게 받으려고 합니다.

저는 지금 완전히 고독합니다. 유일한 친구와 유일한 남편, 그리고 유일한 친형제를 동시에 잃은 것이나 마찬가지로 생각됩니다. 마음속에 번민이 있다고 해서 이제 와서 다에코 님에게 호소할 수도 없습니다. 하물며 다니무라 댁을 찾아갈 수도 없습니다. 부모를 거스르는 자식은 부모에게 버림받습니다. 칠칠치 못한 누이는 오빠에게도 사랑받지 못합니다. 변치 않는 것은 어머니의 정입니다만, 어머니와 저도 서로 다른 세계에 살고 있는 까닭에, 저는 완전히 고독한 한 사람의 계집아이입니다. 선생님, 종교는 이런 경우에 생기는 것일까요? 염불은 저 같은 사람이 외는 것입니까?

선생님, 제가 선생님의 작품을 평계로 이 편지를 쓰는 것도 저의 이 고독하고 안타까운 심경 탓일지도 모릅니다. 한 번 단상에 계신 모습을 우러러보았을 뿐인 선생님의 모습을 마음에 그리며 이 편지를 쓰게 된 데에는 그런 사념邪念이 섞여 있지 않다고는 말씀드릴 수 없습니다. 아무튼 저는 명사 분께 편지를 보내 그 필적을 얻는 행운을 노리려는 문학소녀의 마음가짐이 아닌 것만은 단언할 수 있습니다. 그러나 이 편지가 다만 선생님의 그 작품에 관한 문의가 아닌 것만은 사실입니다. 뭐랄까, 선생님께 매달리고 싶은, 손에 이끌려 인도되고 싶은, 그런 애달픈 사모의 마음이 분명히 있음을 저는 정직하게 자백드립니다.

선생님, 이만 이것으로 붓을 놓습니다. 모쪼록 언제까지나 건강하시고 조선의 문화를 부쩍부쩍 높여주시기를, 멀리서 기원합니다.

1945년

관음리 구장님이라면, '아, 그 영감님 구장.' 하고 단지 면 내에서만 유명한 것이 아니라 일읍에 소문이 나게 되었다.

구장님의 본명은 가나모토 세이친이지마는 면내에서도 그 이름까지 아는 사람은 얼마 없다. '관음리 구장님'이라는 것이 그의 성명이 되다시피 하였다.

면장이 군에 가면 군수도,

"관음리 구장님 어떠시오?"

하고 반드시 문안을 하였고, 한 달에 한 번씩 국민학교 교장이 상군을 하여도,

"觀音里の區長さんは達者ですか(관음리 구장님은 건강하십니까)?"

하고 물었다.

마츠모토 군수는 진심으로 관음리 구장을 존경하였다. 태산면에 가는 일만 있으면 반드시 관음리 구장을 찾아보았다.

가나모토 구장은 벌써 일흔세 살이나 된 노인이다. 이가 빠져서 입은 오무라미가 되었으나 기운은 정정하였다.

구장님이 이렇게 소문이 난 것은 그가 구장노릇을 오래한 까닭은 아니다. 기실은 그 아들이 구장이었으나 아들이 작년에 죽고, 동네에서 구장 될 사람이 없어서 걱정하는 것을 보고는,

"내가 함세."

하고 자청하여서 아들의 후임이 된 것이었다.

"노인네가 어떻게 그 바쁜 일을 하십니까?"

하고 동네사람들이 걱정하면,

1 　가야마 미츠로(香山光郎), 『방송지우(放送之友)』, 1945.1. '근로소설'이라는 표제어가 붙어 있다.

“늙은 것이 그런 일로나 동네를 도와야지 무얼 하나.”

하고 나선 것이었다.

가나모토 구장은 구장이 되는 날 면소에 찾아가서 면장을 만났다.

“내 아들이 죽어서, 아들 대신 내가 관음리 구장이 되었소. 구장이란 무엇을 하는 것인지 면장께서 잘 가르쳐주시오. 가르치시는 대로 하오리다.”

면장은 이 색다른 구장을 보고 빙그레 웃었다. 저 늙은이가 구장 일을 볼 수 있을까 하는 것이었다. 그러나 가나모토 구장의 태도가 하도 진실하므로 면장은 정색하고, 대략 구장의 임무를 설명하였다.

구장님은 가만히 듣고 있더니,

“네, 잘 알았소이다. 내 한번 외여바칠 테니 바로 알아들었나 보시오. 첫째로는 면에서 오는 공문을 백성들에게 잘 알아듣게 일러주고, 둘째로는 백성들이 일을 부지런히 하도록 재촉하고, 셋째로는 공출 잘 하고 저금, 징용, 근로보국대, 다 하라는 대로 하고, 또 무엇이오?”

하고 구장님은 막힌다.

“증산장려요.”

하고 면장이 말하니, 구장님은,

“증산장려란 무슨 말이오? 쌀이나 보리나 전보다 더 많이 내도록 하란 말이오?”

하고 눈을 크게 뜬다.

“그렇지요, 그게 증산이라는 것이지요.”

“네, 알았소이다. 그러니까 풀 거름 많이 만들고 논에 가을보리 심고 그러란 말씀이죠?”

“네, 그렇습니다.”

면장은 이 늙은 구장이 범상한 농부가 아닌 것을 깨달아 그 얼굴을 자세히 들여다본다. 눈썹이 길고 눈이 움쑥 들어가고 코가 높고 귀가 크고 과연 범골이 아니오, 위엄을 갖추었다. 어성이 웅장하고 발음도 분명하다. 필시 젊어서는 글공부를 한 사람이리라 하여 젊은 면장은 이 늙은 구장에게 일종의 위압을 느낀다.

그리고 담배를 권하고 규지[2]를 불러서 차를 내오기를 명한다.

구장은 서투른 솜씨로, 면장이 권하는 권련을 피워들고,

"잘 알았소이다. 한몫 많이 들으면 잊어버리기가 쉬우니까 오늘은 이만큼 배우고 가겠소. 또 모를 것이 있으면 올 테니 잘 가르쳐주시오."

하고 면소에서 나왔다.

이러한 것이 지난 이른 봄이었다.

구장님은 면소에서 집에 돌아오는 길로 마누라, 며느리, 손자들, 손자며느리며 아직도 국민학교에 다니는 증손주들까지 불러놓고 일장 훈시를 하였다.

"나라에서 곡식을 더 내래. 열 섬 나던 데면 열한 섬이나 열두 섬이 나게 하란 말야. 우리집이 농사하는 것이 작년에 벼 쉰 섬, 밭곡식 서른 섬을 하였으니까 금년에는 벼를 예순 섬, 밭곡식을 서른엿 섬을 내야 해. 동네사람더러 다 그렇게 하라고 하랴면 내가 먼저 그렇게 해야 할 것이 아니냐. 그러니 다들 그런 줄 알란 말이다."

구장님은 아무리 하여서라도 금년 농사에 온 동네 집집이 모두 다 이 할을 증산하려는 계획을 세웠다.

구장님은 생각하였다. 이 할 증산을 하려면 어찌하여야 할까 하고.

'첫째는 거름.'

구장님은 이렇게 생각하였다. 거름을 많이 내는 것이 농산물 증산의 요령이다.

구장님은 즉시로 동네 집집에 거름 조사를 하였다. 가령 이렇게 한다 —

"원달이 있나."

"네, 구장님이세요?"

"아직 안 일어났나. 좀 더 일찍 일어나게. 모두 병정가고 징용가고 보국대다고 동네에 손이 부족한데, 일찍 일어나는 수밖에 없네. 열 사람이 한 시간 일찍 일어나면 열한 사람 폭이 되지 않나. 그런데 원달이, 자네 집 작년에 거름 몇 바리[3] 받

---

2   급사(給仕).

3   마소의 등에 싣는 짐을 세는 단위.

왔나."

"작년에 말씀이지요. 작년에는 한 오십 바리 받았습니다마는."

"금년에는?"

"금년에는 작년만 못한 걸입쇼. 어디 풀은 빌 새가 있어야지요. 보국대 댕겨와, 솔깡 따, 머루덩굴 걷어, 어디 미처 손이 돌아갈 새가 있어야지요."

"그런 소리해 쓸 데 있나. 올봄에는 논밭에 거름 여순 바리만 내게."

"아유, 마흔 바리도 어려운 걸입쇼. 어유, 거름 여순 바리를 이제 어떻게 거름 스무 바리를 무얼로 맨듭니깝쇼."

"그런 소리 다 쓸 데 없어. 개천 흙을 파오지. 그거 좋은 거름일세. 그냥 흙이라도 불에 태우면 거름이 되네. 어서 잔말 말고 스무 바리만 더 장만하게. 작년에 자네 집에서 추수 얼마 했지?"

"저의 집이야, 얼마 됩니까. 벼 스무나문 섬 하고 밭곡식이라고 열댓 섬밖에 못한 걸입쇼. 근데, 그건 왜 물으십니깝쇼. 또 공출이 있습니깝쇼."

"아닐세. 금년에는 지난해보다 적더라도 이 할은 추수를 늘리잔 말야. 자네 집에서 작년에 벼 스무 섬이랬것다."

"네 스물두 섬이던갑쇼."

"그러면 금년엘랑 벼 스물닷 섬 이상은 내야 하네. 가만 있자. 밭곡식이 열닷 섬이라고 했것다. 열닷 섬에 이 할이면 석 섬이라. 그래, 자네 집에서는 금년에 벼 스물닷 섬, 밭곡식 열여듧 섬, 모도 마흔석 섬은 책임을 지게. 마흔석 섬. 알았지?"
하고 구장님은 수첩에 적는다.

원달이가 속으로 따져본다.

"마흔석 섬이라, 마흔석 섬이면 작년보다 여듧 섬이 더나. 아유, 여듧 섬이 어디야."
하고 원달은 빙그레 웃는다.

"그렇게 되기만 하면야 작히나 좋겠습니까만. 아유, 마흔석 섬을 어떻게."

"아유가 무슨 아윤가. 개천바닥 흙이라도 파다가 작년보다 거름을 이 할은 더

내란 말야. 그러면 하나님이 곡식을 이 할은 더 주실 것이니. 그렇게 하게. 내가 하라는 대로만 하게."

"네, 구장님 말씀대로 해보겠습니다."

원달은 반신반의 중에 구장님과 약속을 해버린다.

이 모양으로 구장님은 집집으로 돌아다니며 약속을 받았다. 그러고는 아침마다 돌아다니면서,

"여보게 원달이 어제 거름 몇 바리 만들었나."

하고는 재촉을 하였다. 이리하여서 갯바닥 흙, 멧가 흙 태운 것, 동네 수채 친 것, 마당, 부엌바닥 깎아낸 것, 이 모양으로 불과 십여일 간에 거름더미가 갑절이나 두둑하게 되었다.

"아이, 구장님 또 왔다."

동네사람들은 귀찮게 여기면서도, 귀찮은 까닭에 하라는 대로 아니 할 수가 없었다.

금년은 모낼 때에 가물고 견실할 때에 일기가 불순한 것도 있었으나 그래도 이 동네 육십 호에서 지은 논밭은 다 평년작 이상은 되었다. 김매는 것이나, 피 뽑는 것이나 구장님의 등쌀에 아니할 수가 없었다. 구장은 동네사람의 논밭을 다 알았다. 밭 임자를 불러내어서는 집안 식구들 남녀노소 모조리 나서라고 야단을 하여서는 김을 매게 하고 피를 뽑게 하였다.

"제가 김을 맬 줄 알아요?"

부인네나 아이들이 이런 말을 하면 구장님은, 호미로 땅을 빡빡 긁으면서

"아, 이걸 못해. 김이란 풀을 뽑고 땅을 파면 김이야. 땅을 파서 자꾸 흙을 들추어주면 바람이 들어가고 볕이 들어가서 땅이 걸어지는 거야. 아, 이걸 못해."

하고 소리를 버럭 질렀다.

"모두 나서. 밥숟가락 드는 식구들은 모두 나서라. 나서서 풀을 뽑고 땅을 파요."

이 모양으로 구장님은 여름내 가으내 독려를 하였다. 김에만 그런 것이 아니라 퇴비 만들 풀 베는 것이나 뽕 따는 것이나, 무엇이나,

"다들 나서라, 밥숟갈 드는 식구는 다들 나서!"

하고 구장님은 앞장을 섰다.

정자나무 밑에서 장기를 두고 있는 노인네를 보면, 사람 수대로 낫 한 자루, 새끼 한 바람을 안기고는 장기판을 뒤집어엎었다.

"자, 다들 풀 비러 가세. 아들, 손자들이 전쟁이야 징용이야 하고 눈코 뜰 새도 없는데 아모리 늙었기로 대낮에 장기는 다 무어야. 자 나서. 풀 비어요. 풀 한 단이 쌀 한 되야."

이렇게 하면 성을 내는 사람도 있었으나 필경은 낫을 들고 들로 아니 나가지 못하였다.

어느 집 퇴비 더미가 마음에 안 차면 구장님은 그 집에 들어가서,

"다들 나서라, 풀 비러 나서. 밥숟갈 드는 식구는 다들 나서."

하고 노인이건 젊은 며느리건 모두 불러 내세웠다. 구장님네 집 칠십이 넘은 할머니도 풀 베러 나서는데 어느 누구 하나도 반항할 수가 없었다.

동네사람들은 마침내 구장님의 정성에 눌려서 무엇이나 구장님이 하라는 대로 하게 되었다. 징용은 말할 것도 없지마는 근로보국대나 관 알선 노무자도, 구장님이,

"창식이, 자네 갔다 오게."

하면 싫단 말을 못하였다. 구장은 그 맏손자를 먼저 징용으로 보내고 둘째 손자는 학병으로 가고 셋째 손자는 구월에 징병으로 입영하였다. 구장은 제 자식을 먼저 내어놓고 남더러 나서라는 것이므로 말에 힘이 있었다. 그뿐 아니라, 구장은 가장 공평하게 사람을 택하였다. 사정을 보는 성미는 아니었다.

그리고 구장님은 병정이나 징용이나 보국대 나간 집은 날마다 돌아보았다.

"우리 대신 나간 사람들이니 그 가족들은 우리 가족으로 알아야지."

하고 동네 사람들에게도 타일렀다.

"갑순네 벼를 먼저 비세. 내일은 갑순네, 모레는 돌석이네, 장손이네."

하고 벼 베는 것도 왼동네 총동원으로 군인과 응징자 유가족의 것을 먼저, 그리

고는 네 것 내 것 할 것 없이 먼저 익은 벼를 먼저 베기로 구장님이 배정하였다.

보리 밀 공출로부터서 감자, 누에꼬치, 솔깡, 칡, 머루넝쿨, 모든 공출을 다 잘하고 특별히 퇴비성적이 좋다는 상급으로 관음리에서는 막걸리 엿 말 특배를 받았다. 구장님의 주선으로 도야지 한 마리 잡는 허가도 얻어서 벼를 막 다 베고 보리가리를 시작하는 날 한바탕 추석놀이를 하기로 하였다.

"추석이 지났지마는, 벼가을[4] 다 하는 날이 추석날이다."

구장님은 이렇게 주장하였다. 동네사람들도 반대가 없었다.

동네 집집이 쌀을 모아서 송편도 빚고 인절미도 쳐서 식구대로 골고루 돌리기로 구장님이 발론을 하여서, 그것이 좋다고 다들 찬성을 하였다.

시월 팔일, 이 날이 관음리 동네에서 추석으로 정한 날이다. 이날 아침나절 일을 마치고 오정에 잔치를 하기로 하였다.

동네 공동작업장 앞, 너른 마당에 차일을 치고 동네사람들이 그뜩 모였다.

날은 맑았다. 동네 뒷등성이에는 들국화의 아담한 모양과 축축 늘어진 감국甘菊의 향기가 바람에 풍겼다.

마당 한편 끝에 걸어놓은 가마솥에는 도야지 고깃국이 설설 끓고 있었다.

정오의 묵도 시간이 지나서 가나가와 면서기가 먼저 달려와서 군수와 경찰서장이 오신다는 말을 전하였다.

구장님은 깜짝 놀랐다. 면장과 교장과 주재소 수석은 청하였지만 군수와 서장은 청할 엄두도 못 내었던 것이다.

구장님은 두 손을 홰홰 내어 둘러서 모인 사람들에게,

"여러분, 군수 영감과 경찰서장 나리도 오신다오. 이런 고마운 일이 없소. 우리 동네 생긴 이래로 오늘이 가장 큰 잔칫날이오."

하고 외쳤다.

동네 백성들도 놀랐다.

4　익은 벼를 베어서 거두어들이는 일.

"자, 길들 쓰세."

하고 사람들은 각각 가까운 집으로 들어가 비를 들고 나와서 동네로 들어오는 길을 쓸기 시작하였다. 그러나 길을 다 쓸기가 다 끝나기 전에 오륙 명 일행이 동구에 들어섰다. 그것은 물을 것 없이 군수, 경찰서장, 교장, 면장 일행이었다.

구장님은 회중 일동을 거느리고 동네 어구에 마주 나가서 일행을 맞았다.

관민 백여 명이 차일 밑 멍석자리에 모여 앉았다. 한집에서 하나씩 난 것이 아니라, 구장님 말마따나 밥숟가락 들 수 있는 사람은 다 모이라고 한 것이다. 밥숟가락 들 줄 아는 사람은 남녀를 물론하고 호미와 낫을 들었기 때문이었다. 공동작업장을 둘러서 성을 쌓아놓은 볏가리는 다 이 사람들의 땀으로 힘으로 지어서 얻은 것이었다.

국민의례가 끝난 뒤에 구장님은 다음과 같이 인사를 하였다 —

"여러분, 성주께서와 서장께서 이렇게 누추한 가난한 동네에 왕림하시니, 이런 황송할 데가 없소. 그나 그뿐이오. 우리에게 술과 고기를 특배를 주셔서 오늘날 잘 먹게 하시니 이런 황감할 데가 어디 있소. 이게 다 임금님 은혜니 여러분 우리 목이 터지도록 만세를 부릅시다."

하고,

"덴노 오헤이까 반자이(천황 폐하 만세)."

하고 구장이 선창하니 백성들이 모도 두 팔을 높이 들고 반자이, 반자이하고 불러서, 차일이 떠날아갈 것 같았다.

군수의 격려하는 인사와 구장의 공적을 찬양하는 말이 있은 뒤에 술동이가 돌아가고 국동이가 돌아가고 떡함지박이 돌아갔다. 부인들은 공동작업장 안에다가 식당을 베풀었다. 아이들은 한손에는 떡, 한손에는 고기를 들고 이거 한 입, 저거 한 입, 좋아라고 뛰어다녔다.

술동이가 두 번째 돌고 세 번째 돌았다. 사람들은 술에 취하기 전에 먼저 기쁨에 취하였다. 저마다 제 집에서 먹는 것보다 온 동네 사람이 한 자리에 모여서 먹는 것이 더욱 맛이 있었다.

술이 서너 순배 돌아갔을 때에 늙은 구장님이 일어나더니, 광대 숭내를 내어 팔짓 다리짓을 하면서,

"저 건너 갈뫼봉에 비가 묻어 들어온다. 우장을 허리에 두르고 지심 매러 갈까나."

하고 육자배기를 하나 뽑고는,

"얼씨구 조흘시구."

하고 덩실덩실 춤을 춘다.

박장이 일어나고 갈채가 일어난다. 군수도 서장도 모도 허리가 끊어지도록 웃는다.

구장의 뒤를 이어서 나도 나도 하고 숨은 재주를 꺼낸다. 소리하는 사람 춤추는 사람, 동이와 함지박으로 장난치는 사람, 이 즐거움은 언제나 끝날지 몰랐다.

"자, 우리 잘 먹은 김에 보리나 한바탕 가세."

하고 구장님이 뛰어나가매 사람들은 와하고 일어나서 구장님의 뒤를 따랐다.

군수와 서장 눈에 눈물이 글썽글썽하였다.

벼를 베었으니 보리를 갈아야 한다. 농가에 한가한 때는 없다. 그러나 부지런하게 하늘 뜻을 순종하는 농가에 농촌에 즐거움이 끊일 날도 없다. 근로도 영원이오 즐거움도 영원이다.

관음리 앞들에는 논을 가는 이, 가래질을 하는 이, 거름을 지는 이, 뿌리는 이, 흙덩이를 깨트리는 이. 석양은 관음봉에 걸려서 차마 이 농부들을 떠나지 못하여 하는 것 같다.

1937년(46세) 6월 동우회사건으로 체포. 7월 중일전쟁 발발. 8월 치안유지법 위반 혐의로 서대문형무소에 수감되어 3일 만에 병감으로 옮김. 12월 병보석으로 출감하여 경성의전병원에 입원.

1938년(47세) 2월 조선인특별지원병제 공포. 3월 충량한 황국신민의 양성에 목표를 둔 제3차 조선교육령 개정. 병보석으로 출감하여 경성제대병원에 입원해 있던 안창호 사망. 4월 국가총동원법 공포. 이해 봄 단편 「무명」 집필을 끝내고 『사랑』 집필에 착수. 7월 국민정신총동원조선연맹 발족. 퇴원하여 자하문 밖 산장에 듦. 8월 동우회사건 예심 결정으로 기소됨. 10월 박문서관에서 『사랑』 전편 간행. 11월 전향서 「합의申合」 재판소에 제출. 12월 삼천리에서 주관한 전향 지식인의 시국 관련 좌담회에 참석.

1939년(48세) 2월 『문장』 창간호에 단편 「무명」 발표. 3월 『사랑』 후편 간행. 박기채 감독의 영화 『무정』 개봉. 북지 황군 위문 문단사절 파견에 참여. 4월부터 이듬해 11월까지 일본어 주간지 『국민신보』에 무기명으로 시국 칼럼 연재. 5월 『세조대왕』 집필에 착수. 6월 자하문 밖 산장을 팔고 효자정으로 이사. 9월 제2차 세계대전 발발. 10월 조선문인협회 결성, 회장 취임. 국민정신총동원조선연맹 기관지 『총동원』에 일본어 시 「지원병송가志願兵頌歌」 발표. 12월 동우회사건 1심에서 전원 무죄, 당일 검사측 항소.

1940년(49세) 1월 형사사건 기소 중의 신분이 문제시 되어 조선문인협회 회장직 사임. 2월 카야마 미츠로香山光郎로 창씨개명. 단편 「무명」으로 제1회 조선예술상 수상. 박문서관에서 『춘원시가집』 500부 한정판 간행. 3월에서 7월까지 『톡기綠旗』에 일본어 장편 『마음이 서로 닿아서야말로心相

觸れてこそ』(미완) 연재. 7월 박문서관에서 『세조대왕』 간행. 제2차 코노에 내각의 출범과 신체제성명. 8월 총후문예운동의 일환으로 경성에 온 일본 문예가협회 문인들과의 좌담회에 참석. 동우회사건 2심에서 5년 징역형 판결, 항소.『동아일보』,『조선일보』폐간. 10월 반도신체제 발족과 더불어 국민총력조선연맹의 결성으로 신체제운동의 본격화. 12월 황도학회 설립에 발기인으로 관여.

1941년(50세) 1월 전향자의 일본정신 교육 및 사상보국 협력을 주관하던 사상보국연맹의 후신인 야마토주쿠大和塾에서 기숙하며 명상과 저술에 몰두. 박문서관에서 일본어 논설집『동포에게 보냄同胞に寄す』간행. 1월에서 3월까지『신시대』에 조선어 장편『그들의 사랑』(미완) 연재. 2월 조선사상범예방구금령 공포. 3월『분가쿠카이文學界』에 일본어 수필「행자行者」발표. 4월『문장』,『인문평론』폐간. 5월 중앙협화회에서『내선일체수상록』간행. 7월『무정』과『흙』을 비롯하여 18권의 저작 발행금지. 8월 흥아보국단 및 임전대책협의회 결성. 9월에서 이듬해 6월까지『신시대』에 조선어 장편『봄의 노래』(미완) 연재. 10월 조선임전보국단 결성. 11월 동우회사건 상고심에서 전원 무죄 판결.『국민문학』창간. 12월 태평양전쟁 발발.

1942년(51세) 1월『신시대』에 시「선전 대조宣傳大詔」발표. 2월 싱가포르 함락 및 전승 축하회. 3월부터 10월까지『매일신보』에 조선어 장편『원효대사』연재. 5월 조선에 징병제 실시 결정. 10월 조선어학회사건. 11월 일본 문인보국회의 주최로 토쿄에서 열린 제1회 대동아문학자대회에 참가.

1943년(52세) 1월『분가쿠카이文學界』에 일본어 기행문「삼경인상기三京印象記」발표.『방송지우』에 조선어 단편「면화」발표. 3월 징병제 공포. 이해 봄 삼남 영근의 강서중학 입학으로 평안도 강서에 거주. 4월 조선문인보국회 결성, 불참. 8월 토쿄에서 제2회 대동아문학자대회 개최, 불참. 8월 징병제 실시. 10월 조선인 학도특별지원병제 실시. 국민총력조선연맹

의 기관지 『국민총력』에 일본어 단편 「파리蠅」 발표. 11월 『신타이요新太陽』 싸우는 조선 징병제도 실시 기념호에 일본어 단편 「군인이 될 수 있다兵になれる」 발표. 11월 학병 권유단의 일원으로 쿄토와 토쿄 등지에서 학병 지원 권유 강연에 나섬. 12월 『록기綠旗』에 일본어 단편 「대동아大東亞」 발표.

1944년(53세) 1월 조선인 학병의 입영 시작. 『방송지우』에 조선어 단편 「귀거래」 발표. 1월에서 3월까지 『국민문학』에 일본어 장편 『사십년四十年』(미완) 연재. 3월 사릉에 집을 짓고 거주하기 시작함. 4월에서 8월까지 제1회 징병검사 실시. 6월 『신시대』에 일본어 단편 「원술의 출정元述の出征」 발표. 8월 『방송지우』에 조선어 단편 「두 사람」 발표. 『방송지우』에 조선어 단편 「방공호」 발표. 10월 『신타이요新太陽』에 마지막 일본어 소설 「소녀의 고백少女の告白」 발표. 11월 난징에서 열린 제3회 대동아문학자대회 참가.

1945년(54세) 1월 『방송지우』에 조선어 단편 「구장님」 발표.. 3월 아이들과 함께 사릉으로 소개. 7월 『매일신보』에 「소개기疏開記」 연재. 8월 초 『매일신보』에 「아세아의 운명」 연재. 8월 15일 해방.

최주한

전시동원체제하에서 글을 쓴다는 것

작년 12월 8일 나는 무슨 일이든 좋다, 부름을 받는다면 무엇이든 내 힘이 미치는 한 의무를 다하겠노라고 결심했던 것입니다. 강연에 가라고 하면 갔고 쓰라고 하면 썼습니다. 올해도 더욱더 그런 일에 노력하여 봉공해 드리자는 생각입니다.

1942년 12월 이른바 「대동아전쟁 1주년을 맞는 결의를 밝히는 글大東亞戰爭一週年を迎える私の決意」『國民文學』, 1942.12에서 이광수는 이렇게 썼다. 부름을 받는 한 힘껏 의무를 다하고자 했다고. 강연에 가라고 하면 갔고 쓰라고 하면 썼다고. 앞으로도 더욱 노력할 생각이라고. 문면에는 총독부 당국에 대한 적극적인 협력의 의지가 드러나 있지만, 뒤집어 보면 전시동원체제하의 글쓰기가 놓인 여건이 고스란히 읽히는 문장이다. 무엇보다 우선 전쟁을 위해 모든 자원을 동원하고자 하는 당국의 요구가 있고, 그에 부응하지 않으면 안 되는 '동원의 문법'에 충실한 글쓰기. 사실 이는 이광수의 후기 문장을 관통하는 기본 문법이기도 한데, 이 무렵 그의 글쓰기는 중일전쟁에서 태평양전쟁에 이르기까지 일본의 국가주의가 아시아에서의 세력 확장을 위해 전쟁에 열중하고 있던 시기와 정확히 맞물려 있는 까닭이다.

잘 알려져 있다시피, 1937년 6월 이광수를 비롯한 181명 동우회원들의 검거로 시작된 동우회사건은 중일전쟁을 한 달 앞둔 시점에서 민족주의 세력을 와해시키고 전쟁의 수행에 필요한 협력을 이끌어내기 위한 총독부의 선제 조처였다.

이 과정에서 이듬해 3월 안창호가 사망하고, 6월 기소 유예된 18명의 회원들의 전향성명, 이어서 8월 대표자 명의의 해산계가 제출되었다. 이광수를 비롯하여 기소된 42명의 운명은 정해진 것이나 마찬가지였으니, 결국 11월 이광수는 제국의 신민으로서 국책에 적극 협력할 것을 결의한 전향서를 '전前 동우회원 일동'의 이름으로 지방법원에 제출하게 된다.

1938년 8월 예심 결정으로 기소된 동우회사건은 이듬해 1939년 12월 1심에서의 전원 무죄 판결에 이르기까지 무려 1년 반을 끌었으나 당일 검사측의 상고에 의해 다시 심리에 회부되었다. 그리고 1940년 8월 2심에서는 판결이 뒤집혀 전원 유죄 선고를 받고, 이광수는 징역 5년형에 처해졌다. 주목할 만하게도, 판결이 번복된 시점은 제2차 코노에 내각이 남방 진출까지 고려한 전쟁 확대 방침을 내걸고 고도국방국가의 완성을 목표로 내걸고 신체제의 수립을 천명^{1940.8.1}한 직후의 일이다. 동우회사건의 시작이 그랬듯이, 2심에서의 유죄 판결 역시 신체제 하의 더욱 적극적인 협력을 종용하기 위한 사법적인 고려의 산물이었음을 짐작케 하는 대목이다.

2심의 판결에 전원 불복하여 항소된 동우회사건은 결국 1941년 11월 전원 무죄로 종결된다. 아시아에서 일본의 세력 확장을 견제하는 영미와의 관계 악화로 태평양전쟁의 개전 가능성이 임박해 있던, 역시 태평양전쟁 발발을 한 달 앞둔 시점이다. 무죄 판결이 감시와 통제의 해제를 의미하지 않았던 것은 말할 것도 없다. 1941년 2월 공포되어 3월부터 시행된 조선사상범예방구금령은 국가에 대한 충성을 실천적으로 입증하지 못하는 한 언제든 예방구금을 처분하는 강력한 법안이었다. 이광수는 동우회사건 2심에서 5년 징역형을 받은 직후인 1940년 겨울에도 일본정신의 교육과 사상보국의 지도적 실천자의 양성을 목적으로 설립된 야마토주쿠大和塾에 입소하여 명상과 저술에 몰두한 일이 있다. '당국의 호의'에 의한 것이었다고 썼지만^{「행자」, 1941.3}, 사실상 예방구금에 준하는 조처였다.

요컨대 전시동원체제하에서 글을 쓴다는 것, 더구나 이광수와 같은 식민지의 전향 지식인에게 그것은 일차적으로 제국의 신민으로서 국가에 대한 충성을 글로써 입증하는 행위를 의미했다. 그러고 보면 이광수의 후기 문장이 온통 내선일체나 황민화론, 대동아공영에 대한 신념의 표명으로 채워져 있는 것은 전혀 놀라울 것도, 이상할 것도 없는 지극히 당연한 일인 셈이다. 그럼에도 불구하고 이광수의 후기 문장을 외적 강압에 의한 불가피한 타협의 수사쯤으로 취급하는 것은 그것을 제국 일본의 힘에 편승한 자발적인 협력의 담론으로 간주하는 것만큼이나 일면적임을 면치 못한다.

해방 후 이광수는 『나의 고백』1948에서 대일협력에 나서게 된 동기에 대해 이렇게 썼다. 어떤 이는 일본 관헌의 압박에 못 이겨 그리 했다고 하나 자기는 그렇게 비겁한 사람은 아니며, 자신이 '친일파의 누명'을 쓰고 나선 것은 자기를 희생하여 동포를 핍박에서 건지자는 것이었다고. 요컨대 자기가 일본에 협력한 데는 나름의 이유가 있었다는 얘기다. 위선적인 변명쯤으로 치부되곤 하는 발언이지만, 친일파의 누명을 '자처하기'란 단순한 굴복이나 추종과는 구분되는 의지적 행위라는 점에 주목할 필요가 있다.

실제로 이광수의 후기 문장은 결코 단선적이지 않다. 동우회사건 이후 전향에 이르기까지 내적 번민으로 가득한 문장들은 말할 것도 없고, 전향 이후의 문장들 또한 동원의 문법에 충실한 가운데서도 시국의 변화에 따라 그때그때 요구되는 협력의 수위를 조절하는 과정에서 생긴 논리적 긴장과 비약, 그리고 균열의 흔적이 또렷이 새겨져 있다. 따라서 이광수의 후기 문장을 이해하기 위해서는 중일전쟁 이후 태평양전쟁에 이르는 시기의 외적 여건의 변화 더불어 동우회사건 이후 이광수의 글쓰기 전반에 내재한 이들 긴장과 비약, 균열의 지점이 이야기하는 것에 귀를 기울일 필요가 있다.

동우회사건에서 전향까지

1937년 6월 동우회사건으로 서대문형무소에 수감되면서 한동안 중단되었던 이광수의 글쓰기가 재개되는 것은 동년 12월 병보석으로 출감하여 경성의전병원에 입원하면서부터이다. 병상에서 이광수는 주로 자기 자신을 응시하는 시를 쓰는 한편, 단편 「무명」과 장편 『사랑』의 집필에 착수했다.

1938년 1월 『삼천리문학』에 발표된 시 「들물에」는 동우회사건으로 막다른 골목에 내몰린 이광수 자신의 내면풍경이 탁월하게 형상화되어 있어 각별히 주목을 끈다. 한순간 밀어닥친 밀물에 공들여 쌓은 모래성을 잃고 어찌할 바를 모르는 아이들. 그러나 체념도 잠시, 아이들은 또 어딘가에서 새로운 놀이를 궁리하느라 바다가 부르는 영원의 노래를 듣지 못한다. 아이들의 놀이는 무상하고 바다의 노래는 영원하건만, 눈앞의 놀이에 정신이 팔려 울고 웃는 아이들처럼 동우회사건으로 번민하는 현실의 그에게 바다가 부르는 영원의 노래는 아득하기만 하다. 영원의 깨달음과 현실의 번민 사이, 이 무렵부터 쓰기 시작하여 『춘원시가집』 1940.2의 '임께 드리는 노래' 편에 수록된 시들은 그 간극을 메우려 애쓴 고투의 기록에 가깝다.

단편 「무명」은 병보석으로 출감하기 직전까지 서대문형무소의 병감 생활을 토대로 집필한 작품이다. 입감한 지 사흘 만에 병감으로 옮겨진 '나'가 사기와 방화, 공갈로 붙들려온 잡범들과 함께 지내며 겪은 일을 다루고 있다. 열악한 환경과 병고에 허덕이면서도 서로 먹을 것을 다투고 자존심을 다투며 자기를 알아주지 않는 상대와 세상을 원망하고 탓하는 것으로 하루를 일삼는 잡범들. 그들의 모습에서 '나'는 무명無明에 덮여 고통과 번민에 시달리고 있는 인생의 한 축도를 본다. 그러나 병든 몸을 위해 매일의 사식을 걱정하고 밤이면 편히 누워 잠들 수 없는 열악한 환경 때문에 괴로워하며 보석과 예심의 결정을 초조히 기다리고 있는 신세인 '나' 또한 이 점에서는 다르지 않다. 어느 가을날 병이 깊어져 독방으로 전방을 갔던 '윤'이 죽음을 예기한 듯 염불을 외면 극락에 가느냐고 간절히 물어왔을 때, '나'는 거짓말의 죄업을 무릅쓸 각오로 정성껏 염불을 외라고, 부처님의 말씀이 거짓말 될 리 있겠느냐고 힘주어 대답한다. 죽음을 앞둔 고통과 두려움에서 헤어나고자 애쓰는 '윤'의 모습에서 '나'는 바로 자신의 모습을 보았을 것이다.

「무명」의 집필을 전후한 4월 이광수는 병상에서 두 차례에 걸쳐 예심판사의 취조를 받았다. 동우회의 목적이 '독립'이라는 경찰의 조서를 인정하라는 요구가 있었고, 이를 인정하지 않을 경우 예심을 다시 시작할 수 있다는 위협도 받았다.「高等法院刑事部, 邵和 十五年 形上 101 乃至 104號」, 1941.7.21 바야흐로 시국은 중일전쟁의 전면화와 더불어 전시동원체제를 착실히 구축해가고 있는 중이었다. 2월 조선인특별지원병제의 공포에 이어 3월 충량한 황국신민의 양성을 목표로 한 제3차 조선교육령 개정, 그리고 4월에는 전쟁에 인력과 물자, 자금 등을 동원할 수 있도록 일본 정부에 광범한 권한을 부여한 국가총동원법이 공포되었다. 결국 예심판사의 요구대로 경찰의 조서를 인정하여 예심 결정을 앞두게 되었지만, 어떤 결정이 내려지든 동우회사건이 시국의 요구에 좌우되리라는 것은 불을 보듯 뻔한 일이었다.

깊어가는 번민 속에서 이광수는 장편 『사랑』의 집필에 착수했다. 『사랑』은 이해 10월과 이듬해 3월 박문서관에서 두 권의 단행본으로 간행되었는데, 전편은 여주인공 순옥이 사모하는 안빈에 대한 사랑을 지키기 위해서 원치 않는 허영과의 결혼이라는 모순적인 선택을 결단하기까지의 과정을, 후편은 이기적인 허영과의 결혼생활에 헌신하다가 병까지 얻은 순옥이 마침내 안빈의 곁으로 돌아오기까지의 극적인 여정을 그리고 있다. 허영과의 결혼과 더불어 시작된 순옥의 수난이 결국 보다 견고해진 안빈의 공동체로 복귀함으로써 보상받는 결말을 구상하면서, 이광수는 조만간 전시동원의 광풍에 휩쓸릴 수밖에 없는 처지에 놓인 자신과 민족의 운명에 은밀한 비전을 부여하며 스스로를 납득시켰던 것 같다. 협력이 불가피하다면 일시 희생이 따르더라도 훗날을 기약하는 것이 차선이라고 판단했을 것이다.

실제로 『사랑』 전편의 집필이 거의 끝나가던 8월 동우회사건이 예심 결정으로

기소되자, 이광수는 곧바로 보석 출소자들에게 호소하여 향후 동우회원의 거취 결정을 위한 협의에 나선다. 협의 끝에 경성지방법원장의 승인하에 전향회의를 개최하고 '전 동우회원 일동'의 이름으로 전향서 「합의」를 경성지방법원에 제출한 것은 11월 3일의 일이다.「同友會事件保釋出所者ノ思想轉向會議開催に關スル件」, 1938.11

전향과 국민적 협력의 글쓰기

전향서 「합의」1938.11에서 이광수는 자신들이 과거의 독립사상을 청산하고 천황에게 충성하며 국책에 적극 협력하기로 결심한 데는 중일전쟁을 계기로 조선 민족을 식민지의 피통치자로서가 아니라 '일본 국민의 중요한 구성 분자'이자 '제국의 신민'으로 받아들이겠다는 당국의 뜻을 신뢰할 수 있게 되었기 때문이라고 적었다. 전향 직후 처음 공개적으로 내선일체에 대한 견해를 밝힌 것은 전향 지식인들이 소집된 시국좌담회에서였는데, 이 자리에서 역시 내선일체의 길은 '국민적 감정'을 배양하기 위해 일상행동을 훈련하는 데 있음을 강조하는 한편 그것이 언어·문화 등 조선적 독자성의 말소를 전제하는 것은 아님을 분명히 했다「시국유지원탁회의」, 1938.12. 제국의 신민이 된다는 것, 이 무렵의 이광수에게 그것은 조선인으로서 일본인과 동등한 국민적 감정을 갖는다는 것을 의미했다. 그리고 그것은 동등한 국민으로서의 권리 획득이라는 정치적인 문제와도 결부되어 있었다.

전향 직후 이광수의 본격적인 글쓰기는 일본어 주간신문 『국민신보』에 시국 칼럼을 쓰는 것으로 시작된다. 『매일신보』의 자매지로 1939년 4월 3일에 창간된 『국민신보』는 '반도 민중의 황국신민화'라는 시대적 요구에 응하여 국어보급운동의 일환이자 반도 청소년층의 사회교화 기관지로서 출발했다. 이광수는 창간 직후부터 이듬해 11월까지 매주 무기명으로 칼럼을 기고했는데, 이 글들은 나중에 『경성일보』 등에 쓴 일본어 문장들과 함께 묶여 단행본 『동포에게 보냄同胞に寄す』1941.1으로 간행되기도 한다. 칼럼은 총독부 당국의 정책과 의사 표명을 충실히

해설하는 한편, 국민정신의 수양과 훈련의 필요성을 강조하고 비상시 국민으로서의 의무를 독려하고 결의하는 내용이 대부분이다. 지원병제, 의무교육, 창씨개명, 국어보급운동 등 황민화정책의 근간이 되는 주요 정책은 물론이고, 근로봉사, 사치금지, 방공연습, 애국 자숙일, 궁성요배 및 정오의 묵도 훈련 등 일상적 차원의 생활훈련에 이르기까지, 철저히 당국의 입장을 대변하고 있는 만큼 전시동원체제하 황민화정책의 실상에 대한 상세한 보고서로서도 손색이 없을 정도다.

그러나 이 무렵 이광수의 논설 쓰기가 단지 당국의 입장을 대변하는 수동적인 역할에 그쳤던 것은 아니다. 내선일체에 회의적인 일본인 독자들을 향해서는 시국에 호응하여 동일한 국민적 감정을 갖는 정도의 일체는 얼마든지 가능함을 함을 설득하고,「內鮮人問題對談」, 1940.1 '일본이라는 같은 배'를 탄 운명공동체로서 조선인에게 부여된 책임의 중대함을 인정하고 조선인을 동등한 국민으로 대우할 것을 요구하는가 하면,「同胞に寄す」, 1940.3 집필 조선인 독자들을 향해서도 제국의 운명을 부담한 국민으로서 주체적인 태도로 황민화운동에 임할 것을 촉구했다.「황민화와 조선문학」, 1940.7 내선일체를 슬로건으로 내건 당국의 황민화정책이 일본의 군사적 필요에 따른 인적 자원의 육성·배출에 목적이 있었다면, 이광수에게 그것은 동등한 국민으로서의 권리 획득을 목표로 한 정치운동의 일환이었던 것이다.

한편 내선일체의 문제는 문학인의 입장에서는 더욱 민감한 것일 수밖에 없었다. 내선일체의 향방은 곧 언어와 문화의 독자성에 기반해 온 조선문학의 존립 여부와 직결된 문제이기도 했기 때문이다. 1939년 4월 북지 황군 위문사절 파견에 참여하는 것으로 시작된 문인들의 협력은 동년 10월 '국민문학의 건설' 및 '내선일체의 촉진'을 목표로 내건 조선문인협회의 결성과 더불어 본격화된다. 황군 위문사절 파견 당시 '공통된 국민적 감정의 표시'「문단사절의 의의」, 1939.4 집필라는 데서 그 의의를 찾았던 이광수는 문단사절로서 북지에 다녀온 경험을 담은 임학수의 『전선시집』과 박영희의 『전선기행』을 새로운 각성이 낳은 조선문학 작품의 표본이라 하여 이후의 조선문학은 '일본 국민문학의 일부'라는 인식에 기초해야 함을 역설했다.「文學の國民性」, 1939.11 그러나 국민문학이라고 하여 국책의 선전기관이 될 필요는 없고 내선일체 역시 단순한 선전이 아니라 문학을 매개로 한 내선 간의 문화교류를 통해 이루어지는 것이 바람직함을 강조하는 한편「內鮮一體と朝鮮文學」, 1940.3, 동조동근인 바에야 문화를 일색으로 칠할 필요가 있겠느냐는 역논리로써 조선의 언어와 문화가 갖는 존재 의의를 주장하기도 했다「同胞に寄す」, 1940.3 집필. 조선문학에 국민문학의 옷을 입히고 내선 교류의 매개적 지위를 부여함으로써 존립의 활로를 열어둔 셈이다.

그러나 이 무렵의 이광수는 국민문학의 창작에 그리 적극적이지 않았다. 시로는 『춘원시가집』의 간행을 준비하면서 천황의 치세治世를 기리는 헌시獻詩「축원」1939.4을 썼고, 이밖에「문득 느끼는 바 있어 노래함折にふれて歌える」1939.2,「지원병송가志願兵頌歌」1939.10,「영세기년迎年祈世」1940.1 등 일본어로 쓴 시가 두어 편이 더 있을 뿐이다. 소설 또한 그러해서 단편의 경우「꿈」1939.7,「육장기」1939.9,「난제오」1940.2 등 주로 일상을 소재로 하여 자기 자신의 불안한 걸음걸이를 응시하는 작품들이 대부분이고, 1939년 5월 집필에 들어가 이듬해 5월 탈고한 장편『세조대왕』역시 불교에 깊이 관여한 세조의 말년을 중심으로 계유정란의 업보에 대한 두려움과 회한, 그리고 세조의 비통한 참회의 이야기를 다루고 있어 국민적 감정의 고양과는 거리가 멀다. 한편 내선연애로 한 마음이 된 주인공 청년남녀가 애국심에 불타 전쟁에 뛰어드는 이야기를 그린 일본어 장편『마음이 서로 닿아서야말로心相觸れてこそ』1940.3~7는 미완에 그치고 있다. 전장에서 환자와 간호부로 재회하게 된 두 사람이 적장을 설복하기 위해 적진에 뛰어들었다가 감옥에 갇히는 대목에서 돌연 중단되고 있는 것인데, 감옥에 갇혀 내일을 기약할 수 없는 처지에 봉착한 두 사람의 앞날은 내선일체의 암울한 결말을 상징하는 듯하다.

신체제로의 돌입, 국민에서 황민으로

1940년 8월 요나이 내각의 총사직으로 출범한 제2차 코노에 내각에 의해 고도국방국가의 완성을 목표로 한 신체제의 수립이 천명된다. 중일전쟁의 장기화로 인한 동아신질서의 외연과 내용의 확대 및 유럽 전란의 확대로 동남아시아에서 발생한 힘의 공백을 배경으로 한 전쟁 확대 방침의 표명이었다. 이에 즉응하여 일본 국내에서는 군부·관료·정당·우익을 망라한 대정익찬회가 결성되어 관제 국민통합기구로서 막강한 영향력을 행사했고, 동년 10월 조선 또한 반도신체제의 발족과 더불어 미나미 총독을 수반首班으로 하는 국민총력조선연맹이 결성되어 본격적인 총동원체제로 접어든다.

1939년 12월 1심에서 전원 무죄판결 받았으나 당일 검사측의 항소로 다시금 재판에 계류되었던 동우회사건이 2심에서 유죄 판결을 받은 것은 신체제의 수립 직후인 8월 21일이다. 이광수도 5년 징역형을 선고받았다. 동우회사건의 출발 자체가 중일전쟁을 앞둔 당국의 선제적 조처였듯이, 2심의 유죄 판결 또한 제국의 전쟁 확대 방침에 호응하는 보다 적극적인 협력을 끌어내기 위한 사법적 조처의 일환이었다. '만민익찬'과 '직역봉공'을 기본이념으로 내건 신체제는 단순한 '국민적 감정'의 배양을 넘어서 국체 관념을 내면화한 황민의 연성을 표방했고, 이해 12월 '황도'의 학습과 실천을 목표로 한 황도학회와 나란히 일본정신의 교육과 사상보국의 목적으로 설립된 야마토주쿠大和塾를 중심으로 철저한 황민화 교육에 시동을 걸게 된다. 2심에서 유죄 판결을 받고 상고 중이던 이광수는 당국의 교화 대상 1호였다.

이러한 내외적 여건과 연동하여 이 무렵 이광수의 논설 역시 논리적인 비약을 보인다. 내선일체란 '국민적 감정'의 문제이지 모든 것을 일색으로 칠하는 것을 의미하지 않는다던 논조는 돌연 '민족감정과 전통의 발전적 해소'와 더불어 재래의 조선적인 것을 버리고 일본적인 것을 배우는 것으로 재정의되고「심적 신체제와 조선 문화의 진로」, 1940.9, '단지 일본국민이 되는 것에 멈추지 않고 야마토 민족이 된다'「朝鮮

文藝の今日と明日」, 1940.9는 민족해소론으로 나아간다. 그리고 이전까지의 '국민적 감정'의 논리를 대신하여 전면에 등장하게 되는 것은 일본정신 곧 '천황귀일'의 신념이다.

황도학회 설립 당시 발기인 대표로 관여하기도 했던 이광수는 이해 겨울 예방구금에 준하는 '당국의 호의'하에 야마토주쿠에 입소하여 일본정신의 수행과 저술에 몰두했다. 이 시기에 집필한 글들이 하나같이 일본정신의 근간인 천황귀일의 신념을 표명하고 있는 것도 당연한 일이다. '금일 조선인의 신윤리는 천황께 귀일하삽는 것'「신시대의 윤리」, 1941.1이라는 대전제와 더불어 이제 조선인은 황국신민으로 호명된다. 황국신민이란 '모든 것을 천황께 바치는 자'「대화숙 수양회 잡기」, 1941.4이다. 내선일체는 더 이상 쌍방이 다가서는 것이 아니라 조선인의 황민화, 곧 '천황이 신민'이 되겠다는 기백에 의해 이루어지고,「內鮮一體隨想錄」, 1941.2 지식인의 임무 또한 조선민중의 황민화에 강조점이 놓인다.「重大なる決心－朝鮮の知識人に告ぐ」, 1941.1

이 무렵에 쓴 시 역시「조선신궁 대전에서朝鮮神宮大前にて」1941.1, 「동짓날 내린 비冬至の雨」1941.1, 「어버이」1941.1, 「우리집의 노래」1941.1, 「애국일 노래」1941.1, 「朝」1941.9 등 천황에 대한 경배와 직역봉공의 즐거움을 노래한 것이 주를 이룬다. 그밖에「싸우는 배いくさ船」1941.5, 「메이지 천황 어제明治天皇御製」1941.7,9 등 10만 수에 달한다는 메이지 천황의 와카和歌 가운데 41수를 번역 소개하기도 했는데, 천황주의자로서의 면모를 한껏 부각시키려는 의도에서였을 것이다. 한편 소설로는 두 번에 걸쳐 장편 집필을 시도했으나 모두 미완에 그쳤다. 먼저 내선연애를 중심으로 조선인 원구의 새로운 아버지-조국 찾기의 과정을 그리고 있는 장편『그들의 사랑』1941.1~3은 잘못된 민족감정을 청산할 것을 주장하는 원구에게 쏟아지는 동료들의 뭇매와 함께 중단되고 있으며, 혼인과 집안문제로 갈등을 겪던 요시오가 지원병 훈련소 생활을 통해 멸사봉공의 임무를 자각해가는 과정을 그린『봄의 노래』1941.9~42.6 역시 아내의 외도에 대한 배신감 속에서 길을 잃고 있다. 두 작품 모두 조선인 독자들에게 천황귀일, 직역봉공의 이념을 계몽하기 위한 의도에서 씌어졌겠지만, 예기치 않은 작품의 중단으로 인해 현실의 무게가 이념을 압도하는 역설을 낳고 있다.

남방 진출의 방침과 더불어 신체제로의 돌입과 함께 전쟁의 확대 국면으로 접어든 시국은 일본의 세력 확장을 견제하는 영미와의 관계 악화로 또 한번의 전기轉機를 맞는다. 바야흐로 태평양전쟁의 개전 가능성이 현실화했던 것인데, 긴박한 시국에 호응하여 조선의 지식인들은 8월 임전대책협의회 및 흥아보국단의 결성, 10월에는 두 단체를 통합한 조선임전보국단의 결성을 통해 전쟁 동원에 적극 나서게 된다. 이광수 역시 대국난에 처한 일본을 위해 생명을 바치는 데 조선의 생명이 있음을 주장하며 임전태세의 결의를 다지는 한편「긴박한 시국과 조선인」, 1941.9, '일사보국一死報國'의 기치하에 철저전향, 보편전향, 국민총전향을 외침으로써 2천6백만 조선인으로 하여금 '황민으로 보국의 전선에 나설 것'을 역설했다.「반도민중의 애국운동」, 1941.9

거국적인 임전태세의 목소리가 높아가는 가운데, 동우회사건 최종심에서 이광수를 비롯한 회원 전원이 무죄판결을 받은 것은 11월 17일, 태평양전쟁 발발을 한 달 앞둔 시점의 일이다.

태평양전쟁, 대동아의 지도자라는 미망과 그 균열의 징후들

1941년 12월 8일 일본의 진주만 공격으로 개시된 태평양전쟁은 이듬해 2월 15일의 싱가포르 함락에 이르기까지 서전緖戰에서 눈부신 성과를 거뒀다. 중일전쟁의 장기화에 지치고 미국의 대일 강경책에 초조함을 느끼고 있던 일본 국민들은 개전과 더불어 잇달아 전해지는 전승 소식에 열광했고, 미영 격멸의 전의戰意를 불태우며 전쟁을 지지했다. 이 무렵 이광수의 공적 글쓰기 역시 전쟁의 당위성을 설파하고 전승의 기쁨을 토로하며 전쟁 영웅을 기리는 등 전시 프로파간다의 역할에 충실했던 말할 것도 없다.

이는 특히 즉자적이고 선동적인 언어의 구사에 적합한 시와 연설의 영역에서

가장 두드러진다. 실제로 태평양전쟁 개전 직후인 12월 14일 임전보국단 주최로 열린 영미 타도 대강연회에서 행한 연설 「사상과 함께 영미를 격멸하라」1942.1를 비롯하여 「선전대조宣戰大詔」1942.1, 「싱가포르 함락シンガポール落つ」1942.3, 「진주만의 구군신九軍神」1942.4, 「전망展望」1943.1 등의 시는 제목만 보아도 이른바 대동아전쟁의 선포에서 싱가포르 함락, 전쟁 영웅의 신격화, 대동아공영 이념의 설파에 이르기 까지 시국에 즉응한 면모가 여실하다. 그런가 하면 1942년 11월 토쿄에서 열린 제1회 대동아문학자대회에서의 강연 및 대회 참가기는 제국 일본의 심장부를 향 해 일본인보다 더 일본인다운 발언으로 좌중과 독자를 뜨악하게 만든 유려한 연 출의 극치를 보여준다. 일본과 나란히 중국과 만주국의 문학자들을 상대로 천황 을 익찬해 올리면서 죽는 것이야말로 대동아정신의 기조임을 설파하고,「'大東亞精神 の樹立'に就.いて」, 1942.11 산 보람 있는 천황의 시대에 황민으로 태어나 천황의 방패로 나설 수 있게 된 감격을 토로하는「三京印象記」, 1943.1 조선의 문학자 이광수, 고도로 정치적인 그의 발언을 순수하게 받아들인 일본인은 거의 없었을 것이다.

한편 본격적인 결전을 앞두고 1942년 5월 돌연 조선에 징병제의 실시가 결정 되면서 전쟁 협력은 보다 실질적인 문제가 되어 간다. 징병제의 실시 발표 직후 군에서는 일본군과 어깨를 나란히 할 정병精兵의 양성이라는 목표 하에 일본어의 보급 및 군사 교련의 확대와 더불어 국체 관념에 충실한 진충보국 정신의 함양을 공공연히 주문했고,「兵への道を訊く座談會」, 1942.5 당시 동 좌담회에 참가했던 이광수는 「천황의 방패가 되는 날御盾とならん日」1942.5, 「병역과 국어와 조선인兵役と國語と朝鮮人」 1942.5, 「징병과 여성」1942.6, 「황민생활요령」1942.8, 「앞으로 2년」1942.9 등 국체 관념에 서 언어, 풍속, 습관, 일상생활에 이르기까지 천황을 위해 살고 죽는 황민으로서 의 자기 연성을 강조하는 내용의 논설을 집중적으로 써냈다. 병역의 의무야말로 완전한 국민의 표식이니 만큼 황국신민으로서, 대동아의 지도자로서 부족한 점 이 없도록 늠름한 천황의 방패로 부름받게 될 날의 준비를 서두르지 않으면 안 된다는 논리였다.

천황을 위해 살고 죽는 늠름한 천황의 방패 운운이야 수사적 차원의 것이었겠지만 이 무렵 이광수가 징병제의 실시를 모종의 기회로 여겼을 가능성은 없지 않다. 징병제의 도입을 앞두고 총독부는 징병이 황민에게만 주어지는 특권이며, 대동아의 지도적 지위를 보장하는 것임을 대대적으로 선전했거니와, 태평양전쟁 서전에서 일본군의 놀라운 전과는 그런 기대감을 갖게 하기에 충분했다. 징병이 불가피한 현실이라면 후일의 대가라도 챙겨두자는 예의 타협론이 고개를 들었을 것이다. 훗날 『나의 고백』1948에서 "어차피 흘리는 피일진댄, 만일의 경우(일본이 이기는 경우)에 그 값이나 받도록 하여 두자"는 생각이었다고 동일한 취지의 언급을 한 사실도 확인된다.

이듬해 1943년 3월 징병제의 공포에 이어 8월부터 징병제가 실시되고, 뒤이어 10월에는 조선인 학도특별지원병제가 시행된다. 이해 3월 과달카날 전투에서의 패배를 기점으로 수세에 몰린 일본군은 급기야 9월 본국의 대학 법문학부 및 전문학교 학생들의 징병유예 정지를 공포했고, 아직 징병 대상이 아니었던 조선인 학생들에게는 지원이라는 형식의 징병을 종용했다. 학병 지원 마감을 앞둔 11월 8일부터 열흘 남짓 이광수는 학병 권유단의 일원으로 최남선과 함께 오사카와 쿄토, 쿄토 등지를 돌며 조선인 학생들을 만나고 돌아왔다. 조선인 학병이 징병검사와 단기훈련을 마치고 입영을 시작한 것은 1944년 1월, 그리고 동년 4월부터 8월까지 징병검사를 마친 징병 적령기의 조선인 청년들이 입영을 시작한 것은 9월의 일이다.

이러한 시국의 요구에 부응하여 이광수는 「징병제에 부쳐徵兵制に寄せて」1943.7, 「정지停止」1943.9, 「조선의 학도여」1943.11, 「승리의 일日」1944.7, 「신병神兵」1944.12, 「모든 것을 바치리」1945.1 등 황운皇運 익찬의 신념으로 결전에 나설 것을 외치는 선동적인 시와 더불어, 「병제의 감격과 용의」1943.7, 「위인과 그 어머니」1943.9, 「학병에게 감사」1943.12, 「학병에게 보내는 세기의 감격」1944.1, 「학병의 어머니께」1944.2, 「딸에게 주는 글娘に與ふる書」1944.6, 「청년과 오늘靑年と今日」1944.8, 「반도청년에게 보냄半島靑年に寄す」1944.10 등 '조선 동포의 영예'와 '대동아 지도자로서의 지위'에 대한 기대를 부추기며 징병 대상자와 학병의 애국심을 호소하는 논설을 쓰고 강연에 나섰다.

1944년 7월 사이판 함락으로 일본 본토가 연합군의 공습권에 들어가게 되면서 일본의 패전은 결정적인 것이 되어 가고 있었지만, 이미 말려든 전쟁의 폭주에서 발을 빼기란 불가능했다.

한편 미완의 일본어 장편『마음이 서로 닿아서야말로』1940 이후 「파리蠅」1943.10, 「가가와 교장加川校長」1943.10, 「군인이 될 수 있다兵になれる」1943.11, 「대동아大東亞」1943.12, 『사십년四十年』1944.1~3, 「원술의 출정元述の出征」1944.6, 「소녀의 고백少女の告白」1944.10 등 일본어 소설을 집중적으로 써낸 것도 바로 이 결전의 시기이다. 1943년 4월 결전하 반도 문학자의 총력을 결집하여 '일본적 세계관에 입각한 황도문학 수립'에 매진한다는 목표 하에 조선문인협회를 비롯해 기존의 문학단체를 통합한 조선문인보국회가 결성된다. 회의 결성 당시 문학에 의한 전장戰場 정신의 앙양 및 전쟁 완수에의 협력 외에도 '반도 문단의 국어 촉진'이 요청되었으니,「半島文學 總力結集」, 1943.4 국민문학은 국어로 제작되어야 한다는 원칙론 하에서도 국어를 모르는 동포의 계몽이라는 명분하에 단편적인 시를 제외하고는『봄의 노래』1941.9~1942.6, 『원효대사』1942.3~10 등 줄곧 조선어 소설 쓰기에 주력했던 이광수로서도 더 이상 일본어 창작을 외면하기 어려웠을 것이다.

「파리」와「가가와 교장」이 주변의 일상을 소재로 하여 총후국민의 마음가짐을 다루고 있다면, 「군인이 될 수 있다」와 「원술의 출정」은 징병제 실시의 감격 및 신라 화랑의 무사 정신을 통해 조선인의 애국심과 충효무용의 정신을 강조하고 있다. 중국인 청년과 일본인 여성의 연애를 통해 대동아의 이념을 형상화한 「대동아」역시 이해 11월 초 토쿄에서 열린 대동아회의를 배경으로 한 선전물에 가깝다. 그런데 이듬해인 1944년 10월에 발표된 마지막 일본어 단편 「소녀의 고백」에서는 이전과는 다른 흔들림이 감지된다. 공식적인 동원의 문법으로 일관했던 이전까지의 창작과는 달리, 「소녀의 고백」은 사랑을 약속했던 일본인 청년에게 버림받고 혼란에 빠진 소녀의 이야기를 전면화함으로써 내선일체의 이념에 미묘한 균열을 만들어내고 있다. 더욱이 그 고백이 일차적인 수신자로 소환하고 있는 것은 '제국에서 조선 민중이 차지하는 지위'를 부추기며 청년들을 전쟁으로 내몰았던 작가 자신이다. 1944년 7월 연합군의 사이판 함락은 강경 토조 내각의 총사직을 불러왔고, 일본 국민들에게도 큰 충격을 주었다. 언론은 여전히 복수와 승리를 다짐하는 선동으로 들끓었지만, 소녀의 산산조각 난 꿈을 뼈아프게 응시하고 있는 작가의 시선은 이미 패전의 예감으로 그늘져 있다.

  '반도 문단의 국어 촉진'이 시국의 요구였다고는 해도 당시 일본어를 읽을 줄 아는 조선인은 1할 5푼에 불과했고, 일본어로 창작된 문학을 이해할 수 있는 독자층은 더 적었다. 1943년 1월 전쟁 동원을 위한 선전과 계몽을 목적으로 창간된 조선방송협회 기관지 『방송지우』의 '특별독물特別讀物'란은 협소하나마 조선어 작품이 명맥을 유지할 수 있었던 지면이었다. 이 지면에 이광수는 「면화」1943.1, 「귀거래」1944.1, 「두 사람」1944.8, 「방공호」1944.9, 「구장님」1945.1 등의 조선어 단편을 꾸준히 발표했다. 이외에도 1944년 4월에 창간된 『일본부인』 조선판에 해군특별지원병의 이야기를 다룬 「반전反轉」1944.7이라는 소설도 발표했다. 지면의 성격상 근본적으로는 동원의 문법에 충실한 소설들이지만, 전쟁에 동원되는 조선인들을 향한 작가의 애틋한 시선도 물씬 묻어난다. 특히 손자 셋을 징용, 학병, 징병 입영 보낸 일흔셋 나이의 늙은 구장의 모범적인 시국 협력의 이야기를 다룬 마지막 조선어 단편 「구장님」의 마지막 장면이 주는 여운은 압권이다. 성실한 증산 독려 덕분에 관에서 막걸리 특배를 상으로 받아 추석을 겸한 떠들썩한 잔치를 마친 구장은, 자리를 털고 일어나 동리 사람들과 함께 보리를 갈러 다시 들판으로 나간다. 국민의례에 뒤이은 '텐노 오헤이까 반자이'라는 떠들썩한 외침도 잠시, 하늘 뜻에 순종하여 보리갈이에 열중하고 있는 농부들의 모습은 하늘의 영원한 시간의 질서에 비하면 시국이란 한갓 지나가버릴 한때의 소란에 불과한 것이라는 사실을 은밀하게 일깨우는 듯하다.